如果相遇是天意

瑛子 著

中国工人出版社

图书在版编目（CIP）数据

如果相遇是天意 / 瑛子著. -- 北京：中国工人出版社，2020.4
ISBN 978-7-5008-7339-6

Ⅰ.①如… Ⅱ.①瑛… Ⅲ.①言情小说－中国－当代 Ⅳ.①I247.5

中国版本图书馆CIP数据核字（2020）第038939号

如果相遇是天意

出 版 人	王娇萍
责任编辑	严　春
责任印制	黄　丽
出版发行	中国工人出版社
地　　址	北京市东城区鼓楼外大街45号　邮编：100120
网　　址	http://www.wp-china.com
电　　话	（010）62005043（总编室）
	（010）62005039（印制管理中心）
	（010）62379038（社科文艺分社）
发行热线	（010）62005996　（010）82029051
经　　销	各地书店
印　　刷	三河市东方印刷有限公司
开　　本	710毫米×1000毫米　1/16
印　　张	26
字　　数	477千字
版　　次	2020年6月第1版　2020年6月第1次印刷
定　　价	58.00元

目录

|第一章|

1

打着JE航空标志的波音737，腾空而起，稳稳隐入蓝天白云中。这是鹭城飞往三亚的航班。鹭城地处东南沿海，环山，环海，多植被。从空中俯瞰，海中有城，城中有山，城市犹如一个优雅花园，美丽风光声名远播，作为久负盛名的旅游城市，鹭城机场常年人流熙攘，客流量可与春运的火车站一拼，往来于鹭城的各架次航班，客座率一年四季居高不下。

经济舱头一排，右侧临走道的座位上，坐着一位英俊青年。小伙子身材挺拔匀称，一身休闲打扮，神情淡定，沉默寡言。猛一看像出门度假，除了相貌出众，和机舱内任何一位普通乘客没什么区别。

除了当班机组人员，不会有人知道，这名“乘客”并不是一位普通乘客，他正是这个故事的主人公王豫，一个祖籍河南、生长于闽南鹭城的小伙子。豫，是他爸老王给起的名字，意在给他贴上终身标签，走到哪里都不要忘记，他是河南人的种，老王家的先人在中原。我要讲的这个故事，就是从这趟航班开始的，就像人们坐火车时，从来不知道身边哪位是便衣警察一样，航班上的乘客，没有人知道王豫是一名空警。

特殊的岗位性质和空中安全工作的需要，在执行航班任务过程中，王豫多数隐身进行。只有碰上突发意外事件，比如，发现空中盗贼，或遇到声称自身携带炸弹之类的“恐怖”分子，或发现“脑残”乘客做出威胁飞行安全的诡异行为，作为空警的他，才会果断现身，亮出身份，为的是第一时间将歹徒制服。防范和打击破坏民用航空器以及劫机、炸机等恐怖事件，坚决制止发生在飞机上的一切有碍飞行秩序和公共安全的违法犯罪行为，是王豫和他的小伙伴们工作时间内必须履行的职责。

多数情况下，航班都会平安起飞，平安落地，意外总是小概率事件。因此大多数情况下，航班旅程中，王豫与一名普通乘客无异。在一个座位上，从头坐到尾，从生活的城市飞往远端城市，再由远端城市飞回生活的城市，日复一日，年复一年，像鸟儿在不同的城市上空辗转穿梭，却没有鸟儿那般自由。从22岁开始，参加工作七年整，王豫已经习惯了这种默默无闻的工作状态。相较于那些穿着飞行制服在飞机上忙来忙去的空少、空姐，甚至憋在驾驶舱内的飞行员、机长，他更愿意在默默无闻里接受来自工作的各种挑战。

意外也会偶尔发生。比如今天。航班旅程平稳飞行至三分之二阶段，大部分旅客在黯淡的机舱光线下，或神色呆滞，或昏昏欲睡。头等舱里，左侧第二排座位挨着走道的一位男性乘客，此前一直闭目养神，不知是否身体突然发生不适，他慢慢睁开眼睛，从口袋里掏出纸巾，展开一张，捂着口鼻打了个喷嚏，随后一脸歉意地从座位上站起来，往洗手间走去。

喷嚏哥相邻的靠窗座位上，坐着一位二十多岁的时尚女子。女子由于与喷嚏哥离得最近，毫不掩饰地露出一个略厌恶的表情。这时飞机正平稳飞行，喷嚏哥从洗手间出来，无声地返回自己的座位。相邻那位女子，身体下意识地往窗边靠靠，拉开距离，一张小脸一直扭向舷窗的方向。走到自己座位旁，喷嚏哥并未立即坐下，而是在走道上稍站片刻，动作利索地打开自己座位上方的行李舱。

这时一名空姐走来，微笑着询问："先生需要帮助吗？"

"不好意思，老毛病犯了，我拿一下药。"喷嚏哥彬彬有礼，指指自己的喉咙，歉意地笑笑，非常地绅士，说，"我自己来。"

空姐微笑着退去。喷嚏哥把一只黑箱子从行李舱取出。箱子中等型号，款式考究，喷嚏哥将箱子平放在自己座位上，欠身旋动密码锁，打开箱子，从中取出一只精致药瓶，拔开瓶盖，张嘴对着舌根下方娴熟地连喷三下，从表情看，感觉似乎舒服了一些，这才重新放回药瓶，将箱子安置回行李舱，并认真地关好行李舱门。

从往返洗手间，到取箱用药，整个过程，喷嚏哥轻手轻脚，斯文有礼，动作利索，大约不过一分多钟。除了邻座那位女子，前后左右的旅客，其他任何人都没受到影响。

空姐预报航程还有最后20分钟时，王豫起身上一趟洗手间，做好降落准备。20分钟后，飞机平安抵达三亚凤凰机场。待飞机停稳，空姐打开机舱大门，旅客们如蜂群一样，从座位上涌动起来，行李舱被打开的声音不绝于耳。头等舱里，那位中途用过药的喷嚏哥，也已从行李舱中取出自己精致的黑色手提箱，拎在手上，准备下机。

机舱大门打开，头等舱头一排四位旅客鱼贯下机。拎着黑箱子的喷嚏哥，嘴里嚼着口香糖，这时也已经离开座位。待他前行两步，距舱门咫尺之遥时，王豫快步走到喷嚏哥身后，低声喊道：“先生请留步！”

喷嚏哥仿佛没听到，继续遵守着下机秩序，往机舱门走去。王豫一个箭步抢到前面，转身挡住喷嚏哥去路，郑重道：“先生请等一下！”

喷嚏哥继续嚼着口香糖，满脸困惑和无辜，不明白发生了什么。王豫拿出工作证在对方脸前亮了几秒钟：“麻烦您检查一下行李箱有没有拿错！”

“怎么可能！”喷嚏哥一脸不可思议的表情，像看外星人一样不解地看着王豫，“这是我的箱子，一路跟着我，跟我跑过十几个城市没离开过视线，怎么可能拿错！”

“您最好还是开箱确认一下！”王豫不卑不亢，神情严肃，口气不容置疑。

“荒唐！任何人没有权力强迫我打开我的箱子，”喷嚏哥正色道，“这里面装的是集团商业机密，侵犯隐私罪什么后果你不懂吗？”

被滞阻在后面的旅客，开始出现烦躁情绪。有人发出疑问：“怎么回事？凭什么让人家开箱子啊……”

对喷嚏哥的喷嚏表示过厌恶的那位邻座美貌女子，手里也拎着一只精致的黑箱子。这时候，她正站在喷嚏哥身后，试图从喷嚏哥与座位间挤出一道缝，急于脱离聒噪环境。王豫不失礼节地伸手一挡，拦住女子去路，道：“女士，请您稍等片刻，打开自己的行李箱，检查一下行李有没有出错。”

女子诧异。睁大两只美丽的凤眼，伸出一只细长白皙的手指指着自己：“说我吗？”

王豫点点头，说：“正是您！”

女子不以为然，耸耸肩，自语道：“我亲手整理的行李怎么可能出错呢。”

王豫坚持道：“为保险起见，女士您还是检查一下吧！”

女子觉得疑惑，看看王豫的工作证，还是顺从地把箱子放在旁边空座上。后面挤在过道的乘客，不约而同地把眼神汇聚到女子的行李箱上，大家这才惊讶地发现，她这只箱子，竟与被王豫拦下的喷嚏哥的箱子一模一样！款式、大小、颜色、品牌，包括新旧程度，打眼一看，毫无二致！

女子低头，欲打开箱子，拨动密码，却没打开。

又反复将密码归零重新旋拨，密码箱毫无反应。

“怎么回事？”女子脸色顿变，“怪事呀，密码没错呀，为什么失效？怎么会打不开？”

女子转向身后喊道：“小黄！小黄！你有没有看到谁动我的箱子？”

这时一位身穿黑衣的高个青年应声来到女子身前，强作镇定道：“赵总，别慌，您再试试！”

航行过程中，黑衣青年坐头等舱第三排，即女子身后临过道的座位上，在此之前，整个旅途与女子没说过半句话。如果不是此时女子忽然喊他，竟没人看得出他与女子是同行之人。

“女士，您会不会记错密码？”王豫问。

“不可能！我的密码铭记于心不可能记错！”女子拨密码的手指有些微微发抖，她睁大一双美丽的丹凤眼，仔细地查看箱子手柄，突然大惊失色道，“天哪，这不是我的箱子，我箱子的手柄已经被磨出琥珀光了，这个箱子手柄是崭新的，这不对劲，谁把我手柄换了吗？不对！这箱子不是我的！天哪，我箱子去哪儿啦？里面装有客户定制的钻石三件套，市场价值三百万美金！”

旅客闻声大惊，纷纷低头检查自己手里的箱子，甚至有人开箱检查，整个机舱气氛诡异而骚乱。王豫神情凌厉，目光如剑刺向拎着同款箱子的喷嚏哥的脸，说：“先生，我怀疑您错拿了行李，麻烦把箱子打开一下！”

喷嚏哥脖子青筋毕露，神色恼怒，边快速地嚼口香糖，边激动地斥责道：“你凭什么怀疑我？有什么根据？你在侵犯公民的隐私权……”

“现在是确认事实的时候，先不要谈公民权，请按我的要求去做！”王豫抬高声音厉声呵斥，“别逼我动手！”

女子本已花容失色，又被突然发怒的王豫吓得浑身一个哆嗦，整个机舱霎时又安静下来。女子睁大一双好看的凤眼，全部注意力都集中到了喷嚏哥手中的箱子上，机舱里所有的目光也都向这里汇聚。

黑衣青年此时紧紧护在女子身边。

喷嚏哥悻悻地低下头，将箱子平放在过道旁边座位上。他腰身弯成 45 度，伸出两只手，慢慢地旋动密码。

空气几乎静止下来。

王豫、女子、黑衣青年及所有旅客的目光，定格在即将开启的箱子上。

令人始料不及的是，密码没能成功开启，男子触摸密码的手指突然停止，整个人猛地直起身来，大嘴一张，一团包裹着唾液的口香糖，竟像出膛的子弹一般，正对着王豫的眼睛迅猛射来。

所有的人都惊呆了。王豫却早有准备，眼疾手快，两根手指在脸前一挡，稳稳地夹住一团带着温热又恶心无比的口香糖。那位喷嚏哥还真是训练有素，在王豫抵挡口香糖的瞬间，向王豫猛地推出一掌，接着大步蹿向已经敞开的机舱门口，企图夺路而逃。一名站在舱门边送客的空姐，挨了喷嚏哥一掌，一时身体失衡，站立不稳，脑袋重重地磕向狭窄的机舱壁，鲜红的血丝霎时从白皙的额头渗出。

几乎是眨眼工夫，王豫已甩开两条长腿，身如闪电，蹿向机舱门，在喷嚏哥正欲跨出舱门的瞬间，再度挡住喷嚏哥去路。喷嚏哥形如困兽，猛地挥拳，对着王豫脑袋重重击来。王豫稍一偏头，躲过袭击，转身一记重拳狠狠击向对方面部三角区。

女子几乎看呆了。一双清澈的大眼睛一刻不离地追着王豫的身影，半秒钟也不肯移开。

练过格斗的人都知道，面部三角区神经周围，血管分布极为丰富，以静脉血管分布居多。而面部静脉结构特殊，暴力击打的话，轻则引发血液逆行头晕目眩颅内受损，重则致命。很显然王豫并不打算夺其性命，就在这记铁拳距喷嚏哥面部尚有半尺距离时，王豫突然收回拳头，转眼拳头变为两根手指，直插对方双眼。动作之凌厉，如同闪电迎面劈来，对方没有丝毫躲闪机会。

喷嚏哥双眼暴出通红的血丝，因面临双目被挖而失魂落魄，方寸大乱，慌里慌张地侧头欲躲。王豫又突然变化策略，伸出长臂一卷，从侧面成功锁住喷嚏哥颈部咽喉。

面对歹徒，不是你死就是我亡。击打要害，一招制胜，关键时刻甚至要一招致命，这是王豫在平常抗暴训练中一个最基本要诀，也是空中警察必须具备的专业素质与格斗技能。

黑衣青年看得发呆。女子目不转睛痴痴地望着眼前场面，情不自禁地大声喊出一声：“My god！”声音落地，忽然间情绪剧烈波动，泪流满面。

众旅客看得心惊胆战，眼花缭乱，不再有人吵着离开，甚至期待能够看到更精彩的擒拿动作与格斗场面。

喷嚏哥突遭锁颈，咽喉呼吸道受到外力强压，顿时大脑缺氧，呼吸困难，整个身体随之丧失正常活动能力，瘫倒在机舱门口。

不少好事的旅客举起手机、相机，噼里啪啦地拍照。

“够刺激！在拍电影吧？这是哪位明星啊？以前没见过！”不知谁喊了一声。

“哇！是位新演员！气质太好啦！太有型啦！这戏要火！”

王豫将手指间那团口香糖，死死摁回喷嚏哥嘴里。

同一时刻，机场公安局的四位警察已匆匆穿过长长的廊桥，出现在机舱门口，两名警察从王豫手里接过男子，另两名警察拿出记录本记录现场情况。

女子一双大眼睛一眨不眨地望着王豫，随后眼泪不受控制地往下滚落。

王豫泰然自若地走回头等舱。女子回过神来，忽然想起什么，抹抹脸上的泪，举起手机提出与王豫合影。王豫巴掌一挡，将她的手机镜头严严实实地遮住。

“抱歉，女士，我的工作内容没有拍照这一项。”说着，他拎起喷嚏哥没能打开的黑箱子，递到女子手里，道，“现在请您打开自己的箱子，检查行李是否完整！”

女子脸上的尴尬转瞬散去，两行眼泪更加恣意地往下流淌。

她抚摸着闪出微微琥珀光的光滑手柄，娴熟地拨动密码，“砰”的一声，箱子打开，仔细检查后，含着热泪道：“谢谢！太感谢了！这才是我的箱子，我的宝贝都在，都在！先生，这件事太怪了，您是怎么发现小偷的……”

王豫摆摆手，淡然道：“请您收好自己的行李，配合警方到机场公安局进行相关调查……”

满机舱的乘客惊叹不已，不少人向王豫竖起大拇指。王豫又道：“请大家收起手机、相机，不要小题大做拍照发微信。今天是个意外事件，具体情况还要等机场公安局调查结果，其他乘客应该无损，抱歉耽误了大家时间！”

女子出于感激，临下飞机时将一张名片递给王豫，希望以后保持联系。

廊桥上，女子边走，边扭头向身后的黑衣青年道：“黄高手啊，你是怎么履行职责的？第一小偷偷箱子你没发现，第二小偷逃跑你又没去抓……你平时不总号称自己是黄飞鸿再世吗？说在这行当里混要眼快手快脚快，关键时候我怎么没看到你哪快呐？”

被称为“小黄”的黑衣青年一张脸涨得通红，半天，解释一句：“赵总，没想到在飞机上会发生这事，刚才放松警惕了，要是在地面的话我哪儿都能快起来。”

“你以后哪儿都不用快了，回去就到财务那儿结账吧。”

“赵总，就因为这一件事就把我给炒了？”小黄不服气道。

“这事吧，不是我炒你，”女子道，“是那个偷箱子的家伙把你炒了。”

机舱内，王豫转身后趁人不注意，将女子递给他的散发着馨香的名片丢进了垃圾袋。

2

从三亚返回鹭城，王豫又往杭州飞了一个往返，晚上回到家，已是半夜12时。冲过澡把这具肉体扔到床上时，浑身有种散架般的解脱和放松感。头挨枕头三分钟后，王豫进入了酣眠状态。次日睁开眼睛，已经上午10时，他没有立即起来，而是在床上赖着，随着大脑的空闲与清醒，昨天发生在航班上的意外，如同电影片段，在眼前闪回。

每段新航程开始，作为机组人员，他都要比乘客提前一个小时登机。每次航班起飞之前，一些琐碎工作是少不了的。比如，要注意别让非头等舱的乘客进入头等舱；要及时发现并阻止个别好奇心重的乘客进入驾驶舱；尤其，头等舱通常都是些特殊乘客，要么身居要职、非富即贵，要么是名流显贵、艺人明星，这一群体无疑是航空公司经济收益的特殊贡献者，因此头等舱的安全问题从来都是重中之重。也因此，每次航班开始，作为空警的职业习惯，对头等舱屈指可数的几位客人，王豫通常都会多出一分关注。昨天三亚航班，在旅客登机时，王豫已经悄然入座经济舱头一排的座位上，貌似休闲度假的旅客，事实上每一位登机旅客，都在毫无觉察之中，经过了他目光的检阅。

当那位喷嚏哥第一眼映入王豫的视线，出于职业的敏锐，他就发现此人有异于普通旅客。首先吸引王豫注意的是，喷嚏哥手中拎的黑色箱子。这种特别款式的箱子并不多见。王豫只一瞥就知道，单就如此精致考究的工艺，必是某品牌纯手工打造的限量版箱子。而当喷嚏哥将自己的箱子放入行李舱没多久，那位时尚女子登机了，她手中竟拎着一只几乎一模一样的纯手工限量版箱子。这一巧合令王豫暗自惊讶。更巧的是，一男一女竟然相邻而坐，一开始，王豫误以为这是一对旅行的情侣，因为恩爱而拎同款的情侣箱。但很快，他就发现，事实并非如此。这对男女，从入座后，始终没有任何交流，从表情神态及种种迹象看，两人素不相识，毫无瓜葛，“情侣”关系彻底被否定。

同时，喷嚏哥不同于普通旅客的种种异样之举，触碰着王豫的职业神经。普通旅客入座后通常不会再关注他人，有熟悉的亲朋还会窃窃私语一下，有的人在被要求关机之前捣鼓手机，有的拿出飞机上提供的杂志阅读，头等舱的旅客通常会翻阅空姐提供的报纸翻阅。这位喷嚏哥也接过一份报纸，开始翻阅。他的另一异样就是从翻阅报纸开始的。他手捧报纸，眼睛的余光却不安分地悄悄打量周边环境，尤其格外窥视邻座女子的一举一动。

而女子的态度则完全相反。由于喷嚏哥偶尔打个喷嚏，尽管他很克制，女子却毫不掩饰自己的厌恶，像躲瘟神一样尽可能与他保持距离，甚至连抬眼皮看一眼都担心感染上瘟疫一般……种种异常迹象，让王豫不得不多留个心眼，他借上“洗手间”之机，向当值乘务长悄悄交代。因此，整个飞行过程中，头等舱与经济舱之间做隔断用的蓝色隔帘，始终被巧妙地留下一条不宽不窄的缝。这有意留出的缝隙，正是提供给坐在经济舱头一排的王豫，以便对头等舱进行神不知鬼不觉的观察。

航程中，王豫靠在座位上，看似闭目养神，但整个航行过程，即使最安全的状态下，他的全身神经及每一个细胞，都随时保持警惕状态，以随时防止突如其来的意外发生。这一回，发生在头等舱的任何正常或非正常动静，王豫已然尽收眼底，洞察秋毫。当那男子捂着口鼻起身上完洗手间后返回座位，站在走道上欲打开行李舱取药，空姐走过来询问是否需要帮忙时，王豫准确捕捉到喷嚏哥在一刹那间眼神里闪过的慌乱。

这时王豫心中的疑惑愈加强烈，但仍然只是疑惑，并不确定。当喷嚏哥“用”过药，锁好箱子，将箱子重新送回飞机行李舱时，王豫通过眼睛的余光，无比清晰地捕捉到男子的调包动作：他借着举起放箱的手，伸手将旁边那只一模一样的箱子往自己刚刚空出来的位置上轻轻一推，这才置入手中的箱子。尽管动作快若迅雷，尽管始终坐着的王豫并没有目睹两只箱子的对调，但通过男子手臂及手腕的两个动作，足以做出判断：对方刻意对调了两只箱子。

至此，王豫心里已明白七八分，并由此推断，这绝不是随机的小偷行为，而是一起目标明确、准备充分的空中盗窃案件。由此推断，喷嚏哥也绝非一个人，只不过借助斯文的外表，和训练有素的“技术”，实施一线行动而已，背后一定隐藏着一个盗窃团伙，而且专门针对航空公司 VIP 顾客下手。为有备无患，在空姐预报飞机距目的地还有最后 20 分钟时，王豫起身去洗手间，悄悄向机长做了汇报，并通知机场公安局，做好抓捕空中大盗的准备。

正值盛夏，地处南方沿海的鹭城，如同闷在大蒸汽笼里，即便大清早，起床后随便一动就浑身大汗，王豫冲了个澡，打开手机，叮叮咚咚各种信息不断涌进。还未来得及查阅信息，又有电话打进来，是哥们儿刘国辉。刘国辉一张口就爆出粗口，道：“我 × ！坦克，你怎么混的？一夜之间成微博兼微信双栖红人？”

“饭桶！”王豫哈哈一笑，调侃道，“我听你这口气，怎么全是山西老陈醋味儿？你放心，等我女粉丝多了，应付不过来时，保证分一部分给你，你那点儿德行我了解，不就羡慕嫉妒这个吗？”

刘国辉是王豫当年公安院校的大学舍友，上下铺。刘国辉人胖，一顿可以吃四碗米饭，以能吃著称，落个“饭桶”绰号。王豫能打，有回刘国辉受外校同学欺负，头上挂彩，王豫冲过去替他报仇，一口气放倒六个壮汉，剩下几名看见王豫势如狮子，不敢应战，掉头鼠窜。从那以后，在大学同学之间，“坦克”成了王豫的代名词，意思是所到之处，无往不胜。

“红啦，不能白红，公司得发奖金吧？特殊贡献奖有吗？请客啊！”

“改天，”王豫说，“你等着。”

“别让我等到花儿都谢了，我缺乏耐性！”

“奖金到手之前就先别考虑了，今天我自己吃什么都不知道呢，要不然你先请我？”

“他奶奶的，吃你小子一顿饭就这么困难吗？得了，不指望你了，今儿个自己请自己吧……对了，下周飞韩国吗？别忘了带个包。”

“没办法，摊上你这号，不榨取哥们儿你是不会主动打电话的。”王豫哈哈笑着挂了电话。

一分钟后，刘国辉连续发来几张微信图片，一只 burbeery 当季最新款女包，前后左右各角度拍摄图，王豫一一进行图片保存。

隔三岔五飞越国际航班。对刘国辉来说，王豫最大的价值莫过于，可以时不时从国外帮他捎带各类奢侈用品。化妆品啊，包啊，手表啊，大都不是他自己用，或是讨好现任女朋友，或是送合作伙伴，在国外买这些东西比国内大约节省三分之一资金成本，但这类牌子每件拿下来也要不少钱。不过每次也不能多带，偷偷摸摸带个一件两件没问题，多了海关就会当走私抓你处理你。每次王豫买这些，同行的空姐会好奇，你这都是给谁买？谁整天这么压榨你？一个月就那么点儿钱也不够这么压榨呀？王豫每次都笑笑，不解释。地球人都误会也不要紧，只要女友胡蝶不误会就万事 OK。

昨天连续飞行十几个小时，今天便获得宝贵的全天候休闲回报。早餐与午餐并用。饭后，王豫靠在沙发上浏览微博与微信。微博上关于昨天高空抓捕大盗的事件，已被炒得沸沸扬扬，好家伙，随便一点，便搜出几百条相关信息，图文并茂，甚至有人杜撰王豫从小在少林寺习过武，并且连王豫现任女友胡蝶也被一并搜出。而 JE 公司飞行队及乘务队的哥们儿姐们儿，在微信纷纷留言，向王豫表示祝贺并极尽调侃之能事，其中不乏一些陌生的年轻女孩主动献花。王豫哑然失笑，没有一一回复。

天热，懒得外出，为消遣，便丢下手机一头扎入电脑游戏中。

现在正是七月中旬，鹭城一年中最难熬的时段。潮湿和闷热是常态，身体素质差的人，在这种环境中容易产生窒息感。别人休班时下海消暑、郊游休闲，王豫则把这大好时光拱手送给网游。他偏爱的游戏角色是一位“大侠”，少年英武、飞檐走壁的那种。从外形看，王豫长得竟与游戏角色有几分神似：朗目疏眉，健硕匀称，即使很平静的情绪，目光中也掩饰不住一股难以抵挡的英锐之气。坐在电脑前，精力充沛地过关斩将，利用日复一日的业余时光积累，把一套游戏装备晋级为顶尖级“高大上”级别，在别人眼里这叫不务正业，于王豫来说，这恰恰是快意人生的一部分。

激战正酣时，门铃突然疯了一样被人摁响。

王豫丢开鼠标，光着脊背箭步飞奔去开门。他以为是胡蝶。她是爱耍赖偷懒的女孩，只要他在家，她连从包里掏钥匙都懒得动。最近胡蝶正在闹分手。这场爱情持续不过三个月，原因不是感情有恙，也非小三夺位，主要是房子。

尽管胡蝶表达得比较委婉，甚至一次次把她母亲搬出来做挡箭牌，但他感觉的到，所有的理由和借口，都是在为她自己的叛逃做粉饰。连续多日没见，竟然谁也没联系对方。谁都明白，感情发展到这里，毫无疑问已是苟延残喘阶段，如人生过午，季节过秋，好时光一去不复返了。这种时候突然现身，王豫估计，胡蝶可能要来个痛快的。痛快的好，一刀子捅进去，流血也好，肉痛也罢，就一阵子。这比左右摇摆、温水炖青蛙要好受得多。

几秒钟后，房门打开，王豫的情绪一时有些僵在血管里。稍稍有些失望。出现在眼前的不是胡蝶。胡蝶是那种弱柳扶风般的白又美，此刻眼前立着继母，白又肥，虽也五官端正，眉眼也算柔和，但是骨架大，眼前一站，似一堵人肉墙。王豫抹一把脸上的汗，顺手从门后挂钩上拎起一件T恤套在身上，瞬间恢复玉树临风的英俊本色。

“又在玩游戏？”罗爱芳只消扫一眼王豫的眼睛，便对他的行径了如指掌，“游戏总是比妈重要！”

“这只是你个人看法，”王豫看一眼继母的脸色，嘿嘿一笑，往室内做个请的动作，“又有麻烦事了吧？坐下慢慢说。”

“你妈遇到骗子了，你还有心情在这玩！”罗爱芳一步跨进来，脸上愁云密布，立即就要闪电雷鸣暴雨倾盆的样子。

“骗子在哪儿？你一句话，我碎了他。”

“碎了人还要抵命赔钱，我和你爸后半辈子日子还过不？”罗爱芳在八成新的布艺沙发上坐了，掂起茶几上的水瓶，倒一杯隔夜凉开水，一仰脖，“咕咚”灌一口下去。

王豫转过身，从茶几果盘里拿只苹果，手掌一击，咔嚓，劈成两半。递一半给继母，另一半自己拿着咔嚓一口咬下一半。

继母摇摇头，神情黯然，说："抑郁，吃不下。"

王豫说："专家说多吃水果抗抑郁、不得癌。"

"股市 6100 的时候，专家还说涨一万呢，后来跌到 1600。"罗爱芳当年因听信专家建议，在股海鳄口无限悲惨地"葬"过身，之后一提专家就咬牙切齿。

一只绿头苍蝇在罗爱芳脸前飞，罗爱芳两条眉毛愤怒地绞在一起。

"苍蝇哥呀，你能不能别骚扰我们家皇太后？到别处去播毒，行不？"王豫嚼着苹果，对苍蝇好言相劝。

"对一只苍蝇有什么温柔的，苍蝇拍呢？"继母瞪着眼睛挥手驱着。

"它已经死到临头了，死刑犯临死前都要好吃好喝一顿呢，我不过给它一句好听话。"王豫不紧不慢地把苹果核上最后一点果肉啃净，把核扔进垃圾筒，就近从沙发上抓起一份报纸，卷成筒，向前走两步，这只苍蝇竟然高智商，迅速飞至天花板，王豫飞身一挥，苍蝇落地。用纸筒端着苍蝇尸体往卫间生走时，又道，"早知如此，直接飞马桶里得了，何必劳我大驾……"

本想逗罗爱芳一笑。若是以往，王豫口吐这类癫言，罗爱芳必然笑得合不拢嘴。可今天，王豫竟没听到罗爱芳笑声。转过身来，看见罗爱芳正吧嗒吧嗒掉泪珠子。

"到底什么情况？"

"王豫，我们都上当了，叫骗子骗了，你得帮妈追讨权益啊！"

"慢慢说。"王豫很淡定。去卫生间洗了手，啪，将一盒纸巾丢在继母面前，道，"什么大不了的事？就算上当受骗，有什么理由掉眼泪？你要做的是检讨。"

"儿子，你不能这么残忍地对待我呀！"罗爱芳号啕大哭。

"被骗不是因为骗子太坏，通常是被骗者智商太低，太蠢，太贪婪，"王豫从容不迫道，"骗子行骗花样百出，那是骗子的职业性质，要不然就不叫骗子了，你不能见什么信什么，见便宜就想贪，更不能发现被骗的时候狂流泪，眼泪很廉价吗？残忍待你的正是你自己啊……"

|第二章|

3

赵雅祺的失眠症突然发作。

就在抵达三亚的当晚。

那天在飞机上，那名空警如离弦之箭飞身射向歹徒的瞬间，她的眼泪当场唰唰滚落。她从不承认自己是那种多愁善感的人，但那时那刻，眼泪滔滔，不能自制，在别人看来，她是为被挽回巨额损失，喜极而泣，只有她自己知道，那一刻，仿佛神迹出现，她恍然看到一个消失了多少年的久违身影——不仅仅是冲向歹徒的动作，主要是那眼神。空警出手与歹徒过招的一刹那，那眼神流露出的果敢、锐利、坚毅、奋不顾身与无所畏惧，如同一道闪电，或者子弹，结结实实击中了她。

时光倒流回八年前。那时候她还是地质大学的大三学生，在北京。在一次校外聚会中，她与正在北京某公安大学念书的大三学生杨建华相遇了。她看到他的第一眼，心里某个柔软的地方突然被触动：好帅气的小伙子！他的帅，不是单纯的那种漂亮，而是眉目之间挡不住的锐气与英气。后来赵雅祺才知道，这与他的个性及所学专业有关。他读的是刑侦系侦查专业，每天都有定时体能训练，不只是看上去体格健硕、肢体敏捷，还实实在在拥有当下一般男人根本不具备的格斗散打等特殊技能。

初次相见，俊男靓女四目相对，她从他的眼神中，也读到了惊鸿一瞥的欣喜与惊讶。那天晚上，杨建华主动送赵雅祺回校，并要去她的手机号码，她的初恋，也就从这天开始了。从那以后每一个周末，两人都在一起度过，那是一段一日不见如隔三秋的时光，即使日夜厮守，仍然觉得时光匆匆。每次跟他在一起，她都会有一种特别的优越感与安全感。如果说，在遇到他之前，自己的优越感与安全感更多来自父母提供的优厚经济条件，那么有了他之后，在她眼里，钱啊车啊什么的，统统都退为其次。这世上，还有什么比每天看到他那动人的微笑更令人开心的礼物？还有什么比他强有力的拥抱更温暖的依靠？跟他在一起，她无所忧虑，无所畏惧，近两年的恋爱时光，成为她生命最灿烂美好的一段光阴。

为了有更多时间在一起，为了今生今世永不分离，热恋中的两人约定，大学毕业后一块考研，考同一所院校，同一个专业，每天并肩坐同一张课桌听课，每顿饭一起去食堂坐同一餐桌享用。为了这一约定，杨建华与赵雅祺愈加奋发学习，每周他从他的学校去她的学校看她，有十几站公交车的距离，每次他都要在公交车上记背大量的单词，每次两人见面，都会为共同的目标，相互出题考校对方，相互鼓励又相互加油，连续两个年度，两人都拿到所在大学的奖学金，热恋不仅没有令成绩下降，反而让两人朝着更优秀的方向大步奔跑。

杨建华是青岛人，恋爱期间的每个假期，他都舍不得离开女友独自回家。每到寒暑假，即使回家，也是匆匆几天，见过父母后即刻返回女友身边。假期里赵雅祺回鹭城，他会寸步不离跟过来。尽管两人同岁，但每次共同出行，或护送她回家，或一块出游，旅途中杨建华都会像家长一样担当起照顾赵雅祺的全部责任。旅游路线攻略，衣食住行，事无巨细，他一手打理，体贴入微，无须赵雅祺费半个脑细胞。那时赵雅祺父亲和母亲已经离婚，但在先后见过杨建华后，对小伙子给予了认可。赵雅祺父亲在鹭城经营着庞大的家族企业，杨建华却出生于普通公务员家庭，两个家庭经济条件差异悬殊，但见小伙子一表人才、为人善良，教养良好又奋发上进，尤其对赵雅祺一心一意，当公主一样捧在手心里，对她的照料和疼爱丝毫不逊于当父母的，女儿又与对方爱得如胶似漆，冲着这些，赵雅祺父母双方一致默认了女儿的恋情。

然而事与愿违。老天并没有成全这对爱到发狂的爱侣。大四最后一个学期的暑假，杨建华带赵雅祺回青岛拜见父母，她在青岛待了一周，杨家父母对漂亮可人的赵雅祺十分中意，夫妇俩拿出最高规格接待未来的儿媳。一周后，两人计划共同返回鹭城，正式拜见赵雅祺父母，下一步，就要双方家长坐下来，共同订下婚约。就在离开青岛的前一晚，赵雅祺拉着杨建华去体验青岛的酒吧，在酒吧玩到午夜12时，这时临桌有一群小伙子，为首的一位见赵雅祺漂亮，借口她长得像他前女友，端着酒杯过来敬酒，赵雅祺拒喝，小伙子骂了一句脏话，从小娇生惯养的赵雅祺哪里受过这种羞辱，一扬手将满满一杯酒泼到对方脸上。

打架就是这样发生的。杨建华身手漂亮，飞身扑向滋事者，当即放倒四五个，有一个后脑开了瓢，另一个眼球流了血。杨建华与流氓过招的过程里，赵雅祺仿佛亲眼目睹精彩的武侠大片，男友一招制敌的果敢与无所畏惧的胆气，令赵雅祺浑身热血沸腾，激动不已，骄傲又自豪。她豪气地立在酒吧正中央，挥舞着双手，大声叫嚣着，不就一群小流氓吗？有胆量就放马过来吧，不管你们黑道白道，活腻歪的都过来，来一个灭一个……酒吧老板报了警。但警察没能及时来，及时赶过来的是对方搬来的援兵。正在赵雅祺挥着手臂，得意地宣言灭掉小流氓的时候，一伙壮汉从酒吧后门涌入，其中一个瞪着血红的双眼，抡着铁榔头彪悍地冲向杨建华。杨建华正对付眼前一群流氓，没及防备，后脑遭击，当场倒地。当警察赶来时，120 救护车也到了。一伙人被警察带走，杨建华被送往医院急救室。

悲剧就这样发生。当晚做了开颅手术。但由于颅内出血过多，之后一周，又先后两次手术，杨建华仍然没能醒来。医生表示，已经尽力，伤者由于脑干重度受损，经抢救进入植物人状态，这是目前医疗能达到的最好效果。几天之间，杨建华父母骤然衰老十多岁，杨母体重骤减 10 公斤，眼泪流尽，头发全白！赵雅祺在医院陪护一个月。走进医院的第一天，此前脑袋挨到枕头一秒钟就会进入酣眠状态的赵雅祺，突然不会睡觉了！

从那天开始，赵雅祺需要每晚服安眠药才能勉强入睡。初时服四分之一片，几天后服半片，再后，每晚若不服一片甚至一片半，整夜连一秒钟都难以入睡。一个月后，赵雅祺目光呆滞，形容枯槁，与一个月前肤如凝脂充满活力的青春美少女判若两人。赵雅祺父亲赵宏武先后两次飞来青岛，要带赵雅祺回去。赵雅祺死活不肯。母亲周蕙莲在出事的第二天就飞过来，过来后就没回去，怕女儿出意外，日夜守护在女儿身边。又熬了一个月，赵雅祺在母亲的抚慰之下，情绪有所好转，但杨建华仍然没有任何醒来的征兆。

赵雅祺悲伤地发现，以前那个英俊、强大有力、朝气蓬勃、英雄超人般时刻给她安全感的男友不见了；那个把她捧在手心里怎么疼也疼不够的男友不见了；那个每次出门都会像家长一样把衣食住行柴米油盐安排得妥妥帖帖知冷知热的男友不见了！她每天看到的，是一具浑身插满管子的“植物人”，不会说，不会笑，眼皮紧闭，嘴角下垂，身上的肌肉在一日日萎缩、松弛，四肢变细，头发脱落……

那些日子，她日夜守在病床边，只要没有累到晕倒，她都会不停地跟他说话，唱歌，用声音回忆美好恋爱时光……但不管她说什么，唱得多么婉转动听，回忆多么感人泪下，他都毫无反应。他真的成了一棵“植物”。赵雅祺身心交瘁，即使每晚服用大剂量安眠药勉强睡上几个小时，也会噩梦不断，惊恐万分，不断地从噩梦中醒来。在医院守候到第 60 天，赵雅祺终于没有勇气继续面对，再也没有力量为她的爱情继续坚守，她点头同意了母亲的安排，为杨家留下一笔钱，像木偶人似的跟母亲回到鹭城。

之后，为了让赵雅祺尽快从悲伤往事中摆脱出来，赵母与赵父商量后达成一致，将赵雅祺送往英国读研。到英国后，赵雅祺扔掉以前的手机号，换了全新的号码。那时的她认同父母的说法：换个崭新的环境，换个全新的通信方式，认识一些全新的朋友，读一些全新的书籍，或许可以忘掉那场伤痛的爱情。然而到英国三个月，她仍然无法从悲伤中走出。她仍然整夜失眠、抑郁、暴躁，她无法忘掉过去，更无法忘掉那个躺在病床上被她“抛弃”的男友。是的，她认为从跟着母亲踏上回鹭城航班的那一刻起，她就背弃了爱情，背弃了约定，当了可耻的逃兵。在刻骨的思念与牵挂下，她发现，自己还爱他，放不下！放不下的折磨让她痛不欲生！她毅然从就读的学校请假，背着父亲与母亲，私自订机票飞回祖国。

回国后她没有回鹭城，而是直奔青岛。当她奔向医院，医院已不见男友的身影。当她奔往男友的家，没有看到期待中苏醒的男友，看到的却是男友被镶在黑纱框里的遗像。杨建华的母亲含泪讲述了儿子离世的经历：就在赵雅祺跟母亲离开后的第二个月底，杨建华奇迹般地苏醒过来。当他渐渐恢复意识和知觉，第一件事就是用目光四处寻找心爱的女友。然而这时候赵雅祺已不知所踪。杨父为此找到鹭城，联系到赵父与赵母，但此时赵父与赵母为了女儿不被打扰，双双硬下心肠，最终没能提供赵雅祺在英国的联系方式。

杨建华渐渐明白了自己的处境，在父母的劝说下，他渐渐断掉了一定要见女友的心。那时的杨建华，不能流利说话，无法正常行走，但思维在渐渐恢复，想到自己刚刚大学毕业，便从此不能从事向往的事业，此生梦想已无实现可能，一辈子将成为父母的沉重负担，他绝望了。远去的爱情，成为压死骆驼的最后一根稻草，杨建华终日郁郁寡欢，加之病痛的日夜折磨，他不再配合医生治疗，在苏醒后第二个月底，内脏器官突然衰竭，抢救无效而死亡。

杨建华的离世，成了赵雅祺心里一块无法愈合的伤。她泣不成声，失魂落魄地返回英国。想到以前在一起时，总是他照料她，总是他为她做一切事，将她当孩子宠，溺爱，可是她……如果时间可以重来，她再也不会做以前那个任性、无脑的混账女孩；如果可以让他回来，她宁死也不会再让男友为自己与他人打架。

可是生活，没有如果，发生过的任何事都无法从头再来。重创之后，当她终于渐渐懂得爱，想要好好去疼爱一个人的时候，却再也找不到这个人的身影。在之后的岁月里，男友为保护自己扑向歹徒的那个瞬间，那个奋不顾身的身影，千万次在赵雅祺脑海里回放、定格、放大。她无法把它们送出记忆，它们仿佛在灵魂里植根，无论她如何努力忘却，却始终没办法把它们剔出生命。

自责、内疚、厌食、长期失眠、痛彻心扉的懊悔……种种折磨下，赵雅祺病倒在英国。十二指肠严重溃疡，胃大出血造成穿孔，直到有一天突然晕倒在宿舍，被同学送到医院，被告知如果不及时手术，会有生命危险时，赵雅祺才知道，自己原本固若金汤的健康，出了问题。

在英国做了一个微创手术：胃部被切除四分之一。住院及出院后半年时间，母亲周蕙莲办了陪读手续，赴英国陪伴并照料女儿。半年后，赵雅祺渐渐康复，周蕙莲才返回国内。赵雅祺先后在国外读书两年，学习珠宝鉴赏等相关科目，完成学业后，有过一年在跨国珠宝公司实习工作的经历，之后回国，在父亲的支持下自己创业。她为自己的工作室起名“华祺”，无尽思念寄托其中。杨建华之后，她再没有谈过任何恋爱，她一度怀疑自己已经失去爱的能力，不管别人眼里多么出色优秀的男子，不管这些男子多么狂热地爱她，她都无动于衷，找遍身上每一个细胞，都找不出任何爱的感觉。

三亚一家五星酒店，夜深人静，赵雅祺再次回首那段经历，心尖仍然会疼到抽搐。飞机上一场奇迹般的相遇，那名空警冲向歹徒时一刹那的眼神和身姿，以及动作，尤其奋不顾身的果敢和一招制敌的气魄，宛若一道闪电，噼里啪啦地击碎了赵雅祺心中冰封多年的情感堡垒。

是的，那一瞬间，她突然泪流满面，恍若与故人重逢！

是的，看到那个敏锐的身影，她几乎要呆掉！恍惚之间她觉得以前的男友奇迹般地回来了，不，他重新满血复活了。因为他和他，太神似了！那个电光石火的瞬间，她发现自己冰冻的情感骤然复苏，如火山崩裂后的岩浆喷涌，不能自制。它们灼热滚烫，使她整夜无眠，一秒钟都无法安睡。

她记住了那个名字：王豫。

4

晚上 7 时，王豫拎着飞行箱走下飞机。

打开手机时，全时通信息发来十几个未接来电。六个是罗爱芳打来的，另几个是陌生号码。王豫没有直接回家，驱车去了父母家。在楼下碰上卖西瓜的，顺手称了一个抱上去。

老王和罗爱芳刚吃过晚饭，晚饭吃的是包子，吃包子必吃大蒜，进门满屋飘浮大蒜味。气温高达30度，空调没开，老王有颈椎炎，空调吹久了脖子疼，大热天，老王在厨房洗锅刷碗，罗爱芳站在水池边给老伴摇扇子。就那种印着JE航空公司标志的折叠纸扇，航空公司当小礼品送贵宾的，做得很精美，但不值钱，罗爱芳特别爱收藏，每年夏天老两口都要摇坏十几把。

见王豫进门，罗爱芳忙接了西瓜，拿去洗了，切开半个端出来，挑一块中心部位最优质的，往王豫手里塞。王豫不接，说："在飞机上吃过了。"

"买这么大的瓜我和你爸吃不了，明天肯定坏了，"罗爱芳说，"你还是吃块吧。"

"妈，又犯错误了啊，因为怕坏了就逼人吃，晚上胃部负担过大，后果很严重，这个问题我讲过多少次了你就是记不住，还当一辈子护士呢，有点基本养生常识好不好！"王豫说着，去了趟洗手间，转回身，老王已经从厨房走出来，在沙发上坐着，王豫便在老爸对面坐下。

老王是位退休数学教师，退休后在家做起家庭主男，买菜做饭家务活样样拿手。罗爱芳在公立医院干了一辈子护士，先从小护士熬成个资深护士，退休时最高职位是副护士长，后被一家小型私立医院返聘做了护士长，算是一直在上进。她是个立誓活到老干到老的有志女人，不管岁数多大，都怀抱一腔对事业的热爱与追求。这个女人在嫁给老王之前有过一次短暂婚姻，生过一个孩子，孩子不幸在两岁时因病夭折，也是因为孩子夭折导致了第一次婚姻的终结。后来她从伤痛中走出来，遇到老王后重组家庭，却因为身体出了问题始终没再生育。她到王家时王豫才六岁，正是调皮捣蛋的时候，一见来了后妈，以为她会与自己争夺父亲的爱，一天到晚与罗爱芳干仗。

小时候住老式平房，冬天取暖靠烧煤、自制的土暖气，平常生活中，只要王豫稍微不高兴，就趁人不注意，三下五除二飞身跃上房脊，将烟囱堵上。王豫天生运动神经发达，自小"飞檐走壁"的功夫是在亲戚里出了名的，每次烟囱一堵，不用说都是他干的，只要老王知道了，少不了一顿鞋板子，不打得他皮开肉绽不算完。但王豫屡教不改，一次次用这个办法表示对老王续弦这件事的不满。渐渐地，为了不让王豫挨老王的鞋板子，每次烟囱堵了，罗爱芳每每趁老王不在家里，自己搬梯子上房掏烟囱，每次看她一脸煤灰小心翼翼地从房顶狼狈地爬下来，王豫都能获得报复似的快感。不过这样的日子只持续了一年，一年后王豫就开始亲昵地喊妈了。那一年发生了很多事，王豫因重度肺炎住了一次院，老王一心扑在教育事业上，工作忙，如果没有罗爱芳鞍前马后打针喂药端屎端尿心细如发地照料，王豫还能不能生龙活虎地活过来都不好说。凭良心说，不能再生育的罗爱芳，对叛逆儿童王豫，那份由衷的疼爱，与亲妈无异。她用自己日夜加班挣的辛苦钱，送他去练钢琴，培养他的文艺气质；送他练跆拳道，强身健体；给他买保质保量的品牌衣服、鞋子、学生用品，让他在小伙伴面前从来没失过体面；在他整个童年时代，她所有不上班和不加班的时间，都用在给他做吃的、陪他学习、给他辅导、送他去各种培优班的路途中，母子俩的深厚感情，也就从那时起，不知不觉地血浓于水了。

"妈，早跟你说了，工作时间别老打电话，"王豫说，"不就是房租的事嘛！昨天不是告诉你了，这事交给我了，你就别在这儿心急火燎的了，钱跑不了你的。"

老王在旁边附和道："早几天晚几天没什么大关系，钱要是到你妈手，指不定哪天又被骗走。"

"你个老没良心的，"罗爱芳眼一瞪，"咒我被骗子骗？"

"怎么敢？说人没良心不能空口无凭总得拿出点事实佐证吧？"老王笑。

"懒得理你，我这会儿最希望的是看到儿子表现孝心，"罗爱芳道，"房租拿不到，老妈手里又没零花钱了，怎么办呢？"

王豫掏出钱夹，抽出一千块丢茶几上，问："可以了吗？"

"一千哪够我花？网购好几单都没付账呢，"罗爱芳收起钱查一遍，说，"老妈开一次金口不容易，怎么着不得给个三千两千的？"

"百八十块钱一件的衣服够你买一堆了，我不了解你？"王豫道，"以后再发生贪便宜赞助骗子的事，甭想从我这儿拿一分钱。"

"房租的事怎样了？"罗爱芳收起钱，"要是要晚了，你要给我付利息。"

"好好好，我付你利息。"王豫笑道。

"你让人坑了，委托儿子帮你讨房租，不付代理费罢了，还要儿子倒贴利息？人家坑爹，你这叫什么？坑儿子？"老王翻翻白眼，批评老伴儿。

"都怪我没脑子，"一提房租，罗爱芳又开始自责，"当初真不该贪便宜买这个破房子，都五年了，别的地段房子都翻倍涨到三四万了，夏威夷那个破房子竟跟死人一样，到现在还不到两万，卖了它吧，带着那么长的租约根本卖不出去，不卖它吧，到现在租金还不能顺利到手，是不是要出大事啊……"

“当初我就不让你买那个破房，你不长脑子，生怕捡不着便宜，偏要买，现在出事了，就会窝里横！”老王抢白道。

夏威夷的房子，地理位置不在美国夏威夷。从鹭城楼盘地图看，它地处鹭城的老城区，是栋商住两用楼，楼盘名叫“夏威夷”。

事情还得回到五年前。当时这个城市的房价以火箭速度往上蹿，各个地段不同楼盘的抢房潮频频发生。加上媒体推波助澜，三天两头渲染楼价疯涨的信息，老百姓心里就没了底。除了那些专门以投资投机为牟利手段的大小奸商，抢房的老百姓主要分两类：没房的人担心被甩下一辈子买不上，争先恐后地拿出三代人血汗积蓄，半夜排队摇号拼了老命去抢；有点闲钱的担心储蓄会变“毛”，忙着货币大搬家，哭着喊着把血汗钱从银行弄出来红着眼睛往楼市里扎。反正就是人心惶惶，没几个人能淡定。

在那种氛围中，罗爱芳不甘人后，也出手了。罗爱芳属于后一种，她的业余最大爱好就是：攒钱。老王在罗爱芳的领导下，一年四季往死里节省，攒到六年前的某一日，日积月累存折上竟然有了四十万。这笔钱让王豫都震惊，太能攒了，都想不明白靠薪水过日子又供儿子读书求学的老两口是怎么攒出来的。

这笔钱捏在指缝里，让罗爱芳既幸福又不安。幸福自不必说，不安的是，眼看着猪肉白菜交通水电各类物价一天天涨，同样的纸币所购物资一日比一日减缩，平日加班加点累死累活，挣钱难，攒钱更不易，半辈子也就积下这点养老钱，总不能让通胀给吃掉吧？股市不敢进，买黄金吗？忽一阵暴涨，忽一阵暴跌，跟抽风似的，压根不是老百姓玩的。

罗爱芳一度忧心如焚，为这笔钱日夜不宁，做梦都担心血汗钱变成废纸一堆，被通胀弄得重新变回穷光蛋。看到房价跟打了鸡血似的一气不停往上蹿，又一夜之间发现身边的人跟抢白菜似的抢房子，罗爱芳权衡再三，痛下决心决定抓套房子在手里。可在鹭城这样的城市，40万元能买什么房子？即使在当时，市中心的新楼盘，动辄两三万一平方米，偏一些的老城区，也得一万多一平方米，拿这笔钱当首付去买个鸽子笼？每月还贷是个大问题。不论是老王，还是罗爱芳，都不具备还贷能力，银行未必愿贷给你。有一阵，罗爱芳抽了空就往外跑，到处看楼，四面八方寻找二手房信息，跑了两个月，没找到一处合适的，怨不得房子，主要怪自己钱太少。正坐卧不安焦虑时，忽然一天从报纸上看到大版面的广告信息。有一在售楼盘，单价一万零五千，商住两用，目前有43平的小户型，号称43克拉，楼盘还有个浪漫的名字——夏威夷。

真是踏破铁鞋无觅处，得来全不费功夫。罗爱芳简直如获至宝，乍一看价格便宜，顿时血管膨胀，头脑发晕。第二天就从护士科请了假，拉着老王窜到楼盘实地考察。小高层16层，虽然所处地段属于暮气沉沉的老城区，远离充满活力的繁华区，但它有优势，在海边，能看海，关键是，小户型，总价低，而且还是一手楼，直接从开发商手里买，避免杂七杂八的苛捐杂税，算是勉强进入罗爱芳的能力范围。当时周围新楼盘价格在一万七八,二手楼房也在一万四五，夏威夷这个价可谓非同寻常。

王豫不相信天上掉馅饼，叫老两口谨慎些。而且向售楼小姐一打听，了解到"便宜"的理由。夏威夷的开发商叫夏煌公司。夏煌公司是家名不见经传的小公司，夏威夷是夏煌在本市开发的第二个项目。夏煌公司在此楼竣工之初并不打算出售，而是作为一项固定资产投资，将大楼整体给租出去，一次性租赁十年，按年收租。不料刚出租一年，公司在另一个投资项目上出了意外，资金链断裂，不甘坐以待毙，为挽救项目于水深火热，迫不得已变卖夏威夷，套出现金去救火。由于夏威夷的出租合约还有九年履行期，便只能带租约出售。也就是说，购买夏威夷的业主，只能当它是一项投资，而不能买来自住。因为还有漫漫九年租期，无疑将一部分购房者挡在门外，降价套现成了唯一解救危机的办法。

老王说，买来不能自用，九年租约，太麻烦了！罗爱芳的想法却恰与老王相反。不能住没关系，反正就那么点钱，也不奢望买到可以住的房子。总之它是房子，是固定资产。是资产就好，热门地段的大涨，冷门地段的跟着小涨，抓到手里就可以抵御通胀，总比纸币躺在账户里贬值强。尤其可喜的是，一年还有两万块钱租金收入，而且不费吹灰之力，一次性租出九年，中间连一个月的空档期都没有，这比空房子拿到手里自己费心费力去寻租来得更省心。当时罗爱芳拿着计算器一遍遍地算，平均下来一个月一千六百六十块，相当于一个小工挣工资啦！而且每逢三年还有三个百分点的涨租率，加上物业本身的增值，抗通胀没问题啦！

老王不是很赞同，但无能为力。就这样，罗爱芳豪甩毕生积蓄，在售楼小姐的引导下，乐颠颠地冲进银行，一次性划账，"抢"了套43克拉海景楼。海景楼，她却至今没有在里面看过一天海。从买到手的第一天，那间房里就被"洁能集团"的"后勤部"占用着。罗爱芳梦想着：九年后楼就归自己了，到时候我和老王都并不老，我们把它美美地装修一番，想看海的时候就搬过去住几天，那该是多么惬意的事！

购买夏威夷之初，夏威夷楼前是一片面积不大的三角形空地。空地前是一条马路，马路那边就是巨大宝石般的万顷碧海。签购房合同时，罗爱芳指着那片空地问以后做什么用？售楼员说，那不是公司的地，是市政的，听说很快就要绿化，建一座小花园，供附近市民强身健体。罗爱芳顿时欢喜不已：花园，大海，这不正是她终此一生所追求的幸福蓝图吗？

让罗爱芳没想到的是，办下产证不过半年工夫，夏威夷楼前那块面积不大的三角形地块，突然被挖了一个大坑。再过一年，一栋28层的写字楼，打了激素般从坑里矗立起来，严严实实挡在夏威夷正前方。罗爱芳的43克拉在第8层，这下子好了，都不用进到屋里去体验，连傻子都知道，不仅海景彻底完蛋，连正常采光都受影响。罗爱芳惊恐地跑去找夏煌，询问到底怎么回事。夏煌派个小姑娘出来回答她，那栋新楼与夏煌公司没有任何关系，地不是夏煌的，是谁的，是谁盖的，夏煌不清楚，也没权力过问。

罗爱芳愤怒地质问，你们当初是不是得知前面要盖楼，才贱价出手卖房的？当初你们售楼员说前面建小花园，我买的是海景房，现在还能看到海景吗？海角都看不到，你们怎么能骗人哪！夏煌公司说，我们没有骗任何人，当初我们卖的确实是海景房，而且确实了解到市政之前有计划要在那建小花园。谁知道后来变成这样？城市规划总在不断地变化，城市的变化是我们某个人的意志可以决定的吗？作为市民我们必须以变化的眼光来看待并接受这些不断发展的动态事件，很多事情不是我们不想接受就可以不接受的。就比如那块地，人家属于正常商业用地，归政府管，政府想建什么都是政府的事，政府后来不想建花园了，需要用钱，把地卖了盖楼，谁管得着？我们能控制政府吗？再说两栋楼之间楼间距不低于五十六米，完全符合国家标准，不影响采光，人家盖楼不违法，不违章，敢在这儿盖必定是手续齐全的，政府许可的，你说人家侵权，你告谁？告政府？别说人家只是在楼前合法建楼，就是政府要拆你的楼，你有能力不让拆？

罗爱芳翻看购房合同，合同里并没约定注明“海景”二字，更没有约定注明“前面小花园”条款。她在家里狠狠地哭了几通鼻子。她认定夏煌当初是得到前面建楼的信息后，才决定贱价出售已出租资产的。基于这种心理，她诅咒夏煌老板昧着良心欺骗大伙不得好死死后下十八层地狱，咒过几天，骂得累了，渐渐接受这一悲剧事实。

后来王豫偶尔开车路过那儿，有几次看到夏威夷某个窗口悬挂出一幅“还我人权，还我采光权”之类的标语，但没几天就莫名其妙地没了。后来在网上搜了搜，在某房产论坛上发现几条如罗爱芳般诅咒辱骂夏煌公司的网友留言，但都只是泄泄私愤而已，没有下文。打官司？打不起。

“海景”被强行剥夺了，好歹每年还有固定租金，如创可贴般，抚慰着罗爱芳受伤的心。不料眼下租金突然出问题了。这间小房买到手后，由于整栋楼事先已被夏煌公司整体出租，按原始协议，夏煌公司每年与承租方进行着租金交接，然后各位业主依照与夏煌公司的补充协议，每年从夏煌公司领取租金。每年六月是领租金的日子，罗爱芳已领了四年租金，原以为可以这么细水长流流下去，今年是第五个年头，租金突然爽约了。

原因是夏煌公司在连续四年替业主代领代发租金后，已不愿继续承担这份麻烦。夏煌的说法是，每年要到税务部门代开发票，代缴代扣税金，再接受零散业主一次次前去领钱骚扰，劳人劳力，又得不到什么好处，早已不胜其烦。他们近两年一直在与承租方谈判，试图将全体业主移交给承租方。

而承租方当初与开发商签的整体租赁合约，当初协议里虽有约定，资产可以通过正常房产交易活动进行业主变更，变更后租赁协议继续生效，但对业主变更后的租金发放方式，没有具体约定。承租方表示，当初租赁协议与开发商签的，还希望继续与开发商打交道，不愿意也没有义务在此后漫长的租期里，与各位“散户”打交道。

夏煌与承租方数次谈判，没谈出名堂，陷入僵局。也就是说，开发商不愿继续代领代发租金，承租方拒不接受散户。闹到现在，距协议约定的领租金日期已过去整一个月，罗爱芳仍然没拿到半分钱房租。这份由房租带来的幸福感，也戛然而止。

“原以为抓到房子就可以保值抗通胀养老呢，没想到房子也分三六九等，人家那些好房子不断地增值，这无赖房子不仅不升值还麻烦不断，开发商丧良心啊，当初卖房时说得好听，愿意代领代发租金，这才几年？就想一脚把我们踢开。”罗爱芳控诉着，“我和你爸一辈子的血汗钱，不能让那些黑心商人给黑去了呀！要不然想办法把它卖了吧！”

“卖给谁？现在有谁从你手里接，那才是有病。”老王说。

王豫靠在沙发上，盯着手机屏幕，头也不抬，说：“任何低于市场平均价的商品，都不会有品质方面的保障，更不可能有服务方面的保障，这是通常的商业规则，只可惜你们不懂，这就是不加强学习不与时俱进的悲哀，不掌握任何资源优势的小老百姓，总想低成本高收益，我只能送俩字，做梦！”

“老妈心里正哇凉呢，”罗爱芳可怜巴巴道，“你能少说句风凉话吗？”

“你继续，我闭嘴。”王豫笑笑，继续浏览微信。

继续搜看，搜到最新新闻稿。记者昨日连夜采访三亚机场公安局，公安局发言人表示，经过连续三天的突审，盗贼交代了作案背景及经过：行窃团伙共有四名成员，作案目标专盯经常乘飞机头等舱往返各地的富豪商人。半年前“组织”在机场贵宾通道附近踩点时，就已盯上那位个性并不张扬的女土豪。女土豪名叫赵雅祺，“组织”经过一番调查了解，发现赵雅祺是一位货真价实的豪二代，父亲的“宏莲木业”早在几年前在创业板上市，她本人亦经商，生意做得很大，绝对是高含金量的“高大上”级别。于是在派专人跟踪研究长达半年之久、做过充分准备后，终于出手，配备与女土豪一模一样的限量版行李箱，作为作案道具之一。却万万没料到，有着高空盗窃八年历史从未失过手的大师级大盗，竟然以失败告终。虽然顺利地现场抓捕了盗贼，但由于好事的旅客，以微信微博进行了现场直播，其他三名同伙闻讯潜逃。目前警方向全国范围内发出通缉令，布下天罗地网……

王豫嘴角挂着淡淡笑意看微博，罗爱芳哭诉着“后悔”。

老王训斥道：“后悔有什么用？拿不到租金，得去要！你不去要，一天到晚坐家里自我折磨，同时又折磨我，钱就自己长脚跑来了？”

“我不是没去要啊，你没看到吗？这么热的天，我三天两头往开发商那儿跑，老板老板找不到人，财务财务找不到人，电话电话接不通，有一次好不容易逮到一个办公室工作人员，人家说这事不归人管，又透露消息说这事公司去年就不想管了，因为没谈成又管了一年，到了今年老板下了决心彻底不管了，要我直接去找陈蔓莉要钱，可陈蔓莉根本连电话都不接，也不知道她住哪，上哪去讨钱？”

“你这是自作自受啊，哭瞎了眼，我一点也不同情。”老王说。

“你这个歹毒的老东西，”罗爱芳抹把泪，“我怎么知道他们是骗子呢，尤其那个租楼的陈蔓莉，她就是个二道贩子，她租了楼不自己使用，而是加价转租出去。我跑去问过租楼的洁能集团了，人家说，人家的房租一年一付，今年的早按合约付过了，付给陈蔓莉了，我打电话问陈蔓莉，这女人说我没道理找她要钱，说她的租赁合同是跟夏煌签的，不跟我发生关系，叫我找夏煌，他们相互踢皮球，现在我说理都找不到人，哎呀，我不想上火啊，可这口气憋这儿，就是下不去！”

罗爱芳抚着胸口，一脸割肉挨杀的表情。

老王很无奈，叹着气，发出感慨：“要我说，还是八十年代好，那时候没楼房，住平房，没汽车，骑自行车，没空调，冬天生炉子，夏天吹电风扇，西瓜有瓜味儿，猪肉有肉味儿，吃啥啥香，一个月几十块钱工资，花钱的地方少，也不用犯愁什么投资理财，周围同事，邻里邻居，常来常往，不挤对，不攀比，心态平和，要求不高，过得比现在自在，起码心情比现在舒坦。”

“说得好听，让你回八十年代，你回去吗？”罗爱芳白一眼老伴儿。

“回啊，怎么不回？想回也得能回得去呀，你有本事让我穿越回去？”

“这好办，你回河南乡下，住平房，骑自行车，邻里常往来，农村人要求不高，你现在就凭退休金，保证是当地的高富帅。”

老王是河南人。在他十几岁的时候因为父亲工作调动，举家动迁来鹭城，相当于鹭城移民。以前是新移民，现在是老移民，王豫生于斯长在斯，算是土生土长的鹭城人，但老王固执地给儿子起名“豫”，为的是，终生提醒他是河南人的种。

“你这不是抬杠吗？”老王道，“我是说，两个时代比较起来，我个人确实喜欢那时候。现在有什么好？一月也就三千多块退休金，叫人嘲笑为城市贫民，看病贵，住房贵，人情往来贵，生活成本贵，都说生活水平提高了，你没发现觉着日子过得幸福的人越来越少了？”

老两口打嘴仗时，王豫微信微博浏览得差不多了，时间也不早了，便站起来道：“老爸你得多体谅着老妈，怎么说男人嘛，得有点怜香惜玉的胸襟是吧？老妈你也别着急上火，等着收钱就是了，赶紧把夏威夷那个购房合同还有那个租赁合同拿出来，明儿我不飞，找律师给支支招！”

罗爱芳像接了圣旨一样，肥胖的身躯迅速从沙发上弹起来，三步并作两步冲进卧室，把已经准备好的沉甸甸的牛皮档案袋交到继子手里。

“你弄出来的烂摊子，总是让儿子去擦屁股，”老王向老伴道，“这是你永恒的人生定律。”

“养出这样优秀的儿子这是我的骄傲，更是我的本事！”罗爱芳头一扬，得意道，“这本事也不是谁想有就能有的！”

“你俩都有本事，我永远被你们俩奴役，”王豫笑呵呵回一句，“这是你们俩共同的人生定律。”

“臭小子怎么说话呢？”老王站起来，在儿子后脑勺拍一巴掌，“你小时候我们俩是怎么被你奴役的，忘本啦？”老王反驳。

“怎么敢！”王豫拔脚离去。

5

赵雅祺在三亚停留一夜一天又一夜，参加完珠宝界一场国际盛会，乘早晨八时的航班返回鹭城。仍然是 JE 航空的航班。机舱里，经济舱头一排临过道的座位上，仍然坐着一名年轻帅气穿休闲服的小伙子，但已不是上次那张令人过目难忘的脸。赵雅祺有意往机舱里面扫去几眼，没有发现那个身影。

赵雅祺略略有些失望。很快又释然。那样的巧合和机缘，并不是你有期待就能够发生。

下飞机后刘策过来接她。路上刘策问她是不是先回家休息。赵雅祺要他送她到公司。一堆杂事排着队需要处理，哪有时间休息。车子进入市区，刘策提出刚好到中午了，一块吃个饭再去公司不迟。赵雅祺微微一笑道："刘策，有点时间观念好不好？刚和你说过，我跟客户约好中午在公司吃工作餐谈事情，爽约好吗？"

车子一路直奔向"华祺珠宝设计艺术工作室"。下了车，赵雅祺叫刘策忙他自己的事，有事的话自己会随时联系他。走进办公室，第一件事不是处理繁忙的公司事务，而是叫来周欣，叫她手写一封表扬信给 JE 航空公司。

周欣是公司副总，全权负责营销，但也同时兼职行使闺密与助理职能。她就觉得奇怪，不就表扬信吗？为什么非得手写？电子邮件不行？或者登录 JE 航空官网，发表扬贴，这更便捷。赵雅祺却不容置疑，必须手写，马上，并且要求周欣跑一趟，亲自送过去。

手写也罢，发快递岂不更方便？周欣愈加不解。两天前老板在飞机上的空中惊魂，她已于第一时间获悉。表示一下感谢情理之中，但非要手写表扬信，又亲自送信，就有些难以理解。什么时代了，还这么古董古韵，这是做时尚珠宝的 80 后女老板的作风吗？

"你就知道方便，方便面有营养吗？价值能跟手擀面相比吗？亲自送信过去，设法给我拿到这个人的联系方式，含蓄一点，不要惊动任何人，包括此人三日之内的作息日程。"赵雅祺边说，边把从微博下载的王豫徒手擒拿空中大盗的图片转发到周欣手机上。

周欣坏笑道："这才是主要目的吧，放心，办这事，我拿手。"

三小时后，赵雅祺收到周欣从外面发来的微信信息：王豫的手机号与最近三天作息日程。她随即将手机号码存于手机上，想要在微信发出加好友请求，稍一犹豫，还是放弃了个人微信号"妮美涵"，转换为公司微信号"华祺珠宝"加王豫微信好友。

这时候刘策打来电话，说订好了葡餐馆的座，晚上五点过来接她吃晚饭。并问她想见哪位朋友，一块儿约上。赵雅祺想都没想一口给否了，说："不行，晚上有事。"

“那就明晚？”

“明晚要加班加点创新设计稿。”

“明天中午。”

“中午要回去陪老妈。”

“那好吧，”刘策好脾气地说，“后天我找你。”

结束与刘策的通话，赵雅祺看一眼手机，发出请求信息已十分钟，王豫那边没有丝毫反应。没看到？飞行中？手机关机？赵雅祺又想，是不是自己太冒失？正思忖着，周欣从外面赶了回来，赵雅祺微微一笑，将周欣叫到身边，授意她联系王豫。

周欣会心一笑，言听计从，拿自己手机发出短信：“王先生您好！刚才跟您打过招呼，没看见吗？”

短信发出一分钟，回复来了。王豫问：“谁在哪儿招呼？哪位？”

“微信啊，我是赵雅祺赵总的助理周欣。”

“哦，土豪助理。”王豫回复。

“非土豪，只是被土豪而已，”周欣继续发，“加好友啊！华祺珠宝。”

“你们不是我好友啊。”王豫回复。

“加上就是了呀，我们没有别的意思，赵总要我代表她同时代表公司向您表示感谢。”

“说声感谢用不着这么复杂吧？”王豫回复，“转达你们赵总，你这儿通过短信说一声，我已经笑纳了。”

周欣将手机递给赵雅祺。

赵雅祺浏览短信对话，好心情受到挫败。又想自己派助理与他对接，又以信息方式，对方会不会觉得受到怠慢，因此而故意回敬以怠慢？于是示意周欣打去电话。

电话接通时，赵雅祺上半身靠在转椅上，两条修长的腿伸到办公桌沿上，左脚踝摞着右脚踝，双耳支棱着倾听整个通话过程。

周欣将手机举在脸前，摁了免提键，脸上流露出甜美的笑容，声音甜得像抹了果浆。她说：“王先生，那天多亏了您，帮我们公司挽回巨额损失，公司想吃您吃个饭，您看明天中午方便吗？”

“心意领了，”王豫在电话中说，“您公司是 JE 客户，保障每一位客户人身和财产安全是我们的工作，吃饭就不必了。”

“公司是有诚意的。”周欣说。

“谢谢您的公司，明天我没有时间。”

周欣看赵雅祺一眼。赵雅祺果断给她一个手势。

周欣会意，继续道：“没关系，那就定后天？”

“后天也没有时间。”

赵雅祺再给个手势。

“这样行不？您哪天有时间？您来定！”周欣望一眼老板的手势说，“哪天呢？”

“我最近非常忙，抱歉，谢谢。”

电话挂了。周欣将手机收起，抬眼望一眼老板，赵雅祺一双眼睛阴晴不定地对着周欣的脸上下扫动。周欣赔着笑脸，换回正常声音问：“老大，有什么不妥吗？”

“有。”赵雅祺板着脸说。

“哪儿？”

“跟帅哥说话，就不能发人声？”

周欣呵呵笑道：“我发的是妖声？”

“说妖声那是你抬举自己，你是鬼声，勾魂儿呢你？”

“你怎么啦？”周欣嘿嘿一笑，“又没勾你男朋友魂儿，干吗急眼？”

“叫你以公司名义对外联络，你这不砸我公司高贵优雅端庄经典的招牌吗？”

“哟，我不惜牺牲自己替你卖命，反而出力不讨好，我图什么呀？就这，还没请出来呢。”周欣撇撇嘴道，“那小子拽得很哪！美女请吃饭竟然请不动，日程表明明显示此人明后两天都飞夜航，中午没事，干吗吃个午饭的时间都没有？难不成一日三餐不吃饭？装什么神鬼道仙？”

“是啊，美女发出比志玲还嗲的声音，都没请出来，这是为什么呢？”赵雅祺脸色有所缓和，若有所思，望着周欣的脸问。

“我看呢，答案就俩字，”周欣坏笑着说，“直男。”

“周欣，”赵雅祺柳眉微竖，“你敢侮辱公司恩人，不怕我对你产生看法？”

“说我自己，成不？”周欣狡黠地笑道，“我觉得，他之所以拒绝，其最主要原因，还是因为老板您没有亲自发出邀约，他可能觉得自己没有受到足够重视，所以呢，有必要摆摆谱。”

“这分析靠点谱。”赵雅祺瞅一眼助手，优雅地抖抖脚尖，呵呵一笑，“我觉得嘛，还有更重要的原因。”

“老板高见？”

“至少说明此人不是轻浪之徒。”

“点赞！”

赵雅祺示意周欣离去，随后抓起办公桌上的电话，拨通刘策号码。告诉他，她把明天中午的应酬给辞了，一起吃个饭。刘策是苏州人，是她英国读书时的同学，在英国时追过她，未果。后来毕业后她回国，他留在英国工作，两年多前他也回了国，他拒绝到父母经营的家族企业做事，而是专程来到鹭城，到地质研究所做一份拿薪水的珠宝研究工作。两年多来他对她的心思，她自然是心知肚明的。而且在双方父母眼里，他和她是相当般配的，两个家庭也是相当般配的。刘策父母在苏州经营着知名服装企业，经济条件极好，本人也是一表人才，有着良好的学识修养，但赵雅祺始终找不到恋爱感觉，一直若即若离保护着那份珍贵的同学情谊不被破坏。刘策很有耐心，他坚信水滴石穿，以孜孜不倦的精神悉心追求心中女神。

第二天中午，在刘策精心选择的餐馆里，面对刘策精心点的菜肴，赵雅祺带着开朗的笑容，很坦率也很郑重地提出一个问题，请他以后改变与她相处的态度，两个人还是恢复到纯洁、纯粹的同学关系，这样相处对彼此都好，也只有这样，那份纯洁的同学友情，才能实现真正的天长地久。刘策很意外。赵雅祺的理由是，她一两年内不想谈恋爱，不想耽误他，要不然的话，她会有压力，不想活在压力中，想活得轻松些。

这时候连傻子都明白，什么不想谈恋爱，不想耽误对方，这都不是理由。

唯一的理由是：不爱。

是的，自从在飞机上见过那个身影，赵雅祺至少确定了一件事，她不会爱上这位苦追她一年多的刘策同学。他很好，性格好，品行好，对她好，各方面都好，正因为如此，她不能害他，不能耽误他。她必须诚实地告诉他，她和他不会有结果，请他及时止住在她这儿浪费的时间和感情。从经济学上讲，这叫止损。这是她对这份同学友情珍惜的方式，也是作为同学必须具备的良心。

刘策脸都绿了。自然很是委屈。几年的感情，她一句抱歉就可以结束吗？当然，他说不出一句责怪她的话。因为不管几年，不管怎样的付出，都是他自愿的，主动的，她从来没有要求过，没有伸手要过。面对她无辜的笑脸，他只能不失绅士地微笑着表示，没问题啊，我们一直不都是很纯洁的同学关系吗？你千万别有什么压力。

“谢谢你，好哥们儿。”赵雅祺如释重负地笑了。

第三章

6

早晨起床后王豫冲了个澡。黏糊糊的身体变得清爽，思维也格外清晰。初步打算将合同交给刘国辉，这事由他办最合适。

刘国辉是鹭城下辖的泉州人，父亲开石材厂，家里有钱，公安大学毕业后托了关系，顺利进入鹭城司法系统，在人民法院做法官。刘国辉干了不到一年，他发现一个事实，如果既当法官又想拥有财富，非得走腐败堕落之路。但在法官与经济实力之间，他觉得自己不适合前者，更热爱后者。为了不成为一名堕落的法官，他毅然辞职，在父亲的破口大骂声中，进律师所干起律师，并发誓以最快速度成长，在最短时间成为年收入七位数以上的名律师。刘国辉在律师所干了一年，又发现自己的心血智慧辛苦劳动，竟然要被所主任压榨盘剥掉大半，太不划算，于是辞职又干起私人侦探，发誓成为福尔摩斯第二或柯南第二，这样总是自己给自己打工吧？私人侦探所干了一年，也不如意，操心受累，还得不到社会理解，政府部门不支持，干点事要偷偷摸摸的不说，接手的生意，十有八九不是调查第三者、二奶、偷情，就是调查商业敌人、竞争对手，一年干下来，受不了了，再这么下去，非得变态不可，到时候事业没干出来人先废了。几经折腾，最终发现还是律师适合自己，刘国辉坚定不移地相信，世上无难事，只怕有心人，只要拿出执着劲干下去，干成个N年收入超过八位数的超级大律师，也不是没有可能。干大事的人，是不能按月看收入的，也按年看收入，最好以N年计，至少要有一眼看出一个人生段落的魄力。

王豫打电话给刘国辉，才得知刘国辉不在鹭城，出长差，刚刚飞去新疆，去调查一个跨省商业诈骗案，恐怕十天半个月回不来。罢了，求人不如求己。自己动手丰衣足食，王豫决定自己干。

仔细翻阅过两份合同，思路也渐渐顺起来。王豫先找到售楼员马海虹的电话，拨打过去，自报姓名，询问租金的事。

马海虹是个二十几岁的女孩，当初正是她，春风细雨般有技巧地大谈买下房产如何在年年升值的基础上，又年年拿房租那番美妙前景，让前往看房的罗爱芳失去头脑，签了合同。

“王哥您好，这些天好几个人打电话问我房租的事了，”马海虹不失礼节地说，“我已经不在夏煌了。这个事你还是找夏煌财务的吴总吧，归他管。”

王豫挂了电话。拨打夏煌公司的号码，当初留在购房合同里的，无人接听。又拨打财务办公室，无人接听。连续一小时，两个号码平均每十分钟轮流拨一次，均无人接听。除了这两个电话，王豫发现，作为业主，罗爱芳对开发商夏煌公司的了解几近于零，也没有其他任何联系方式。

今天王豫休息，这是特殊工作性质决定的个人休息日，并非社会法定休息日。正常上班时间，夏煌公司无人接听电话这就有点不正常。蒸发啦？好歹是家房地产公司，开发过大楼，不是卷铺盖就可以改头换面的皮包公司。不接电话，什么意思？

这时候王豫彻底理解了罗爱芳的无助和惶恐，还有无处发泄的愤怒与焦虑。中午王豫去外面吃过饭，一个人坐在餐馆，打电话问罗爱芳：“别的业主拿到租金没有？”

“我不知道啊，别的业主是谁？我一个也联系不到，城市这么大，开发商当初把房子都卖给了什么人，没人告诉我啊，我想过找别的业主，可没有联系方式啊。”

挂了电话，王豫再次拨打马海虹的号码。

“王哥，我说过，我真的帮不上什么忙了，我离开夏煌已经快两年了，那边什么情况现在我一点都不了解了……”马海虹的语气，已流露出不胜其烦。足以见得最近接到讨要房租的骚扰电话不少。

“不难为你，不用你提供夏煌的情况，”王豫头脑冷静，声音不高，语气坚定，“我只需要你提供一份你能够提供的夏威夷业主的名单及联系方式。”

合法权益受侵害，想维权，靠单打独斗不行，有必要联合其他业主共同追讨权益。或许此时此刻，其他业主也正在焦虑地试图联系盟友。

“王哥，不是我不帮，这忙真帮不了，夏威夷业主的名单只有夏煌财务掌握，我哪有啊？经我手确实卖过几套房子，但时间隔得太久，我离开公司时也没理由私留业主名单在手上，另外，就算近几天有业主打电话找过我，我也没权利把别人电话透露出去吧，何况那些陌生号码我也没留在手机上，接完就删了，对不起了，我正在忙，挂了啊。”

“小马同学先别急着挂电话，听我把话说完。”

马海虹沉默着。

“小马同学，当初你在推销房子的时候，究竟知不知道房子存在陷阱和猫腻，有没有尽到告知责任，现在我暂且不去追究，但作为一个具备正常良知的人，当发现经你手卖出的房子不能兑现合约承诺，你是不是应该想办法帮助业主解决问题，而不是逃避责任？”

马海虹继续沉默。

“小马，你为什么离职？为什么离开夏煌？至少说明夏煌让你不满意，让你觉得付出没有得到应有回报，让你觉得没有发展，这没错吧？夏煌通过夸大宣传和虚假承诺，将存在陷阱和麻烦的楼房卖给业主，给业主带来巨大困扰，这件事本身已说明夏煌老板不是什么正派人，你既已离职，不再受制于夏煌，还有什么顾虑？是什么让你缩手缩脚丧失一个年轻人应有的血性和正义感？你不帮忙没关系，我无权要求你，我需要的名单可以通过别的途径比如委托律师从交易中心去取，但作为一个年轻人，你有没有问问自己，如果连最基本的正直、担当、勇气和责任感，一条不具备，在这个社会上，你能立足吗？你还能干成什么你想过吗？”

痛快淋漓地训完这番话，不容对方做出反应，王豫挂掉手机。

半小时后，王豫回到住处，抱着手提电脑，打开音乐，在沙发上躺下来。这时马海虹发来短信，提供了一位姜姓女业主的手机号码，并告诉他，这位姜姐也正在寻找其他同楼业主，尝试联系大伙共同维权。

王豫表示过谢意，丢下电脑，正要拨打姜姐电话，手机叮咚一声提示音响。微信上，有人请求他通过好友验证。看下名字，还是那个“华祺珠宝”，头像为一株蓝色妖姬玫瑰花。昨天加过他，他没理。今天又加，够执着，脸皮也够厚。

王豫仍然没理会。

真没这个闲情与工夫。

卖珠宝的，找我一个穷男人干什么？近期又不打算订婚结婚购置珠宝什么的。

7

午休时分，赵雅祺办公室里的观海露台上，铺着一张粉红色瑜伽垫。赵雅祺在垫子上双腿劈成180度，双手以90度在脸前伸直，握着iPhone6 plus，刷微信。

朋友圈各色人马，每天乐此不疲地晒吃、晒喝、晒玩、游欧洲、游亚洲、游国内各地风景名胜、晒成就、晒和睦家庭、晒儿晒女晒老公，不同的人表达着类似的幸福感、快乐感、甜蜜感、知足感……光看微信，身边的朋友几乎一个个生活在蜜罐中，富裕，自由，文明，无忧，无虑，简直让人怀疑生活在一个理想世界、理想国度、世外桃源，这是当代的中国社会吗？每每刷微信时，赵雅祺都会产生这样的疑惑。但毫无疑问，答案是肯定的。

她很少在微信晒私生活。那类吃点什么好吃的、看点什么好看的、买件什么新衣裳、被人表扬了或肯定了什么的，对父母尽了点孝心什么的，都马不停蹄、迫不及待地到朋友圈涂抹一番的行为，在她这里不会发生。尤其对那些一天到晚热衷直播私生活的，实在理解不来，不过也不反对。问题是反对也没用，林子大，鸟多，什么层次都有，虽在一个圈子，却不是每个人都具有低调内敛不事张扬的含蓄为人与基本素养。比如有一把岁数的老男人或老女人，隔三岔五晒一张又肥又丑的大头照或泳装照，你看着反胃，人家自己却觉着很美，可能使用了美颜功能，在人家眼里，照片要比本人美许多，才会忍不住自恋晒出来。你讨厌吧，又不能删，或许这些人就是看着你长大的长辈，是你父母的好朋友，生活中抬头不见低头见，删了被人发现，见面难免尴尬。所以很多时候，活在这个世界上，你会不知不觉地练就一种忍功，就像忍耐生活中的苍蝇蚊子和雾霾，赶不尽杀不绝，净化不掉，又无处可逃，那就学会接受，学会包容，学会随遇而安、和平相处。对口味的留着，营养精华的收藏，反胃的视而不见一瞟而过，实在忍无可忍的，进行一下特殊设置——不看他的朋友圈。

她也很少进行转发操作。你不转发朋友就看不到吗？非也，每天相同的文章被不同的朋友进行N多次转发，满屏的心灵鸡汤，满屏的圣贤，满屏的成功贩子贩卖成功学，事实上那些观点早已被N多人表达过N多次的拼贴类文章，和那些审美水准低下的大头照一样令人倒胃口。

但也不是完全不操作。有时候一天内发个一条两条，有时候三两天发一条也就冒个泡，随心情而定。发也是清一色心情小感悟，或对社会话题的小看法，她说话和日常生活一样，习惯简洁，一两句话能说明白问题的，绝不用三句来表达。每条小感悟或小想法，配发一张自己亲手设计的珠宝作品，不推销，纯欣赏，或者身边风景美图，都是随手拍，不刻意，偶尔自恋发张自拍照，不美颜不美图不PS，力求做到自然真实，一张，或者两张，不多发，多了就泛滥，自己看着都会觉着烦。

一个人成熟的标志之一是不自欺，这一点，她觉得自己做到了。

周欣敲门走进来，手里捧着平板电脑。

她向赵雅祺递个眼神，赵雅祺回她一个眼神。

周欣捧起电脑，口述一段个人资料。

“29 岁，A 型血，天蝎座，国内重点公安院校刑侦系侦查专业，课余主修过为期一年的痕迹学，英语六级。七年前大学毕业，通过层层选拔进入中国民航 JE 航空公司；七年间，先后有英航、法航、澳航、美联航为期各半年的国际航空安全防卫工作受训经历；擅长散打、擒拿、格斗、跆拳道等搏击技能；业余爱好网游、网球，现为 ×× 网球俱乐部会员；名下固定资产有鹭城市内住房一套，95 平，吉普越野车一部。”

“本领这么大，住房不大，不成正比哦？”赵雅祺说。

“没什么奇怪的，公务员薪资待遇，但没有福利房，又不当官儿，与公务员唯一不同的是多一份飞行小时费，能拥有一套小房子已经算是比较务正业的了。”

“空警和空保有什么不一样？”

“当然不一样。”周欣说着，手指在平板电脑屏幕上轻轻滑动，打开备忘录最新页面，念道，“空保就是空中保安，空保和空少、空姐一样，属于航空公司职工，且多半是公司招进来、可以随时解聘的合同制职工。空警和空保在工作内容上有重叠和近似，但性质完全不同。就拿王豫来讲，他是拥有国家正式警察授衔的空中警察，隶属国家民航总局空中警察总队，享有公务员待遇，属于人民警察的一个警种。与地面警察不同的是，他就职于航空公司，横向方面受航空公司管理，在航班飞行过程中，执行空中安全保卫任务，具有国家公务员和机组成员的双重身份，握有对违法犯罪嫌疑人的盘问、检查、临时管束、强行带离、进行当场处罚等执法权，但并不负担机上服务职能……”

“OK！办理 ×× 网球俱乐部会员卡一张，最高级别的，”赵雅祺交代道，“另外务必请到大师级网球教练。”

“马上办。”

“小黄辞职报告处理好了吗？”

“老板，真的要这么残酷地对待小黄？他很珍惜这份工作，平时挺卖力的……”

“卖力和能力是两码事，上千万客户财产差点在他眼皮底下损失掉，机警度与灵敏度都不敢恭维，找他做保镖就是一大失误，认识到失误有必要马上纠正，我们企业不是慈善机构，明白吗？这事已经定了，你负责做好小黄的安抚工作。”赵雅祺换了一个瑜伽动作，“在新的替代者到公司之前，必要时候从专业保镖公司临时聘请工作人员。”

“明白了。”

“公司刚起步不久，就像一艘小船乘风破浪在汪洋大海中，抗风险能力很弱，尤其干珠宝这一行，安全是重中之重，如果能找一个可以媲美国家安全局那种具备不凡身手的特殊工作者，那就可以高枕无忧喽。”

“王豫就是这样的人啊，把王豫请进公司那就好了。”周欣会心一笑。

“你具备当总裁的潜能。”赵雅祺给她一个欣赏的笑。

“不过人家是拥有国家正式授衔的空警，让他辞职容易吗？”

“做个兼职也可以啊，关键时候出一次场，侦查专业，痕迹学。”赵雅祺哈哈一笑，“有他在，那种在眼皮底下被人置换手提箱的闹心事肯定不会发生啦。”

“那你试着找他谈谈呗，我全力配合。”

“什么我试试？公司外交都是你的事，”赵雅祺莞尔一笑，“无论如何你要想法子把他约出来谈谈，这点小事如果办不妥，你这个未来的未来的集团副总裁就别干了，听明白了吗？”

“老大呀，未来的未来是什么概念？满头华发成为老太婆的时候？”

“对公司就没这么没信心？”

“对了，还有个信息跟你汇报下，”周欣诡秘一笑，“你猜 JE 公司人都怎么称他？”

“怎么？”

“高帅搓，”周欣说，“据说是他女朋友送他的绰号。”

“有女朋友？刚才怎么没提到？”

“这与请他做兼职有冲突吗？”

“你只管回答问题，多嘴提问会给你带来负面影响。”

“刚才说的是固定信息，”周欣莞尔一笑，“女朋友属于流动信息，女人如水，善变化，不足挂齿，所以没提。”

“他女朋友什么情况？”

“是一名小空姐，年龄不大。”

“漂亮吗？”

“当然漂亮，要不然能配得上……”

赵雅祺顷刻瞪圆了凤眼：“漂亮？你现在的审美标准越来越让人怀疑，前阵子经你手做的那批海蓝宝首饰，经销商摆进柜台两个月出不掉一件，你有没有反省问题出在哪儿？”

“我是说那女孩挺漂亮，但是，”周欣微笑着一转折，“跟你比，不论姿色还是气质，都略逊两筹！不，三筹！”

赵雅祺高高地仰起精致的小脑袋，道：“且算一句大实话，不过干吗拿她跟我比？比得着吗？”

“比不着，距离几个档次呢。”周欣故作神秘道，“还有个消息，觉得特有意思，他女朋友似乎正在玩劈腿，据说背地里勾搭一有钱人。”

“背地里的事你都打听到？”

“没有金刚钻怎揽瓷器活？谁叫我本领高呐？”周欣嘿嘿一笑，“我有线人，虽然没有百分百确定，但据说有人目击到过。”

“据说？凡据说的事都属于没用的废话，这种八卦跟我有关系吗？”

“那我不废话了。”周欣转身欲走。

“站住，要说就把话说完，王豫知道吗？这样，他不就成傻子了吗？”

“他知不知道，我就不知道了，反正他们公司乘务队不少人知道这事。”

“忽然有点同情这个傻子，如果这是事实的话。”赵雅祺心里忽然涌上一阵伤感，但并没有从脸上流露出来。

“你准备打抱不平拔刀相助吗？”

“这不是你要关心的事，你要做的是，悄悄关注下他女朋友微博微信，最好设法加上微信。”

“明白。”周欣挤挤眼，调皮一笑，“还有什么吩咐？”

“给小黄发四倍工资，算是另找工作的安抚金。”

“老板，双倍工资是常规啊。”

“我这儿没有常规，四倍，我说了算。”赵雅祺从毯子上一跃而起，“饿了，陪我出去吃东西。”

“哦了！”

周欣是福州人。与赵雅祺同为中国地质大学珠宝鉴定专业同班同学。当年毕业后，周欣在父母召唤下回福州参加工作，赵雅祺情感重伤后赴英读研，钻研珠宝设计专业。四年前，赵雅祺进入世界著名品牌卡地亚公司实习。三年前，赵雅祺学成归来，在父亲的支持下，一手创办华祺珠宝艺术工作室，主要从事各类珠宝的设计镶嵌工艺加工工作。因为缺人手，呼唤周欣过来共同创业。那时周欣已在福州几家珠宝公司跳过两次槽，每次都因种种原因不如意，赵雅祺一招手，她欣然奔来。

周欣为人聪颖，脑瓜灵活，为人左右逢源，处世八面玲珑，办事能力超强，属于天才外交型女人。赵雅祺名义上为公司董事长兼总经理，作为首脑，竟是不喜欢社交，厌恶觥筹交错与乱七八糟的人打交道，对自己不喜欢的人，赵雅祺理都不理，自己讨厌的人，从来不会有好脸色，除了投资，事实上她百分之八十的精神和时间，都用在设计创作上。事实证明，她做珠宝设计是很有天分的，周欣设计就不行，静不下心，坐不下来，而她又恰恰弥补了赵雅祺的短处，公司对外联络、商务洽谈、销售等业务，大部分要由周欣出马完成，或由周欣协助完成。周欣有着天生的与各色人物打交道的本领，以及出色的人际沟通能力，她口才好，见人说人话，见狼学狼嚎，见鬼学鬼叫，对什么人都能做到笑脸相迎，不管喜欢不喜欢，简直就是上帝派给赵雅祺的营销精英。

就拿日常送礼这件事，赵雅祺若送礼物给什么人，收礼者必是赵雅祺自己喜欢的，或欣赏，或因为什么事需要感谢的，送的时候她开心，对方收到礼物时感到愉快，她的快乐会陡然扩大一倍；自己不喜欢的人，厌恶的人，鄙视的人，不可能收到她一分钱的礼物。周欣恰恰相反，除了至亲好友，她若送什么礼物给什么人，通常以投资的手段，要考查对方的实用性，有实用价值的，她无比慷慨，没有实用价值的，你让她出血送礼，跟割她身上肉似的。所以大多数时候，以公司名义购买那些礼物礼品，赵雅祺都是送给自己的好朋友，送快乐给大家。周欣都是送给各种客户，一边微笑一边咬牙切齿，一边送一边诅咒鄙视，每件礼物都送在刀刃上，没有她搞不定的人。做销售，业绩最具说服力，两人合作第二年年底，根据周欣的业务利润，赵雅祺给她的年终奖是一辆MINI COUPE。领袖的榜样是无穷的，公司员工受到鼓舞，热情高涨，干劲空前。为了留住这位大神，在合作的第三个年头，赵雅祺主动转让5%干股，作为激励机制送给周欣，这下子将周欣彻底套牢。成为公司小股东后，周欣死心塌地，任劳任怨，为华祺工作室效犬马之劳。两人平日相处公私分明，私生活方面，仍然是掰不开打不散的闺密。

8

王豫与姜姐取得联系。姜姐与罗爱芳是同楼层的夏威夷业主，为人直爽，接到王豫电话，直言道："你怎么现在才联系？我手头已联络到十几位业主，还有位大客户宫先生在这楼上有八套呢，这阵子一直在弄房租这事，都急死了。"

看来大家都急。都比王豫急。或者说，都和罗爱芳一样急。姜姐属于那种头脑清醒、做事有效率的人。姜姐把她掌握到的相关资料，第一时间传递给王豫。

夏煌老板叫夏刚，48 岁，鹭城人。在鹭城有家，有资产，有公司，有正开发的新楼盘。跑是跑不了人，关键就在于，如何让他遵守合约，履行付租义务。承租方开胜公司的老板叫陈蔓莉，36 岁，个体老板。当初陈蔓莉与朋友合资，从夏刚手里整体承租夏威夷，为期十年。到手时是毛坯房，进行简单装修后，在手里闲置大约一年后，她在原租金基础上提高百分之四十，转租给做环保的洁能集团，租期九年。两年后，陈蔓莉朋友不知何因退股，承租方变更为陈蔓莉自己名下的开胜公司。洁能的租金是一年一结账，直接支付给陈蔓莉。陈蔓莉拿到钱后再向夏煌支付租金。后来夏煌将房子卖给散户，补签的租赁协议约定，由夏煌按期向散户结租。

姜姐说："我联系过洁能，洁能说这次租金早已按期支付过了。我又联系到夏刚，这个人很圆滑，他态度很好，说钱早晚会给，就是不承诺具体支付期限。他说钱现在在开胜公司，他正在跟开胜协商，早晚会给业主圆满解决，让我们给他时间，如果我们等不及，可直接找陈蔓莉要钱。"

"按协议现在夏煌在违约，夏刚这是找理由推托。"王豫说。

"但夏刚一口咬定开胜到现在没把钱给他，"姜姐说，"为了解夏刚有没有说谎，我想办法弄到陈蔓莉的手机号，发了不少短信，一概不回复，打电话，打十次不接一次。我找到陈蔓莉的开胜公司，接待员说老板不在，问租金的事，一问三不知，说自己是新来的，不了解那个业务。没办法，我只好用死办法，不停地拨打陈蔓莉电话，好不容易接通一次，没想到那女人竟是个泼妇，自己欠债不还，不仅一点没不好意思，还态度恶劣，非常凶悍，说她不欠任何业主，说我没资格跟她对话，警告我若再骚扰，就报警处理。"

"从法律上讲，我们确实没道理找陈蔓莉要钱。"王豫说。

"不过通过这次交手，也让我认清了陈蔓莉这个奸商的真面目，"姜姐又道，"这栋楼洁能付给陈蔓莉的年租金是 436 万，陈蔓莉付给夏煌也就是全体业主的只有 300 万，一年净赚一百多万差价，竟然还这么泼皮无赖，该付给业主的租金还磨磨蹭蹭不利索付。"

陈蔓莉这女人不简单。王豫想。她能把大楼装修后在手里捂一年，然后加价一百多万转租出去，换了一般人，有这能耐吗？

"你把夏刚和陈蔓莉的号码给我。"王豫说。

几通电话折腾下来，一天就这样报销了。傍晚五时，王豫匆匆沐浴，洗去一身臭汗，换了制服，备好飞行资料，拎起飞行箱，驱车赶往机场。晚上有个七时半起飞的短途航班。鹭城飞往武夷山，两个旅游城市的空中交通，JE公司像发小公共汽车一样，平均每三个小时发一班，班班爆满。每趟航程50分钟，往返不到两个小时。当然，不超两小时指的是在飞机不误点下的纯空中航程。机组人员需要提前进机场和飞行前准备的时间，因此即便短途，一个航班下来，从出门到回家，前后折腾个五六个小时也很平常。

夜里睡了五个小时，次日早上七时起床赶往公司，在公司餐厅匆匆吃过早饭，八时半准时进入抗暴训练。两个小时后训练结束，从公司出发，直奔夏煌公司。夏煌在夏威夷附近一栋大厦办公，王豫在地下车库停了车，直奔夏煌办公楼层。接待处保安拦住王豫，王豫说是夏刚的朋友。保安疑惑间，欲打电话确认，王豫已甩开保安，大步向里面走去。

很顺利找到夏刚办公室。夏刚圆头圆脑，身材呈D形，但面貌还算端正，与网上查到的照片基本一致。对不速之客的突然到访，夏刚显示有些意外。王豫简单介绍了自己，单刀直入提出夏煌逾期不付房租的事，希望对方给个说法。

“这事跟我们财务经理谈最好，他管这事。”夏刚说。

“如果财务经理能解决，我还用劳驾跑你这儿？”王豫说，“这个事我只找一个人，那就是物业原主人，你是卖方，我是买方，你在合约中承诺按期支付租金，如今合约履行出了问题，从法律角度讲，除了得到你授权的代理人，任何第三者横在中间，都不利于事情解决，我不做无用功。”

夏刚盯着王豫的脸瞅了一会，换上笑脸，示意入座。

“这个事我很抱歉，”夏刚说，“但事情不像你想的那样，我们也是受害者，你刚刚提到法律，从法律角度讲，房子已经卖给你们了，你们是业主，业主应该直接从承租方开胜拿租金，我已经代领代发四年了，我纯粹是帮业主的忙，我去税务开发票缴的是商业税，业主拿钱的时候代扣的是个人出租税，这两个税之间相差八个点，我每年都要赔上二十大几万的税金，以前公司发展不错不在乎这个，赔就赔点吧，现在不行了，这两年金融危机经济不景气，我不能继续赔下去，我最近一直在和开胜协商，努力协商一个方案，让业主每年能够更便捷地领取租金。”

“别搞错好不？和业主签合约的甲方是您，租赁合约第七条第一小条，白纸黑字写得很清楚：房子变更业主后，夏煌公司代领代发夏威夷租金，你公司律师不会看不懂合同吧？”王豫说，“你和开胜的纠纷，我没兴趣了解，也不想知道你们解决纠纷的方法和过程，我今天来第一想提醒你已经违约，第二想听个确切答复，你该付的钱哪天能付？”

“我实话跟你说吧，一个月前我们财务经理就开始找陈蔓莉要钱，去了几次找不到人，上周又去，这周又去，陈蔓莉一会儿出差一会儿出国，始终见不得人影儿，见不到人，就签不了字，签不了字就拿不了钱，今天周五，明后天不上班，这周就这样了，下周我再派人去找陈蔓莉谈谈，我保证给业主一个满意的解决办法，行不？”

“那就是说，业主能不能拿到钱，没个准信？”

“你也别这么步步紧逼，逼也没用，给我一周时间，我承诺一周之内让大家拿到租金，这总行了吧？”

从夏煌公司出来，罗爱芳又打来电话。询问事情进展，拿到钱没。她说，儿子，我和你爸看中一台健身器，指着拿了房租去买回来呢。王豫说，很快就可以拿到，你别急，耐心等几天，拿到了我就把健身器去给您二老扛回来。

通过与夏刚的谈话，王豫初步得出结论：姓夏的在玩迂回战。拖延时间。拖延必有目的，他的目的是什么？用并不肯定的承诺，暂时先稳住不断前来讨钱的业主，好腾出工夫干点别的？不会到下周他就失踪了吧？

脑中划过这样的疑虑，但一时找不到更好的办法。同时脑中又划过另一个想法，像姜姐那样打电话给陈蔓莉。夏刚说他一直在找陈蔓莉解决问题，问题是死活找不到陈蔓莉。王豫想确认一下，夏刚是不是在玩花招。在地下车库钻进车里，王豫调出姜姐发来的陈蔓莉号码，拨了过去。

竟然一次接通。

陈蔓莉果然不是善类。不等王豫一句话说完，她口气强硬，毫不掩饰对“散户”的歧视与不屑。她说：“租金的事你找夏煌说，我没义务和你们这些人打交道！”

说罢砰地挂断电话。王豫对此已有心理准备，不慌不忙，再拨过去。

“陈蔓莉，你能不能清醒一点，你用着别人的房子，欠租不付，违约在先，拒不履行合同义务，不光我找你，现在不少人都在找你，你把该付给业主的租金攥在手里，到底想干什么？跑得了吗？”

“你跟我谈什么履行？你谁呀？我跟你履行得着吗？我跟你履行不着！”陈蔓莉冲着电话噼里啪啦一顿咆哮，“什么我把租金紧紧攥手里？谁这么给我抹黑？你了解情况吗？我怎么不付租金？我一次次通知夏煌上门拿钱，是他们推三阻四，想把一堆散户这个烂摊子推我头上，是他们拒绝履行协议，怎么变成我不按期履约？我再说一遍，请不要再骚扰！房租这事你跟谁签合同找谁要去，你找不着我，我跟你履行不着！我只跟我签合同的甲方对话，你算哪方？”

啪，电话挂掉。

夏煌与陈蔓莉，给了两个完全不同的说法。两个奸商的奸，有一拼了。双方都绝对保证自己守约，指责对方违约。仅此看来，必有一人在制造谎言，或者，两位都在撒谎。

在很多意外突发事件上都可以处惊不变的王豫，一时竟无法淡定。怪不得罗爱芳鼻涕一把泪一把，心力交瘁败下阵来，以她的智商和情商，和这类奸邪之人打交道，无疑杀鸡刀宰牛，蚂蚁斗大象，或者让从未接受过专业训练的老年妇女冲到舞台上搞高空吊环类的杂耍，太高难度了，也太折磨。

光这两个回合，王豫足以确认，如同羊遇到狼，也就是说，遭遇兽类，虎狼类兽类。兽类通常是不讲人情的，甚至没人性可讲。至于良心，更是奢求。顶多他们会讲规则，但也只在同类中讲。也就是说，兽类与兽类之间存在规则，对人类这种异类，未必有规则可讲。人类对付兽类，只有一个办法，那就是征服与控制。

| 第四章 |

9

中午 11 时半，赵雅祺从工作室出来，驱车前往母亲家。

母亲周蕙莲独居，住一套 105 平的老式普通楼房，两室一厅。和大多数热爱大房子梦想住别墅的女人恰恰相反，她不喜欢大房子。大房子吸人气，于健康不利，打扫卫生也麻烦，这是她的理念。周蕙莲与赵雅祺父亲赵宏武当初的离婚也十分诡异。那是十年前，18 岁的赵雅祺刚参加完高考不久，当她以优异的成绩拿到北京地质大学录取通知书的第二天，周蕙莲与赵宏武在五星酒店举办豪宴，宴请宾朋，为女儿升大学而庆贺。入校时，由赵宏武亲自安排，司机驾车，赵宏武与周蕙莲双双将女儿送进大学，安顿妥当。然而夫妻俩返回鹭城不久，周蕙莲通过长途电话与女儿有过一次长谈，谈话内容主要是通知她，她要和她爸爸离婚，希望她平静接受。

在赵雅祺眼里，从小到大，父母一直是恩爱的，一家三口的生活是和睦、幸福和完美的。为她考入大学、送她入校的欢声笑语犹在耳边，突然提出离婚，这让她瞠目结舌，就如同毫无防备时被人用铁锤猛袭了后脑勺般，大脑发蒙，差点昏掉。她质问为什么？周蕙莲说，这是我和你父亲早已商量好并且已经决定的事，只为不影响你高考，才延迟至今。赵雅祺转身打电话质问父亲，希望从父亲那儿找到答案。赵宏武却说，离婚是你妈提出来的，她去意已决，我无可奈何，我能做的只有被动接受。

电话长谈第二天，即赵雅祺进入大学校园的头一周，周蕙莲与赵宏武走进办事处，悄悄办妥离婚手续。他们的离婚和别的夫妻离婚不一样。别的夫妻离婚像打仗，没几个回合的狼烟滚滚死去活来肯定离不成。他们与别人相反，没有声张，也没有撕破脸皮反目成仇。他们像朋友结束了一场宴席互道再见，一切进行得不动声色却有条有理有章法。

赵雅祺遭遇了有生以来最严重的一场来自亲人的伤害，简直是精神和心灵的巨大灾难。想不通啊，他们离婚前不曾有任何征兆，打架也好，吵闹也罢，都没有。一直以来，父亲做生意，母亲上班，工作之余做家务料理家，生活一直很平静，很美满，每天都有灿烂阳光升起，都有花香弥漫，她一直认为自己的幸福生活，如同全框架结构防九级地震的高层建筑那样，固若金汤牢不可破，这时才蓦然发现，自己其实一直生活在一场波澜不惊却摧毁力巨大的骗局和阴谋之中。

她曾痛苦地分析，一定是父亲有了外遇。赵宏武一直在生意场混，几年来事业如芝麻拔节，财富呈几何倍数增长，男人嘛，尤其有了钱的男人，在外面受不住诱惑风流一下在所难免，是不是他做了见不得光的事，伤了母亲的心？有了这种想法，为查明第三者，在大学期间第一个寒假回家，周蕙莲已经搬出原来一家人住的大宅子，搬进单位的家属楼，当时赵雅祺对这种现状不能接受，刚刚拿了驾照的她，日夜对赵宏武进行暗中跟踪。然而盯了一个月之久，直到大学开学，她不得不离家入校，仍然没有发现任何父亲出轨的蛛丝马迹。大学里很快有了闺密周欣，与周欣谈到自己的困惑，周欣问，你妈妈漂亮吗？赵雅祺客观地评价自己的母亲，算不上漂亮，但也不丑，身材保养是蛮好的，会打扮，讲情调，年轻时属于那种比较有风情的女人。周欣一拍大腿道，这就对了，你父亲虽然一表人才，财富显赫，但保不准有些人一时糊涂犯贱，吃惯了山珍海味想去偷尝一下山乡野菜，会不会是你妈妈在外有了情况？你妈妈主动提出离婚，还主动放弃家里的大房子，甘愿搬到老房子去住，这明显是理亏内疚的表现！但这种说法当即遭到赵雅祺严厉斥责。她告诉周欣，这绝不可能！因为她了解自己的母亲，母亲虽然爱美爱打扮，但绝不招蜂引蝶，绝对属于那种深受中国传统美德教育和熏陶的女人，即使全世界做妻子的女人都会红杏出墙，周蕙莲也不会。

在全新的校园生活里，赵雅祺渐渐摆脱那些解不开的困惑，逐渐接受了父母离婚的事实。父母离婚头几年，除了小范围几个至亲好友知道此事，大多数关系稍远的亲戚朋友都蒙在鼓里。后来赵雅祺从网络上看到一个词叫“隐离”，才知道说的就是父母这种情况。令她欣慰的是，离婚后的父母并没有老死不相往来。长达十年的时间里，他们如同兄妹、至亲，保持亲戚般的来往，甚至相互关爱，很少发生什么不愉快。后来的事实印证了赵雅祺的某些判断和猜想，比如，离婚十年，母亲仍然孑然一身，身边不曾出现过任何可疑男性。而父亲，至今也没有与谁结婚，尽管偶尔听闻某某女人与他来往较密，或者暗恋于他，但至今没有听说过他与哪位女子正式建立恋爱关系。因此，对父亲与母亲的关系，赵雅祺一直是存在困惑的，种种困惑下，她将父母的离婚视为诡异的离婚。

周蕙莲大学时主攻建筑艺术，有着三十三年的建筑设计院工作经历，去年才从市设计院的岗位上退休。离婚后她主动搬到设计院当初分给她的那套旧居里，老房子，公摊小，虽然只有两室一厅，但一个人住起来已很宽敞，到现在仍然住在这里，以她的话说，左邻右舍都是设计院的老同事，彼此熟悉，相互间有个照应，比住在老死不相往来的陌生小区里感觉上要舒适得多。周蕙莲日常生活十分简单，住着旧房子，不开车，拒绝买车，她的理念是，买车属于无意义的浪费，污染环境，不利于资源保护。穿着方面，她不迷信名牌，更看重舒服得体。她不是没钱。赵雅祺很清楚，母亲是一位隐形的富婆。赵宏武掌管的宏莲木业，周蕙莲是股东之一，这是当初离婚时分割到的属于她的应得资产。宏莲木业自从在国内创业板上市，这些年日进斗金，蒸蒸日上，别的不说，去年红木市场原材料突然上涨，宏莲即便坐着不动，仅是仓库里那些存货，市值就地坐升五六个亿，每年周蕙莲坐拥分红就十分丰厚。母亲手里到底有多少钱，赵雅祺不知道，也从不过问，但她知道，说母亲是守财奴那也冤枉。一年里，周蕙莲总要在某些机会里，做点慈善。原来上班时，她做慈善在单位里是很有名的，单位哪位同事亲人遭遇重症，她探望病人时会以红包形式送去一笔钱，别的同事给红包一千、八百，她的红包通常是一万，至少也八千。不光对单位同事，每次社会上哪里遇到灾害，单位组织捐款，别的同事捐五百、一千，还是被强制捐出，她往往主动奉献，一出手两万、三万，若遇到需要捐助的重大社会灾害事件，一年当中一次性出手十万、二十万的，也偶尔为之。但再多了，她也不捐，让她拿个一百万、两百万去做社会慈善，她不舍得，每次出手捐个几万块钱，她会眼睛不眨，就像别的女人买件衣服或买个包包那样，平平常常。有个这样的下属同事，领导脸上相当有光，经常大会小会各种场合表扬她。相关种种，让她在单位里拥有一个美名：大慈善家。她很看重这份名誉，她在办公室的文件柜里，最醒目的位置，摆着各种慈善机构颁发的证书，她对此引以为荣，认为这是她生命中很有意义的一部分，退休后，这些证书全都移到家里，在一个专门的柜子里，陈列起来。周蕙莲在单位上班那些年，人缘特别好，每年单位选先进个人、优秀员工，她经常高票中选。设计院领导有次和报社的人一起吃饭，提到单位有这么一个善人，报纸很感兴趣，派人来采访，领导为了宣传单位，积极配合。结果记者来了，周蕙莲手一摆，说没什么值得说的，低调的慈善才是真善，最好还是别大张旗鼓让人围观。记者很遗憾，肃然起敬之余，正要离去，她又叫住记者说，你们年轻人干点事不容易，既然来了，我不说两句实在对不住你们这片热心，我真不是为个人出名，主要是为了召唤社会上更多的人做慈善，还是简单说两句话吧。结果面对记者一坐，侃侃而谈，一谈一个下午，最后拍了一堆照片，要求记者选取一张角度最漂亮的照片，再三叮嘱记者做版时一定把版面做时尚漂亮……待报道出来，周蕙莲拿着报纸在办公室里哼着小调，自语道，别的那些女人，买个什么爱马仕、香奈儿什么的，需要吭哧吭哧攒几个月甚至一年两年的零用钱，然后当宝拿出来炫耀，生怕别人不知道，那有什么值得炫耀的？太浅薄了！看看老姐我，姐不需要那些东西包装自己，眼睛不眨一只爱马仕捐出去，帮助那些最需要的人，这是什么境界和品位？她们？哼，一群俗人！庸人！

周蕙莲做了33年建筑设计，尽管她始终认为自己是建筑设计方面的天才，但事实上，在个人职业方面，始终没能干出她自己期待的惊天动地的成就。在本省及本市内，虽然零落着十几栋由她一手设计或她参与设计的楼座，但那些她曾经呕心沥血的作品，在赵雅祺看来，几乎没有什么值得称道的特色。那些楼座在城市楼群里，就像相貌中等偏下的人在人群中，浑身上下找不到任何特点和引人注目的地方。当然，这些大实话，赵雅祺永远不能当母亲的面说。现在以周蕙莲的话说，那些辉煌成就（指的是那些她设计或参与设计的大楼），都是年轻时候的成就啦，都属于过去和历史，好汉不提当年勇是吧？现在的我，只是一名普普通通的独身女人而已，当一个人过了如日中天的辉煌阶段，应该主动让生活节奏慢下来，优雅地享受慢生活，品味美好人生，这是一种智慧，对吧？这种智慧一般人不具备，也做不到，对吧？

每逢周蕙莲发表类似言论，赵雅祺都会笑着竖起大拇指点赞：老妈太智慧啦！天下第一智！大智！周蕙莲说到做到，从单位退回家里后，她不像别的职业妇女退休后会有很多失落感，或者说失落感没那么多，而是很快适应不上班的闲适生活，她感叹道，每天看看蓝天白云，听听海潮，弄弄花草，晒晒阳光，这才是智慧者的幸福生活啊！只可惜，这世上，那么多芸芸众生参不透，想不开，看不明白，为了某种头衔与光环，一天到晚在名利场辛苦挣扎，遍体鳞伤地苦苦煎熬……

在周蕙莲要求下，赵雅祺每周至少要回她这儿吃三顿饭。考虑到独居老人的心理需求，赵雅祺平常只要没有特别应酬，中午的时间就分配给母亲。每次中午回来，她会提前打电话给她。只要接到女儿回家吃饭的电话，周蕙莲不管手头正忙着什么，都会立即放下，有时正在小区里与同龄人晒太阳聊天，也会找借口一转身，丢下伙伴往家里跑，进了门就扎进厨房，为女儿和自己准备午餐。

赵雅祺从工作室到母亲家的距离，不堵车的情况下需15分钟车程。她进门时，周蕙莲已备好四菜一汤：蒜蓉空心菜、蚝油西蓝花、清炒山药、松子香蘑、清汤龙须菜，清一色素食。离婚之后，周蕙莲便开始茹素。她不赞成外出吃饭，在她眼里，大小餐馆十有八九都用地沟油，不健康，也不卫生。海鲜类？不吃，全是养殖的，大把喂食土霉素抗生素激素，太毒；牛羊猪肉？不吃，养殖激素多，太毒；鸡鸭禽类？不吃，不光毒，还有禽流感！因此周蕙莲的饮食习惯，只剩下植物：五谷，水果，蔬菜。退休以后，应酬也少了，偶尔有应酬，只要能避开的，她都尽量回避，但凡能在家里做，她都不会在外吃。她有一手好厨艺，能把茄子、土豆、西葫芦这类再普通不过的家常素菜，做得比山珍海味还要好吃。大约也因此，年已五十六岁的周蕙莲，仍然保持着腰是腰胯是胯的好身材，一缕多余的肥肉没有，要是光看背影，那个窈窕劲，至少要比实际年龄年轻个 20 岁。看正面也不逊色，一张满月脸，皮肤白皙光滑，双眼皮，大眼睛，眼角有一缕隐约细纹，但尚没现半条深纹，这张脸至少要比实际年龄小上 10 岁。年轻的时候，周蕙莲从来就不是漂亮的姑娘，不过也不能说丑，五官是端正的，皮肤是细腻白润的，但她总觉得自己脸大，自称银盆大脸，最怕拍照，每次拍照，镜头一扩，如果几个同龄女孩合影，她这张脸总要比别人大一圈，猛一看也要比别的姑娘大几岁，因此 20 岁时，她特羡慕别人那种尖下巴锥子小脸，恨不得整容削了下巴；30 岁时候，这张满月脸渐渐地愈加端庄起来，眼神愈加明亮，笑容愈加开朗，自己对着镜子，每每越看越顺眼，觉得自己其实也是一个蛮好看的女人呢；四十岁、五十岁时，别的同龄女人开始显老，脸型出现变化，皱纹加深，周蕙莲倒是不曾有太明显变化，岁月似乎遗忘了她，五官还是那么端正，皮肤还是那么有弹性，横看竖看左看右看，怎么看都看不出她是这个年龄的人，和同龄女人在一起，总显得别人一脸沧桑，她这张脸总要把别人衬托得老上十几岁甚至二十几岁，有次她与一位高中女同学逛商场，商场售货员竟指着周蕙莲问女同学，这是您女儿吧？身材真好！当时女同学吓了一跳，痛苦欲绝，周蕙莲窃喜不已。现在按她的话说，这年头，这把岁数，哪个女人不用美颜好意思拍照？敢把素颜照发微信？就我敢！我认识的同龄人大约就剩我一个人还有这资本！我这是越活越年轻的节奏！也因此，她是越老越爱拍照。

从母亲身上，赵雅祺才发现，原来女人自恋，是没有年龄之分的。十六岁的美少女自恋，二十八岁的美少妇自恋，年过五十的大妈自恋起来，有过之而无不及！走进周蕙莲家里，哟，你会发现，每个房间，配备的是清一色手工雕花小叶紫檀家具，端庄大气，华贵雅致，和她本人的气质十分搭调，就连随便一只纸巾盒子，也是与家具配套的纯手工雕花的紫檀制品。她平常使用的日常生活用品，比如瓷器，陶艺茶具，哪怕一只种草的花盆，都相当地与众不同。就连日常吃饭用的碗盘餐具，也全都是出自景德镇名家之手的正宗青花玲珑瓷，纯手工拉胚，纯手工绘画，纯柴窑烧制，一套五十几只的餐具需要两三万元，平均到一只小碗也得五六百元。从这些生活细节，才会发现，这个住旧房子、不开车、不穿名牌的女人，生活品质是相当地讲究。不光是讲究品质，对这些日常用品，周蕙莲还相当地有感情。有一次洗碗不小磕碎了一只小碟子，黯然神伤，心疼半天。赵雅祺不当回事，说，至于吗？不过几百块钱。周蕙莲说，不是钱的事，现在这类东西，有钱也未必能买到真品，再说，用久了，有感情了，换个新的我不想要，就喜欢自己手里的，就跟自己孩子似的，你要是手指头受个小伤，就算你自己没觉得疼，可是我会感觉到，你懂的。

这就是赵雅祺的妈。

饭桌上，周蕙莲再次问到女儿的情感问题。赵雅祺说，总算有一点进展了。周蕙莲眉梢一扬，希望听到更好的消息。赵雅祺接着道："刚刚明确了一个事，告诉刘策同学还是保持同学关系比较好，不要耽误大好时光，我倒是不怕耽误，但不能耽误他。"

周蕙莲并不意外，说："既然不来电，明确了好，咱不耽误人家，妈也不是别人那种糊涂妈，感情的事勉强不得是吧？下周你去见个人，你贺叔叔介绍的一个……"

通常情况下，周蕙莲绝对不认为自己属于那类世俗的妇人。生活中大多数事情，她都可以脱开世俗的套路去处理，但唯有一件事，那就是女儿的情感大事，她和普天下任何做母亲的心理没有两样。刘策与女儿的关系她知道，尽管她觉得刘策还算合适，但她知道女儿一直不来电，她也是女人，有过恋爱的经历，知道爱情的滋味，所以在这个事上她从来不会为了某种世俗的合适去逼迫女儿勉强接受什么。当然，她更清楚女儿不是那种逆来顺受的女儿，任何人想把自己的意志强加给她那只能自取其辱。所以她一直在通过各种关系物色更合适的人选。这次是一个朋友介绍的，年龄比赵雅祺大两岁，今年刚从英国回来，管理学博士，父亲是一个国企领导，母亲是公务员，这种挣公薪的家庭，从经济条件上自然与赵家相去甚远，但周蕙莲给女儿找女婿，从来就没有把经济条件放在第一位，她对所有人的都这么说，我们家找姑爷，跟别的那些庸俗家庭不一样，非得要求对方豪宅豪车什么的，我们缺什么？什么都不缺，所以我们不要求这些俗物，我们只注重人，只要门第正派，出身正派，为人正派，心肠好，性格好，德行好，有理想，有抱负……当然还有最重要也是最基础的一点，对我女儿好。周蕙莲事先见过小伙子了，小伙子叫程志远，身高一米八，人很帅，聊过几句，素质修养都没得说。程志远已看过赵雅祺的照片，一见钟情，现在是万事俱备，只欠东风……听周蕙莲这语气，就差一场相亲了，只要赵雅祺去见一见，如果感觉不错，马上就可以把她给嫁出去了。

“妮妮，相信老妈的眼光，好吗？安排在下周，见个面，喝个茶，也就一两小时工夫，没准会有感觉呢？成不成，也不损失什么，小伙子在英国先后读了六年书，我相信你们就算做个普通的朋友，至少会有共同话题的。”

妮妮是赵雅祺的小名。小时候母亲称她妮宝，在家这么称，写信这么称，高中同学们来家里玩，当同学们的面也这么称，遭到同学嘲笑，后来在她的抗议下，改称为妮妮。

“妈，为了做个普通朋友，有必要付出两个小时的时间？”赵雅祺满不在乎道，“关于英国那点共同话题说完了，还能聊什么呢？如果一定要找英国读过书的，刘策这不现成的？何必麻烦另找？”

“上周我和你提过，你答应有合适的可以去见见的。”

“上周是上周，现在我改变想法了，不想见那些乱七八糟的人。”

“怎么叫乱七八糟的人呢？这是我耗费无数心脑细胞万里挑一给挑出来的精品对象，你这也太不尊重妈妈的心血劳动了。”

“最近工作忙，没这心思。”

“我都答应人家了，约了下周，你不去，这不是逼我出尔反尔吗？都 28 岁的人了，不是小孩子了，做事不能太不靠谱了呀。”

“你没经过我同意就擅自确定时间答应人家，不靠谱的是谁啊？”

“你这是要老妈的命啊，我高血压要发作了，”周蕙莲捂捂胸口，“再这么一个人下去，我早晚不被你气死也要为你担心死。”

“别动不动拿高血压来吓唬我好吗？你就不怕我也会被吓出血压升高吗？”赵雅祺放下筷子，抽一张纸巾在擦拭嘴唇，然后起身走到周蕙莲身边，两手摁在老妈脑袋上，做头脑按摩动作，笑道，“你这么优秀的女儿，就是想一个人过一辈子，上帝都不会答应的，你有什么好担心的？不能动不动跟自己过不去啊。”

“你还是去见见吧，听话，好吗？”

“我说了不见就不见，容许我任性一次好吗？”赵雅祺说，“咱们别为这事争执了，每次来吃你做的饭都口齿留香心情愉快的，今天别破了这个例好吗？”

周蕙莲将女儿推开，板起脸不理她。

赵雅祺也不在意，笑笑，开始收拾桌上的碗和盘子。

晚上，赵雅祺回到自己居住的静轩小区。

当初周蕙莲和赵宏武离婚时，两个人都希望女儿日后跟自己生活。商谈无果，无奈之下，让赵雅祺自己选择。年已 18 岁的赵雅祺说，我谁也不跟，既然你们离了，就各过各的，我已成年，自己的生活也要独自过。大学里每一个寒暑假回来，在母亲那儿住一段，在父亲那儿住一段，生活和身心常常被割裂成两份，看上去她拥有两个家，可内心里居无定所的感觉更多一些。大学里那场恋爱，她是真真切切希望修成正果，当时的愿望是，离开校门就可以结婚，踏踏实实拥有属于自己的家，和心爱的人日夜厮守永不分离。然而天不遂人愿，男友突然出事，她被迫出国疗伤。从国外回来，周蕙莲希望女儿回到她那儿，跟她一起住，被赵雅祺拒绝。赵宏武希望女儿到他那儿，也被赵雅祺拒绝。在这种情况下，赵宏武出资为女儿购买了这套静轩小区“楼王”的房子，她算有了属于自己的居所，生活这才得以安定。赵雅祺不喜欢母亲那种憋屈的住房，所以购房时最满意的是，这套房子的宽敞舒适与实用功能。“楼王”只有一个单元，每层两户，三部电梯，每户有专用电梯，中间一部电梯公用。把西头 200 平方米面积稍小，赵雅祺住的是把东头 220 平方米的稍大户型，她衣服多，鞋子多，包多，还有各种收藏品，光这些心头爱物，房子小了还真是装不下。房子北有观景露台，南有空中花园，楼座实施管家式管理，五星级物业服务，关键是有着一流的安全措施，这也是赵宏武与周蕙莲放心女儿独自居住的一个重要原因。

晚上若是没有重要应酬或其他特殊情况，赵雅祺通常会早早回家，自己做晚饭。晚饭特别简单，一碗小米粥，一份水煮时蔬。不仅晚饭，哪顿饭都不能吃太多，但凡贪吃一口，胃就会使颜色给你看。你让它舒服，它才会让你舒服。饭后看会儿书，或者，玩一会儿手机，然后泡澡，晚上十点半之前，把自己扔到床上。掐指算来，胃切除手术距今已经五年半之久，虽说健康已逐渐恢复，但有过一次死亡线上挣扎的经历，任何时候想起，仍然如同噩梦，心有余悸。经历过生死的人，对健康的在意和珍惜，总要比别的人来得更强烈一些。

凌晨，赵雅祺从睡梦中缓缓睁开双眼。她下意识地摁开床头灯，抬眼看一眼墙上的挂表，正是凌晨 3 时整。昨夜服过半片药才得以入睡。大约 11 时睡去，3 点钟醒来，一觉只有四个小时。从三亚那晚开始，几乎每晚的睡眠都这么凌乱。几年前失眠的噩梦又开始重演。睡前不服药不能入睡，即使服药，夜半也必醒，无非醒来的时间略有差异，有时凌晨 2 时半，有时凌晨 4 时，每次凌晨醒来，再入睡难于登天。即便什么也不想，强迫性腾空大脑，安眠之神也不会垂怜于她。她怀疑，是不是脑神经出问题了。

赵雅祺从床上爬起来，走出卧室，缓步走向客厅，没有开灯，独自在沙发上坐了一会儿。对失眠这件事，她已经屈服，不再有脾气，那个因为不会睡眠而暴躁、焦虑、不安的阶段也已经过去，她现在能够平静地接受并理性地面对它。即使是恶魔，张牙舞爪地扑向你，撕扯你，你不面对又能怎样呢。你发火，你焦虑，你骂天，你哭地，有效果吗？任何一种负面情绪，除了N倍地摧残健康，还能有别的作用吗？当然这个睡眠问题不能和父母讲，讲了，只能是徒劳地增加他们的精神负担与心理压力。她早已不再是孩子，该自己承担的事，如果不负责任地推给亲人让亲人替你承担，那就太令自己鄙视了。

痴情人总是孤单的。连她自己都觉得奇异。怎么会这么巧？同一所公安院校，同一个专业，在不同时间和空间，扑向歹徒时的动作和眼神，有着惊人的神似，这是上帝垂怜自己派他来缝补自己伤口的吗？

在黑暗里静坐十几分钟，赵雅祺起身走向餐厅一隅的酒橱。静立于橱前，目视橱柜里横卧着的一列列来自世界各地的名贵红酒，这时候，很想取出一瓶，拔开瓶塞，任着性子，尽情豪饮，一醉方休，但不能。撩开睡衣一角，可以清晰地看到胸腹部一道至今仍然醒目的疤痕，如红褐色蚯蚓一般，长约五厘米。这是胃的一部分被切除时留下的纪念，当时做的是腹腔镜微创术，在腹部打了几个孔，但手术需要仍然没免去开了这么一条刀口，随着岁月流逝，那几个小孔现在都看不到了，唯有这“纪念物”陪伴着她，期限是终生。

曾经健康时的胃，总是它顺着她，她吃什么，喝什么，塞给它什么，它逆来顺受，毫无怨言；她不高兴时怎么哭，怎么闹，怎么发脾气，它都默默承受着她赐予的一切，没有过二话。自从它做过手术后，天变了，一切反过来。任何时候，不管她愿不愿意，她必须顺着它。它承受不了任何坏情绪，生气、郁闷、懊恼、痛恨、嫉妒等凡人类能数得过来的负面情绪，她都要尽可能避免与杜绝；它消化不了的，她强行填塞给它，它就会抗议，疼痛，腹泻，胀气，拒绝消化，以各种令她难受的方式折磨她。那次手术，她视之为胃的一次大抗议，对她不健康生活方式的一场强烈抗议。尽管随着岁月流逝，胃已逐渐恢复正常，但经历过那次浩劫，领教过那次血的惩罚，她再也不敢野蛮粗暴地对待它。现在的它，成了她身体里最尊贵的公主、最娇气的小姐，她需要小心地呵护它，无比真心地宠爱、体贴、尊重它。她与它和平和谐地相处，它教她学会了平和、淡定、不争意气，学会了凡事多从对方的角度考虑问题，多考虑对方的心情、需要和难处。还教她学会了理性，远离了酒、烟、熬夜等一切不健康生活方式。关于酒，白酒和啤酒一向是敬而远之的，葡萄汁原酿的红酒，会偶尔为之，但也无非小啜怡情，做到真正的品酒，而不敢豪饮。对于有着豪情万丈个性的人，有时候特别愿意与朋友一醉方休的人，她不认为这是上帝给予的一张罚单，恰恰相反，她将它看成上帝因为厚爱而给她的一次善意提醒。

理智一次次告诉她，不论任何时候，不管任何事情，哪怕天塌下来，良好的情绪和快乐的心情，永远是第一位的，它胜过江山、权杖，胜过世间一切。所以她必须让自己乐呵呵地度过每天、每时、每刻，朗声大笑着面对世间一切。薄情的还是深情的，荒诞的还是真实的，她必须笑对。凌晨四时，赵雅祺服了四分之一片阿普唑仑（安定药一种），纷乱的思维终被震住，这才重新倒回床上，又睡了两个小时的回笼觉。

清晨六时起床给自己做早饭。她最拿手的主食是煮粥：用小米、大枣、山药、核桃仁、百合、茯苓等十几种材料，淘洗干净丢进电饭煲里，自动煮，一定时间后，自动生成营养粥；最拿手的菜是水煮时蔬，青菜或者别的绿叶菜，一两样即可，洗干净了用开水煮，煮好后捞出来，拌上佐料。菜已经做好，等粥的时候，放一首美国乡村音乐，伴随着音乐旋律，她独自一人在宽大的客厅里翩翩起舞。起舞的时候，心情与舞姿一样舒展、愉悦。

清晨海滨的太阳冉冉上升，赵雅祺驱车从小区出来。

沐浴在霞光里的她，衣着时尚，艳光四射。深夜里那个袒露着身体和心灵的双重伤口，满脸泪痕、忧伤无助的女子不见了。仿佛一个无色无形的坚硬的壳，悄然戴到脸上和身上，将血淋淋的柔软的肉给严严实实包裹起来。取而代之的，是一个个性强势、行事果断、笑声爽朗的女汉子形象。

到办公室坐下，赵雅祺发出一条微信：今天的天空犹如一块高品质的海蓝色宝石，纯净、澄澈、迷人，心情如天气美美哒……文字下面配发两张图片，一张为蓝天白云，另一张是一枚她刚刚设计制作而成的海蓝宝镶钻挂坠，工艺精湛，光芒璀璨。发出几分钟，已获得几十位朋友点赞。

不过这份自己制造的好心情，很快就受到打击。周欣告诉她，她已与王豫有过接洽，约不出来，当然是通过电话。和他谈了公司情况，以及诚意请他做兼职的意向，但是被他礼貌地谢绝了。他的理由是，工作很忙，没有时间做兼职。

“这种不识抬举的痴呆青年也罕见。”周欣说。说完了，她有意察看老板的脸色。

“哦，知道了。”赵雅祺很平静，只是点点头，没多说什么。

10

这天又是个夜航。航班结束后王豫回到家冲个凉，并不急于入睡，登录微信，收到姜姐与另外两位业主的询问，想了解王豫与夏刚及陈蔓莉交涉的情况。王豫大致回复了一下。几位业主各自发表一番愤慨，却不知如何甄别两位奸商究竟哪些话为真，哪些是假。真真假假虚虚实实中，无法确定敌人葫芦里卖什么药。

王豫看到夏威夷群里聊得热闹，便泡杯咖啡，一边玩游戏，一边不时点一下群，及时了解业主动态。这时群里已聚焦了四十几位业主，有十几位已在线下聚过。由于利益的一致性，王豫看到，这些原本陌生的男男女女、老老少少，不论身份、地位、职业、文化等有何种不同，但彼此话语投机，相互鼓励，其团结一致斗志昂扬的精神，超过时下任何名目的社会团体。

大家先是纷纷痛陈，因奸商无良无信，给自己家庭带来的种种困扰和烦恼。几乎没有反思为什么自己会陷入"陷阱和烦恼"。没有人对自己当初抢购便宜楼房草率签下不公平合约的行为，进行哪怕半个字的反省。抱怨告一段落，又开始纷纷发表想法。

有业主提出王豫曾闪过的疑虑：夏刚玩拖延术，会不会有别的预谋？暂时稳住业主，拿钱跑路？到时候他失踪了，陈蔓莉又赖账，我们找谁讨说法？

姜姐说：夏刚跑不了，他产业都在鹭城，好几亿的，老婆孩子也在鹭城，就这几百万租金，犯不上逃跑。

听闻夏刚产业好几亿，如油锅里溅水，群里再次激愤四起。

一业主慷慨道：夏刚才不过四十多岁，能把多少亿资产弄到手，百分之百走的不是正道！走正道根本不可能挣这么多，勤劳致富都是骗人的鬼话，我拿亲身经历来讲，本本分分做小生意，挣的都是辛苦钱，是小钱，那些挣大钱的，动不动就拿亿为单位来算资产的，都是有背景有后台的，百分之九十九与掌握资源的当权者有龌龊交易，干的都是见不得人的勾当，挣的都是民脂民膏，刮的都是国家财产，要不是这样，根本不可能把几亿财富弄到手，反正，这些人没有干净的！

这段发言慷慨激昂，顿时将民愤推向高潮。

群里对夏刚和陈蔓莉的诅咒和仇恨进入癫狂状态。

大家异口同声指责两位奸商的黑心、奸诈与不道德，诅咒他们亿万资产后半辈子在大牢里享用……这种集体性的泄愤，咒骂之刻薄，用词之恶毒，在王豫的人生阅历里前所未有。有两位业主各自把从网上搜来的关于陈蔓莉以往的斑斑劣迹，大段大段贴了上来，有一个事件比较大，她曾经与某开发商合作开发某区某城中村，因拆迁赔偿矛盾导致村民集体上访，其中一位村民被逼上吊……大篇幅的白纸黑字，证明陈蔓莉靠坑人起家，这次坑夏威夷业主不是首次害人，而是惯犯。

骂得差不多了，大家开始寻找解决问题的办法。

有业主提议：业主拿不到租金，没什么好说的，带人前去封门，换锁，砸办公设备，撵使用房子的洁能公司滚蛋。

这一建议立即遭否定：法治社会，洁能是付过租金的，人现在对房子的使用权是合理合法的，你封门换锁打砸撵算什么道理？非法入侵！触犯法律是闹着玩的？闹不好租金没拿到手，人先进去了！

打砸撵被否定，又有新招数提出来：不行大伙集体静坐，招媒体围观，把事情闹大，政府领导现在最怕什么？最怕集体事件，最怕不和谐！要是政府领导拍案而起，弄两个奸商跟弄死两条臭虫差不多。

这一招又遭大多数人反对。有人说，天天上班没工夫。有人说，家里有嗷嗷待哺的小孩出不去门……提议的人又说，那就花钱雇老头老太太去静坐，每户雇两人，每人一天出五十，实在不行出一百，一群六七十岁的白头发老头老太太往那一坐，保准壮观，不引人注目都难。

雇老人静坐，得到少数人响应。赞成的人说：青岛不是出过为解决房产证问题大学教师集体下跪区政府引起全国轰动的事件吗？一群老头老太太集体一跪，微博一发，微信一转，全国媒体都冲过来，网友再一人肉，夏刚和陈蔓莉成了红人，还敢继续当老赖？

看到这儿，王豫忍不住大笑。集体的智慧不可估量。但七嘴八舌，说来说去，无非过过嘴瘾，抱着手机意淫罢了。至少目前为止，没有琢磨出一条可以集体公认为有价值的可行性举措。不过王豫也从中看出一条“真理”：当今社会，干什么别干开发商。挣那份钱，代价也太大了些，八辈祖宗都给人翻出来骂爆，子孙后代也没逃过被诅咒的命，这份孽，造大了……所以说，这开发商也不容易，住别墅开大奔发那个财，还真没什么好羡慕的，后脊梁骨背着多少人的诅咒，那滋味，谁懂。

骂累了，又有人提出找律师，集体打官司，期望法律这个武器能够起到原子弹的威猛功效，一举把奸商制服。可是，以何种方式寻求律师援助？集体去找？单个私下分头去找？还是找一两个代表？由谁去？几分钟前热闹无比的群，忽然变得沉默。在斥责怒骂时争先恐后积极发言的人们，几乎集体失声。或许都清楚，找律师必然少不了成本付出：其一是时间成本，其二是费用成本。钱可以大家集体分摊，时间呢？

有人问：群里有没有人认识律师的？先帮大伙给咨询咨询。

一直没发言的王豫忽然摁出一行字：干吗非得认识律师？报纸中缝广告，寻求业务的律师一摞一摞的。

立即有人接话：看来哥们儿挺了解律师这行业，要不，您受个累，帮着给找下律师？

王豫说：我可以找律师从专业角度支支招，看具体怎么操作对业主最有益，但我不赞成集体打官司。

有人问：为什么？

王豫说：打不起。

之前有想法找刘国辉，只不过私下找他看下合同而已，没想过牵扯官司。截至目前，王豫并不认为事情必须恶化到集体启动官司的地步。一旦上升到官司范畴，接踵而来将会有多少麻烦不可预知。同时，出于对律师行业的了解，作为自然人，在遇到困难时把希望寄托给律师，并幻想从中得到实际帮助，成功概率有多大，王豫通常不抱乐观想法。

王豫心里苦笑，这就是好容易找到的盟友。他们有想法，但没办法。他们只会怨天尤人，抱着手机或对着电脑屏幕敲敲字，骂骂街，发发泄，聒聒噪。真要拿出实际行动做点什么，要么嫌麻烦，设法推给别人；要么观望，期待坐享其成。

王豫失去与业主交流的兴趣。当然，征服与控制兽类，需要胆量和技巧。蛮力不可取，没效果也没意义。但这群人，似乎并不懂。王豫悄悄从群里退出。与其在这浪费时间，不如在游戏世界打打怪来得痛快淋漓。再说了，夏刚已承诺一周内给解决问题。不管是不是谎言，权当信他一回。

临睡前，王豫打电话给罗爱芳，告诉她下周会有消息，让她耐心再等几天，那么多天等过来了，不差这一周。夜深人静，王豫已经躺下，正要关手机，微信忽然传来叮咚声。打开看，一个叫“妮美涵”的向他发出加好友的请求。困了，要睡觉，没时间也没心情理会，王豫顺手加上。对方立即打招呼：“嗨！”还发送一个笑脸和一杯咖啡。

王豫看了下，发现对方微信签名为“父母的期望：小妮子美丽有内涵”，这才明白“妮美涵”的出处。王豫不屑地笑一下，还美丽有内涵？就这样随随便便加男人好友？

“抱歉很忙，拜托别再加了。”王豫发出这句，又顺手将妮美涵给删除。

11

妮美涵是赵雅祺的私人微信号。小妮子美丽有内涵，这是自小父亲对她的期待。之前曾两次以华祺珠宝这个公司号加王豫好友，他都没理会，觉得他可能反感广告。周欣与他接洽发出请他做兼职的橄榄枝，被他谢绝，这似乎也在意料之中。于是她改用私人微信号与他联系，这次他加了，不料才说一句话，竟被无情删掉。

尤其当他说出“抱歉很忙别再加”这句话，每一字都像炸弹，把她五脏六腑炸得血肉模糊。姐加你是抬举你，这人怎么如此不识抬举？她无法相信这是自己亲历过的事。如此被蔑视，在她人生路上史无前例，让她觉得十分荒诞，觉得不像发生在地球上的事。活了28年，在她的人生准则里，任何时段，只有男人争着抢着排着队求着加她为好友的景儿，她几乎不主动加人的，好容易破个例，还被拒绝。难怪人家叫他什么二 ×，就一大傻 ×。很忙？有我忙？我几百万的生意都可以放下，你一上班族忙个鬼！你加下好友是航空公司不转了还是地球不转了？如果手上有枪，赵雅祺不想让他这种不知天高地厚不识抬举的家伙活过天亮。

又是一夜煎熬。新的一天太阳出来的时候，赵雅祺被践踏的尊严渐渐从黑夜的阴暗中挣扎出来。仅几个小时后，当她打开手机相册，凝视那张从网络下载的“一招制敌”的经典照片时，她的心情忽然又柔软得一塌糊涂。她忽然发现，一直以来自己需要的那种感觉，就是这样。于是她原谅了他的傲慢无礼，甚至反省几秒钟，她认为问题出在自己身上。自己并没有说明“妮美涵”是谁，头像也非个人照片，而是一张风景照，他哪知道妮美涵就是赵雅祺啊。拒绝加陌生女性为好友，愈加表明其为人的自重自律。不轻佻，不轻易受诱惑，经得起考验，这样的男人，眼下多吗？凤毛麟角。

办公室里，周欣走进来。这时候的赵雅祺，已是一脸的平静与阳光。

“这是最后一次了，”周欣将一份王豫最近一周的飞行计划递到老板办公桌上，“我安插在JE航空运控中心的线人已经郑重提出警告，把机组人员的工作计划泄露出来，是严重违纪的，被发现是要丢工作的。”

“丢工作好哇，”赵雅祺哈哈一笑，豪气道，“到姐这儿，保证给养老！”

“人家才二十多岁，养老是不是太急了点？”

“那姐给提供工作机会和发展前程，保证比在JE那种死气沉沉的国企有奔头。”

“不是每个人都对咱们这行有兴趣的。”

“我们这行怎么啦？现在老百姓日子越过越好，有经济能力的女人越来越多，她们越来越懂得爱自己，高雅又美丽的珠宝事业，灿烂前景才刚刚开始呢。”

“我是说咱们这行专业性强，不是什么人都做得了的。”周欣耸肩一笑，话语抹油般圆润，又不隐瞒自己的难处，“再说，人家说丢工作是轻的，严重的有可能坐牢。”

“姐又不是不恐怖分子，说那么恐怖干吗？”

“对航空公司来说，安全是头等大事，人家关键部门都非常警觉，咱们老探听机组人员机密飞行信息，弄不好咱俩都会被当成恐怖分子给怀疑上。”

“哈哈，”赵雅祺满不在乎地一笑，“叫你干这个事是看重你，你怎么不知道珍惜机会？”

周欣吐吐舌头，低声道：“这么执着，真的是公司需要？没有别的小私心？我怎么越来越觉着这与公司关系不大，公司需要的话，完全没必要一棵树上吊死啊。”

“这是侮辱我的事业心好吗？你不在我的位置上，不懂我这颗全心全意为公司发展的心。”赵雅祺抚抚胸口，修长的手指又指指一隅的箱箱柜柜，“哪颗珠宝都价值不菲，每次携宝出行，我这颗心少不了七上八下，你要能找到可以让我在旅途中安心睡觉的珠宝看护人，那最好不过，我们马上就可以把王豫这一页翻过去。”

“我明白啦。”周欣笑着转身离去。

关上门，赵雅祺忽然为自己的谎言感到脸红。她怎会不知道，把王豫请过来做兼职这事根本不靠谱。作为国家公务人员，他接受公司培养那么多年，怎么可能随随便便弃公司纪律于不顾，而出去给私营企业偷偷做兼职？除非公司开除他或者他自己主动辞职离开公司。而这两种可能在他身上发生的可能性都不大，尽管身手很好，但他属于那种循规蹈矩的好孩子，这从他的眼神中大体可以看得出来。

两天后，赵雅祺登上鹭城飞往北京的航班。北京有客户定制了一套高端珠宝，本来不必亲自送货，安排周欣出行即可，但赵雅祺改变计划，忽然想独自出行。

此次出行，妆容与服饰，从头到脚包括小手指上一枚小小的尾戒，都狠用了一番心思。光这个造型与服饰品位，往那一站，根本无须语言，美丽有内涵而且高端，绝对与微信名号“妮美涵”完美契合。从掌握的情报看，王豫将在这次航班上执行任务。这次赵雅祺特意买了经济舱，在值机柜台换牌时，她特意跟工作人员说，自己有晕机症，坐后排飞机稍有颠簸容易犯病。在她的要求下，工作人员很体贴地给她换了经济舱的头一排。登机后，她就盼着那个身影现身，并且想好了打招呼的措辞。当然，这是一种巧合，她反复演练了面临这一“巧合”时出现在脸上的惊喜表情。

然而事与愿违。登机后直至飞机起飞，赵雅祺望眼欲穿，始终没有看到那个矫健身影。坐在她旁边座位的，是一位细瘦的老头。也就是说，上次她所看到的空警坐的那个座位，换成了一个与空警毫无关系的瘦老头。老头还不是普通乘客。从空姐专为那老头端茶递水打招呼的过程中，赵雅祺隐约得知，这老头是JE航空一位退休老机长，此次乘机出游，坐到头一排是享受特殊照顾。

三个小时的航程，赵雅祺在失望、失落与纳闷中度过。多次想开口向空姐打听王豫是否临时请假为什么没正常上班，但出于矜持的本能最终克制住了。飞机好容易在首都机场落地，赵雅祺一直忍着，终于走完长长的廊桥，找到一个僻静处，她打开手机，忍无可忍地向周欣一通质问："到底怎么回事？周欣，你的能力让我不得不产生怀疑，情报有误，如果不是能力问题就是拿我寻开心是吗？"

"老大呀，老板呀，先平静一下，听我说，"周欣也惊讶不已，"给您办事这关系到我个人的似锦前程，对我可谓生死攸关，怎么有胆量寻您开心？这情报是我用美人计换出来的，那哥们儿挺仗义的，绝对不会出错的呀！"

"你那哥们儿会不会故意黑我们？"

"不会的！"周欣说，"我跟人家发誓赌咒说也就是一位朋友想近距离看一下那位抓贼英雄……"

"你怎么能把这个透露出去？"赵雅祺不禁有些恼羞，眼泪差点掉下来，忍不住发火，"你长没长脑子，猪脑袋呀？这是不是让人太没面子啦？"

"哎呀哎呀，我说是一位朋友，又没说是我老板，您担心什么啊？"周欣举着电话安抚道，"这多大事儿啊，还掉泪，要不我拼了小命马上飞北京，我去陪您回来，往返机票我自费不报销。"

"陪你个头！"赵雅祺擦掉眼泪，恢复老板的派头正色训斥道，"家不可一日无主，别忘规矩。"

"是，是，我守家，您可要保重啊。"

赵雅祺沮丧地挂掉电话。

周欣在这边拎着话筒，捂着嘴笑，自语道，我就是猪脑袋啊，我要不是猪脑袋，怎么能让你给我当老板呀？非要说什么为公司着想，我看哪，完全不排除假公济私的嫌疑，对人家一见钟情瞒得过别人瞒得过我吗？

赵雅祺在北京与客户见过面，办完事，借口有事谢绝客户宴请，过了一个独自伤感的夜晚。北京倒是有几位关系要好的哥们儿姐们儿，她却没有与任何人联系见面的兴趣。次日下午，赵雅祺整个人像霜打的茄子，萎靡不振地乘机返回。本想升个舱，打电话一问，本次航班头等舱票已售罄，心情愈加糟糕。换了一身休闲服，平跟鞋，头发在后面随意扎了个马尾，脸上一点妆没化，纯素颜。为了遮掩这份无精打采，她戴上了墨镜与帽子，遮住大半张脸。因为不想被任何人看到自己，换票时，在值机柜台又特意恳求工作人员换了最后一排的座。工作人员很奇怪地看她一眼，那眼神像看一个外星人。

登机时间到了。赵雅祺走在前面提前登机，走进机舱时，她手摘掉墨镜，垂着脑袋，拎着小箱子，神情懈怠地一直走到最后一排。入座前，她拎起行李箱，想送到头顶的行李舱里。手腕正欲用力，突然感觉手上一轻，一侧头，旁边座位上一位静坐着的男士突然起立，从她手里拿过箱子，帮她送进行李舱中。

这一看不打紧，赵雅祺“啊”地惊叫一声，吓了一跳。

那男子不是别人，正是王豫。看到那张英俊的面孔，她脑中第一念头是想找个地洞钻进去，把自己从头到脚藏起来！太邋遢了！有史以来最邋遢形象出门，竟然……如此要命。

“怎么啦女士？有不舒服吗？”王豫侧侧头，询问。

“没怎么的。”赵雅祺竭力侧身，偏头，躲开王豫的视线。

王豫坐在最后一排左侧临过道的座位，赵雅祺坐最后一排右侧临过道的座位。坐下后她又装作若无其事取出墨镜，架上鼻梁。飞机一起飞，赵雅祺拿起手包，想去一下洗手间。不料刚站起来，王豫也同时起身，伸手拦住她道：“女士，飞机刚刚起飞不太平稳，洗手间还不能使用。”

赵雅祺一脸恼羞与尴尬，忙侧着脸垂着头重新坐回。飞机升空半小时后，赵雅祺的身影方才出现在洗手间。她本想在脸上捯饬一下，看看镜子中不施粉黛的自己，双目明亮，皮肤洁净，尽管昨夜没睡足觉，倒也没有自己想的那样不堪，于是只是拿出小梳子，把头发梳理顺溜，简单整理了一下发型，看到镜子中的人儿清清爽爽，重新又自信满满。再出来，她摘掉墨镜，从包里拿出一本书翻阅起来。阅读过程，有意无意抬抬头，向王豫那边侧侧视线，不时对着那边的舷窗做凝思状。

赵雅祺希望王豫主动认出她。这样的话，这次“巧遇”才算发挥了该发挥的作用。谁知航程进行到三分之二，王豫始终没有多看她一眼。眼看时间一分分溜走，赵雅祺在心里长叹一声，这傻子啊，气杀我也！叹完，脸上换一副柔美恬静的表情，忽然冲王豫多瞅了两眼。

“王先生，”她放轻声音，欣喜道，“是您呀！”

“嗯，是我。”

“上次正是您……”

“女士，工作时间内最好不要聊天。”他打断她。

赵雅祺不得不住了口。但看他那一张犹如飞机附件的脸，又一副视她若空气的表情，她除了内心里一派恼羞成怒，完全束手无策。

一直到飞机停稳，王豫主动从行李舱替她把行李箱拿出，递到她手里，叮嘱她拿好，除此，没有再与她多说一句话。他不仅帮她取了行李，还先后帮五位女士取了行李。客人们下得差不多了，再不下飞机说不过去了，一直借着埋头看手机在座位上磨蹭的赵雅祺，实在忍无可忍，忽然抬起来头，再次换上一张笑脸，放轻了语调，问王豫：“昨天早上我乘这趟航班去北京，您在飞机上吗？”

“在。”他说。

“没看到您啊。”她不经意地说。

“昨天我提前一小时坐那儿了。”他说着，拿眼神示意一下中间一个毫不起眼的座位。

“你们坐哪儿，有特殊规定吗？”她问。

“对不起女士，”王豫抬腕看一眼手表，“一分钟后清洁队上来清理飞机。”

“哦，这样啊，谢谢您！”赵雅祺讪讪离去。

从机场回家后，赵雅祺进门所做第一件事，就是从手机中调出有关王豫的联系方式，彻底删除。此次北京之行，收获很大。最大的收获是，让她得以确认，在此之前那种恍若故人的感觉，那种欲罢不能的感觉，完全是自己的某种臆想与错觉在发挥作用，完全是自欺欺人。

他与她的那个他，是完全不同的两个人。当初的他，是一个从遇见的第一秒钟开始，就时时刻刻源源不断向她输送爱与温暖的人。他是那么爱她，胜过爱世间一切的爱，爱她到可以胜过自己的生命。可是他千真万确已经走了，走的人不会重现。而现实中这个让她一度产生亲切感、产生爱的错觉的人，是一个冷漠的人，一个完全陌生的人，这个陌生人，与她没有任何关系的人，和任何一个擦肩而过的陌路人，没有什么不同。

连她自己都没想到，从北京回来的当晚，在没有服用任何药物的作用下，她睡了个安稳觉。从夜里十一时一口气睡到清晨六时，一觉闷了七个小时！早晨醒来，连自己都觉得不可思议：睡眠又回来啦？

这一刻她忽然得出结论，失眠大部分时候是心理作用。你脑子里琢磨事，死活就难入睡，你放空大脑什么也不想，睡眠来了挡都挡不住。琢磨事就是因为放不下。放不下就是因为跟自己过不去。换一个角度看，人这辈子，其实没有什么过不去的坎。什么创伤，什么痛与爱，一切痛苦与折磨，都源自于内心的放不下。这趟北京之行，当重新见到他，看到那张冷漠的面孔，与想象中的温暖完全不一致时，胸腔里那颗浮躁了 N 多天的心，彻底凉了下来，她重新回到现实中来，整个人回归冷静和清醒。

大脑也如同被洗过一遍，忽然之间就放下了。

周欣并没能洞悉到赵雅祺的心理变化。她判断老板此行失利，次日上班，她主动帮赵雅祺总结教训。主要问题在于盲目，既定目标没有设好，她说，特意跑一趟北京到底想要得到什么？只是为见一面加强印象？你根本就没有明确目标嘛。我可以帮您策划一个完美方案，让我们变被动为主动，让那小子成为瓮中之鳖，然后屁颠屁颠在屁股后面追我们……

然后，周欣说出她耗费不少脑细胞琢磨出来的损招。

周欣建议，再乘一趟飞机，买头等舱，与王豫同航班行驶。飞机起飞前，向空姐要一杯咖啡或果汁，就端在手上一会轻抿一小口，然后打开手机，当空姐广播要求关机时，不仅不关机，反而拨动手机做出与朋友通话的状态，空姐制止不了自然会求助空警，这时王豫必会上前干预，当他要求关机但你表示正在通话不能关机时，借机与他发生争执，争执过程中乘他不备，将手中咖啡洒在自己身上，然后声称他是罪魁祸首导致你把咖啡洒了一身，这时你坚决要求他向你道歉，他肯定认为不是自己的错拒不道歉，于是你就找来乘务长，要求向航空公司投诉。听内线说，头等舱客户都是航空公司不愿得罪的人，通常情况发生这类事，不管是不是工作人员的错，都会要求工作人员向客户道歉，得不到客户的谅解就得处罚他，他为了不被处罚，自然会登门致歉……等他求到我们的时候，选择什么样的态度对待他，不就由我们说了算？

听周欣自以为得意的“策划方案”时，赵雅祺眼前过电影般闪出一幕幕场景，脸上露着微笑的表情。周欣讲完，目不转睛望着老板，静候老板的赞许和肯定。不料赵雅祺突然脸色一变，一盆凉水兜头浇来，她说：“这么下三烂的招，你也想得出来？”

“不入虎穴焉得虎子？对那种油盐不进的主，不来点狠的达不到效果啊。”

“你去演？”

“去演没问题，只要你愿意给足出场费。”

“我建议这笔钱你别挣了。”

“为什么？”

“上次人家帮了我的忙，这次我派人去黑人一把，这是人干的事吗？”

“哟，你这么高尚，我好心帮你倒变成小人了？”

“从今天开始，这一页翻过去了，”赵雅祺说，“这个人，我决定抛弃处理，专业保镖公司有的是高人，花钱就能请到，没有必要把时间和金钱浪费在让人不快乐的事情上。”

周欣狡黠一笑道：“这也正是我所想的，感恩上帝，您终于想明白了。”

对周欣这么说的时候，赵雅祺也向自己发出指令，让这个人从自己脑袋里彻底消失，一个傻子，不值得浪费情绪与宝贵时间。

珍惜生命，远离王豫。

|第五章|

12

这一周，王豫的航班任务密集些。多个外地城市雷雨频繁，连续十几个班次延误。有一个航班在重庆滞留两天两夜，旅客们都好吃好喝侍候着，晚上睡觉车接车送到星级宾馆，但仍然怨声载道，打骂吵闹，一个个跟大爷似的，把航空公司所有能接触到的工作人员都当成孙子，把所有不满和怨气一股脑往空姐、空少及地面商务人员身上发泄。

对王豫来说，这种情况司空见惯，但也只会发生在国内机场。国外旅客不这样。因工作关系王豫多次出国，在欧洲、北美等多地机场都有过多次辗转，天气所致航班延误也时有发生，但每有延误，不论延误多久，所有旅客都静悄悄地接受安排，只要广播播报通知，旅客们各自在候机室角落找地方一坐，或看书，或看报，安静地等待起飞时间，航空公司除了提供饮用水，不额外提供任何餐食住宿，饿了自己解决，困了就地打盹。别说几个小时，有次延误等待十几个小时，从头到尾，没有人抱怨一声，更不会吵骂打砸。而国内众多旅客，各种劣习多多，动不动要求赔钱，为了个人得到两三百块钱的赔偿，到站也不回家，不惜彻夜霸机、骂人，究竟是自身素质低劣，还是航空公司的服务制度给惯出来的坏毛病，不好界定。飞机不过是交通工具，跟火车、汽车运输旅客的性质是一样的。火车、公交车晚点，你骂吗？火车汽车给提供免费餐食吗？火车上的餐食，你付两倍的价钱吃的是发霉陈化粮，你怎么不打人？你说飞机票价贵，那么飞机还给提供了快捷运输呢。一千多公里的路途，一个多小时到了，机票贵点不应该？你觉得不值，你可以不买啊，改坐火车去，有人捆绑逼迫你买机票吗？

在重庆滞留的时候，王豫连续超过五十个小时没离开过机舱半步。就像旅客对航空公司一肚子怨气那样，他对个别粗俗无礼低素质的旅客也是满腹厌恶。旅客可以任意发泄，但他不能。在工作状态，别说什么发泄，聊天都不可以。一个深夜时光，旅客们被安置在宾馆短暂休息，机组人员却要滞留在飞机上随时待命，有那么一刻，他烦躁不安，感到无法遏制的孤独围困了自己，忽然之间，他开始想念胡蝶。想得不可遏制。

从重庆回来，王豫放下之前所有的不快情绪，主动打电话给胡蝶，请她抽空回一趟家。胡蝶是乘务队的空姐，大学毕业考进 JE 航空，工作至今不足两年，算是次新员工，几个月前刚过了 24 岁生日，小王豫 5 岁。5 岁不是个小距离。也就是说，她刚出生时，他已经幼儿园快毕业了，赶得上大叔辈分。上次闹别扭到现在，有两周时间没见面了，创下了恋爱以来最长分别纪录。两周没见，却互不联系，这是个傻子都明白的危险信号。王豫反省了一下，骂自己一顿。一个大男人，与一个小女人赌什么气？较什么真？这点心胸能还叫男人？何况比人家还大五岁。

胡蝶有个好性情。不做作，不拿捏。她此时正随航班飞至上海，刚落地打开手机，正在刷微信，接到王豫电话，痛快地答应航班返回就回家。

是的，回家。之前在确立关系后，至少有两个月的时光，在王豫这套小房子里，胡蝶把这里当成了家。陷入冷战的罪魁是房子。王豫不是无房，是有房族。就现在住的，一个较为普通的小区，开发商名气一般，建筑一般，小区绿化一般。两年前买的，当时不愿与父母同住，又受够了租房，手头多少有了点积蓄，就想买房。当时盯那个楼盘盯了一个月，开盘那天，却因为航班连续在外过夜两晚，第三天赶过去，在售房屋四楼以上都没了。顶楼也没了。只剩三楼以下的，瘸子里拔将军，最后选了个三楼，95 平两室一厅的小户型。20 层的高楼，三楼着实矮了些。不过价格也便宜不少，经济压力相应减小。楼盘有地库，但小区人车并不分流，地上还有零散停车位，交过首付后口袋基本清零了，地库车位就没买，租个地上车位，就在楼底下，实惠，用起来比地库更方便些。

两个月前胡蝶刚搬过来时，他有些歉意，跟她说房子不大，将就几年，以后有条件再换。胡蝶嘴角一翘说，房子算什么，大小不都是个水泥壳子吗？没什么了不起，我才不在乎！当时他挺感动，以为自己遇到神仙妹妹，格外珍惜。胡蝶在这儿住了不过一个月，胡蝶母亲特意来过一次，专为看房子。看过之后，说了一句话：人帅，房子挫！

胡蝶母亲明确表示，这房子不行！楼层低，采光差，压抑，像洞穴，不是人住的！王豫说，年轻人心里充满阳光，我没觉得压抑啊。胡蝶母亲说，你要么不着家，要么在家就拉着窗帘打游戏，你根本不需要阳光，你住洞穴不要紧，但我女儿没阳光不行，让她住洞穴不觉得委屈她吗？会憋死人的！看完房当晚回家，给女儿下最后通牒，王豫这小子不着调，一身挫样，我第一次上他家，他竟然说什么他心理阳光，什么意思？讥讽我心理阴暗是不是？这种女婿不能要！坚决分手！

胡蝶向王豫转达母亲的意思。王豫问她，你从小一直住大房子吗？胡蝶说，我从小和我妈一直住60多平方米的老房子，正因为这样，妈妈对小房子恨之入骨，希望我将来永不再住憋屈房子。王豫问，你呢？你妈妈什么态度，我都不在乎，关键是你的态度。胡蝶说，我妈说话不中听，但她没恶意，你不能较真啊，我的态度是，我爱你这个人，其他什么都不在乎，只要跟你在一起，就算只有一张床我都觉得甜蜜。她还告诉他，她会慢慢做妈妈的工作，只要俩人齐心协力，相信一切都会有。这时候，王豫确定自己遇到女神。觉得此生最幸福的事，就是与胡蝶的美丽遇见。觉得天帝太厚爱，把这么好的姑娘送给他。

说过这话一个月后，也就是胡蝶搬到他这儿第二个月底，有一天胡蝶忽然跟他说，虽然她很爱很爱他，但不能不顾及母亲的感受和情绪。她自幼父母离异，一直与母亲相依为命，所以说母亲在她的生活中，占着无可替代的位置，在她们这个只有两个人的家庭里，母亲永远有着至高无上的话语权。不管她将来嫁给谁，都必须要母亲点头才可以。王豫听明白了。他表示，你和你母亲走到今天不容易，婚姻大事，当然不能不尊重母亲的看法。胡蝶接着又告诉他，从小到大，母亲把她当成生活的全部，在她身上寄托着不低于生命的期望。

在胡蝶母亲眼里，成年后的女儿亭亭玉立，如花似玉，即使在美女如云的航空公司空乘队伍，也是鹤立鸡群的仙鹤一只。胡蝶进JE航空，凭的是实力。别人花巨款，托后门，削尖脑袋把孩子往航空公司塞都塞不进去，胡蝶过五关斩六将，笔试面试几轮考试，层层选拔，通过了。没花一分钱，没找一道关系，凭的全是个人本事。本科学历，英语六级，如果家里条件好，当妈的也不舍得女儿一毕业就工作，肯定供女儿读研了。在航空公司当空乘，天天在飞机上侍候人，屈才屈大了。母亲拼了老命培养出这么出色的闺女，绝不是为了让她长大嫁个穷小子过苦日子的，当妈的对女儿怀有一种近乎变态的期望值。至于女儿的婚恋，在母亲看来，唯有嫁高帅富，最好是官二代、富二代，才能对得起母亲的期待。再说了，以女儿这条件，大款富豪随便挑，嫁穷小子干什么？脑子长荒草啦？找不了官二代、富二代也就罢了，好歹找个飞行员、机长，可是女儿太不争气，竟然找个空警！

空警挣多少？母亲逼问女儿王豫的收入。女儿如实汇报，王豫这样的空警，好的时候月薪也就是一两万，哪个月飞行时间少了，月底落实到工资卡上还不如空姐拿得多。一年到头加上年中奖与年终奖还有安全奖，连加班费都算上，小三十万撑死了。母亲一听就气疯了，又问，一个机长是不是年薪一百多万呀？女儿说，资深老机长是可以拿到一百五六十万，可这种机长通常岁数都不小了，一般都有家有室的。母亲就说，那就找个副驾驶呀，那也比空警强，好歹有上升空间，有盼头，熬几年熬成机长，熬成资深。空警有什么发展？

那次胡蝶将母亲的话一五一十转达给王豫，王豫哭笑不得。真是只小乖猫，连句谎话都不会撒。王豫一度为自己的职业骄傲。老王与罗爱芳至今仍然为儿子的职业自豪。碰上王豫飞国外，从免税商店给父母带些国外产的生活用品，老王与罗爱芳每每如获至宝，自豪地拿到朋友圈里好一通炫。由此足见，王家三口加起来，都没胡蝶她妈一个营业员出身的家庭妇女看问题长远。

说到待遇，还真是如此。同样是飞行，同样早出晚归在氧气稀薄的高空出牛马力，资深机长年薪高达一百五六十万，普通飞行员少则五六十万，多则八九十万，就这样，飞行队伍抱怨声仍然最大，抱怨贡献大收益少，动不动闹罢工。而空警，和飞行员比起来，说起这待遇还真是拿不出手，满打满算也就和乘务长来个持平，空姐不愿找空警，这也怪不得人家。有一阵公司执行一项特殊任务，二级警备，从地面公安局借调来两名警员，培训之后登机了。头几天，人家觉得挺新鲜，动力很足。跟着飞机飞了俩月，看明白形势，尤其弄明白收入待遇，找到机会就溜了，不干了。飞行时起得比鸡早，在飞机上待一天累得像孙子，除了那点儿干净利落的工资与飞行小时费，其他一分钱外快没有。公司还有意留住那两位，两位警员异口同声一口回绝了。

王豫当时问胡蝶，这么说，你妈的标准就是钱？钱多，人就行，钱少，人就不行？胡蝶说，我妈是有道理的，她认为挣钱多的人，都比较强势，有本事，有安全感；相反挣钱少的，自然是比较弱势的，相应缺乏安全感。王豫说，我尊重你妈妈的理论，不过我保留自己的看法，我的看法是，你妈妈这个人不怎么的，眼光有问题，只能看一尺远，太短浅。胡蝶说，既然你和我妈妈彼此看不惯，与其我夹在中间为难，不如这样，我们先分开一阵，双方都冷静一下，如果分开了我们还是彼此想念，那就结婚，如果谁也不想谁了，那就算了。

王豫没多说什么，只说，行，没问题，只要你开心就好了。

就这样，两人陷入冷战。

傍晚时分航班落地，胡蝶乘坐机组车回到市区。在王豫家附近的一条马路边，机组车停下，胡蝶跳下车，一眼看到王豫等在那里。他接过她手中的箱子，她挽住他的胳膊，像往常那样，一对小情侣似乎从来没发生过别扭。进了门，看到餐桌上的玻璃花瓶里插着一束娇艳欲滴的红玫瑰，胡蝶很兴奋，脱了衣服冲进浴室冲澡。冲去一身燥热，换了干净的睡衣出来，王豫从冰柜里拿出一桶哈根达斯，打开盖，同时将小勺递到胡蝶手里。两个人坐在餐桌边，王豫看着穿着睡衣的女朋友，一勺一勺地挖冰淇淋。她吃东西的样子很性感，一边吃，一边不时拿眼神撩着他，小嘴里吐露出比冰淇淋还要甜腻的话。

“想我啦？有没有天天都想？”她说，“我可是天天都想你，你竟然这么狠，这么久才找我……”

一桶冰淇淋吃到三分之一，王豫血脉偾张，一把将她从餐桌前拽起来，挤到墙角，用嘴唇堵住她的嘴。一个天旋地转、天长地久、双双忘记地球和时间的法式长吻。两分钟后两个人纠缠着滚到卧室的床上，彼此心跳加速激情四溢地享受对方给予的激情抚慰。天黑下来，两人从激情中平静下来，并排躺着说话。胡蝶感慨道，估计以后不可能遇到像你这样能给我完美感觉的男人了。

“哦？”王豫听出弦外之意，抬抬眼皮，“有新想法？”

“我今天过来，是想再正式转达一下我妈的意思，”胡蝶靠在他怀里，柔声细语说，“其实老人家没有过分要求，她就是希望我们婚后过得幸福。能理解吗？”

“当然，”王豫说，“一万个理解。”

“所以说，我俩的感情还有挽回余地，”胡蝶说，“只要你换套房子，我妈这座山就可以翻过去，我们俩就可以幸福地在一起。”

“换房可以，问题是换什么样的，你妈对换房的要求呢？”

“我妈要求不高，”胡蝶说，“就那种楼盘好点的，最好是知名开发商建的，人车分流，密度小些，小区园林式绿化，管家式物业管理，带个空中花园的，站在露台可以看山看水的。”

“没了？”

“她要求就这些。”

“这种楼盘有，单价每平方米通常卖到五万到六万，楼王卖到七万八万，”王豫说，“住这种标准，可得等一等。”

“等一等没关系，可以等，但要等到什么时候？”

“等我身家亿万的时候。”王豫说。

“那是不是说，我俩的关系也要等一等？”胡蝶噘噘嘴，“等你成亿万富翁的时候再往前进展？”

“如果你非要等亿万富翁才嫁，我只能陪你等喽。”

“王豫，能不能别开玩笑啦，说正经的。”胡蝶正色道，“找你爸谈谈，看老人能不能想想法子？大家一起凑凑？你后妈不是还有一套挣租金的出租房吗？卖了也能凑一笔钱吧。”

王豫抚抚她柔滑的头发，说：“咱俩相处几个月了，你对我怎么还一点都不了解？”

他心里想，如果能下得了手张得开口啃父母，就像要求猪爬树，连他自己都会觉得不可思议。

胡蝶说：“我觉得你没有诚意。”

“诚意非得要豪宅来表达？”

“女人需要房子带来的安全感和归属感，你能理解吗？”

“难道说，只有房子才可以给你安全感和归属感？没有房子，感情就没有价值，你这样理解恋爱关系？”

“感情的价值是抽象的，因为容易发生变化随时都会坍塌成废墟，它可以是无价的，也可以是一文不值的。我现在需要的是一份看得见摸得着实实在在的安全感，而不是虚无缥缈自欺欺人的东西。”

“我不是没房子，是你瞧不上我的房子。”王豫亲亲她的额头，说，“我有一只苹果拿出来给你一个人吃，可是你非要吃西瓜，我手上没有西瓜，你反说我没诚意，我们俩到底谁没诚意呢？”

“其实对我来说，吃苹果，住洞穴也没关系，”胡蝶翻身支起下巴，说，“关键是你如果有超能力，比如隔空移物，意念取物，如果这样我也认了，可惜……”

“我是个肉体凡胎？”王豫微微一笑，“我要有超能力，就不一定找你喽。”

“找谁？林志玲？”

“我干吗找她？”

“你电脑里存过她的照片你忘啦？”

“几百年前的事了，有超能力才不找她，找个同样有超能力的，老话不是说，旗鼓相当的婚姻，才能并驾齐驱天长地久吗？”

“赞成！”她说，“看来我们俩真是没缘分。”

“缘分可遇不可求，”他笑笑，“只能顺其自然喽。”

第二天一早胡蝶拎着飞行箱离开，王豫送她到路边。问她什么时候再来，她甩甩头发说：“看缘分吧，是你说的。”

他看着她的背影消失，心头忽然涌上一阵从未有过的无奈与伤感。

13

周蕙莲因突发急性胆囊炎，住院了。

之前没有任何征兆，半夜里突然肚子疼，腹泻，不愿麻烦别人，咬牙扛着，自己诊断为肠胃炎，吃了两片止泻药，挨到天亮，疼到在床上打滚，快要昏过去，这才打电话向女儿求救。赵雅祺打电话给120，同时打电话叫上周欣，几拨人从不同方向飞奔过来，将周蕙莲送到医院。

一检查，急性胆囊炎，情势凶猛，需要住院。这时才明白，疾病对每个人都是公平的，不管你是穷是富。办入院时，不顺畅，赵雅祺给父亲赵宏武打电话，找了院长，仍然没能如愿住到单间，天热，正逢疾病多发季，医院床位的紧张程度令人咋舌，有钱也不行。能马上安排到床位，住进双人间，而且是朝南向阳通风的双人间，已是院长给了天大的面子。在住院部走廊走一遭，亲眼看见那些大病、重症的患者，三四张病床挤在一个小房间里，有的四人间里阳台上还加了第五张病床，赵雅祺看着就头晕，如果要她选个这辈子最不想去的地方，那么毫无疑问是医院了。

周蕙莲住的双人间，在走廊的尽头，十分安静，远离卫生间，每次打开窗户便有灿烂的阳光涌进，这是眼下在医院能够享受到的最好待遇了。另请了一个特级护理，但不能因为请了护理就逃避做女儿的义务。为了自己放心，也为让母亲暖心，赵雅祺守在病床前，不离母亲的视线。想到当年自己在英国住院，全程有母亲陪伴、照顾、悉心呵护，做手术时自己被麻醉了，躺着，睡着，跟死人一样，什么也感觉不到，什么也不知道，什么也不用管。如今轮到自己照料母亲，赵雅祺才切身感受到，病人住院，病疼在病人身上，但家属的压力与煎熬要远远超过病人自己。最煎熬、最难过的是亲人，是最亲近最关心最爱你的人。在医院里楼上楼下地陪着病人做各种检查，手忙脚乱的时候，才体会到孤单与无助。一直认为自己强大到可以一个人生活，现在才发现其实这只是美好愿望而已，有这愿望并不等于就拥有了可以强大生活的能力。

赵雅祺寸步不离陪了一天一夜，头发便有些像草鸡。周蕙莲心疼女儿，夜里睡一米宽的折叠床，休息不好是肯定的，怕她身体吃不消，嚷着要她回家休息。恰在这时周欣赶过来，主动替换赵雅祺，赵雅祺才得以抽出身，回到家里补睡了一个长达五小时的“大觉”。周欣很尽责，鞍前马后，简直像周蕙莲的另一个女儿。在守着周蕙莲打吊瓶，而周蕙莲又闭目休息不需要周欣陪着说话时，周欣也从不闲着。她不停地刷微信，手提电脑也搁在眼跟前，刷微信不是玩，而是联络业务，维护客户，现在至少50% 的业务，需要通过微信完成。赵雅祺保持着体面与清高，从不在朋友圈向熟人和朋友推销产品，那么这个事就必须由周欣来干，因为现在几乎所有的商人，所有的人，所有的客户，都是热衷于日夜活动在朋友圈，这是一块重要商业阵地，你不拼，不抢，就会被别人夺去。周欣不在乎向熟人和朋友推销，爱烦不烦，烦的人你拉黑我，无所谓，当然，她不会轻易惹人烦，她有的是各种扮可爱招人喜爱的小花招，各种新奇古怪的想法层出不穷，让人家花钱买了她的产品还给她点赞好评，是她的拿手好戏。赵雅祺不社交，可以当老板，当董事长，因为她有资本，她是天生在福窝、金窝里的命。自己有什么？草窝里出生，草窝里长大，只有人，只有不停地打拼奋斗，她必须逼自己豁出去，做赵雅祺不爱做的事、不愿做的事、做不了的事，才能赢得属于自己的天地。

每每周蕙莲从昏昏欲睡中睁开双眼，望着周欣感激地说句客气话：“小欣呐，我这身体不争气，祸害我女儿吧，连带着把你也给祸害了呀……是不是耽误你工作了？”

这时候周欣会给她微笑，声音柔和道：“阿姨，您说哪儿去了，平常您待我跟亲生闺女一样亲，我看您就跟看到自己妈妈一样，再说我什么事也没耽误啊，工作一毛钱都耽误不了。”

周欣指指桌头的手提电脑，晃晃手里的手机，叫周蕙莲不必有心理负担。

“小欣，你说的是真心话？看到我就像看到自己妈妈？”

“当然是真的啊。”周欣歪着头，亲切地微笑着，一脸无法形容的诚恳。

“那你跟妈妈坦白一句实话，”周蕙莲说，“妮妮她最近是不是爱上什么人啦？为她的事我都要愁白头了。”

“这个呀？”周欣一脸为难之色，“目前从表面上我还没看出来，这是她内心的隐秘活动，我又不是她肚子里蛔虫，无从得知啊。”

“那最近她有跟什么人接触吗？”

“我还没发现，”周欣趴到周蕙莲床边，亲昵地搂住她的肩，“阿姨，我懂您的心思，都是为妮妮好嘛，如果我发现这方面的苗头，一定第一时间跟您传递情报，我不会眼睁睁看着您愁白头的。”

“好姑娘，我等着啊。”

次日赵雅祺过来替换周欣，拎来瘦肉粥，医院的餐食不好吃，也吃不好，赵雅祺就一大早起来自己煮，配料十几种副食，营养周全。这时周蕙莲精神已好了许多，喝过女儿的孝心粥，气色也恢复些红润。身上有精神气儿了，周蕙莲第一件事就是要手机。赵雅祺说你在病床上不好好休息，要手机干吗？伤眼睛。周蕙莲说我让你拿来你就拿来，哪这么多废话啊？赵雅祺只好从柜子里找出周蕙莲手机，打开，递给她。这时候周欣从外面给赵雅祺发来信息：阿姨反复向我打探你的情感活动，放心，我没出卖姐妹。赵雅祺笑了，回复道：心底无私，没什么怕出卖的。周欣回复：虚伪啊。赵雅祺回道：你阴暗！

手机里最让周蕙莲惦念的是微信朋友圈。她最关注两个人：其一是赵宏武，其二是宏莲木业的办公室主任吴晓丽。吴晓丽是宏莲元老级员工，跟赵宏武鞍前马后二十几年，在办公室主任这位置也坐了有十年之久。周蕙莲之所以关注她，是因为她怀疑吴晓丽暗恋赵宏武，当初她和赵宏武离婚前，就发现这苗头，但苦于捕风捉影，没有事实发现。她与赵宏武离婚后，没几年吴晓丽也离婚了，至今还是单身，所以周蕙莲越发认定了自己的判断。他们俩之间有没有事，她不敢肯定，但可以肯定的是，吴晓丽对赵宏武怀有一种别样的情愫，这逃脱不了周蕙莲的眼睛。吴晓丽比周蕙莲小，小十岁，今年不过才46，与周蕙莲也熟，以前也是常见面，宏莲木业所有员工见到周蕙莲一律喊嫂子，吴晓丽也不例外，一见面嫂子长嫂子短地喊，后来周蕙莲与赵宏武离了婚，与吴晓丽见面机会少了，但后来有了微信，互加好友后，又开始天天“见”。

这不，住院这两天，几十个小时没“见”，周蕙莲就惦记得慌。

周蕙莲半躺着玩微信，赵雅祺到护士处询问一些情况，不过半小时工夫，返回病房，周蕙莲已一脸不快，仿佛遭遇了仇人。她指着手机屏幕，愤愤道：“她什么意思？明知道我病倒，还发这个臭美什么意思？明摆着气我是不是？”

赵雅祺凑过去，看到几分钟前吴晓丽在微信圈刚发了一张大头照。她就奇怪了，问：“妈，吴阿姨不知道你生病的事吧？我按照你的意思叮嘱过爸，不要扩散你生病的消息，爸肯定不会和任何人讲的，她怎么会知道呢？”

“我刚才发了一张打吊针的图，她肯定看到了，接着就发一张大头臭美照，就是存心气我嘛！”

“你叮嘱我们不想让别人知道你生病的事情，自己却在这儿发微信，你这是干什么呀？”

“我就想看看有没有朋友关心我，”周蕙莲说，“只是发张打吊针图，没说自己住院。”

“行了行了，把手机关了吧，别没事自己跟自己添堵了！”

“干吗关机？”周蕙莲不停地把吴晓丽那张大头照放大，“越长越丑，还好意思整天发照，妮妮，你说句公道话，她好看吗？漂亮吗？怎么看怎么不顺眼，才四十来岁，臃肿成这样，眼睛挤成一条缝，她自己就没有正常审美吗？你爸什么审美？离开我以后，他的审美水准明显直线下降，天天让这样一个女人在眼跟前晃，不塞心吗？哎哟，我真是替你爸难过啊，你爸选择女人的品位真让人不敢恭维啊。”

“妈，嘲笑别人美丑，不是一个修养良好的人的正常行为。”

“对，关键是，她长得不好看没关系，那是父母给的不是她的错，关键是她不该弄到朋友圈来让人厌恶，微信圈是朋友聚焦的地方，是个小公共场所，她就没一点公德？弄出来让人塞心那就是她的错。”

“妈，你翻翻自己的，我觉得你发的自恋照比吴阿姨多得多啊。”

“那我不是……我那些照片哪张不是美美哒？起码没她这么吓人吧？每次我一发就赢来一片赞美声，她呢？下面有几个赞呢？大众的眼睛是雪亮的，主流审美是永远不会变的，妮妮，你就说一句良心话，她好看吗？好看吗？”周蕙莲将手机举到女儿脸前，逼她说。

“丑，难看，不忍直视！”赵雅祺瞟了一眼，说出三个昧良心的词，“行了，妈，咱就别看了，把她拉黑，删除，为了一个自己不喜欢的人，天天跟自己过不去，这损失，该有多大啊。”

“拉黑，删除，她很快就会发现的，面子也过不去啊。”

“她不在乎你一个观众吧？”

“你怎么知道她不在乎？我看她发这个大头照就是给我看的。”周蕙莲说，“这个微信啊，就是个照妖镜，让我看到了很多在现实生活看不到的东西，女人的自恋啊，人性的虚伪啊，人心的不善啊，人类的另一面在这儿一览无余，以前在单位里两个女同事，我亲耳听到她们彼此在背后说对方坏话，骂对方，骂得那个难听啊，可她们到微信上，完全另一副面孔，对方发个什么，那个背后骂得最凶的，又拍手又鼓掌又吹捧，多恶心哪！”

周蕙莲一边唠叨着，一边在吴晓丽大头照下面点了个赞，又写了一句评论：妹妹越来越漂亮，逆生长啊！

赵雅祺简直毫无办法，苦笑，无语。

赵宏武先后过来探望过两次，每次让司机搬上来硕大的花篮和水果篮。他知道她喜欢什么花，喜欢什么花的香味儿，她过敏的花里面一枝也找不到。他知道她爱吃什么水果和副食，每样东西都很精致，他知道她喜欢精致。每次来就在床边凳子上坐一会儿，与周蕙莲话不多，但从两人的眼神里，赵雅祺可以感受到有一股温情在互动。所以对他们之间那种奇怪的情感，她越来越不懂。两人离婚至今都单身，都还蛮在意对方，却谁也不提复婚，她也不懂。他头一次来，临走时专门找主治医师聊了一会儿，赵雅祺陪他去的，当他从主治医师口里得知周蕙莲的情况已无大碍，也就放心了，赵雅祺从他的神情里，看得出他对母亲的那种关心，完全不像已离婚的人。第二次来临走的时候，他在走廊上告诉赵雅祺，医院晚上会有单人间腾出来，到时候护士会通知她，叮嘱赵雅祺帮周蕙莲搬一下，单间里干扰少，安静些，利于病人休息。赵雅祺送完父亲回到病房，周蕙莲又开始不断地说话，先是当女儿的面夸前夫，还是那么帅，年轻时候是帅小伙，现在成了老帅哥，都这把岁数了，瞧那腰身挺拔的，那风度，那气质，真是越来越好啊，从背影看跟年轻时候一个样儿，一点没变啊。一会又眼睛里流露出忧虑，对女儿道，我发现你爸头发两侧多出不少白头发，上次见面是半年前，还没这么多，怎么忽然冒出这么多？回头你问问他，最近是不是用什么药了？发是肾之华，吃药伤肾，肾不好自然要长白头发，另外，你问问他是不是该体检了？叮嘱他去及时体检，到了这个年龄，这事忽视不得，然后把体检报告给我拍下来……赵雅祺一一答应。如果说父亲对母亲的感情，还如同亲人一般，那么母亲对父亲的爱，俨然细微到发丝，说至亲也是毫无疑问。

赵雅祺看不懂这对冤家。

|第六章|

14

刘策带着丰厚的礼品过来看望周蕙莲。他在医院出现的时候，赵雅祺心里划过隐隐的烦恼与不安，尽管眼前需要人手，但不愿意是他。如果他每天都来，岂不成为自己的负担？情感债是最沉重的一种债，最难还，所以说欠什么债都别欠情感债。

基于这种心理，刘策离开时赵雅祺送他到楼梯口，正想找个委婉的说法，既不伤人自尊又不伤和气地告诉对方，要他忙自己的事，不必要再往这里跑。然而这层意思还未及表达出来，在等电梯的时候，刘策很郑重地对赵雅祺说，我想再确认一次，我们的事还有余地吗？我真的没有希望了吗？赵雅祺尽量平和又不乏认真的再次重复自己的决定，告诉他，做哥们儿是我们俩最好的相处方式，这不是冲动，也不是开玩笑，而是经过深思熟虑的。刘策沉默了一小会儿说，那么好吧，雅祺，我要结婚了，祝福我吧。

赵雅祺当场就呆了。眼前这个男人，在英国做同学时就一直追她，她回国后他又从英国追到国内，为了追她，拒绝回苏州经营家族生意，不惜与父母翻脸，尔后在鹭城驻扎两年多时间，默默地跟在她身后，用各种机会锲而不舍地向她表示着好感与温情的男人，他突然就要结婚了吗？她觉得不可思议，也太突然了些。当然，她不是他什么人，她已在前不久坚决明确断掉了他的所有念想，在这种情况下，他做出什么样的选择与决定，她都没有发言权啊。赵雅祺迅速调整了情绪，微笑着说哦，好啊好啊，我一直就想听到这样的好消息呢，我能做的除了由衷祝福老同学还是祝福啊。

刘策说你不想知道她的情况吗？赵雅祺觉得没有这个必要，但为了不让对方感到太被轻视，便说如果你愿意和老同学分享的话，我乐意听啊。刘策说是一位苏州姑娘，父母两年前介绍的，被我拒绝了但她一直对我好，父母也喜欢，所以说结婚，也是遂了父母之愿，与爱情无关。这么说的时候，他低头注视赵雅祺的双眼，灼热的目光似乎又回到从前。赵雅祺赶紧将视线移向别处，开玩笑道，老同学你这就要回苏州了，不会临别还要送个枷锁给我吧？回去好好地爱你的新娘，让我们永远做最好的哥们儿吧，啊？刘策就像望着一个调皮捣蛋无可奈何的小朋友，笑了，笑得有些失落又不乏温暖。

电梯门徐徐上来，刘策进电梯前，赵雅祺主动张开双臂，行了一个无比纯洁的同学式拥抱大礼。送完刘同学往病房走的时候，赵雅祺脑子还有些发蒙，男人啊男人，我还一直当人家傻傻的情种情圣情痴呢，还无比内疚地担心耽误人家害了人家呢，原来人家也有备胎……我也长有眼睛，怎么早没看出来呢。

周蕙莲出院了。赵雅祺要她到自己那儿住一阵，说是方便照顾。周蕙莲笑着指出女儿的虚伪，她说你是为耳根清净才单独另住躲开老妈的，老妈再追过去，是不是太不识趣？赵雅祺说那我暂时住到你那儿去。周蕙莲仍然拒绝，她说你每天过去陪我吃顿饭我挺高兴，如果你一天三餐都在我那儿吃，我一天到晚当老保姆还不得累死？赵雅祺就提出给母亲找个家政服务人员，平常帮着做点家务，周蕙莲又说，我现在还没到那个七老八十不能动，找个陌生女人一天到晚在眼前晃我受不了。没办法，看周蕙莲身体基本恢复正常，精神状态也不错，赵雅祺将母亲送回设计院的老房子，日子又回到往日轨道，除了每天过来看看，其他时间各过各的。

赵雅祺抽空去了一趟父亲家。

沿海一个隐蔽而神秘的小区，从外围苍翠葱茏的绿化看，不了解的人十有八九会产生错觉——误以为是座公园，或植物园。驱车沿着一条绿树成荫花簇环绕的幽深曲径驶进去，直到进了大门，才发现，哦，不是公园，不是植物园，是住宅区。

赵宏武住在一所建筑风格为中西合璧的独栋小楼里。左边邻居是一位点墨成金的大师级画家，属于那种“国画大师”，鹭城人，平常工作在北京，一年会有几个月时间回到鹭城住在此处潜心创作，人称印钞机；右边住着一对老夫妻，老夫妻很平凡，但养育了一位不平凡的女儿——近年来名字常在国内媒体头版出现的青年演员。小区内主要居民，大体就是这样一个群体。赵宏武不是一个人住，家里常住人口有五位，另四位分别为管家、司机、厨师和佣人。

通常情况下，赵雅祺每一周到这里来一趟，时间为周末。每次来，陪父亲吃顿饭，聊聊近况，谈谈想法，也没什么特别要说的话题，就是过来看看。如果没有特殊情况，除了每周一饭或两周一饭，她与父亲的交流主要凭电话。倒不是天天通话，赵宏武也忙，称日理万机不为过，但三天两头还是要通一次。如果她忙，连续三天没能及时打回去，老头的电话一定会追过来。每次通话内容也不长，三两分钟，有时候只需要一分钟，无非互报平安而已。

赵宏武的家，典型的中式装修风格。清一色纯手工打造的小叶紫檀家具，在家居用品上，他和周蕙莲有着完全一致的爱好、趣味儿和审美。一楼大厅，博古架的阁子里，错落有致地摆着十几只高低胖瘦风姿妖娆的青花瓷瓶，两扇宽阔落地窗，坠地的银灰色窗纱摇曳多姿，落地窗两旁，一边悬挂着范曾的真迹，另一边悬挂着启功的一幅气势磅礴的山水图。挂范曾与启功的作品，并不是赵宏武有多么喜欢书法、绘画与文艺，他甚至没有真正发自内心地欣赏过它们，在他眼里，并不觉得它们比他工厂里的师傅们创作雕刻出来的紫檀家具更漂亮，但因为它们挂在客厅里，可以与这些紫檀家具相得益彰，相映生辉，可以平添房子的文化品位，也因为，他那个圈子里的朋友们，哥们儿，都挂，不仅挂，还收藏，大量收藏，于是他也挂，也收藏，不光收藏这两个人的，他收藏的品种和数量还相当可观，都是花大价钱收进以后，用锡纸包好，往专用的箱子里一放，一锁，平常也不怎么看，有闲时间，坐下来喝杯功夫茶，比欣赏这些画要来得更惬意。

在范曾真迹的正下方，摆着一台80年代的老式缝纫机，是周蕙莲曾经使用过的，用它给丈夫以及女儿包括双方的老人，缝制过不少四季穿的衣服；80年代不住别墅，后来住别墅了，缝纫机已经不用了，但周蕙莲不舍得扔掉，跟着她搬进了别墅，离婚后周蕙莲主动搬走，设计院的家属房没多余的空间摆放缝纫机，于是留下来，日夜陪伴着赵宏武。在客厅进门玄关处，地面上摆着一溜黑色圆口布鞋，这些鞋子都是手工缝作，清一色武夷山农村妇女的手艺，确切地讲，他只穿一个女人做的鞋——他的母亲。在福建鹭城下辖武夷山某镇某乡某村，是赵宏武的出生地，他从小穿母亲做的圆口黑布鞋，到现在仍然穿，长年累月，几十年如一日，老母亲已经七十多岁，一年四季都在给儿子做鞋，她做不烦，因为儿子穿不够。在家里，赵宏武不穿拖鞋，脚上永远是黑口布鞋，几十双鞋一模一样的款式，任何时候你在家里看到他，仿佛永远一双鞋，从来没换过似的。他穿不够，看不腻。

所以每次回父亲家，一进客厅大门，每每这一溜黑布鞋第一眼映入眼帘，再往里一走，一台套着锈花布罩的老式缝纫机第二眼映入眼帘，赵雅祺都会强烈地意识到，我爸爸，说到底，就是一个农民，老农民，什么上市公司董事长，什么先进企业大老板，什么协会会长，那一连串让别人眼花缭乱的什么头衔，只不过一顶顶出门戴的帽子，回家帽子一摘，骨子里还是一老农民。不是不负责任地随意低看父亲，说父亲是农民丝毫没有贬低的意思，她说的是事实，日常生活中，父亲许多生活习惯，全是农民本色，三十多年城市生活，没能洗掉他身上许多土得掉渣的农民式生活习惯，就像身上的汗毛，与生俱来。

当然，说赵宏武附庸风雅、凭借名人字画来提升品位或者祛除土味，那也冤枉。他有他自己的人生哲学与情趣爱好。其一他爱看书，楼上近百平方米的书房里，至少有三面墙壁立满书柜，书柜里每一本书他都会仔细研读，以他的话，不看的书他是不会买的，买到手的书都是每册必读的。他脑子里、胸襟里、骨子里有许多农村人永远不可能具备的东西，比如知识、学识或者有关艺术的东西，都与他几十年来持之以恒的勤奋学习成正比。除了看书，赵宏武第二大爱好便是做慈善。一楼客厅的另一面墙壁，摆着一排宽大的橱柜，专门的陈列柜，里面展览着赵宏武二十多年来，修路助学、修庙建祠堂种种慈善义举的证书与奖牌："尊师重教、惠泽桑梓"，某小学送的；"尊老敬老，市民楷模"，某敬老院送的；"资捐义举，功载千秋"，某大学赠的；"修路惠民，造福万代"，这是某山区村庄送的；"先进个人""公举楷模""红木艺术，紫檀之王"，以及其他金奖、银奖等N多种证书、牌匾与奖杯，当然，这不是全部，在他的办公室，不同的证书牌匾还挂有三十几块。就像小学生喜欢把奖状贴在家里的墙上，这一块块牌匾，那些捐资义举，小则几万、几十万，多则几百万、几千万，被他摆在陈列柜里，一块块垒起一个民营企业家的人生快乐与骄傲。

它们无一不见证着，赵宏武一代民营企业家足以令人骄傲的成长足迹。

从百度搜索，可以看到这样的信息：赵宏武，现年56周岁，生长于福建省武夷山市某镇某村庄，父母均为农民，毕业于东南某大学经济系国际贸易专业，本省内规模最大的红木企业宏莲木业创始人，该红木家具品牌近20年来连续荣登全国十大红木知名品牌榜首。宏莲木业于八年前于国内创业板上市，赵宏武为第一股东、董事局主席，本省商业协会会长、本市政协委员、×× 红木手工艺术品博物馆馆长……赵雅祺调侃父亲，如果这些头衔印在名片上，哪怕只印其中一小部分，不熟悉的人看了名片一定会把他当成骗子。

事实上百度介绍并不全面。赵宏武的事业以红木起家，但并不局限于宏莲木业。早年的宏莲公司，除了红木，餐饮业也是一个重要分支。后来因赵雅祺做了胃部分切除手术，赵宏武好不感伤，龙颜一怒，大笔一挥，除了宏莲大酒店这家以住宿为主的四星级酒店得以保留外，其他餐饮生意全部被砍掉。如今的宏莲集团，除了主营业红木，另外还有红酒业与茶业。十年前，赵宏武在老家武夷山承包一个山头种植铁观音，那座山有多大呢？海拔 1200 多米，总面积超过万亩，经过几年的辛苦开发，如今的万亩茶山，已是郁郁葱葱，盛景一片。为了更充分开发山间资源，近两年又陆续投进去四五个亿，在茶山脚下，开发五星标准的集旅游、观光、休闲为一体的度假酒店，这个项目，目前正在进行，落成指日可待。

赵雅祺和父亲吃了一顿饭。现任厨师是位四十多岁的中年人，有过多年五星酒店总厨的经验，十二年前赵宏武去那家酒店吃饭，一吃钟情，便高薪把他挖过来给自己当私厨。赵宏武常年居住三个城市：鹭城、北京、武夷山。鹭城是根据地，北京是事业需要，武夷山是休闲养生需要。赵宏武走到哪儿，厨师、司机和佣人跟到哪儿，就像别人出门时，手机、钱包、钥匙是必需品一样，随身携带。

一楼除了客厅，还有大小两个餐厅。赵宏武好客，喜欢在家里待客，动不动招呼一帮朋友，大餐厅就是给这些朋友准备的，最多可以同时容纳四十到五十人就餐。招待朋友，赵宏武喜欢用各种肉类，鸡鸭兔猪羊牛鹿，全都山里养的；蟹虾螺及各种深海鱼，要么渔民海捕，要么澳洲进口。招待朋友不用盘，直径一尺左右的不锈钢盆，不重样的山珍野禽与海味，整盆整盆地往桌上端，来他这里做过客的人，那个美味儿，那个鲜味儿，那个大快朵颐的过瘾，那个厨师的好手艺，吃过一次，终生难忘。

赵雅祺与父亲吃饭，就在小餐厅。小餐厅是绝对私人的空间，餐桌上的菜，以及盛菜的盘子与碟子做得精致盛得也精致，因为赵雅祺不喜欢不锈钢盆，觉得那太土，影响食欲，她和母亲一样，喜欢景德镇的青花玲珑瓷。赵宏武这里所有吃的，从米谷粮食，到时蔬肉类，全由武夷山那边养殖，专供，当然，赵宏武雇人种，雇人养，自己给自己供，主要供仍然在武夷山老宅生活的父亲、赵宏武自己、周蕙莲以及赵雅祺。每周从武夷山往鹭城送两次，由专车专人送来，每次送菜车来，赵宏武这里一份，周蕙莲那里一份，赵雅祺那里一份，也因此，周蕙莲与赵雅祺，生活中基本不需要进出菜市场。

吃过饭，赵雅祺与父亲聊了一会儿，提到父亲的体检问题。赵宏武说最近公司忙，还没顾上体检这个事。不过最近半年他一直减肥，决心把肚腩上的肥肉减掉，节食做不到，主要靠锻炼，每周打高尔夫，每天晨跑，终于减下来三公斤。赵雅祺向父亲报以赞许的微笑，要父亲再接再厉坚持下去，又说我妈说体检这个事忽视不得，她要你最好还是抽空去。赵宏武点头说好，我抽空去。赵雅祺又提到一个事，先是调侃父亲这把岁数还魅力无穷，从背影看还像帅小伙子，接着话茬就委婉地转到那个吴晓丽阿姨，问她是不是对父亲有意思？又说，如果有人钟情爸爸当然是好事，她不希望父亲老是这么孤独生活，希望他身边有人照顾。

赵宏武是何等聪明之人，一眼看出女儿话音背后的意思。便朗声一笑说你说那个小吴啊，她的身份就是公司雇员，除此之外她和我们家不存在你们猜测的其他任何关系，你看我天天身边都围一堆人，哪有工夫孤独？你刘叔叔袁叔叔小郭小花他们，照顾你老爸都跟自家亲人一个样。赵宏武说的刘叔叔袁叔叔小郭小花就是管家、厨师、司机与佣人。这四人中，跟随他时间最短的是佣人小花，也有八年整。赵雅祺喜欢安静，她每次和父亲吃饭的时候，他们都像空气一样，无声无息，无处不在又似乎不曾存在，在这个家里随时享受着他们无微不至的服务，却几乎看不到他们的身影。赵雅祺被点破心思，替自己辩解说，我真没那么猜测，主要是我妈，我妈为什么总是把吴阿姨当假想敌？赵宏武笑笑说，这你要问你妈。又说，你不用操心我们的事，你当务之急是操心一下自己的事。

一周后赵雅祺再来父亲这里，看到父亲的体检报告。她有些感动。觉得这是父亲特意为母亲而做的体检。她将报告一张张拍了图片，传给周蕙莲。检查非常全面、仔细，周蕙莲在电脑上一页页一项项认真地查看，血象，尿液等各项指标；五脏，六腑等各内脏器官彩超及片子。亲眼看到赵宏武除了血压略高和血脂略高外，还没有发现其他方面的毛病，周蕙莲不禁发出一声由衷的欣慰与感叹，这是铁人啊，身体好到令人惊讶！一颗心也随之落了地。这颗心放下，回过头来，又为女儿的情感事操碎心。

为了安抚周蕙莲那颗被疾病摧残了一场的心，赵雅祺终于妥协，一周之内，在母亲的安排下，参与了三场相亲活动。

15

赵雅祺头一个见的是周蕙莲上次推荐的海归博士程志远。

个人条件确实不错。英俊，博学。往那儿一坐，上下五千年，纵横十万里，滔滔不绝，绝对属于那种见多识广、学富五车的类型。程志远先介绍了自己的家庭条件，父亲是国企领导，五年后才到退休年龄；母亲在机关上班，处级干部，明年退居二线，后年退休。家里就他一个孩子，父母对他的培养花费了巨大心血，对他的期待也比一般家庭要高得多。然后介绍自己的情况，读了几万册书，走了全世界三十几个国家，拥有现代化企业科学管理知识，眼下在一家500强外资企业的中方公司做CEO。

程志远直言不讳地讲，因为个人条件卓越，他找对象，一般条件的普通姑娘是不会见的，对方也必须是各方面都卓越的优质资源。优质，这是他重点突出的两个字。

“物以类聚，人以群分，伴侣嘛，一定要和你一样优秀的，不只是生活上与你相伴，还要事业上助你腾飞，找个村妇，那不叫侣伴，那叫保姆。”他说。

赵雅祺安静地听着。

“潘石屹，人称潘十亿，知道吧？要不是娶到大富豪的女儿，他不会有今天的成就，李泽楷凭什么成功？要不是有那个爹，他凭什么叱咤风云？”他说，“所以说，男人奋斗，事业最终能做多大，这个基础和机遇是非常必要的，如果给我那些财富和资本，我可以把潘十亿和李泽楷给吞并了！”

赵雅祺就像听一场关于理想与抱负的演讲，继续一言不发，礼节性地倾听。

“父母期望值很高，我对自己也是高要求高标准，庸庸碌碌地混日子绝不允许在自己身上发生，”程志远的言谈，一如他的名字，有抱负，有理想，语气也是豪情万丈，慷慨激昂，“我的理想不只是为自己奋斗，主要是为父母争光，为家庭争光，让他们因为我而感到光荣和骄傲，是我做儿子的一份责任，当然，也为了自己未来的家庭而奋斗，将来如果我们在一起，那不用说就是强强联合喽，我未来的奋斗中，有一部分也是为了您，到时候，您可以不工作，您的生活就是美美容，逛逛街，购购物，只要愿意，可以全世界旅游，玩够了，在家养养小孩，需要用多少钱我都打到您账户上，永远不会让您有缺钱的时候，让您过所有女人都羡慕的生活……”

最后，他巧妙地把话题转到实际上来，拐弯抹角地询问她父亲的公司，既然是股份制，那么，她父亲实际拥有多少股份呢？她作为宏莲集团的少东家，拥有多少股份呢？作为继承人未来能继承多少股份呢……他表示，就拿宏莲集团来说，如果把这个舞台交给他管理，他可以在三年内，让宏莲集团的资产总值实现翻一番。他又表示，他早已不愿给外国人打工，他最欣赏的就是她父亲这样的商界民族精英，他现在需要的也是这样一属于自己的舞台，现在是万事俱备，只欠东风……

听了大约半小时，赵雅祺觉得头大。这时候又觉得不像在演讲了，更不是相亲，而是在进行一场商务谈判。人家说了这么多，自己一句不表示，也不礼貌是吧？她忽然伸伸懒腰，打个哈欠，冲他莞尔一笑，打断他的演讲，说：“听君一席话，胜读十年书啊，不愧为当代精英，看得出，您是一位非常有理想，有抱负的人，我欣赏您的坦率和真实，也非常尊敬您为父母争光的胸怀和志向，抱歉的是，您刚才设计的未来妻子的生活，我并不需要。”

程志远面不改色，微笑着，用眼神示意她说下去。

“我不需要任何人为我奋斗，”赵雅祺不吐不快，索性彬彬有礼地把心里话甩出来，“因为您设计中的未来理想生活，我现在已经拥有。”

“您的意思是拒绝我？”

“没错。”

“您要想清楚，您今天拒绝的是中国顶级商界精英。”程志远尽管被拒绝，从神情间，找不到一缕挫折感，仍然无比自信地望着赵雅祺，微笑着说，“就凭您现在这个思维，五年以后，咱俩再坐到这儿，双方的地位可能就要颠倒过来。”

“感谢您这样的顶级精英如此高看我，”赵雅祺说，“有机会跟您这样的精英接触，我感到非常荣幸，希望您如自己所说，未来为您的父母和未来的妻子争光，让他们感到荣耀和骄傲。”

“让时间来见证这一切吧，告辞！”他站起来。

这种人，绝对是干大事的，而且成功概率很大。你看人家，努力向上，受到挫折情绪一点也没受影响，当他判断没有余地的时候，一分钟一秒钟的时间都不肯再耽误，也不会再费一丝一毫的精力与口舌，该放弃果断放弃，绝不拖泥带水。干大事的人啊！

“等一下，”赵雅祺也站起来，打开手包，从中抽出一张名片，推到他面前的桌面上，微微一笑道，“这是我一位朋友，××银行分行行长，她比我有钱，就凭您这么好的口才，你找她，或许会获得您期待的强大支持，前提是您说服她，祝您成功！”

恶作剧般说完这段话，赵雅祺一个优雅的转身，款款离去。

开车回家的路上，沉下心，静静想想，我除了是赵宏武的女儿，还有什么？剥去赵宏武女儿这层外衣，这层光环，我有什么？有什么特别？自己名下的公司？老爸投资的，我并不擅长经营，营销是周欣在做，管理是职业经理人在做，整个公司是一个团队在做，我只是头顶一只帽子而已。如果没有父亲的投资，我充其量不过是一名设计人员，技术人员而已。再退一步，顶多是一个还算漂亮的女人而已，也已经28了，不再青春了，我内心有个真实的声音告诉我，我不需要栋梁，不需要精英，我只需要平安健康，岁月静好，现世安稳。

到家没一会儿，周蕙莲发来信息：感觉怎样？

赵雅祺回复：很帅，有才，读过几万册书，特别有上进心，中国男人精英里的精英。

周蕙莲欣喜：有感觉是吗？我说嘛，妈的眼光错不了！

赵雅祺回复：可惜啊，我没看上，如果我看上了，这人说他能让我爸的资产三年内翻一番。

周蕙莲愣了一会，回过神来：妈呀，这不是商业奇才吗？他没说他是比尔·盖茨的学生或者马云第二吧？你爸拼了三十几年才有今天，他让三年翻一番？这大话都敢吹？意淫吗？我看不靠谱，算了吧！

赵雅祺想象着母亲受捉弄的表情，不由哈哈大笑。

于是周蕙莲为女儿安排了第二次相亲。

十万元人民币一张的联谊会门票，赵雅祺穿着精致的小礼服，在朋友的牵引下，款款进去。可想而知，迈进这一门槛的都是什么层次的人。就像走进某著名大学的总裁班，交换名片，都是些金光闪闪的吓人头衔。当然，赵雅祺这样的富二代、另一类官二代，为数不少，也不乏模样夺目小有名气的模特艺人。有一位男士主动现身，引起赵雅祺的注意。个人条件自然特别好，年龄、相貌看上去与赵雅祺也特别般配，是一位家在外地的凤凰男，这没关系，她并不在意对方门第出身。此人在一家大型私企做 CEO，个人履历是相当优秀，尤其是谈吐，谦逊，内敛，有礼有节，收放自如，深得赵雅祺好感。赵雅祺与其跳了一曲舞，好感又加深几分。

一曲舞后，坐下一起喝东西，对方依依不舍，似有万语千言要说，赵雅祺看对方那深情款款的眼神，心想，如果他约她下一次见面，她应该不会拒绝。不料，对方突然从随身携带的提包里，取出一只厚厚的档案袋，里面夹着一摞厚厚的方案。对方很诚恳地告诉她，他们了解到宏莲集团正在武夷山开发一个五星级旅游项目，这个项目旗下其中一项工程目前正在寻求合作方，而他们公司非常符合与宏莲合作的条件，但他们不认识她父亲，也找不到得力关系，有幸获知她将参加这次联谊会，不得不出此下策，花十万元买联谊会门票，为的是认识到她，哪怕做个普通朋友，也是荣幸，至于相亲，太高攀了，想都不敢想，他一脸诚恳地问她，能否请她帮他们将这个文案递给她父亲？这个文案是他们整个团队花费两周的时间与心血完成的，如果宏莲选择了他们，他们一定会做出精品工程……接着要介绍公司的种种优势，赵雅祺一句也听不下去，当场欲吐。

这次“相亲”结束，周蕙莲又于第一时间发来信息询问：“感觉如何？”

赵雅祺回复两个字：“奇葩。”

周蕙莲沉默了一下，打来电话，安慰女儿说：“不合适就算了，不勉强，这事也勉强不得，不要紧，才28，不大，小着呢，妈压力一点不大，不是什么要命的事，杀不了头掉不了脑袋，你也别有压力，合适的还在后头呢，咱再找更好的。”

在周蕙莲软硬兼施下，赵雅祺接受近期以来的第三次相亲。这回周蕙莲吸取教训，不再像以前那样，我们什么都有，只在乎人，别的都不在乎什么的。这回她挑了一个在经济实力上与赵宏武完全旗鼓相当的家庭，本省的，家族企业，企业虽未上市，但名扬省内外，家里有私人直升飞机，小伙子父亲的名字，也是经常登上报纸头条。这种家庭的孩子，绝对不会冲着赵家的钱财或某种目的来吧？然而遗憾的是，这次仍未能如愿，这位青年才俊特别有个性，直抵嚣张这一级别，喜欢发号施令，说一不二，个人“权威”不容侵犯，坐一块聊几句，看那神情，仿佛全天下的漂亮姑娘都在排着队等着对他投怀送抱，言谈间，那种我是皇帝、唯我独尊的意味，毫不掩饰。见面不过半小时，赵雅祺就感到恶心，找个借口，直接拜拜。

周蕙莲再问她感觉？她一个字不回了。周蕙莲打来电话，又要安排下一场，赵雅祺说，妈，下一次您去吧，我够了，烦了，腻味了。周蕙莲还要再说什么，赵雅祺说，给你一个选择题，你是选择你女儿被恶心死？还是疯掉？

周蕙莲闭了口。没几天又试图劝说，但无论她怎么苦口婆心，赵雅祺坚若磐石，置之不理了。

|第七章|

16

微信群里每天都有业主们在聒噪。

王豫觉着烦，把群给删了。

删没多久，姜姐打来电话质问他怎么回事，干吗退出？干吗删群？不联合讨房租啦？王豫搞不清楚对方为什么这么快就发现他的动作，解释说不知道怎么搞的，可能操作不当吧。姜姐说算啦算啦，我再拉你进来。又被拉进去了。

今天是周五。截至一周前夏煌老总夏刚“一周之内支付租房”的承诺，过去整整一个星期，王豫并没有接到夏煌公司的任何电话或信息，没有只言片语的说法。夏刚给他的承诺如一缕废气，蒸发得无影无踪。手机微信里反而汇集着七八户业主的询问、疑问及失望情绪，王豫把这些信息一一删除。

中午从公司回到住处，王豫坐下来，拨打夏刚手机。拨了三次，一次无人接听，两次传来电脑声：你所拨打的电话不方便接听。

死了？王豫决定去一趟夏煌，抓到夏刚，请他对爽约做出解释。赶到公司，却没抓到夏刚。夏刚办公室里坐着夏煌财务经理吴治国。此人五十多岁，此刻一张脸拉得像驴，黑得像包公。

“是业主吧？问租金的事吧？不是跟你们说过了嘛，夏总很忙，租金的事直接找我。”不容王豫开口，吴治国噼里啪啦道，“你听清楚了，我现在正式通知你，夏总全权委托我代表他、代表夏煌公司，正式给业主回复。”

王豫站在吴治国面前，克制着自己道：“你说，我听听。”

“按计划，公司要在这周给大家付租金，周三我们联系到陈蔓莉，她答应给钱，约好周四下午在她公司见面，她开支票，这样的话周五也就是今天，公司就可以提出现金通知大家来领钱。但没想到的是，事情会发生变化，周四下午也就是昨天下午，我们财务过去了，没见到陈蔓莉。陈蔓莉不在公司，她从外面打了个电话，说有要紧事在外忙，开支票的事需延到周五上午也就是今天上午。今天一早，我们财务人又去了，在公司仍然没见到陈蔓莉，再打手机就接不通，我和我员工在那儿等了一上午，等到中午下班，没等到陈蔓莉的影儿，人，人见不到，电话，电话接不通，你说怎么办？你现在频繁打电话找夏总，手机打爆了也没用，找不到陈蔓莉，就拿不到钱。拿什么给你们付租金？”

“我听明白了，”王豫说，“吴经理你的意思是，告诉全体业主，夏煌董事长夏刚说话不算话，就像母鸡下了只软蛋，没壳，冒着热气儿就烂地上了？”

“小伙子，别把话说得这么难听，这不是说话算不算话的问题，陈蔓莉失联这是意外，我们也没办法，我们还在尽力找，一旦找到她，会尽快把钱拿回来，发给大家，大热天都不容易，能不能消消火，好多业主找夏总，夏总也上火呢，再这么逼下去，会不会逼出人命也不好说，下周看吧，我们尽量下周拿到钱。”

王豫盯着吴治国的脸瞅了一阵，吴治国口气有些虚，道：“别这么看我呀，我又没拿你的钱，我也是端人饭碗给人当差的。”

王豫收回视线，从口袋里掏出手机，当着吴治国的面拨打夏刚号码。反复拨打六次，夏刚大约不胜其烦，接了。

“夏刚你在哪儿？”王豫道，“我是王豫，上次到办公室找过你。”

“你有什么事电话说，”夏刚的声音，仍然不失斯文，“叫吴经理给你们回复，难道他还没说明白？”

“我问你在哪儿？你不说没关系，我很快能搜到你，你非得过这种躲躲藏藏的地老鼠日子？”

夏刚叹声气，迟疑了一下，说：“2020，你上来吧。”

王豫乘电梯来到20楼。吴治国从后面跟了过来。门打开了，宽大的房间里，不止夏刚一个人，还有另外两名皮肤黝黑的青年壮汉。看来最近麻烦太多，他随时做好了防范措施。

夏刚在一张宽大的老板台后面坐着，王豫径直走过去。还有三米远时，一名壮汉快步上前，伸胳膊拦住王豫道：“止步，说话站这儿就可以了。”

“拿开！”王豫说。声音并不大。

“站这儿说话，”壮汉眼神里满是杀气，“两条腿不听话，想爬着出去？”

“把手拿开！”王豫重复道。

“你说拿开就拿开？你谁啊？”

王豫一把拿住挡在身前的粗壮手臂。壮汉挥出另一只拳，却被王豫另一只手空中迎住。壮汉两只胳膊及整个肩膀被铁钳般的手牢牢控制住。王豫指间一用力，压低声音狠狠道：“学着点，我说拿开就拿开！我是你祖爷爷，孙子！”

壮汉欲挣脱，上半身却动弹不得，便困兽般发疯似地抬脚反踢。王豫一个标准擒拿反剪动作，将壮汉整条身子从空中抡起，翻个跟头，“啪”一声摔倒在地。壮汉龇牙咧嘴，浑身骨头碎裂般钻心剧疼，在地板上挣扎蠕动一分钟没能爬起来，这才明白今天遭遇非一般的对手。

另一名壮汉立即要冲上去，夏刚黑着脸挥挥手，制止了。

转瞬，夏刚换上笑脸，冲王豫呵呵一笑道：“好身手啊小兄弟，这两位是新来的，不懂规矩，失礼了！”

王豫抻抻衣襟，上前两步，隔桌站在夏刚面前，直视夏刚的眼睛。

“我就确认一件事，”王豫说，“陈蔓莉失联，是事实吗？”

“我以人格保证，”夏刚说，“这女人真的联系不到了，我一上午都在打她电话，打不通，短信微信都不回。”

“让我怎么相信您没有撒谎？”王豫问。

夏刚嘿嘿干笑两声，说：“我在生意圈混了近二十年，不至于拿这点事羞辱自己。既然我说什么您都不肯信，那么您说，您到底想怎样？您看这样行不，您要能证明我说的是假话，您说怎样就怎样，退房也好，赔偿也罢，到时候你说个数，我要有二话我是孙子，可以了吗？”

“行，我当这句是人话！”王豫说罢，转身大步离开。

夏刚瞪瞪眼睛，两名壮汉张牙舞爪要冲上去从背后袭击王豫。夏刚摆摆手，制止了。

从夏煌公司出来，王豫发现停在路边的车子刚刚被贴了罚单。刚才为停车在楼下转了几圈，地库及地上，所有停车位都被停满。停路边是迫不得已，不过一刻钟工夫，200块钱被罚掉。王豫将单子揭掉，冲着不远处仍在乐此不疲挨个往其他汽车上贴罚单的交警骂了句粗话。

启动汽车前，他从手机里调出陈蔓莉号码，拨过去，关机。又拨几次，关机。回到家里，又拨打几次，仍然关机。大白天的，上班时间，一个公司老总，为什么关机？

王豫越发觉得不对劲，上周通过话的，现在接不通了。以吴治国与夏刚的说法，从昨天下午就联系不到，莫非这女人突然换号？弃号不用？为什么弃旧号？跑路？逃避债务？

傍晚罗爱芳来了一趟。她敲门时王豫刚钻进卫生间冲凉，没听见。罗爱芳就自己掏钥匙开门进来。她过来送包子。她自己发的小麦粉，小麦粉从乡下老家带来的，散发着面香。罗爱芳包包子技术炉火纯青。每逢自己轮休日就在家包包子，所以隔三岔五包，各种馅。每次包，都会在刚出锅第一时间给王豫送几个过来。今天做的是白菜猪肉馅，味道以王豫喜好为主。

王豫从卫生间出来，其实三个小时前才吃过中午饭，饥饿感并不明显，罗爱芳要他趁热吃。看她老远乘公交车用保温盒送过来，王豫就坐下来，罗爱芳转身又去厨房做了碗西红柿蛋花汤。王豫一口气吃掉三个包子，喝光了汤。罗爱芳很有成就感。看王豫吃饱喝足，她把盘子送厨房洗净了，又将台灶给擦一遍，干完出来，忍不住又提到夏威夷。她不说房租，只问："那个事咋样啦？"

"钱回来了。"王豫说，"今天他们转我账户上了，马上给你转过来。"

"真的？儿子你没蒙我吧？"罗爱芳瞪大眼，有些不相信。

"我蒙你干吗？"王豫说着起身拿起手提电脑，打开网银，将刚入账的当月薪资现场转两万元到罗爱芳账户。

罗爱芳拿出手机看到银行到账通知，仍然不可思议地望着继子，疑问："昨天我还和石奶奶通过电话，她说还没戏呢，她等着拿这笔钱给老伴儿治病呢。"

"我找过夏刚，特事特办了，他付了几户找上门去的，大部分还在拖着。"

"还不一视同仁？"

"欺负老实人呗，会哭的孩子有奶吃。"

罗爱芳目光突然多了仰慕成分，说："哎呀，我就说嘛，我儿子，没有干不成的事儿！"一会儿又黯然，"应该告诉石奶奶她们，怪可怜的，不能傻乎乎地坐在家里傻等啊。"

王豫本想叮嘱她不要多事，又想她自己未必控制得住自己的嘴，便没说什么。

陈蔓莉失联，这消息犹如冰块掉进油锅里。民愤再次沸腾，群里彻底炸开了锅。王豫一言不发，默默浏览大伙发言，将业主想法归纳为几点：

其一，夏刚与陈蔓莉的关系，就是狼与狈的关系。事实摆在眼前，陈蔓莉把钱挪用在别处，或许拿出去放高利贷进行高额盈利，或许去炒股炒金什么的，反正拿钱在挣钱不会让钱闲着。业主催款，她一时拿不回来，就换个手机号玩失踪，而夏刚则千方百计替她打掩护。

其二，夏刚不遗余力帮陈蔓莉打掩护，为此而不惜满嘴谎言骗业主，愈加证明两个人一丘之貉，沆瀣一气。这两个人，百分之百有见不得人的利益勾结，勾结的目的，百分百是获利分成。

其三，夏刚上周红口白牙向业主承诺，这周付房租。当时有人提出疑问，怀疑是缓兵之计，其中有诈，但大多数业主还是善良的，相信了夏刚，结果再次被骗。这些轻信骗子的善良人们，让事实结结实实甩了一记耳光。现在，夏刚又再次把付租日期推托到下周，而且还不能肯定，难道大家还要相信一个黑心骗子的鬼话，继续挨第二记耳光吗？

其四，夏刚说假话，说鬼话，坑蒙拐骗，自知理亏，不敢面对业主，派狗腿子财务经理出来对付业主，难道业主就那么好欺负？是砧板上的肉？他想割就割？想宰就宰？

这些发言，用词激烈，慷慨激昂，但具体拿出什么举措来反欺诈，仍然没有人能说出建设性的意见。

王豫在群里咂摸一下，发现多了两张新面孔。一位是一次性买入夏威夷大小 8 套房的宫先生，另一位是一次性买入 12 套房的史先生。这二位都是大户，很神秘，一言不发，神龙见首不见尾。从经济实力讲，他们必定是不折不扣的有钱人。如果以胡蝶妈的理论，二位都是有能耐有本事的强势人。强势人竟也没能逃掉骗子的坑。王豫觉得真是莫大的讽刺，想笑，又笑不出来。

有业主在喊王豫在不。王豫回了一声。这位业主问：“你答应帮我们找律师，找得怎样啦？”

又有业主问：“从法律角度，如果我们想收回房子，有没有可能？”

王豫回说：“我想找的那位律师，他现在在外地，什么时候回来不确定，所以还没联系。”

群里静了一会儿。忽然一业主敲出一行字：“王豫这小子办事太不靠谱了，怎么这样忽悠大家呢？”

王豫愣了一下，第一次被人骂“忽悠”。他将刘国辉所里的电话发上去，回道：“这是刘律师办公室电话，你们可以自己打电话咨询，也可以登门咨询，担心我不靠谱，另找其他律师最好不过。”停顿一下，又发出一行字：“律师广告满街都是，找律师不难。”

不待有人反应，王豫直接从群里退出。

第二天下午王豫震惊地听到消息：业主们把夏刚给打了。

昨晚王豫下线后，业主们还在继续讨论，后来他们商定第二天碰个面，组团找夏刚谈判。前往聚集的业主，有七十多岁的老夫妻；有二十多岁的年轻女孩。有乘公交去的；有开路虎去的。总共去了二十几户，大家先聚在夏威夷大厅，等人聚得差不多了，浩浩荡荡开向夏煌公司。根据“线人”提供的情报，夏刚当时正在会议室开每周一次的例会，业主们出其不意，突然踢开会议室大门，将夏刚堵个正着。业主要求坐下来与夏刚谈判。夏刚见躲不掉，立即打电话叫来公司律师，与财务经理一道，终于在谈判桌前坐了下来。

夏刚始终不发一言，一切由律师代言。无论律师如何解释，业主死活不相信“联系不到陈蔓莉”是事实。大家一致认定，这里面存在猫腻，律师收了夏刚的好处，在昧着良心替夏刚撒谎，两家公司联起手来逃避债务。业主提出两个要求：第一，由夏煌交出全体业主名单，因为目前为止至少还有四十多家业主没联络到。夏煌律师表示，房产属于个人隐私，任何公司都没有权利把别人隐私公之于众，这属于不合理要求，公司没办法满足。业主便恼了，质问夏刚，你口口声声说夏煌公司也是受害者，却不肯交出全体业主名单，不希望大家团结起来维护权益，这更表示夏煌与陈蔓莉之间存在不可见人的丑恶勾当。

有位业主来之前刚去过菜市场，手里拎着刚买的西红柿和鸡蛋。群情激愤下，不知哪位带了个头，抓起西红柿和鸡蛋扔向夏刚。场面很快失控，夏刚、律师及财务经理均受到不同程度的袭击。律师要报警，被满脑袋淌着生鸡蛋汁的夏刚制止了。他摆摆手，悲壮地说一句：“多一事不如少一事，让他们快滚！”随后保安上来，将业主们赶出大楼。

业主们说，挨了打还不敢报警，足以说明这孙子心里有鬼，干的事见不得阳光！

17

两天后的下午王豫飞完航班刚回到住处，罗爱芳就敲开了门。

她哭丧着脸，从包里取出两摞钱，摆在客厅茶几上。

“儿子，我再也不催你了，这钱还给你，”她说，“你每月还要缴房贷，负担也不轻，你妈妈我不是周扒皮呀！”

“怎么回事？”

“你也甭瞒我了，真相我都知道了，我当初不听好人言自己干的蠢事，我认了，房租的事顺其自然吧，那么多人呢，又不是只有我一个倒霉。”罗爱芳说着，从包里取出一纸通知，递给王豫。

是一份《通知》，夏煌当天以快递方式发来。

××× 先生（女士）：感谢您购买我公司开发建设的 ×× 路夏威夷公寓 ××× 号房。在您购买该房屋时，我公司明确告知您，该房已出租给鹭城开胜置业有限公司（下简称开胜公司），在售房合同补充条款里，就该房屋出租事宜已充分说明：当该房屋业主变更以后，我公司与开胜公司所签订的《房屋租赁合同》作为售房合同的附件，对新业主具备相同法律效力。在补充协议里，我公司同意在人手方便的情况下，帮业主代领代发租金以方便广大业主，我公司言出必行，四年来义务为业主提供无偿服务。由于近两年经济危机，公司发展受阻，连续裁员所致人手有限，已不再方便承担本不应承担的义务，故此通知您，从本年度开始，公司不再帮您代领代付租金，如您对此有异议，可直接向开胜公司主张权益，有权根据《房屋租赁合同》要求开胜公司按照合同条款支付租金……

“你签收的？”王豫浏览过通知，问。

“快递员发来的，我看是夏煌发来的，就签了。”罗爱芳懊恼道。

“你不知道什么内容就签了？”

“签了，打开一看，才知道是这个内容，”罗爱芳带着哭腔道，“这一签，死定了！黑心的夏煌彻底把我踢出来了，不管了。怪我，手太快，你爸骂我不长脑子是不冤的。”

“没事的，后面的事交给我，你就别再管了，钱一分也跑不了，早晚会回来。”王豫见事已至此，也只能在言语上给予安慰了。罗爱芳是房屋业主，快递发到她手里，又稀里糊涂地签了，怪不得她。总不能要求一个一辈子只会打针伺候病人的退休老人，长一颗和法律顾问一样思维缜密的脑袋。

罗爱芳离开后，王豫重新看了一遍当初罗爱芳与夏煌所签的补充协议。

协议里，夏煌只是同意在人手方便的情况下，帮业主代领代付租金，是帮忙性质。现在不愿提供方便，不帮忙了，只需要拿出“人手不便”的理由，发个通知，即可推脱得一干二净，不构成违约条件。协议里找不到任何对其“不帮忙”具有约束性质和惩罚性质的条款。因此夏煌发出这份《通知》，在法律上是无瑕疵的。顶多受道德层面的谴责。但也不能谴责其欺骗，顶多为不守信用而已，换个词就叫忽悠。忽悠着把急需出手的房子倒腾到你手里，然后设法把答应帮你的忙给赖掉。什么道德谴责，对以利益为先的商人来说，根本没有这个概念。如果一定要找责任，责任也在业主自己身上。是你自己吵着闹着要贪图便宜，满脑子投资挣钱发财的欲念把理智冲昏，签下对自身权益保障存在明显漏洞的合约，掉坑里爬不出来。

夏刚挨了打，彻底翻脸了。他以陈蔓莉失踪为由，摆出了彻底甩脱全体业主的无赖嘴脸。到现在，王豫不能不意识到，房租这事指靠任何人都是不靠谱的了。冤有头，债有主。谁欠你钱，你找谁要。你不亲力亲为，天真地幻想欠债者良心发现，主动把欠你的送还你手上，做梦可以，梦想成真的概率接近于零。陈蔓莉突然消失，是为了逃避债务？还是另有其他麻烦？无论如何，王豫不相信，一个大活人，竟然可以人间蒸发。在接不通手机的情况下，接下来的几天，王豫先后跑了两趟开胜置业有限公司。

公司不大，在一栋写字楼租了一层用作办公，公司职员阴盛阳衰，除了财务两名男性员工，其他员工清一色年轻姑娘。一名自称文秘的姑娘接待了王豫。王豫询问老板陈蔓莉去处。姑娘竟然一脸茫然，表示老板五六天没来上班了。去了哪儿？在干什么？没有人能说出个所以然。老板行踪不定，神龙见首不见尾是常事，老板每天干什么，人在哪儿，员工没有知情权，不敢问，也没兴趣问。王豫问到夏威夷租金问题，做财务的男士摇摇头表示，老板没交代啊。问怎么样可以找到陈蔓莉？一位姑娘说，上她家看看吧。家在哪里？一问三不知。提供不了任何有价值的信息。

通过开胜员工毫无粉饰的消极态度，王豫至少可以做出两点推断：其一，陈蔓莉这人不咋地，作为老板五六天没在公司现身，员工们竟然如此漠不关心、事不关己；其二，陈蔓莉这公司不咋地，员工看不到希望或前程，钱也不多，待遇一般，干得没什么劲，可又找不到更好的就业单位，索性在这儿蒙一天是一天，得过且过混口饭吃。

从陈蔓莉公司没得到关于陈蔓莉行踪的任何线索。恰在这时，刘国辉从微信播报刚从新疆回来。王豫顿时眼前一亮，打去电话，告知到所里看望同时晚上给他接风。

王豫一踏进律师事务所的门，刘国辉便一脸坏笑迎过来，当胸擂出一拳，幸灾乐祸道："坦克遇到麻烦啦？你也有求到哥门上的这一天啊？"

王豫没让对方拳头落下，在空中接住，笑着回敬说："新疆的阳光都没驱散你内心的阴暗，狗嘴到什么时候都吐不出象牙，从你这儿从来听不到一句吉利话儿。"

"没麻烦的人不会上我这儿来，你小子也不会例外，"刘国辉道，"我太了解你啦，说什么看望我，听上去怪冠冕堂皇的，我在这儿坐镇四年，你小子这是第一次主动大驾光临。”

是的，在这之前每次两人见面，要么餐馆，要么住处。

“职业敏锐度还是有的，”王豫放下手，笑道，“现在有个考验你智慧和技术的大好机会，不想给别人抢走，特意给你送过来。”

“你的意思是，要我帮你解决麻烦，还要我感谢你？”

“OK，饭桶，脑子和以前一样灵光。”

两人坐下，刘国辉煮了两杯咖啡，笑道：“事先声明，现在小案子我是不接的，标的怎么着七位数以上才有兴趣陪练。”

“都说干你们这行久了，人性都没了，看来这话没错，这行业把你也祸害得不轻，张嘴闭嘴除了案子和钱，就没别的？你不会已经堕落到六亲不认的程度了吧？”

“为了兄弟感情，今天我就破次例吧，说吧，什么困难自己解决不了啊？”

“不打官司，调查一个人。”

王豫拿出手机，将一张从网上下载的陈蔓莉的大头照发送到刘国辉手机。

大致了解了一下情况，刘国辉笑道：“如果你不是我哥们儿，我就鼓捣你打官司，但你是哥们儿，我就不建议走司法程序了。调查个人信息啊、发个律师函什么的，都没问题，不过我没工夫帮你追债。”

“我知道，你现在两只眼睛只盯着跨省商业大案，标的额两万的小案子你懒得搭眼皮，所以我不会请你追债的，”王豫笑道，“帮我提供基本信息就够了，其他的事我自己搞定。”

|第八章|

18

女孩的身子如一根长长的豆芽，修长，纤细。她穿着纯白色棉布吊带裙，裙摆围镶一圈漂亮的蕾丝花边，长短刚好遮住小巧的屁股蛋儿。此时此刻，女孩空着两只手，甩着两只细长的胳膊，光着小脚丫，在偌大的房子里走来走去。这间走那间，那间走这间，落寞的神情挂在脸上。

房子很大。抛开一个朝北的露天阳台与朝南的空中花园，室内空间至少在200平方米左右。对于女孩来说，着实太宽敞了些，宽敞得让她找不到安全感。两间向阳卧室，摆着两张漂亮的大床，大人房是实木雕花中式床，儿童房是白色欧式床；一间琴室，摆着一架巨大钢琴，还有一架优雅的古筝；一间约有三十平方米的书房，除了一把梨花木的躺椅，便是满墙站立的中式雕花书柜，以及书柜里落着灰尘的书籍；然后便是客厅，全套的欧式沙发，不动声色中透露出奢华贵气。客厅足有五六十平方米，这也是一天中女孩活动最多的地方。三年前女孩随母亲搬进这所房子，那时才四岁，在客厅里玩那种绕着长长轨道快速奔驰的电动火车；五岁时绕着沙发骑自行车；六岁时扶着客厅的墙壁玩滑板；现在女孩七岁，火车啊，自行车啊，滑板啊，没兴趣了。

女孩落寞地走到客厅一侧，面壁而立。墙上挂着一幅挂历，挂历上有连续一排的日期被红笔做了标记。标记都是统一的红色问号，像一排红色蝌蚪整齐地站立。女孩凝视挂历上的蝌蚪，站立片刻，伸出手，指头间捏着一支红色的画笔。她在最近那只蝌蚪后面的日期上，也就是今天这个日期，画上一只全新的红色蝌蚪。

女孩伸出细长的食指，数上面的蝌蚪。从上周五清晨开始，一共画了六只。现在是本周四的清晨，刚画上去的是第七只蝌蚪。每只蝌蚪代表一个独自睡觉的晚上，这是只有女孩自己才看得懂的关于蝌蚪的秘密。也就是说，从上周四晚上开始，女孩已经一个人在这套两百平方米的房子里，度过了整整七个夜晚，今天是第八个白天。

在挂历上那些红色蝌蚪出现之前，这套房子的常住人口有两位：女孩和妈妈。她们俩也是这房子的少主人与主人。上周四晚上妈妈出门办事，要她先睡。她一觉醒来发现妈妈一夜未归，不知道发生了什么事，也没来电话告诉她去了哪里。随后的日子直到今天，女孩每天每时每刻都盼着密码锁被触动，盼着妈妈像往常那样带着笑脸和食物现身。然而，女孩每时每刻都在失望。

但愿不要有什么大事。女孩想。盼不到母亲回家，就盼着得到某些有关温暖的信息。可那不回家的女人，竟然也没有通过其他任何方式，向家里的女儿传递信息，比如手机短信、电子邮件、微信、QQ。女孩一天中上几次电脑，去查看邮件和QQ留言，每次都失望。几乎每过几分钟，她都会条件反射般抱着手机摁来摁去，希望看到来自母亲的消息，但每次都失望。截至此时，女孩已经连续失望七日七夜。沙发上摆着二十来只芭比娃娃。各种样貌，各种身材，各种形态。几十套芭比娃娃的服装、鞋子、首饰，这些日子为打发难捱的时光，她给她们穿了脱，脱了穿。每只娃娃换不同的服装，累积起来换过上千遍。已经换得无比厌倦，妈妈还没回来。

正是暑假。女孩已经念完小学一年级课程，过完这个暑假该升二年级了。女孩有两位要好的朋友，郑圆圆和魏妙儿，是她念书的私立学校的同班同学，这会儿她们都度假去了。郑圆圆随爸爸妈妈去美国舅舅家探亲。她舅舅在美国住别墅，前后花园，每天可以在自家院里的泳池游泳，去年暑假她已去过一次，开学后带着电子影集给同学欣赏，不少同学羡慕不已，今年她又去了，每日和她妈妈一块儿发微信晒好吃的、好玩的、展览各种幸福。魏妙儿跟她爸爸妈妈一起出游，一家三口去丽江，听说要在那儿住上一阵子，少则一个月，整个暑假都住在那儿也说不定。她爸爸是著名画家，她爸爸认定女儿遗传基因好，有画画天赋，每到假期就带着她到处游玩写生，进行艺术熏陶。魏妙儿是乖乖女，听父母话，不每天晒私生活，但她的幸福生活，女孩想都可以想象到……女孩蜷在沙发上，抱着苹果手机，先后摁出郑圆圆和魏妙儿的号码。想和她们通个话。听听她们的声音。可是，想了想，最终哪个号码都没拨过去。

之前女孩也有出游计划。是母亲在放假前就定下的，说要带她去温哥华，说那里四季如春，夏天不会太热，特别适合过暑假。母亲计划去温哥华似乎还有其他考虑，她说如果可以，要在那儿买栋房子，待女孩上中学就送她过去。然后她去陪读，然后再办移民。移民这事只是听她这么说过。不止一次说过。不过女孩对移民这事没兴趣，不太懂究竟是个什么概念，也不想去懂它。她只对去那儿度过这个暑假有兴趣。放假前已经和郑圆圆、魏妙儿说过了，她要去温哥华度暑假。这会儿，她们一个人在美国玩得很嗨，一个人在丽江更是惬意，其实美国和丽江都不重要，重要的是她们和爸爸妈妈在一起。难道她要告诉她们，她被妈妈抛在家里，天天一个人待着？太惨了些。

女孩一脸沮丧，把手机扔开，又抱起iPad。打开百度，输入“开胜置业有限公司陈蔓莉”进行搜索。她每天都在电脑上进行类似搜索。几十条与此有关的老信息，无不逐一反复阅读到熟烂。没有新信息，尤其最近十日内没有任何新信息。女孩扔开iPad，困倦十足地打个哈欠。昨晚没睡好，她靠在沙发上，闭上眼睛，昏昏沉沉睡过去。事实上睡不踏实，断断续续地做梦，肚子也叽里咕噜地怪叫。迷糊了没多久，女孩被饥饿叫醒了。她翻身从沙发跳到地上，去餐桌上找一张卡片。没费什么事就找到了，她照着上面的号码，拿手机拨出去，要了一份外卖。餐桌旁有个餐边柜，柜子里放着一些原产地为美国的巧克力，她拨完电话，打开玻璃柜门，取出两块夹心巧克力，剥开纸，小口咬着，吃掉了。

门铃响的时候，女孩肚子咕咕叫得已经不那么厉害了。她警惕地望望大门，发了一下呆，然后轻手轻脚走过去。她将门口的换鞋凳搬到大门正中，踩着鞋凳，趴到猫眼上朝外观望。一张熟悉的面孔：一位年轻的小伙子——比萨店的伙计。她有些失望。其实刚才也没敢抱什么希望，只是怀着那么一丁点期待，期待妈妈站在门口，一边按门铃，或者一边摁密码，嘴里喊着宝贝，一进门一把将她拥入怀里。却不是。

究竟发生了什么奇怪的事，怎么能把她一个丢家里。家，这还是个家吗？如果不是她刚才要了比萨，让小区附近比萨店的小伙子送比萨过来，这个家和那年参观过的古墓博物馆有什么区别吗？

小伙子冲女孩微笑着，将比萨递过来，热情地问她还有没有什么需要？女孩放下比萨，从门边那只雕花木头鞋柜的第一阶抽屉里，抽出两张零钞，递给小伙子。她望着他，想说点什么，却只是咽咽唾沫，什么也没说出来。她向他摇摇头，落寞地关上门。

女孩坐在餐桌前，安静地吃比萨。比萨是最小的那种型号，女孩用刀把它切成几块，蘸着酸甜味儿的西红柿酱。吃了两块，饱了。剩下的用纸盖子盖好，晚餐再用。午饭后，女孩百无聊赖，玩了一会儿手机，反复拨一个熟烂于心的号码。这个号码每天都要拨无数次，每次都是不在服务区。拨不通，女孩换了一身装束，背心和短裤，带着手机，从家里出来。

女孩没走远，一个人也不敢走太远。她走到小区门口，但没敢出去。只在小区门口转了转，盯着一辆辆驶进来的汽车，希望看到熟悉的那一辆。溜达了十几分钟，直到保安注意到她了，这才撤退。撤到小区人工湖一带，坐在湖边木椅子上，发了好一阵呆。

第二天下午，女孩差不多在同一时间，从家里出来，到小区门口走了走，又到人工湖边发一会儿呆，留一个弱小、寂寥的身影倒映在湖里，然后一个人落寞地回家。

19

小区叫静轩，是个次新小区。从外面远观，并不显山露水。建成时间在四年前，居住标准正是胡蝶向往却无法企及的类型：知名楼盘；人车分流；密度小；园林式绿化；管家式管理；空中花园；阅海观山；居住者非富即贵。同类楼盘在鹭城为数并不算多，房屋单价每平在五万至七万之间。

陈蔓莉的老巢隐身在这里。她的住址和她真实年龄一样，对外始终为保密状态。即便公司员工，助理，副总，没人说得出老板的确切住处。这种活法，大体与狐狸同类。所幸王豫有饭桶这样的朋友。饭桶刘国辉人胖，形象不敢恭维，办事效率却是超赞，作为律师，称得上优秀。他仅用两天时间，便将有关陈蔓莉的全套详尽个人资料发送到王豫手上。

昨天王豫来过一趟。小区的安保措施相当严格。住户与汽车凭卡出入，非小区居民想随时出入，十分不便。昨天王豫来时，保安亭里坐着一位面善的小保安，王豫说找一位朋友，放下车窗丢过去一只袖珍飞机模型，小保安开心得不得了，乐颠颠地放了行。王豫进去后在地库寻找陈蔓莉的汽车，翻遍地库每一角落，没见着陈氏汽车的影儿。汽车不在不表示人不在，为逃避讨债者，有意把汽车存在别外，自己像乌龟缩壳里般躲在家里，这也不是没有可能。当时王豫从地库出来，想上楼看看。但由于不是楼座住户，进单元门需要门卡，等了半天没见有楼内业主出入，便只能在楼座外围走了走，观察并寻找接近陈宅的机会。

陈蔓莉家所在的楼座正是楼王，前俯碧海，后观花园，占据着小区内最佳地理位置。经过观察，果然有一个新发现：位于楼王 12 层的陈蔓莉家，其中一间卧室窗户的窗帘，在这个下午有所变化。王豫头一眼观察那扇窗时，粉色的窗帘是敞开的，当王豫在小区内走了走，半小时后回来，抬头再看，那扇窗帘竟然被拉上了。就在王豫正欲进一步深度探察时，有位巡逻的保安突然现身，用疑惑的眼神盯住王豫，询问他干什么。王豫为避免不必要的麻烦，找借口溜之大吉。

今天这是第二次来静轩。小区门外不方便停车，车子只能开进地库。地库门卫亭子里的保安换了，恰是昨天在小区里拦住王豫进行盘问的那位。这位保安非常铁面无私，死活不给起杆。王豫说拜访朋友，保安黑着脸，要求他报出朋友门牌号，说这是小区规定。王豫当然不能说陈蔓莉是自己朋友，更不能报陈蔓莉门牌号，便按着陈蔓莉那个楼座规律胡诌一个门牌号，企图蒙混过去。没料这位保安听他报完，立即关上门通过室内对讲设备，与王豫所报门牌号的业主进行通话确认。保安透过可视对讲电话，清晰地看到业主脸上困惑的表情。业主表示，没有朋友来访，不认识什么姓王的青年，同时感慨当下骗子花样百出，叮嘱保安注意加强安全措施。结束与业主的对讲，保安拿起电话，拨出一个号码。放下电话，保安朝王豫诡异地笑一下，说："麻烦您稍等，一会就好。"

王豫耐心静等。不过一分钟，地库里突然快步蹿出另外两名保安，以迅捷的动作朝王豫的车子包抄而来。王豫顿时觉得气氛怪异，再一看亭子里那位保安脸上胜券在握的神色，霎时明白几分。

王豫欲倒车离开，但已来不及了。索性熄了火，静观其变。其中一名保安蹿至车窗前，严厉的眼神在王豫脸上审视一番，冷冷一笑道："长得倒不像坏人。"

"坏人不可能把标志贴在脸上。"另一名保安经验丰富。

"我昨天就注意到他了，肯定有问题。"亭子里的保安起身走出来，上下打量着王豫道，"就这个人，昨天下午贼头贼脑在小区里面转了俩小时，不知怎么混进去的。今天又以诈骗的手段企图往里混，多亏我留个心眼，抓个现行！"

"有病啊？"王豫冷着脸看看三位保安，"我找朋友，听不懂人话？"

"哇？还蛮凶哦？"一名保安冷冷一笑，厉声斥道，"把车往边靠靠，别挡了别人的道，下车！跟我们到保安室去一趟！"

"去保安室？凭什么？"王豫以习惯性的居高临下的眼神，扫一眼堵住车子的三位保安，正色道，"仅仅因为口误报错了门牌号，被你们安一顶诈骗帽子，诽谤诬陷罪，后果知道吗？别知法犯法，不懂学习去！"

三位保安闻言一愣。其中一位脑袋算是灵动，反问道："你说报错了门牌号，那行，你把正确的说出来，你朋友是哪位？几号楼几单元几层几号？我马上确认，如果这次没问题，放你进去！"

"如果没问题，"王豫咄咄逼人，"耽误了我这么久时间怎么算？要非法抓无辜者去保安室怎么算?!”

“你先说你找谁?报出名来,如果你没问题,我们赔礼道歉!你说怎么算就怎么算!”那名保安将他一军。

此时三位保安像堵贼一样从三个角度将车子围个严实。王豫进退维谷,暗自叫苦,正琢磨着如何突出重围,一辆香槟金色的路虎揽胜,从地库里缓缓驶出,不偏不倚停在对面出车道上。车到处,横杆自动立起,但车子并没马上驶出,而是就地停下。

伴随着车窗落下,一个爽朗的女声在王豫耳边响起。

“王豫同学!”女声哈哈笑道,“我在家等了半天,以为你来不了了,原来报错了门牌号?差点让人当贼给抓了?青年痴呆啊?”

王豫抬抬眼,看到一张在飞机上遇到过两次的女人的脸。那张脸,肌肤光洁,五官精致,神采飞扬,风光旖旎,一张叫人过目难忘的脸。

王豫心里也暗暗奇怪,她怎么会在这里?但他没有让心里的诧异流露出来。只是微微一笑,静静地望着她,未置可否。

“这是我哥们儿,找我谈事,难为我哥们儿就是难为我!”赵雅祺转向三位保安道,“别动不动草木皆兵的,什么诈骗?哪儿像诈骗犯?诈骗犯能长这样?”

看来三名保安对赵雅祺相当熟悉,听她这么说,疑虑顿消,不约而同解释并道歉。那位铁面保安红着脸跑进亭子摁了起杆键。

赵雅祺是最早入住静轩的业主之一。通常每天上午九点半左右,她的车子准时从地库驶出,下午6时以后至夜里10时之前不定时回来。今天赵雅祺在驶出地库时,刚转个弯,看到迎面一辆汽车被拦在保安亭处,一瞥之间,驾座上正侧头与保安争论的身影,猛地灼烧到她的双眼。

有着那番英俊气质的面部侧影,除了那个傻子,这世上还有第二位吗?如同那种鬼斧神工的收藏级天然美玉石,从一出现,就注定了普天之下的唯一性和不可复制性。自以为已经彻底放下了的赵雅祺,心跳在一瞬间无规则加速。她在拐角处悄悄停下车子,静听两分钟,然后及时现身替王豫解了围。

恍惚之下,赵雅祺以为自己在做梦。这种“遇见”是她没想到的。一时有些不敢相信。仿佛上帝有意安排她还他一个所欠的人情。尽管上次事件他申明是工作职责,不必存谢,但她仍然固执地记得,那个发生在高空的神迹般的场面。尽管嘴上一直都是不屑和满不在乎,一份感恩却始终悄悄种植于心。

王豫的车子驶入地库,赵雅祺的车子正徐徐离开。但她没走远,只在小区外围打个转，从另一个大门重新驶回地库。

王豫在地库转了几转，寻找停车位。赵雅祺转着方向盘绕了个圈子，很快找准车道，精确无误地与王豫的车子迎面相向。两车即将擦肩而过，本来在地库车速都不高，此时又都减到最小。王豫正要礼让时，赵雅祺突然刹车，车头一横，将王豫的车子堵个正着。

王豫从车窗探出头来。

“好一个横行霸道！”他说。

“可以理解为赞赏吗？”她反问。

“这份乐观精神，当然是值得点赞的。”他说着，又郑重道，“不说谢了，世界果然太小，低头不见抬头见，哥们儿今天记你一情儿！”

“好，我记着了，从今儿开始你欠我一情儿。”她仰仰下巴，得意笑道，“坦白吧，混进这里面有什么贵干？人家都怀疑诈骗犯了，处境险要哦！”

“按原则是不能透露的，”王豫说，“不过念在刚才的情儿上，破例给你透露下，找个熟人。”

“找仇人吧？熟人？门牌号记不得？电话也不敢打？”

“关系比较微妙，说了你不一定能懂。”

“不可告人？”她笑着问。

“阴暗了啊！”他笑道。

“不如我索性一暗到底，”赵雅祺哈哈一笑，压低声音道，“隐私吗？深度隐私？”

“你好奇别人的私生活？”

“别人我才懒得理，你不是别人，是我客户恩人呀。”赵雅祺道。

“客户恩人？”

“从盗贼手里抢回我客户 300 万美金珠宝财产，说客户恩人也算恰如其分。”赵雅祺坏笑道，“我家对面楼里住一小三，不会是你女朋友吧？便衣追踪查探敌情？需要帮忙吗？”

“你男朋友才小三呢。”王豫一乐，笑了，“刚说了恩人，这么快就恩将仇报恶心我？不过你若需要查探这方面的敌情，我倒是可以支支招儿。”

“你怎么会有这么下三烂的想法？你说那种男人能做我男朋友？做梦吗？”赵雅祺哈哈大笑，“不打探你隐私啦，有事先走啦！”

赵雅祺摁上车窗，没说再见。盯着导航将车子后退两米，一踩油门，“嗡”的一声擦着王豫车头快速驶离。

静轩楼王只有一个单元。直到午后，一位老人推着婴儿车从单元门里出来，王豫上前帮老人扶门，老人道谢离去，王豫借机入内。整个下午，陈蔓莉家那紧闭的门，总共开过两次。一次是送外卖的小伙，穿着比萨店的工作服，送比萨过来，门只露出一道缝，里面闪过一个小女孩的身影。另一次是傍晚，小女孩一个人从门里走出来，走到小区大门口，似乎在那等什么，又什么也没等到，到湖边看湖景，发呆，然后回去又把自己关起来。

以王豫的计划，死盯一晚，将陈蔓莉堵在楼道或家门口。一个女人，又有孩子，晚上不回家？如果她从外面回来，或者，她根本就没出门，正常过日子，不可能一天一夜不在楼道里现身。不出去买菜？不出去散步？可以，不把家里制造的垃圾开门丢出来？只要她现身，就把她截住，然后通知夏煌，通知夏威夷全体业主，三方坐下来会谈，拿出个解决方案，支付租金也好，以违约条款解除合约也罢，给业主一个交代。

然而盯了半天又一夜，一切徒劳。离开前王豫开着车又在地库转了几圈，根据刘国辉的情报，那女人的座驾——黑色宝马 X5，地库里有几辆同款车，但看车牌号，都与陈蔓莉无关。种种迹象表明，陈蔓莉躲在家里这一推断基本可以排除。一向自诩智商不低的王豫，想破头也想不出个所以然。那位柳条似的小女孩，必是陈雨菲无疑。陈蔓莉的女儿。女孩只有七岁，目测看身高至少 130 厘米，因为纤瘦，越发显得孤单无依。

究竟是什么原因，让一位母亲彻夜不归？将自己未成年的孩子独自留家？让孩子一个人吃外卖垃圾食品，一个人睡觉，一个人打发暑期时间？做母亲的能放心？出差？出国？为何手机不通？为逃避一笔该付的款项，弃孩子不顾玩失踪？狠角啊！

20

又一个清晨，太阳高高挂起。夜晚的不安和恐惧在霞光里渐渐褪去。女孩陈雨菲从床上翻个身，卷着薄薄的凉被坐起来，发呆。做了一夜梦。期间不时从梦中惊醒。此时睁大双眼，记不清一个完整的梦境。

房间及装饰如童话般漂亮，当初陈蔓莉设计儿童房，每处细节都征求过陈雨菲的意见，然后按着女儿的喜好布置。白色欧式大床，白色水晶吊灯，粉红色窗帘，粉红色床单，粉红色小凉被。女孩儿在童话般的床上，发过一阵呆，接下来第一件事是从枕边抱起 iPad，在百度搜索栏里输入那个被重复无数次的名字，希望得到有价值的信息。

搜出几十条信息，和昨天没有区别，仍然是原来的旧信息，没有发现有价值的全新信息。女孩扔下 iPad，从房间走出来。走到客厅那本挂历前，拿起红色图画笔在挂历上做下一个新的标记。做好后重新数了一遍，小蝌蚪已增长为九只。丢下笔，女孩走到客厅朝南的落地窗前，拉开一扇宽大的玻璃门，站到阳台上，眼神茫然，似乎绞尽脑汁要想些什么，却什么也想不明白。

阳台上摆着几十盆花草植物，高高低低，错落有致。有几盆花干枯得叶子打卷，女孩走到花盆边，蹲下身体，伸出手指企图将枯卷的叶子抻平。抻了几次，没有效果，飘忽的眼神忽然碰到立在墙角的水池与浇花水壶，于是起身走过去，打开水龙头，接了满壶的水，往干燥的花盆里浇。几十盆花草植物轮番浇了一遍，累得浑身大汗。以前这些花草，都由陈蔓莉管理。陈蔓莉热爱园艺，剪枝，施肥，定期换土，哪种花儿几天浇一次，她记得如女儿的生日一样清楚。她把它们养得绿绿的，肥肥的，葱茏繁盛，每有鲜花盛开，她都欣喜得拍下照，和女孩一起手舞足蹈。那时候女孩只管欣赏、享受花儿带来的美好，不需要付出任何劳动。现在，它们竟然和她一样，失去了照料它们的主人。

气温渐渐升起来，从阳台返回室内，女孩找到遥控器，启动了客厅的柜式空调。待身上的汗渐渐落去，女孩回到自己的房间，打开衣橱门，从里面翻出十几件小衫、短裤、连衣裙。她脱掉身上浸汗的真丝小花裙，一件一件地换，对着穿衣镜试穿。似乎都不理想，又一件一件扔回柜里，从另一隔断里拖出一堆夏款衣裙，正要继续试穿，忽然大脑一阵剧烈的晕眩来袭，眼前一阵发黑，女孩晃了晃身子，丢下衣裙，双手扶床，好一会儿，眼前才又重新光亮起来。昨晚没吃晚饭，今早又没吃早饭，可能是过度饥饿所致。连续几天，每天以泡面或比萨轮流充饥，现在一想到泡面和比萨的味道，都有想吐的感觉。

门铃在这时候突然响起。

女孩停止试衣动作，猛地呆住。

空气仿佛凝固。今天还没有叫外卖，什么人会在这种时候摁响门铃？妈妈？昨晚睡前，她将房门进行了双保险反锁，有密码也打不开的。陈蔓莉回来啦？

做出这个猜想，女孩的眼泪哗哗流下来，但还是有些不敢相信，妈妈，为什么没有像往常那样从门外隐约传来的“宝贝宝贝”的呼唤？女孩屏住呼吸，静听来自门外的动静。大约一分钟后，门铃仍然响，但没有听到熟悉的声音。女孩抹抹眼泪，脸上的表情由欣喜转为失望继而恢复平静。她丢开手里的衣服，身上是一件无袖长款棉衫，像睡衣那种。棉衫上散落着朵朵粉色小花，棉衫下面是一条可爱的牛仔短裤，从镜子看看，她摇摇头，不太满意这身装束，但已没有心思把它们换下来。

门铃还在响。女孩蹑手蹑手从卧室出来，像猫一样无声地走向门铃持续响着的房门。

保安吗？她想。物业人员吗？她又想。小吃店的伙计按错了门铃？她站到换鞋凳上，从猫眼看出去，刚才的判断即被否定。她愣了几秒，悄悄地返回卧室。

王豫立在门口。楼道里尽管有窗，但无空调，三十几度的高温，蒸桑拿般，王豫已闷出一身大汗。他手拿一只玩具毛熊，尽量让情绪闲适、放松，就像拜访久未见面的熟人。在持续两个半日一个夜晚的追踪和坚守终于落空后，他决定直接出击，找陈蔓莉的家人，即女孩，聊聊陈蔓莉的行踪。

陈蔓莉躲哪儿去了，她可以瞒夏煌这样的合作伙伴，瞒夏威夷业主这帮债主，瞒公司员工，瞒这世上所有人，但不会在临走前不对女儿有所交代。若非如此，一个小女孩，何以能够镇定自若不慌不忙有规律地一个人生活？

门开了。防盗门板至少有30厘米的厚度，品质也非同寻常，开门竟没发出一丁点声音。门从里面缓缓被推开。先是一条缝，然后逐渐扩大。一股清凉无比的空调冷气随之从里面泄出。

王豫递上笑脸，举起可爱的毛绒熊，准备向小姑娘问好。

早上好！他打算这么说。尽可能让表情自然、亲切，不能让小姑娘看出找上门的是向她妈妈追债的黄世仁。

然而，王豫这句问候，没能来得及说出口。

只见小姑娘手臂一晃，一团闪电般刺眼的电光火花，噼里啪啦一通快闪。王豫顿觉前所未有的麻痛骤然袭向小腹，瞬间向四肢扩散，痛感传递向全身每一处神经。霎时间，王豫双眼发昏，站立不稳，扑通栽倒在地。

几秒钟后，王豫晃晃眩晕的脑袋，睁开双眼，意识也恢复清醒。经验告诉他，刚才吃的是电流袭击，这股电流来自高压电棍。几年空警生涯，让他对此类东西无比熟悉与了解。就刚刚那个制“敌”力度，绝非普通的玩具电筒式电棍，应为专用警用器械。做出这一判断，王豫不觉倒吸一口凉气。陈蔓莉这个女人，果然不一般，警械设施都可以搞到手藏在家中。

此时的女孩，如一名女战士。瓜子脸，杏仁眼，雪白的皮肤干净得如一块无瑕美玉。

在这样的氛围中，面对趴在地板上的敌人，女孩居高临下，眼神凌厉，一言不发。神情里，纠集着不安与猜测，也不乏得意与快感。

看到王豫双眼睁开，女孩仿佛看到被斩断的蛇脑袋在动，她敏感而警觉地迅速后退一步，伸手抓住门柄，欲将大门拉上。

说时迟，那时快，王豫突然来一个身体翻转，伸出一条长腿，脚尖对准门框轻轻一顶，厚重的门被支在那儿，任凭小姑娘如何使劲，整扇门都动弹不得。

王豫没有立即直立起来，他不想让女孩再次受到惊吓。他靠墙坐着，这样至少在高度上两个人可以保持平衡与平等。同时，他装作受到内伤的样子，轻轻呻吟了一声，目的是尽可能减轻体力悬殊给女孩带来的压力和恐惧。

女孩一双漆黑的杏仁眼，冷冷地与王豫对峙。

那目光，可以说勇敢而且敌视。当然，眼底深处，是隐藏不住的不安、惶恐与无助。就像那种突然遭遇强敌的小动物，太弱小了，不知道自己面临的是祸是福。

那眼神，犹如一根纤细的针，在一瞬间，轻轻地刺入王豫的心脏。他清晰地感受到自己的心，狠狠的隐痛一下。有一瞬间他疑惑，这女孩，干净纯洁得如初升皎月般的女孩，真的是奸商陈蔓莉的亲生女儿？

王豫微微笑着，尽量让眼神温暖一些，再温暖一些。他试图通过表情的变化，告诉女孩自己不是坏人，不会伤害她，继而帮女孩舒缓情绪，将恐惧驱散。

半分钟后，女孩突然意识到什么，她从短裤口袋里掏出一只手机，迅速摁起号码。

王豫意识到，她要报警，或是请小区保安。不管警察还是保安，如果任由她叫了穿制服的人过来，他都将再次被难以解释的麻烦缠身。

王豫下意识地举起毛绒熊，冲女孩轻轻一掷，女孩手里的手机顿时落地。

女孩后退一步，并不转身回逃，犹如遭遇劲敌的小猎狗，背毛倒竖，浑身警惕，黑白分明的杏仁眼瞪得溜圆，死死盯住王豫，隐含在眼神里的愤怒升了一级。

“你要干什么？”女孩终于开口。她使劲咽口唾沫，咬着嘴唇，厉声质问，“你是什么人？”

“干得好！叔叔要表扬你！”王豫友好地微笑着，用肯定的语气赞扬道，“你是菲菲吧？这一套安全措施跟专业警卫人员有的一拼，谁教的？拜师傅了吗？”

女孩狠狠地瞪着他，憋着气，不吭声。

王豫笑了笑，又说:“可是我得问你，菲菲同学，你刚才这套功夫是对付敌人的，对吧？作为一名小学生，过了暑假就要升入二年级的小学生，你总得有一双辨别是非、分清敌我的眼睛吧？你把对付敌人的手段拿出来对待朋友，这对朋友不公平吧？”

女孩眼神涌出疑惑，仍然冷冷地问:“你是谁朋友？”

“我是你朋友呀！”王豫厚着脸皮说，“你没看到我给你买的玩具吗？就这样对待上门看望你的朋友？我是坏人吗？我伤害你了吗？我是强盗抢东西了吗？我对你做什么了吗？你妈妈不在家，我过来看你，要送玩具给你，你呢，一出手就用电警棍击我，还要报警？”

“我不认识你！”女孩固执道。

“不是吓唬你，你刚才用的这东西，属于公安管制品，警察专用的，一般老百姓是不能随便持有的，一旦给警察查到，必然被没收，还要被罚款，构成人身伤害的，有可能还要被拘留，谁藏的这东西？你妈妈吧？你想让你妈妈坐牢吗？还想报警吗？你看着办吧，我不会第二次拦你了。”

王豫一探身，从地上捡起女孩的手机，手一抬扔进女孩怀里。

女孩接了手机，盯着手机看了一会儿，没有拨打。果然被吓住了，她不想妈妈坐牢。

“你干吗跟踪我？别以为我不知道，昨天我就发现你了，就在小区里，鬼鬼祟祟的，还跟到楼道里，你是谁朋友？我为什么没见过你？到底想干什么？”女孩仍然警惕十足，但语气已明显不那么强硬。

“误会，误会！我没跟踪你，我是在这儿转了两天，我的意思主要是想见到你妈妈，对了，我介绍一下，我是你妈妈的朋友，我们之间因为某件事的处理过程中产生了点小摩擦，她不理我了，为了解决问题我得来找她。”为了解除女孩的恐惧与敌意，王豫不得不出此下策，冒充陈蔓莉的朋友。

“我妈妈的朋友？谁信？骗子！”

“你妈妈从来没带你见过我，也从来没对你说起过我吧？所以你不认识我这也很正常啊。”

“你以为我会相信你的花言巧语吗？”

“怎么是花言巧语？都是大实话，”王豫说，“不相信陌生人，这是妈妈教你的吧？我赞同，挺你。不过你听着，听我说完，再选择相信或是不相信，可以吗？”

女孩不吭声。

“你有没有听过妈妈小时候的故事？”王豫问。

“关你什么事？”

“听好了，”王豫依旧靠墙坐在地板上，平和，亲切，用一种与老友聊天的语气说，“你妈妈小时候很苦，一出生就遭遇父母遗弃，至今不知亲生父母在哪儿。她在孤儿院长到十岁，被一位好心的老太太收养。那是一位可敬的老人，就是你从来没有见过面的姥姥，姥姥靠拾荒供你妈妈读书，遗憾的是你妈妈考进大学那年，姥姥因为家里电路老化半夜发生火灾，姥姥在事故中去世……你有没有听妈妈说起过姥姥？”

“你怎么知道的？”陈雨菲忽然打断王豫。这时候女孩眼神里的敌意已经褪去。妈妈小时候的故事，以及姥姥的故事，她听妈妈讲述过。

“我说过，我是妈妈的朋友。”事已至此，王豫只能硬着头皮往前推进，“我还知道你的生日，××年×月×日生，截至昨天刚好七岁零三个月又十天，没错吧？你五岁那年上幼儿园大班的时候，校车出车祸，你腿部受过伤，还记得吗？”

王豫手机备忘录里，存着陈蔓莉全套个人资料。现年36岁，开胜置业有限公司总经理，现住××区×号楼××户。自幼在孤儿院长大，父母不详。10岁时被一位捡破烂的孤寡老妇人领养，18岁考入××外经贸大学，同年，养母在一场火灾中丧生。失去养母及生活来源后，陈蔓莉靠好心人资助以及个人勤工俭学念完大学，毕业后顺利进入鹭城一家大型私有企业工作。28岁那年，与一名国税局公务员恋爱并组成家庭，29岁生下女儿赵雨菲。在女儿还只有几个月大时，陈蔓莉突然与丈夫离婚，原因不详。女儿由她独自抚养，随后她将女儿改姓为陈。离婚后陈蔓莉与女儿相依为命，同时从公司辞职单干。之后商海沉浮，至今没有再婚……两年前，陈蔓莉与一家幼儿园打过一场官司，原因是校车车祸导致女孩腿部骨折。

当时刘国辉发来这段文字资料时，配有一张陈蔓莉的照片。从照片看不像36岁的女人，肤色白皙，眼神明亮，一头浓密乌发簇拥着姣好的鹅蛋脸，风情万种的样子。刘国辉打趣说，俨然女神范儿，哪个男人有这份福气呢。王豫不屑道，奸商而已。刘国辉说，她欠了你的钱，在你眼里是奸商，在我眼里可是千里挑一的魅力女啊。王豫打趣道，不会吧饭桶，对一张照片一见钟情？要不你帮着讨债去，这么好的接触机会我送给你，没准发生点艳情故事。刘国辉笑道，如果我拥有哥们儿这副超越阶级的皮囊，倒是个好机会，关键是没有如果，所以机会还是你自己留着，人贵有自知，这种女人不适合现在的我，等哪天我身家过亿，或许可以试试。王豫笑道，等你身家过亿，别忘了先替她还清债务再娶……

王豫留下文字资料，为减轻手机内存负担，将美照删了。

“你是我妈妈什么样的朋友？为什么我从来没见过你？为什么从没有听她说过你？”陈雨菲口气已不再强硬。尽管仍然似信非信，原先的立场已经产生动摇。

“我们，应该属于那种……”王豫不动声色硬着头皮往下编，“那种比较……私密的朋友，懂吗？由于某种原因，我们的关系是那种不方便公开的，所以轻易不会让人知道的，因为事情比较复杂，也怕别人难以理解，为了避免一些误会，我和你妈妈的关系到现在还没有第三个人知道，所以你没听说过我这也正常……”

说这番话时，王豫自认为心地无私，纯洁无邪念。细究起来，他与陈蔓莉之间存在的债务和债权关系，的确比较复杂。三天来他三次跑到这里来堵她，这个事除了他自己，没有其他任何人知道。

女孩望着王豫的脸，半天不说话。似乎想努力理解王豫所说的那种关系，又似乎陷入某种回忆。

私密朋友？对了，正是这个词，精准无误地触动了女孩的心事。

女孩知道，陈蔓莉平常几乎没什么来往的朋友。记得自己还很小的时候，陈蔓莉有过几个朋友，女性朋友，常来常往的至少两三位。她们逛街，吃饭，都会带着她，她喜欢她们，喜欢妈妈有朋友，喜欢每每见面都要亲昵地抱抱她、抚抚她的阿姨们，那些朋友，让她感到温暖，欢乐，更有力量感和安全感。后来不知怎么回事，陈蔓莉和几位女友逐渐不来往了。其中有一位不来往的原因，陈雨菲有印象，那个女人向陈蔓莉借钱，数额还不小，借久了不还，陈蔓莉厌烦了，之后打入黑名册。另两位为何不再交往，陈雨菲就不清楚了。她清楚的是，在这个城市里，当前的现状是，她和妈妈没有亲戚，没有朋友。陈蔓莉信不过任何人，不相信这世上存在真正的友谊。陈蔓莉经常说，以前穷的时候，没人愿和她交往。现在日子好了，想和她交往的人多了去了，可是她找不到一个值得交往的人了。所有主动靠近她的人，都想通过友情换取别的什么，都带着某些目的。她跟那些人周旋，说穿了，要么生意需要，要么利益交换，不过各取所需，没有什么情感可言……不过，陈雨菲一直不相信母亲没有真正要好的朋友。她怀疑她有。因为她一直怀疑一件事：在她的生活里，只有妈妈一个亲人。但在妈妈的生活，却未必只有她一个。这不是没有根据的猜疑。

长大后的陈雨菲有几次无意间撞见陈蔓莉一个人躲在书房写东西。写的什么，陈雨菲无从得知，陈蔓莉不让她看。发现女儿走进去，陈蔓莉会立即关掉页面，顾左右而言他。陈蔓莉写东西时，有时候很开心，对着电话屏幕笑；有时会忧伤，对着电脑屏幕流泪。所以陈雨菲推测，陈蔓莉一定是在通过QQ或电子邮件的方式与人说话，向人诉说不愿跟女儿说的事情或心事。由此她推断，陈蔓莉一定有特别要好的朋友，无所不谈的那种，藏在电脑最深处，出于某种不便公开的原因，一直私密交往着。连女儿都瞒得死死的。

直觉还告诉陈雨菲，那个人不一定是女人，也不是亲戚，也非普通的朋友。就是那种很奇怪的关系。陈蔓莉每周一两次以加班为名的晚归，偶尔出去应酬到后半夜回家，回来后陈雨菲问和谁在一起？陈蔓莉每次拿“小孩子不要操心大人的事”来搪塞，种种迹象，都是那种非同寻常关系的有力佐证。尽管那个人从不露面，也从未在陈蔓莉家庭生活里出现过，但女孩知道，那个人一定存在。

陈雨菲做出过无数次猜测，那个人可能是男人，是陈蔓莉秘密男朋友。之所以死死瞒着陈雨菲，是因为不想让女儿知道，她除了女儿还另有所爱。

陈雨菲漆黑眼眸中的目光，静静地落在王豫脸上。

空气仿佛要凝滞。王豫静静地望着女孩。一张稚气未脱的脸，一双纯净如水的眼睛。这是什么样的眼神？清澈，干净，如同清晨荷叶上的露珠，美丽，晶莹，尤其是，纯洁得令人心疼。到底是个孩子。半小时前还牢牢记着母亲不要和陌生人说话的叮咛，转眼之间，对眼前的陌生人，已卸下全部的敌意，散尽所有的疑虑。

“我明白了，”女孩动了动嘴唇，口齿清晰道，“你就是那个人，我妈妈从来不肯让我知道的朋友。”

王豫吓了一跳，立即意识到什么，反问：“你妈妈有这样一位朋友？”

“有，秘密男友。”女孩说，“没关系，其实我早就知道，只是妈妈以为我不知道。既然她不想让我知道，我就一直装作什么也不知道。”

“秘密男友？”王豫愣住了。

“对，就是不见光的隐身男朋友，”女孩道，“不过，你放心，如果你也不愿让我知道，我还会像往常那样装作什么也不知道，也不会告诉妈妈你来看过我。”

王豫弹簧似的跳起来，摊摊手，在门前打了个转，一时哭笑不得。

不过转念一想，并不奇怪。一个还只有36岁的年轻女人，非富二代，也非官二代，孤儿出身的她，没有任何社会资源，没有任何富贵亲朋伸出的援手，在多数同龄人尚在打拼、创业、积累阶段，还在为蜗居与车子玩命加班食不果腹地奋斗，她已坐拥豪车豪宅，坐拥资产可观的公司、事业，跻身于精英阶层。如果背后没有强有力的男人给予强大支持，她的成功能这么顺畅？至于那个男人为何要“秘密隐身”，那就不得而知了。而天真烂漫的小女孩，她又怎知母亲在拥有这份风光生活与成功事业的背后，“秘密男友”是个怎样的概念？那岂是王豫这样的草根青年可以担当的？

“我谢谢你。”女孩认真道。

“谢我什么？”王豫低头俯视着她。

“谢谢你来看我。”女孩仰起披着散发的小脑袋，咬着嘴唇，一尘不染的眼神专注地望着他，她冲他笑了一下，笑容是那么纯真、无邪、简单，如同一朵初春的迎春花在唇边绽放，她说，“我相信你早晚会出现，会来看我的。”

这一刻，王豫的心被那眼神给揪疼了。同时也被那样纯美的笑容给感染了。她的纯净、无辜与认真，不容他再有半点玩笑嬉戏之色。他没有解释，也不忍解释。女孩笑容里有一个美好世界，他不想在这一刻把它击碎。他恍然进入角色，笑了笑，认真地说：“不用谢的，傻丫头。”

女孩蹲下纤瘦的身体，从地上捡起毛绒熊，一手抱着它，一手轻轻拂着它沾到身上的灰尘。她的动作那么轻，那么专注，拂着拂着，便有大颗大颗的眼泪掉下来。伴随着眼泪哗哗，胸口也跟着剧烈地起伏。女孩自己也不清楚怎么回事，当确认眼前这个人不是坏人而是妈妈的朋友，紧绷近十天的神经突然松弛，积蓄了近十天的委屈、不解、压抑，还有那比死还难受的孤独、惶恐和无助，原来都像关着闸门的一池水被牢牢憋在心里，这时候再也绷不住，她忽然眼圈发红，眼泪哗哗倾泻而出。

看到女孩情绪突变，王豫一下子手足无措。不知道说错了什么，还是做错了什么，更不知该如何挽救，只是紧张地问：“陈雨菲你怎么啦？大孩子啦，怎么说哭就哭？”

女孩没有回答他，胸口起伏加剧。几乎转眼间，女孩脸色惨白，嘴唇紫青，仿佛被扔到岸上的鱼，呼吸变得困难，眼睛也开始翻白。王豫还没弄清楚发生了什么事，女孩竟身子一晃，扑通一声瘫倒在地。

王豫给吓得蒙了。

愣了几秒钟，王豫掏出手机，拨打120。

|第九章|

21

急救室门口，护士盯着王豫。

“家长是吗？”

“朋友。”

“家长呢？”

“找不着人。”

“那你做朋友的尽下义务，缴费去！”

一张单子拍到王豫手上。

一小时后，在医生采取一系列急救措施后，陈雨菲被送入临时病房。

女孩胳膊上扎着吊针，眼睛闭着，似乎睡着，呼吸恢复正常。王豫坐在床前，脑海里回放着一小时前发生在医生办公室的对话。

“这孩子患有先天性心脏病——心房间隔缺损及心血管发育畸形，”医生说，“不少患儿因为治疗不及时丧了命，这孩子算是幸运的，检查显示，大约在一岁半时做过心房缺损修补术，手术是成功的，但随着年龄增长及身体发育等各方面的需求增长，心脏供血功能仍然远远低于正常人指标。”

“突然昏倒是怎么回事？”王豫满腹疑虑，压力巨大。

“你是她什么人？”医生眼神里流露出疑惑与警惕。

“我是她……家长的朋友，”王豫说，“我上她家里谈点事，碰巧她父母有事出去了，我在那就跟她聊天，聊得好好的，她突然就不行了……”

医生“哦”了一声，问：“有聊刺激情绪的事情吧？特别高兴的或者特别伤心的事情？”

“没什么刺激情绪的话题吧，至少我这么认为，”王豫大脑一片空白，“我不明白她怎么突然变成这样子。”

医生又道：“刚才从各方面的检查看，这孩子最近以来心理压力过大，精神一直处于极度紧绷状态，这次发病的主要原因，初步推断为意外刺激导致的情绪剧烈波动，最终致使心脏供血不足以及心室缺氧而发生昏迷。还好，送医院及时，救治妥当，很快就会康复。”

王豫悄悄松了口气。

“平常生活方面，”最后医生又叮嘱注意事项，“除了注意饮食营养和室内空气流通等客观环境因素，最重要一点要避免情绪激动，减少不必要的刺激，以避免加重心脏负担，否则随时都可能发生意外。”

急诊大厅一个角落，那间由布帘子搭起来的临时病房外面，王豫坐在休息凳上，耷拉着脑袋，心情比身边来来往往的病人家属的步履更要沉重。地球人都知道，如今世风日下，倒地的老太太都不能扶，不敢扶，他可倒好，自作聪明，自织罗网。本来没什么关系，硬是大睁双眼，绞尽脑汁蜘蛛吐丝一样，编出一套关系，网罩般千方百计把自己给装进去。

王豫有些抓狂。束手无策之际，打电话给胖子刘国辉。刘国辉沉默几秒钟，呵呵一笑说，这事你找警察，不该找律师。王豫病急乱求医道，这不请你给支支招吗？刘国辉话锋一转，在电话里劈头盖脸训斥道，不就为了罗护士长那两万块钱房租吗？至于吗？小题大做启动大律师调查陈蔓莉，跑人家里，装人朋友，你是人朋友吗？装什么不行非装人朋友？这叫什么？偷鸡不成蚀把米？重度脑残？没事找抽？挖坑埋自己？

王豫说，我没调查谁，也就了解下这个欠债不还的老赖，你不也没阻止吗？哪想到这么大麻烦砸手里？你说吧，如果我现在离开，会有什么后果？刘国辉果断道，后果有两个：其一，孩子发病即使和你没有直接因果关系，也摆脱不了间接关系，你脚底抹油开溜必受到道德谴责，你把病人送过来，病人还在病床上躺着，你悄悄溜掉？你做贼呀？其二，你开溜没用，陈蔓莉住那小区，摄像头遍地，还会有人找到你，调查孩子与你的关系，以及你跑人家里怀有什么不可告人的目的……

刘国辉话没说完，王豫挂掉了。这时没别的想法，只想抽自己几个大嘴巴。难怪人家胡蝶踹你，就这号脑子缺一块的，踹一百次不冤。怎么办？叫来警察，和医生讲清楚？从现在开始撇清关系？告诉警察和医院，他和陈雨非没有半毛钱关系，纯属做好事，垫进去的医药费就算了，后面再有什么麻烦不关他的事？警察少不了要问，你为什么跑人家门口？孩子犯病和你讲那些乱七八糟的故事有没有关系？如果你不神经病似地冒出来，人家一直好好的是不？怕是讲不清楚，越描越黑。

王豫摸出手机，机械地拨打陈蔓莉的号码。

仍然不在服务区。死了？王豫摁掉拨号，心里恼恨地怒骂。有这种当妈的人吗？把患先天性心脏病的未成年孩子扔家里，一个人躲哪儿逍遥快活呢，太没责任心了！太不称职了！该死的女人！

忽然想抽烟。从口袋摸出一根来，点着，刚吸一口，一抬头看到不远处墙上贴着“禁烟区”的牌子，心里对自己鄙夷厌恶了一下，迅速把烟摁灭，扔进垃圾筒。此时此刻，王豫脑袋像一团乱麻，毫无头绪。唯一期待的是，陈蔓莉对女儿发病产生心灵感应而突然现身。别的不说，先把自己的女儿接回去，别像包袱似的砸无辜者手里。原本她是个欠债者，欠了他的，他来追债，这下子好，追债不成，继续倒贴？贴点医疗费没关系，这时间成本啊！还有，史无前例的精神折磨！

有那么一瞬，他很想出去透透气，离开前掀开布帘看女孩一眼，那张没有血色的无助的小脸，让他始终无法迈开脚步。你溜了，女孩怎么办？医院愿意做慈善吗？望着大厅里不时出现的医生、护士穿着白大褂的背影，每一个都来去匆匆，忙得脚打后脑勺，病人无数，谁有多余的工夫与精力照料一名找不到家属的病人？王豫终于还是没有独自离开。半步也没有。这时候他做出一个决定，等她恢复一些，头脑清醒了，立即和她讲清楚。把事情前因后果跟她讲清楚。也就是说，澄清他和她母亲的关系。他和她母亲不是朋友，是追债和逃债的甲方乙方。然后，把她送回家，然后，从此不再相见。那笔房租，就顺其自然吧，实在不行就不要了。两害相权取其轻，较之眼下这麻烦，房租已经微不足道。

午后，王豫吃过一盒泡面，喝了一瓶矿泉水，然后坐在床头凳子上，静静地望着女孩儿。在他头脑一片空白地望着她的时候，女孩从浅睡中醒了过来，缓缓睁开双眼。

那双纯真无邪、清澈莹润的眼睛，比雪山湖水还要澄澈的眼睛，像空气净化器，一瞬间涤去混浊空气中的所有杂尘，让王豫顿觉眼前霎时明亮了不少。刚刚在心底里翻腾的患得患失的各种杂尘般的念头，也在瞬间被涤去。

“王叔叔，”女孩安静地望了一会，明白了自己身处何地，她动了动嘴唇，说，“谢谢您！”

这声“谢谢”，还有那明澈的眼神，如透亮的镜子，让王豫清晰反观到自己的自私和丑陋。他为刚刚产生的逃跑的念头暗自谴责自己。

刚才在输氧，现在换输液。护士扎针时头一次走了针，又扎一次。护士有些内疚，女孩没喊疼，相反很平静地安慰护士，不要紧阿姨，我血管细。护士赞叹地望着女孩，夸一句多懂事的孩子啊，扎上针，走了。女孩精神似乎稍好一些，主动开口和王豫聊天。

“您姓王，叫什么？”

“王豫。”

“是大王的王，遇见的遇吗？”女孩唇边露出一抹俏皮的笑，可爱的笑窝比他见过的任何花朵都要美好纯真。

“不，是河南省简称那个豫。”

“你是河南人吗？”

“是，但没有在那边生活过。”

“什么意思？”

“我爸爸是河南人，年轻时候工作调动到鹭城，我出生在鹭城，小时候跟爸爸回过河南，后来爷爷奶奶都不在了，就很少回去了。”

“传说中，河南坏人多，骗子多，您这样的好人真的是河南人吗？”

“那你说，我是坏人吗？是……骗子吗？”王豫突然哭笑不得，又感觉泰山压顶，心理上骤然产生即将崩溃的感觉，又道，“你是鹭城人吧？”

“是呀！您知道的！”

“传说中，鹭城忘恩负义的小孩也不多吧？我刚救了你，你就贬损我家乡？”

“我不忘恩负义，那不是传说嘛？”女孩争辩道，“现在我已经做出选择了，我相信您，您不是坏人，不是骗子！”

女孩感激地望着王豫的眼睛，轻轻笑起来，笑得无比放松，无比快乐。

“注意不要激动，”王豫哭笑不得，说，“医生说了，会加重心脏负担的。”

“好人，我有没有成为您的负担？”女孩用一尘不染的目光望着他。

“没有。”王豫摇摇头。

“真的没有？”

“真没有！”

几分钟前，那个想要讲清楚的决定，瞬间又被王豫抛弃。不是他有意将错就错，顺水推舟，是因为他觉得，在这个问题上，已经没有退路。不仅仅担心说出真相再次对先天性心脏病患儿造成刺激，而主要面对这双无辜的眼睛，他失去了刺穿残酷真相的勇气。

短暂的烦躁和不适之后，王豫的情绪渐渐归复宁静。他做出决定：就在这儿照料她，至少要到康复后再送她回家。做出这种决定，不是说自己有多么无私，多么大爱，支撑这一决定的只有一个念头：孩子色彩斑斓纯洁无瑕的世界里，不应从此多一个骗子。

已经污浊不堪的环境里，难得看到这样一片纯洁与美好。

他不忍那双眼睛里的纯真遭遇损毁。

22

打完两个吊瓶，傍晚时分，经医生允可，王豫将女孩从医院带回家。

下车时，女孩身体还软软的。王豫蹲下来，让女孩趴在肩上。电梯往上运输时，王豫又突然闪过一念，送小家伙进了门，就此别过。往后绝不再主动露面。之间的误会，不解释，不发展，一切交给时间老人去解决。

入户室门无须钥匙，用的是指纹密码。女孩对着那个隐蔽的电子液晶盘娴熟一摁，门无声地开了。王豫把女孩放进门里，自己停留在门外。他终于长长松了一口气，总算把孩子给带回来，所幸没闹出其他可怕后果。

女孩转过身，仰起一张小脸，目不转睛地望着王豫，问：“你不打算进来吗？”

“我，得回去，”王豫说，“明天要工作。”

“今晚也要工作吗？”

“今晚不用。”

“为什么不好人做到底，再帮我做件事？”

“说。”

“帮我做点吃的好吗？”女孩说，“我好饿。”

“想吃什么？”

“米饭，红烧排骨，煮大虾，阳澄湖大闸蟹。”

“家里有食材吗？”

“没有，”女孩摇摇头，“只有几块冻肉，很久了，我不喜欢吃冰冻肉。”

“你先把门关好，我去买。”王豫说。

“顺便捎一盒叶氏糍粑，”女孩又交代，“要正宗的。”

王豫驱车去了一趟超市，又到中山路的叶氏糍粑小店买了一盒甜点。回到车上，拿出手机再拨陈蔓莉的号码，依然是电脑声音“不在服务区”。

晚饭煮了两只半斤重的大闸蟹，做了一个红烧肋排，一个水煮大虾，一个蒜蓉茼蒿，一个蛋花汤。谦虚一点讲，烹饪技艺算不了高大上，但品相中上，味道也达中上。女孩夹了一块排骨，贪婪地咀嚼着，连赞“好吃”。王豫笑了笑，也饿极了，埋头大吃一番。细究起来，练就这份厨艺，胡蝶功不可没。不是她教他的，因为她也不会。正因胡蝶不会，在一起的时候，为了两个人吃得有些品质，王豫主动学艺，勤奋苦练，师傅就是电脑，想吃什么菜，打开百度一搜，照单操练，次数多了，技艺逐渐精湛。

陈雨菲已近十天没吃到一顿像样的餐食，面对诱人美食，先是狼吞虎咽一阵，很快吃撑了，不停地打嗝。王豫赶紧给弄了一杯温开水，劝她慢点，告诉她没人跟她抢。这时候王豫看看她的小脸，气色还没有好转，小脸仍然是苍白的。

待王豫也放下筷子时，陈雨菲忽然问道：“王叔叔，您还没说清楚，今天到我们家，到底有什么事？”

“没什么事儿。”

“没事儿？就是来看看我吗？”女孩目不转睛地望着他。

“嗯。”

“不对，不可能没事儿，”女孩说，“找我妈妈，对吧？”

“之前是这样，”王豫道，“现在不想找了。”

“为什么？”

“没必要了。”

“你们俩闹别扭啦？您想放弃啦？”女孩盯着王豫的眼睛。

“放弃什么？闹什么别扭？我跟你妈妈闹什么别扭，闹不着的。”

“她去哪儿都不告诉您一声，您没生气啊？您不会没有想法吧？”

“对了，她去哪儿啦？”王豫心底里那个被灭掉的讨债的念头又奇怪地冒出来，“你告诉我是一样的。”

“看来您还是想找她的。”女孩说。

“你不用老用‘您’。”王豫说，“她在哪儿？”

心里想，此行使命就是找陈蔓莉。为找这女人，给自己惹出这么大麻烦，就此撒手实在不甘。

“我也不知道她去哪儿了。”女孩说。

“你也不知道她去哪儿？”王豫有些惊，望着女孩的眼睛，“你妈妈去了哪儿你不知道？你怎么可以不知道？”

“真不知道，她没告诉我，连个招呼都没打，”女孩刚刚还晴朗的眼神里，掠过一缕无助与忧伤，“我一个人在家今天是第十天了，这是真的。”

女孩的眼睛告诉王豫，她没有撒谎。

出于职业的习惯思维，一个奇怪的念头从王豫脑中闪过，他浑身不觉打个寒战。望着女孩无助的眼神，王豫又迅速把不祥的想法给否定掉。他情愿相信陈蔓莉因避债而失踪，依据是她是个身负债务的奸商。

“你觉得你妈妈会去哪儿？”他再问。

“我要能猜出来，我早去找她了。”女孩的眼神再次黯淡下去。

“她会一个人出去度假吗？”

“绝对不可能，”女孩摇摇头，“她答应过我，这个暑假带我去温哥华的，如果她没有失踪，我们现在可能已经在温哥华了。”

“去温哥华的机票订了吗？”

“我不知道呀。”女孩说。

“会不会生意原因，她和朋友突然去哪儿啦？”

“那就更不可能了，那样的话她至少要把我送到某个地方去吧？小时候她出差，超过一天都要把我寄放在老师家里。”

“那不是小时候吗？你现在长大了，可以照顾自己了。”

“她知道我不会做饭，天天还叮嘱我不要进厨房动煤气灶，她不会打算饿死我呀？绝对不可能。”女孩头摇得像拨浪鼓，“要那样的话，起码得和我商量一下吧？征得我的同意，不能不打个招呼就走了。”

“她有什么要好的朋友？”

“她没有什么朋友啦，在我上幼儿园时她有朋友，后来都不联系了。平常有联系的几个人，她说都是生意关系。”

“生意关系的人联系方式你有吗？你认识吗？”

“不认识，”女孩摇摇头，“我妈妈从来不带我和那些人认识的。”

“以前的朋友为什么都不联系了？”

“我不知道哇。”女孩一脸茫然。

“房子这么大，没有保姆吗？钟点工打扫卫生什么的？”

“我妈妈不喜欢家里有生人，除了逢年过节，她都是自己擦地擦厨房做卫生的。”

“她平常有对你说过谎吗？”

“有啊。”

“比方说？”

“有一次她说在公司加班，实际上不是。”

“你怎么知道她不是加班？”

“因为那天晚上我去公司找她了，我打出租车去的，她不在。”

“就这一回？”

“当然不可能，好多次啦，不过都是没什么危害的啦，所以我从来没有揭穿过她，每次发现后装作不知道。”

“她经常让你一个人在家睡觉？”

“没有，就这一回。”女孩似乎累了，脑袋有些疲惫地往椅靠上歪了歪。

收拾厨房的时候，王豫发现角落里堆着十几只泡面盒以及吃空的饼干包装袋，另有几只用过的比萨包装盒。一切迹象，佐证了女孩说的是事实。连续十天，孩子自己在照顾自己，主要靠垃圾食品填饱肚子。王豫已经开始相信，陈蔓莉不是故意抛弃孩子。她是个奸商，但更是个母亲，天下不会有哪个母亲会这样对待自己的孩子。但她去哪儿了？

王豫收拾完厨房，陈雨菲已经靠到沙发上了。她歪着脑袋，抱着遥控器对着电视调了几个频道，兴趣索然，又关掉电视，扔了遥控器。王豫走过来，坐在旁边。

“找不到妈妈，你有没有想过报警？”王豫问。

“为什么要报警呢？”

“一般情况下，发生家庭成员失踪这事，家属通常的做法是报警，请警察来帮忙。”

“用不着这样吧？”女孩眼睛里满是困惑，“妈妈难道不会自己回来吗？”

“你觉得她会自己回来？”王豫问。

“我想她会不会是在办什么事不方便和我联系，会不会忽然有一天自己开门进来呢？”女孩眼睛里闪烁着一缕火苗般的期待与希冀。

王豫不再问了。看女孩疲倦的样子，叫她回卧室休息。并告诉她，他会帮她检查好门窗，确保安全后离开。女孩却道：“你能留下来陪我吗？”

“这不合适，”王豫摊摊手，“再说我明早要工作。”

“把我一个人放这儿，你放心吗？”女孩又问。

“我来之前你不也一个人吗？”

“可现在不一样，我还是个病人。”女孩歪了歪脑袋。

王豫低头看看她，整个人仍然软塌塌的，脸上没有一丝血色。

夜里会不会发生意外？他忽然有些头痛。

手机微信突然来了提示音，有人请求加好友。看了一下，又是那个妮美涵。

仿佛看到救星，王豫忽然心思一转，几乎没有犹豫，手指一摁，通过了好友验证。

23

早上在地库与王豫有过交集之后，赵雅祺便开始了全天候的不务正业。先是将已被删除的王豫的号码重新存入手机，然后督促周欣完成一件事：把胡蝶近半年来的微博与微信内容全部打印出来，装订成册，手掌大小，图文并茂，便于携带随时浏览。

接下来这一整天，赵雅祺如勤奋打洞的老鼠，抱着这个特制的小册子，废寝忘食。通过字里行间的钻研，赵雅祺了解到胡蝶与王豫相识相恋的大体过程，这是收获之一。收获之二也是最大收获，通过胡蝶在恋爱生活中的各种晒与秀，赵雅祺基本掌握了王豫的工作规律、生活习惯、个人爱好、餐饮口味、穿衣风格、交友类型等个人信息。包括王豫夏天爱喝西湖龙井与海南野生的苦丁，冬天常饮英式红茶，常年嗜好口味纯正的蓝山咖啡与河南烩面，还有他所喜欢女孩子的发型及穿衣风格，等等，各类细节与信息在胡蝶手里，如同面巾纸般，每次用完随手往微博微信一丢，率性而随意。到了赵雅祺这儿，这一切都无比珍贵起来。

晚上在外面吃过饭，周欣约了一帮白富美与高帅富出去K歌，拉赵雅祺去，被她谢绝。因为小册子还没研究到最后一页，驱车回家，继续钻研。看到十点左右，发现胡蝶的微博及微信，都已不再谈到男友。从这里已经可以初步验证，胡蝶情变的事实，赵雅祺忽然有些心疼那个“傻子”。

疼，好疼好疼。因为这疼，同时也让她确认，他不是杨建华复活，不是杨建华的代替品。他是一个全新的他，一个完全不一样的他，让她一见之下，鬼使神差、身不由己地坠入深渊，不能自拔，让她一度被冷冻的情感细胞一夜之间复苏的他。多少年了，她终于发现，爱的能力又回到身上。

赵雅祺放开小册子，抱起最新款的掌中iPad，再次向王豫发出好友申请。

这一回迅速通过，这在意料之中。赵雅祺胸有成竹地微微一笑，心里道，早上的忙，也不是白帮是吧？之前几次他拒加好友，那是因为他不知道妮美涵是谁，现在知道了，岂有不加之理？内心里求之不得也不一定。

果然不出一分钟，王豫主动打来招呼，发来一枝小花与一个调皮的笑脸。

赵雅祺心道，这才是作为男人的正常反应。这就对啦，人嘛，还是活得真实些比较好。之前的无反应，或许只是假装而已。要不然就是自卑，觉得差距太大压根不敢有非分之想。

赵雅祺微笑着，矜持着，回复一个微笑图标。

王豫发来微信："忙吗？"

"不忙。"

"聊聊？"

"可以啊。"

"小妮子美丽有内涵，这签名真好！"

"好在哪儿？"赵雅祺抱着手机，心情快乐地荡漾着，手指快速地回复。

"好在内涵二字，我喜欢。"

"谢谢你喜欢。"

"内涵里包含爱心吗？"

"当然！"

"爱心经得起考验吗？"

"当然啦，你以为我随便签着玩的？"

"现场测试一把？"

"没问题！"

"一个七岁小孩，父母都不在，刚从医院回来，你觉得可以把她一个人孤独地留在家里吗？"

"肯定不能！百分百不行！哪家的父母这么不负责任？把刚从医院回来的孩子一个人放家里，这不人道！"赵雅祺反应强烈。

"如果我们遇到这种事情该怎么办呢？"

"你遇到啦？"

"只是打个比方，比如说，作为邻居或其他关系的人，遇到这种事应该怎么办呢？"

"第一，声讨不负责的父母！第二，我们肯定要伸手相帮，没看到倒没什么，如果看到不帮，也是没人性的！”

“那我可不可以这么认为，假设你遇到，一定会帮喽？”

“这还用问吗！予人玫瑰手留余香，碰上这种事如果袖手旁观，那不是我的风格！我会瞧不起自己的！”

“爱心女神！”

“谢谢恭维。”

“如果真遇到这样的事，你会怎么帮呢？”

“哇，你干吗这样啰唆，这个命题还没完没了啦？”

“还在测验中，一会就结束了，别打岔，继续。”

“那很简单啊，帮着照管一下这可怜的孩子，让孩子感受到还有人爱他，世界没有抛弃她，让他觉得自己一点也不孤独……”

“照管孩子具体该做些什么呢？”

赵雅祺抱着 iPad 迅速冲到书房电脑前，鼠标一点，从百度搜索“照管孩子具体该有哪些实际行动比较适合”，转瞬搜出几百条答案。赵雅祺得意地笑着，对着微信继续手写道：“如果他饿了，我先带他出去吃饭，如果他不爱在外面吃，我就做顿好吃的给他吃，喂饱以后陪他玩，陪她做游戏，读诗讲故事给他听，他累了呢，帮他洗脸，洗澡，然后盖好被子哄孩子睡觉觉……”

“测试结果出来啦，结论是，你是一位非常善良非常有爱心的女神级人物。”

“少肉麻啦！”赵雅祺惬意无比。心想，什么爱心测试，难不倒本姑娘！太小儿科啦！”

“不是肉麻，真心话，通过刚才的测试，你就是社会正面力量的表率，精神文明的楷模，同为 85 后，我要向你致敬！”王豫发出这句，连续送过来十几枝鲜花。

赵雅祺如沐春风，谦虚回复道：“不要这么夸大其词好吗？但凡一个有正常情感的人，都会这么做的，相信你也会的呀……”

刚发出，手机音乐突然响起来。一看来电，竟然是王豫。

赵雅祺心脏腾地激跳一下，来不及多想，滑下接听键。

“喂，是我。”他说。

“知道是你。”她说。

“妮美涵，你现在哪儿？”

“在家呀！”

“一个人在家？”

“是啊！”赵雅祺想，这小子，想干什么？有打什么鬼主意吗？

“你家在静轩是吧？”

“是啊！”

“几号楼？”

“8 号楼。”

“楼王啊，几楼？”

“顶楼。”

“太好啦！”

“好什么？”

“高大上嘛！”

“切，忽然说这么多好听的，有什么企图明说！”

“住楼王的人通常都是三高群体，高智商，高情商，高成就，连朋友都跟着沾仙气儿。”

“你小子，到底有什么事求我？痛快说出来。”礼下于人必有求之，赵雅祺想，这小子突然一改傲慢作风，口吐莲花，这不正常。

“爽快！那我就不藏着掖着啦。”王豫正色道，“你能不能下来一趟，就到 12 楼，有个小惊喜在这儿等着你。”

“故弄什么玄虚？干吗下 12 楼？”

“你下来就知道啦。”

“这是约我出去吗？”

“算是吧。”

“这会儿？”

“是，这会儿。”

赵雅祺握着手机，忽然沉默了。

她眼神里闪出疑惑与警惕。心里道，浑小子，不会这么快吧？真面目这么快就暴露出来啦？如果这样的话，这个人不能交了！之前还当他正人君子呢，就这德行？看看时间，已是夜里十点半了，这么晚约人出去，有什么想法？

“你犹豫什么呀？能不能不要把我想成坏人？我不会干坏事的，相信我好吗？”王豫说。

“之前你的风格一直很含蓄的，”赵雅祺坦率说，“突然这么露骨，我一时适应不了。”

“有事跟你说，电话里说不清楚，”王豫道，“不来算了，你别后悔。”

“这么晚了你在12楼干什么？”

“下来说，我等你！”王豫不由分说挂了电话。

赵雅祺忽然间失去正常智商了。

她握着手机，想也没想拨给周欣，告诉她那个王豫约她出去，要周欣拿拿主意去还是不去？周欣说：“这么晚了约人出去，什么意思？莫非狐狸尾巴这就露出来啦？”

“我看也八九不离十，装了好一阵子，终于憋不住了。”赵雅祺道。

“你不用问我，问你自己愿不愿去，想不想去？”

赵雅祺咬咬牙道：“不是我想不想去的问题，就是好奇这货到底想干什么。”

周欣嘿嘿一笑道：“别找借口啦，那就去，楼层不都24小时电子监控？我看那货也不是敢干坏事的人。”

赵雅祺迅速换衣。几分钟后，从12楼电梯里出来时，一眼看到等候在电梯口的王豫。他挺拔地立在那儿，快夜里11点了，脸上的英气与早晨太阳初升时无丝毫差异。刹那间，赵雅祺心跳加了速，多亏借灯光掩饰，她尽量让自己保持平常之色，面带不屑。

单元里只有两户。东边一户大门紧闭着，西边一户门敞了一条缝。赵雅祺下意识地往那门缝里瞥过一眼，除了沙发的一角，什么也没看到。

王豫侧目看一眼赵雅祺，只见她穿一件花色过膝长裙，柔软的真丝面料，七分袖，半高领，整个装束大方得体，又不失妩媚，优美的身体曲线几乎有一种流动美感；脸上着有非常自然的淡妆，五官和肤色在灯光下，如同被美图秀秀美化了一番，特别清丽可人。可惜的是，王豫这种一天到晚在航空公司与乘务队姑娘们飞来飞去的人，不知是超靓美女见识太多导致眼光太挑剔，还是天生对美女具有超高免疫力，就赵雅祺这一级别的美女，在他这儿，压根不可能引发情绪方面的波动。他反而觉得，大晚上这个时间点出门，还化着妆，真是小题大做，自找麻烦，也不怕碰上心术不正的歹人？

“晚上回家还没洗脸吗？”他问。

“怎么啦？”赵雅祺听出他言外之意，顿时收起脸上一抹笑意，凤眼一圆，反问。

“叫你出来说个事，又不是约会。”

赵雅祺哼一声，仰仰脸道：“谁稀罕跟你约会？要不是你故弄玄虚玩花招，你以为这个时候你能见到本姑娘？你以为见到本姑娘很容易？做你个春秋大梦！”

“行，这个时候见到爱心女神是我的荣幸，好吧？”王豫笑笑。

“说吧，什么事？”

“说事之前还有个小问题，”王豫道，“你家里还住有别的人吗？”

“这关你什么事？”赵雅祺微微皱眉。

“关系到等一会儿需要你做的事。”

“家人不跟我一起住。”

“你一个人住？”

“是啊，怎么啦？”

“那太好啦，”王豫说，“太好啦。”

“什么意思？”赵雅祺重新警惕起来，后退一步，盯住王豫，“到底想干什么？”

“别误会，家里没有别的成员事情就简单多了，”王豫伸手往门缝里一指，“需要你在这儿住一晚，你自己就可以做主，是吧？”

“你有病啊？”赵雅祺再次后退一步，“让我住这儿？你脑袋想什么呢？进植物黄油啦？”

“又误会啦，不是让你跟我住，”王豫说，“我不在这儿住，里面就一个小女孩儿，你跟她住。”

“为什么？为什么让我和一陌生小孩住一晚？”

“刚才给的测试题还记得吧？最终得出结论你是爱心女神的那个题。”

“没那么健忘，”赵雅祺瞅着王豫，一脸恍然，点点头说，“我有点明白了，你在给我下套！”

“付出爱心不存在下套，”王豫说，“现在是这么一个情况，这个小女孩有先天性心脏病，今天不小心犯了病，白天我带她去医院做过急救，医生又给开了药，要求回家静养，我呢，明天飞早班，七点十分航班起飞，我必须凌晨四点起床，赶机场，用早餐，六点钟登机进行飞行前准备，根本没办法留在这儿照顾这孩子，所以……”

“绕来绕去累不累啊，不就请我帮你照料孩子？直说不就得了！”

“不是帮我，是刚才的测试题正式进入实践状态，具体怎么做，刚才你在微信上说得比唱得好听，照着你说的程序就 OK 了。”

“你女儿？”赵雅祺翻翻眼皮。

“你看我哪儿像一个七岁孩子的爹？我像吗？”

“不是你女儿？”

“不是！”

“你觉得我会帮你这个忙吗？”

“你谁啊，爱心女神嘛，遇到这种事当然不会袖手旁观啦。”

“少来啦，你以为说两句好听的我就颠颠儿地帮你做事？”

“赵雅祺，早上你说我是你什么人？”

“你是欠我一个人情儿的人啊。”

“少装！你红口白牙说我是你上帝的恩人，不会这么快就忘了吧？”

“什么上帝的恩人？我说过？”

“你客户的恩人，客户就是上帝，客户恩人相当于上帝的恩人有错吗？”

“恩人？”赵雅祺哈哈大笑，“你真当自己是恩人啦？”

“是你说的，想赖账？”

“可你说不必当恩人，那是你的工作本能。”

“我说是我的态度，你不能因为我的态度改变你的态度。”

“行，说过的话我认，”赵雅祺道，“恩人，这么快就开始索取回报，这是我没想到的，之前高看你了。”

“废话少说啦，给你一个回报机会，把握不把握那就是你的事了，没有后悔药。”

“用不着拿恩人压我，我答应照顾孩子，可你得告诉我，孩子父母呢？爷爷奶奶呢？家人都不在？保姆有吗？”

“这孩子没爸，没爷奶，平常跟她妈妈一起生活，现在她妈妈不知跑哪儿去啦，家里就剩她一个人，没保姆。”

“不负责任的父母上帝会惩罚他们的，这事交给我吧，我帮你这个忙！”赵雅祺说着，径自走进门里。

看到忽然走进来的陌生阿姨，靠在沙发上的陈雨菲眼神里生出几分本能抗拒。赵雅祺走到她身边坐下来，看着女孩苍白的脸色，顿时生出几分同情。她爱怜地抚抚她的头，声调自然而然变得无比温柔，说：“小朋友，别担心，我会照顾好你的。”

陈雨菲却不领情，她推开赵雅祺的手，说：“我妈妈说，不要轻易让陌生人到家里来。”

王豫介绍道：“陈雨菲，赵阿姨不是陌生人，她是住在楼上的邻居，只不过平常你们见面少罢了……”

赵雅祺皱皱眉打断王豫的话说:“这么大的孩子管我叫阿姨?”

“叫姐姐?”王豫嘿嘿一笑,“她叫我叔叔,叫你姐姐,你就称我大叔好了。”

“没你这样占人便宜的,”赵雅祺白一眼王豫,转身陈雨菲道,“我周围的人都喊我老大,你入乡随俗也叫我老大好了。”

“行,”陈雨菲嘴角一撇,“那就老大。”

“既然称老大,就得有点老大的范儿,”王豫笑笑,道,“不会让我失望的,对吧?”

赵雅祺向王豫道:“你尽可以放心回家休息喽,别耽误了明早的工作,这儿就交给我啦!”

王豫笑笑,继续向陈雨菲道:“我刚刚对老大进行了心理测试,测试结果她是一位典型的爱心女神,心肠特别善良,特别喜欢小孩,今天晚上由她照顾你,你有什么需要尽管跟她说,她都会非常温柔地满足你的,如果你坚持自己的想法,今晚只能一个人住,我要工作,没办法留下来陪你。”

“我还有什么选择吗?”女孩神情间颇显无奈,“我听你的。”

赵雅祺望着陈雨菲,微微笑道:“我喜欢随时表达真实想法的孩子。”

王豫在偌大的房子里检查了每一扇门窗,叮嘱她们早些休息,告辞而去。

|第十章|

24

从看到赵雅祺的第一眼，陈雨菲就对她产生一种近乎天然的抵触。在她看来，王叔叔既然是妈妈的男友，那么，现在他突然招另一个女的过来，说什么替他照顾自己。而这个女人，竟与王豫一唱一和，配合得天衣无缝，默契程度如同他们是一家人。由此陈雨菲断定，赵雅祺与王豫之间，或许存在一种奇怪的关系。

当王豫离去，陈雨菲始终不主动与赵雅祺说一句话。

赵雅祺倒是遵守“爱心纪律”。主动帮陈雨菲洗澡，安顿她上床，睡前问她还需要什么，陈雨菲说，我想喝果汁。赵雅祺说冰箱里有罐装果汁吗？我拿给你。

“没有，”陈雨菲摇摇头，“我从小不喝罐装果汁，妈妈说那是垃圾，小孩喝多了会得白血病。”

“喝鲜榨的？”赵雅祺问。

“家里有榨汁机与王叔叔买回来的水果。”陈雨菲答。

“我的天哪，这么晚了榨果汁多麻烦呀，先喝杯白水，明天再鲜榨。”赵雅祺一听榨果汁就头大，言语间隐现出不耐烦来。自己从小到大都是喝现成的，就这样被人支使着三更半夜伺候人还是第一次。

“王叔叔刚说过你是爱心女神，说你会温柔地满足小孩每一个需求，没想到这么快就对小孩吹胡子瞪眼睛。”陈雨菲脸一扭，从枕边抱起 iPad，启动开，不理会赵雅祺。

“行行行，小祖宗，我是爱神满足你半夜喝果汁，我给你榨！”

赵雅祺冲进厨房，将一个自己没使用过的榨汁机翻出来，又翻箱倒柜从抽屉里翻找说明书，半天没找到，便只好通过手机百度搜索，终于找到这款原产地为美国的榨汁机，通过仔细阅读其使用说明书，费了九牛二虎之力摸索出正确使用方法。正在手忙脚乱时，周欣打来电话，问她约会情况如何？和男神接上头啦？进展到什么状态啦？

赵雅祺道："接个大头鬼！还约会？这浑小子给我设个套一不小心掉坑里啦！"

周欣幸灾乐祸哈哈大笑道："百炼成钢，百虐成爱，他能虐你，至少说明已经对你有想法儿啦。"

"去你个大头鬼！我忙着呢，没工夫跟你逗乐儿。"赵雅祺挂了电话。

榨出一杯给女孩端床头去，陈雨菲却喝了两口就放下了。

"饱啦，"她说，"我要睡啦。"

"你这孩子是不是故意折腾我？"赵雅祺辛苦半小时，被一个小毛头一分钟不到就打发了，不由气不打一处来，"这孩子怎么这样呢？我辛苦半天义务照料你，你一点不懂回报不说，就这样对待我的劳动成果？"

"爱心女神付出爱心还需要回报吗？"女孩一赌气，端起杯子仰脖咕咚咕咚喝掉一大半，气咻咻地望着赵雅祺，"这下满意了吧？"

不待赵雅祺回应，陈雨菲拉起被单往脑袋上一蒙，独自睡去。赵雅祺对着女孩的背影举起拳头在空中空擂两下，又无可奈何地在空中放下。她向女孩要了入室密码，回一趟顶楼，从自己家里抱来枕头和凉被，重新进来后睡到客房的床上。

失眠再度困扰。夜里三点之前赵雅祺压根没办法睡好，脑袋里万千信息纷飞，这一天之间，与王豫再度重逢的全部过程，每句对话，每个表情，每个细节，过电影一般在脑里频闪，导致入睡特别困难。好容易睡着了，睡眠又是支离破碎的，一个小时就会醒一会儿。一直到天快亮时，睡眠才算安稳下来。然而当她睡得正香，忽然一阵鸟啼声与呻吟声，又将她梦里抓出来。鸟儿啾鸣在窗外绿色世界里，一阵阵揪心的呻吟声却有失和谐地从隔壁传来。

客房与女孩的卧室一墙之隔，赵雅祺睡眼惺忪地翻个身，一个激灵坐起来。看看时间，刚好清晨六时整。

赵雅祺光着脚丫衣衫不整地冲到女孩房间门口，门没反锁，她没敲门，一把拧开闯进去。只见女孩面如黄纸，额头滚着豆大的汗珠，整个人如一只烤熟的大虾，捂着肚子在床上痛苦地扭动。赵雅祺给吓着了，一时手足无措。走到床前想把孩子搂在怀里，又怕出什么后果不敢乱动。正不知如何是好时，女孩却挣扎着坐起来，摇晃着爬下床。赵雅祺忙扶住女孩，问她想干什么。女孩一声不响，打着趔趄从卧室出来，一头扎进卫生间。

转瞬间，难闻的怪味袭击了赵雅祺的嗅觉，充斥了周围空间。

女孩先是抱着马桶哗哗地呕吐，接着坐到马桶上哗哗地蹿稀。这一突发状况，让赵雅祺目瞪口呆，方寸大乱。这时候她第一个想到的人是王豫，连忙冲进卧室抓起手机，转身飞奔着来到卫生间女孩身边，一手扶着女孩，一手拨打王豫电话。这时王豫刚刚登机，正在进行飞行前的机舱巡视。王豫对女孩发生意外表示出担心，但坚决地表示自己分身乏术，一切拜托于她全权处理。赵雅祺又急又气直跳脚。王豫分析说可能是昨晚吃东西太杂，吃坏了肚子，叫赵雅祺不要耽误赶快将孩子送往医院。

半小时后，女孩再次躺到了医院急救室的临时病床上。

验过血。果然如王豫判断，医生诊断为急性肠炎。一边开药，一边询问赵雅祺，昨天都给孩子吃了什么。赵雅祺让女孩自己说。女孩有气无力喃喃道，一只螃蟹，三只大虾，四块排骨，喝了满满一大杯冷饮……医生觉得不可思议，这么小一个孩子，怎么吃那么多？然后严厉地批评赵雅祺，你怎么当家长的？这么大孩子，肠胃系统还很脆弱，这么个吃法不看急诊那才怪了呢，吃肉喝冷饮那是自杀式饮食方式，螃蟹大寒不懂吗？临睡前吃大寒之物伤胃伤脾最容易导致肠炎腹泻，常年生活在海边连这点基本常识不具备吗？

赵雅祺憋了一口气，当医生的面不便发作。这孩子自己要喝果汁，她怎会知道她肠胃系统这么弱？又怎么知道她在喝果汁之前吃了那么多海鲜肉食？女孩扎上了吊瓶，赵雅祺走到一个角落又拨打王豫手机。没接通，关机。女孩血管细，输液时护士将点滴速度调至最慢，三包液体输完，已是中午。这时女孩腹痛腹泻已止，神色恢复平静，气色已有好转。医生叮嘱回家好好休息，一周内饮食以粥为主，赵雅祺这才带着女孩与一些消炎类药离开医院。

回到家，女孩软塌塌地又一头卧到床上。赵雅祺饥肠辘辘，知道自己的胃受不得怠慢，很想回母亲家里好好吃一顿，但转身看到女孩可怜巴巴的样子，遂打消出门之念。抱着一肚子委屈钻进厨房，找出白米，在电饭煲里煮上粥。从厨房出来，坐到沙发上，刚要喘口气儿，手机铃又催命似的响起。

周欣来电，特别提醒赵雅祺，下午两点半之前务必赶回公司，会见一位重量级客户谈一笔几百万的合同，这是三天前已经约好的一场重要商谈。挂上电话，抬腕看看时间，已是下午一点半，赵雅祺不由得焦躁起来。立即再拨王豫手机，还好，顺利接通。飞机正落地郑州，此时正在等待上客。

“王豫！我不管你在哪儿，你自己过不来也成，你马上找个人过来照看这孩子，我必须马上赶回公司，一分钟都不能耽搁！”赵雅祺连珠炮般说着，语气里流露着毫不掩饰的烦躁。

“我在郑州，飞机马上就要起飞，你让我上哪儿找照料小孩的人？我找谁去呀？”王豫说，“赵雅祺，没办法要想办法，你答应了帮这个忙就得帮到底，做人怎么着得有点责任心是吧？”

“你这人怎么回事？”赵雅祺火了，忍无可忍对着手机斥道，“你孩子病成这样你丢下不管？还指责别人没责任心？责任心你有吗？你像话吗？这孩子你不要了是吧？扔给我？我是你保姆啊？我这辈子还没给任何人当过保姆，你谁呀？你凭什么让我给你当保姆？我欠你吗？”

“是，这件事不该你做，”王豫缓了语气说，“你不欠我，不欠任何人，可这会儿我不是没办法吗？算我求你了，我记你一情儿，一会就得关机啦，小妮子美丽有内涵一定会想出两全其美的办法的。”

“两全个鬼……我倒霉爆啦！”赵雅祺正痛快地发着火，忽然感觉身后有动静。

一转身，看到陈雨菲静悄悄站在卧室门口，虚弱地倚在门框上，两只敏感的大眼睛噙着泪水。猛看到那受伤的眼神，赵雅祺心尖上挨针扎似的猛地抽痛一下，顿时内疚不已。昨晚榨了果汁吆喝孩子喝下去，她对此行为已懊悔到肠子里。

赵雅祺赶忙丢下手机，起身走到陈雨菲身边。

“菲菲，”赵雅祺赔上笑脸，柔声软语道，“你刚才不是还头晕吗？怎么不好好躺着呢？头不晕了吗？好些了吗？”

女孩摇摇头，似乎不愿看赵雅祺的眼睛，垂着眼皮说：“老大，我没事了，你走吧。”

倔强的女孩开口叫她老大！赵雅祺心里忽然一热，蹲下身子，抱住女孩，在她小脸上轻轻抚抚，安慰道：“对不起啊，刚才老大不是对你，是对别人，宝贝不生老大气好吗？老大真不是故意的，看在老大一大早起来陪你上医院到现在还饿着肚子的份上，原谅老大好不好？不哭啊，养病要听医生话，快回去躺着，乖宝贝！”

“你还是回去吧，我不想耽误你的事。”

“没有啊，你没耽误我的事，你先回床上躺着好不好？老大打个电话到公司处理些杂务，一会儿再陪你好不好？”说着，赵雅祺将女孩抱上床，扶着躺下了，盖好被子，转身出来。

赵雅祺坐到客厅沙发上，发了一分钟呆，抓起手机接通周欣，告诉周欣请她向客户表示歉意说明情况，并代表公司与客户商谈，如果客户坚持与老板面谈，只能后延到 24 小时后即明天下午同一时间。周欣一惊，问这怎么可以，约好的谈判临场变卦，如果客户误会老板不守约，这单生意即有可能泡汤。赵雅祺沉默少时。周欣又问到底发生了什么事不能变通一下？赵雅祺道："你执行就是了，前因和后果不是该你考虑的事。"

放下电话，赵雅祺丢开手机，懊丧自语道："碰到这种奇葩事，一个字，惨，大生意啊，这笔损失可不是个小数目……"

声音未落，陈雨菲的房门又被打开，陈雨菲从里面走出来，在赵雅祺身边站定了。

"老大，我没要你在这儿，是你自己非要留下来的，谢谢你今天送我去医院，从现在开始我不需要你了，你走吧。"

"我能走吗？怎么可能？我要丢下你走了我就真完了，我承诺好好照料你的，我不能置自己于不义啊！"赵雅祺又要抱住女孩安抚一下，陈雨菲冷淡地推开了她，一声不响返回卧室，砰的一声将门关死。

赵雅祺忙追过去推门，门已被反锁。敲门，敲了半天里面无动于衷。

"哎，小鬼头，"赵雅祺道，"想吃东西吗？老大给买去！不，给你做好吃的？"

没有回应。赵雅祺又道："呀，你这小东西，别搞颠倒了好不好？现在是我在照顾你，你还摆谱？你想清楚了，我走了真没人管你啦！"

25

这天王豫在航班上遇到胡蝶。

从鹭城经郑州飞西安，再从西安经郑州飞鹭城，四段航程，全天候在同一架飞机上执行任务，两个人从头至尾就说了一句话。王豫问她，还好吧？她莞尔一笑答，好得很。除了一问一答这句私人对话，以及工作中避免不了的业务对接，两人再无任何交流，也彼此无意接近对方，看不出任何曾经热恋的痕迹。不是找不到说话机会，胡蝶没这个情绪，王豫也失去了那个心劲。有一种情到尽头距离越来越远的感觉。爱情变成一只怪味儿的瓜。苦的，涩的，酸的，皆存在，唯独不再有甜味儿。

这天全国范围内晴空万里，航程通畅。没有延误与流控，也没有张牙舞爪的奇葩旅客滋生怪事儿。几段航程有大半的时间，王豫在经济舱第三排过道右手的第一个座位，闭目小憩。在郑州落地时，打开手机被赵雅祺骚扰了一下后，心里多少有点牵挂那个女孩。牵挂孩子的同时，大脑里老是不停歇地琢磨孩子母亲陈蔓莉失踪这件怪事。

一个单身的漂亮女人，风华正茂的年纪，有一些钱，一个多月前刚刚到手一笔现款——四百余万的大楼租金。她应把这笔钱中的三分之二支付给楼房的真正业主，但她没付，她失联了。所有存在业务关系的人，一律联系不到她，包括唯一的亲人——女儿。她女儿透露，她似乎有个秘密男友，关系密切，但从不露面，从未公开。

她为什么失联？隐身？从大众视野消失？主动消失还是被动消失？与钱有关还是与人有关？她现在在哪儿？是不方便联系还是迫于无奈无法联系？在这个社会上，这个女人除了利益关系的商业伙伴，除了对手，除了视她若仇的债权人，她没有亲戚，没有朋友，没有人对她的失踪产生关切和疑问。不谙世事的女儿，坚守在家苦苦等待，相信妈妈会在哪一天忽然现身……王豫越想脑子越乱。越琢磨，越觉得事情诡异，越发找不到前因后果。

飞机在西安落地停留的间隙，王豫打开手机。全时通发来一位业主的未接来电，王豫立即给回了过去。是一位姓柳的女业主，她听到是王豫，语调如干锅炒豆子，快速而怨愤地质问他：王先生，你给大家找的究竟是个什么律师？王豫忙问怎么了。柳女士气愤地说，你介绍的那个刘律师，一开口就要每户先缴两千元钱，说什么前期调查费，凭什么？他干什么啦上来就交那么多钱？我们业主这么多户，好吧缴就缴吧，大家共同承担这块费用，哎哟，他还不行，非要一户一缴，每户缴罢了，还不按家庭户收费，要按套收，人家宫先生八套，一人就得交八套的钱，他这什么律师？这不是开黑店的？刀子也太亮了吧？有这么宰人的吗？宰人也没这个宰法吧，太黑了吧？杀猪吗？！

王豫静静听完，冷静地告诉她，找律师这事，凭的是双方自愿。首先，我没有叫你们去找刘律师，是你们希望有认识律师的业主提供一下方便，我仅仅按民意提供了一个律师所号码而已；其次，是你们自己去找律师的对吧？律师有收费标准，你们觉得不合理，可以选择不交费，选择拒绝，不找律师也行，另请高明也行，没有拿镣铐捆你非得请这位刘律师吧？你认为他黑，听清楚，我请你远离他！立刻！马上！

挂掉电话，王豫胸里不由得腾起一股无名之火。听她那谴责的口气，好像王豫是个拉皮条的，故意与黑律师设个套，把全体业主装进去，从中拿走多少好处费似的。关掉手机之前，王豫接通刘国辉电话，询问他是否已接受夏威夷业主委托，收费标准又是个什么情况。

“我擦！”刘国辉上来就爆句粗口，接着噼里啪啦如机关枪扫射般道，“坦克，不瞒你说，这帮刁民兼愚民，真没法打交道！那姓柳的女的一大早来所里，口口声声恳求我帮她伸张正义，帮她追讨权益，哭着喊着要委托我帮她打官司把房子收回来，可一听收费，就当场翻脸，出言不逊骂我们开黑店，他 × 的，想律师白干活？现在有白干活的律师吗？有吗？这个城市没有，这个世界上没有！什么素质？律师在表达观点之前，必须先期进行各种调查，没有调查不掌握事实情况怎么发言讲话？怎么替他们据理力争？所以前期调查费是正式立案之前必不可少的也是最基础的费用项目，交了这笔钱，所里才能启动调查！所里的助手、雇员，哪个人出门工作不产生成本？两千块钱高吗？考虑到他们户数多，集体打官司，我才会考虑接手这个破事，才给出这个最低标准的优惠价，不领情不说，还骂我们开黑店，我很负责任地说，这是全城最合理最优惠的价格，别的所前期调查费都是五千、一万起步的，如果不是看在几十位业主集体行动的份上，仅凭零散一两个散户，标的额就几万块钱房租，不光我这儿不会接，全城找不到第二家愿接手的正规所，都不够车马费的……坦克啊，以后这种烂事你别往我这儿揽了，不伺候这帮刁民，有客户来了，先挂啦！”

王豫没插上一句嘴，如垃圾桶般由刘国辉发泄一通，电话被挂。飞机继续起航，不得不将手机关掉。这一天王豫心头是堵的，一团浊气瘀堵在胸，呼吸不能顺畅。

这个对王豫来说诸事不顺的下午，在陈蔓莉的住宅里，赵雅祺正想方设法地取悦女孩陈雨菲。女孩拒绝继续接受赵雅祺照料，赵雅祺委屈不平越发缺乏耐心。心想这孩子也太难伺候了！公主吗？你在你父母面前当公主可以，把公主脾气发其他人身上这过分了吧？我把生意牺牲掉拿出宝贵时间来陪你，仅仅因为发几句牢骚被你听到，竟遭遇如此无情对待？所做一切全都否定掉？我不是什么爱神，不过一凡人，圣人孔子都发牢骚，我发几句牢骚犯什么错了吗？赵雅祺一生气，既然出力不讨好，便懒得继续伺候这小姑奶奶，但又不能撒手不管一走了之。于是她向小东西提议，干脆送她到王叔叔家里，由王叔叔亲自照料。

“行，你送我去王叔叔家吧。”陈雨菲一口应允。经过用药与休息，这时女孩已经止泻，体力和精神都好了起来。

赵雅祺掐着时间点，在家里煮了两碗挂面，每人吃过一小碗，估摸着航班快结束时，帮陈雨菲找了几件换洗衣服，启动汽车，在导航里输入王豫所住的小区名字，拉着陈雨菲驶过去。王豫那个小区，保安管理相当宽松，大门敞开，有门岗与无门岗毫无二致。赵雅祺车子驶到大门口，减了速，本想进行个登记什么的，没想到保安亭子里连个人影儿都没有，于是驱车直入。在小区里转了转，很顺利就找到王豫住的那个楼座。

这时候王豫还没回来。赵雅祺将车子停在道边，看看时间，打开车窗让空气流通，放起一首美国乡村音乐，靠在车座上让心情放松下来。

“你经常到王叔叔家里来吗？”陈雨菲问。

“干吗？你干吗想知道这个？”赵雅祺反问。

“没什么，随便问问，不愿说算了。”

“如果经常来，我刚才还需要导航吗？”赵雅祺扭头看看女孩，女孩侧脸看着她，忽然想到什么，便问，“对了，陈雨菲，你和王叔叔什么关系？”

“王叔叔是我妈妈男朋友。”

“什么？”在赵雅祺听来这话不亚于一个炸雷，惊了一下，“他是你妈男朋友？”

“有什么奇怪的？”

“没听说呀。”赵雅祺说。心里想，在周欣所了解到的全部资料上，没有任何迹象显示王豫还有这么一个女朋友。曾经？眼下？没显示。

“他们的关系可能比较秘密，没有公开过，”女孩垂下眼皮，“连朋友都不知道。”

“为什么不公开？见不得光？”

“嗯。”女孩点点头。

“真的？”赵雅祺抓住女孩的双肩，摇了两摇，让女孩的眼睛与自己直视，“你说的是真的？”

“当然是真的，”女孩望着赵雅祺的眼睛，“王叔叔亲口承认过，他自己最清楚。”

赵雅祺放开女孩，顷刻之间眼泪止不住哗哗往下掉。心里疯狂地翻江倒海：现下这男人们都怎么啦？王豫竟也这样吗？这种可能存在吗？你让我不得不对你产生史上最愤怒的怀疑！我怎么可以看走眼啊！心碎啊！公司那边一个公开的，这边一个非公开的，什么人哪？品质弱爆啦！难怪呢，那小空姐要踹他，太悲哀了……

“老大，你怎么啦？”

赵雅祺抹抹泪，蓦地又恢复理性，尴尬地笑笑，解释道：“没什么啦，忽然想到一部影片里有一个女孩被渣男蒙骗的故事……”

“老大，什么是渣男？”

“不懂就别问，老大没心情回答……”赵雅祺的泪又抑制不住往下淌。

这天航班结束已是晚八点。王豫在小区停车道把车子停好，拎着飞行箱往所住的楼座走。进单元门时忽然想到胡蝶的漠然，心下不由生出几分落寞，两个人也曾双飞双栖，幸福的一双影儿在小区出现时，无数次被人赞为金童玉女。不料转眼之间，竟已形同陌路。这时候不由惦念起那个小姑娘，还真有一种同病相怜的感觉。她被妈妈抛弃了，自己被女友抛弃了，她现在怎样啦？两天两进医院，真叫一个多灾多难。好些了吗？那个妮美涵一直陪着她吗？

进门后，丢下飞行箱，换了鞋与衣服，洗过手从洗手间出来，王豫拿起电话，拨打赵雅祺号码。接通了，还未开口，赵雅祺的声音从手机传来："王豫同学，把门打开可以吗？"

王豫诧异着上前开了门。

一个小小的身影嘻嘻笑着闪进来。王豫吓了一跳，正是陈雨菲。女孩头发在脑后扎成一个马尾辫，穿一件修身的白色棉背心，一条绣花的牛仔热裤，清爽利落的打扮。

"你怎么来啦？老大呢？"王豫问。

话音未落，赵雅祺黑着脸出现在门口。

王豫看她脸色不对劲，也不知问题出在哪儿，便打趣道："不就照料一天孩子吗？不至于这么居功自傲吧？"

"没有居功自傲。"赵雅祺黑着脸说。

"哦，我知道了，我今天欠了你，"王豫强打精神又道，"那也不至于这么快就把讨债这层意思挂到脸上吧？一点掩饰都没有？"

"王豫同学，昨晚我答应帮你照顾这小家伙，现在我把她完璧归你了，我的承诺我做到了，拜拜！"赵雅祺一脸冷艳。

"赵雅祺，你怎么啦？谁惹你啦？陈雨菲是你吗？"

"她没惹我，她很乖，"赵雅祺道，"就有一点很奇怪，她跟我在一起一整天都闷闷不乐，这会儿一看到你就兴高采烈，很没成就感，走了。"

"为这个郁闷啊？"王豫哈哈一笑，"至于吗？美丽有内涵，跟孩子较什么劲？"

"没有，我累了，需要回家休息，拜拜！"赵雅祺转身离去。

"等一下，你……"王豫刚要把"你把孩子送我这儿是什么意思"说出来，一眼瞥见陈雨菲两只杏仁眼望着自己，到嘴边的话立即咽了回去。

"怎么？"赵雅祺回过身。

"没怎么，跟你说声谢谢！"

"我照顾她不是为了听谢谢这两个字。"赵雅祺闪进电梯。

转过身来，王豫低头望望陈雨菲，问她："你得罪她了？"

“没有，”陈雨菲道，“我挺乖的。”

“她对你好吗？”

“好啊，她满足我所有要求，就是脾气坏些。”

“她为什么变成这个鬼样子？”

“我只是告诉她一件事，她就变这样了。”

“什么事？”

“我说你是我妈男朋友。”

“你乱说什么？”王豫脑袋一炸。

“这是你说的呀，是你亲口告诉我的！”陈雨菲直视着王豫的眼睛，“老大对你有意思，我看出来啦，我说你是我妈男朋友，她就狂吃醋。”

“又瞎说！谁对谁有意思？你小屁孩儿懂什么叫吃醋？以后不许没根据乱讲话！”

“我不是没根据，”女孩力争道，“她照料我都是冲着你来的，要不是冲着你，她才不会照料我呢，她凶着呢！”

“行了行了，”王豫站起来，皱着眉头挥挥手，“换个话题，吃饭没？看样子病好了是吧？对了，你们到我这儿来干什么？”

“我没想到你这儿来，是老大提出把我送过来的。”

“我还得把你送回去。”

“我不回去，不想一个人待在家里。”

“你不回去怎么行？你又不能住我这儿。”

女孩突然转身到两个房间看了下，发现只有一张床，便道：“我睡你家沙发好了。”

“这不是个事儿，”王豫说，“你住这儿不合适！”

“那我万一晚上病了怎么办？”女孩两只大眼睛瞪住王豫。

“是啊你病了怎么办？我也不知道啊！这是该你妈妈考虑的事，她消失的时候怎么就没想到你病了怎么办？她怎么可以这么狠……”王豫没能继续说下去。

他看到女孩的两只眼睛里，噙满了泪水。所有的恐惧与无助，顷刻全从脸上表露出来。就像拉满了终于崩不住的弓突然断掉那样，之前的嬉笑和不在乎，都是强装的。

王豫叹口气，说：“行了，别感伤了，今晚你先住这儿。”

“那么明天呢？”女孩泪汪汪地问。

“明天我怎么会知道？”王豫说，“明天的事明天再说。”

王豫起身从柜子里翻出一床胡蝶用过的小凉被，扔到客厅沙发上，告诉女孩洗手间各项功能及诸条基本安全事项，自己回卧室，一头扎到床上。

半夜，王豫在睡梦中被一阵窸窸窣窣的敲门声惊醒。在黑暗中睁开眼，下床将卧室门打开一条缝，只见女孩仍然穿着白天那身衣服，站在门口。

“怎么还没睡？”王豫吃了一惊，看看表已零时多一点。

“王叔叔，我睡不着，”女孩抬头望着他，“我想了半夜，觉得我妈妈肯定不会丢下我一个人跑去哪儿的。”

“当然，你妈妈肯定不会丢下你的，”王豫打个呵欠，推着女孩回到客厅沙发上，“不过现在太晚了，先别胡思乱想，明天再讨论这个话题好不好？”

“那好吧。”女孩听话地躺下，拉薄薄的被子盖了半截身体，当王豫的面闭上双眼。

|第十一章|

26

一觉醒来，阳光透过窗帘洒进来，整个房间变得明媚，疲惫散去，烦躁也随着消散，王豫心情安宁平和了许多。从卧室走出来，王豫看到女孩已经起“床”。沙发上的被子叠得整齐，女孩换了条花连衣裙，像只彩色的漂亮小鸟儿。新一天的太阳驱散了女孩内心的不安，此时她端坐在茶几前的小凳子上，手持画笔，专注地画着什么。茶几旁边放着她昨天背来的书包。

王豫在旁边沙发上坐下。

“画什么呢？”他问。

女孩拿起一幅小画儿，递到王豫手里，笑着说：“王叔叔，这是我送你的礼物。”

“为什么送礼物？”

“谢谢你照顾我。”

女孩脸上弥漫着孩童的纯真，如一缕暖且快乐的阳光，瞬间将王豫身体内部积压多日的灰色情绪驱散殆尽。心底油然而生的愉悦情绪，转换成自然流露的笑容，他伸手拍拍女孩后脑勺，低头欣赏那幅小画儿。

只见一轮圆月挂在天上，月下草地上坐着一位穿长袖长衫的小女孩，眼神含些微伤感；另有一名青年武士，眉清目秀，身材修长，手持长剑，像保镖一样立在女孩身旁。人物脸谱和服装特色，特别像网游中的男女主角。画的名字却叫《王豫叔叔》。

看样子女孩有些绘画天赋，画作得干净，漂亮，有意境。王豫不觉笑了起来。

“他像不像你？”陈雨菲立在王豫身旁，欠着小身体，指着画中的青年武士。

“哪像我？这是哪个游戏人物吧？”

“我画的就是你，你就像电脑游戏中的男主角，专门打大老怪的人。”

王豫忍俊不禁，更乐了。他说：“你让我拿柄长剑呆站在那儿，什么意思啊？”

“不会吧？这都看不明白？”女孩狡黠一笑，“我的意思是希望有你这样一位保护神，你愿意做我的保护神吗？”

王豫脸一板，反问道：“什么意思？你画张小画儿就想把我套死？”

“我想套死你那也得你愿意啊，不情愿算啦，不勉强。”女孩抓起画儿，想撕掉。

“别！”王豫拦住她，“既然画好了，我还是笑纳了吧。”

“你不愿当我保护神，干吗还想要我的画儿？”

“行啦行啦，在你妈妈回来之前我可以暂时保护你一两天，但不能太久。”

“一言为定，拉钩！”女孩伸出小手指头。

王豫无奈地伸出同一根指头，象征性地与女孩拉钩。拉完了，他忽然提议道：“你最好再画一幅。”

女孩望着王豫的眼睛，少顷，嘴唇一抿，会心一笑，说：“画一幅送给雅祺老大是吗？感谢她昨天照顾我一天。”

“嘿，还有点默契啊，”王豫做一个 OK 的手势，“算你懂礼貌。”

昨天连续飞了十几个小时，接下来获得两天休息时间。这种连续两天的休息并不常有，因此特别珍贵。早饭后王豫开车去一趟超市，将两天所需的食材给备个充足。陈雨菲像条小尾巴，跟着他不离左右。从超市回来，王豫在厨房整理刚采购回来的各类食材，手机来电突然响起，居然是昨天被他挂了电话的柳女士。这电话来得意外，王豫稍一迟疑，接起。

“王豫先生，我就一个问题。”柳女士的声音较之白天的拖泥带水，反常地干净利索。

“你说。”

“刘律师要求找他代理维权的业主每套缴 2000 元前期调查费，请问你缴了吗？”

“这跟你没关系。”

“有关系！刘律师是你给大家介绍的，理应你带头缴钱才是，你到底缴没缴？”

“我没缴。”

“你为什么没缴？”

“我不需要律师，我的事情自己解决，无须任何人代理。”

“我明白了，我的话完了，谢谢。”

不待王豫反应，那头挂了。莫名其妙。王豫懒得费神，继续整理冰箱。谁知不过一分钟，竟又有电话打进来。看看来电，竟是业主姜姐。较之其他业主，与姜姐算是比较熟的，印象也不算太糟。王豫接起，主动问候一声。没想到姜姐的声音也有些异常，与前几次那种爽朗友好判若两人。

“王先生，”她说，“有个事我们需要彼此坦率地沟通一下。”

“没问题。”王豫不悦。什么时候自己待她不坦率了？

“听说最近几天你在找陈蔓莉，找到了吧？”

“没有，”王豫如实道，“找了五天，没有任何结果。”

心想，没结果，倒是有后果。弄一个包袱砸手里，摆不脱。这么想着，探身瞥瞥客厅，陈雨菲正专注地在茶几前埋头作画。

“真没结果？”

“真没有。”

“一点眉目没有吗？”

“没有，”王豫说，“你们这儿有她消息吗？”

“我们怎么会有？那女人泼得要死，我懒得理她，但她也绝对不会主动联系我们的，现在大家都在找律师，请律师出高招。”

王豫沉默了一下说：“我有一种不太好的预感，陈蔓莉可能真的找不到了。”

“你怎么和夏刚一套说辞？”

“目前看来，这个问题上夏刚好像没有说谎。”王豫说。

“夏刚没说谎？那就是说，你认为夏刚告诉业主陈蔓莉失踪这是真话？夏刚没骗业主？夏刚是无辜的？”

“这个问题有待进一步考证，眼下我判断夏刚或许没坏到大家判断的那个程度。”

“行，我明白了，我的问题完了。”

王豫还愣着，那头挂了。短短几分钟内连续两位业主来电，事情越发显得怪异。王豫推测，业主们可能在群里聚会，柳女士与姜姐都在。可能大家正在讨论同一个话题，所以才会连续来电话找王豫求证什么信息。想去群里看看，可转眼又断掉这个想法。那个群，大家除了用文字进行无止境的抱怨，咒骂，懊悔，叹息，幻想，意淫，几乎得不到什么正能量的东西。收拾完冰箱，王豫再次拨了个号。陈蔓莉的号。拨了两遍，仍然不在服务区。

中午饭吃得简单。考虑到女孩肠炎初愈，王豫煮了粥，两个清炒素菜。吃到一半，女孩忽然抬头，眉毛微锁，若有所思。

“想什么呢？”王豫问她。

“经过这两天的了解，我觉得你不是个坏男人。”女孩说。

“什么意思？一开始当我是坏男人？小脑袋瓜里想什么呢？”

“你为什么做我妈的秘密男朋友？为什么不愿意跟她结婚？”

“昨天说过了，不许再提这个话题！”王豫懒得解释，脸一板道，“大人的事你小屁孩儿懂什么。”

“算了，以后不提啦，”女孩像大人一样叹口气，“不管你愿不愿跟我妈妈结婚，我都愿你做我的朋友。”

“你跟我做朋友？”王豫翻翻眼睛，哑然失笑，“我们俩做朋友？”

女孩认真地点点头，“没错，我们俩做朋友。”

“这可能吗？好笑！”

“不强求！”女孩喝完碗里最后一口粥，将筷子放整齐了，用纸巾擦擦嘴。

“吃好啦？”王豫问。

“吃好了。”女孩说。

“一会儿你跟我出门办个事。”

“什么事？”

“去趟派出所，你们家附近的派出所。”

“干什么？”女孩瞪大一双黑漆漆的眼睛，神情跟着紧张起来，“你想把我交给警察叔叔吗？我不去派出所！”

“不是交你，去报案，报人口失踪案，”王豫望着女孩的眼睛，“你妈妈失踪了，失踪得很蹊跷，我们不能在家里坐以待毙，必须报案，请警察出手帮助。”

“失踪都要报案吗？”

“这是必须的，要以家属名义报案，也就是说，以你的名义报案。”

“现在就走吗？”突然而来的惶恐让女孩眼眶内瞬间凝聚了大颗的泪，她竭力克制着不让它们掉出来。

“你别怕，兴许警察一出手，妈妈就找回来了呢。”

“但愿。”女孩点点头。

走进派出所时，陈雨菲一只小手紧紧抓住王豫的大手。她什么也不说，但王豫通过那只小手，接收到这样的信息：她内心非常害怕和恐惧，尽管她没说出过这两个词；还有，她对他的信任和依赖，她现在将他当成家长，当成唯一可以依靠的亲人。王豫几乎没有任何思考，条件反射般将那只小手紧紧包裹在手心里，努力将安全感传递给她。

一位三十出头的朱姓青年民警接待了他们。

“失踪的是什么人？多大岁数？老年痴呆吗？”民警问王豫。

王豫指指女孩，说：“这孩子的母亲，36 岁，身体健康。”

“你是失踪者什么人？”民警一边记录一边问王豫。

王豫稍有迟疑，陈雨菲脱口而出道：“他是我妈妈最好的朋友。”

“朋友？”民警用眼神向王豫求证。

王豫点头默认。解释？只怕三言两语解释不清。

“失踪几天了？”

“12 天。”陈雨菲答。

“确切吗？”

“我每天都数着。”陈雨菲扳扳手指头。

“怎么现在才报案？”

女孩语塞。王豫替她答：“陈蔓莉欠了不少钱，被人追债，一开始怀疑外出躲债。”

“老赖？现在又怀疑不是躲债？”

“一直没消息，所以担心。”

“行了，把这张表填填，签上名。”朱民警拿出一张表格。

王豫帮陈雨菲将表格填好。留联系方式时，他填上自己的手机号码。离开派出所时，走到大门口，朱民警忽然从背后喊住王豫。王豫回过身，看到朱民警脸上有些怪异的神情，似乎有话要讲。

“人失踪这么久，没想过其他可能性吗？”朱民警问。

王豫心里咯噔一下，仍然平静地摇摇头，说：“没想过。”

朱民警瞅一眼王豫身边的女孩，欲言又止，道：“回去等消息。”

从派出所出来，没几分钟，车子驶到陈蔓莉所住小区大门口。

王豫将车子停下来。侧头看看女孩。女孩侧头望他。对峙少顷，女孩问：“你想把我送回家吗？”

“你说呢？”王豫反问。

“我不回去！”女孩说，“你答应我的事，这么快就忘了？”

“我答应做你的保护神，在你妈妈回来之前，”王豫道，“我们这会儿还要做一件事，刚才出门时叫你带着送老大的礼物，带了吧？给她送过去，人家照顾你一天，不能一点表示没有，这是基本礼节。”

“OK，”女孩重新振作起来，“你要不要打电话给老大问问她在不在家？”

“不用，一会儿我在楼下等你，你上一趟顶楼，把画儿放在她家门口，她回家时自然就可以收到。”

27

两个人回到住处，走进楼道时王豫就觉察出气氛异常。有几条陌生的人影在楼道里闪来闪去。还有两条身影像尾巴似地跟在王豫身后进了电梯。电梯在三楼停下，王豫牵着陈雨菲走出电梯，那两条身影也跟着出来。更加怪异的是，王豫家门口，此时已聚集了十几条身影，跟聚会似的。一簇人看到王豫回来，其中一个女声喊道：“小王你终于出现啦！”

听声音耳熟。王豫脑袋蓦地闪出曾经通过话的某位夏威夷业主的声音。正疑惑着，一个三十来岁的女人走到王豫面前，自我介绍道：“小王，我是姜姐。”

“哦，”王豫霎时明白这簇人出处，“你们怎么到这儿来了？”

陈雨菲躲在王豫身后，一只小手紧紧地抓着王豫两根手指头。王豫反手把她小手攥在手里，低声道：“别怕。”

“王先生，前阵子你貌似积极地找夏刚和陈蔓莉，谈判啊，维权啊，原来都是做戏？我还拿你当哥们儿，傻子似地给你提供信息，其实你根本不需要。”姜姐一脸揭穿骗子丑恶嘴脸的愤慨与正义，质问道，“你一直在耍我？”

“我不明白你什么意思。”王豫从容不迫，疑惑顿解后表情保持了平静。

“装，还装！”另一位女士尖锐的声音响起，“夏刚和陈蔓莉两个大骗子，把大伙折腾得走投无路，全体业主没办法只好求助于开黑店的律师，可就你，不需要律师，我还奇怪呢，为什么你不用找律师？秘密居然在这儿，这才是真面目？”

从声音王豫辨出来，这位是先后两次打电话质问过他的柳女士。

“你们到底怎么回事？聚这儿想干什么？该维权维去，到我这儿能找回房租？”王豫心底坦荡，平静地直视众人，反问道。

“干什么？你自己不清楚？”另一位业主上前逼视王豫，“你认为夏刚没坏到大家想的程度是吧？难道在你眼里，业主都是无事生非的坏蛋？受骗活该？因为我们不应该把夏刚和陈蔓莉之流想成奸商？我们心理阴暗？对吗？”

听到业主嘴里蹦出妈妈的名字，陈雨菲吓得小身体开始发抖。王豫抬手推开左右挡道的人，大步到家门前掏钥匙将房门打开，让女孩先进去，叮嘱她再画两幅画儿，然后将门带上。

还有一位业主义愤填膺嘲讽道：“表演功夫真心不错！当演员没准能红，不做演员亏大了！”

王豫意识到，姜姐和柳女士已然出卖了早上与他的通话内容。从聚焦在眼前的十几位业主的表情看，他俨然成了大家共同的敌人。

“到底怎么回事？能说句人话吗？”王豫克制着自己，冷冷地反问。

“你先跟大伙解释一下，这小姑娘是怎么回事？”一位业主指指房门，“你跟她什么关系？她怎么在你这儿？给一个合适解释先。”

姜姐一副打开窗子说亮话的神情，唇边一缕冷笑，义正词严道：“明人不说暗话，若不是之前我为讨房租找到陈蔓莉家里去，无意见过她女儿，还真不知要被你们这伙骗子蒙蔽多久呢！是我看到的，今天上午在超市，你带着陈蔓莉女儿在购物，太惊人了！出于做人的良心，我不能不把我看到的一切向大家汇报，我不能欺骗全体业主！”

王豫唇边露出一缕讥笑，向姜姐道：“您可以做间谍了，组织应授予你年度忠诚奖！”

“小王，能给句实话吗？你和陈蔓莉到底什么关系？”另一个声音响起来，是一位五十多岁的大姐，语气相对缓和一些，“这也是大家最关心的问题，其实我们希望你跟陈蔓莉没什么关系，这里面会不会有什么误会？如果你和那女人没关系，说出来还自己一个清白，如果有关系，这也不要紧，你只要告诉大家陈蔓莉的下落，就可以了，大家不会为难你的，这有什么难吗？”

“我跟陈蔓莉什么关系，属于个人私事，我没有义务向任何人解释，”王豫冷冷扫视着一圈人，平静道，“我只能告诉大家，陈蔓莉的下落我不知道，信不信那是你们的事，我尊重你们的想法，也请你们懂得尊重别人。”

王豫伸手指指电梯，道：“各位请便吧，我还有事，不奉陪。”

“事情说不清楚我们不可能走，看样子这里面肯定有问题，这小子不是什么好人，”一个操着东北口音的中年男子指指王豫的房门，“指不定陈蔓莉就在这房子里面呢，敢把门打开吗？让大家进去看看！”

“入室搜查？你有搜查证吗？”王豫冷笑道，“不然就是擅闯民居喽？《宪法》第

39条规定，任何形式的非法搜查或者非法入侵公民住宅，都被视为非法侵入住宅罪，构成此罪的处三年以下有期徒刑或拘役、拘留，后果考虑过吗？”

“恼羞成怒，不敢打开，房子里必定有鬼！”又一声音响起。

房门这时候忽然从里面打开。

“我妈不在这儿，”陈雨菲站在门口，仰着头，小脸通红地望着大家，“你们别难为王叔叔了，我来回答你们的问题，王叔叔是我妈男朋友，最近我妈妈不在家，是他在照顾我。”

空气瞬间凝滞，又在一瞬间解冻。

“奸细！”有声音打破寂静。

“当奸细混在业主里，拿了奸商多少好处？”

“是敌人不要紧，光明磊落好不好？干吗还要戴着盟友的面具，混在人民队伍里？把全体业主当傻子？”

“陈蔓莉藏哪儿去啦？快说出来吧！”

“陈蔓莉在侵害大伙的利益，你如果执迷不悟，我们连你一块告上法庭。”

突然一只鸡蛋飞过来，碎在王豫脑门上。王豫站着没动。操东北口音的男人上前一把抓住王豫的衣领，这一动作起到示范作用，接着几条人影不约而同扑上来，如饿狼扑食般，抓住王豫又搡又骂又撕又打。积郁太久的一伙人终于找到撒气目标，将对陈蔓莉的痛恨一股脑发泄到王豫身上。

陈雨菲转身回屋，转眼抱着一只花盆出来，挤到那位撕打王豫的东北口音男子身边，“咚”的一声，花盆结结实实砸到男子脚上。男子光脚穿着人字拖，受袭后痛感蔓延全身，哎哟惨叫一声跳着脚向后退出两步。

“哟，这么大点女孩，歹毒成这样？”

“有其母必有其女，跟她母亲一样歹毒。”

“我 × 的小王八犊子！这辈子我最恨的就是骗子，找死是吧？”东北男子猛地往前一扑，老鹰扑小鸡般想把陈雨菲抓起来。

亏得陈雨菲机灵，往人缝里一钻，躲到王豫身后。

男子扑到王豫身前，王豫脚尖一弹，男子惨叫着摔倒在地。王豫腾出一只手，抹一把脸上的鸡蛋汁，双臂一抖，推搡他的另外几名男人也应声倒地。王豫冷冷扫视着他们，握握拳头，说：“我的拳头原则上只打三种人，罪犯，敌人，坏人，现在请各位自重，不要逼我动手。”

电梯发出响动。电梯门打开时，一名高挑漂亮的女子从电梯里走出来。王豫瞥过一眼，来人竟是胡蝶。她望望眼前阵势，定定神，挤到王豫身边，诧异道："王豫啊，怎么回事啊？"

王豫抓住陈雨菲的手往胡蝶手里一塞，说："你先带孩子到屋里去。"

胡蝶听话，迅速拉着陈雨菲进了门，顺手将门上。

倒地的东北男人脾气很爆，从地上一骨碌爬起来，疯了似的反扑上来。抓住王豫就要抡拳头，一边叫道："这辈子我最恨的就是骗子，你小子吃了豹子胆跟陈蔓莉那女骗子一块骗到老子身上？"

王豫挥掌一挡，反手一把抓住男人的胳膊反剪拧住。男人仿佛一只老鼠误踩了鼠夹，身体被活生生夹住，企图挣扎，却是越挣越紧。几秒钟后男子脸憋得通红，眼珠子似乎要暴出眼眶。王豫拖着男子走到电梯门口，摁了下楼键，电梯门徐徐打开，王豫将男子往电梯里一扔，就像扔一棵白菜那样，男子打着趔趄骨碌进电梯。

其他人瞅瞅王豫吓人的脸色，再望望一地狼藉，不再多言，鱼贯涌入电梯。

走廊里安静下来。王豫呆立了两分钟，让情绪恢复平静，转身敲门进屋。陈雨菲跑过来开的门，神情依然忐忑着。主卧门开着，胡蝶在里面忙碌，收拾自己的私人物品。

王豫在客厅沙发上坐下来，一言不发。

胡蝶在这儿与他共同居住了两个月，后来不来住了，一些私人用品一直留在这里。床头柜里，五斗橱里，内衣内裤，袜子丝巾，玩具玩物，还有一些换洗衣服，一直以来原封未动。一开始王豫期待她回心转意随时回来，后来王豫等待她随时回来收拾行李分道扬镳。

几分钟后，胡蝶从卧室里出来，立在卧室门口。

"遇到麻烦了？"她问他。

"你都看到了。"他说。

"我只听到了一句话，"她说，"陈蔓莉是什么人？那个人为什么说你和陈蔓莉合伙骗人？怎么回事？"

"你想知道？"王豫抬抬头，看到胡蝶脸上疑惑与略含一缕鄙夷的神情。

"知与不知都没关系，我今天来，把自己的东西收拾一下。"

"陈蔓莉是我妈妈，"陈雨菲两只眼睛灯泡一样照向胡蝶，"王叔叔是我妈男朋友。"

"是这样吗？"胡蝶望望小姑娘，又望望王豫，"她说的是事实？你新交女朋友啦？”

“你还关心这个？”王豫抬抬头，望一眼这个即将与这所房子斩断一切的女人。他注意到她腕上已经换了只新手镯。浅绿的底儿，飘着几朵小青花。王豫一眼看出那是翡翠的，但他对翡翠没什么研究，无法确定那叫翡翠中的什么种，不知道算不算高档货。倒是能看出，肯定不便宜，而且是个动人的货色，佩在胡蝶莲藕似的手腕上，美镯与美人相映生辉，蛮妖娆的。记忆中曾有过与胡蝶逛玉店的经历。每次看到柜台里晶莹迷人的翡翠玉镯与翡翠挂件，胡蝶就迈不动脚步，如痴如醉一只只试戴，全是单件十几万元或几十万元人民币以上的货色。王豫一件也买不起，胡蝶自己也买不起。每次玉店经历，都会让王豫作为男人的自尊惨遭无情杀戮，所以每次一想到蝴蝶钟情的美玉心里都会不舒服。

“没关系，跟我没关系，你可以不回答。”胡蝶平静的脸上毫不掩饰地写着不在乎。

“东西收拾完了吗？”王豫问。声音里干净利落，情绪上也没有任何枝蔓。

“我刚才收拾东西的时候还有点内疚，”胡蝶说，“现在看，多余了，”

“很好，你开心这是最重要的。”王豫说。

“谢谢！”

胡蝶的私人物品全部装进一只款式时尚的行李箱，她拖着箱子往外走，王豫起身道：“到哪儿去？我送你！”

“不用了，我开车来的。”胡蝶说。

三分钟后王豫站在卧室窗前，看着胡蝶上了一辆暗红色的沃尔沃两厢车。从车漆的光泽和轮胎的颜色看，车子是全新的。她之前驾驶的是蓝色福特两厢车，几天不见，鸟枪换炮。虽然早知道这一刻随时会到来，但真正来临时，王豫整个身心还是被前所未有的失落和沮丧攫住。坏情绪如同病毒，在身体里乱蹿且四处咬噬，迅速蔓延到浑身每一处神经末梢，骨头关节似乎也要被毒液浸酥，要一节节断裂，碎掉。王豫向后一仰，身体如一摊烂泥，四仰八叉摊在床上。

卧室门被轻轻推开。陈雨菲轻手轻脚走到床边，看着王豫吓人的脸，轻轻问道：“王叔叔，你哪儿不舒服吗？”

王豫瞪着天花板，发呆无语。

一条温热的毛巾敷在王豫脸上。女孩握着毛巾试图擦拭凝固在王豫脸上的鸡蛋汁液。王豫烦躁不已，口吐一声“滚！”挥手一推，毛巾飞空后落地。女孩吓得张大了嘴。王豫肚子里憋了许久的火，如同遭遇火捻子，霎时间冒着烟蹿出了喉咙。他猛地坐起，泛血丝的双眼瞪住陈雨菲，疯了一样气急败坏疾声厉语道："我告诉过你不要胡说八道，你还逢人就胡乱说，毁我是不是？我现在告诉你，我不是你妈男朋友，我怎么可能是你妈男朋友？你妈陈蔓莉就是一坏蛋，一奸商！听到那些人怎么骂她吗？骗子！流氓！二道贩子！欠人钱不还自己还跑路，坑了无数业主！我怎么可能跟这种人有什么关系？我跟她什么关系？什么关系都没有，听明白了，我跟你妈妈连最普通的朋友都不是，什么都不是！我根本不欠你什么，谁叫你好端端跑过来拖累我？！"

女孩突然遭遇刀砍一般，脸上刻上了惊吓后的惊恐与伤痕。她睁大眼睛望着王豫，清澈的眼白渐渐变得赤红，豆大的泪从眼睛里迅速滚落。但她紧咬着嘴唇，没有让自己哭出来。惊吓之后，疑问、困惑、痛苦与忧伤，笼罩了她整个神情。

"我没有胡说，"她说，"你和我妈妈的关系是你亲口告诉我的，一个大男人，敢说不敢当？鄙视你！"

然后，女孩转过身冲出卧室。

28

王豫迷迷糊糊睡了一觉。一觉醒来已是次日清晨。霞光从窗外抹进来，在一片绯红中，脑袋也渐渐清醒。昨天发生的一幕在眼前闪回，他下意识地叫一声"菲菲"，没人回应。王豫从床头柜上摸到手机，手机已因电池耗尽自动关机。起身插上电源，开机，习惯性点开微信。夏威夷群里滚动着上千条新的群聊信息。依然在聒噪，发牢骚，骂政府，怨社会，这群人，除了敲打键盘动手指头，基本上什么也干不了。王豫心生厌恶，将群给删了。

从卧室出来，房子里已没了女孩的身影儿。

走了吗？本来就是她自己来的。他没邀她，更没有绑她。自己来，又自己闪。好了，结束了，不是什么坏事。包袱总算卸了，一场麻烦甩脱了，他该觉得轻松才对。房子里空空的，是胡蝶将自己的物品清扫干净的缘故吗？那些东西在的时候，没觉得显眼，现在不在了，房子陡然变大了，就连卫生间的洗浴架，少了那些女士洗漱护肤类用品，都变得荒凉了。

在这种荒凉感觉中，王豫感受到来自胃部饥饿感的提醒。想从冰箱里找点食物果腹，冰箱里有肉、蛋、蔬菜，但都是生食，没有可以直接入口的东西。也没心情做，于是下了楼，沿街走了走。小区附近有两条商业街，各类小吃店与咖啡馆鳞次栉比，每天都会把繁华延续到深夜。但现在是早晨，这一天中空气最干净的时段，也是商业街最安静的时候。刚出门时天边尚有红霞，一会儿工夫竟有大片乌云卷过来，天色变黄，心情也愈加潮闷。路过几家早餐店，每家店无一不飘出地沟油那种令人恶心的味道。两条街走完，竟没看到一家让他有欲望走进去的餐馆，于是果断取消在外解决早饭的念头，掉头返回。

回家后用快煮的方式煮了一碗粥，没有做菜。独坐桌前，这碗粥喝得没有任何滋味。胡蝶离去的背影和陈雨菲闪着泪花儿的眼神，如电影画面在眼前交替。胡蝶走就走了，奔她的幸福未来去了，他给不了人幸福，也不能做绊脚石是吧？这个问题他想得开。那女孩呢？她回家了吗？除了回家还能去哪儿？她有早饭吃吗？吃的什么？可是，这一切关他什么事？她和他什么关系？半毛钱关系没有。她是陈蔓莉的女儿，奸商的女儿。因为她，他已遭到唾弃，受到牵连，那群业主，把他八辈祖宗都给掘出来诅咒了，还要怎样？饭后，王豫靠在沙发上，百无聊赖又心神不宁。想看个碟，抽屉里有一堆盗版大片，连续换了几张，不知是编剧水准问题，还是自己心理有问题，反正没一个片子能让他持续看超过五分钟。索性摁了关闭键，强迫自己静下来，梳理大脑里混乱的思绪。

这事不能这样不了了之。无论如何，得和陈雨菲讲清楚。得告诉她，他与陈蔓莉，是债权人与欠债者的关系。由于陈蔓莉欠债不还，演变为敌我对立关系。得让陈雨菲知道，当时他找到她家里，主要为讨债而去。当时一心寻找陈蔓莉下落，所以使出诈术，其目的只为解除女孩对他的敌意。那是无奈之下的下下策，也是一时糊涂，冒充陈蔓莉朋友，为让女孩信以为真，不惜编出“两个人关系没有公开过”的变态谎言，没想到竟被女孩误会！在医院里，当他想解释实情的时候，又一时心软，因担心伤到病中的女孩，便在纠结中默认这一虚构的关系持续到现在，没想到造成更大误会……是时候把事实说出来了。必须。陈雨菲已经七岁，不算小了，这应该是个可以明白些事情的年纪。

另外，还有一件事，关于赵雅祺。之前她帮他照顾女孩一夜又一天，虽说女孩与他没有关系，可这事是他开口恳请她帮忙的。尽管女孩画了一幅画送到门口以示感谢，但他如果跟猪似的一点表示没有，那就不符合人际规则，于情于理都说不过去。

王豫通过微信发消息给赵雅祺，问她中午有没有时间，一块吃个饭。

两分钟后赵雅祺回复：OK。

王豫找了一家熟悉的餐馆，打电话在大厅里订好靠窗看海的三人座，随后将餐馆名字及地址给赵雅祺发过去。他打算接上陈雨菲，一块吃个饭，算是共同向赵雅祺致谢。

然而当他正要和陈雨菲电话联系时，手机突然进来一个陌生来电。是个本地固定号码。接了，派出所朱民警打来的。

“小王，陈蔓莉有消息了，”朱民警说，“你最好到所里来一趟。”

“她在哪儿？”王豫问。

“来了再说。”

“现在吗？”

“现在，马上！”

挂上电话，王豫脊背嗖嗖冒凉气。电话线里朱民警说话的语气传递给他的信息，让王豫极力压抑的某种不祥预感重又浮出水面。在接触陈雨菲之前，王豫与所有业主一样，坚定不移地认定蔓莉的失踪是因为逃债而跑路。接触陈雨菲之后，王豫改变了这一看法。从陈雨菲与妈妈的感情来看，陈蔓莉即便是个万恶不赦的奸商，遭人唾骂，但有一点不用怀疑，她是个无比疼爱女儿的慈母。作为一个深爱女儿的母亲，作为女儿在这世上唯一的亲人，她因为一笔债务扔下女儿玩失踪，这一概率大约只有百分之一。凭着职业的敏锐性，两天来那种不祥预感挥之不去：当一个活生生的人，无缘无故失联时间超过十日，通常情况下，遭遇不测的概率在百分之九十九。因此王豫建议并带着女孩去报了失踪案。当然，报案的时候以及报案之后，他心里仍然怀着某种隐约期待，希望另外百分之一的可能性出现。因为他从内心里不想看到，有着先天性疾病的陈雨菲，失去这世上唯一的亲人。是的，他不是陈蔓莉的朋友。但他已经从心里认可了与陈雨菲小朋友的朋友关系。

半小时后，王豫在派出所见到了朱民警。

朱民警将他带到一个小房间。有台电脑正开着机，电脑桌边搁着一只档案袋，朱民警娴熟地打开袋子，从里面掏出一张照片，一声不响递给王豫。即使之前有所预感，但突然看到照片的这一刻，王豫仍然如同突遭雷击，脑袋“嗡”地一响，整个人蒙掉了。

照片是黑白的，通过电脑打印机打出来的。确切讲，是从勘查现场拍摄而来。照片上是一具女性尸体。下半截腿部埋在浅浅的松软的泥土和枯叶中，上半截躯干及头部，半侧着身子露出地表。身上是质地与工艺上乘的连衣裙，一头卷发夹杂着潮湿的泥土散落在枯叶上……尽管只是侧影，难看的死相已使往日的姣好形象面目全非，王豫仍然通过那脸形轮廓，一眼辨认出正是失踪多日的陈蔓莉。

那张卷发簇拥的面孔，作为一名欠债者，无数次被夏威夷业主从网上揪出来，在群里反复粘贴，以便广大战友认识并记住奸商的“真实嘴脸”。朱民警什么都还没说，王豫已在心里悄悄确认陈蔓莉死于非命这一判断。

“什么时候发现的？”王豫强迫自己镇定下来。

“也巧，”朱民警在电脑椅上坐了，低沉着声音说，“你们昨天早晨来报过案，昨天下午所里接到市局发来的协查通报。”

昨天清晨 6 点钟，鹭城公安局接到报案：一位村民在鹭城岛外同安区的云顶山 ×× 地段悬崖崖底，发现一具无名女性尸体。经法医鉴定，死者年龄为 36 周岁，死亡时间约在 12 天前。市局刑侦部门于第一时间向全市公安系统发出协查通报，将死者信息及尸骨 DNA 信息与在案失踪人员信息库内所有疑似人员进行比对。

36 岁，失踪刚好 12 天。朱民警立即着手将失踪人员中最接近死者信息的材料上报过去。两个小时后，负责此案的刑侦人员在死者垂直摔下的悬崖之上的草丛里，搜索到一只没燃尽的爱马仕女式手包。那地方由于地势陡峭凶险，平时人迹罕至，若非刑侦人员为查找线索，在周围方圆几公里内进行地毯式搜索，那残损的手包轻易不会被人发现。从手包里，找出一只同样没燃尽的爱马仕钱包，从钱包里找出一张名为陈蔓莉的身份证，但身份证上的大头照已经被烧残了。

“怎么死的？”王豫已经恢复平静。

“从内部网法医鉴定资料看，死者颈部有掐痕，指甲缝里有血迹，颅骨、脊椎和腿部等多处骨折，经法医鉴定，死者死前遭遇暴力勒颈，但并非窒息死亡，而是在受袭过程中，导致风湿性心脏病急性发作当场死亡。死后被转移至悬崖，为制造跳崖摔死的假象，抛至百米崖底……”

王豫沉默着。

“由于那张身份证上照片被烧残，所以还不能百分之百确定这张身份证就是死者的身份证，”朱民警又道，“我现在奉命行事，通知你尽快去一趟市局，需要疑似失踪人员家属出面认尸。”

“需家属做 DNA 比对？”

“这是必须的，”朱民警若有所思，“陈蔓莉除了那个未成年女儿，还有别的什么亲属？父亲母亲兄弟姊妹？最迟今天下午，市局刑侦处的人会联系你，由陈蔓莉家属出面，确认死者身份。”

王豫无声地点点头。

或许是想到那个眼巴巴盼着母亲回家的小女孩，朱民警忽然无奈地叹了口气。

|第十二章|

29

赵雅祺在约定的时间，不早一分，也不迟一秒，来到约定的餐馆，坐到约定的餐座。服务员送来点餐单，赵雅祺春风满面，微微笑着，要了一壶西湖龙井，其他菜品表示等朋友到后再点。服务员微笑着退去。这场饭局由王豫邀约做东，做客者自然不宜主动点餐。

赵雅祺一边赏窗外海景，一边小口啜饮飘香绿茶。

时间一分一秒过去，转眼超出约定时间已五分钟，仍然没看到王豫身影。刚进餐厅时，没有看到他，她以为他可能堵车，正在路上。五分钟过去，她以为他会来个电话，解释一下堵车状况，因此特意把手机从包里取出放在桌上。然而手机音乐并没有如期响起。

两个小时前，接到王豫的邀约，赵雅祺从内心里是欢喜的。之前听陈雨菲讲到王豫与她母亲的某种关系，赵雅祺一度妒火中烧，咬牙切齿冲自己发过一通脾气，一夜之后就恢复理性。王豫与某位女性存在何种关系，怎么可以凭片面之词就信以为真？何况出自一个孩子之口。再者，尽管接触不多，但凭自己的直觉，一个人有着怎样的眼睛与气质，绝对来自内心的环境与气场，王豫有着那种简单干净正直的眼神，怎么可能是那种令人恶心的左搂右抱之徒？退一万步讲，王豫之前的任何一种情感问题，与赵雅祺又有什么关系呢，他是王豫，不是她男友，吃醋也要师出有名是不是。就算做个普通朋友，有这样一位酷帅的好身手的哥们儿，也不失为一件愉悦心情的事。这么一想，赵雅祺就释然了。

昨天在家门口看到一幅落款为陈雨菲的小画儿，画面上涂抹着和煦的太阳与美丽的太阳鲜花，看到阳光与鲜花，赵雅祺心里着实暖意融融了一阵子。第六感告诉她，一定是王豫授意的。否则那个对自己心存敌意的小女孩，哼，她怎么会主动想到致谢？那小子，呵，看不出来还这么心细如发啊。这么想着，赵雅祺便觉得，自己与王豫之间已经建立了某种灵犀。她甚至预感到，最近他可能会主动联系一下她，哪怕只是一个简单的微信问候或微信互动。没想到他居然邀请她共进午餐。这两天手头正忙新的订单，赵雅祺将自己关在公司设计室，夜以继日进行一批珠宝的创意设计。昨晚破例熬了半夜，今天十点多才从床上爬起来，正琢磨着中午吃什么，是否回母亲那儿呢，忽然收到王豫邀约午餐的信息。通常情况下，除了父母，没有人能够在吃饭前将她临时提溜出来。但，王豫非通常情况啊。

于是，赵雅祺特意打扮一番：化一个不露痕迹的淡妆；打开衣柜一口气试穿了二十几套时尚衣服。和这哥们儿午间用餐，不能太随意也不能太庄重，不能太装嫩也不要太成熟。从头到脚，每处细节，她都无比精心地照料到了，还不能流露出刻意的痕迹。在家里整整折腾了一个小时，赵雅祺这才带着属于她特有的女王范儿，信心满满婀娜款款地来到餐馆。

赵雅祺坐在观海的窗边，轻轻低首，凝视腕间精致璀璨的百达翡丽，已超出约定时间整十五分钟。一刻钟的时间严重地挑战了她的极限。这一刻钟，也如一把尖锐的杀猪刀，将她的愉悦情绪杀个精光。赵雅祺为一壶龙井买了单，在服务员诧异的目光中，如丧考妣地起身离席。走到餐馆门口，手机微信传来信息声。

打开看，正是王豫发来的："遭遇突发事件，中午饭局取消。抱歉！"

正是盛夏的正午，天空乌云翻卷，整个世界一片灰黄之色。赵雅祺直接将信息删除，没有回复，驾车离去，在路上又堵了半天。此时的心情，与道路与天空强烈共鸣，又堵又塞又难看。认识这个人是因为一件特别靠谱的事，做梦都没想到，认识以后，这个人竟接二连三干出如此不靠谱的事。她疑惑自己是不是一叶障目，太过冲动，因冲动而丧失正常的思维和判断？

是时候冷静下来反省一下了。

赵雅祺车子刚一启动，闪电、雷声与暴雨，突袭了这座城市。

她想都没想，驱车直奔母亲家。每次受伤内心虚弱的时候，她第一个想到的都是母亲的怀抱与母亲的家。

然而到了周蕙莲这里，并没有如愿得到安宁。

母女俩吃过午饭，周蕙莲抱着手机刷微信，边刷边冷嘲热讽，对象自然是那个吴晓丽。

“修养决定人的行为，对不对？”她问。

“当然。”

“不就吃个龙虾吗？这有什么好炫耀的？哎哟，浅薄到家了呀！”周蕙莲说，“人家送我成箱的雪蛤啊、燕窝啊、海参啊，我眼睛不眨转手都送人了，为什么？我嫌有激素，我不吃，我从来没把那些发到朋友圈去炫耀去现眼，你看她，哎哟，我都替她脸红，我敢肯定，这龙虾是你爸朋友从澳洲空运回来的，你爸知道我们都不吃，他也不稀罕吃才甩手处理给她的，你看把她得意的，好像几百年没吃过龙虾似的，好容易吃一次，赶紧发给大家都瞅瞅，恨不得全天下人都知道她今天吃了一只大龙虾，不炫这日子就没法过呀，不让别人都知道她吃了龙虾她这不白吃了吗？她整天都是为别人活着，为别人的看法活着，生怕不知道她天天过好日子，这也太没品了吧？”

赵雅祺皱着眉头坐着，发呆，有一耳没一耳听着，不评论。

“这是什么心理？心理学讲，炫耀，通常源于自卑！不自卑的人是不会炫耀的，比如我，我炫过什么吗？还有你爸，还有你，我们一家三口炫过什么吗？我们什么没有？李嘉诚需要炫耀吗？奥巴马需要炫耀吗？正因为活得自卑，生怕被人遗忘，被人轻视，为了让别人高看自己，一天到晚通过各种手段和方式，甚至不惜制造谎言，自己欺骗自己，各种晒，各种秀，就是为了让别人觉得她很厉害，她很重要，她过着人人羡慕的生活，正是因为她缺乏存在感，内心不自信，才要拼了老命不惜一切刷存在感，是这么回事吧？”

赵雅祺还是不说话。

周蕙莲继续发表演说：“我观察了，整天在公共场所热衷于晒、秀的人，大多数是那些出身特别底层的小市民，经过多少年煎熬，终于过上好日子，之所以压抑不住炫耀心理，就是害怕全世界的人还以老眼光看待他，为了让别人改变对他的看法，让所有人都知道他不穷了，他不是小人物了，他脱离底层了，他也高大上了，所以才要报复性地炫耀，这完全是自卑心理的爆炸性爆发……然后天天把微信这个炫耀的载体当作精神麻醉剂，靠一片虚拟的赞自欺欺人。”

“妈，你可以去当心理学家了，”赵雅祺皱着眉给她一句，又道，“爸爸也底层出身。”

“但你爸爸从不炫耀。”

“他只是不玩微信，我爸的炫耀你没看到。”

“你怎么能把你爸与这样的女人放在一块相提并论呢？这女人她配吗？隔多少量

级呢！”

“妈，既然这么瞧不上那个女人，你能不能别老盯着那个人，别把自己降低到那个自己瞧不上的低档水准和层次？”

赵雅祺越发烦躁，丢下这两句话，不顾母亲的挽留，以公司有事为由起身告辞。

然而到了公司，也没能得到片刻安生。一进办公室，便有一个男子闯了进来，声称找她谈一个影响到别人家庭安全的重要事件。

这青年叫张涛，赵雅祺认识，但不熟，是周欣同居一年的男朋友。由于赵雅祺瞧不上张涛的某些为人处世，即便有周欣这一面，也几乎不与此人有任何接触。张涛冲进赵雅祺办公室，情绪激愤，又吵又嚷。听了半天，赵雅祺终于弄明白，前几天他出差外地，半夜12点半给周欣打电话，打半小时接不通，周欣手机一直占线。他就奇怪了，这么晚了她跟什么人通话半小时不离手机啊？回来后，悄悄去电信打印了女友的通话单子，震惊地发现，同样一个号码，经常半夜三更打电话给女友，两个人一通话就是半小时或四五十分钟。张涛受不了，逼问周欣怎么回事。周欣说，是公司一客户，也没别的，就是谈点业务什么的。张涛说我又不是傻子，凭什么相信你们半夜三更打电话是因为业务？后来又弄明白是个男客户，而且那男客户还是一个五十多岁的臭老头。张涛气不过，找到公司来，找赵雅祺说道说道，你们公司这是干什么？做个销售，干吗还有义务半夜三更陪那些客户电聊？

这时周欣正在外面办事，对发生在公司的这一幕一无所知。

听了张涛连叫带嚷的叙述，赵雅祺摆摆手说：“这个事我明白了，你现在面临两个结果：一是周欣把你踹了，二是你接受这个现状窝窝囊囊地回去。”

“什么意思？啊？你这是什么公司？开黑店吗？凭什么是这两个结果？”

“你别叫嚷，声音大解决不了问题，”赵雅祺冷着脸，把憋在心里许久的躁气一股脑发泄出来，“虽然不存在第三种结果，但我可以告诉你第三种结果，是你把周欣踹了，不过我可以确定这种结果不存在，就凭你眼下的行为，你的行为很恶劣，很让人瞧不起！你一个大男人，出了这种问题，你应该关上门在家里解决，家里解决不了，你应该找那男人决斗，如果不怕死，就拼个你死我活，而不是找到公司闹我，你凭什么找我闹？你女朋友与客户怎么相处，那是她私人的事，她是具备完全民事责任能力的成年人，你也是，难道你有证据证明是我或者我公司授意她那么做的吗？”

见眼前的女人气场逼人，锋芒毕露，说话时一双眼睛仿佛要射出枪火来，张涛突然间就气短了。

“对不起啊，我可能太冲动了。”张涛刚进门时的气焰全部消了，嗫嚅道歉。

“你现在到外面去，找地方窝一会儿，”赵雅祺不屑地瞥他一眼，“不要走远，等会儿我再找你。”

张涛还欲说什么，见赵雅祺凤眼圆睁，便打消说话之念，转身出去了。

赵雅祺抓起话筒，拨打周欣电话，命令她不管什么事都要放下，马上回公司，有重要事谈。一刻钟后，周欣走进了办公室。见赵雅祺一脸严肃，吓了一跳，忙问发生了什么事。

赵雅祺便问到哪位客户经常半夜三更与她通话，通话又究竟为什么事。

周欣并不在意，笑了笑，告诉她，是那位姓李的珠宝商，开一家不大不小的珠宝店，已经连续两年固定在咱们家做镶嵌，头一年老李头家的镶嵌费在七百万，去年又做了八百多万，周欣觉得，一年七八百万的镶嵌费，按八到十个点的利润计，他家一年给咱贡献的利润也有七八十万，捡到篮里都是菜，况且这不是个小数目啊，而且非常稳定，他确实有点小毛病，好色，不过也就是半夜打打骚扰电话，事实上也不敢有别的什么想法。

“我也就是应付应付，他也就是意淫，有贼心没贼胆，不会把我怎么样。”周欣说。

“半夜电话打多久了？天天打吗？”

“半年多了吧，哪能天天打，隔三岔五吧。”周欣垂着头，皱皱眉，不情愿地说。

“你喜欢半夜三更跟一龌龊老头煲电话？”

“我有病啊？还不是为了生意。”

“是李记珠宝店的李先德？”赵雅祺问。

“就是他。”

赵雅祺知道这个客户，五十多岁，秃顶，孕妇肚，到公司来过，有过一次照面，见到美女，目光就像长脚的臭虫一样在美女脸上横爬竖爬。

“把他最近还没来得及下工厂的订单，全部给我拿过来。”赵雅祺以吩咐的语气。

“老大，你这是干什么呀？”

“我了解一下业务，你不要问理由，服从就是了！”

不一会儿，周欣抱来一摞订单，全是李记的。赵雅祺大致翻了翻，量还不小，全是她已经签过字很快就要下厂的。

“把李先德的电话给我。”赵雅祺命令道。

“老大啊，我的大小姐，冲动不得啊，做生意来不得意气用事，”周欣说，“生意场混的男人，哪有不好色的？我也就在手机上和他周旋周旋，权当玩电子游戏了，我都不在乎，你何必较真？”

赵雅祺对周欣的话置之不理，从单子里翻找，很快找到李先德的手机号。

当着周欣的面拨过去。

周欣在旁边紧急阻拦呼叫道：“大小姐啊，这是一个很稳定的长期客户，我好不容易维护了两年，你可不能砸我生意啊，咱不能跟钱有仇吧？”

赵雅祺不理她，电话已经接通了。

“是李先德吗？我是华祺的赵雅祺。”

对方先是一愣，毕竟一把年纪了，还是一店老板，估计平常也没人这样直呼其名，愣完很快反应过来，热情道：“赵总啊！赵总好啊！请问有什么指示呢？”

“很遗憾通知你一个坏消息，”赵雅祺冷着脸说，“从今天开始，你与我公司的合同全部作废，相关订单全部终止，违约金我会根据合同约定一分不少支付你，听明白了吗？”

“听不明白啊，我一直很欣赏华祺的工艺，我们合作好好的，突然单方面终止这是为什么呢？”听得出李先德那边是一头雾水。

“不妨让你死个明白，你隔三岔五半夜三更给我部下打骚扰电话，这让我感觉很不好，你也一把岁数了，上有老下有小的，女儿比我姐妹小不了几岁吧？道德水准这么低下的事你也好意思做得出？我公司不跟你这种品行低劣的人做生意，这就是原因。而且在适当的机会，我会善意提醒圈内人离你远点，以免遭殃！”

不等对方应答，赵雅祺啪地扣了电话。

接下来，她叫来办公室一位小姑娘，命令她将桌子上那摞关于李记的订单，全部一张张送进碎纸机。

周欣听得目瞪口呆，看得瞠目结舌。

小姑娘抱着一摞单子出去，周欣回过神来，回过神来，气道：“败家女啊败家女，这到底是为什么啊？”

“姐任性，可以吗？”赵雅祺说得很平静。

“我呕心沥血维护个客户多不容易啊，”周欣黯然道，“你就这么一个电话，把我一大客户给灭了，照这么下去，生意是走绝路的节奏啊。”

“周欣，尽管你营销手段达到一个较高段位，但这里我是老板我说了算，我没有冲动，也不跟钱有仇，在我的公司我拒绝接受自己不喜欢的任何客户，不喜欢跟这种丑陋的人做生意，这种龌龊老头的钱，我不想挣，听懂了吗？”

“人活着，有骨气是对的，但也得有智慧啊。”周欣摇着头，叹着气。

“做生意，要业绩，但更要有底线！”赵雅祺冷冷地说。

“你这是站着说话不腰疼，要你换我位置试试。”

“换哪位置我都是我，宁过穷日子也不为推销产品接受龌龊老头的半夜电话骚扰。”

“谢谢你，祺祺，”周欣眼圈忽然红了，“我要向你学习。”

“不用这么夸张，叫你男朋友进来吧。”

一会张涛闪进来，赵雅祺道：“你的问题已经给你解决了，你可以回去了。”

“谢谢啊，赵总。”

“不用你谢。”

张涛离去后，周欣向赵雅祺道：“好歹是我男朋友，你怎么着给他点面子吧？刚才进来看他在外面转悠，就不能让他在里面坐会儿？”

“这个人我压根就没瞧得上，给他面子是你的事，我只负责给你面子。”

“你瞧得上那就坏菜了，还不被你抢了去？我哪里竞争得过你啊。”

“我不会跟任何女人抢男人，是你的谁也抢不去，抢走的那就不是你的。”

这一整天，赵雅祺情绪低落，脸色难看。自然也没给周欣好颜色。周欣想不通了，我为公司冲锋陷阵，为抓个客户，不惜“牺牲”自己，这败家女儿句话把生意砸掉不说，瞧这脸色，反倒我欠了她什么？我错哪儿了？我没底线？都要像她这么清高，这么任性，看不顺眼就砸锅，公司这不早晚黄摊啊？哼，我没问题那就是她出问题喽。

30

在爽约赵雅祺的这个雨天，王豫迎着突然而至的暴雨，赶至静轩。

他在驶入小区地库时，看到了上次那名小保安。小保安这次没有设置任何障碍，而是友好地冲他点点头，顺利起杆。这让王豫饮水思源，之所以可以顺利出入静轩，赵雅祺功不可没。想到赵雅祺，这又蓦然想到中午的饭约。此时的王豫心乱如麻，满脑子晃动着电脑屏幕上陈蔓莉那令人恐怖的惨相，想着下一步该用何种方式向陈雨菲传递这一噩耗，哪还有心思与女人吃饭？于是在地库泊好车子，向赵雅祺发送信息将饭约取消。这么干对赵雅祺不公平，但两害相权取其轻，这种时候确实顾不了太多。解释，是以后的事。

陈家客厅里，陈雨菲裹着一件长衣服，蜷缩在沙发上。暴雨如瓢泼，疯狂倾泻在阳台和玻璃窗上。闪电和雷鸣则像两只凶猛怪兽，以高频率的动作将窗外的天空演变出各种狰狞鬼脸。女孩两只大眼睛望着落地窗外噼啪作响的可怖世界，纤瘦的小身体不时地抖动一下。手机短信突然响了一声。女孩的警觉性霎时被提到最大限度，浑身又一个冷战，哆嗦着手从兜里将手机摸出来。

“菲菲，别怕，我是王叔叔，到门口来一下，把门打开。”

女孩怔了一下，握紧手机，没有回复。

短信又来：“菲菲，你在家吗？告诉叔叔你是安全的，叔叔就放心了。”

女孩迟疑未定，仍然没有回复。

第三条信息又来：“你会不会还在睡觉？好吧，叔叔既然答应做你的保护神，那就守在家门口喽，等你睡醒了过来把门打开。”

眼泪控制不住地在眼眶里汇聚。女孩没有让它们掉下来。她用手背擦擦，从沙发上爬下来，赤着脚像猫一样，无声息走向那扇厚重的金属防盗门。

女孩踩着脚凳，从猫眼里往外看。

果然是王豫。他靠墙站着，那张像游戏人物的好看的脸上，果然纠集着焦虑与担心。女孩在门后屏息静站了几分钟，果断伸手摁了开门键。

房门无声息打开。女孩身上宽大的长袍，越发衬托着身子纤细弱小。黯淡光线里，王豫看到女孩那张苍白的小脸，比起昨天仿佛瘦去一圈。这孩子，从今天起，正式地，毫无悬念地，成了孤儿。这城市某一家孤儿院，在不久后的某一天，将多一个孤苦伶仃的小身影……想到这儿，王豫心底忽然生出一阵莫名难过。

“菲菲！”王豫喊她。

陈雨菲低着头，一声不吭。

“还在生叔叔的气呀？”王豫一步跨进来，顺手将门关上，“人不大，气性不小啊。”

陈雨菲还是低头看自己的脚尖，不吭一声。

“一个人怕吗？”

“不要你管。”女孩终于开了口。

“眼下这形势还不明白？如果我不管你，会不会有人管你？如果有的话，你告诉我，我去把管你的人请过来。”

“那也不用你管，我自己管自己。”

“看把你能的？自己能管自己？有饭吃吗？”王豫往厨房走了一圈，转回身道，“又吃泡面？昨天回来到现在吃几碗泡面啦？”

女孩倔强地站着，小脸迅速憋得通红，眼泪吧嗒吧嗒落下来。

“你来干吗？你不是我妈妈的朋友，跟我妈妈什么关系都没有，干吗还要来我们家？”陈雨菲流着泪质问。

“菲菲姑娘，心眼儿不要这么小好不好？和你妈妈不是朋友没关系，至少我们俩是朋友，对吧？”王豫说，“饿不？叔叔给你做好吃的？”

女孩愣了一下，望望王豫的眼睛。

王豫让自己笑笑，试图安抚女孩紧张的神经。

女孩不再坚持。她一声不响走向沙发，坐下来，拿起遥控器打开电视。王豫看她情绪平稳下来，便转身走进厨房。上次买的菜和肉还有大半，在冰箱里原封未动。王豫吸取上次胡吃海喝的教训，用小煲做了两人份的蔬菜瘦肉粥。粥煮在锅里时，王豫从厨房出来，看到女孩竟然歪在沙发上睡着了。他轻手轻脚走到她身旁，从女孩手中将遥控器轻轻抽出来，关掉电视节目，用小毯子给她搭在身上。粥煮好时，女孩还在睡。王豫将粥在小煲里加着温，没有叫醒她。看样子昨晚没睡好，严重缺觉，这会儿神经忽然放松下来，困意就袭上来了。

一个小时后，两个人坐到餐桌前。一人一碗蔬菜瘦肉粥，女孩很快将碗里的肉丁挑出来吃完。

“你没有做红烧排骨吗？”她问他。

“有肉粥吃就不错了，”王豫说，“肠胃养好才能享受排骨，现在还不是时候。”

“那就将就着吃吧，”女孩舀一勺，尝尝，“如果不是稍稍咸了点，瘦肉粥还是蛮美味的。”

“重新加工一下？”

“不用麻烦了。”女孩端起旁边半杯白开水，倒进去三分之一，用勺子搅拌均匀，喝一口，赞道，“现在好了，真的好吃哦。”

女孩一口气吃了两碗粥。然后将筷子摆放整齐，从纸巾盒里抽出一张雪白纸巾，将嘴唇边的残迹擦拭干净，望着王豫道：“王叔叔，我们可以谈谈心里话吗？”

“可以。”

“是不是因为你和我妈妈的关系影响到你女朋友的关系？你觉得我很麻烦，想要甩脱我，是不是？”

“胡蝶离开我，跟任何人没关系。”

“那总是有原因吧？”

“因为我不能换大房子给她住。”

“你为什么不能买大房子给她住？”

“钱太少。”

“那你为什么不跟我妈妈结婚？我妈妈有大房子，不会要求你买大房子。”

“你这孩子，满脑子都想些什么？今天跟你说实话，事实上我跟你妈妈根本没什么关系。”

“你自己说过的，你和我妈妈是秘密的男女朋友关系。”

“我没那么说，那是你猜的。”

“你不承认算了，我不逼你了，那你告诉我，那些人为什么骂我妈妈是二道贩子和奸商？”

“你明白什么叫二道贩子和奸商？”

“反正就是不好，坏的意思，是骂人的话，对吧？他们为什么骂我妈妈？”

“在你眼里，妈妈是什么样的人？”

“天底下最好的妈妈，全世界最疼女儿的妈妈。”

“只要自己认准了，就不要管别人怎么说，一个有独立思考的人，是不会让别人的说法影响自己看法的，懂吗？”王豫说，“这个问题不要纠缠了，现在轮到我问你，你和妈妈真的没有别的亲戚吗？”

“你知道的，我妈妈是孤儿，把我妈妈养大的姥姥是孤寡老人，如果姥姥还活着，她就是我们的亲人。”女孩说。

“你爸爸呢？他平常来看你们吗？”

“我爸爸？他从来没有出现过。”

“你从来没见过爸爸？”

“没有。”陈雨菲诚实地摇摇头。

“为什么？”

“小时候，妈妈跟我说过，爸爸在很远很远的国外，从事一项非常特别的工作，他不方便回来看我们。”

“那，平常是怎么联系的？”

“我不知道啊，如果联系的话，也是妈妈的事吧，不过我知道她和那个人联系也很少，后来我就不向她打听爸爸的事了，不想让她难过。”

“你有你爸的联系方式吗？”

“没有。”女孩摇摇头。

“朋友呢？你妈妈最要好的朋友呢？”

“知道一个。”

“有联系方式吗？”

“你也有，”女孩抬眼望望王豫，“现在就坐在我对面吃粥呢。”

“别开玩笑，好好想想，你妈妈还有别的朋友吗？”

“你是我妈妈的朋友，你亲口说的，”女孩目不转睛地盯住王豫的眼睛，神情也变得严肃，“干吗突然问这个问题？你不会是想甩掉不管我了吧？”

王豫心里苦笑。想，菲菲同学，我干吗要甩掉你，我根本没有义务照料你，所以不需要甩，一会我从这里出去，从此不见面，一切就 OK 了。这个误会已经持续太久，还要继续下去吗？至少对我来说早该结束。本来今天是想开诚布公解除误会的。真相很残酷，隐瞒真相更残酷。但在这种时候公布真相，对王豫是解脱，对女孩呢？ N 次方的残酷？

解除误会这个想法，从派出所里看到那张“现场照”的一刻，就暂时给颠覆了。

“你想多了，”王豫说，“我在想，万一有什么意外情况发生，我们也好多个援手。”

“什么意外？”女孩愣住了，望着王豫，半天无语。

“妈妈失踪这么久，你有没有考虑过别的可能性？”

“什么可能性？”女孩沮丧地垂垂眼皮，瞬间又抬起来，目光凝在王豫脸上，“会有什么可能性？”

“也就是说，万一你妈妈再也回不来了，你怎么办？”

“为什么再也回不来了？为什么？”眼泪在女孩眼眶里打转。

“比如说，被外星人掳到外星去了，几年之内没有交通工具，回不来。”

“这怎么可能？”女孩抹抹泪花，眼睛里闪起一丝亮光。

“这种可能是存在的。”

“几年之内回不来，几年之后呢？”

“不好说，如果找到交通工具就会回来，若是一直找不到交通工具就有可能在那儿待一辈子。”

“叔叔你在讲故事吗？”女孩又嘿嘿笑了。

31

按照警方要求，王豫悄悄采集了陈雨菲的头发，给负责此案的市局刑侦队长刘云山送去。采集头发时他没惊动陈雨菲。因为这时还怀有一丝侥幸，万一是巧合和误会呢？有什么必要给未成年孩子带来冲击和惊吓？三天后的下午，王豫执行完航班任务，接到通知来到市局刑侦处，出现在面前的DNA比对结果，残酷地粉碎了他一厢情愿的幻想。鉴定书白纸黑字，不容置疑，血淋淋地揭开陈蔓莉的失踪真相。也就是说，夏威夷几十名业主百般寻找的奸商陈蔓莉，已于15日前遇害身亡。

“没有父母兄弟姊妹，其他亲属也没有？怎么一直不见露面？”刘警官眼神如鹰隼般犀利，盯着王豫问。

“陈蔓莉小时候是孤儿，养母是位孤寡老人，十几年前就已经去世，”王豫答，“现在就一女儿，太小，担不了事儿。”

“她失踪以后这孩子一直由你照管？”

“最近几天是这样。”

“你和陈家什么关系？”

在公安局，王豫接受了案子主办人刘云山队长的正式询问。王豫一五一十将自己因讨债找陈蔓莉，继而找到陈家；没找到陈蔓莉却意外遇到小女孩；为得到陈蔓莉的信息假冒陈蔓莉朋友；顺利取得女孩信任后，竟又意外遭遇女孩突发病况；在这一特殊情况下，身不由己将错就错，至今未能向女孩澄清双方真实关系的前因后果，坦白交代出来。

“关键问题我听明白了，”刘警官点点头，“也就是说，你原本与陈家毫无关系，却由于接二连三的误会，导致小女孩将你当成了唯一可以信任和依赖的人？”

“是这个样子。”

“你要继续演下去吗？”

“本来已下决心和女孩把事情说清楚，这时候突然得知陈蔓莉出了这么大的事，所以觉得现在还不是时候，”王豫说，“也希望你们暂时先不要透露给孩子，眼下最要紧的是怎么样让她先接受她妈妈出事这个事实。”

“理解！”刘警官道，“我们的任务是追查重点嫌疑人和相关侦破线索，至于你与陈家的关系，与孩子如何相处的问题，那是你们个人双方的私事，发生纠纷的话属于民事范畴，不归我们管。”

“谢谢您。”

“不客气，目前已经发现重要线索，我们正竭尽全力抓捕凶犯。”刘警官说，“天热，人不能再放了，麻烦你通知一下相关人员，尽快准备后事。”

这天王豫从市局刑侦处出来，开着车子在海边大道行驶，大脑里乱成一锅粥。仇杀？情杀？图财害命？那女人何故死于非命？当然，这些事都不归他管，跟他没关系。但有关系的是，陈雨菲怎么办？短短几天，她已把他当成救命稻草般依赖，自己该如何在不伤害她的前提下，顺利脱身？

关键时候，还是刘国辉脑瓜好使。他一句话为王豫打开一个思路：“陈蔓莉曾有过一段短暂婚姻，找她前夫啊！婚离了，孩子不能不管吧？”

王豫眼前瞬间一亮，脑间霎时又闪过一缕疑惑，据陈雨菲说，她爸爸从来没有过来看过她，前夫和陈蔓莉能有怎样的深仇大恨，导致他在离婚后从未在母女俩的生活中现过身？连亲生骨肉都置之不管？但不管怎么说，这总归是一条线索。根据刘国辉提供的情报，陈蔓莉的前夫郑有龙一直生活在本市，是土生土长的鹭城人，就职于市国税局，并非在国外。王豫拨出电话，还好，顺利接通。王豫直言告知陈蔓莉出事了，那男人先是一惊，随后一声长长叹息。王豫提出有事见面谈谈，男人稍一犹豫，爽快同意了。

在约定的咖啡馆，王豫见到了陈蔓莉的前夫郑有龙。郑有龙与陈蔓莉同岁，高挑身材，相貌端正，一眼看去，属于那种比较本分的男人。王豫也不绕弯，将自己了解到的陈蔓莉的遭遇简单讲了一下，最后谈到孩子，想听一下男人有什么想法和安排。

郑有龙一直耐心倾听，慢慢啜完一杯咖啡，轮到他表态了，他缓缓道：“王先生，我不知道你和陈蔓莉什么关系，但今天听完你这些话，我想你可能对陈蔓莉的过去一点都不了解。”

王豫诚恳道：“对，我是不了解。”

“这孩子，跟我没关系。”

王豫愣了。忽然间觉得之前脑中闪过的那缕疑虑，仿佛有了着落。

“那时候我在一个朋友聚会上遇到她，被她的美貌所吸引，说一见倾心也好，完全无法自拔。我使出了自己能使出的所有追女孩的浪漫手段，苦追她两个月，她终于被我的痴心打动。她很诚实，她告诉我，之所以拒绝我，是因为不想耽误我，因为她已身怀有孕。我受了严重打击，却放不下。我问她孩子父亲是谁？她咬紧牙关一个字也不肯吐露。我问，那你打算嫁给孩子他爸吗？她摇摇头，反过来问我，可不可帮她一个忙，跟她假结婚，只为了把孩子顺利生下来，报上户口，为此她愿意支付五万元人民币作为酬金。我几乎不假思索就同意了。因为那时候简直中了魔，只要能跟她在一起，天天见到她，假结婚算什么？我拒绝了她的酬金，和她结婚。我不是和她悄悄领证，而是办了场光明正大的婚礼，我娶她，是因为爱，爱她，愿意连她腹中不知道父亲的孩子一起爱……”

结婚几个月后，孩子出生了。这时候陈蔓莉与郑有龙已经假戏真做，她感恩于他的大度、厚道与爱，也深深地爱上他。但孩子长到几个月大时，常来常往的亲戚来家里，时不时听到亲戚发出疑问，这孩子怎么一点不像她爸？除了眉眼像陈蔓莉，孩子五官、脸型跟他爸爸没一处相像的地方，该不会在医院抱错了吧？那时候郑有龙还没有自己的房子，和父母同住，不光亲戚这么说，抱孩子到楼下晒太阳，邻居也会打趣。帮他们带孩子的母亲听了这些疑问，一开始不在意，但次数多了，心里犯嘀咕，也怀疑是不是在医院抱错了。于是逼着儿子带孩子做个亲子鉴定。郑有龙无奈，向父母坦白了真相。父母不知道真相还好，得知实情，家里当夜就炸了锅。父母无论如何也不愿接受自己当宝贝疼爱的孙女不是郑家的种。那时还没有生二胎政策，作为公务员的郑有龙，不能违反政策生二胎，难道郑家这辈子就是给别人养孩子的命？郑有龙的母亲寻死觅活，喝药上吊，逼迫儿子离婚。这时候的郑有龙，对陈蔓莉的感情已经过了激情期，就像中毒的人慢慢解了毒，渐渐清醒过来。加上陈蔓莉生孩子后，精力全扑在孩子身上，郑有龙经常感到受冷落，他的情感向父母倾斜，反省自己这场婚姻是不是太冲动。在这种情况下，陈蔓莉主动提出离婚，办完手续，她没说半句抱怨的话，默默地抱着孩子离开了郑家。

“离婚后就没再联系过？”王豫问。

“没有，”郑有龙说，“她很倔，从来没有主动找过我，我也忙，被父母逼着一次次相亲。”

“后来她过得怎么样你有听说过吗？”

“分手后我们两个人的生活圈子基本没有交集，后来偶尔听人提起过，说她做生意挣了钱，日子过得不错，我也就放心了。”

“你对她曾经是有感情的，为什么从来没想过去看看她？”

“离婚一年后我又结婚了，不想打扰她，也不想被打扰。”

“她现在出了这个事，没有别的亲戚朋友，我突然来找你，有打扰你吗？”

“我可能什么忙也帮不上，”郑有龙垂了垂头，道，“因为，我老婆现在正怀着二胎，我们只想过平静生活，不想被任何事情打扰，请您谅解！”

“明白了，谢谢。”

唯一的一线希望就这样破灭掉。与郑有龙告别，王豫开着车，陷入前所未有的烦恼。该如何对陈雨菲说出真相？用哪一种方式，可以将此事带给女孩的冲击和创伤降至最小数值？业已成为孤儿的陈雨菲，今后生活何去何从？自己与陈雨菲的关系，立即彻底讲明，从此撇清，还是咬牙陪女孩挺过这一关键期，另找机会澄清？

这一天，王豫心乱如麻。

|第十三章|

32

赵雅祺带领自己的设计与镶嵌团队，在工作室埋头苦干，又一次夜以继日。近几天失眠又开始困扰。睡不着，与其赖在床上苦苦煎熬，不如投入到工作里。

珠宝的设计、镶嵌工艺，是制作首饰的主要工艺。没有精湛的镶嵌工艺，珠宝纵然天生丽质、美丽非凡，也只是石头一块，无法佩戴于人们的颈间、手腕和指间。为了让每一件经过她手的珠宝活灵活现地成为传世艺术珍品，近年来，赵雅祺带领她的团队，远涉重洋，西行欧洲，孜孜不倦地学习探索、呕心沥血，创造并尝试了上千种珠宝镶嵌方法，一手打造了业内赫赫有名的“华祺”品牌。

华祺工作室一隅，有一组小叶紫檀特制的陈列柜。柜里并不陈列珠宝饰品，而是摆着有年份的法产葡萄红酒与名家瓷器，尤为醒目的是，还有大大小小共 12 尊来自国际、国内珠宝设计赛事的奖杯。这些奖杯，在美酒与精美瓷器的衬托下，比任何一件珠宝都璀璨夺目。也因为这夺目光环，能让赵雅祺亲自出马动手设计的珠宝，要么是稀世珍品，要么是公司 VIP 顶端要客的订单。工作状态中的赵雅祺，与平时大大咧咧的她判若两人。珠宝的镶嵌工艺，比传统的东方玉雕工艺要更为复杂、精细，尤其创意设计与镶嵌技术，更讲究独特性与精湛性，需要从业者具备极高的敏锐度与细致度。因此每每工作的时候，赵雅祺就会变身为一个纯粹的手艺人。每做一次设计和镶嵌，画草图、色彩布局，如油画家创作印象派画作，先在草图上一点点着色，然后根据宝石的色彩、光泽及硬度，进行多种用材配料的组合搭配，选择出最能突出珠宝美感的用材与造型，最终制作成更具时尚感和艺术感、富于生命灵动感的璀璨首饰。除了珍稀珠宝与 VIP 私人定制，其他来自长期合作的珠宝公司的大批量单子，都由工作室团队团体协作完成。在设计镶嵌界，赵雅祺是出了名的视声如命。业内人都知道，每一件送进“华祺”工作室的珠宝，每件作品的独特性与唯一性，是赵雅祺对手下员工实施魔鬼式管理的最基本要求之一。

连续几天的埋头创作，数十件璀璨夺目的无烧鸽血红宝石与珍稀祖母绿戒面与吊坠套装，以其灵动飞扬、流光溢彩、精美绝伦的造型华丽现身。下午两点钟，赵雅祺从工作间走出来，伸个淋漓尽致的懒腰，打一个闪着金属光的响指，以属于她特有的霸气口吻道：“各位，今晚请大家吃大餐外加K歌，嗨个通宵。”一片欢呼声响起，赵雅祺拔脚离开公司。

回家冲了个澡，换了柔软的真丝睡裙，在沙发上滚了一会儿，看看距晚上出门还有段时间，便打开电视点播台寻找好莱坞新片，正在这时微信传来新消息。瞥过一眼，竟是王豫。

“上次的事，真心抱歉，今晚有空吗？”他问。附带一枝花儿，一个笑脸。

“真心有啊。”她稍一沉默，回复。

“一块吃饭？”

“没问题哦。”她爽快应承。

一分钟后，王豫再次发来上次那个餐厅地址，并约定了时间。放下手机，赵雅祺打了鸡血般从沙发上一跃而起，伸臂欢呼道：“上帝终于把你送到了姐面前，千载难逢的机会说什么也不能浪费了呀……混蛋！”

王豫准时出现在餐馆，在靠窗看海的位置坐定。超出约定时间五分钟时，赵雅祺没到。王豫用微信语音递话给她，自己已到，问她是否堵在路上。赵雅祺语音回复说确实堵在路上，堵得厉害，估计要迟到。王豫叫她不要慌，安全第一，他耐心等。超出约定时间一刻钟时，赵雅祺仍然未见身影。王豫担心她走岔了道，语音问她行车到哪儿了，是否需要出去接一下。赵雅祺回复说，不用接，一会儿就到，麻烦你继续耐心稍等。超出约定时间半小时时，赵雅祺还未现身。王豫打去电话，问她怎么回事？赵雅祺说，我已到餐馆门外，马上进来。

然而又五分钟，仍然不见赵雅祺身影。王豫从座位上站起来，一边用余光满大厅搜寻那个身影，一边向大门的方向走去。一直走到大门外，在餐馆停车场走了一遭，看到一辆香槟金路虎揽胜刚刚停稳。上次没注意赵雅祺座驾的车牌号，便停下来盯了一会儿。只见车门打车，里面出来的是一家三口。望一眼夜色渐临的天空，王豫蓦地悟出什么，苦笑一下，折身回到餐馆桌前，独自要了两个菜，不再等待。

吃饱喝足，王豫再次拨打赵雅祺的号码。很快接通。

未等王豫开口，赵雅祺先说声抱歉。主动解释说，赶去餐馆了，去了才发现，两家餐馆名字仅一字之差，一不小心进错餐馆了，心里一烦，索性取消饭局了，因为忙，忘了通知他。

“还在记上次的仇？”王豫问。

“哪里，”赵雅祺哈哈一笑，“芝麻点事就记仇，我这辈子还能干成什么事？”

“妮美涵，”王豫道，“给你提个意见好不？”

“没问题！”

“小妮子美丽有内涵，还做什么珠宝设计师呢，”王豫嘿嘿一笑，“报复方式怎么一点也不优雅？”

“笑纳了，谢谢啊，”赵雅祺笑道，“那你有什么好的整改措施吗？”

“好好好，有胸怀，”王豫说，“那就先从自我整改开始吧，为上次怠慢你的事，我今天正式跟你道个歉，不过当时真的事出有因，要不然也不会自毁形象，所以我相信，这次你也一定不是故意的。既然说好了今晚请你吃饭，我还是想继续表达一下诚意，今晚害你跑了那么多路，估计到现在还没吃上饭，你看这样好不好，你想吃什么报个菜名，我点好了，给你打包带回去，在家吧？”

赵雅祺这会儿正在“传奇”练歌房的豪华大包间内，与一群俊男靓女激情 K 歌。接王豫电话时一个人钻进卫生间闭紧了厚重的门。接电话之前，做好了被狂风暴雨兴师问罪的思想准备，她以为他会暴跳如雷，因此想好了一连串的辩解词与反驳词，甚至计划翻脸将他痛骂一顿，然后叫他哪儿凉快滚哪儿去，永不再见。没想到竟然一句也没用上。这货不仅没一点儿生气的迹象，而且主动道歉，还要继续表达诚意，打包带菜给她吃。这让她觉得反常规。但听他语气，听不出有意挖坑捉弄的意思，相反非常地诚恳，上次被放鸽子时，心底发的那个彻底将这人抛弃的誓言，竟然一下子又土崩瓦解。于是见好就收道：“为了不让你难堪，我就勉强接受你的诚意吧。”

“那报两个菜名吧。”王豫说。

由于之前对胡蝶微博微信的深入研究，赵雅祺刚要报几个他爱吃的菜，以便让他吃惊她与他的口味居然如此“一致”，转念一想，现在是他在求她，何必故意取悦于他，何不试试两人是否心有灵犀？于是说：“清淡一些就好，你看着点吧。”

挂上电话，赵雅祺从卫生间钻出来，以有要事为由，十万火急地向小伙伴们告了别，拎了自己的包迅速离开“传奇”，玩赛车般驱车往回赶。回到家里，一头扎进卫生间，冲个凉，洗掉脸上的彩妆，同时洗掉从 K 歌房染到身上的酒味儿、烟味与汗味儿，换了身棉质居家服，制造出晚上没出门的假象……一切就绪，素面朝天地等待王豫敲门。还有，她备好了现炒的咖啡豆，计划现磨两杯蓝山咖啡。

王豫人未到，信息来了："我到楼下了，你过来吧。"

"按门铃我给你开门。"赵雅祺冲到门口，对着电子屏幕摁了前门监控键，并没看到王豫身影。

王豫信息又来："你到 12 楼，我和陈雨菲在她家等你。"

不容商量的口气。赵雅祺愣了一下，什么意思？说好请她吃饭，怎么又去小姑娘家？究竟是来看她呢，还是看那个小姑娘？小姑娘妈妈回来了吗？心里不悦，但又觉得现在不是争意气的时候。下去就下去，在她这儿见面，还是在小姑娘那儿见面，地点不重要，重要的是见面，更加重要的是他约她见面。

赵雅祺换上笑颜，按响陈家门铃。王豫过来开的门，他很绅士地做一个请的动作，英俊的脸上一抹隐隐笑意，在赵雅祺看来分外迷人。

餐桌上，王豫打开带回来的菜，分盛在漂亮的瓷盘里，三个人围桌而坐。

四个菜：一个炸黄花鱼，一个酱香排骨，一个香煎牛仔骨，一个西芹百合。陈雨菲面对美肴忍不住发出欢呼声，赵雅祺恰恰相反，刚刚摁在心底的不悦，霎时升腾至胸口。

"不是说要清淡的吗？"赵雅祺不想再掩饰情绪。电话里说好请她吃饭是为了表示诚意，这叫诚意？

"这个清淡的，"王豫指指西芹百合，向赵雅祺道，"我知道你是很讲究的，爱惜窈窕身材，晚上一定不会多吃，所以没敢多点。"

王豫一句隐含赞美的话，赵雅祺心里的不悦霎时烟消云散。

"老大不喜欢吃？"陈雨菲说着，将三道肉类往自己面前拖拖，"那都归我好不好？"

赵雅祺忽又轻微皱眉，觉得这孩子缺乏礼貌。当着客人的面做出这种动作，这叫什么？缺教养。侧目看看王豫，他对这孩子的无礼行为，并没有表现出半点不悦，相反脸上还有丝丝缕缕的怜惜之情。那表情，像极了溺爱孩子的家长。孩子被宠坏了，却一点没意识到。

"这三个菜够我吃三天的，"陈雨菲盯着三个肉菜说，"王叔叔你真是太好了，我替我妈妈谢谢你哦！"

"谢什么，"王豫笑笑，"小屁孩子还知道客气。"

“不是客气，是真的感谢你，”陈雨菲说着抓起一块排骨，撕下一块肉，放进嘴里很享受地咀嚼，边说，“不，我不打算吃三天了，我要把它们放在冰箱里，每天吃半份，然后可以吃六天。”

“慢点吃，没人跟你抢。”王豫说着，起身去了洗手间。

望着女孩认真的表情，赵雅祺因孩子缺乏礼貌产生的反感又忽然消失。她在一瞬间原谅了孩子的无礼举动，甚至忽然间有些心酸。才七岁的孩子，要为自己每天吃什么，吃多少，做出如此周详的安排。为什么会这样。赵雅祺伸出手，在女孩脸蛋上捏捏，道：“又一个小肉食动物，像我小时候，明天我带你去吃大餐。”

“那么后天呢？”女孩抬起眼睛，盯住赵雅祺。

微信信息叮咚响起。赵雅祺拿起手机，竟是王豫所发。这小子发什么神经啊？低头看，竟看到这样一行文字：“菲菲母亲已经去世，她还不知。”

赵雅祺脊背蓦地蛇爬般传过一阵冰意。抬头看一眼陈雨菲，女孩正享受美味，吃得很香。她迅速回问：“怎么会这样？”

王豫回：“今天找你，有事相商。”

赵雅祺回：“确切一点，有事相求吧？每次你都给我挖坑。”

王豫回：“就算挖坑也得你愿意往里跳啊，说正事，等会儿吃完了，你回家打开电脑，下载个游戏软件，我需要你配合打一场游戏。”

赵雅祺问：“行，我跳，什么游戏？”

王豫回：“就为她妈妈这个事，到时候你就知道了，先吃。”

陈雨菲问赵雅祺在干什么。赵雅祺说：“我在回复朋友们的微信留言。”

“朋友很多吧？”陈雨菲问。

“不多，朋友圈二百多个。”

“二百多个还不多？”

“我有位女友，圈里两千个呢。”

“我妈妈说，朋友不需要多，真正的朋友，一辈子有一两个就够了。”

“你懂什么是真正的朋友？”赵雅祺问。

“关键时候伸手帮助你的，在你最难受的时候陪在你身边的，”陈雨菲说，“就像王叔叔这样。”

女孩说到这里，神情忽又黯然下来。似乎又想起什么不愉快的，美食带来的快乐在一瞬间了无踪迹。

33

这天晚上，王豫带领赵雅祺与陈雨菲玩一场名为《奇遇》的网络游戏。

赵雅祺坐在自家书房的电脑前，陈雨菲坐在陈家书房的电脑前，王豫抱着平板坐在陈家客厅的沙发上，组成一个三人阵容。开场之前，王豫通过游戏聊天界面，分别向赵雅祺与陈雨菲传授了游戏规则。在他面前，赵雅祺与陈雨菲虽都属于菜鸟级别，但以前各自玩过网游，算是各有基础，又都聪颖伶俐，在玩的方面相当具有天分，因此稍加引导和点拨，就迅速进入状态。

《奇遇》讲述了一个神奇的故事：主人公络岩的父亲是一位卓有成就的地质学家兼科学家。在一次深入喜马拉雅山脉执行科研任务时，络岩父亲毫无征兆地神秘失踪。国际警察出动警力历时三个月进行地毯式寻找，最终在山脉一断层处发现络岩父亲的尸体。家里人悲伤欲绝，所有人包括警察在内，都以为络岩父亲死于意外。络岩的母亲无法承受丧夫之痛，于精神恍惚中车祸身亡，成为孤儿的络岩被好心人收养。十八年后，络岩以出色的成绩完成星际学博士学业，继承父亲衣钵，成为一名研究银河系卫星星际进展的科学工作者。他沿着当年父亲最后一次执行任务的足迹，深入喜马拉雅山脉，对山脉断层进行科学勘探研究。这时候奇迹发生了，他通过自己发明的卫星接收器，接收到来自星际的声音，在神秘的星际空间里发现了父亲的身影。原来父亲还活着。当年由于星际老怪看中了络岩父亲身上具备的特殊科技才能，设计掳走了他。为避免世间人反复寻找滋生烦恼，老怪设置障眼法，用一具特制的假人尸身，冒充络岩父亲，制造其死于意外的假象。络岩通过自己的智慧，与父亲取得联系后，不惜历尽千辛万苦，与星际老怪展开一次又一次艰苦卓绝的厮杀与搏斗，最终成功地将父亲从星际空间解救了出来……

游戏故事带着科幻性质，惊险刺激，通篇弥漫绮丽诡异的幻想。王豫扮演心狠手辣残暴无比的星际老怪，赵雅祺反串络岩父亲，陈雨菲自然扮演了坚强勇敢智慧的络岩。经历了一个小时的磨合期，赵雅祺与陈雨菲谁也不甘拖后腿，争先恐后努力上进，进步神速。一小时后，二人已经掌握要领，各自入戏，与自身角色融为一体，配合默契。游戏持续了六个小时，一关关打下去，中段以后可谓行云流水，天衣无缝。电脑前的陈雨菲一会儿紧张不已，一会儿开怀大笑，直到最后，络岩找到父亲，父子联手，勇猛出击，占据了一夫当关万夫莫开的有利地形，将星际老怪逼至绝境，老怪连连挨打，嚣张不再。

“打老怪，光凭实力是远远不够的，拼死力更不行，必须要有智慧、胆略，更要有策略，得找到敌人薄弱处，在对的时间，使用对的武器，才能四两拨千斤，事半功倍。”王豫向女孩传授经验之谈。

陈雨菲似懂非懂，却是连连点头。

王豫又说：“越是痛苦的时候，越不能绝望。不绝望，就还有希望；绝望了，就会真正失去所有。”

“宇宙中真的有星际空间吗？”陈雨菲问，“我妈妈会不会也是被星际老怪掳走的？”

“这个不好说，明天我去警察那儿问问情况。”王豫看看时间说，“时间不早了，先睡吧。”

哄陈雨菲睡去后，王豫通过聊天窗口，将刘警官向自己介绍的陈蔓莉遇害情况，传达给赵雅祺，同时将自己与陈蔓莉及陈雨菲的真实关系，重述了一遍。

赵雅祺唏嘘良久，同时为自己曾对王豫的误会心生歉意。

“接下来你打算怎么办？”她问他。

“往后的事没考虑太多，”王豫说，“帮陈雨菲平稳度过这个特殊时期，是眼下最重要的事。”

天渐渐亮了。看看时间已是清晨五时，早上有个八时起飞的航班，王豫告别赵雅祺，给陈雨菲留了字条，匆匆驱车赶往机场。

赵雅祺这才关了电脑，一头倒在床上。

下午七点多钟，王豫飞行回来，琢磨着回一趟家，然后去陈雨菲家和她坦白陈蔓莉的事情。车行至小区，刚停下来，便看到了一个小小的身影大声喊着“王叔叔”，从单元门口飞奔过来。夕阳余晖中，那张小脸因为汗与热，两颊越发绯红。

“陈雨菲，你怎么在这里？老大送你过来的？吃饭了吗？”王豫从车上跳下来。

“我自己打出租车过来的，”陈雨菲说，“我把昨晚剩下的菜加热了，很饱呢。”

“老大呢？”

“老大中午要请我出去吃大餐，我没去，她陪了我半小时，然后公司有事去公司了。”

“为什么不去吃大餐？”

“我妈妈说过，随随便便接受别人请吃饭不好。”陈雨菲抬起头，望着王豫，“你去过派出所了吗？打听到消息了吗？”

“回去说。”

单元门口立着一只行李箱似的粉红色书包。陈雨菲欲把书包拖起，王豫一手拎着飞行箱，另一只手不由分说将书包拎起来。进了电梯，又道：“你到这里来跟雅祺老大打招呼了吗？”

“我刚来一会儿，还没来得及。”

“发短信说一声，别让人担心。”

“知道了。”

进了门，王豫放下箱子与书包，进洗手间洗了手。转身出来，看到陈雨菲仰着脑袋望着他，试图从他的脸上找到她所期待的好消息。王豫想对她笑一下，却没能笑出来。陈雨菲失望地转过身，从书包里取出平板电脑，坐到沙发上，开了机，两只大眼睛直勾勾地盯着屏幕，搜索陈蔓莉的相关消息。仍然全是旧消息。看过无数遍的，但仍然不厌其烦地查询搜索。

王豫在旁边坐下来，琢磨着用什么措辞将事情说出来最稳妥。

女孩眼睛看着屏幕，忽然问：“王叔叔，你为什么不高兴？”

王豫转头望着她，不说话。

女孩眼神一如既往纯净如水，但神情里一缕忧郁远远超出这个纯真无邪的年龄。

王豫伸出手，爱怜地抚抚她的头。

“还在失恋中不能自拔？”女孩又问。

王豫轻轻摇摇头。胡蝶离去这事，有那么一刻的确给了他打击与挫败感，不过那种低落情绪，迅速被纷至沓来的各种现实杂事挤压到边缘地带。这段时间，几乎没有时间也分不出精力，为失恋去痛苦呻吟或黯然神伤。面对眼前这名未成年女孩的人生变故与命运跌宕，一个女人背弃带来的痛苦，轻若鸿毛，可以忽略不计。事实也的确如此，胡蝶曾经给予他的爱与激情，与她的虚荣和绝情，两相一抵，全成烟云。

“已经解脱了。”王豫道。

“你这样的好男人也玩劈腿让我很意外，”陈雨菲说，“你女朋友是因为你脚踏几只船离开你的吗？”

“我劈什么腿？哪来几只船？我想几只船，那也得船愿意啊。”王豫苦笑一下，“又乱说，记吃不记打，小屁孩。”

“笑得太勉强了，不开心干吗还要装开心？”女孩眉头微锁，几天前那种春光一样的明媚的神情消失得无影无踪，她说，“你被女朋友抛弃了，我被妈妈抛弃了，我们两个都是被抛弃的人，是不是？”

“不对。”王豫摇摇头。

“怎么不对？”

“她们有了更好的选择，我们也会有更好的生活。”

“胡蝶抛弃你可以选择能给她买大房子的男朋友，我妈妈抛弃我能有什么更好的选择？”

王豫在这时候发了狠，决心把事情说出来。这是一个比他不是她妈妈秘密男友要残酷千百倍的真相，她必须面对。

“陈雨菲，我找过警察，你妈妈的消息已经有了，现在就看你能不能扛得住，也就是说，考验你是不是坚强勇敢的时刻来了。”

女孩看看王豫的脸色，将手里的平板甩开了，郑重道：“你说吧，我扛得住。”

“你妈妈的肉身发现了，一切都是完好的，但就是不会说话，没有魂儿了，我们怀疑，是个冒充你妈妈的假人。”

“我妈妈去哪儿了？”女孩脸色惨白，目光发直，盯着王豫，好半天，开口道，“我妈妈会不会像络岩父亲那样被星际老怪掳走啦？”

“我们也是这么推测的。”

“难道这世界上真的存在神秘的星际空间和星际老怪？”

“这个世界很玄幻，发生什么事都不奇怪。”

“那个假的人在哪儿？我要去见她。”女孩眼眶里开始涌泪。

“虽然是个假人，警察还是表示尽快准备后事，也就是说要假装走一场火化程序，以迷惑星际老怪，让老怪相信我们并没有看穿他的诡计。”

王豫担心女孩受到消息刺激后随时晕过去，暗自做好随时送她进医院的准备。女孩却只是往沙发一角蜷缩了一下，抓起那只从家里带过来的芭比娃娃，把它紧紧抱在怀里，好半天不再出声，身体像雕塑一样凝固在那儿。

这天晚上，王豫把卧室大床让出来给女孩住，自己则搬到了客厅沙发。

|第十四章|

34

三天后，消息传来，案子破了，凶手归案。

致陈蔓莉死于非命的，是一个名叫林朋的青年。林朋，25岁，山东荣成人，农村出身，父亲是建筑工人，母亲是家庭主妇。林朋上中学时，父亲在一次建筑事故中身亡，老板赔偿了三万块钱，母亲因长年干繁重农活，积劳成疾患有严重关节疾病，这笔钱很快被医药费耗光。林朋靠亲戚接济念完高中，考进鹭城大学，靠勤工俭学完成大学学业，毕业后留在美丽的鹭城，成为蚁居一族。

陈蔓莉遭遇横祸前，林朋与这个女人素不相识。一个蝼蚁，一个富婆，生活在两个没有任何交集的阶层，如同两个世界的人，无怨，无仇，究竟什么缘故，让一名在逆境中百折不挠不屈奋斗理应有着灿烂未来的上进青年，不惜自毁人生，对一个陌生女人痛下杀手？

为了解案情，王豫在刘国辉的陪同下，与刘警官多次接触。当得知王豫是一名空警，刘国辉又是律师，刘警官的态度一下子亲近了许多。案子结束后，几个人差不多成了朋友。根据刘警官的陆续讲述，陈蔓莉走向不归路的轨迹被清晰还原。

有志青年林朋就职于一家软件公司。参加工作第二年起，他将母亲接到城里，租住在湖里区钟宅路一带的民房里。民房所在片区是个村子，保留着锈迹斑斑的历史痕迹，随着城市发展，周围高楼林立，村子有待拆迁开发，但因各种无法解决的遗留问题，迟迟未能动工。村子里混得好的村民早在繁华地带买楼搬走，留下来的非老即穷，另外便是大量外来务工人员，以及林朋这样从农村出来白手起家的草根，图个租金低廉，长期租住于此。林母来后，一边照料儿子生活，一边治疗慢性疾病。

林朋本职工作之余，周末及所有业余时间，都会到软件城一家手机店做兼职，帮手机店老板解决一些技术问题。不幸起源于那个周三的傍晚。当时林朋从软件公司下班后来到打工的手机店，店老板外出与朋友吃饭，留林朋一个人坐在柜台里，埋头修理一部出故障的三星手机。这时候进来一位客人，拿出一部苹果手机要求估价格，说急用钱想出手。店里有收购旧机业务，但都是老板的事，可这时老板不在，那部九成新的苹果 6，让林朋眼前一亮，来了兴趣。

尽管苹果创始人乔布斯在世时毫不掩饰对中国用户的歧视，无奈同胞里还是有很多人喜欢苹果，发展到眼下，苹果手机在年轻人中几乎达到人手一部。林朋还没有“苹果”，不是因为他脱俗。他一直渴望拥有，是钱包不给力。忽见有人送上门来，廉价处理九成新的苹果 6，而店里此刻又只有他一个人，忽然便心里一阵狂跳，无疑是个更新换代手机装备的大好机会。

林朋问男人要多少钱。男人开价两千，说话间眼神飘忽，言辞闪烁。从心理学讲，心里没鬼不可能是这种状态。林朋暗中观察男子，见其人到中年，气质猥琐，衣着也不讲究，便断定手机绝非男子本人用物，十有八九来路不正。当即狠狠压价，出价三百。男子挣扎一番，最后五百元成交。男子拿了钱匆匆离去，隔着玻璃店门，林朋看到男子钻进停在路边的一辆出租车驾驶座，做贼一样驾车逃窜。当下心里便将这手机的来历揣摩出几分：定是乘客不小心落在出租车上，司机见财起意，发点昧心财罢了。

得出这一判断，林朋便知，使用这手机有些不妥。但短暂一两分钟后，内心不安被拥有新手机的喜悦淹没。他心安理得地告诉自己：一没偷，二没抢，光明正大花钱从别人手里购买的二手机，即使失主找上门来，错也不在自己身上。当晚，林朋将手机带回住处，夜深人静，埋头在狭小的屋里鼓捣手机。

手机设置有开机密码及锁屏密码。但这类小障碍对林朋来说，是门锁遇到了开锁匠，稍使手段，便畅通无阻进入系统。进入系统第一件事，是对手机进行相关检查，林朋惊喜地发现机主并没有进行定位设置，为确保万无一失，他还是下载了一个黑客常用的防追踪软件，设置了定位障碍，在确保机主无法通过任何软件跟踪到这部手机后，这才安下心，开始琢磨研究。

意外也是从这时开始的。手机里贮存了大量的短信文件及图片资料，当林朋打算将这些对自己毫无意义的资料一并删除时，一组手机短信跳入眼帘。

机主：大哥，事已办妥！不胜感激！

王哥：感激就免了，别忘了答应老哥的事。

机主：哪敢忘啊，周末老地方见？

“王哥”，为手机通信录里联络人的标注之名。林朋第一反应是，这是一组暗含着某种交易的短信。这组暧昧又敏感的短信交流，霎时勾起林朋的兴趣。迅速往前翻看短信记录及手机通话记录，在最近三个月内，“王哥”号码连续出现。机主起初对“王哥”称呼为“王局”，随时间推移渐渐演变为“哥”。

通过对只言片语的短信内容的拼组与理解，林朋得出这样的结论：“王哥”为某局局长，姓王，名字未知，有家室，重权在握。机主是位女士，单身，自己开公司；又从手机相册里的大量自拍照看，这位女士年纪三十左右，十分美艳漂亮。近半年来，机主与朋友合股，运作开发鹭城市郊一个土地项目。因初涉地产开发，经验不足，在项目审批上频繁遇阻。关键时候，幸得“王哥”仗义相助，大笔一挥，帮她摆平麻烦，顺利过批。

从断断续续的短信交往看，尚不能断定两人之间存在不正当男女关系，因为林朋没有找到比如“开房幽会”这类赤裸内容，也没有“情啊爱啊想啊念啊”那类火辣字眼。但从说话语气看，两人关系也绝非清白。因为从前到后，字里行间弥漫一种说不清道不明、剪不断理还乱的暧昧之情。一个是经商女人，一个是当权官员，这种暧昧，究竟是一种什么关系？很难不让人浮想联翩。

在这个彻夜未眠的夜晚，林朋改变了删除手机资料的念头，相反，沉溺于对手机资料的进一步深入研究。他将“王哥”的电话号码记录在案，并精选几组具有代表性的短信条款，拍照后以图片形式转存到自己手提电脑。然后又从百度输入“鹭城王××局长”，搜索出姓王的正副局长共有三十几位。其中任一把手的王姓局长共三位。通过逐一比对、筛选，林朋初步锁定了其中一位。从网上搜不到该局座的手机号码，所以还不能百分之百确定。但从各方面情况综合分析，两人就是同一人的概率不低于90%。

如果说“王哥”只是收获之一，那么，接下来从这部手机里，林朋挖掘出了更挑战想象力的另一重大发现。

手机微信收藏夹里，机主存着N多篇文字资料。资料有的为纯文字，有的图文并茂，每一篇资料都与一位男子有关。这是另外一位与“王哥”完全不同的男子，这些资料来源应为网络下载，多为媒体采访、人物专访一类。另有几篇关于该男子出席什么公众活动的新闻报道内容。男子为本市人，是鹭城富豪之一。除了印象笔记里的大量贮存，在机主特意保存的一个极其隐蔽的私人相册里，竟然存有该男子三十几张照片。林朋仔细辨认，这些照片竟然全部来源自网络图片。照片背景不是会议场所就是活动场所，皆为记者报道的公开场所，私人生活照倒是一张也没有发现。

刘警官讲述这段情节时，没有透露这位富豪的真实姓名，特意用字母“Z”作为代替。除了这些文字与图片的资料，机主与Z男究竟什么关系，同事？朋友？亲戚？有无交往？从手机里找不到任何蛛丝马迹。因为手机里除了与那位“王哥”稍有暧昧，没找到其他第二个存在可疑交往的暧昧号码。单从表象看，机主更像Z男的忠实粉丝，换句话说，Z男似乎是机主的暗恋对象。

暗恋？确切吗？未必！一个开公司做生意的女人，以利益为一切行动的主导思想，她会暗恋一个男人？那么换个词，猎杀、猎捕？是不是更为确切？她在琢磨Z男？或者，研究、暗算Z男？要不然干吗私下贮存大量资料？其目的何在？是不是想把这个Z男发展为王哥那样的暧昧关系，然后为己所用？树大招风，Z男这样的富豪，被心怀不轨的女性暗恋或暗算，也不是什么难理解的事。

这一发现，让林朋愈加惊讶无比同时又好奇无比。至少从目前看，机主，这位女士，她交往的对象非富即贵，可谓往来无白丁。林朋从百度搜索Z男的相关资料，但所搜出的信息，多数为机主收藏夹已贮存内容，并没有更多新发现。

不过，这些已经足够。仅现有这两项惊人发现，足以令林朋心跳加速，欣喜若狂。在这个信息爆炸的时代，这样的信息意味着什么？完成资料的整理与贮存后，林朋心里已经装满了对手机内这二男一女的强烈憎恨。

尽管并不清楚这女人与两名男子的真实关系，也不清楚这三人各自都做过什么，但仅从他们所处的位置与所享有的生活，就足以让林朋切齿痛恨。就这类男盗女娼道貌岸然的人渣，凭什么占领权力与财富的制高点？暂且撇开Z男不说，单就机主与那位王姓官员，林朋断定，二者之间即使没有不正当男女关系，至少存在见不得人的某种勾当。这种勾当必定以彼此利益为出发点，以权与色或权与钱的交易为方式，最终达到双方心满意足的丑陋平衡。至于那位Z男，虽然还看不出他本人有什么不妥当，但老话说，苍蝇不叮无缝的蛋，既然被这位有心机的生意女盯上，那么也未必是什么好鸟。

在这个耗掉无数脑细胞的夜晚，一个恶作剧的想法，迅速在林朋的脑袋里生根发芽：把信息卖给作风大胆的网站。一来可换取一笔钱财，二来可以揭露那对男女道貌岸然做交易的丑陋面目。如果网站胆小不敢买，没关系，钱财就算了，他就把它们公布到热门论坛。像投炸弹一样投出去，至少将那名出卖手中权力的官员，从公仆队伍里揪出来，晒给全体公民看。疑似，不能确定，没关系，手机号往网上一晒，还有这位女机主的号码，往坛子里一贴，没什么狐狸尾巴揪不出来。让网友们人肉那个占领着权力制高点实际上卑鄙下流的家伙，那将会是怎样的快感？眼下全民反腐，不妨也凑一回热闹。不为别的，为民除害算不算？

然而，林朋这些慷慨激昂到差点把自己感动了的想法，并没来得及实施。

因有了晒号码这个想法，林朋将取出来的机主原卡塞进自己的手机并打开，以获取机主号码。也就在打开手机的第一时间，一个来电的骤然而至，在这个深夜，粉碎了林朋为民除害的大义想法。

电话是原机主打来的，就是那名与"王哥"保持某种暧昧的女人。

这女人便是陈蔓莉。此时已是凌晨2时。陈蔓莉从发现手机丢失的第一时间，每隔十分钟，拨一次号码。八小时前，她到政府某机关部门看望一位老领导，因为机关不允许外来车辆入内，大门外又不可能找到停车位，于是打出租车过去。随后打车返回时，临下车前接了个电话，接完电话车子已到公司楼下，付车费找零钱，在这一琐碎过程中，竟一时疏忽将手机落于座位上。但陈蔓莉当时没有觉察，直至回到公司才发现手机不在包里。尤其不可原谅的是，下车时司机没有主动打发票，而她竟然也忘记索要，更没有记住出租车牌号。

拨打手机，无法接通。她打电话向一位懂行的朋友咨询，苹果手机丢失后有什么办法可以找回。朋友问她，之前有没有在 mobileme.com 注册开通"查找 iPhone"这个服务？她表示对这项服务并不了解。朋友告诉她，这个就像 GPS 定位一样，主要跟踪 iPhone 芯片，和 SIM 卡没关系的，就算小偷换掉 SIM 卡，刷新操作系统，关机几个月再开机，只要对方开机或连上网络，就可以迅速找到手机所在地址。但如果没有事先进行这项定位设置，除非对方主动将手机送回，否则想找回就不那么容易。

很遗憾，陈蔓莉事先没想过会丢手机，也因为一天到晚一门心思忙于生意谈判、项目运作、公司发展，手机对她来说，除了最基本的常用功能，其他各类功能操作及服务项目，她几乎一无所知。朋友就劝她算了吧，无非一部手机，旧的不去新的不来，换台新的。朋友还说，实在不行，你就报警，请警察帮忙找，不过这么小的案子，警察会不会及时跟进就不好判断了。

陈蔓莉不肯放弃手机，也没有报警。她固执地每隔十分钟拨一次手机号码。

凌晨2时，林朋在自己的蚁居一隅，摁下了接听键。

陈蔓莉在电话里询问林朋，他是否为出租车司机？并告知他，她确定自己因接电话把手机落在他的车上，希望他把手机返还给她。林朋说NO，他不是出租车司机，他是从一位陌生人手里花钱购买了这部手机，至于那个人是否是出租车司机，他无从得知。陈蔓莉说，不管你是谁，没关系，这不重要，重要的是现在手机在你手里，请你把手机还我，手机里贮存了几百个朋友的号码对我比较重要，我愿意用一部全新手机来交换。林朋沉默了几秒钟。陈蔓莉立即又道，给你钱也成，一部新手机的钱。

林朋听出了对方情绪中的焦虑、不安与紧张。

林朋问，大姐你在和我做生意吗？陈蔓莉说，你这样理解也没错，一部旧手机换一部新手机，你划算。林朋沉默了。陈蔓莉很不淡定。他一沉默她就急，继续加码。说，两部新手机的钱，怎么样？林朋鄙夷道，你不愧为一名精明的商人，习惯了在生意中用最低的成本交换最大利益，是吗？如果我答应你的条件，你会不会很得意，觉得自己做了一桩非常划算的买卖？

陈蔓莉语气顿时变得严厉，她质问，你这是什么意思？逼我报警？林朋冷笑，不慌不忙道，别恐吓我，我很乐意通过警察来解决这个事情，不做亏心事，不怕鬼敲门，我认为你在意的不是几百个朋友号码，主要是恐惧不道德行为见光吧？如果你希望警察看到你与某位当权人士的龌龊交易，现在就请你报警，我不拦着。

陈蔓莉声音愈加凌厉，她道，你什么人？平白无故造谣诽谤！你这是作死的节奏好吗？林朋恼了，冷冷回敬道，急着拿回手机，是担心那个王局随时约你老地方见吧？人帮你办妥项目审批的大事，你准备拿什么谢人呀？自作孽不可活，老祖宗的理儿不懂呀？

陈蔓莉哑然，强迫自己冷静下来，换了语气又道，我不管你是怎么得到这部手机的，但你非法入侵别人手机，窃取别人隐私，知道这是什么行为吗？林朋说，这是缺德，该受道德谴责，但相比较你们这种见不得光的官商流氓交易，我连小流氓都算不上，小巫见大巫。

仿佛鼓着的皮球突然被扎了洞，陈蔓莉的语气彻底软下来。她说，兄弟，你到底想要什么？开个条件吧。

林朋迅速在大脑里做了简单评估，与这陈蔓莉做交易的念头迅速占据上风，将卖资料给网站或公开资料到论坛为民除害的反腐计划彻底给覆盖掉。

看那陈蔓莉放下威吓，把开条件的权利拱手相让，林朋的心跳再次猛然加速。仿佛渔夫走在岸边，根本连网都还没撒，便有肥美鲜活的大鱼从水里跃出，恰巧又落入怀里。面对唾手可得的利益诱惑，上进青年顿失抵抗勇气和做事底线。但这时候，林朋尚未想好自己的条件，他以时间太晚明天再谈为由，挂断电话并关掉了手机。次日也就是周四一早，林朋刚打开手机，便看到那陈蔓莉数次来电的全时通信息。从对方的焦虑和急迫程度来看，林朋意识到，一个天大的机会降临到了自己身上。

这两年在软件公司工作，林朋胸怀抱负，私下悄悄编写程序，进行游戏软件开发，期待有一天开发成功，将产品卖给大型游戏公司。到时候，几十万、几百万都不在话下，就算几千万也不是没有可能。在这一梦想支撑下，大多时间里，除了同时干两份工作以谋生存及给母亲治病，林朋夜夜苦熬到凌晨两三点，工作之余满脑子都是游戏人物、装备等。再就是为租赁服务器、改善画面质量这类成本投入，千方百计地筹钱。虽然满怀信心，壮志凌云，但在苦干了一年多，一次次研发失败后，在重起炉灶的一款 4G 软件的研发过程中，仍然因资金困乏，被迫停顿。近两个月，他正在四处找朋友借款，想方设法地“融”资，然而，身边熟悉的朋友，要么穷得叮当响，要么对他描绘的蓝图充满疑虑，最终连两万块钱都没“融”齐。

当听到那陈蔓莉主动让他开条件，林朋敏锐地意识到，莫非人生的第一桶金，竟以这样的方式到来？现在他最需要什么？无疑是钱。有了钱，就可以更新游戏引擎，继续研发产品；有了钱，就可以给母亲提供最好的医疗条件；有了钱，就可以交个首付，买个自己的房子，与女朋友风风光光地办场婚礼；有了钱……林朋做出无数种假设，最后得出结论：当一次来钱的机会降临时，愚者，视而不见；庸者，失之交臂；智者，绝不错过且巧妙把握。

林朋以电话里谈不清楚为由，与陈蔓莉约定面谈。

他告诫她，只许一个人来，他不愿看到谈判过程中有第三个人出现，更不希望有任何意外发生。手机资料他已做了备份与上线设置，如果她要什么花招，资料会自动登录某网站热门论坛，到时候弄出什么不可挽回的后果，就别怪他没提醒。

陈蔓莉拿回手机心切，满口答应。

因林朋白天腾不出工夫，见面时间定为周四晚上十时以后。周四晚上十时，在约定的某商场停车场，林朋开着租来的两厢福特，见到了驾驶宝马 X5 的陈蔓莉。陈蔓莉认为停车场不方便谈事，提出到附近星巴克谈。林朋问，你是不是有朋友在星巴克接应？陈蔓莉见他信不过她，便叫他定谈话地点，然后她直接开过去。

林朋却说，如果你有诚意解决问题，就放下你的车子，上我的车，去什么地方由我来决定。此时的陈蔓莉，担心手机资料曝光的焦虑压倒一切。她一咬牙，竟然二话不说离开座驾，上了林朋的车子。

林朋驾驶着车子，陈蔓莉坐在副驾驶座。不知情的人还以为里面坐的是一对情侣。车子迅速离开商场停车场，并很快驶离市区。这种事情对林朋是头一回，没有过类似经验，他也不知道究竟该去哪里谈判，潜意识里只觉得，这种见不得光的交易，越是在远离人群的偏僻地带，安全度越高。

车子往一个远离市区的方向行驶。陈蔓莉已忽略行驶的方向及去往何处，她只想抓紧宝贵时间，与林朋谈判，无比急切地想谈出一个双方都满意的方案来。陈蔓莉一开口，生意人的本性便露出来。她目不斜视，冷冰冰的脸上没有一丝表情，直截了当让林朋开价。她表示，只要在合理范围内，她没有二话。言辞语气间，流露出连掩饰一下都不肯的轻蔑和鄙视。

林朋通过近距离的观察，亲眼看见这三十出头的女人，开宝马，佩翡翠，拎爱马仕，衣着考究，浑身上下珠光宝气，俨然一副有钱人的样子。这样的女人，百分之一万不是什么好鸟。她的钱都哪儿来的？正道吗？百分之一百万不是。想想隐藏在手机里的那个令人恶心的男人，判断没错的话，都是通过猎杀男人换来的。一个女人，拿什么捕猎男人？用不着动脑筋都会知道。

瞧瞧她那说话的口气！这也是尤其让林朋反感和愤怒的。盛气凌人，狗眼看人低，与下层人民打交道就连一丝一缕的感情都不舍得付出吗？拿出一点感情就降了身价怎么着？什么事情在你这里都可以拿来当交易吗？和任何人做任何交易都有把握摆得平吗？凭着跟魔鬼做交易发家致富，还自以为自己是公主、皇后？真是贱货！

林朋克制着自己的愤怒。既然是交易，既然又是她求着他来做，那么，他也就不必太仁慈了。对一个奸商谈仁慈的结果，只能被对方当成绵羊和傻冒。他必须争取利益最大化，方才对得起这桩生意的巨大风险。这也将是此生唯一一次，空前绝后，不会有第二次。

200 万，我需要这笔创业基金，麻烦你支持一下，林朋说。语气不容商量，十分坚定。

很显然，这个数额远远超出陈蔓莉的预计。她稍一愣，俊秀的脸上升腾起一股怒气，口气再次恢复先前的凌厉。她呵斥道，你抢银行呢？那也得看银行有没有这么多现金！

林朋不紧不慢道，你脾气不好？还是当老板训人训惯了？今晚在我这儿，最好改改坏脾气好不？要不然你会吃大亏的。

听林朋这么一警告，陈蔓莉意识到自己所处位置，降低了语调，冷冰冰地甩出话，

200 万绝不可能，20 万，你考虑一下，如果觉得合适，明天划你账户，你把手机还我，如果觉得不合适，我看还是交给警察来处理。

一听她要找警察，林朋霎时怒从心头起，冷笑道，20 万你打发叫花子呢？叫警察，威胁谁呀？现在是你求我，别颠倒了位置好不？你那个郊外地产项目存在违规运作是吧？是那个姓王的贪官帮你摆平了是吧？现在是你干了见不得光的事，是你们在罪恶地侵占属于老百姓的福利和资源，是你们在黑心地消耗纳税人的钱，你要做的是下跪请罪！跪求宽恕！还敢威胁我？

陈蔓莉恼羞成怒，呵斥道，你个小瘪三你胡说什么！狮子大开口你不怕吃不了兜着走吗？

我胡说了吗？我要是胡说你现在能坐这儿跟我谈判吗？有必要让你知道，老子长这么大，最不怕就是威胁！林朋被“小瘪三”一词激怒，一时激愤，腾出右手对着陈蔓莉的脑袋杵了几拳。边打边骂，交给警察，可以，没问题，你那些宝贵的交易见证，在微博微信传播会引发什么反应呢？你还能自由地坐在这儿？你的损失将会有多大？你 20 万就想填平吗？到时候别说 20 万，光全国各地删帖费 200 万都不够用的！就算你删完了贴，就算不坐牢，从此以后还会有官员有胆子跟你做交易吗？

或许两人都在愤怒情绪里，没意识到车子已经穿越跨海大桥，向岛外飞奔而去。马路由宽变窄，路上车辆越来越少，路灯也越来越稀。挨过几拳后，陈蔓莉逐渐冷静下来，再次意识到，一味强硬下去对自己有害无利，不得已忍着屈辱改变策略。

沉默好一阵，陈蔓莉开始讲述一个单身母亲带着孩子，在社会上打拼有多么艰辛和不易，在生意场上狼奔豕突，受各方神仙小鬼压榨欺负有多少苦衷，她一遍遍告诉他，她之所以这么在意这部手机，是因为手机里存着大量女儿的照片，那些照片都还没来得及下载到电脑里，还有，她并不在乎现在拥有的一切，不在乎任何人的看法，她什么都不在意，什么都不怕，不畏流言蜚语，不惧世俗压力，她唯一害怕的是，她的女儿受到影响和伤害。

那个晚上，陈蔓莉一遍遍告诉林朋，她这辈子最在意最钟爱的是她的女儿。这么多年来，她所做一切都是为了女儿，她为经营在女儿心里的完美形象煞费苦心，为给女儿构造一个理想世界耗尽心血，她女儿自小以母亲为荣，以母亲为骄傲，她不能容忍女儿的生活发生任何负面的变化……谈到女儿，她哭了。哭得很伤心，哭得很惨烈。

这时候林朋发现她动了真情，不像做戏，不由动了恻隐之心。他主动把费用直线下降到 50 万，一分钱不能再少。而陈蔓莉为了尽快拿回定时炸弹般的手机以便解脱，冷静思考后，同意下来。

谈妥交易数额之后，两人约定，第二天即周五，由陈蔓莉先往林朋提供的账户上转账50万元，林朋确认款项到账后，通过快递方式将手机交还陈蔓莉。林朋同时答应，保证删除全部拷贝资料，保证一个字也不会流失外传，保证不会有第二次。

谈到这里，两人都觉得疲惫不堪，这时车子已经驶入同安地界的云顶山脚下，正在沿着盘山公路往上山的方向前行。茫茫夜色里，盘山公路如一条巨大黑蟒，曲曲折折盘向云顶山深处。黑暗、冷清与寂静中的大自然，让两人都觉察到某种恐惧。眼看事情也谈出结果了，林朋不由分说掉转车头，往回行驶。

或许陈蔓莉对即将吐出的50万现金心有不甘，一时不慎遗落手机，代价竟为50万巨款，严重的不平衡心理，令她对坐在旁边的男子产生欲置之死地的痛恨，但她又不能杀他而后快。所以自她答应交易条件后，便收起眼泪，面孔又恢复傲慢与冰冷。

回途中，林朋接了个电话。女朋友打来的。女友在电话中说她父亲在医院的活检结果出来，定性为晚期肺癌，因病情耽误不得，医生要求一周之内进行清扫手术。女朋友哭哭啼啼说，这一天全家人都乱了方寸，四处筹集手术费，一天下来总共筹到三万多块钱，距手术需要的六万还差一半。

林朋安慰女友，叫她不要慌，不要怕，承诺最迟明天下午他会把差的钱送到医院。挂了电话，他陷入沉默与焦虑。而身边的陈蔓莉，却不由嘿嘿冷笑两声。那冷笑在林朋听来，无疑为幸灾乐祸，毫无人性。林朋视而不见，没予理会。

由于深夜寂静，林朋与女朋友的通话内容，近在咫尺的陈蔓莉悉数收入耳中。见林朋听完电话便霜打一般蔫下来，刚才的嚣张荡然无存，陈蔓莉的气焰便迅速升腾起来。她望着车窗外迅速后退的黑乎乎的村庄民房，自语道，明天你就有钱了，可以拿去充作男人的担当了。

这句话虽然听上去刺耳，似乎又挑不出什么毛病，林朋只当没听见，便没理。陈蔓莉又道，一个大男人，需要用这种见不得人的手段弄钱花，如果女朋友知道了，她会怎么样？这种钱，就算救得了她爹的命，怕也救不了一份被玷污的感情。

林朋恼了，疾声厉斥，我和我女朋友的事，不需要你一个当小三的贱人指手画脚，你有什么资格指责别人玷污感情？你一个专拿感情做交易的贱货，你懂感情是什么？也配谈感情？

陈蔓莉怒道，谁是小三？你骂谁呢？嘴巴能不能放干净点？

林朋道，你和那个姓王的局长什么关系？那个人有家有室的，你不是小三是什么？

陈蔓莉一脸讥笑的表情，反诘道，心里有多肮脏，想法才会有多肮脏！就算是你想的那样，小三的钱你都敢花，你岂不是比小三更令人不耻？我平生最瞧不起两种男人：一种吃软饭的；一种道貌岸然满嘴道德廉耻，实则阴暗下流，为谋私利什么无耻卑鄙手段都能使出来的烂人，不择手段就是不择手段，还要拿出什么给亲人治病的幌子欺世盗名，全世界范围内就属这类男人最不要脸，这种人连小三都不如，不配做男人！

林朋猛觉全身血液往脑门哗哗涌。几乎是下意识地，他将方向盘往旁边一打，车子猛地向大道旁一条岔路蹿了几蹿，然后停住。陈蔓莉一眼看到林朋气得扭曲的脸，猛地意识到危险降临，她大喊道，你要干什么？你要干什么？

林朋恶狠狠地说，我要让一个花着纳税人的钱却反过来对纳税人进行侮辱和践踏的无耻女人，为她的行为付出代价！说着，他一拳击向陈蔓莉的脑袋。

陈蔓莉被击得头晕目眩。她欲拉开车门逃跑，然而车门已被牢牢锁住。情急之下她打开自己的手包，从里面摸出一把弹簧刀，出于自卫本能，狂乱地朝林朋刺去。林朋万万没想到这女人竟随身携带刀具，并且凶狠地朝自己猛刺。他拿手一挡，手臂被刀刃划伤。

林朋气疯了，随即挥拳击向陈蔓莉的脸，并一把夺了刀具。陈蔓莉欲抢刀，但哪里是一个身高一米八的年轻力壮男子的对手？没抢到刀，陈蔓莉随即发出杀猪般的呼救声。恰逢沿途皆是村庄民居，为了让她尽快停止呼喊，林朋丢下刀具，扑上去用双手掐住陈蔓莉白皙的脖颈。林朋并没打算掐死陈蔓莉，只想吓唬吓唬这女人，制服后就松手，所以手底下还是有分寸的，但意外就在这时发生。

陈蔓莉的喘息突然变得异常，她试图挣扎着用手摸自己的包，嘴里发出“给我药，帮我拿药，给你200万创业基金……”的乞求。林朋却以为这女人又在耍花招，怀疑她拿到包会摸出手机报警，不仅没有帮她取药，反而将她的手包扔到后座这女人不可能够到的地方。

随后陈蔓莉的双腿徒劳地踢蹬几下，有大颗的眼泪从那双美丽的眼睛里滚落出来，“不要传网上……不要牵连别人……不要让女儿受伤害……”这是陈蔓莉生命之火将熄之际，留在世上最后的声音。听到她又提出女儿，林朋再次被触动恻隐之心，他松开手，但已经晚了，陈蔓莉浑身上下软塌塌的，脸色白得吓人，嘴里再也发不出一点声音。

两分钟后，他颤抖着用手试她鼻息，竟气息全无！

林朋觉得纳闷，自己并没有下死手，竟杀了人？失手吗？从激愤中清醒过来，他发现，错已铸下，不可逆转，在瑟瑟发抖的恐惧中发呆许久，担心天亮怕人发现，大脑发蒙的林朋，重新启动汽车，掉转车头，拉着已气绝身亡的陈蔓莉往云顶山深处一路狂奔。

汽车沿着盘山公路爬行一个多小时，至半山腰处，公路越来越窄，越来越陡，林朋不敢再往上驶，便将车停至路边草丛之中，将陈蔓莉从车里拖出来，扛在身上，一口气步行到南侧崖顶。这座悬崖北面是平缓的山坡，南面是峭壁，峭壁下是一条深深的沟壑，崖深超过 100 米，站在崖边往下俯视会让人胆战心惊大脑眩晕。

林朋喘着粗气扛着陈蔓莉，一手扶着崖边一棵松树，深吸一口气，闭着眼睛将陈蔓莉抛下悬崖……抛尸后，林朋回到车上，开车返回，握方向盘的双手始终抖得厉害，便又停下来发呆，自始至终没有勇气报警。

一小时后，林朋慢慢镇静下来，又担心尸体被人发现，连夜借着山中月光，绕下山崖去查看情况。气喘吁吁赶到崖底，这时候陈蔓莉已经血肉模糊，干脆一不做二不休，现场找一块尖锐的石头，刨坑掩埋。大约刨出一个 60 厘米深的坑，便将人推下去，在上面盖上浮土，并弄了不少树枝进行掩盖。埋完后返回崖上，又欲开车逃离，启动汽车后又发现车内全是那陈蔓莉的痕迹。

林朋再次停下汽车，将车内进行彻底清洁，同时将四扇车门打开，让山风吹过车内。而后抓起陈蔓莉遗留在车内的爱马仕手包，竟意外地从包里翻出一瓶心脏病的急救药，林朋双手颤抖地握着这瓶药，又发呆许久，这才意识到那女人或许死于心脏病发作？如果当时她求自己帮她取药时，自己相信了她，或许可以避免这场致人死亡的灾难？

但此时，人已死，尸已抛，林朋已没有时间仔细思考，也没办法厘清混乱的思绪，更不敢报警自首，即使死于心脏病发作，事情因自己而起，间接杀人也难辞其咎。于是一不做，二不休，又从包里翻出陈蔓莉的汽车钥匙揣进口袋，拎着包往悬崖边缘走了走，距悬崖边几米远的地方，将手包扔在地上，用松树枝架起一个“火炉”，掏出火机点燃。

火燃起后，林朋没等烧尽，就匆匆逃回汽车，发动了引擎。往下行驶了大约四五公里，林朋又忽然想到什么，再一次停下汽车，从贴身衣袋里摸出那部引发祸端的苹果手机，取出手机卡，破坏掉系统，就地刨坑，一并掩埋。这时天色已现微亮，山里突然落起雨滴。当确认所有证据被销毁干净后，林朋这才稍稍松了一口气，开车冒着稀疏的雨滴，匆匆往山下狂奔。

因为夜半下雨，那只以珍稀动物皮做的爱马仕手包，没能燃尽，后被搜索线索的警方找到，这是后话。当天凌晨林朋驱车赶回市区，钻进出租屋狭小的卫生间冲澡换衣。面对母亲的担心和询问，他谎称因开发软件在单位加班加了个通宵。在家用过早饭后，林朋像往常那样到公司上班。一天工作结束，没有警察找上门来，林朋紧绷的神经稍稍放松。当天下午，他将车子弄干净后，归还于租赁公司。

但陈蔓莉那辆停于商场停车场的宝马汽车，令林朋心神不宁。担心车子一直停在那儿引人注目，林朋使用化名，通过网络紧急联络外地买主。因为价格极其诱人，很快与人达成协议。在作案后第二天夜里，林朋向公司请了病假，连夜驱车，先后行驶三千多公里，历时四十几个小时，将八成新的宝马 X5 以 5 万元的价格卖给了东北佳木斯一名农民作坊业主。

35

王豫前后梳理了一下，这案子并不复杂。那个周三上午，夏煌老总夏刚与陈蔓莉约好周四下午见面拿钱，而周四下午当夏煌财务的人过去之后，没能见到陈蔓莉。因为这时候的陈蔓莉，正在为不小心丢失的手机而焦头烂额。她从公司外面打电话给夏煌财务人员，将支付租金的时间延至周五上午。连她自己也没能料知，周四当夜便殒命崖底。

现实中的陈蔓莉，在发迹以后不想让人知道她的过去，以前的穷朋友几乎全部断交。后来的生活圈，除了生意伙伴、客户，以及具有利用价值的权贵和富商，几乎没有要好的朋友，所以活成了孤家寡人。而在当前状态下，不论公司员工，还是夏煌这样的生意伙伴，包括夏威夷整栋楼座全体业主这样的债权人，无一不认为，陈蔓莉为躲债而出逃。

因此在她失联甚至失踪以后，自始至终，竟无一人因疑惑而报案，也没人想到需要报警。唯一的亲人即七岁的女儿，她根本不懂得需要报警。陈蔓莉被掩埋的尸体，连日来，经过山里几场大大小小的雨水冲刷，松土流失，渐渐暴露出来。由于那地方常年荒僻且地势险要，连云顶山村民都不会轻易涉足，若不是那天一位放羊的村民，因寻找两只走失的小羊找到那儿，陈蔓莉的尸体何时被发现还是个未知数。种种因素结合起来，致人死命的罪魁祸首林朋才得以侥幸逍遥法外长达半月之久。

当警方确认死者身份后，主要调查线索就集中在陈蔓莉失踪的汽车上。通过对死者死亡前后三日内本市内交通录像的调取排查，车辆来往轨迹迅速被锁定，那辆被卖给佳木斯农民暴发户的宝马 X5，很快被追回。嫌疑人由于过失杀人，致人死命后又被贪婪蒙昏了头脑，卖车手段极其拙劣，警方的侦破工作极其顺利，抓捕工作如瓮中捉鳖。当时林朋正在公司埋头研究一款新型软件，警察几乎神兵天降。

看到警察的那一刻，林朋就知道，该来的来了。没有任何抵抗与挣扎，束手就擒，对所犯罪行供认不讳。戴上手铐的时候，他甚至长舒一口气，煎熬终于可以结束，再也不用心惊胆战强作镇定地挨过生不如死的一天又一天。随后根据林朋的供述和指认，警方在悬崖处，找到了被掩埋的苹果手机。又通过对那名无良出租车司机的审讯，及一系列证据链的认证，确认了林朋的罪行。

公安预审已经结束，案子被移交检察院。这时陈蔓莉后事已料理完毕，整个过程由陈蔓莉公司办公室主任及一名副总主持，王豫由于牵挂陈雨菲，做了一些辅助工作。期间遇到王豫忙不过来，赵雅祺与刘国辉也纷纷主动伸出援手，几个人跑前跑后，经历了几个共同忙乱的日子。当纷乱终于结束，王豫、刘国辉、赵雅祺聚在刘国辉的律师所，仍然为这件刚刚过去的事情唏嘘不已。

尤其刘国辉，提到陈蔓莉，不停地感叹、惋惜："大美女啊，从一个无依无靠的孤儿，自强不息走到今天，需要多少超出常人的聪明智慧和坚强毅力，就这么毁于一旦！如果她在发现手机丢失后第一时间选择报案，这场悲剧就不会发生，或者，在与林朋取得联系之后选择报案，由警察处理对方的敲诈勒索，也可以避免悲剧。"

"她忌惮手机里的隐私曝光，所以从一开始她就没考虑报案这一解决方案。"赵雅祺说。

刘国辉道："深究起来，林朋与陈蔓莉的矛盾，不仅仅是两个个体的矛盾，主要是两个社会阶层的矛盾，也就是说，是底层贫困者对富贵阶层根深蒂固不可化解的敌视和仇视，导致林朋从一开始，就把陈蔓莉当成深度痛恨的坏人、敌人。"

刘国辉的助理小肖是一名老家在农村毕业后留城打拼的年轻人。他进来取一份资料，大约对陈蔓莉的事情已有耳闻，便顺着刘国辉的思路插了一句，道："陈蔓莉错就错在，不该把内心里对林朋的轻视和不尊重，通过言语和表情表达出来，她高估了林朋的承受力，践踏了林朋的尊严，这是她犯的最严重的错误，她以为在 50 万巨款唾手可得的诱惑下，一个穷人会放弃尊严承受别人的羞辱讥笑，所以她没料到，林朋在自尊被刺伤后，不惜抛开一切去制裁她，而不管即将到手的巨款。”

小肖这么说时，瞅了一眼赵雅祺。

赵雅祺当即捕捉到，便问：“干吗用这种眼神瞅我？”

小肖笑了笑，不回应，拿了资料转身离开。

刘国辉笑道：“他是提醒你与底层老百姓打交道时要注意分寸和方式，否则，后果很恐怖。”

赵雅祺委屈道：“你们俩合起伙来欺负我吗？”

一直沉默的王豫瞅一眼刘国辉，说：“有我在，他们不敢。”

“不敢，不敢，”刘国辉说，“有坦克在，谁敢欺负爱心女神啊。”

赵雅祺心里涌过一阵暖流，感激地望一眼王豫，王豫却躲开了她灼热的视线。

“这就叫性格决定命运。”刘国辉说，“以陈蔓莉的出身及成长背景，在极度贫寒的环境里艰难奋斗过，即使身家逾千万，她对金钱的珍视程度，一点都不亚于年收入只有一两千元扳着指头过日子的农村人，所以当一夜之间被诈去50万巨款时，心态彻底给破坏了，别说保持从容平常心，就连平常出没所谓上流社会刻意保持的最基本修养风度也全给毁了，在这种心理状态下，她身不由己出言相讥，主要是发泄对敲诈者的怨愤，也就是说，她输在心态上，在特殊状况下，没有能力调整并把握心态，失去了控制力，导致对方被激怒后采取丧失理智的极端行为。”

王豫静听几个人解析，听到这里又不由想到，刘警官谈案情时提到过一个细节：审讯过程中，林朋数次提到，那个女人轻蔑的眼神以及盛气凌人的态度让他无比愤恨。如果陈蔓莉一直示弱，软语恳求，在谈妥条件之后又没有节外生枝出言不逊羞辱于他，后面的事或许不会发生。说到底，还是陈蔓莉放不下的东西太多，如果她没有把手机丢失的后果看那么严重，悲剧是不会发生的。一部手机，一个邪念，两条人命……王豫又思考另一个问题：陈蔓莉舍命取手机，甚至死到临头，还哀求行凶者不要把资料传到网上，担心牵累别人……她究竟在担心什么？还是在保护什么人？仅仅保护女儿不受伤害吗？不得而知。

唏嘘完陈蔓莉，几个人又谈到陈雨菲。刘国辉与赵雅祺几乎不约而同问王豫如何打算，和女孩摊牌吗？

在处理陈蔓莉后事的过程中，陈雨菲最依赖的人仍然是王豫。女孩仍然固执地认定，王豫是她妈妈最好的朋友。除了王豫，她不主动与任何人交流，不主动走近任何人，也拒绝其他任何人靠近自己。

“现在是时候摊牌吗？”王豫反问两个人。

赵雅祺与刘国辉面面相觑。

“摊牌以后怎么办？撤退走掉？”王豫再问。

轮到两个人沉默了。

这天与刘、赵及周欣三人分手后，王豫整宿未眠，总觉得有什么事没有解决，弄不清楚就没办法安生。想了一夜，找出症结所在。次日他拉上刘国辉，再次往市局跑，拜会刘警官，希望进一步了解那部苹果手机里装载的秘密。

这时候手机已被作为遗物交还给陈蔓莉的女儿，但里面贮存的所有资料，早已在林朋作案后破坏系统时，被毁得干干净净。王豫认为有必要了解藏在手机里那两名男子的基本信息。正因为这些信息，给陈蔓莉带来灭顶之灾。尤其关键的是，陈雨菲一直固执地认定她妈妈有位秘密男友，且在她眼里，王豫一直在替那个混蛋扮演着替身角色。

“你的心情我理解，让你蒙受不白之冤，是得把那个家伙找出来。”刘国辉说，“不过，我不得不给你泼凉水，叫我说根本不用去，去了也白去，刘警官百分百不会透露任何你想要的信息给你。”

然而王豫坚持要去，刘国辉便陪着跑了一趟。

这自然是个敏感话题，刘警官大脑相当清楚。关于预审结束后可以向民众公开的案情，尤其谈到侦破过程中他本人的勇略与智慧，那叫一个神采飞扬，侃侃而谈，怎么侃都可以。而一旦提起陈蔓莉手机里的“潜伏者”，涉及个人隐私，他立马变了一个人，严肃而谨慎。

“我们拿到手机的时候系统已被破坏，嫌疑人做了备份，但备份资料并不完整，根本说明不了什么问题。”刘警官几乎滴水不漏，守口如瓶。

“陈蔓莉出了这么大的事，手机里那两个有关系的人，一点没受牵连？”王豫问。

“这些情况，我们向上面进行了如实汇报，”刘警官说，“但在没有强有力证据指证对方有违法乱纪行为时，任何人都没有权利对别人说三道四。”

从公安局出来，刘国辉道：“叫你不要来，你不听，你想啊，牵涉到当政官员，他可能随便乱讲话吗？你以为人家智障？智障能当刑警队长？换句话说，刑警队长也是给人干活的，也要吃饭，受上面管理，得遵守纪律，凭什么讲给你听？你什么来头啊？我看你是掉这旋涡里出不来了，正常智商都没啦。”

“少废话，说正经的，现在有一途径，”王豫说，“想办法去见林朋，他至少脑子里还有备份，说服他拿出来。”

“他是杀人犯啊，过失杀人也是杀人，马上就要被判刑，怎么见到他？”

“你有办法的。”

“哇！我有什么办法？杀人犯没请我担任律师，我用坑蒙拐骗欺诈手段去见杀人犯？”刘国辉瞪大眼睛，“坦克，你还是我兄弟吗？是我兄弟就不要逼我知法犯法好吗？”

看王豫半天不作声，刘国辉又道：“坦克，我有一主意，你去找赵雅祺，请她帮忙。”

“她能帮什么忙？”

“她有钱啊！有钱能使鬼推磨知道吧？叫她买通杀人犯当事律师，你想要什么就都有了。”

“我说饭桶，你的意思是你自己不愿干的违法乱纪事，叫别人去干？损不损啊你？”

“怜香惜玉是吧？那就收起好奇心，别再瞎打听跟你八竿子打不着的事了。”刘国辉正色道，“那女孩你愿意管着是你的事，你不愿意管，跟她讲清楚，交给警察，再不成还有居委会、孤儿院、民政局呢，还赖上你不成？”

|第十五章|

36

陈蔓莉出事后，关于陈雨菲何去何从，一度让王豫抓狂。

期间还发生过一段小插曲。出事消息传出没几天，先后有两名中年男女不知从哪儿冒出来，自称陈蔓莉亲戚。这就让人不得不纳闷，自幼为孤儿的陈蔓莉哪来的亲戚？她在孤儿院的时候亲戚又哪儿去了？

两位中年男女分别给予了合理解释，不约而同声称他们是陈蔓莉养母的表亲。一位自称是那位孤寡老人的表侄，一位自称孤寡老人的表外甥女。仔细算起来，他们都是陈蔓莉名正言顺的表姊妹。为了让陈雨菲不产生疑问，他们先后找街道办、居委舍等开出一张张亲戚证明。他们解释，之所以这些年与陈蔓莉从无来往，责任完全不在他们，而是陈蔓莉在发迹之后，嫌弃亲戚穷，拒绝与他们有任何往来，千方百计甩掉这些穷亲戚。而他们出于自尊，也不愿上赶着高攀富贵。可现在不一样了，现在陈蔓莉出了意外，孩子落于危难，他们震惊的同时悲恸不已，担心这成为孤儿的孩子成长问题与未来生活何去何从？他们愿意不计前嫌，收养这个可怜的孩子。

发现陈蔓莉有亲戚在世，而且同城生活，王豫惊喜之余顿感欣慰。如果他们果真有心照料陈蔓莉的女儿，绝对是两全其美的好事。孩子生活有了着落，王豫也从此得到解脱。然而事情发展却没他想的这么美好乐观。两名中年男女，看样子是亲戚，但不是一家人。中年女人带着她丈夫，中年男子携手他媳妇，在连续几天的时间里，两家人不约而同手持证明，异口同声因心疼孩子想方设法争取监护权。

这时陈雨菲暂住在王豫家里。两拨突然冒出的亲戚，弄到王豫的地址，每天过来“报到”，带着零食、玩具、图书，极力表现对孩子的呵护疼爱，用尽一切办法讨取孩子的欢心，想把孩子抢夺到自己家中。那种急迫程度，让人觉得如果不能照料这个可怜的孩子，他们将有愧于良心而无法苟活，必须马上得死去似的。在你争我抢的过程中，双方彼此指责对方居心不良，图谋不轨，有一回争执不下，双方的女人当着陈雨菲的面动手打起来，继而两家的男人在王豫的小房子里挥拳相向。陈雨菲吓得瑟瑟发抖，躲在房间打电话向王豫求助。

看到女孩对王豫如此依赖，两拨亲戚审时度势，暂且结束内讧，共同将矛头指向王豫，质疑王豫的身份，指责王豫有不良企图。无奈，王豫请来陈蔓莉公司的律师、原财务经理，以及法院处理陈蔓莉案子的相关工作人员。律师当面宣告陈蔓莉已经破产，资不抵债，现有固定资产全部被查封，拍卖手续正在办理中，如果取得孩子监护权，将意味着纯粹的净付出……律师的话还没讲完，这场争夺监护权的战争自动熄火，两伙亲戚找借口灰溜溜离开，此后再没一人露面。

陈蔓莉死后，遗留了诸多财务问题。首先是夏威夷租金事件。之前业主已经集体启动官司，惊闻陈蔓莉死讯，集体愕然，回过神来又愈加担心利益受损，集体继续通过法院维权。人死了，公司还在。通过财务核查，陈蔓莉将几百万租金放在私人账户，进行某银行的纸黄金投资。出事前的两个月，国际黄金价格平稳，那笔钱没有收益，但也没损失，随时可以提出来使用。恰在陈蔓莉出事的半个月内，国际黄金突然高台跳水，由于账户处于无人管理状态，短短两周缩水 35%。

法院进行了强制执行。在净损失达 35% 的价位上强行平仓，又通过陈蔓莉公司账户的现有资金进行缺口弥补，这才了结夏威夷租金事件，平了众怒。从法律程序上，以陈蔓莉拖欠租金过期不履约这一事实，根据原有租赁协议的约定，已单方面导致合同终止。在法院调解下，夏煌、洁能及众业主三方重新协议，由业主与洁能直接签约，夏煌得以彻底解脱；洁能与散户打交道除了受些麻烦，但从此不再被三角协议困扰，也不再被打上门去的维权客骚扰，落个耳根清净；而散户，再不用忍受“二道贩子”盘剥，可以定时拿到更高租金，落得实惠又省却闹心事，算是三方受益，皆大欢喜。

陈蔓莉故去，如大梁倾倒，公司就地瘫痪，但公司的财务麻烦远不止夏威夷租金问题那么简单。近年受金融危机影响，各行各业受到冲击，陈蔓莉的公司也不例外。由于业务锐减，效益下滑，为谋求新发展，两年内陈蔓莉先后投资两个项目。先是与一位搞房产开发的朋友合作拍下郊区一块地，进行商品房开发；随后又遇到一个机会，虽然手头资金紧张，但不愿错失良机，便将现有住房进行银行抵押贷款，出资 800 万，与另一位朋友合股接下一家加油站。

然而半年前，因城市施工修地铁，加油站又恰在施工区域中心，附近路段被完全封闭，加油站生意急转直下，由日进斗金变得日损斗金，咬牙维持几个月，朋友吃不消，建议低价转让，陈蔓莉不甘亏损太多，还在纠结中，就在这时候突然出事了。就在陈蔓莉进行火化安葬那几天，加油站合伙人宣布加油站破产，将现在资产以极低价格转手。随后，合伙人携款消失。后经律师查证，此合伙人近两年一直在瞒着陈蔓莉悄悄办理美国投资移民，早在半年前移民手续已办理完毕。

陈蔓莉死后，由于商品房开发项目还有一项手续尚未齐备，原计划秋季破土动工的首期工程，也骤然搁浅。短短一个月，公司相关人员来来去去各自奔波，又经过一系列法律程序，陈蔓莉公司彻底宣告破产。公司现金账户以及陈蔓莉个人账户，被各路追债人挖干掏净，现有200平方米的住宅，以及宝马汽车，一并被法院查封并做出拍卖计划用于偿债。

对于小女孩陈雨菲，财务问题她不懂，也无兴趣，她能做的只是被动地接受命运强加的安排，不具备任何抗争能力。情绪上，自然经历了一个惶惑恐惧的阵痛期，渐渐接受了失去母亲的事实。处理陈蔓莉后事期间，不可避免见到一些人，从那些人的各种言论里，女孩似乎明白了母亲到底“去”了哪里。因此对游戏里“络岩寻父”的故事已不再抱什么幻想。但她没有就此向王豫提出质疑，相反越来越依赖王豫。从日常生活到精神、心理，她几乎成了一条小尾巴，恨不能24小时黏到王豫身上。王豫每次结束飞行走下飞机，打开手机里面都会跳出女孩发来的留言信息，一天看不到王豫，女孩都会心神不安。关于女孩与王豫的关系，在处理陈蔓莉后事期间，几乎所有来来往往的人，或官方或私人，都把王豫默认为陈蔓莉生前朋友。他们理所当然地认为，这名青年照顾朋友亡故并破产后留下来的孤儿，符合人伦常理，符合一位善良百姓的行为标准，是正派人士的标准做法。而这一切，王豫始终一个态度：不澄清，不解释。

陈蔓莉房子被查封后，陈雨菲在王豫那儿有过一段短暂的小住。这时还在暑假期间，学校尚未开学，王豫工作忙时，就把陈雨菲送到父母家，拜托老王和罗爱芳照料女孩。老王和罗爱芳同情女孩的遭遇，尤其罗爱芳，她对奸商陈蔓莉的恨，随着陈蔓莉的死，顷刻间烟消云散了。见到孩子第一眼就落了泪，说，这孩子，真可怜！因此在照料女孩的时候，尽所能保障女孩的衣食住行，尽力让孩子感受到温暖。

但是照料归照料，老两口对王豫的某些做法，并不赞成。

背着女孩，老两口对王豫的不妥当行为进行了批评。

老王说，非亲非故，咱算老几？领个孩子回家，短暂住两天可以，但不能长期下去啊，七岁的孩子，当养条宠物狗那么简单吗？平时给点狗粮花点时间遛遛洗个澡就可以了？她要吃要喝要穿衣要教育，咱有什么资格接管人家？你有这个能力吗？人家亲戚都不管了，你算哪根葱？

王豫懒得解释，只好自嘲道，行，算我脑袋积水，神经病，好端端地吃药，吃得还不轻。

关键问题上老王非常理性。他又分析说，孩子她妈不是什么好女人，她爹呢来历不明又去向不明，至少可以肯定是一不负责任的混蛋，遗传基因在这儿摆着，你干这事弄不好就是搬石头砸自己脚……

罗爱芳的态度柔和一些，她给王豫做思想工作：尽早去找派出所，找居委会也成，开出证明，把孩子送到孤儿院去。你现在可怜她，同情她，但这个社会不是你付出善心就会回报你善良的，外人怎么看？左邻右舍怎么看？善良的人知道咱是行善事，不善的人呢？未必会认为咱在做善事，人家会不会怀疑咱们有什么图谋？那些人不知道陈蔓莉已经破产了，会不会猜测咱想图人家孤儿财产？再说做善事，怎么也轮不到你，有的是慈善家、想表现的企业家、爱心人士，有政府，有社会，干吗没事找抽给自己找麻烦？别人都千方百计想甩掉的包袱，你给揽怀里？

人老了喜欢絮叨，关于陈雨菲的事，同情归同情，却没有能力管下去，翻来覆去就这么个中心意思。根本不用脑子想，王豫也知道，老人说得在理。容留无家可归的小女孩住几天没什么，长期下去不是办法。自己的生活严重受影响不说，往后日子还长，他能担起一个孩子成长的责任吗？

37

这天王豫飞行回来，意外地看到陈雨菲在屋里发呆，便问她为什么不待在爷爷奶奶那儿。老人家对她不好吗？陈雨菲说：“爷爷奶奶很疼我，但我还是愿意跟你在一起，就让他们送我过来了。”

王豫在飞机上吃过机组餐，这时发现陈雨菲还饿着，冰箱里空空如也，也懒得做，便带她出去吃米线。陈雨菲从罐罐里往小碗里挑米线，滚烫的汤汁溅到手上。她停下动作，用嘴巴吸吮被烫的地方，不吭声，大眼睛里水汪汪的，并不喊疼。王豫拿起筷子和小碗，帮她盛出一碗，用筷子抖动着米线，让它们快速凉下来。热气散去不少，王豫将小碗送到女孩面前。

陈雨菲也不客气，接过来就吃，不说谢谢。

邻座有位妇女，瞅瞅女孩，脱口道：“小姑娘长得真漂亮。”

陈雨菲没抬头，继续吃，仿佛什么也没听到。

王豫笑笑，出于礼节，回了声谢谢。

妇女瞅瞅王豫，又道：“遗传学说姑娘像爸，爸长得帅女儿就漂亮。”

王豫继续微微笑着，未置可否。

妇女又说：“你这个当爸的，够细心的，姑娘有福，如今像你这么靠谱的年轻爸爸，真是不多啦。”

王豫捡起旁边一位客人遗下的一张报纸，装作看报，没作任何回应。

谁知陈雨菲停下筷子，抬头目不转睛望着妇女，无比诚挚道：“谢谢阿姨！”

王豫愣了一下，眼睛余光瞥瞥女孩，女孩目不斜视，埋头继续吃。

这晚回到家，王豫情绪有些低落，一直闷闷不乐。他打开电视给女孩看动画片，自己坐在沙发上拿起手机想玩会儿微信时，女孩突然关掉电视，走到他跟前，问他：“你想不想把女朋友追回来？”

“已经走掉的人，干吗要追回来？”王豫握着手机浏览微信，头也不抬，反问。

“那你为什么不开心啊？要是那个胡蝶回来了，你的脸是不是就不会这样子啦？”陈雨菲上前一步，伸出指头捏捏王豫的脸。

“胡蝶是过去时，我早就不惦着了，干吗你还惦着？”

“那行，从今天开始我不再惦着你前女友了。请问你，现在时有吗？追女朋友是不是要花钱啊？我可以赞助你。”

“你赞助我？”王豫抬抬头，看着陈雨菲，“你拿什么赞助我？”

陈雨菲去一趟卧室，怀里抱着一只美羊羊走出来。这是她一直随身携带的一只玩具。她熟练地拉开美羊羊尾巴下边的小拉链，小手灵活地伸进去，在美羊羊肚子里摸索一阵，竟然掏出一张银行卡来。

这是一张招商银行的理财卡，此前王豫从未见到过。

“这上面有一笔钱，如果你需要的话我可以借给你。”

“多少钱？哪儿来的？”王豫看看卡，又抬头看她。

“我存的压岁钱，今年春节时我妈妈说，有一万多。”

“一万多能干什么？”

“能干什么就干什么吧。”

“干吗要借钱给我？讨好我吗？”

“不是啦，”女孩摇摇头，“同情你。”

“就因为我没女朋友？你同情我？”

“看你这个鬼样子，气氛好压抑。”

王豫不由嘿嘿苦笑，说：“一万多块什么也干不了，再说用钱追来的女朋友靠谱吗？”

“那你追女朋友主要靠什么？”

“个人魅力，懂吗？用魅力吸引来的女朋友才靠得住，明白？”

女孩似懂非懂点点头。王豫叹口气，觉得有个事不能再在心里憋着了，必须和她摊牌。于是放下手机，双手扳着女孩的肩膀将她按到沙发上，两人面对面直视着对方。

“有个事得和你商量一下。”王豫一脸郑重。

“你说。”女孩的神经一下子绷起来，两只眼睛睁得圆圆的。

“最近公司有打算派我驻外，”王豫说，“我们可能要分开一阵子。”

“驻外？”

“就是出长差，比较长的时间。”

“多长？”

“半年，或者一年，甚至两年三年，都有可能。”

“你不能不去吗？”

“不能，这是工作，领导安排，由不得我做主。”

“没关系啦，你送我到你父母家吧……”女孩眼眸转了转，嘟着嘴唇说，“老人家也挺好的……我愿意和他们在一起。”

“这个，我考虑过了，我父母那儿太不合适了，那对老头老太太缺乏耐心，照顾不好你的。”

“我明白了，”陈雨菲想了一会儿，歪歪头，瞅着王豫，似乎要揭穿他的谎言，“王叔叔，你这是要闪人吧？”

“什么意思？闪人？”

“就是把我抛弃了。”

“你觉得呢？”王豫反问。

“我觉得吧，我可能会很惨，我听人议论过，我妈破产了，谁也不愿要个累赘。你要是闪了的话，我可能会被送到孤儿院，我查过百度了，没人管的小孩通常都是这个结局。”

“孤儿院，也没什么不好，那里有很多小朋友可以一起玩。”

“那里的小孩没有爸爸妈妈疼爱。”

王豫沉默着，心如刀绞。

“王叔叔你可以收养我吗？我不想和陌生人在一起。”

收养？这是与王豫风马牛不相及的事。女朋友都养不了，养孩子？别的不说，单从现行《收养法》相关规定来讲，年龄未满30周岁的单身男子收养无血亲女孩，是法律所不允许的。也就是说，就算王豫有意收养陈雨菲，法律上也行不通。

王豫继续沉默。

“我自理能力还是不错的，穿衣，叠被，洗自己的脏衣服，我不会给你添麻烦的，我还能帮你做事，比如洗碗，擦地……”陈雨菲泪雨滂沱。

望着那双纯真眼睛里聚集的与年龄不相称的忧伤，王豫心如刀绞，但无能为力。

一周后，陈雨菲被送进孤儿院。刘国辉出面协助办理了相关手续。王豫实在没有勇气面对女孩幻想破灭之后满脸心碎的绝望表情，便以“驻外”为借口“消失”——独自隐蔽在车里，在一个陈雨菲看不到地方，眼睁睁望着女孩满目凄惶地被相关人员领走。

两个月后，通过刘国辉传递的消息，王豫得知，陈雨菲幸运地被人收养了。收养她的是一位年届四十的单身女子。这女人姓顾，名红，现为一家外企高层管理人员，有过一次失败婚姻，无子女，对婚姻与男人绝望后，决心领养个小女孩与自己相依为命度过后半生。

“我打听过了，顾红，是一位虔诚的基督教徒，是圈里出了名的大善人，陈雨菲到她那儿去，也算是一个不错的归宿。”刘国辉说。

刘国辉传来的相关资料上，看到顾女士接受过良好的教育，经济条件非常好，王豫心里颇感安慰。顾女士从孤儿院领走陈雨菲时，王豫也去了一趟，但他没有露面，将车停在孤儿院大门外隐蔽处，自己悄悄躲在车上。顾女士开车载着陈雨菲从里面出来时，王豫隔着车窗看到顾女士的面容，慈眉善目，整体看去柔美温婉。从面相学讲，年过四十的女人还保持着这样一副姣好面孔，至少可以肯定她有着正派的为人与善良的心地。

王豫长舒一口气，仿佛心头一块巨石终于被搬开，浑身上下轻松下来。

38

周欣的男朋友张涛跑了。

一夜之间跑掉的。张涛跑了与赵雅祺没关系，但他害惨了周欣，周欣的事赵雅祺没办法坐视不管。张涛在证券公司做经纪人，主要负责期货方面的代理工作。他先用一年时间取得一位投资人的信任，获得客人账户代理权，在全权帮客户操作期货交易的过程中，他每天都频繁进行大笔买进卖出操作，以从中获取佣金与交易手续费。赚取佣金的快感如同毒瘾，令张涛不计后果欲罢不能，短短三个月，客户账面五百万资金被损耗殆尽。客户得知实情后，气得要疯掉，一怒之下将张涛连同证券公司告上法庭。在收到法院传票之前，张涛感觉要出事，跪在周欣面前痛哭流涕，诉说悔恨。周欣又气又恨，但念及两人一年的同居感情，为减轻男友罪责，周欣拿出自己的全部积蓄 50 万元，交给男友，叫他积极赔偿客户，争取最轻处罚和量刑。却不料男友从银行将钱转出后的当晚，给周欣留下一封信便消失了。

“亲爱的欣，对不起，我没有勇气面对即将到来的惩罚，这辈子我欠你的，下辈子做牛做马我偿还你，这笔钱我先借去用了，如果今生还能东山再起，我会回来找你，万一我回不来，那就是缘分尽了，不要找我，照顾好自己，好好把日子过下去……”这是张涛半夜留给周欣的纸条，压在两人同居租房的饭桌上。

周欣一觉醒来，发现这封信，当天没来上班，向赵雅祺说身体不舒服请假一天。第二天仍然没来上班，赵雅祺就觉得奇怪。周欣是那种事业型女性，尤其拥有了 5% 干股后，整个世界在她眼里，几乎找不到什么比公司业务更重的事。预感到有什么事发生，赵雅祺驱车赶往周欣住处。

周欣捧着男友留下的纸条，整个人跟神经了似的，头发蓬乱，满脸泪花，坐在乱糟糟的床上，一天一夜水米没打牙，苹果脸蜡黄憔悴，很明显地瘦掉一圈肉。赵雅祺从周欣手里取过纸条，蓦地明白发生了什么。看着周欣的样子，赵雅祺忍不住一通训骂：“平常我一直把你当作励志榜样激励其他员工，公司所有的人都知道你属于乐观生活的典范，打不死的小强，什么困难都不在话下，现在考验的时候来了，难道你就这点出息？你就不能当他死了？”

“我可以当他死了，他死了我不会哭，不会掉泪，可是我的钱呢？我哭我的钱，我这些年风里来雨里去，没时没晌加班加点，饿了吃泡面，累了睡公司，我攒这些钱容易吗？我的全部积蓄啊，凭什么他一声不吭给全部拿走一分不给我留？我以后日子怎么过哇！”

周欣不顾斯文哇哇大哭。那个伤心，那个疼，跟死了亲娘老子一般。

“钱本来在你的账户上，你不点头他能拿走？你应该从自己身上找原因！”赵雅祺恨铁不成钢，“我早提醒过你，你这个男朋友靠不住，我第一次见到他，看他滴溜乱转的眼神我就非常不喜欢，我警告过你，可你怎么说？说他对你好，说他爱你，说我眼光太高，说我有偏见，说是你找对象不是我找对象，我不能拿自己找对象的要求去要求你，还有，后来，他不顾客户利益骗取客户佣金的时候，扬扬得意地向你炫耀他的聪明与手段，当时你有担心，问我怎么办。我怎么告诉你的？我说你男朋友为人不端，心术不正，他缺乏起码的职业道德，他能不择手段坑客户，就没什么干不出来，你怎么说？你说他对你好啊，天天早起给你做早餐啊，他坑谁也不会坑你啊，你说你是他亲人啊，还说什么我单身久了心理有可能变态了……哎呀，我不说了！我也要疯了！”

周欣哭得死去活来，整个人虚脱一般，抱住赵雅祺不撒手，边哭边悔恨自己当初没听赵雅祺的劝，没有认清身边人狼心狗肺真面目，悔得恨不能抽自己嘴巴子一头撞墙死掉……赵雅祺一点也不心软，噼里啪啦地继续训：“人家把你钱卷了，你再浪费宝贵时间自己残害自己？就这点出息？这点小事都搞不定，这点挫折都扛不住，将来还怎么跟我把事业做强做大？还怎么当我未来珠宝集团的副董事长副总裁？”

训完了，赵雅祺打电话叫外卖送了一份饭，命令周欣无论如何吃下去。钱没了，人得保住，吃了饭有了力气，才有可能去追讨白眼狼的不是，总不能人财两空是不是。周欣流着泪往嘴里大口大口塞饭，赵雅祺拨打两遍张涛的手机号，一直不在服务区。她推测，张涛可能已离开这个城市，手机号给毁掉，目前躲在什么地方，不得而知。

“有没有可能回老家？”赵雅祺问。

“我从昨天早上发现纸条起，就往他家里反复打电话，他父母反复说没有他的音讯，和他联系不上。”周欣说。张涛老家在江西某县城，父母都是为人忠厚的教师，他们对儿子的失踪也震惊不已。

赵雅祺陪了周欣一天一夜。在赵雅祺的劝说与抚慰下，周欣意识到这么自我摧残下去只能雪上加霜，于是强迫自己振作起来，恢复了理性与坚强，回到公司，为创造好业绩拼了小命忘我工作。至于张涛卷走的钱，则寄希望于张涛的客户通过法律手段将张涛找出来，到时候这笔钱能否安然回来，或能否回来一部分，还是个未知数。

然而祸不单行的是，出这个事不过一周，周欣五十多岁的父亲骑电动车出门，撞倒一位七十多岁的老妇人，老妇人在医院被诊断大腿多处骨折，做了两场手术，手术过程打进数块钢板、数颗钢钉，老妇人的家属全都要求用进口的，两场手术下来，光是钢钉钢板往腿里钉进小 20 万。为这笔医药费，病人家属纠集了二十几口人，找到周欣父母家，日夜吵闹。周欣父母都是普通工薪阶层，去年刚把住了三十几年的四窗漏雨的八十平老房子卖掉，换了套 110 平的新楼房，换房用光了全部积蓄，为平息事故，找亲戚借钱凑了十万，剩下的实在凑不出来，周欣母亲坐动车来一趟鹭城，流着泪向女儿诉说发生在家里的不幸。

周欣也是一筹莫展，刚刚被男友洗劫一空，怕老人受不了打击，还不能把自己的遭遇告诉母亲。没办法，只好向赵雅祺开口。赵雅祺听罢，没二话，让财务往周欣账户转去 10 万现金，算是预支的年底分红。然后，放她一周假，让她陪母亲回去处理纠纷。周欣一走，赵雅祺立即感到公司仿佛被抽掉一根柱子，里里外外都需自己打理、操心，日夜忙得连轴转，上厕所有时都要一路小跑。这种状况一直维持到一周后周欣回来，赵雅祺这才腾出工夫，放松下来。

夜深人静，辗转反侧时，赵雅祺脑袋里就会一遍遍回放前段时间与王豫相处时的种种细节。完全是不可控的脑细胞活动，那些她目睹过的关于他的动作，两个人在一起屈指可数的时光，以至于每句对话时他的眼神、语气，她都记得分毫不差。一夜又一夜，脑子如同被下咒般，被那些回忆占据并翻搅得无法入眠的时候，赵雅祺已经可以确定，他不再是一个幻影的替身，而是一个纯粹独立的全新存在。他的存在，使她曾经铭刻于心的关于爱情的记忆，如同被格式化的电脑硬盘，彻底被刷新。

自上次在刘国辉事务所分别以来，两个月过去，两个人没再碰面。他忙，她也忙。但她知道，忙不能成为借口。她每天更新微信，渴望在这里与他相遇继而有所交流，却从未在微信发现过他的身影。她每条微信后面，往往跟随着众多朋友的好评与成排的赞，她仔细从那些“身影”中寻找，却是不曾见过他半个字的评论，连个赞都不曾点过。他每天是否登录微信，浏览微信，她无从得知。或者每天会来，只是从来对她视而不见？她悄悄关注刘国辉的微信，刘国辉每天更新，但播报的都是自己所里的信息，与法律相关的信息，从他那儿几乎找不到关于王豫的任何踪迹。

因为想得到他的消息，也因为惦着那个女孩，赵雅祺主动通过短信询问女孩的生活。

“陈雨菲近来还好吗？”她问。

“她被送孤儿院了。”他简短的一句，没多说什么。

她默默叹口气。过两天，又发信息问："陈雨菲在孤儿院还好吗？"

可能没有及时接到，他没有即刻回复。她静静等待，果然在当晚他回过电话来，告知陈雨菲有幸被人收养，并简单介绍了一下其养母的情况，叫她放心。除了关于陈雨菲的话题，他不再多说什么，完全是礼节性的往来，没有任何提出约她见面的意思。她仔细回忆过去的几次交往，不得不承认，他每次主动找她，都与那个小女孩有关，都是因为无奈之际需要她伸出援手。除此之外，她所期待的他的声音、电话，哪怕一个小小的短信问候，她都没有得到过。

出于女人本能的矜持和自尊，她停止了主动联系。

但又不能放下。怎么也放不下。佛说人之所以痛苦，皆源自放不下。没错，完全是这个理儿。人之所以是人，就是放不下的东西太多。名、利、权、情、欲，皆如牢笼，将人牢牢地囚禁、奴役着。不过话说回来，人若什么都可以放下，不都成佛了？

在一次次期待变成失望后，赵雅祺偶尔感伤。感伤的时候身上每一个细胞都会变得多愁善感，听一首爱情歌会情不自禁流一场泪，看到花盆里花瓣飘落也会忍不住泪下……知道这样不好，知道自己和别人又不一样。古话说，相思是病，严重了一样会死人。健康人尚且如此，何况她这样的……劝周欣的时候，赵雅祺慷慨激昂，一副视爱情为粪土的侠士豪迈，大道理一箧又一箧。轮到自己身上，一万种道理就有一万种不管用。

| 第十六章 |

39

转眼，送走陈雨菲两个多月了。

生活回到了正常轨道，休息日王豫与刘国辉相约打网球。停好车走进俱乐部大厅时，刘国辉的视线被一位有着修长美腿的美女吸引。王豫顺着他的目光看去，发现美腿主人竟是赵雅祺。她穿一身雪白的运动款短衫短裤，一双修长美腿行走在五星级俱乐部大厅里，如同芭蕾舞演员轻盈旋转在舞台上。因陈雨菲的事，刘国辉与赵雅祺见过一次，那以后对赵雅祺的美丽念念不忘。此时突然相遇，刘国辉意外且惊喜，大声喊出赵雅祺的名字。王豫也觉得意外，但他没有像刘国辉那样直白。

“真巧，你俩也有这个爱好？”她笑得灿烂，一口洁白整齐的牙齿如瓷器般精致。

“是呀是呀，我们哥俩搭档玩这个历史悠久，从大学就开始了。”刘国辉抢着说，“怎么，你没有球友一起来？”

“有教练。”赵雅祺笑着。

“哟，还请什么教练呢，花那个冤枉钱！”刘国辉拍着胸脯殷勤道，“你请我行了，绝对老手，酬金特合算，只需要一杯咖啡而已。”

“求之不得。”赵雅祺顺水推舟，瞟一眼王豫，道，“你给我做教练，他怎么办？”

“他该怎么办就怎么办，不用管他。”刘国辉挥挥手，“走吧，今天哥哥给你露两手绝招！”

“重色轻友，这是饭桶永恒不变的人生准则，”王豫慷慨笑道，“我早习惯啦，你们玩吧。”

刘国辉与赵雅祺对阵时，王豫没找到合适的球友，先做了一套热身动作，独自玩了一阵，然后坐在一旁观战。一开始刘国辉明显轻敌，发球和接球都有些游戏心态，头一回合还故意耍了一把，做出一个激烈的发球动作，赵雅祺全力以赴准备接球，在空中盯了半天，却发现球还握在刘国辉手里。看赵雅祺上当受骗发蒙的样子，刘国辉大获全胜般开怀大笑。

赵雅祺并不计较，继续全神贯注。不到十分钟，刘国辉连丢两个球，这时他才惊讶地发现，这女子并非菜鸟，于是又急于表现，试图反败为胜，无奈四肢协调力及球技远远跟不上心理需求。不到半小时，本来肥胖的刘国辉浑身是汗，气喘吁吁。赵雅祺连打几个快球后，刘国辉疲于应付，体力不支；赵雅祺又两个快球击出，刘国辉双臂和双腿都开始发软。最后一个球，刘国辉索性放弃，任凭球从头顶飞过，自己像肉球似的滚到休息席，直接累瘫在椅子上。

望着大口喘粗气的刘国辉，赵雅祺瞪大眼睛，一脸困惑和不解，笑道："刘哥，这就是您练了十几年的成果和绝招？还老手呢！"

刘国辉一边大口喝水一边擦汗，仍不忘豪言壮语，说："妹妹啊，我得告诉你真相，第一，我的水平很高，那是以前瘦的时候，巅峰水平在大学时代，坦克可以做证，现在胖了，跑不动了，水平下滑也在所难免；第二，你这打法不对，今天说好你是徒弟，我是师傅，既然师傅教徒弟，怎么打就应该听师傅的，你这做徒弟的怎么能左一下右一下遛起师傅？你这是调戏师傅啊，打法有问题，思想不端正！"

赵雅祺哈哈大笑道："那你休息一会，缓过劲咱再比画两下？再打听师傅的，您让怎么打就怎么打。"

"咱俩就不用了！"刘国辉摆摆手道，指指旁边的王豫道，"下面叫坦克陪你比画比画，等你领教完他的水平，就知道我的真水平了，我当年的水平最少在他一倍以上，当年他也喊过我师傅，对吧坦克？"

刘国辉冲王豫挤挤眼。

王豫笑而不语。

赵雅祺望望王豫，对刘国辉大笑道："就你这水准的师傅，教出来的徒弟能怎样呢？我本来双手打，现在用单手就可以了吧？"

"哎哎，年轻人说话不知深浅，我原谅你大言不惭，不过我不得不提醒你，万万不可轻敌，虽然我刚才发挥失常，但我看得出就你这水平，我兄弟只消发挥一成水平就轻松拿下。"

"一成水平？反正吹牛不上税。"

"不服？赌一把？"

“赌就赌！赌什么你说？”

“赌一场酒，”刘国辉坏笑，“我不是贪婪的人，一场酒足矣！”

“酒就酒，”赵雅祺向王豫挥挥手，“王豫，上场吧？”

“你真要和他赌？”王豫问赵雅祺。

“当然是真的！”赵雅祺仰仰脸。

刘国辉不失时机向王豫叮嘱道：“坦克你不能故意输，你要输了就属于重色轻友，到时候我就给你传到圈里去，让你没法混！”

“这威胁对我没用，你去圈里散布什么谣言那是你的事。”王豫站起来走向球场，又对赵雅祺道，“打这个赌在我眼里很无聊，不过闲着更无聊，做好心理准备吧，先说好，输了不准急眼，球场上对你这种女汉子类型的女人，我是不会怜香惜玉的。”

“说谁呢？谁女汉子？”赵雅祺脸一板，嗔怒道。

“你啊！女汉子，有错吗？”

“原来在你眼里我是女汉子呀？好吧，”赵雅祺转瞬又换上笑脸，爽朗大笑道，“那就公平对决吧，有什么毒招尽管使出来吧！”

刘国辉冲着王豫背影又喊：“坦克，今天你赢了她，以后找我办事咨询案子费用全免！”

王豫大声回道：“狗嘴吐不出象牙，这辈子我都不想找你咨询半个字。”

站定了，王豫将球传给赵雅祺道：“女士优先。”

赵雅祺在发球之前的准备动作非常漂亮。一会儿仰着脖颈四肢伸展像芭蕾舞演员跳舞，一会儿又像孩子在蹦床上跳来跳去。发球时她非常放松，注意力又高度集中，臂、腕、腰、臀、腿，整个身体协调合理，发球动作挺拔、舒展、大方、优美。

沉甸甸的小球快速飞过来，王豫一接招便知道，若非经过一定专业训练，不可能有这样的姿势与力道。于是有意试探，几个回合后，突然加大两成力道，击出一个快如炮弹的猛球。以他的经验，水平一般的球手遇到他的炮弹球，通常都会不知所措，十有八九接不起来，却不料赵雅祺双手紧握球拍，双眼紧盯快而沉的小球，双腿一弯对准来球向前用力一挡，一个漂亮精准的动作，小球如炮弹般反射回去。当然王豫并不知道，赵雅祺在中学时代练过网球，但后来兴趣转移，荒弃多年，直到前不久才又重新捡起，为这场“球场巧遇”做了N多种努力和准备，还请了私教，每天至少拿出两小时宝贵时间，勤奋苦练整两个月，才进步到这个水准。

一共打了三局。头一局毫无悬念赵雅祺输了。但这个过程，她精湛的球技与愈挫愈勇的顽强，令王豫暗自惊讶，刮目相看。后两局王豫有意卖了两个不露痕迹的破绽，最终使赵雅祺三局两胜得以胜出，尽管这份胜利来得险象环生，但赵雅祺心里明白怎么回事，经此一役，对王豫越发心悦诚服，不仅欣赏他的球技，更倾心于他的胸怀与风度。她认为王豫有意输球，恰是大男人对小女人怜香惜玉的一次佐证，所以这场球下来，她心里如春风拂过原野，顷刻之间山花烂漫。

刘国辉眼睛瞪得大大的，举起双手鼓掌，双手啪啪啪拍得山响，大声道："漂亮！漂亮！不仅人漂亮，球也漂亮！"

"赞美是吗？"赵雅祺得意地大笑，"你兄弟成为我手下败将，你幸灾乐祸能不能别这么露骨呀？"

"我是大赞我兄弟输得漂亮！"刘国辉道，"今天我大开眼界了，坦克每次和我打，从来不肯让我半个球，越是赌钱的时候他越狠，可今天，他竟然在我眼皮底下连输两局，这是什么节奏啊？"

"本小姐不想让你难堪，可是水准太高没办法……"赵雅祺笑道。

"我告诉你啊赵雅祺，就你这个水平，也就比我稍高一点，这小子技术可是祖师爷级的，你想赢他，如果没有猫腻那你得练到下辈子或许才有可能，"刘国辉道，"如果我没有猜错的话，这小子是打算今晚慷慨出血请吃大餐的节奏？"

"这说明人家绅士啊！"赵雅祺大声说。

"饭桶，换了你有祖师爷级球技，吃大餐一定要女士请客喽？"王豫道。

"哟，我听出来了，你们俩一唱一和合伙挤对我，合着你们是一伙儿的？我是个外人，对否？"刘国辉道。

从球场下来，三人坐在露天休闲区喝咖啡。赵雅祺率先给自己点了一杯牙买加产的蓝山咖啡。刘国辉当场惊呼："哟，怎么你和我兄弟一个爱好？我哥们儿这前半辈子喝咖啡只喝这一种！"

赵雅祺很是"惊讶"，问王豫："你也？"

"这么巧？"王豫忽然心念一动，居然有这么巧的相同嗜好？叫服务员来了相同一杯。

"咖啡因含量低，在我眼里蓝山男和蓝山咖啡一样，健康，阳光，醇厚，"刘国辉饶有兴味向赵雅祺笑道，"那么蓝山女呢？你为什么也有这个爱好？"

"它优雅，芳香，顺滑，醇美，最重要的，它是这个世界上唯一能够把酸苦甘醇若干味道完美整合，而且能让人享受的咖啡。"赵雅祺晃动手里洁白的瓷杯，咖啡液体在阳光下如同绸缎一般散发着诱人的金黄色光泽，“它是咖啡里的宝石，和宝石一样稀有珍贵，所以喜欢。”

“哇，”刘国辉一会儿瞅瞅赵雅祺，一会儿又瞅瞅王豫，笑道，“赵雅祺，本来我决定追你来着，怎么现在越看越觉得你和我哥们儿有夫妻相啊，算了，反正追我的姑娘也不少，我找女朋友很容易啦，干脆就把这个机会让给我兄弟好了，王豫，你可不能辜负我啊，你要是出手慢了，这么好的姑娘让别人给追了去，那就太对不住我一片丹心了……”

“你还看好天上的月亮呢，”王豫笑道，“那也得够得上吧？”

“哟，怎么说话呢？瞧不起我是吧？”刘国辉道，“坦克，瞧不起我这就是变相地瞧不起自己，不会一次失恋就把自己否定到地沟里吧？”

“我跟你有仇啊饭桶？不损兄弟不能活是吗？狗嘴里从来说不出一句好听话。”

“拜你所赐啊，你先损我的，赵雅祺你给评评理……”刘国辉和王豫掐起来。

“我说，换个话题行吧？”赵雅祺笑道，“今晚王豫请吃大餐，上哪儿去啊？”

“赵雅祺，这顿饭是你赢来的，我做主由你来选地点，”刘国辉道，“找个五星级，宰他一顿！他上次空中抓小偷挣了一大笔奖金到现在还没请，说到底那还是你提供给他的机会呢，得让他还回来！”

40

胡蝶要结婚了。王豫收到了空乘队的小姐妹捎过来的请柬，清清楚楚写着他的大名，邀他参加。他就纳闷了。背后捅人一刀，不管挨刀者伤口有没有长好，又邀请去参观她的幸福，这是什么心理？去还是不去？去，着实不想围观曾经跟自己撒娇卖嗲的女人，挽着别的男人的手行婚姻大礼；不去？显得自己太小家子气，还在计较被人甩得难堪。人家一女流，拿得起放得下，你一大男人，纠结什么？这当口，刘国辉打来电话。

“大度，大度，哥们儿，我也收到罚单啦，”刘国辉道，“一块儿去！”

以前在一起时，三个人常一起玩，如今大婚，凡是认识的熟悉的，收到请柬都不意外。

“你该去去，不用拖上我。”王豫说。

“你不去吗？”

“考虑下。”

“考虑个啥啊？干吗不去？听说嫁的是富豪，婚宴嘛，怎么着也得茅台级的档次吧？咱哥俩正好借机喝顿大酒，”刘国辉道，“要不然咱俩平常吃饭也不是经常进五星级喝茅台的，咱去好好喝一顿，红包我一起包了，算我请你！”

刘国辉打电话这天，王豫在飞机上，飞机到站休息时候，听到两名小空姐议论胡蝶的婚礼以及男方家底，据说，男方是一位金融界精英，有两套海景城中墅，都独栋的；一辆千万级别的私人游艇，有专享的私人码头，前阵还邀请几位小姐妹扬帆出海呢；至于豪车，更是不在话下……王豫听闻这些传说，许是好奇心，许是不甘心，于是决定出席婚礼，亲眼看一看那个撬走自己女人的男人究竟何方鬼怪。

婚礼举行在晚上，在沿海一家超五星酒店。从婚宴布置看，真是蛮豪气和排场的，不乏温馨和浪漫。王豫环顾盛大婚宴场面，以自省的口吻告诉自己，胡蝶的选择是正确的。她需要这一品质的生活，这种品质的生活才能给她带来保障，有保障的生活才会有安全感与幸福感。离开自己后，她得到了她梦寐以求的安全感与幸福感，而自己，至少眼前来说，没有能力给她这一切，由此可见，胡蝶，是多么地聪明、有远见。

刘国辉和王豫坐一桌，酒席一开始，刘国辉面带微笑，那张嘴却不时地蹦一句损话：“有点跌眼镜啊，王豫，我以为茅台呢，结果五粮液。”

“五粮液不错啊，”王豫说，“不输茅台，凑合着享受吧。”

“你享受吗？我看你表情，怎么着有点难受啊？”刘国辉窃笑道，“五粮液吧还是最普通那种，也就四五百块一瓶吧，这还叫富豪级婚宴？”

“有钱人都是精明的，要不然怎么能成有钱人呢？换了你结婚，恐怕四五百块的喝不上。”

“哥们儿，你这是捧我还是贬我呀？”刘国辉瞪大无辜的双眼。

“我的意思是说你比台上这哥们儿还精明，将来会比他还有钱，会成为富豪中的富豪……”

两人正窃窃私语着，穿着白色婚纱的胡蝶，婷婷袅袅地与新郎端着酒杯走过来。刚才新郎新娘在台上，尽管有明亮灯光照着，由于离得远，王豫没能看清楚新郎的尊容。这会儿看清楚了，新郎身材高大，五官端正，没有王豫担心的那样丑陋臃肿。从面相上看，如果一定要找出与胡蝶的差距，那就是年龄上，该有四十岁朝上了吧？站在一起俨然忘年恋两代人。不过，年龄这问题，不是该王豫操心的事。从胡蝶一脸幸福的表情看，男方那些豪宅游艇，完全可以填平年龄的沟壑，实现家庭的文明、和谐、平等与圆满。胡蝶与新郎敬完一杯酒，新郎被一熟人拉住说话，胡蝶借机走到王豫身边，一双水灵灵的眼睛，风含情水含笑地望着前男友，很关切地说："哟，王豫，我还以为你带着女朋友一起来呢，没想到，还单着呢？我给个建议你别不爱听啊，年龄不小了，得抓点紧哦，再找，不能总拿前任做参考目标，稍稍降低一下标准，没准……"

王豫没料胡蝶会来这么一手，正尴尬着，只听身后传来朗朗笑声。伴随着笑声，清脆悦耳的话音也在耳边响起："说得没错！拿前任为标准太低了些，那太委屈他啦！"

王豫正惊讶着，只见赵雅祺不知从什么地方闪出来，她一把挽住王豫的胳膊，脑袋朝他肩上靠靠，笑道："我来介绍一下，这是我男朋友，胡蝶小姐，我知道您这是好心，关心他，不过我请您不用担心他的情感大事，您看，这个标准如何呢？"

出现在胡蝶眼前的赵雅祺，既有明媚动人的姣好面庞，又有着黄金比例的绝佳身材，尤其令胡蝶眼晕的是，这女人的一身装备：手拿一只精致的香奈儿小手包，身着限量版黑色镂花香奈尔小礼服，它不仅婉转地勾勒出她婀娜的身体曲线，又毫无疑问地彰显了她的生活阶级与品位；白皙脖颈上，挂着一颗醒目的正阳绿玻璃种翡翠桃心挂坠，右腕上一只种水俱佳的满绿翡翠手镯，指间是一汪莹润翠绿的翡翠鸽蛋……以胡蝶对翡翠的了解，这三件美物，应该属于货真价实的A货翡翠，其市场价值保守估计，就颈间和腕间那随便一件，怎么都抵得上她老公那艘游艇……眼前这女子，这是把游艇、豪宅、与豪车戴在腕间、挂在颈间、佩在指上的女人，只见她浑身上下散发着中式的典雅妩媚与晶莹温润，又不失西式的洋气和时尚。当她突然出现在婚宴桌上，这气场，犹如一块罕见的珠宝落在货摊间，那么璀璨夺目，熠熠生辉，光彩照人。

相形之下，胡蝶发现自己身上的钻饰，显得无比过气和老土。

霎时间，胡蝶觉得血液凝滞，瞬间的语塞与气短。在她的注视下，王豫已伸出胳膊，亲昵地将赵雅祺往怀里揽了揽，不失风度地微笑道："我来介绍一下，这是雅祺，胡蝶，谢谢你的关心，祝你幸福！"

就旁观者来说，两个女人，虽都为美女，但从神情气质上讲，一个如色彩单调一见到底的水晶花瓶，另一个则似气韵流畅神韵十足的青花瓷器，一高一低，立见分明。刘国辉在旁边不失时机噼里啪啦地鼓掌。胡蝶转身而去的时候，王豫悄悄瞪他一眼。刘国辉不理会他，手臂一挥，大叫道："管家呢？这桌没酒了，再上两瓶！"

这晚王豫与刘国辉都喝了酒，按原则不能开车。离开酒店时，刘国辉委托赵雅祺送王豫回去，自己则叫了代驾一溜烟窜离。赵雅祺坐进车子，当即像换了一个人，收起脸上的妩媚表情，恢复常态，干脆利落地摘下脖颈上的挂坠与手指上戒指，丢进包里，只留只手镯在腕间。

“平常是不戴这些的，跟暴发户似的，”她说，“碰上你这么个前女友，无奈为之。”

“你怎么来了？”王豫坐在副驾座，喝了些酒，大脑里醉意与清醒五五开。

“我没打算来，是刘国辉求我来的，”她说，“他打了三次电话，恳求我。”

“你觉得这样就可以帮我找回面子吗？”

“在胡蝶那双世俗眼睛里，今天你已挽回了面子，”她说，“但如果你不在乎面子，挽不挽回就无所谓，重要的是你明白自己需要什么，别让自己活得太压抑，随缘而安，开心就好。”

赵雅祺踩动油门，转着方向盘。车子徐徐离开停车场。王豫靠在座椅上，眼帘里映入她那只握着方向盘的手，右腕上的翡翠玉镯如一汪晶莹的绿水，在夜色中轻轻滑动晃动，越发衬托得那只白皙柔软的小手楚楚动人、柔媚可人。王豫大脑里忽然跳出“纤纤玉指”这个词，忽然间发现这个词简直就是为这样一双手度身定造，心间不觉温柔荡漾，脱口而出：“手比玉美！”

说着，他情不自禁伸出手，一只大手覆盖上那只柔软的小手。

赵雅祺仿佛触电一般，呆了一下。

“喝多了？不会这么容易醉掉吧？”

“酒不醉人，玉醉人，”王豫也怔一下，“应酬很累人，你累吗？”

“累又怎样？”

“累，你坐过来，我来开，”王豫说，“这段路没警察。”

“这个问题上有点底线好不好？”她拿开他的手，“不酒驾，不能是因为有警察。”

“有个性，”王豫说，“掉头！”

“为什么？方向没错啊！”

“送你回家！”王豫是不容置疑的口吻。

“现在是送你！”

“我不习惯被女人送，还是送你！送完你我自己回！”

赵雅祺不再争辩，掉转车头，朝静轩的方向驶去。

车到目的地，在地库车位上停好，两个人下了车，赵雅祺问他怎么回去，出去打出租？

“你不用管我，送你到门口。”王豫指指地库单元门。

赵雅祺开了单元门，王豫一闪身便跟着进去。两个人进了电梯，到了家门口，赵雅祺按开密码锁，向王豫道："你可以回去了！"

"不请我进去喝杯蓝山吗？"

空气有些微凝滞。赵雅祺摸出手机看看时间，还不到十点钟，便道："一杯咖啡？没问题。"

王豫第一次走进赵雅祺的住所。

虽然心里有所准备，但半醉半醒的他，仍然被室内优美到极致的艺术氛围，以及装饰之美所震慑。宽敞的客厅，古典欧式的装修装饰，造型别致的沙发，如艺术品的半圆形花架，精美绚丽的油画装点着欧式家具，整个室内散发着华贵优雅的气质，细节之美带给王豫强烈的视觉冲击与心理震撼。

赵雅祺在门口玄关处换了鞋，同时拿出一双一次性布艺拖鞋递给王豫，换好，她指指沙发，道："你先坐，我把这衣服换下来，太难受了！"

"稍等一下，"王豫一把拉住她，"先不急换衣服可以吗？"

"干什么？"赵雅祺一时僵住，觉得突然，她本能地往外推一下他。

他却一用力，一把将她拽入怀中。他俯下头，凝神注视她的双眼，道："演得挺好，贡献很大，谢谢！"

"你演得也不错。"

"我演了吗？"他反问。

"你没演吗？"

"你能看出表演痕迹吗？"王豫问，"如果我告诉你，我是本色出演，你会有什么想法吗？"

"那要先问问你，在这个时候，告诉我这些，你有什么想法呢？"赵雅祺心脏咚咚咚的克制不住地狂跳。

俊男靓女，咫尺之遥，彼此听得见对方加速奔腾的血流声与心跳声。赵雅祺一双眼眸如同高纯度的美丽珠宝，在室内橘黄色的灯光下散发出梦幻般的迷人光泽。王豫目光与这美丽光泽交织缠绕，周身血液在瞬间着火般点燃。他捧起她绯红的脸蛋，轻轻地俯头，滚烫嘴唇不由分说吻住两瓣水果般的红唇。

这场景曾在梦里有出现过。赵雅祺没想到，它会在这个时候以这种形式猝不及防地到来。他跟她上楼的时候，她似乎有一种预感，但仍然没有什么复杂的想法。心想他不过喝杯咖啡，然后聊聊陈雨菲的事情。以她对这个家伙的了解，她以为他不会轻易做出出格之事，现在看来，他上来喝咖啡是有蓄谋的，不过她判断有误而已，他和别的男人有什么区别呢？在美女和诱惑面前，也容易束手就擒……

一阵眩晕之后，赵雅祺试图从他怀里挣脱出来。他双臂箍得越发紧，越发用力，急跳的心脏仿佛要破膛飞出来。男人身上特有的阳刚气强烈地撞击着她身体每一个细胞，整个人如同一片茶叶被泡进沸腾的山泉水，越来越变得柔软、舒展，飘摆着，烂漫着，沉醉其中，几乎要被融化……他吻着她，忽然将她抱起来，往卧室里走……赵雅祺差点就放弃抵抗了。但当他走到床边的时候，她忽然从沉醉中回过神来，用尽全身力气，拿手使劲推他的脸，将他推离自己的身体。

空气有些窒息，无语的尴尬。

“干什么呀？”赵雅祺红着脸，双眸一眨不眨地望着他。

此情此景，难道不是她潜意识里一直期待的吗？当它真的到来，她却突然有些发蒙。但有一点她是清醒的，如果仅仅是身体的寂寞与荷尔蒙的冲动，或是把她当成其他女人的替身，那么，她情愿不要。

“对不起，”王豫不由后退一步，抓抓头发，语塞，“你……我……”

“你喝了酒，”她说，“我不和醉鬼……这样子。”

“对不起，”他道，“你早点休息，我回去了！”

王豫转过身，逃也似的离去。

这一夜，赵雅祺回味那个吻，情绪和血液都如同被下了毒，失眠症再度发作，且空前严重，整夜没能得到半秒钟安宁。次日一早，打开手机，一条信息跳出来：“昨晚太鲁莽了，对不起！”

之后，音信皆无。

|第十七章|

41

这段时间王豫如果不是在高空飞行，那就是在地面做体能训练。时间过得飞快，紧张充实之余，偶尔也会有乏味。闲暇时，会忽然某根神经抽筋似地想到赵雅祺。大约从那晚开始，王豫比以往任何时候都更关注微信。以前忙起来，三五天不浏览一回也想不起来；不忙时候也只是每晚睡前粗略浏览一下，主要是因为无聊消遣。现在他对微信的态度发生根本性转变，每天任何时段，只要得空，会不由自主打开微信，仿佛有什么勾住了魂儿，一天不看，生活就像少点什么。

现在王豫最爱看的，也是唯一最关注的，毋庸置疑是那个曾经被他拒绝过的妮美涵。在这里，他可以看到她的消息，哪怕只是她生活的一个微小的局部和片断。现在她的头像换了，换成了一颗莹润饱满的玻璃种翡翠白冰戒面。它是那么美，就像那晚上他怎么看也看不够的清澈莹润柔软的眼神。以前他觉得妮美涵这三个字特别俗，有自吹自擂嫌疑，现在他才明白，这三个字的真正含义。和她头像那颗顶级戒面一般，女人中的收藏级，舍她其谁?

夜深人静，王豫翻看了她自有微信以来的全部朋友圈内容。用两个词来形容，那就是：专业，纯粹。她属于那种很节制的，惜墨如金型，除了偶尔发一两句小女人的心情感悟，每天发一两张她亲手设计的珠宝作品，别无其他。那些关于旅游美食关于虚荣的乱七八糟的各种晒，与她绝缘。想到和胡蝶在一起时，吃顿大餐要先拍照，买件时装要先拍照，看场电影也要把电影票拍下来，所有的拍都是为了晒，所有的晒都是为了被人点赞，被人羡慕。他对她提出警告，别那么一天到晚直播私生活，她反过来抱怨他缺乏生活情趣不懂女人心。不光胡蝶热衷各种晒，周围不少女同事也如此，他以为可能女人都这样？现在忽然发现，不是所有的女人都那样。女人和女人，原来有这么大的不同。

翻看一张张图片，那些红蓝宝石、祖母绿、钻石翡翠，以及其他各路来自自然界的神奇珠宝，一件件天生丽质，或带有某种先天性缺陷，在经过珠宝设计师的手再创造后，每一件都至臻至美，精妙至极，仿佛被赋予了新生命，具有了脱胎换骨的美丽、绚烂与品味。每每看到那些美轮美奂、璀璨夺目的珠宝作品，即便只是图片，那种艺术之美带来的愉悦情绪，几乎难有第二件事物可以替代。透过一件件精美绝伦的珠宝美饰，完全可以想象出，缔造它们的那个人儿，有着怎样灵动飞扬、古灵精怪的奇思妙想和生活情趣儿。每每透过这些图片，王豫在夜深人静时，仿佛可以看到那张充满阳光的明媚笑脸，那散发着阳光的朗朗笑声，以及那个女人从头到脚弥漫的优雅气质，还有她宛若珠宝般纯净又深邃的眼神，他完全可以做出判断，如果没有扎实的专业知识与美学天赋，没有相当的艺术修养与审美品位，没有真正懂得每一块石头的性情与品性，生命里没有一股对工作的执着热爱，不可能赋予一枚枚顽石灵动的生命，让它们变身为梦幻般的珠宝，放射出璀璨的光芒。

好多个夜晚，疲惫工作之后将自己扔在床上，继胡蝶之后，王豫开始对这个世间另一个女人生出无数种幻想。她的心思，他不是没有感知。尽管她从未说出过半个字，但那双眼睛，瞒不了心底的秘密。有时王豫渴望在航班上偶遇，却一次也没有发生。每次拿起手机，想拨出那个号码，却又会在一瞬间及时刹住，告诉自己，不合适。

他庆幸自己在激情燃烧的一刹那，及时恢复理性刹住了车，没有做出冒犯她的越轨之事。是的，现在他不想谈恋爱。他告诉自己还不是谈恋爱的时候。他能给她什么？他有什么？他和她，几乎生活在两个世界。就像行星和卫星，虽然都是绕着太阳转，但，重叠的可能性，为零。这是他作为男人，必须保留的自尊与清醒。这也是他所能够给予她的，最起码也最必须的一份尊重。

现在的他，唯一能做也必须做的，就是安心工作。

所以这世上，有些想念，只让它留在心里最好。

想念赵雅祺之余，王豫还会时不时想到陈雨菲，想到分别时那双无助无依楚楚可怜的眼神，心底会涌动些莫名的惦念和牵挂。那孩子怎么样啦？和顾女士的磨合期过了吗？是否重新感受到了妈妈的呵护，拥有了家的温暖？当初为了把她送走，谎称自己驻外，对一个孩子是否太残忍了？王豫琢磨着，抽空去看看陈雨菲。

或许是冥冥之中某种灵犀，正在王豫计划联系顾红女士的时候，突然收到顾红发来的电子邮件。顾红说，她下周四到北京出差，公务繁忙且有一个比较重要的商务谈判，下周六恰巧是陈雨菲的生日，她可能没办法脱身及时赶回。她问陈雨菲希望得到什么生日礼物？陈雨菲表示想见到王豫叔叔。顾红问王豫，能否帮她一个忙，满足孩子这个小小愿望，陪孩子过生日？

王豫不假思索给予回复：没问题，小事一桩，请她放心。发出邮件，心里又不由道，养母就是养母，如果是亲妈，能有什么比女儿的事情更重要？转念又一想，也不能太苛责了。毕竟是养母，毕竟母女俩在一起才两个多月的工夫，要求一个从未做过母亲的女人，与收养的女儿存在亲生母女那样的感情，那需要一个过程是不是。再说，一个单身女人，要养家，养孩子，事业，挣钱，当然是重中之重。在无法脱身的情况下，能够为孩子开口求人，想方设法满足孩子的要求，这份善良和感情已经不易。

周五下午放学时间，王豫按计划出现在陈雨菲就读的私立学校门口。女孩见到王豫，仿佛见到久别重逢的亲人，又惊又喜，问他是不是已经不驻外了？王豫说，还在驻外，抽空回来看看，看看她长大没有？变成什么样儿啦？回王豫住处的路上，陈雨菲在副驾座上打开了话匣子，从同学到老师，从校里到校外，大事小事，乐事苦差，事无巨细，滔滔不绝向王豫一一道来。有的话题王豫有兴趣听，有的无兴趣听，不管有无兴趣，他都表示出兴趣极浓的样子倾听。说到高兴事，女孩眉飞色舞，已然恢复活泼天性。由此可以推断，女孩似已走出失去妈妈的阴影，性格明显开朗不少。

说完学校的事，王豫问到她与顾妈妈的相处情况。女孩道：“顾阿姨很疼我的，我们现在已经是无话不谈的朋友啦！”

“是吗？”

“是啊，非常非常好的朋友。”

“我听出来了，就从你这称呼看，关系还没有铁到我预期的那么好吧？”

女孩突然起身，一手搂住王豫的脖子，嘴巴贴到王豫耳边，吃吃笑着，说：“王叔叔，我告诉你一个秘密，我和顾阿姨再好，也还没能好到咱们俩这种程度，我还是和你最好。”

王豫心里倏地一暖，心想，这孩子真是没白疼。但他没有把这种情绪流露出来，他腾出一只手，把女孩摁回到座位上，叮嘱她系好安全带坐好，又道：“你这样不行，你必须和顾阿姨处好，她是你的新妈妈，是你往后生活里最亲的人，最重要的人，你得记着，感情都是相互的，人家真心对你，你也必须拿出真心待人家，不能留私心。”

“放心吧，老王同学，我再和你说句心里话，顾阿姨是个好人，我喜欢她，”陈雨菲道，“我当然会和她好好处的，你就不用担心了。”

王豫伸手抚抚女孩后脑勺，笑笑。

女孩又道："王叔叔，跟你商量个事，明天我过生日，能不能把老大叫来一起过呀？"

老大是陈雨菲对赵雅祺的专用称呼，王豫反问："怎么，你还惦着她？"

"当然惦着啦，你忘了，我们仨打游戏的时候是铁三角呀！"

"想她啦？"

"明天生日饭咱不去小餐厅，咱找家大餐厅吃大餐，叫她来买单，这样不就可以给你省一笔钱吗？"

"哈哈！小鬼头，年纪不大心眼不小，这不是陷我于不义吗？我一大男人，吃饭叫一女人来买单？"

"打着我的名义嘛！我小孩嘛！宰土豪呀！"陈雨菲乐不可支，笑得前仰后合，"再说，她来，我有可能收一份大礼呢，不定是什么样的惊喜呢，还有可能我会收一个大大的红包！"

"小贪财鬼，这是不是提醒我送红包给你呀？"

"你也要送啊！你送是你的，她送是额外赚的嘛！"

"我告诉你，她送不送红包是她的事，我的红包肯定是没有的，你别做梦啊。"

"为什么呀？你不会这么吝啬吧？"

"我长这么大从来没给小孩送过红包，不能破例。"

"那行吧，那红包这事我只有指望老大啦。"

"可以，既然是你的主意，你跟老大打电话好喽！"

"我打就我打，我相信她一定会来的！"

"万一人家不来呢？"

"不来？那不可能！"陈雨菲瞪大双眼道，"我只要告诉她，我和你在一起，她不可能不来的！"

陈雨菲这么一说，王豫心底忽然涌出一股别样情愫，那种渴望见到她的想法再次不可遏制地冒出来。当晚，他打电话给赵雅祺，告诉她陈雨菲生日的事，问她能否来参加。

赵雅祺问他："是不是你明天有工作任务，不能完整陪她一天需要我接替？"

王豫道："理解没错，下午有航班。"

"没问题，我来。"赵雅祺轻轻挂上电话。

几分钟后，赵雅祺又拨一个电话。

原本和父亲说好周六到父亲家去吃饭的，她把与父亲的饭约给推了。

次日上午十时，赵雅祺如期摁响王豫家门铃。她拎来一只蛋糕，是本市唯一一家使用纯天然进口奶油做蛋糕的蛋糕品牌，陈雨菲熟悉这家蛋糕，一见之下，惊喜地喊出这只蛋糕的名字："我最喜欢的杧果慕司，谢谢老大！"赵雅祺还给她带来了礼物：一只全新的书包，一套新文具，一套某儿童文学作家最新版的儿童故事。陈雨菲欢呼雀跃，与赵雅祺的关系陡然间亲密起来。中午三个人一起吃了顿牛排。陈雨菲爱吃西餐，过生日自然以她为主。下午两时，王豫驱车赶往机场，自然而然把陈雨菲交代给赵雅祺。

赵雅祺看到陈雨菲头发长了，刘海已盖住眉毛，便带她去一家美发工作室，修剪了头发。从美发屋出来，看看时间尚早，又带陈雨菲去海上儿童乐园，痛痛快快玩了一个下午。用陈雨菲自己的话说，她过了最近以来"最最嗨皮"的一天。晚上九时，王豫从机场回来，看到陈雨菲新剪的发型，不由得对赵雅祺的细心心生感激。安顿好陈雨菲，王豫提出送赵雅祺回去，赵雅祺也不推辞。王豫开着赵雅祺的车，赵雅祺坐在副驾座，两个人围绕陈雨菲东拉西扯地聊了一阵闲话。行至半道，赵雅祺忽然话锋一转，问道："王豫，如果不是菲菲过生日，你不会找我吧？"

她是笑着问出这句话的，漫不经心的样子。

王豫顿时有些语塞，思维似有凝滞。好一会儿，笑道："是啊，没什么事也不能随便打搅你啊。"

"有事就可以打搅？"

"这不是没办法吗？陈雨菲提出想和你一起过生日，我想你应该不会拒绝，爱心女神嘛……"

"你很诚实。"赵雅祺神色平静，呵呵一笑，不再说话。

车子到达静轩地库大门口，赵雅祺突然喊了声"停"，王豫停下来。赵雅祺推开车门跳下车，向驾座这边走过来，招呼王豫下来。王豫下来后，赵雅祺一头钻进驾座，放下车窗，对王豫道："谢谢你送我，你可以回去了！"

说罢一踩油门，车子擦着王豫的身子，如离弦之箭，"嗖"地驶入地库。

回到家里，赵雅祺三下五除二甩掉高跟鞋，甩掉身上的衣服，冲进卫生间冲了个澡，换上一身柔软的家居服，然后对着镜子，看到镜子里的女人面色苍白，神情沮丧，与白天那个容光焕发兴高采烈的女人截然不同，判若两人。

为了让自己能够尽快忘掉白天的一切顺利入睡，赵雅祺不管三七二十一，破天荒开了一瓶有年份的干红，倒满了一杯，端着杯子摇晃几下，一仰脖咕咚咕咚灌下两口。然后端着酒杯又来到镜子前，指着镜子里的女人质问："这是你吗？赵雅祺！你真贱呀，很贱很贱的贱女人，你给我听好了，今天的事就算了，从明天开始，如果那个家伙再因那个小女孩的事找你出去，绝不能再犯贱了，只能再一再二，不能再三再四……"

爱情是什么？用一个词来形容，就是作茧自缚。难道不是吗？

这晚王豫回到住处，卧室里静悄悄的，想必陈雨菲已经睡了。他在沙发上铺了床被褥，洗漱后躺下来，刚要灭灯，卧室打开一条缝，陈雨菲从里面走出来，立在沙发边，直视着王豫。

"叔叔，你听说过有个词叫 × 丝吗？"女孩忽然开口问。

"怎么啦？"

"觉得自己是不是 × 丝？"

"你说呢？"

"我说你是半拉 × 丝，你高，帅，但不富，"女孩说，"我也是 × 丝，咱俩加起来是一根半 × 丝。"

王豫不由笑了："× 丝又怎么啦？"

"我是小孩就算了，你是大人，是不是有责任改变现状呀？"

"你知道是小孩，干吗操心大人的事？"

"我有个办法，可以让你不是 × 丝。"

"你有办法让我发财？"

"我要是你，我就追老大给我做女朋友。"

"这又怎样？人家的钱也不是你的。"

"到时候，人都是你的了，钱还不都是你的？"

"哎，"王豫瞪大眼睛，望着陈雨菲，"我说你小脑瓜一天到晚都装的什么呀？哪来这么多乱七八糟的想法？谁教你的？"

"没人教我，自己琢磨的。"

"你的意思是让我吃软饭？"

"什么叫吃软饭？"

"就你刚才说的。"

"那就吃呗，"女孩扑哧一笑，"只要好吃！"

“好吃个鬼！”

“你怎么知道好吃个鬼？你吃过啦？”女孩嘻嘻笑道。

“以后不许提这个话题，再提信不信我抽你？”王豫抬抬巴掌。

“说真的，”女孩毫无惧色，继续道，“我觉得你应该追老大做女朋友。”

“当初你第一次见老大时，很有敌意的，干吗现在又怂恿我追人家？”

“人的想法都是会变的，”陈雨菲说，“当初我误会你是我妈男朋友，后来发现是我弄错了，现在我妈妈已经在另一个世界了，我觉得老大做你女朋友挺合适的。”

“哪儿合适？”

“起码她不会要求你买大房子吧。”

“就为这？”

“这还不够吗？”

“我再次警告你，大人的事少插嘴，睡觉去！”王豫拉着被子蒙住了头。

这一夜，一向睡眠超级好的王豫，睡得也支离破碎。

第二天赵雅祺来到公司，与周欣聊完工作，周欣忽然道：“哎呀，王豫那个前女友，最近天天晒她住的豪宅，晒与她老公的幸福生活，微博晒完微信晒，不就嫁了有钱人住进别墅了吗，一天不晒能死吗？塞心啊！”

“你塞什么心呐？”赵雅祺平静地问。

“看着烦，一个女人虚荣到这地步，一天到晚过日子就是为了给别人看吗？这叫什么思想层次？”周欣说。

赵雅祺想起妈妈的话：真正拥有什么的人，不晒，是因为有，因为不稀罕。没有的人突然有了，才会抑制不住窃喜，急切地想要向全世界证明什么。但她没有顺着周欣的话把这些说出来，只是冷静道：“拉黑！”

“我早想拉黑了，不就为了你才一直忍着嘛。”

“为什么为我呢？”赵雅祺奇怪了。

“你曾经不叫我关注这女人动态吗？我听老板话呀！”

“那就继续听老板的话，从现在开始，不要再向我传递她的任何信息，这女人个人生活不再与我有任何关系，与你也不再有，微博微信全部删掉，删彻底。”赵雅祺说这话的语气，就像对待需要彻底处理的生活垃圾。

42

因为“殴打旅客”，王豫被公司停飞了。

如果说“殴打”事件有个导火索，那必是胡蝶的突然造访了。出事这个航班在晚上，傍晚临出发前，王豫在家里电脑上做航行预先准备，这时房门突然被敲响。打开门，很意外地看到胡蝶站在门前。她出现得毫无征兆，已令王豫惊讶。更令他惊呆的是她的身材，腹部呈现明显的D形，算起来，新婚也不过才两个多月，这速度，叫人无法淡定。

“有事吗？”王豫一时有些发蒙。这嫁了富豪的姑娘，又怀着身孕，招呼也不打，冷不丁跑到这里来，以他的智商，难以理解其中玄机。

“进去说。”胡蝶侧侧身，不由分说一步跨进来，手里还拖着一只拉杆箱子。进了屋，她丢开拉杆箱，如同往常那样熟门熟路，径直走到餐桌那边，给自己倒一杯温热水，一口气喝下半杯，然后一屁股坐到餐桌边，这才抬抬头，叹口气，道，“王豫，我遇到倒霉事了。”

“怎么回事？”王豫望着她，心里别扭得很。遇到倒霉事的时候想到他，想到来他这里，他成什么了？收容所？垃圾站？他打量她，很明显，神情气色与往日大不相同。较之往日那个神采飞扬的胡蝶，眼前的女人仿佛是另外一个人。

“他是个骗子，大骗子！”她垂下头，沮丧道，“别墅和汽车都是租的，还有那传说中的游艇，都是花钱租的。”

“骗子？租的？不是金融精英吗？”王豫心里冷笑。你眼光不是很挑吗？挑来挑去就挑个骗子？还大骗子？

“他干的工作主要是诈骗金融界精英。”

“什么时候知道的？”

“一周前，”胡蝶道，“弄出娄子了，骗了人家八千万，跑路了，一周前跟我说出差，然后就消失了，手机号也换了，当天晚上便有讨债的打上门，这几天不断有人追债，我才知道他干的那些事。讨债的找不到他，以为我手上有钱，逼我还钱，我上哪儿弄钱啊？他一个月就给我两万块，都不够用的……我躲到我妈家，讨债的追过去，这两天我妈都没法正常过日子。”

“你最近没上班啊？”

“才知道我没上班？可能你早就不关心我了，”胡蝶抚抚隆起的腹部，言语之间略含幽怨，“不飞两个月了，请了长假。”

“多……大？”王豫目光扫扫那醒目的腹部。

“七个月。”

“你……突然到我这儿来，什么意思啊？”王豫想到两个月前婚礼上见到的胡蝶，可能因为婚纱缘故，竟没能发现已有孕在身。琢磨下这个时间，七个月前她和自己尚没分手，还在一起欢娱过，这孩子？莫非？

“别误会，明人不做暗事，这孩子跟你没关系，”胡蝶看出他的疑虑，干净利落道，“如果因为需要你的帮助我就栽赃说孩子是你的，那我就太卑鄙了，孩子是他的，我对不起你，但现在不是说对不起的时候，说也没用不是吗？我想做掉，这两天问过两家医院的医生，都说月份太大了，做不了，只能到时间生下来。”语气间颇含无奈。

“你确定孩子跟我没关系？”

“我又不是脑瘫弱智，这么大的事能糊涂吗？”

“那你到这儿来，需要我帮助什么呢？”

“实在没地方躲，这种困难时期，我想这个世界上能帮我的也只有你了，别赶我走，让我在你这躲一阵，我是悄悄来的，那些讨债的不会想到你这个地方，也许只有在你这儿，才是我唯一安全的地方。”

王豫就纳闷了，之前是因为缺乏安全感才逃离他的，这会儿他这里怎么又成唯一安全的地方了？王豫看看时间，由于要赶航班，这场谈话没能继续深入，对这个突发事件，他也没来得及表态，便不得不匆匆换衣，拎了箱子驱车赶往机场。

当晚是飞往济南的航班，两小时航程。航班很正常，天气条件非常好，没有延时，也没有流控，因为天时地利人和，机长提前了10分钟起飞，飞行速度又较平常稍快了些，如果没有意外，这次航班提前20分钟落地不成问题。早20分钟落地就可以早20分钟回家，这对机组成员来说无疑是最欣慰的事。然而，连王豫自己也没料到，当一切貌似顺风顺水的时候，一场意外悄悄降临。

正常的航班上，坐了一位不正常的旅客。这位不正常的旅客，与王豫同排而座。两人都在靠过道的座位上，中间一条过道之隔。空姐推着车子过来送饮品，经过旅客身边，旅客接完饮料，腾出另出一只手，不经意地在空姐屁股上摸了一把。空姐扭过头，一脸愠色，瞪他一眼，但忍了，什么也没说，推着车子继续前行。王豫撩起眼皮，瞧瞧这位旅客，是名中年男子，四十来岁的年纪，头发由于稀疏，理着板寸，板寸根部夹杂着不少白发，长相属于那类走在人堆里永远不会引人注目的那种——中等偏下，两颊皮肤上有一层仿佛没洗净的斑状类脏色。从心理学讲，相貌处于这一等级的人，由于平常生活中受到异性青睐的概率微乎其微，因此对异性的饥渴程度，远远要高出正常人类。半小时后，刚才那名空姐推着小车从后面返回，再次走过这位旅客身边时，这位旅客要了一杯白水，接过水后，仿佛脑瘫发作，神经抽搐般，无法自控，再次伸出手，在空姐屁股上摸了一把。

空姐如同臭虫爬身一般，恶心不已，这次不愿再忍，再次狠狠瞪他一眼，并小声警告道："先生请自重！"没料这一瞪，这一警告，惹恼了板寸，板寸当场发飙，斥责道："你什么服务态度？我要一杯橙汁，干吗给我一杯白水？"

"你要的是白水！"

"我要的是橙汁。"

这是一名刚参加工作不久的年轻空乘，显然缺乏对付无赖旅客的经验，见旅客红口白牙翻脸诬陷，小空姐怒目而视，坚持原则。这一过程，自然被王豫悉数收入眼底，实在看不过去，他侧侧头，向板寸道："先生，您看她的年龄，应该跟您女儿差不多吧？您这么做，合适吗？"

旅客顿时恼了，火气发向王豫，道："我怎么做，关你屁事？你谁呀？管什么闲事？"

"您刚才做的，我都看到了！"王豫站起来，亮了一下工作牌，拿眼神示意小空姐离开。

小空姐感激地望一眼王豫，借机脱身，推车向前继续服务工作。

"工作人员？是吗？嘿嘿！"板寸脸上露出一缕邪恶笑意，"既然你是这家航空公司工作人员，这就好办了，你知道我是谁吗？"

"你是邪恶的人！龌龊的人！是语言行为有失规范需要被依法制止的人！"王豫目光无比犀利，言辞也无比犀利。

"什么？我没听错吧？你骂我？"

"你没听错！但不是骂，是批评！"

"辱骂我是邪恶龌龊的人？嘿嘿，"板寸从座位上腾地站起来，"老子告诉你，老子是这家航空公司大客户，大客户懂吗？能听明白吗？一年至少贡献三四千张机票，怎样给大客户提供优质服务，公司没教过你们吗？叫她过来给老子道歉！"

板寸指着小空姐的背影，恼羞成怒地咆哮。

“应该道歉的是你，”王豫说，“你要向她道歉！”

“什么？她服务态度不好，还要我向她道歉？你脑子进水了？”

“脑子出问题的是你，飞机正在高空飞行，为了你的安全，麻烦你遵守空中秩序，坐回自己座位，冷静下来！”

“说我吗？你们就这样对待公司大客户？我冷静不了！”板寸疯了一样，突然砸出一拳，以穷凶极恶之势，打向王豫。

毫无疑问，这一拳被王豫伸手拿住。

板寸的拳头没能如期实现“抱负”，反而被突然架在半空，整个人仿佛被巨大铁钳夹住，顿时疯狂，本能地伸出另一只手狂打王豫。王豫不由分说，只一个反手动作，只听一声闷响，板寸被摁倒在地。板寸两拳扑空，竟还被摁在地上，恼怒顿又升级，一条腿伸向空中，毫无方向地又踢又蹬，整个人在地上费力挣扎，嘴里喷射出连串狂骂。

看着地上疯狂挣扎的男子，王豫如同看一堆垃圾，心里想，这老男人，真是越看越恶心，跟胡蝶嫁的那个诈骗犯年龄差不多吧？都这把岁数了，自身条件并不好，还整天觊觎85后90后的小姑娘，连蒙带骗使尽手段哄她们上床……这什么素质？明显从小父母没教育好，上学时也没接受过素质教育，今天我索性替社会教育教育你！

“公众场所寻衅滋事，高空袭击执法人员，你这是妨碍公务并严重影响到飞行安全，我现在执行公务！”王豫说着，毫不犹豫朝男子的后脖颈劈去一掌。

刚刚还在踢蹬发疯的男子，惨叫一声，昏了过去。

事情的过程就是这样。当那一掌劈下去时，王豫才意识到，原以为对胡蝶的背后一刀早已释怀的自己，其实心里一直积蓄着莫名愤怒。这一掌，打的不是变态旅客，是自己遭遇背叛后一直没能发泄出来现在终于得到机会的情感释放。

看着面前昏倒的倒霉丑陋男子，王豫感受到一阵之前从未有过的快意穿膛而过。

不用说，这事很快带来严重后果。挨了打的板寸住院了。住了院的板寸，醒过来第一件事就是叫嚣着要起诉航空公司，要登报曝光，追究王豫法律责任。

JE公司对付这类泼皮旅客，有一个非常专业的后勤小组。考虑到板寸确为公司大客户，每年有几千张机票的贡献，公司不想把事情闹僵闹大，基于公司利益大局，本着大事化小、小事化了的息事宁人原则，小组派出两名代表与一名律师前往医院，先是温言软语抚慰板寸，然后通过律师之口告知对方：在本次事件上，先生您过错在先，对此公司已取得多名旅客现场证据，先生的过错是调戏乘务人员，妨碍空中飞行秩序，若先生拒绝私下调解，一定要追究法律责任，先生应先以寻衅滋事罪名移交机场公安机关，按航空法相关规定，接受相关处理。

板寸听毕发了一下愣，但很快回过神来，又叫道，照这么说，我是白白被你们打成脑震荡了？这是我命大现在还活着，万一当场把我打成脑瘫或打死，也是白瘫白死不成？就算我过错在先，但也罪不至死，你们凭什么打人杀人？谁给你们的权利把人打昏？公司解释说，我们当然也存在过错，工作人员对突发事件处理失当，这是我们管理上的纰漏，对此我们一定会给您一个圆满说法。

板寸并不想自己不雅行为曝光，但他同时拿准了航空公司不愿得罪大客户，同时也害怕“将旅客打昏”的事件闹大，于是开始变态地折磨航空公司。住院期间，不仅所使药品一律用昂贵的进口药，还要求派一名空姐前往护理。小组人员坐下商量，要求护理，没问题，满足他要求！于是将乘务队的姑娘们过滤一遍，最后选出一个身壮肩阔的姑娘。姑娘不仅身材五大三粗，面孔也比较中性化，若以相貌论，应该是乘务队几百名姑娘中最丑的一个。姑娘欣然领命，来医院这天，特意穿了一身男装，平跟鞋，素面朝天，临出门还吃了一头大蒜，到了病房门前敲敲门进去，那位故意折腾人的板寸还以为谁家亲戚瞧病人走错了门，当姑娘喷着大蒜味介绍自己是JE空乘，应他要求前来护理陪伴时，板寸当场就拉下脸，皱着眉头埋怨道，怎么还有这么丑的空乘？挥挥手立即让她走人。姑娘质问，怎么回事呀？您找护理还挑长相？走就走，别忘了是您让我走的……护理事件就此泡汤。板寸岂肯善罢甘休？委派律师反复与航空公司交涉，要求尽快处理施暴之人，给自己一个圆满解决方案。

于是王豫的顶头上司，空警中队中队长，数次找王豫谈话，叫他前往医院赔礼道歉。王豫坚持自己没错，对袭击公务人员、妨害飞行安全的无良乘客执行公务，属正当行为，因此坚决拒绝道歉。中队长道，本来你是没有错的，如果你不出手打人的话，只需要将闹事旅客控制住，待飞机落地，通知机场公安局来人把他一逮，不就很完美了吗？谁让你出手打人呢？欠揍的旅客打就打吧，你也注意点分寸啊，干吗一掌把人打昏了呢？那万一要是打死了呢？你用对待暴徒的手段去对付普通旅客，这显然是失当的！

王豫解释说，我怎会知道一个张牙舞爪的大老爷们那么不经打？一掌就晕菜我没料到啊！中队长痛心疾首道，你没料到？你蒙谁呢？自己手上用几分力你不清楚？蒙别人可以，怎么连我都蒙？就你那一身功夫，你一掌下去什么后果你不清楚？就一青壮小伙子都扛不住的掌力，你去打那么一号满脸酒色过度跟痨病鬼似的人，他不昏过去那是奇迹！现在我不管你愿不愿意，这个歉你必须去道，为了公司大局，你不去道歉这个坎就过不去！

看领导翻了脸，王豫也当即翻脸道，我认为我没错，我若坚持不去呢？中队长脸色又一变，训斥的口吻立即变为哀求道，兄弟非逼我给你下跪吗？我在这位置上不容易，我上辈子没掘你家祖坟，你不至于让我这工作没法干下去吧？算我求你了行不行？那混蛋赖在医院天天打球蛋白，七八天打了好几万，这笔费用都是公司在出，这都是你惹出来的祸，公司已经很够意思了，你不能跟公司过不去吧？

无奈之下，王豫在一名同事的陪同下，前往医院。一进病房，那旅客看到王豫，脸色顿时变白，一骨碌从病床上翻下来就要逃。王豫止住脚步，立在病房门口，说，你别怕，我是来道歉的。旅客一听道歉，脸色马上就缓过来，整个人重新张狂起来，又一通谴责叫骂。王豫一声不吭，悉数听着。旅客骂累了，王豫就当天之事进行道歉。王豫觉得自己语气是蛮诚恳的，并在板寸的要求下，反复道歉三遍。但最终板寸仍然认为他缺乏诚意，不依不饶。次日，王豫被中队长叫至办公室，一看中队长脸上堆笑，王豫便预感到不妙。果然，中队长开口道：“你这个事呢，公司经过研究，处理结果出来了。”

王豫不语，静听。

“从道义上讲，你没错，”中队长说，“但公司也有公司难处，一年出几千张票的大客户，不能一脚踢了是吧？眼下市场竞争激烈，为了生存，生意对象不可能百分百都是好人，有时候出于无奈，避免不了跟流氓做做生意是吧？上面让我做做你的工作，为了大局，需要委屈一下你。”

“直接告诉我结果吧。”

“你们平常总是抱怨飞行紧张干得太累，哭着喊着要休假，正好借这机会，你好好休息一阵。”

“可以，”王豫道，“多长时间？”

中队长伸出一根指头。

“一周？”

中队长摇摇头。

“一月？”

中队长再次摇头。

“您直说吧。”

“一季度。”中队长说，“我也替你抱屈，但没别的办法，仨月，一转眼就过去了，我不要求你坐班，每天过来点个卯，别让我工作太难做，就成。”

就这样，王豫被停飞三个月。也就是说，从今天开始，三个月的时间里，每天上班时间内，他不需要再履行高空飞行工作了。他还获得了上司私下给予的特殊关照，无须 8 小时坐班。

|第十八章|

43

胡蝶这么快就另嫁他人的事，罗爱芳也知道了。王豫与胡蝶的事，没有主动跟老王或罗爱芳讲过，罗爱芳与航空公司的人，平常也没有什么接触。她是通过微信发现的。以前她与胡蝶是微信好友，胡蝶是那种一天不发十来条信息就过不了日子的人。最近突然看不到她任何信息了，罗爱芳觉得奇怪，出于私心，想继续与她保持联系，看能不能帮儿子挽回这段感情，就以关心她的名义，小窗联系她，结果发现对方已将她拉黑。于是通过微信小窗向刘国辉了解情况，一问才知，胡蝶已做了别人的新娘。

罗爱芳跳着脚在家里骂，痛骂，把胡蝶八辈祖宗都翻出来骂。边骂，边罗列出胡蝶N条不良习惯与罪状，指证胡蝶配不上自己儿子，最后得出结论她嫁给别人是好事，免得继续祸害儿子！老王也这么说，他早就不看好两个人的事，胡蝶一看就不是那种过日子的女孩子，尤其她的职业，天天在飞机上飞，王豫也飞，两个人都飞，结婚后谁照顾家？他们这种家庭，尤其王豫这个职业，需要的是那种能够照顾家的女人，比如找个大学教师什么的，清闲，一年有寒暑假，又有学问，将来培养教育小孩都不是问题，胡蝶能做什么？不着调。老两口最后达成一致，开始四处张罗托亲戚朋友给儿子介绍靠谱的对象。先后物色了几个，要求王豫去相亲，被王豫一一拒绝。不见，坚决不见，天仙也不见！王豫说，你们的儿子沦落到需要相亲的田地了吗？荒唐！罗爱芳说，那你就赶紧带个女朋友回来啊。王豫说，我现在不想谈恋爱，不想！

王豫态度严正地叫老王和罗爱芳不要再管他的私事。

停飞后，王豫寄宿在刘国辉的房子里。

他的房子被胡蝶占领，胡蝶表示两个人一起住没关系，她不在乎，大不了再买张床，安在那个小房间里，各住各的，等她避过这个非常时期就搬走。但王豫在乎。他不想天天看到那张虽然很年轻但已经被世俗染得面目全非的脸，多看一眼都觉得腻味。当时试图叫胡蝶搬走，直言告诉她，这不适合，叫她赶紧另想法子。胡蝶说，我要是有别的法子，还用到你这儿？退一万步讲，就算是普通朋友，朋友落难的时候你也不能落井下石吧？胡蝶还振振有词说，我不会影响你谈恋爱，你该谈谈你的，该干吗干吗，只要别赶我走。

“孤男寡女的，你还怀着孕，俩人在一所房子里怎么住？”王豫忍着让自己不发火。

“一人住一间怎么不行？我只是暂住，又不是要你产权，你怕什么？你还是个男人吗？”

“别动不动上升到男人那个高度，不管男人女人都要讲道理！”王豫黑着脸道，“你这是无赖的做法，让人厌恶，明白吗？”

“你别逼我好不好？”胡蝶先是说，接着就是哭，哭得梨花带雨，“把我逼急了，我就对左邻右舍说这孩子是你的，你敢试试吗？反正是被厌恶了，我什么也不怕！”

王豫就奇怪了，以前在一起的时候，她不是这样的呀，怎么一转眼就变成一泼皮无赖了？胡蝶说：“这不都是被逼的吗？你以为我想当无耻泼皮？你也老大不小的，也经历了不少事，人不为己天诛地灭，这祖宗的祖训都不知道？要么你这种人一辈子也发不了大财呢，原因就在这儿！”

王豫抓狂了，赖得再理会，他皱着眉毛收拾自己的行李，叫她赶紧闭嘴，他让她在这儿住，他走，他走行吗？没想到胡蝶仍然不放过他，哭着说：“你怎么能走呢？你走了我怎么办？你走了谁来买菜做饭照顾我？我没有收入还拖着肚子里的孩子，我怎么办？”

“你怎么办我就管不着了，愿意怎么办你怎么办！”

“你走也行，我不拦你，你每个月怎么着给我两三千的生活费，我得顾住生活是不是？你不能让我孤儿寡母的饿死在你家里吧？”

“饿死了好！”王豫拎着飞行箱与行李箱走到门口，心里想，我又不欠你的，你自己干的好事把自己弄成这样子，怎么反过来你成债主我成小人了？

“你不是好男人吗？你不是有社会责任感吗？你对我这种孤儿寡母的弱者是不是应该伸出援手？付出一点同情心啊？”胡蝶跺着脚喊。

这时候王豫发现，女人要是撒泼耍无赖的时候，真是令人害怕，至少自己怕了这个女人。他帮她也无所谓，问题是他现在真是无能为力了。他都成了丧家之犬，停飞，至少三个月内收入直线锐减，搞不好还得回父母家蹭饭，拿什么帮别人？于是他告诉她，很同情她的遭遇，但真心帮不了，很抱歉，叫她放过他。胡蝶却说："怎么帮不了？你一个月一两万，拿出个两三千对你这个好人来说能死吗？"

王豫不想告诉她自己已被停飞的事，完全没有心情与这个女人交流任何关于自己工作与生活的问题了，一个字都不想，于是不再理会，拎着箱子离开了。没想到他离开一刻钟，还开着车在路上时，胡蝶打电话给他，说她和公司同事通过话，已经知道他眼下被停飞的悲惨遭遇了。她说，既然你也这么惨，我这儿还有点老本，如果你愿意，我可以每月支点生活费给你。王豫忽然有些凄凉，怎么自己混到让一个傍大款的小姑娘同情的地步了吗？他谢绝了她的提议，把电话挂了。胡蝶又打来电话追着说，你要是觉得伤自尊的话，我借钱给你，你到时按息支付我点利息。王豫说，我对高利贷不感兴趣，你这种人我还是躲远点好。不由分说又把电话挂了。

他现在能做的，只有逃离。

老王罗爱芳最近正在为王豫沦落为单身的事闹心，现在又被停飞，不想老两口知道烦上加烦，王豫也不能住回老王家。

刘国辉住的是大三室两厅，海景房，没有女朋友，又终日在外奔忙，装修华丽的房子里，一年四季都空空荡荡冷冷清清的。毕业时他和王豫起点差不多，但目前仅从住房看，刘国辉在这个被他称为残酷的世界上，混得要比王豫有成就得多。

"所以你只好来祸害我了。"刘国辉弄了几个菜，开了瓶酒，在王豫搬来的当晚，在家里餐桌上对饮。他笑道，"朋友是什么？我现在明白你以前说的那句话了，就是关键时候用来压榨和祸害的那个人！"

"祸害别人也够不着啊，近水楼台先得月，所以你只好先忍着点。"

"别人是有钱任性，胡蝶这是有前男友也可以任性，她赖着不走，你就由着她性子任性？到现在还任性，任性得着吗？也就你这号人，换了我，怎么着也得把她拎垃圾一样拎起来扔出去！就她这种人，还让她舒舒服服住房子里？等她疗好伤再出去害人？我看就应该扔大街上让她受受苦！"

"从法律上讲，你这么做是没瑕疵，从人性角度，是不是有点行不通？"王豫举杯与刘国辉碰碰，笑道，"对待女人，这种野蛮的做法也只有你这种人能干得出，我们这种社会爱心人士是干不出来的。"

"嘿，你小子有人性，把自己弄成丧家犬，我没人性还得被迫收留你！"刘国辉一口酒灌下，道，"我这儿倒是随时欢迎哥们儿过来住，不过你这号东郭先生，21 世纪第一大傻，我打心眼儿里不愿收留，对坏人好人一个态度，是非不分，黑白不明，正确的做法应该让狼咬死。哎，我提醒你，以后出去少对别人说你是我哥们儿，丢不起人！”

“对你这种跟女人斤斤计较的主，我也羞于对外承认有你这号哥们儿，”王豫也干掉一杯酒，说，“爱心人士住你这儿你有什么不高兴的？到你这儿住是给你面子，你不愿让住就直说，瞎扯什么东郭先生？”

“敢情我还说错啦？爱心人士到我这我该蓬荜生辉是不是？你说前女友是赖皮，我看你被你前女友带的也成赖皮了，我本来以为我已经够赖的了，现在我不得不承认，你是教父级赖皮！我以后是不是得把你当爷供起来？”

“可别，我当不起爷，怕掉下来摔死，每天你好吃好喝管着我就行了。”

“需要我提供法律援助对付赖皮前女友吗？需要的话吱一声，啊？哥们儿的事我帮到底！”

“我明白你的想法，不就想从我身上捞笔钱吗？我现在穷光蛋一个，没什么油水可榨的，你还是省省吧，想打免费官司的话去帮民工解决困难，影响面大，或许可以名利双收。”

“民工就算了，哥们儿眼下还在赶路爬坡阶段，还没到那个慈善境界，我还有个愁事，你本来找对象都困难，又整出这么一个烂事，以后还找女朋友吗？”

“这不是该你操心的事，你还是先操心一下自己吧，喝！”

当晚两人举杯痛饮，喝得烂醉，说了不少醉话。第二天清醒过来，王豫不得不面对现实。住处是落实了，但三个月不飞行，又不用八小时坐班，游手好闲也不是个事。他倒是向往游手好闲的日子，可也明白，这好日子目前还轮不到自己享受。不飞行，即意味着飞行津贴、奖金什么的悉数归零，一月到头只剩那点基本工资，坐吃山空？那也得有山。

“我所里现在人手充足，要不然你可以过去临时帮个忙什么的，有点事干，不至于闲出问题。”刘国辉说。

“你这不是废话吗？”

“对了，”刘国辉猛一拍大腿，“有个地方，就看你愿不愿屈尊了，我姑和姑父开包子铺的，你知道的，现在店面扩张，正闹人荒，你去帮忙送个外卖什么的，也就三个月短工，给咱俩挣个酒钱生活费的不成问题。”

“闲着打游戏，净支出，送包子，净收入，行，我干。”

44

刘国辉姑父的包子铺叫“清风包子”，是家老店。在地球人还不知道北京的庆丰包子时，鹭城的清风包子在方圆十公里内就有着很响的名气。自从庆丰包子天下皆知后，清风包子也莫名其妙打了鸡血般跟着火起来，深受市民青睐，每天每顿，都会有大量食客排着长长的队伍在店门口等着翻台。为适应市场需求，店老板即刘国辉的姑父盘下楼上一层网点，将包子铺由原来一层网点改装成两层。

王豫过来帮忙，主要负责市内某一片区十几个小区以及写字楼的外卖工作，每天上午到公司露个脸签个到，然后驱车返回到市区，午饭时分，按照地址挨家挨户送包子。这天正送着包子，忽然接到顾红来电。刹那间一种奇怪的感觉将王豫牢牢攫住。一定与陈雨菲有关，且事不一般。王豫与顾女士接触不多，但凭直觉，他认定顾女士属于那种日常将自尊扛头顶当招牌的要强女性，若非万不得已，轻易不会给人添麻烦。事实也的确如此，除了上次给陈雨菲过生日，顾女士从未因为女孩的事情给王豫打过电话。此时突然来电，又有什么事？

“小王，见个面吧，有事情和您谈。”隔着电话线，王豫仍然听出顾女士的声音有些疲倦。

“一定要见面吗？电话里不方便说？”

“还是见面吧。”

当晚，在一家咖啡店，王豫见到了先于他到来的顾女士。

之前两人没有正面交流过，但王豫见过顾女士。那天陈雨菲被顾女士领走时，王豫就躲在车里，远远地用目光给予送别。那时的顾红，是一位风姿绰约的女性，一头蓬松卷发软软簇在肩上，整个人浑身上下珠圆玉润的。记得那天她气色特别好，眼眸黑漆漆的，红唇红润润的，不属于顶级漂亮女人，但非常秀丽姣美，一眼看去，至少要比实际年龄小个七八岁。掐指算来，也就几个月时间，眼前的顾女士竟然变了一个人。面前的女人，消瘦，憔悴，肤色晦暗，她戴了一顶帽子，一条厚厚的羊绒围巾将颈部围个严严实实，即使在溢着暖气的室内，也不肯摘下来。王豫一时有些恍惚，这真的是领养了陈雨菲的那位女士吗？

顾红尽量挺挺腰身，让自己坐直了身子。她朝王豫微微笑一下，那仍然柔美的笑窝，让王豫瞬间否定掉刚刚的疑问。

王豫突然产生某种不祥预感。不知顾家发生了何等变故与打击？又不便直接问询。

“王先生，谢谢您能来。”顾红望着王豫，目光流露着坦率与真诚。

“客气，还是叫我小王好了。”

“菲菲马上放寒假了，约您出来，还是为她的事。”

“哦，”王豫脑袋轰地一炸。倒不是害怕陈雨菲拖累到自己生活，主要是那种不太好的预感再次来袭，“到底什么事？直说无妨。”

“还记得半个月前我麻烦你陪孩子过生日的事吗？当时谎称出差北京，事实上我是在北京肿瘤医院住院，等待开刀做手术。”

“什么手术？您？这是刚做完手术？”王豫头皮一阵发麻，不祥预感立刻被证实。

“结肠出了点问题，”顾红笑了笑，举重若轻道，“所幸发现算及时，比早期稍晚一点，中期呢又稍早一点，手术做了，还需要做化疗，八个疗程，以后每个月要在医院住几天，为了方便，在北京那租了房子，就在医院附近，医院说，扛过化疗就会没事了，我愿意相信医生的话。”

“哦，肯定会没事的，我也信，”王豫尽量让脸色更为阳光一些，小心地捡着措辞，“顾姐，现在医学发达，这些病只要发现早，做完手术就没事了，都会好起来的。”

“谢谢小王，借您吉言，但愿尽快好起来，”顾红努力微笑着，“这两个月一直在北京，这次回来，主要是孩子的事，当时办手续领这孩子的时候，我压根没料到自己会生病，做梦也没想到会是这种病，在这之前，一直觉得自己的身体是铁打的，怎么折腾都不要紧……住院前，一直和孩子朝夕相处，我太喜欢这孩子了，太懂事了，有天早上我不舒服，她自己悄悄起床到厨房打开电磁炉煮面，不仅煮了她自己吃的，还给我煮了一份。我批评她不该自己下厨房动灶具，太危险，这些活还不是她这个年龄能干的，她告诉我，之所以自己煮面，就是想让我多睡一会儿……”

说到这里，顾红忽然落泪了。但她没有哭出声，只是眼泪止不住往外涌。她不想让人看到眼泪，及时拿出纸巾在双眼轻轻摁摁，瘦削的身子似乎已经疲惫，但仍然继续努力让自己坐得端正。

王豫鼻子忽然泛酸。心想陈雨菲这孩子真够命运多舛，好容易有了一个疼爱她的人，上帝就安排了这档子事……眼前这顾女士确也不幸。据资料介绍，如今恶性肿瘤的患病概率在千分之一，这么善的人，怎么就被划拨进了这小概率之内呢。

“我能帮到您什么？”王豫问。

“菲菲读的是私立学校，平常可以寄宿，这阵子我在北京，一直对孩子谎称在出差，孩子就一直住校，以后我每月要化疗，体力上不容许两个城市来回跑，暂时恐怕是照顾不到她了，眼看下周就要放寒假了，让孩子继续留在学校也不现实，学校也不能同意啊。”顾红抹抹泪道，“在这个城市里，我一直是单打独斗的，以前身体好的时候，总相信一个人生活没问题，现在真出问题了，才发现一个人其实挺可怕的，关键时候连个帮手都找不到，亲人都在农村老家，送雨菲回农村也不合适，一来她未必会适应那儿的生活，二来那边的亲戚也未必会用心照料孩子。”

听到这里，王豫基本明白了顾女士的来意。

“我有位闺密，愿意帮我照料菲菲，我和菲菲商量过，但菲菲不想到别人家里去，她表示，如果这假期一定要住到别人那儿，她还是希望跟王叔叔在一起。”顾女士道，“我本来不想一而再再而三地给您添麻烦，这也是万般无奈，不得不找您商量一下。”

发生这样的意外，顾女士话又说到这份上，王豫就是搜肠刮肚也找不出拒绝的理由。事实上也无须搜肠刮肚，在刚刚意识到自己需要做什么时，他就已经决定，帮这个忙。不仅仅帮助不幸的顾女士，更主要是陈雨菲那孩子。冥冥之中王豫觉得自己与女孩之间，早已建立起某种超越常规的另类友谊。看看两个人的遭遇吧，竟也雷同到这般地步：在他被胡蝶抛弃品尝失恋痛苦的时候，女孩失去了世界上最亲的人——妈妈；在他被停飞像一条野狗凄凄惶惶寄人篱下在寒冷的冬季四处送包子的时候，女孩的养母突然罹患不幸，致使好容易有了一个温暖的家的女孩重新无人疼爱无处可去……当这个可怜的小人儿，失去亲人、失去家、失去一切，在她最无助、最惶恐、最需要的时候，他没有勇气转身，没有勇气把冷漠和背影留给那双纯真的眼睛，没有勇气让一个孩子对人与人之间的感情产生怀疑，对这个世界所抱的美好幻想从此坍塌，对成人的世界绝望，他害怕那曾经迎春花般纯真无邪的笑颜从此不再绽放。

“没问题，顾姐，您放心吧，”王豫几乎是不假思索，继续把温暖的微笑传递给顾红，郑重承诺道，“您眼下的任务是安心养病，孩子的事交给我，我会照顾好她的。”

“我对孩子说，出国进修，需要较长的时间，你也保持一致口径吧。”

“知道了。”

顾女士眼泪再度涌出。看得出她的身体已经非常疲劳了，但仍然让自己坐得端正，且保持着唇边的笑意，诚恳道：“遭遇这个事有点不幸，但幸运的是我遇到的都是好人，谢谢您，小王。”

“那您呢？一个人在北京吗？谁照料您？”

“前阵子，是我老家的妹妹来北京陪我，不过她自己上有老下有小的，不能一直陪下去，最近我前夫知道了这个事，这几天一直是他在身边，以后可能就是他们两个人轮替着吧，我说过，遇到的都是好人。”

“那好吧，顾姐，”王豫又鼓励地微笑一下，“我们等您康复归来，菲菲需要妈妈，您要记着，她不能没有您。”

“我希望康复，好好地回来，我舍不得这一切呢，”顾红擦擦泪，眼神里闪出一缕亮光，“我希望和菲菲继续生活下去，把她抚养长大。”

从咖啡店出来，王豫看到路边停着一辆车，夜灯下，一位戴眼镜的男子从驾座跳下来，和王豫握了手，说了声谢谢，然后一手扶车门，一手搀顾红，呵护备至地扶她坐进车子。

|第十九章|

45

这晚回到住处，王豫睁着两只眼睛在刘国辉的房子东转转西嗅嗅，挨屋巡逻。刘国辉从外面回来，洗漱后钻回房间睡觉，并叮嘱王豫做人得有点公德，早点睡，别影响他人睡眠。王豫却毫无睡意，转到大半夜还不睡。刘国辉睡了一觉醒来，推门出来发现王豫还在巡逻，吓了一跳，两只眼睛死死盯住王豫，问："你怎么啦？行为反常，弄得我直发毛！"

"没什么。"王豫还是继续在屋里来回走。

"坦克，亲大哥，你就说实话吧，你不睡，我也睡不着，我明早开庭打一大官司，数亿的大官司，今晚的睡眠对我至关重要啊，你这不是逼人发疯的节奏吗？"刘国辉说，"你是不是有病了？压力大？心里太郁闷？要不明儿我给你找个心理医生疏通疏通？发烧有吗？"

刘国辉披着睡衣，伸出一只手，欲摸王豫额头，王豫一巴掌打开了他。

"我没病，"王豫说，"要说心理压力大吧，确实有点大，你要是哥们儿倾心帮助我吧，压力可能会释放了。"

"你说吧，我倾心倾力帮助你！"

"这事也很简单，明天你把卧室腾出来就可以了。"王豫说。

"什么？为什么腾卧室？这房子三间卧室，那两个卧室我睡不好，就这间卧室能睡好，凭什么让我腾出来？"

"我观察了，你睡这间卧室最好，白天阳光最足，海景最全，晚上最安静，宜眠，你把它腾出来，我压力就释放了。"

"这不行，最好的房间一定得留给主人用，你这要求太过分，你再提提别的要求，不过分的。”

王豫又挨屋走，不停地走，边走边摩拳擦掌的。

“你得神经病了？我擦，行行行，我服你了，你别走了，我腾，明儿就腾。”刘国辉垂头丧气道，“那你得告诉我为什么吧？”

“你这辈子干律师，做坏事太多，造孽太多，我想帮你积积善缘，你收留我算一个善缘，但只是收留我一个还远远不够，需要再收留一个人。”

“再收留一个人？坦克，你疯了吗？你要明白这是我家！”

“善缘，善缘！”王豫伸出一根指头放唇边“嘘”一声，“别吵，多一桩善缘胜造七级浮屠，我是为你好！”

“坦克，你真把我这儿当你家啊？你让人欺负跑我这儿寄宿，还随便勾引别人过来住，还要把主人从主卧室撵出来，你脑子被门挤啦？”

“咱是不是哥们儿？”

这句话使刘国辉霎时穿越回大学时光。有一回他挨了一名上海男同学欺负，咽不下这口气，半夜三更叫王豫替他报仇。王豫要睡觉，不愿动，刘国辉哭咧咧骂道，你还是不是我哥们儿？一听这话王豫腾地从床上弹起，两个人冲出去堵到上海同学的宿舍门口，将那同学叫出来，王豫一把拎起对方脖领子顶到墙上，对着腹部闷了两拳。吓得那同学痛哭流涕只差跪地求饶，从此见了刘国辉都躲着走。

“奶奶的，我擦，”刘国辉手一挥，“这辈子碰上你这号人，算我倒霉，我腾卧室！”

第二天早上，刘国辉终于知道了王豫要接陈雨菲过来过寒假的事。怎么想也想不通，一边飞速地刷牙，一边腾出空大声骂王豫：“你这不是没事找抽吗？自己都泥菩萨过河，那边胡蝶那坨屎还没处理掉，这又揽一麻烦，这孩子怎么回事？做好事还砸手里甩不掉啦？”

“饭桶你能闭嘴吗？”

“不闭嘴又怎样？”

“你忘了我当年心情不好把某个狗头打成猪头了吗？”

“擦！你这也太不讲义气了吧，哥们儿和敌人能一样吗？”

“你要不闭嘴哥们儿就变成敌人了，而且我保证你和敌人享受的待遇是一样的。”

“那时候你年轻不懂事。”刘国辉嘿嘿笑着说。

“你是想试试我现在懂事不懂事呗？万一哥们儿发了火穿越回年轻时代你不会后悔吧？”

“算了，我还是不试了，君子崇尚文明拒绝暴力，”刘国辉漱净口，“这房子我拱手交你了，你愿怎么干就怎么干，愿招谁来就招谁来，啊？今天我没时间了，腾卧室的事归你，前提是我床头的书和资料一页都不能少，床单不能有皱……”

“这是必须的，我会心细如发的。”王豫笑笑，走回餐柜边，将一瓶酒回归原位。

几天后，陈雨菲学校放寒假，王豫开车把她接到刘国辉的房子里。陈雨菲带来一只塞得鼓鼓的大号书包，一只中型行李箱装满她的日常衣服，两本传统相册，一本电子相册，还有那只王豫初次见面时送她的毛绒熊。另有一只电脑包，王豫打开了，看到一台苹果手提电脑，一只同品牌手机。先拿起手机看了看，正是那只被警方归还的陈蔓莉的苹果手机。看到系统已毁，机芯被废，王豫觉得这手机是个不祥之物，劝说陈雨菲将其扔掉。

“为什么呀？这台电脑和手机都是我妈妈使用过的，也是妈妈唯一留下来的东西，我想保存着。”陈雨菲拒绝扔掉手机。

“已经废了，不再有使用价值，而且，被小偷在土里埋过，阴气重，留在身边不吉利。”王豫说。

“什么叫阴气重？”

“反正就是不好，不吉祥。”王豫说。

“那我们把它埋起来吧，”陈雨菲说，“种在花盆里，万一我想妈妈的时候，还可以看看它。”

王豫找来一只花盆，松了口气，陈雨菲将手机埋进去，放到阳台一个角落里。这是陈雨菲搬过来的第一天，做完这件事，她从行李箱里最底层的拉链内，取出一只厚厚的信封，递给王豫。

“什么？”

“你看看就知道了，顾妈妈让我转交你的。”

王豫发现，她现在不再称顾阿姨，而是改为顾妈妈。

打开信封，王豫看到一摞人民币现金。

“送钱给我？干什么？”

“顾妈妈说，是我的生活费，她让我谢谢你。”

顾女士的要强自尊令王豫又一番感慨。自己都那样了，在医院处处用钱的时候，还惦着帮女孩安排生活费。王豫将信封原封不动丢进一只抽屉，说：“行，以后用钱的地方多，我先给保存着。”

然而人算不如天算。陈雨菲搬过来的第二天，刘国辉的房门一大早突然被人堵了。最近半年刘国辉在干一件大事，帮一位亿万富豪打离婚官司，用半年时间将百分之九十的资产成功转移。刘国辉得到的回报是一举赢得几百万代理费，几年之内不工作都可以衣食无忧了。前几天开庭，官司判了，前妻被迫离了婚，男人没了，资产也没着落，气疯了。富豪前妻将愤怒和仇恨一股脑发泄到前夫代理律师刘国辉身上，带着弟弟、母亲一行人马，几个脑袋上扎个白布条，拎着油漆桶，堵到刘国辉家门口，往门上泼血红的油漆，谴责刘国辉黑心烂肝，助纣为虐，恃强凌弱……闹了一天不罢休，接下来连续多日每天有人到门口静坐，绝食。

每天大门一开，冷不丁看到一群脑袋扎白布条的人在门口打坐，陈雨菲吓得哇哇大哭。王豫对刘国辉说，你这儿是住不成了，大人可以，孩子受不了这惊吓啊！刘国辉说，坦克你不能走，你武功好，关键时候你必须在这儿给我顶住啊！王豫说，顶你个头！赶紧想办法换地方！你不走，我们走！

在这种情况下，王豫只好求助于父母。这也是走投无路之际，唯一能想到的有可能帮到自己的人。先是试探着打电话给罗爱芳，原想晓之以理动之以情，先做通罗爱芳的思想工作，没想刚开口还没说几句，罗爱芳忽然眼圈一红，对着话筒说："儿子，别说了，这孩子的情况我和你爸都清楚，怪可怜人儿的，以前我们两个老家伙那么劝过你别管闲事，不是我们老两口心肠多歹毒，主要是站在你的角度为你以后的生活做长远考虑。后来孩子走了，我每次想起这事，心里都不是滋味儿，不就是过个假期吗？算不了什么大事，你送她过来吧！"

"我没听错吧？你不嫌烦吗？"

"我和你爸两个老帮菜，天天在家大眼瞪小眼闷得慌呢，让孩子过来热闹热闹，给屋子积积阳气，我乐不得呢！"

"那老头子呢？他会同意吗？"

"他听我的！"

王豫隔着电话线恨不得立即给罗爱芳来个大熊抱。

罗爱芳雷厉风行，当即调动起老王，老两口花大半天时间，将王豫以前住过的那间小卧室收拾出来，将近年来堆积在小卧室的杂物全部清理出来，堆到阳台上，给陈雨菲布置出一个颇为温馨的小房间。收拾房间的时候，老王还有些顾虑。他道："如果顾女士那个病治不好，这孩子将来怎么办？"

"怎么可能治不好？小顾那情况我听儿子说了，以我的经验，能扛过去的，"在医院做了大半辈子外科护士的罗爱芳，颇具权威地说，“发现早，不幸中的万幸，只要心态好，扛个十年二十年没问题。”

当晚，王豫领着陈雨菲搬到老王家。由于没有多余房间，陈雨菲住到老王家后，王豫白天忙送包子的事，晚上仍然借宿刘国辉那儿。为了躲避那位疯狂的富豪前妻，刘国辉已经不在家里住了，他搬进了一家五星级酒店。当然不是自己出钱，他打电话给那位赢了官司的亿万富豪，告知对方自己的“危状”。富豪很明白事儿，当即打电话在自己拥有产权的五星级酒店给刘国辉开了个房间，供他暂时“避难”。刘国辉说，一个房间不行，得两间房。富豪惊讶，你不就一个人吗？要两间房做什么？刘国辉说，还有家属。富豪问，你父母过来了？刘国辉说，非父母，确实有点特殊情况。富豪就不再问了，慷慨地给了两个房间，并告知在酒店内吃饭可以一并结算在房账上。

王豫本来正愁着下一步住哪儿，租房子？一室一厅也得两千多月租，以目前状况，这笔多出来的开销无疑是笔不小的负担。正犯愁呢，突然见识了刘国辉的神通广大，五星酒店免费吃住，于是也不客气，跟着刘国辉搬进酒店，过起了白天送包子、晚上住五星酒店的奇葩日子。

陈雨菲住到老王家不过两天，罗爱芳突然出事了。这天罗爱芳在阳台上整理那些清出来的杂物，因阳台小，又不舍得扔破烂，为了腾出些空间，踩着高脚凳，将一些物件往阳台墙壁顶柜里塞。这个过程中，肥胖的老罗一不小心闪了腰，身体在瞬间失去平衡，从高脚凳猛摔下来，瘫在地上努力半天爬不起来，钻心疼痛让这名女汉子当场掉泪。老王和陈雨菲手忙脚乱喊来邻居，又打电话喊来 120，一伙人七手八脚将罗爱芳送往医院。诊断为左小腿骨折，做了个不大不小的手术，骨头里钉进几颗金属钉子，打了石膏，平常闲不住的罗爱芳，不得不躺倒在病床上。伤筋动骨三个月，一想到自己未来一段时间不能自由行动，将要在床上躺着过，罗爱芳就难过得想抽自己几个大嘴巴，为什么总是粗手粗脚不小心。

罗爱芳住院七天，王豫不得不暂停了包子铺的小工工作，对老王和罗爱芳谎称向公司请了假，在医院与老王轮番陪床，端屎接尿。罗爱芳从伤痛中回过神来，反复叨念一个事。

“真是怪了，”她说，“我在医院工作半辈子，半辈子净为人民服务了，自己没住过院，为嘛这孩子一进门，不过两天，我就躺进医院来？”

由此疑问，罗爱芳又联想到一连串的怪事，她扳着指头一件件数来：“这孩子是不是传说中的命硬啊？先是把她妈妈克死了，顾女士好心收养她，没几天得了重症，刘国辉刚一收留她，没两天被疯婆子咬上，门上被泼漆，我呢，善心一发，看看，好好的人说倒下就倒下了……”

“怎么摔一跤世界观都摔变了？”王豫制止罗爱芳胡思乱想。

“我以前也是不信的，可这一跤摔得，摔得我心里惶惶呀。”罗爱芳道，“王豫，你现在还是年轻啊，我告诉你，人不能胜天，这话是有道理的……”

罗爱芳住院这几天，陈雨菲一个人在家里，毕竟不满八岁的小孩，一日三餐吃饭成了问题。王豫和老王轮流回家休息时，陈雨菲才能好好吃一顿，其他时间，要么吃剩饭，要么吃泡面。现在王豫又目睹罗爱芳这个思想负担，忽然意识到，陈雨菲不能在老王家住下去了。就算罗爱芳出院，就算她可以克服鬼神迷信思想，出院以后至少一两个月内不能自如行动，以前是她照料老王，以后反过来由老王照料她，陈雨菲住在那儿，无疑凭空增添老王的负担。

怎么办？跟顾女士说明情况？将孩子送回去？送哪儿？顾女士人在北京，自顾不暇，此举万万不可行。别说王豫做不出来，老王和罗爱芳也做不出来。一筹莫展之际，王豫再次求助于刘国辉，让他将陈雨菲接到酒店。

在酒店，一日三餐可以随时要餐，也可以到餐厅点菜，中餐西餐一应俱全，至少饿不着。这种时候，王豫突然惊讶地发现，在陈雨菲的问题上，自己简直已经沦落为那种自己最鄙视的一种人——自私而龌龊、爱占小便宜的孩子家长。

46

陈雨菲住进酒店的当晚，刘国辉设宴，盛情邀请赵雅祺过来聚聚。

赵雅祺突然接到刘国辉的电话很意外。她对与刘国辉的“聚聚”毫无兴趣，但想到有可能见到王豫，便欣然应下。晚上出来前，特意化了个不留痕迹的淡妆，换了身特妩媚特女人的行头。在酒店二楼的中餐厅，赵雅祺如约现身，然而却没有看到预期中的王豫，只看见刘国辉与陈雨菲坐在靠窗的桌边。

坐下了，刘国辉大手一挥，招呼服务员上菜。赵雅祺建议不急上菜，等人齐了再上。刘国辉笑着说：“齐了，就咱仨。”

三个人先后上了十几道菜，很铺张，海鲜珍禽俱全。陈雨菲大快朵颐，吃得痛快淋漓。赵雅祺自然很节制，象征性地动动筷子。她觉得不对劲，摸不透这场“聚会”的由头，终于忍不住，问：“怎么回事？怎么就咱仨？”

“本来应该是四位，对吧？这不，王豫忙嘛。”

“他忙什么？”

“好奇？哈哈，”刘国辉神秘一笑，“我马上、立刻满足你的好奇。”

刘国辉边吃，边将王豫近段时间的遭遇，一一讲述。毫无疑问，律师的讲述十分策略，该详时详，该略时略，抑扬顿挫，跟评书似的，听得赵雅祺心潮起伏。讲完了，刘国辉又长吁短叹，唏嘘一阵。

赵雅祺一直静听，尽管心潮涌动，但神情始终保持平静。

这时见陈雨菲吃得差不多了，刘国辉问她是不是提前回房间休息？陈雨菲摇摇头说：“我不想提前回去，你们要谈什么尽管谈好了，我不会听的。”

说着，女孩掏出手机，埋头玩起游戏。刘国辉指指不远处一个有植物和生物布展的角落，叫女孩过去观赏热带鱼。陈雨菲瞅一眼刘国辉，耸耸肩，听话地起身过去了。望着女孩的小小背影，刘国辉感慨道：“这孩子命运不济啊，太坎坷了，亏得遇到王豫这个天下第一傻，这不，他现在又自身难保，一个小女孩，一天到晚住酒店，这不是长久之计啊。”

“你绕来绕去，费这么多口舌绕了这么大半天，中心意思我听出来了。”赵雅祺冷静地望着刘国辉，微微一笑。

“听出来这就对了，我就喜欢跟聪明人打交道，事半功倍是不？”刘国辉笑道，“听不出来我这就费老劲啦。”

“我可以给陈雨菲提供这个假期场地，一个寒假，跟我吃住，不是什么问题，不过，我声明，我不是做慈善。”

“当然，我知道，你是冲着王豫的面子，也是帮王豫解决困难，我替哥们儿谢谢你，天下第一爱心女神嘛！”

“别动不动就天下第一，能不这么夸张吗？这帽子也戴不起。”赵雅祺正色道，“征求过陈雨菲的意见了吗？她愿意吗？”

“这不得以你为先吗？你不答应我哪敢乱出馊主意啊，”刘国辉道，“这就叫她过来问问。”

刘国辉朝陈雨菲招招手，陈雨菲跑过来。

“菲菲，你坐下来再吃点东西。”刘国辉说，向陈雨菲的碟子里夹了块女孩爱吃的脆皮乳鸽。

“我已经吃饱了，晚上不能过饱。”陈雨菲坐下来，调皮地冲赵雅祺笑笑，又冲刘国辉笑笑。

“和你商量个事，”刘国辉说，“老大希望这个寒假你到她那儿，跟她做个伴儿，你愿意不？”

“这要问一下王豫叔叔。”

“现在问你呢，不提别人。”

“王豫叔叔不是别人。”

“不是别人也是王豫，现在是要你回答问题。”

“我要知道王豫叔叔的意见才能回答。”

“哎……这孩子！”对付过无数复杂疑案的刘国辉，一时间束手无策了。

“菲菲，我问你一问题，”赵雅祺开了口，“王豫叔叔是亲人吗？”

“当然是。”

“既然是亲人，他现在既要照料病人，还要工作养家，一天到晚这么操劳，你有心疼过他吗？”

“嗯，”陈雨菲点点头，“心疼。”

“你住到我那儿去，就是给王豫叔叔减轻负担，这个道理明白吗？”

“我去！”陈雨菲抬起头，望望赵雅祺，又望望刘国辉。

刘国辉哈哈大笑着，向赵雅祺竖竖大拇指，又做了一个胜利的手势。笑罢，特意向赵雅祺叮嘱道：“赵雅祺，你不能出卖我啊，不能让王豫知道这事是我挑头的。”

“你们律师做事都这么阴暗晦涩吗？不让王豫知道是你挑的头，那我是怎么知道这事的呢？你当我是福尔摩斯呢！”

“老大，我和王叔叔说，我就说是我打电话给你的。”陈雨菲自告奋勇道。

“小丫头情商真高啊，领悟力太强啦，可造之才，”刘国辉嘿嘿一笑，伸手在陈雨菲脑袋上拍一下，“今晚这顿大餐，我请得值啦！”

从房间帮陈雨菲拿行李时，刘国辉又悄悄递给赵雅祺一句话：“有个事我得尽到告知义务，免得到时候你埋怨我没告诉你。”

“直说。”

“罗阿姨说，这孩子命硬……”刘国辉将自己在医院探望罗爱芳时，听到罗爱芳反复叨念的那个意思给赵雅祺转述一遍。然后又告诉赵雅祺，如果她对自己的决定后悔了，可以随时撤销，完全给予体谅和理解。

“嗨！”没料赵雅祺压根不在意，她哈哈一笑，“你当律师的，信这个？”

“我当然不信。”

“小时候我父母请大仙给我算过，我命算钻石的，天底下还有比钻石更硬的东西？没有！”赵雅祺满不在乎道，“我做珠宝这些年，哪样珠宝没有超高硬度啊？我一直顺风顺水的，命里没有过硬的东西能震得住？”

“那是那是，你是钻石命，天下无二！”刘国辉心里一块石头落了地。过一会儿，又问，“那你真能照料得了她吗？”

“我照料不了她，就让她照料我。”

“行，你真行，你俩就相互照料吧。”

陈雨菲又搬了一次家，从酒店搬到赵雅祺家。搬的时候，怀里抱着那盆从老王家搬出来的花。那里面，埋着她妈妈的手机。王豫第一时间得知了这一消息，自然是陈雨菲打电话汇报的。尽管陈雨菲按照之前和刘国辉约好的，说是自己请求到老大那儿的，说老大那儿住房宽敞，条件好，比憋在酒店房间舒服。王豫还是立即透穿个中曲直，若非刘国辉从中耍把戏，一个小孩子怎么会想得这么周全。这时王豫正在办理罗爱芳的出院手续，腾出空儿，打电话给刘国辉，道：“饭桶，这事你干得不厚道啊！”

“我怎么啦？”刘国辉装无辜。

“我把孩子托付给你，这么快你就给推出去？说你不厚道是轻了，简直是不地道！”王豫说完这句，话锋一转，又道，“不过考虑到间接作用是正面的，省得孩子跟你在一起学坏，所以，我决定原谅你这一次。”

“坦克，你别得了便宜还卖乖！你个伪君子，我一直没跟你明说，就是给你留面子，我这件事做的是为谁好你心里不清楚吗？仅仅是为了陈雨菲吗？还不是给你创造机会？”刘国辉噼里啪啦还击道，“咱俩这朋友当的，我天天给人垫背做坏人，你呢天天装好人，还落不着一个好字！”

“行了！”王豫哈哈一笑，“君子不与无赖争辩！”

挂了电话。没一分钟刘国辉又打过来，道：“你知不知道？我是嘴上说坏话，心里办好事，有的人是嘴上君子，心里无赖，你心里想什么你敢说出来吗？不定你怎么偷着乐呢！现在我警告你，机会给你创造了，抓不抓得住就看你自己了，我君子坦荡荡问心无愧！”

“说了半天我还得欠你人情？你把孩子推出去这事，我还一点怨不着你了？不愧是大律师，一张嘴能把天说破了，行，君子无赖两称号我都让给你，咱不争了，忙着呢！”

挂了电话，王豫心里忽然涌出丝丝缕缕的暖意来。刘国辉这家伙，任何时候跟自己一见面就掐，嘴上从来不肯吃半句亏，每次掐得死去活来，不知情的外人眼里，都会以为他和自己是仇人。事实上，这么些年风风雨雨，只要自己有需要，关键时候这哥们儿都是身先士卒一马当先冲在前。把周围有可能的人扳起指头数数，陈雨菲去赵雅祺那里过这个寒假，应该是最好的选择。罗爱芳有热情也有爱心，但出院后需要养伤，已失去照顾他人的能力。老王虽然也不会有怨言，但凭空加重他的负担，自己于心不忍。而让一个小女孩跟在自己和刘国辉两个大男人屁股后面混日子，似乎也不是妥当的事。

住到赵雅祺那儿，生活稳定，物质丰富，关键是赵雅祺为人单纯，肚子里不藏心眼，有一颗善良心，这对孩子只有好处没有坏处。但自己肯定是不能主动跟赵雅祺提的，自己提的话那就不厚道、太无耻了。女孩的事是自己揽下来的，凭什么推到赵雅祺那儿呀。本来跟赵雅祺完全无关的，她却毫不犹豫担起来，王豫自责的同时，对赵雅祺在原来好感的基础上，又由衷地猛增N倍感激涕零。

感激赵雅祺的同时，对刘国辉也生出另一种感激。这个厚脸皮的事，自己不好意思做，刘国辉豁出老脸替他做了。除了刘国辉，天底下也不可能有第二个人替自己出这个头了。关键的关键是，正如刘国辉所言，自己由此可以获得与赵雅祺随时见面的机会。想到这里王豫突然一个激灵，难道，自己潜意识里，一直期待和她见面？

难道这不是内心真正的想法吗？刘国辉那双犀利的眼睛还真没看错，连自己潜意识里的思维活动都能洞悉。

|第二十章|

47

陈雨菲回到以前生活过的小区，曾经熟悉无比的楼座。赵雅祺的家，除了楼层不一样，客厅里家具陈设不一样，其他格局与以前自己的家几乎完全一致，稍有不同的是，面积稍大些，更敞亮些，阳光更足些。搬进来的第一天，陈雨菲光着脚丫子挨个房间跑了一遍，情绪迅速欢快起来，最后，当她走进赵雅祺指定的儿童房时，女孩差不多惊呆了！

仿佛穿越回过往时光，回到自己无数次怀念的房间。这间儿童房，与之前陈蔓莉为女儿布置的那间，几乎一模一样。洒满阳光的南向房间，白色的欧式儿童与书桌书架，粉红色的窗帘与床上用品……当然，陈雨菲不知道，这是赵雅祺根据陈雨菲手机里储存的房间照片，请周欣及另两名细心的工作人员，用一天一夜的时间精心还原的。赵雅祺布置的时候要求纯环保，一点异味都不能有。周欣做到了。

陈雨菲爬上弹性十足的大床，蹦了几下，快乐地翻了几个跟斗，又劈腿又下腰，儿童天性尽露无疑。正跳着，赵雅祺走到床边，朝她勾勾手指头，柔声说，暂停一下，以后有的是机会显摆舞蹈功底，有事和你谈。

陈雨菲停下来，坐在床中心。

“以前在你们家，你地位最高对吧？”赵雅祺问。

“那当然啦！”陈雨菲昂昂头。

“现在这是我家，你地位有所变化。”

“这我知道，但是怎么变呢？”陈雨菲似有意料，不动声色地问。

“既然你认可我是老大，那么，你只能屈居老二。”

“这个，可以的，”陈雨菲抿抿嘴，自嘲道，“问题是不可以也不行啊。”

赵雅祺变戏法般顺手从书桌上拿出一张 A4 纸，上面以 4 号字体打印着十几行文字，递给陈雨菲道，你朗读一下。

陈雨菲接过，朗声读道："约法 N 章，共 12 条……第一，在这个家里，老大永远是对的；第二，任何时候，任何事情，老二行动要听老大指挥；第三，虽是老二，但千万不要以为自己真的是第二把交椅这么高的地位……"

念到这里，陈雨菲停下来，问："老大，既然我是老二，为什么不能认为自己是第二把交椅呢？"

赵雅祺笑笑，伸出小手指头，冲陈雨菲比画一下，柔声道："老二，也是老末，老末，明白？"

陈雨菲斜着眼睛，瞅着赵雅祺，不服气地点点头。

"别用这种眼神，要正视现实，正视，懂吗？"赵雅祺纠正她。

陈雨菲重新端正视线，望着她，继续念："第四，老二虽然小，但不能吃白饭。"

念完这条，陈雨菲又停下来，歪着头道："这条听不大明白。"

"给你详细注解一下，"赵雅祺道，"首先要明确的是，我没有照料你的责任，给你提供场所过一个温暖的寒假，是出于我的善意，帮助性质，明白？"

"明白。"

"其次，我这儿不养闲人，你在这儿吃饭，喝水，住宿，娱乐，等等，所有的一切，都需要通过劳动获得报酬，然后再拿你挣到的报酬购买这一切，懂吗？"

"有点懂啦，"陈雨菲说，"就是说不能白吃白住，我得干活？"

"聪明！当然，你也只用干你力所能及的活，由于你能干的活比较低端，劳动报酬呢，自然不会太高，比如，洗一次碗，挣十分，擦一次鞋，挣十分，再洗一次碗，再挣十分，一分相当一块钱，十分相当于十块钱。这 30 块钱呢，可以换这瓶饮料，还可以倒找你 2 元……"赵雅祺莞尔一笑，指着床头一瓶纯进口原汁葡萄汁，说，"这瓶饮料 28 元，是我的买入价，公平合理，不欺人，如果表现得好，让我高兴，还可以得到额外奖励。"

"这么说，如果让你每天都高兴，我就可以每天得到礼物？"陈雨菲问。

"没错！"

"明白，老大，你可真慷慨！我同学郑圆圆在家里洗一次碗，只能挣两块，"陈雨菲吐吐舌头，"你真是我心目中的高大上老大呀！"

"你同学家能跟咱们家比吗？你怎么着也是高大上的老二呀！"

“这样的话，我在你家里住，那就理直气壮啦！我要努力挣到我想要的所有的一切，哈哈！”陈雨菲兴高采烈，跳起来又翻了两个跟斗，“谢谢老大，你真是全世界最可爱的爱心女神啊！”

“这是溜须拍马吗？”

“我是轻易不捧人的，你给的条件太优惠啦，才忍不住捧两句。”

念完约法N章，赵雅祺伸出手，与陈雨菲拉拉钩，顺手丢给她一本厚厚的牛皮封面全新笔记本，笑道，“从今天开始，你自己记账，每一笔记清楚，谁也不许耍赖。”

“我现在想吃水饺，你先给我吃一顿牛肉馅饺子，”陈雨菲接过本子，翻开，拿起笔欲记，“先欠上账，吃完我通过劳动慢慢偿还！”

“吃饺子？没问题，你给捶捶背就可以换顿饺子吃。”赵雅祺往床边坐了。

“我真饿了，一会饿晕了后果很严重。”陈雨菲不动。

“不捶是吗？那还是不饿。”赵雅祺起身欲离去。

“我捶，我捶，”陈雨菲跳到她身后，握起两只小拳头，一边在赵雅祺肩上敲打着，一边叹气，“我怎么感觉你像个巫婆？欺负我！”

“你知道你现在为什么处于这个处境吗？”

“为什么？”

“因为你是丑小鸭，没看过童话故事吗？丑小鸭如果想变成白天鹅，不经历九九八十一难是不可能的，你这才哪儿到哪儿？要做好准备，万里长征刚开始第一步。”

“唉，水深火热啊，早知道这样，我还不如在酒店住着呢，想吃什么随便点餐。”

“谁刚刚夸下海口要凭努力挣到想要的一切？不会一转眼就没信心啦？我不妨告诉你一个不幸的消息，刘国辉就在今天已经搬离酒店了。”

“那王豫叔叔呢？”

“这就不知道了，你要自己问他。”

捶背约五分钟，赵雅祺就叫停了。

“我也就要个态度，现在你任务完成了，跟我一起去煮饺子吃。”赵雅祺将陈雨菲从床上拉下来，来到厨房冰箱前，取出一袋速冻水饺，“这就煮，煮好了咱俩一块吃。”

“速冻水饺是垃圾食品，”陈雨菲说，“我不吃垃圾食品，我要吃现包的！”

“小丫头，忘了谁是老大？”赵雅祺柳眉一挑，“约法N章第二条，没记下来是吧？还要我重复吗？老大说吃冻饺就吃冻饺，要不然，冻饺也没得吃，饿着！”

“好好好，听老大的，”陈雨菲扮个鬼脸，妥协，“既然你能吃冻饺，我有什么不能吃的？”

48

女孩自立能力蛮强的。

穿衣，叠被，洗漱，自觉写作业，凡是自己的事，都做得井井有条。不是自己的事，比如有时候两个人一起吃过饭，女孩会主动说，我要挣分，我洗碗。似乎有意表现自己，自然不乏讨好赵雅祺的成分。每逢这时，赵雅祺心里会忽然心疼。这个天真烂漫的小女孩，还不足八岁，在家庭剧烈的变故中，仿佛一夜之间早熟、长大，敏感细腻，且善解人意。或许她还不懂“寄人篱下”这个词，但她的某些行为已在诠释这样的生活。赵雅祺有意锻炼女孩独立生活能力，指导她如何自己洗衣服，如何正确且安全地使用简单的家用电器。陈雨菲求知欲很强，日常生活中，凡是自己不懂的都愿意学习，赵雅祺不在家的时候，她可以做到保障安全的前提下自给自足。

不过一周时间，两个人已经彼此渗透，相互融入，像一家人似的适应了对方的存在。陈雨菲除了认为赵雅祺做的菜不好吃，其他一切都相当适应。这天在饭桌上终于忍无可忍，提意见道：“老大，你做的这个红烧茄子，我差点都吃吐了，这是猪吃的吧？”

“有吃的就不错了，还嫌弃，你认为是猪吃的，就当给小猪吃好了。”

“不对，”陈雨菲反应过来，反诘道，“这是猪做的。”

“哈哈，”赵雅祺哈哈大笑，“那这样，我做的不好吃，以后你自个做。”

“还是算啦，我做得可能比你做的还不好吃。”

饭后，赵雅祺拉着陈雨菲在沙发上坐下来，说：“实话实说，我也觉得我做的菜不好吃，所以呢，咱俩得商量个办法，怎么才能吃到好吃的美食呢？”

“想什么办法？叫外卖？”

“笨，你有王豫叔叔，还叫什么外卖 ？外卖好吃吗？都是垃圾，你不是讲究品质吗？垃圾吃得下吗？”

“叫王豫叔叔过来给我们做饭？”陈雨菲歪着头道，“他每天还要工作，再跑过来给我们做饭会不会很辛苦？”

“你这吃里爬外的，我每天也要工作，还要做饭给你吃，我不辛苦？你就知道心疼王豫叔叔，一点不心疼我？就王豫叔叔是亲人，我是外人？”

“那你说怎么办呢？怎么跟王豫叔叔说呢？”

“你自己动脑筋想办法哦！”

罗爱芳出院后，王豫也腾出了手。一周内，抽空来过两次，看到赵雅祺与陈雨非相处融洽，甚是欣慰。每次来后他就带两个人出去吃晚饭。这天三个人坐在餐厅，等上菜的时候，陈雨非突然闭着眼睛歪倒在椅子里。王豫吓了一跳，以为女孩心脏病发作，正手足无措时，陈雨非又忽然睁开眼睛。王豫问她哪儿不舒服，要不要上医院。陈雨非道：“没什么，我就是有点营养不良，头晕。”

“怎么会营养不良呢？”王豫问，他望一眼赵雅祺，“莫非，老大你虐待儿童？”

赵雅祺笑而不语。

“老大做的饭太难吃了，我每次吃得很少，”陈雨非道，“王叔叔，你以后工作不太忙的话，晚上过来给我补充补充营养，每天只要补充一顿就可以，好不好？”

王豫一听就明白怎么回事。他又望一眼赵雅祺，哈哈大笑道：“你们俩合起伙给我下套？”

“你这么理解也没错，”赵雅祺说，“关键是你愿不愿意，不愿意的话，那就让她继续受虐待，当然，我厨艺摆在那儿，不是故意的。”

这时罗爱芳已经可以拄着拐下地走路，老王照顾她绰绰有余，王豫在家里反而处处碍手碍脚的。他们催他快回去上班，别再耽误工作，住到他自己的房子里去。王豫没理由在老王家赖下去，于是仍旧每早先去单位点个卯，然后去包子铺送外卖，晚上住到刘国辉那儿去。这时那位亿万富豪为息事宁人，重新与前妻达成一份私下协议，给予一定经济补偿，前妻停止了疯狂，刘国辉获得安宁，已从酒店搬回自己的房子。

包子铺每天的忙碌，主要集中在中午这顿饭，晚上要外卖的就不多了。每天傍晚王豫忙完包子铺的事，就赶往超市或菜市场，精挑细选各类有机蔬菜，绿色肉蛋，拎到赵雅祺家里去。赵雅祺这里有武夷山的特供，但长期以来，每次送菜是固定的，一个人的分量，她可以随时增加供货量，增加至二人份或三人份，不过一句话的事。但她始终不说出这句话，暂时不愿改变这种既定格局。潜意识里，家里多出来的需求，是她自己的原因，与他人无关，所以该由自己来解决这才合理公平。王豫所做的这一切，让她欣慰。尽管只是买菜这么微小的事情。很多时候，了解一个人，最能说明问题的恰恰是生活细节，而不是其他。

仿佛有什么勾着王豫的魂，每天傍晚如果不过去，或者去晚一会儿，都要坐立不安，无比惦念。到了以后，自然是亲自下厨，心甘情愿，变着花样做丰盛而美味的晚餐。晚饭后三个人一起看会儿电视节目，或打游戏，或玩别的，然后在晚上十点之前，王豫帮她们检查好门窗，独自离去。

这样过了一周，三个人貌似已经到了无话不谈的地步。赵雅祺与陈雨菲依赖上王豫的美食，王豫也乐于奉献厨艺。每每看她们俩赞不绝口，吃得香甜，这对他来说，比空中抓盗贼更有成就感，比拿到奖金更觉得快乐和满足。王豫一度很享受这种关系，既可以天天见到喜欢的人，又无情感方面的纠缠与负担。赵雅祺也是同样心理，天天见到愿意见的人，每天吃到一顿他精心准备的晚餐，她已经很快乐，很满足。男人在什么样的情感支配下，心甘情愿一丝不苟体贴入微地为女人做美食呢？傻子都明白。

这时候两人的关系，正如张爱玲说的那种境界，"彼此有意而不说出来，尽情享受媚眼，享受目光相对时的火热心理，享受手指相碰时的惊心动魄……"然而这种关系并没能维持太久。当有一天，陈雨菲忽然悄悄告诉王豫一个她发现的秘密：老大晚上睡眠不好，需要服安眠药才能入眠时，有那么一瞬，王豫的心忽然被刺痛了。

"每晚都要吃药？"他问女孩。

"是的，每晚。"

"为什么？"

"我也不知道，只知道她不吃药就睡不着。"

前一阵赵雅祺睡眠已经恢复正常了，正是陈雨菲的突然到来，打破了这一平衡。连她自己都觉得不可思议。明明知道只是一个小孩子，而且是自己喜欢的小孩子，她很乖很可爱，她对自己的安全绝对不存在任何威胁，可就是不知何故，自陈雨菲走进这房子的那一晚起，赵雅祺的失眠季又诡异地开始了。

但她不会说出来，不会对任何人说，不会让陈雨菲和王豫知道，因为收留了陈雨菲，本来就不稳固的睡眠受到影响。王豫听说这事，就坐不住了，受到的震动如同跟八级地震差不多。为什么呀？她看上去那么健康，那么快乐，那么大大咧咧，什么都不在乎，什么事都不放心上，要风得风，要雨得雨，这样的人也会失眠？她有什么生活困扰吗？有什么焦虑的事吗？有一天晚饭，陈雨菲提前吃完饭跑沙发那边看电视，王豫做出不经意的样子，问一句，睡眠不好？为什么？

"老病根。"她笑笑，心底忽然有些难过。那是长在内心深处的一块疤，过了这么多年仍然没有真正愈合，甚至依然红肿着，不小心碰到它都会牵心扯肺地疼，甚至滴血。脸上，她仍是一副什么事也没有的模样，说得平静。

可他还是看出来了，那是一双不会撒谎的眼睛。他不再问什么，不想碰触她内心的伤口，不想她重历曾经疼过的疼，这时候他很想把她抱在怀里，用自己狂热跳动的心和胸膛，去温暖她生命中的伤。但又不敢鲁莽行事，他克制了自己的冲动，他怕万一有什么失当一不小心惊吓了心中的女神。他只能冲她笑笑，希望她从自己的笑容里感受到暖春四月的和煦阳光。

“谈点别的，”他说，“最近有什么新的设计构思？”

“不，我现在不想谈珠宝。”她说。

她却是情不自禁，徐徐道来。将发生在大学时代那个青涩的伤痕故事，讲了出来。心里的伤，留在身体上的疤，都说了，毫无保留。这就是她为什么落下失眠病根，为什么很少外出吃饭，为什么轻易不敢跟朋友们出去过夜生活透支身体，为什么她比任何人都更懂得珍惜眼下拥有的健康和每一天的阳光，哪怕天上没有阳光也要设法制造阳光，为的是保持心情灿烂……都因为，那一次的伤。

望着这张姣好如月、清新如荷的脸，这一双时而灿若珠宝时而又朦胧若星辰的眼睛，王豫心里一种从未有过的疼惜忽然而来难以抑制。心脏尖上那种清晰的疼，一跳一跳地疼。这时候他多么希望自己具备一种特异功能——如果能够有某种上帝赋予的特异能力，或者如同金庸小说里描述的那样，能够把自己身上的内功传送给她，助她疗伤，把自己的温暖力量输送给她，让她伤口愈合，从此可以幸福安眠，那该多好。

“失眠断断续续地发作，有规律可循吗？”他问。

“如果摸到规律，不就可以避免了吗？”

这晚王豫一夜未睡。回到刘国辉家的自己的暂时房间，他用一个通宵的时间，用百度查找关于失眠的原因，以及治疗失眠的膳食。药是不能乱吃的，是药三分毒，不论何种药，中药西药，任何一种，吃久了都会伤胃、伤肝、伤肾、伤身，这世上好多病人不是死于疾病本身，而是死于药物对各大脏器的损伤和毒害……这是罗爱芳从专业的角度，从小就灌输给王豫的基本常识。

从百度查到几个方，然后又跑回家去，反复请教罗爱芳。食疗养生方面，罗爱芳堪称大神。一百多种食物相生相克对人体具备何种作用，她可以倒背如流。罗爱芳很奇怪，追问王豫到底怎么回事？什么人失眠睡不好觉？搅得他这么大动干戈？不会是他自己吧？他说，是一朋友，好朋友，我必须帮。罗爱芳疑惑的眼神在王豫脸上反复寻找，男的女的？爱上哪位姑娘了吗？王豫说，你帮不帮忙？不帮拉倒，我找别人！罗爱芳不再多问，她当然帮，无条件帮。

最终在罗爱芳的指导下，王豫找到了十几种可以助眠的蔬菜与食物，而首先选择的是最天然的百合莲子小米粥，作为赵雅祺晚餐主食。百合与莲子王豫是通过熟人买的有机产品，小米是请罗爱芳从乡下亲戚那儿弄到的刚打出来的新谷子，然而这样吃了三天，没有效果。第三天晚饭后，赵雅祺忽然告诉王豫，让他不必徒劳，他这心意，她领了，不过这些吃法，她曾经试过上百遍，没用，就王豫所能买到的所有他认为能够助眠的食材，她这些年都试过，没效果。失眠这个事时好时坏，它不定什么时候好了，好的时候你自己都想不明白它为什么好，不定什么时候又来了，来的时候束手无策，所以就不用管它了，顺其自然吧。

这晚十时过后，陈雨菲已回房睡去，赵雅祺也已准备躺下，王豫像往常那样检查好门窗，临走前叮嘱她："今晚不要再用药，试试另外一种药。"

说这话的时候，王豫语气轻轻的，目光是温柔的。这是那种能够让人像雪花融化在阳光里的至柔，让人目光碰触到心跳会加速、血液会被点燃的那种柔情，荡漾在空气中。即便这种氛围，赵雅祺仍然克制住心情的波动。她问："什么药？"

"你只管躺下，做入睡准备，"王豫说，"也不知会不会有效果，试试看。"

赵雅祺回到卧室，关了门，换了睡衣，乖乖平躺在床上，拧灭了台灯，闭上眼。几分钟后，客厅靠近阳台的一个角落，传来悠扬舒缓的音乐声。确切讲，是手指抚弄琴键的声音。那是赵雅祺家里的钢琴角，近年做公司以来，很少有时间去弹奏，钢琴早已沦落为被冷落的摆设。宁静的夜里忽然被弹响，她有些惊讶。仔细倾听，是莫扎特那首著名的催眠曲。

如果记得没错的话，歌词是这样的：

"小宝贝快点睡觉，小鸟儿都已回巢。花园里和牧场上，蜜蜂儿不再吵闹。只有那银色月光，悄悄地向窗里照，照小宝梦游仙岛。小宝贝快快睡觉，睡哦，快睡觉……"

这首曲子曲调优美，舒缓，悠扬……在反反复复天籁般的旋律中，赵雅祺仿佛看到弥漫大地的月光，看到一望无垠平静又碧蓝如宝石的海面，听到温柔婉转的鸟鸣……原本一挨枕头脑袋里就信马由缰四下纷飞的思绪，渐渐沉了下去，血压和脉搏变得放松、沉静而舒缓，不知不觉地，竟昏昏沉沉睡了过去。

一觉醒来，已是凌晨五时。窗外已现微白。赵雅祺记起昨晚没用药，记起自己躺下的时间，竟然可以一口气睡到五六个小时，这简直是奇迹。她穿着睡袍从卧室走出来，站在卧室门口，向客厅那个摆放钢琴的角落望去，那里除了那台巨大的钢琴依旧展示着它骨子里的宁静与优雅，琴凳上空空如也。

仿佛一个梦，昨夜的琴声如同天外来音……那个人呢?

她在客厅走了走，尽管时间还早，但能够自然入睡五六个小时，她心里激动不已，无限幸福和满足！怕惊扰了陈雨菲的睡眠，她重新回到卧室，安静地坐回床上，裹着被子，打开 WIFI，通过微信给王豫留言：“没想到你能弹琴，谢谢！”

发出信息，她将手机扔到距离枕头较远的地方，打算躺下继续闭目养神。没料叮咚一声轻响，她一惊，忙抓起手机，正是王豫的回复：“小时候练过，多年不弹，已生疏了。”

她没想到他回复这么及时，这个时间，正是大多数人酣眠的时候。

“你一直没睡？”她问。

“睡了，又醒了。”他回复。

连续三晚，赵雅祺在王豫的琴声中入眠。第二天晚上，王豫弹的是《雨的印迹》：静静的夜，有牙弯月，点点星子……忽然一场雨，来得那么急，迫不及待洒落我心里……不停反复地问，是不是我的多心，促使你刻意逃避爱情……第三天晚上，王豫换了另一首曲子，赵雅祺没听出曲子的名字，但能从优美的调子里，听出山水相逼的意味，也是一首催眠曲。当这首催眠曲弹到一半的时候，赵雅祺忽然翻身从床上起来，走出卧室。

王豫坐在琴凳上，十指在琴键上欢快地跳动，整个人正沉浸于曲子优美的旋律中。赵雅祺看到的是一个面部侧影，幽幽灯光下，这是男人面部线条，以及身材形体，宛若雕塑艺术那般完美、动人，无可挑剔，与这琴声的优美与优雅，珠联璧合，融为一体。赵雅祺情不自禁走过去，轻轻地在他身边停下脚步。

她站在他身边，安静地倾听，直到一曲终了。

“这么下去，依赖了怎么办？”她忽然轻轻开口，问他。

王豫侧侧头，四目相撞，火花四溅。这时候的她，与平常那个笑声朗朗心直口快的赵雅祺，判若两人。她不说一句话，这种一语不发的安静，让他感受到女人从骨子里散发的逼人的妩媚。这一刻，那种美与温柔，是足以致命的，没有任何力量可以抵挡。

“那就，弹一辈子，可好？”他说。微醉的笑容如同涟漪在他脸上微微漾开。

这，是一种表白吗?

只要她愿意，他愿意弹一辈子。这是多么幸福的事。至少在他之前的生命里，为一个女人弹琴，这种幸福的体验，以前没有经历过。能够帮助她安眠，他感受的是幸福。

她望着他，心跳差不多要突然凝滞，是那种被麻醉的飘在云端的感觉。全世界都仿佛不存在了，仿佛人已不在地球上，在太空，浑身轻飘飘的，要飞起来。有那么一瞬，她觉得，有过这样哪怕短暂到刹那间的沉醉与美好，即使下一秒钟就死掉，也没什么要紧，因为这一刻的幸福也不能让它溜走。她没办法继续欺骗自己，也不再有任何犹豫，向他伸出一只手。他双手握住那只柔软的小手，如获至宝般送到唇边。

没有一句言语，仿佛时光倒流，上次那个断掉的晚上……被重新续接，浑身血液被点燃的感觉，再次噼噼啪啪在血管里响起。这一晚，王豫没有走。在她的卧室里，两人完成了身体与灵魂的彼此融合。激情过后被他拥在怀里的时候，那种温暖、踏实和安全感，赵雅祺仿佛迷路的小孩终于找到了家。

这一晚，她自然入眠。这应该是几个月来最安稳最绵长最幸福的一次睡眠。

|第二十一章|

49

关系就是从这天确定的。

也是从这天开始，王豫每晚从赵雅祺家里离开时，弹一首或数首钢琴安眠曲，成为雷打不动的事情。每晚赵雅祺都睡得很香，心里踏实，宁静，无须再用任何药物，之前那种雪花般纷纷扬扬完全不受意志控制的紊乱思维，彻底消失。

到现在赵雅祺才明白，一直以来挑挑拣拣，就是挑这样一个人。他有着善良的心地，单纯的个性，正派的人品。还有，很帅很阳光，浑身上下充满力量，尤其是，对女人、对爱人、对孩子、对亲人，他有一份源自内心的细致入微的爱意，随时随地都会给你阳光扑面的温暖与安全之感。她也才明白，自己内心真正需要的，只不过是一个温馨舒适贴心的小屋，而不是栋梁撑起的华而不实的大厦。

王豫的生活也重新走进了春天。感情这件事上，关于胡蝶的一切彻底被覆盖和刷新。他甚至感激胡蝶，如果不是她如此有远见，早早看到她和他没有未来，及时结束掉一切，他又怎会在合适的时间合适的地点遇到属于他的这份缘？是的，他相信这是冥冥之中上帝安排的缘分。就像和陈雨菲的缘，都是上天安排好的。这世上那么多人，为什么就你和她碰上了呢？擦肩而过的都不是缘，属于你的缘，躲不过去。

春节来了。

南方的春节没有雪花。为避免环境污染，鹭城政府禁止岛内燃放烟花鞭炮，鹭城市民很自觉，即使大年三十，竟也没听到一声烟花爆竹的响儿。各家各户用盛开的鲜花与大红的灯笼来增添节日气氛，比鞭炮与烟花更多了几分情趣与品位。除夕与初一，赵雅祺陪父亲回武夷山过的。怕公路颠簸，她和父亲乘飞机回去，赵宏武的两台日常坐骑——劳斯莱斯和宾利，则由两名司机分别驾驶回武夷山老家。

回老家过年，是赵家的传统，从赵雅祺记事起延续到现在。她跟父亲回武夷山的时候，周蕙莲回娘家和娘家的兄弟过除夕，周家也是个大家族，兄弟姊妹共四个，老老少少一大家子聚在一起，周蕙莲不孤单，赵雅祺也就没负担。赵雅祺的爷爷奶奶都在世，爷爷 78 岁，奶奶 77 岁，从土里土气的穿戴、黝黑的皮肤、土得掉渣的言谈以及无比纯朴的举止，可以说从里到外，一眼看出，这是一对绝对典型的农村老头老太太。他们长年生活在武夷山的村庄里，喝无污染的水，吃无污染的菜和粮，身体硬朗得很。

赵家的老宅是赵宏武翻建的四合大院子，典型的闽式建筑，面南背北的主楼共三层，六百多平方米，平常爷爷奶奶与司机、厨师以及赵宏武的五妹一家生活在里面；朝东和朝西的辅楼各一栋，均为三层，每栋楼一千余平方米，两栋楼有两千多平方米。房子盖得很宽阔、气派、漂亮，外观用养眼的大理石石材做镶嵌，闽式的飞檐与豪气的大露台，相当地考究。从远处看，不了解的人，无法相信这是私人宅邸，而更像官方的某种面子工程。为什么盖这么多房子？赵宏武家族人口众多，赵宏武兄弟姊妹六个，他是老大，下面还有三个弟弟两个妹妹，每逢过年过节，几大家子全回来，再加上常年生活在村庄里的七大姑八大姨，每每过节聚会，近百十口人，吃的，喝的，住的，用的，都要在大院里一并解决。大院里朝东和朝西那两栋楼，主要担任的就是宾馆和酒楼的功能，棋牌室、台球室、康乐室、健身室等，种种娱乐，在这栋建筑里都有专门场地。这一切的支出费用，全部来自赵宏武。赵宏武天生喜爱热闹，每每这种时候，从一众亲戚的感恩、拥戴和热捧中，他会获得来自内心的由衷满足，或许这也是他人生价值得以体现的重要局部。

赵家老宅后院有个后门，后门前有一条小路，沿着小路向北走大约两百米，是一个私家茶花园。这是赵宏武陆续投资两千多万，从世界各地移植来一百多个名贵茶花品种，专门用来孝敬父母的健身运动场地。春节时段的闽北，每天气温十六七度左右，不冷不热，温度与湿度，皆为茶花们争奇斗艳提供了温床。大年初一，赵家几十口人坐在茶园里，欣赏着粉的、红的、白的、大朵的、小朵的茶花，花朵撩人，花香弥漫，一众亲戚品茶，聊天，用餐，开家庭茶花会，热闹又温馨。

茶花园向东二百米处，是一座四角飞檐的祠堂，这是几年前赵宏武出资五千多万修建起来的私人祠堂，每逢年节，赵家的子子孙孙们，从外地回来，在这里烧香祈愿、拜祭祖先。大年初一的仪式是少不了的，赵雅祺每年初一必回老家，除了看望爷爷奶奶，祭祖也是一项重要内容。祭祖是爷爷奶奶要求的，爷爷奶奶的话，在赵雅祺这里，往往比父亲要更具权威。赵家的嫡系孙子辈，共有十几号人，赵雅祺无疑是爷爷奶奶最疼爱最喜欢的一个。小时候为了带她，爷爷奶奶在鹭城生活了七年多，从她出生到送她入小学，他们才从鹭城返回武夷山。妮妮这个小名，就是爷爷奶奶给她起的，可以说，赵雅祺与爷爷奶奶，从小就有一份特殊的亲昵情感。每次见到奶奶，老人家都会拉着她的手，问她什么时候可以把男朋友带回来过年。在以往，这是赵雅祺最不愿面对的话题，但这一次，奶奶问时，她不由羞涩地笑了一下。老人家眼睛敏锐，从孙女眼睛里捕捉到某种信息，抿着嘴巴呵呵笑道，是不是有男朋友了？你悄悄告诉奶奶，奶奶不告诉别人。赵雅祺撒娇说奶奶，现在还不是时候，等时机成熟了我自然会向您老人家汇报的……奶奶喜悦道，好好好，奶奶等着啊。

初二一早赵雅祺辞别爷爷奶奶，乘机飞回鹭城，赵宏武还要继续留在村里，他要接待从全国各地飞来的十几位同学，总裁班的同学，就那种每年只需要上十几天课、学费却要七八十万、平均每天课时价值两三万元的总裁班。每位同学携带家属，总共大约三十几口人，他们要来看茶花。回到鹭城赵雅祺直奔母亲家，周蕙莲已在家包了几种馅的水饺，备好各种餐食，等候女儿。吃好喝好，周蕙莲自然又提到那个老话题。赵雅祺告诉母亲，眼下的确是有这么一个人，在交往。周蕙莲一听就特别上心，哪家的孩子？什么样的家庭？人怎么样？怎么一直没听你说起过？一连串地追问。

这不刚开始嘛。赵雅祺说。为了不让周蕙莲觉得太突然，她没有说是上次在飞机上帮自己抢回被盗珠宝的空警。不是刻意隐瞒什么，而是先试探性地问周蕙莲，如果对方出身普通百姓家庭，父母都是从非常平凡的工作岗位上退的休，家里没什么钱，本人收入也并不高，但人非常好，他非常爱她，她非常爱他……对这样的人选，母亲大人有什么看法？周蕙莲表示，我早跟你说过，我们家什么都不缺，我们找女婿，我和你爸的观点是一致的，我们不要求你一定要找和我们家门户相当、实力匹配的家庭，这样的家庭其实也不那么好找是吧，但你说的这种家庭出身的孩子，跟你在一起能谈得来吗？生活习惯什么能合得来吗？赵雅祺说，这不还在慢慢了解嘛。周蕙莲又叮嘱，没有多少钱不要紧，家庭出身平凡也不要紧，关键是个人人品和个人素质，这个直接关系到女人一辈子的幸福。

赵雅祺想想，在这个问题上，母亲的豁达与开明，确实与别的那些势利妈妈们不同，让她感动。心想毕竟终身大事，也不必急躁，眼下两个人还在冲动期，正是情人眼里出西施的时候，不妨稍缓一阵，如果过一阵仍然如胶似漆，而且有更强烈意愿在一起，那就带他回来给老人过目。万一过一阵，哪方发现不合适，起了悔意，要散，不见家长倒是省却一个麻烦事。

母亲除了关心她的情感大事，还关心她爸的情感大事。她一直把女儿当作安插在赵宏武身边的卧底，反复追问女儿，有没有什么女人跟赵宏武回老家过年，尤其那个刘晓丽，有没有在赵家大聚会中现身？赵雅祺觉得这些问题十分可笑。她叫周蕙莲放一百二十个心，据她侦查，那个刘晓丽只是父亲的下属、雇员，与父亲不存在任何关系。赵家这样的家庭聚会，根本与她没有半毛钱关系，她怎么可能现身？再确切一点，她只是一名能力出色的办公室主任而已，爸爸对她的工作能力比较欣赏，偶尔把澳洲运过来的龙虾作为奖励，不光分给她，同时还分给其他各位高管，只有她比较喜欢秀而已，这也是她无法克服的性格缺陷，但爸爸说了，人无完人，你既然需要她为你工作，那就接受她的某些不足……

听女儿这么说，周蕙莲似乎一颗心落地。一会儿又道，你爸有再婚的想法吗？他身边还有其他别的什么合适的女人吗？如果他再婚，给你添个弟弟或妹妹，你将来有人做伴，在这世上也不会那么孤单了。赵雅祺就不明白了，妈妈到底怎么回事？一边担心父亲与别的什么女人产生联系，一边又存在这种怪异的想法。于是问周蕙莲，我知道爸爸也很关心你的个人生活，你们俩既然这么在意对方，为什么不复婚呢？周蕙莲却叹息一声说，如果能复婚，当初就不会离。

对于父母之间这份复杂又诡异的情感，赵雅祺实在理解不了。

除夕王豫带陈雨菲回老王家，一家人热热闹闹包饺子，吃团圆饭；初一王豫带女孩出去玩了一天，晚上陈雨菲就暂住老王家，王豫继续回刘国辉住处。初二赵雅祺回到鹭城，王豫接收到信息，当晚就领着陈雨菲返回赵雅祺家。因为陈雨菲的缘故，老王与罗爱芳都知道了赵雅祺这个人，但具体她是什么人，什么样的情况，和王豫又是什么样的关系，他们不知道。王豫不说。他只说，是一位朋友。于是老王和罗爱莲都没往心里去。王豫也不是刻意隐瞒，只是觉得火候不到。毕竟一段感情的未来，不是单方面一个人可以左右。

过年期间，陈雨菲开始想念顾妈妈。王豫悄悄和顾红联系过，问她情况怎样，能不能带孩子去看望她。顾红说不行。事实上顾红想念孩子要远远超过孩子想念她。但因为化疗，身体上埋着输液管线，头发掉光，整个人又瘦骨嶙峋，与之前和陈雨菲在一起时的状态判若两人，或许担心吓到孩子，也或许不想破坏自己在孩子心中的漂亮妈妈形象，在这种矛盾心理下，她说什么也不愿现在这个样子给孩子看到。于是咬着牙不与孩子见面。平常只要身体允许，她就打开微信，与陈雨菲短暂地互动一下，这也是母女俩分隔两地以来的主要联络方式。于是王豫告诉陈雨菲，顾妈妈远在国外，见一面不容易，你只管把自己照顾好，开开心心过每一天，等顾妈妈回国的时候以最好的状态去迎接她，这才是最能让顾妈妈高兴的事。陈雨菲遗憾之余，精心制作了一张含自己近照的电子贺卡，通过微信发给顾妈妈。

50

春节期间王豫大学同学策划了一场聚会，地点恰恰安排在与鹭城咫尺之遥的鼓浪屿。别的同学要么乘飞机、坐高铁，不远千里而来，王豫近在咫尺，自然缺席不得。聚会期间，得知一位女同学已经成为当今知名作家。当初在大学时，王豫与女同学并没有什么交集，彼此印象不深。刚毕业那会儿女同学在派出所干过户籍警，嫌乏味，辞职写情感类小说，几年内居然出版了十来部畅销书，在某个圈子内名气很大。八年没见，王豫惊讶地发现，这位当初没什么印象的女同学不仅才华出众，相貌也相当出众。聚会时，不少同学们围着女作家，打着趣要将自己所见所听所经历有特色的故事讲出来，说是给女作家提供素材，这情景，让王豫眼前倏地灵光一闪，有个想法，火焰般在脑袋里洞开。

这是以前从未有过的想法。为什么不请女作家将关于陈雨菲的故事写出来？现在女孩还小，她对许多问题的认知还停留在孩子阶段，但王豫不是孩子。他和女孩之间，因为一个不可思议的误会，将错就错走到今天。他一直懒得对任何人澄清和解释，在那些无关紧要的人们眼里，他是不是奸商陈蔓莉生前好友都不要紧，他和女孩在一起，不计代价地付出时间、精力和爱，究竟有什么意图和目的，都不要紧，要紧的是，他自己不能弄假成真，不能任由这段生活糊涂下去。这对他不公平，对女孩也不公平。他得把事实说出来，等有一天，当这一切成为历史，至少有一个历史的记录者或见证人，还他清白。

聚会结束回家途中，王豫边驾车，边和赵雅祺说出自己的想法，得到赵雅祺的赞成。赵雅祺在副驾座上拿出手机，百度女作家相关资料，调出数张照片一一看过，自语道，不得了啊，你这位女同学人在杭州，微博粉丝有几百万之众，俨然明星范儿……不过两分钟，赵雅祺忽然转过脸来，美目圆睁，质疑道："王豫，你不会想找机会接近女同学吧？"

"哟，不小心说漏嘴了，"王豫哈哈一笑，"正有此想法，把这么漂亮的女作家发展成备胎那是什么感觉？”

“说什么呐？王豫，没发烧吧？”赵雅祺手臂一伸，纤纤玉指贴贴王豫额头，“有这么风华绝代的大美女坐在身边还不知足？还想什么备胎？神经系统没出问题吧？我告诉你，机会没有第二次，你要是失足了，没有回头路可走的，别到时候哭爹喊娘求人原谅……”

“前边有警察……赶紧拿开！”王豫抓住赵雅祺的手，从额头上移开，却握在大手里并不放开，笑道，“我心里也是这么想的，为了一个不着边际的想法失去百年不遇的妮美涵，我可太不划算啦，这样吧，你要是不放心，在我脑袋顶装个摄像头好啦。”

“你以为我稀罕你到了这个变态程度？装摄像头？那成本多高呀，”赵雅祺将手从王豫手里在抽出来，笑道，“给你装个铃铛，就像邻居家的小狗那样，小铃铛一拴，走哪儿丁零零一响就知道你在干什么……”

王豫向女同学发微信留言，没想到几分钟就得到回复。考虑到女作家情感丰富，智商、情商以及理解力、领悟力都毋庸置疑，加上已出版不少小说，文字功底更不必怀疑，王豫决定将近半年经历过的同时也正经历着的故事讲给她听。如果女同学肯帮忙，把这段历史记录下来，以化名的方式写成小说出版，以书的形式存留下来，将来陈雨菲长大了，把真相拿出来给她看，这也相当于还给女孩应当享有的知情权。真相之一是她妈妈的死亡原因。在陈蔓莉遇害后，包括警方在内，在孩子面前大家保持了一个笼统的说法，即陈蔓莉出了意外事故……具体什么意外事故，没有人将前因后果对女孩讲明白。孩子目前尚不具备承担噩梦的能力，这是警方的善意，也是王豫的善意。真相之二，便是还原王豫这名冤大头的身份，让女孩知道，她和王叔叔的这场缘，皆源自一场欲说还休的误会。

女同学听王豫有特别的故事要讲，一下子兴奋起来。说如果可以，她会把它们当作素材用于下一部长篇小说的构思与创作。王豫只有一个条件，为了避免不必要的伤害，必须免去真实姓名。女同学说这你不用担心，隐名埋姓这是最基本的规矩。看女同学如此爽快和坦诚，王豫仿佛找到知音，特意约定时间 QQ 交流。

不料关于陈蔓莉的故事王豫只讲了个开头，女同学便发出一个沮丧的表情。她说，非常失望，陈蔓莉这个人，疑似被富商包养的小三，这种故事你一说开头我就看到结尾，太狗血，没有正能量，我小说里肯定不能使用这么恶心的情节，这会让我的读者对我的作品失望，继而对我失望，而且如果拍电视剧的话，广电总局百分之百不会通过。王豫说，你不写小说这也好，能帮忙把事实记录下来吗？让我留一份文字材料就

OK。

女同学沉默了。王豫询问有什么不妥？女同学忽然有些生气。她说，王豫你是不是太自私啦？你 OK 啦，我呢？如果不能用来写小说，我干吗要好端端接受这种不洁事情的污染？王豫尴尬起来。女同学大约不想老同学太受伤，退一步道，你这个事我可以帮忙，但要排队，最近要写小说，做剧本，出版商、制片商在屁股后面拿鞭子抽着催我赶稿子，档期至少要排到两年后……见此情景，王豫忽然无地自容，觉得自己太自私，忙道了歉，不敢继续打扰了。随后不久，王豫无意中从老同学口中得知，这位女同学目前正当红，写稿按字收费，一般约稿不接，写剧本单集酬金二十多万，另加几个点的盈利分成，也就是说一个戏下来没个近千万的酬金，任你何方妖魔鬼怪制片商都休想请到她。这就是传说中的教主级大编……王豫彻底瞠目了一回。

看王豫碰了一鼻子灰，赵雅祺乐了。她幸灾乐祸哈哈大笑道："你这不剃头挑子一头热，连个同学感情都维系不住，还发展备胎？"

"我也刚刚发现这事确实挺危险的哈，"王豫道，"备胎发展不成，万一再把你给得罪了，我这不掉水里啦？这叫什么？自己给自己掘坑？不行，以后得好好巴结你，说吧，想吃什么？哥给你做去！"

"你还是琢磨琢磨自己的事吧，"赵雅祺说，"不就文字材料吗？有什么难度吗？如果不是没时间，我就大笔一挥代劳了，只可惜啊，我这 CEO 当的，事必躬亲，想帮你忙都帮不到啊……"

"说得对哈，"王豫道，"同一所学校出来的，她能写出畅销书，我为什么连个流水账都不能记呢？求人不如求己，自己动手丰衣足食，我决定自己干。"

文笔差点不要紧，只要按时间顺序把事实说清楚就算达标。本来王豫决定写在自己的手提电脑上，当晚赵雅祺帮陈雨菲整理东西，无意中看到陈蔓莉留下的那台手提电脑。心念一动，向王豫道："事情是陈蔓莉引起的，电脑又是她留给女儿的遗物，写出事实真相又是要将来给她女儿看的，你为什么不直接拿她这台电脑做记录呢？"

在这种心理支配下，王豫征得陈雨菲的同意，将陈蔓莉的苹果手提拎回自己的临时栖身地——刘国辉家。电脑设有开机密码，不过这难不倒他。找公司信息部门的同事捣鼓一下，几分钟就给破解了。连王豫也没想到，打开了这台电脑，同时也打开了自己的好奇心。他大致浏览了储存在电脑硬盘里的大量照片，与一些文字资料，最后在打开 word，准备下笔做文字记录的时候，无意中发现一个较为私密的 word 文件。这个文件有一个很诗意的名字：往事如歌。也有密码设置。也正因此，越发让王豫觉得好奇。他试着用信息处同事教给他的破译办法，竟然顺利地打开文档。

王豫移动鼠标，这篇加密文档的长度和内容，几乎令王豫惊呆。先后有近百页码，密密麻麻的五号字，以日记形式记录了陈雨菲的身世与陈蔓莉多年来的情感轨迹。王豫用一个通宵的时间，一字不漏地看完了。

看完后王豫震惊不已。从陈蔓莉的日记中，陈雨菲的身世秘密豁然洞开。之所以秘密，是因为陈雨菲的身世从未向世人公开过。对这个世界而言，这孩子是怎么来的，她的生物学父亲是谁，除了陈蔓莉自己，没有第二个人知道，包括孩子自己，包括孩子的父亲。如果没有弄错，王豫应该是这个世界上除陈蔓莉之外，第一个获知这一秘密的人。

当然，之前他有过疑问。这孩子肯定不能是石缝里蹦出来的，一定是有父亲的。但之前王豫的潜意识里，一直固执地认为，那个男人一定死了，不在这个世界上了，不然为什么从未现过身呢？看过陈蔓莉的日记，王豫才惊讶地发现，那个男人，即制造出陈雨菲胚胎骨肉的那颗精子的输送者——陈雨菲生物学父亲，他不仅没死，还活得相当好。他并非在遥远的国外，并非从事什么特殊秘密工作，那只不过是陈蔓莉出于对女儿的爱护，故意营造的一个善意谎言。那个人，他就在眼前这个城市，与陈雨菲同居一城，距离并不远。过去在，现在在，一直都在。

|第二十二章|

51

时间要拨回二十多年前。小时候的陈蔓莉没有见过自己的生身父母。她打哪儿来，什么人把她带到这个世界上，她无从知晓。孤儿院的围墙，孤儿院的老师以及一群无父母疼爱的小伙伴，组成了她童年的全部记忆。所幸的是，十岁那年，一位善良的孤寡老人从孤儿院将她接出来，从这天开始她也成了一个有家的孩子。起初两年，养母以给有钱人家做家政服务为生，两年后，养母因身患慢性疾病，失去做家政工作的能力，开始了捡破烂供陈蔓莉读书的生涯。12 岁那年养母卧病在床，陈蔓莉放学后除了帮养母捡破烂，还要做饭烧菜照料病床上的养母。每天瘦弱的小身体踩着小板凳给病人擀面条的身影，被左邻右舍看在眼里，疼在心里，好心人将事情报料给了报社。报社来记者采访，一时引来不少热心人的帮助。

就在陈蔓莉与养母的生活陷入极度困境，即将面临辍学噩梦时，赵宏武夫妇如同救世主走进了陈蔓莉艰难的生活。那是一对有钱人，自然也是好心人。当他们出现在陈蔓莉与养母栖身的小平房时，女孩在简陋狭小恶劣的环境中，绽放出的纯真笑容，一下子打动了这对夫妇的心，赵太太当场掉泪了。他们留下了一笔钱，还留下了联系方式。从那天起，陈蔓莉成为赵宏武夫妇的资助对象。在他们的资助下，养母得以住院医疗，陈蔓莉的学业也没有因贫困被迫中断。18 岁那年，陈蔓莉以优异的成绩考取北京对外经贸大学，主攻国际贸易专业，这一年，养母在一场火灾中丧生，这意味着陈蔓莉在这个世上唯一的亲人，离她而去。

从陈蔓莉 12 岁一直到 19 岁读大二，整整七年，她之所以能够顺利并安心地读书学习，一直得益于赵宏武夫妇的好心资助。赵宏武夫妻忙，在形成资助后，双方很少再见面，资助的方式是，陈蔓莉手上一个活期存折，每个月在固定的日子会收到固定数额的汇款。作为被资助者为表感恩，陈蔓莉会定期向赵宏武夫妇汇报学习情况与年度成绩，通过电子邮件发往赵氏公司专用邮箱。高二开始，陈蔓莉主动终止了赵家的资助，因为这时她已经可以通过争取奖学金以及勤工俭学来供养自己。但她并没有因此而终止与赵氏夫妇的联系，仍然每学期向他们汇报成绩，定期沟通。

在北京读书期间，陈蔓莉目睹了太多北漂的艰辛，毕业后毫不犹豫回到鹭城，进入一家外贸公司做文秘工作。回鹭城后，她住进了养母留给她的那间位于老城区的小平房，平房只有 12 平，这也是养母留下来的全部财产。那是城市典型的贫民窟，环境的脏乱差，整体居民的低素质，非言语可以形容。如鲜花般的年轻姑娘陈蔓莉，每天穿梭于贫民窟狭窄细长的小巷子，鼻腔里充斥着垃圾与厕所混合的味道，目光所触及的是小道两旁被狗皮膏药般小广告层层张贴得连巴掌大的干净地儿都找不到的墙壁，对现状的不满带来的内心压抑，是陈蔓莉在那一阶段所面临的最大困扰。也因此，她对美好环境与富裕生活的渴求与向往，比一般的城市女孩来得更迫切、更强烈。

漂亮的女子，走到哪儿都会成为异性追逐的目标，陈蔓莉也不例外。从上高中起，就有男生往书包里塞纸条，到大学时代男同学为她打架决斗，再到参加工作后，各类男青年男中年找各类借口邀约、接近，甚至勾引，可以说，陈蔓莉身边从来没有缺少过异性的殷勤。但令人奇怪的是，年轻漂亮的陈蔓莉，不曾谈过一次正经八百的恋爱，每一场似是而非的爱情，都因她的不在状态不了了之，无疾而终。在别人眼里无法理解，但她自己清楚究竟是怎么回事。她和任何一个正常的女孩子没什么不同，青春期的内心时常燃烧着对爱的需求与被爱的渴望。然而又与其他任何女孩有所不同，她对自己的恋爱目标，设定了一个非常特别的门槛。

早在 12 岁那年，当赵宏武夫妇出现在简陋的小平房，当他们离开临出门时，赵宏武充满爱意地替妻子扶门，从那一刻起，一个男人的身影就已朦胧地驻扎进女孩陈蔓莉的心里。那时候纯真的陈蔓莉想，将来，我找男朋友，一定也找这样的男人！要嫁，一定要嫁这样的男人！这样的男人是怎样的男人？有着高大的身躯，宽阔的胸膛，富有的身家，有能力资助、帮助这世间的弱者。更重要的，她亲眼看到，他一脸平和的表情，为妻子扶门的体贴动作，让幼年的陈蔓莉，觉得那简直是完美男人的典范。这让从小缺乏安全感的陈蔓莉，亲眼看见了，什么叫安全感和依靠感。在那一刻，让她那颗因自幼缺爱的干涸心灵，瞬间被温暖。

陈蔓莉逐渐长大了。少女时代的陈蔓莉，偶尔可以从当地报纸的财经版，创业版看到关于赵宏武的创业故事。那时候不过三十出头的赵宏武，已是本城赫赫有名的企业家。陈蔓莉收集了所有能收集到的关于赵宏武创业的文字资料，那么做的时候，她并没有其他邪恶想法，她只是想把他当作一个人生样板，当作个人奋斗的目标，想通过对他成功人生的不断了解，学习，给自己的人生设立勇往直前的终极目标。后来有了互联网，而赵宏武生意也越做越大，在商界名气越来越响，关于他的媒体报道越来越多，但陈蔓莉从未看到过这个人半个字的负面新闻。相反看到越来越多的是，他做慈善，修路建学，为员工建楼奖车，还有，他爱妻顾家，疼爱女儿，这都在商场传为美谈。那些年，几乎所有能够接触到的信息，都像一枚枚具备强杀伤力的子弹，令陈蔓莉不知不觉地陷于对一个男人的崇拜之中不能自拔。

直至参加工作后，到了该谈恋爱的年纪，陈蔓莉仍然孤身一人，独自奋斗。任何走近她的男人，她都要拿出来与她的人生模板做比较。这时候她才惶恐地发现，那个男人，这些年来，竟然如同一棵大树，早已植根于她的心里，枝繁叶茂、葱茏蓊郁、葳蕤生辉，不随岁月递增而失色，反而愈加挺拔。那些曾经向她表示过好感、示过爱的男人，不论其何等角色，何等层次，何等品味，何等身家，在陈蔓莉眼里，只要与那棵大树一比，立马都会变得逊色。

陈蔓莉先后在外贸公司工作了五年。尽管事事努力，生活日益改善，也有了一点积蓄，但始终没能取得自己理想中的发展。这时候她已 27 岁，这时候也才明白，一个没有背景没有靠山的草根二代，孤身一人在社会上打拼，又想坚持底线，不愿投身那些别有用心的男人，想要取得事业成就，是多么困难的事。因为一直关注赵宏武公司的动态，当有一天她忽然发现，赵氏公司因为扩大发展在招聘员工，薪金和待遇都要比自己所在公司高出一截，几乎没有任何犹豫，她根据自己的条件，瞒着自己所在的公司，报名应试适合自己的岗位。不久好消息传来，她被赵氏集团录用为总公司办公室文秘人员。跳槽成功，陈蔓莉内心喜悦，因为她觉得，不仅仅换了一份待遇更好的工作，更主要的是，她在为自己恩人的公司工作，她愿意将自己毕生所学，全部用以回报恩人公司，也因此，在她看来，这份工作较其他工作更有意义。

当陈蔓莉进入赵氏公司一年后，无意中听同事悄悄议论，公司董事长赵宏武其实早已离婚了。曾经目睹到的恩爱夫妻究竟为何离婚，陈蔓莉遗憾和纳闷。但同时，她又不禁暗自喜悦。这是一种奇怪的感觉，说不可理喻也好，说鬼使神差也罢，一度使陈蔓莉陷入深深的困惑之中，不能自拔。这之后，陈蔓莉在公司事事身先士卒，忘我工作，刻意表现，终于渐渐地引起赵宏武的注意。当赵宏武发现这个能力强、干劲足、做事雷厉风行、高效聪慧的新员工，竟然是自己曾经的助学对象时，自然对她刮目相看，无形中多了一份特别关照。当陈蔓莉感觉到来自赵宏武的特别关照后，她常常情难自禁地寻找和制造各种机会，在工作中，不露痕迹又非常得体地接近赵宏武。渐渐地，两人有了一些私下的短信来往。工作之余，陈蔓莉还适时通过短信，对赵宏武进行生活方面的问候和关心。来自年轻女子的体贴与关怀，赵宏武并没有明确拒绝。

这一局面的改变，来自不久之后的一个夜晚。那是一个陈蔓莉足以铭记一生的夜晚。那是个周末，她孤零零躺在不见阳光的平房里，因为发烧，躺了整整一天。不愿进医院，自己在家里自行物理降温。然而却是越烧越厉害，到深夜里凌晨1时，因为浑身骨头疼痛，死去活来无法入眠。一直以为自己属于那类意志顽强的不死鸟，一直以为自己有一颗冰雹狂摧雷电狂袭都不会服输的心，然而在突发疾病的魔爪之下，在任何恶劣环境中都没有服软叫屈的她，突然感到来自内心的无比强烈的脆弱、孤独与无助。

在那个深不见底的黑夜里，在那足以将人撕成碎片的病痛折磨与无助中，瑟瑟发抖的陈蔓莉比任何时候都渴望一种力量，渴望一个可以传递给自己温暖与力量的怀抱，让自己停靠一下，依偎一下，暖和一下，哪怕只是短暂的一下。在昏昏沉沉的神智下，她破天荒拨打了赵宏武的手机。无论之前悄悄怀着多少爱慕与崇拜，她都一直克制着自己的情感。在深夜里拨打一个男人的手机，这对她是头一次。

在这个时间点，赵宏武竟然没有关机。尤其令她安慰和惊喜的是，他接到电话，没有不耐烦或厌恶，相反，听到她高烧卧床，他几乎没有犹豫，立即亲自驱车赶至小平房，在月黑风高的夜里，将陈蔓莉送往医院，输上液，又在医院守了半夜。闹不清是因为感动还是别的什么原因，输液的时候陈蔓莉不停地流泪。赵宏武坐在旁边谈笑风生，娓娓讲述自己创业时遭遇的种种困境，告诉她人食五谷杂粮，身体上生个病闹个灾啊根本就不算个事，鼓励她勇敢面对挫折，不能因为一点点身体的不适就被吓到。天亮时退了烧，他把她送回家。在小平房将她安顿下，叮嘱完注意事项，他欲转身离开时，她坐大床沿上，忽然叫住了他：“赵大哥！”

他吓了一跳。之前在公司，她一直称他为“赵总。”

他转过头，她满脸歉意且含羞，一双黑葡萄似的大眼睛楚楚可怜又热切地望着他说：“能帮我倒杯水吗？”

他折回身，去倒水。暖瓶是空的，于是去烧水。水开了，倒一杯端过去，她接水杯的时候，忽又泪流不止。他诧异地看着她，不明白什么触动了她的心事，一时间手足无措。正当不知道该说什么安慰时，她忽然放下杯子，猛地从床沿上站起，一头扎进他的怀里，纤细的双臂无比用力地箍住了他。

他呆住了，一下子紧张起来。陈蔓莉的泪水如积蓄多年的水库突然开闸，泄洪般滔滔滚落。伴随着这纷纷眼泪，已经28岁的陈蔓莉，整个胸腔里沉积多年的情感亦如火山爆发般喷薄而出。她只喃喃一句："大哥，我早就悄悄喜欢你了，我控制不住自己……"这时候赵宏武才注意到，从半夜送她到医院再从医院把她送回家，她身上穿着一身柔软的粉色棉布衣，在简陋但不乏温馨的房间里，一身粉色的姑娘梨花带雨，眼神滚烫情感炽烈地倒在他怀里，饱满柔软的胸部紧贴着他的心跳，纵使久经沙场指挥千军万马的钢铁之心，在这一刻都无法继续把持。尽管理智上他觉得必须要推开她，就像推开一枚随时可能爆炸的炸弹，但推了两下没有推开，男人的理性在一刹那溃不成军一泻千里。若是炸弹那就一起炸了吧，那一时刻，一念之差放弃了抵抗。

陈蔓莉的暗恋岁月就在这个晚上开了花。在她后来的回忆中，这是一个足以回味一生的绚烂夜晚。不管将来如何，不论这个男人能否给予她什么，她告诉自己，无怨无悔。事后，赵宏武沉默地坐了一会儿，突然狠狠扇了自己一耳光。陈蔓莉吃了一惊。他说，我就是个混蛋，乘人之危欺负小姑娘，这不是人干的事。陈蔓莉摇摇头，目光坚定地望着他，郑重道，我是个成年人，这事是我主动的，我愿意，永远不会后悔，在我眼里，您是世界上最好的男人，如果您看不上我，今天过去，我们就当什么都没发生，我发誓不会给您添任何麻烦！赵宏武心乱如麻，没有任何回应，在黎明霞色掩映中，逃也似的匆匆离开。

几天后，赵宏武单独找到她，语重心长地谈了一次话。他对她讲，以前他一直当她是个孩子，现在她长大成人了，又主动到公司来工作，成为下属和同事，他高兴，也因此愿意把她当小妹妹，当作公司这个大家庭的一成员。虽然他现在是单身，她也是单身，两个人都有恋爱的权利和自由，但是，由于年龄差距较大，他觉得他和她并不适合在一起或谈恋爱，不适合发展除了工作之外的其他私人关系。他不希望自己平静的生活被意外打扰，希望她尽快忘掉那晚的事。那晚的事，是他对不住她，担心给她造成伤害，几天来内心一直不安，但事已发生，无力回天，他愿意在其他方面补偿她，以获得内心安宁。说完这番话，他留下一张银行卡，起身离去。

陈蔓莉明白了他的意思。为了挽救那颗被暗恋折磨得奄奄一息的心，也为了把随着男人的离开也离开了自己身体的七魂六魄收拢回来，她以最快的速度辞了职。临走，将那张银行卡以快递的形式还给他。之后，陈蔓莉另找了一份工作，把精力都扑在工作上，以期安抚失恋的心。但不久后，她震惊地发现自己怀孕了。因为头一次经历这事没有经验，她也担心自己弄错，特意去医院做了检测，检测结果证实了她的判断。她想生下这个孩子。这是她全身心爱过的男人，虽然她得不到这个男人，不能与他的人生重叠，但如果生下这个孩子，他的生命无疑将以另一种形式在她的生活里得以延续。尤其重要的是，这个男人，有着优秀的生命基因。有一万种理由，让她觉得无法舍弃这个孩子。这个尚在孕育之中的孩子，给她带来了全新的希望。

也就在这时候，她遇到了国税局的公务员郑有龙。郑有龙是个厚道的男人，对她一见钟情，疯狂追求。但陈蔓莉清楚自己的情况，不想害人家，就把自己的状况如实相告。没想到郑有龙却表示，只要她愿意嫁给他，他不在乎，他愿意将来与她共同抚养她肚子里的孩子。陈蔓莉当时考虑到孩子生下来需要上户口，于是她请求他与她假结婚。郑有龙不假思索同意了。两人登记后，郑有龙假戏真做，而且如自己承诺的那样，对陈蔓莉百般爱护。在爱的温暖下，陈蔓莉渐渐改变了自己的想法，她愿意忘掉过去，愿意全心全意与郑有龙把日子好好过下去。没想到天不遂人愿，在孩子出生后不久，郑有龙的父母发现孩子并非儿子骨血，要死要活大闹几场，为了让郑有龙从痛苦中解脱，陈蔓莉在向公婆深刻道歉之后，主动与郑有龙办了离婚手续，重新在外租房居住。

一个年轻的单身女人，既要工作谋生，又要照顾孩子，生活艰难可想而知。但很快陈蔓莉就适应下来。每每看到孩子明媚的笑容，看着酷似赵宏武的眉眼，笑起来连唇边的笑窝都一模一样的神情，她不再遗憾失去郑有龙的婚姻，反而庆幸上帝将一位天使赐予她。孩子成了她整个青春岁月隐秘情感的最好见证，也成为她未来岁月里全身心奋斗的动力和幸福源泉。

每天望着无辜的孩子，陈蔓莉多么渴望孩子得到父亲的宠爱。即使不能认下孩子，她的父亲哪怕只是看她一眼，知道有个女儿在这个世上，她也心满意足。她试探着联系上赵宏武，将他秘密约了出来。

当初陈蔓莉一声不响离去之后，此后两个人就再没有任何联系。事隔一年多，赵宏武突然被约，他猜不透陈蔓莉要干什么。本想拒绝，但毕竟有过那么一个事，也担心这女人做出什么不当之事，他还是来了。当陈蔓莉说到自己短短时间内的结婚与离婚，皆因这个孩子——他的孩子，尤其这孩子还携带先天性心脏病，这个男人震惊了。震惊之后，他愤怒了。他第一反应就是，她不过想借此拿到一笔钱！

赵宏武做梦都没想到，这个女子，年龄不大，心机竟如此之深！她当初处心积虑接近自己，口口声声什么无怨无悔，纯粹的爱与崇拜，发誓不会给他添任何麻烦，然后一声不响突然离开，现在又带着一个婴儿突然冒出来，她什么意思？赵宏武一贯的温文尔雅因恼羞被撕破。他训斥道："你到底想要干什么？要钱吗？直接说出来！"

看着眼前的男人，一丁点陈蔓莉想象中的关于父亲的柔情与慈爱都不存在，陈蔓莉的心一下子被刺痛了。她恳求他，她既不要他抚养孩子，又不要求他娶她，只要他承认他是孩子的父亲，能给女儿一点父爱，就心满意足。

赵宏武气愤不已，厉声指责道："你这是在侮辱你自己的孩子！如果她真是你亲生的话，你就不应该让孩子受到这样的羞辱！"

"是你在羞辱我！她真的是您的女儿！"陈蔓莉不能理解他的说法，流着泪为自己辩解。

"是你自己在羞辱自己！"赵宏武说，"我现在告诉你，我这辈子只有和前妻的一个女儿，绝不可能有第二个女儿，我除了自己的女儿，绝不可能给这世上任何人的孩子当父亲！你若真是一个母亲，真为了孩子着想，就别没事找事！还只有几个月大的婴儿，你竟然拿她出来说事，你于心何忍？你还有做人的良知吗？你是一个母亲吗？如果你爱你的孩子，就不该以孩子的名义做这样令人瞧不起的事！"

看在孩子的份上，陈蔓莉不愿计较他的冷酷。她几乎用乞求的口吻，求他去她住处看孩子一眼。她相信只要他看过一眼，就不会再说出这样无情的话来。因为她坚信只要他看过一眼，就可以确认，那个孩子身上留着多么明显的属于他的生命基因。然而赵宏武一口回绝，他对她说的一切完全不信。他认为这是一个天大的谎言，无非她谋取利益的借口而已。

"你到底想要从我这儿拿到什么？直接说出来，不过分的话，我会满足你。"他脸黑得像青石，眼神如同审视犯罪嫌疑人，每一句质问声都如同从冰窖拎出来。

"如果您不能去看孩子，我抱她来也可以，我的心愿是我们一家三口照张全家福，等将来孩子长大了，让她知道自己是有爸爸的。"她说。

"你遭遇离婚，很不幸，你的不幸是由你的错误造成的，你应该对自己的行为反思，你不能让无辜的人为你的错误和不幸买单，这没道理，别人也没这个义务，"赵宏武道，"你生活或工作上，如果有困难，我能帮到的，自然会出手相助，其他的事，就不要再有任何交集了，更不要有任何不切实际的想法，否则对你有百害而无一利。你是个聪明的女人，聪明人不该做糊涂事情，我不想你在错误的路上越走越远……"

赵宏武悻悻而去。几天后，他主动把陈蔓莉约出来，在一间小茶馆的单间内，丢给她一张现金卡，并告诉她，如果以后做什么生意，有需要帮助，他会尽力帮她，只要生意是正当的。前提是，不允许再骚扰他，从此不能再有任何私人联系与交集……陈蔓莉流泪了。这时候她才真正清醒，所有自己曾经感觉美好的东西，都不过一场海市蜃楼式的幻景而已，都是她一厢情愿的意淫而已。但她对他有过承诺，不给他添任何麻烦，另外，也不想自己的孩子继续受辱，所以，她没有以“亲子鉴定”这样的手段，去迫使一个男人做他不愿做的事情。鱼死网破，两败俱伤，有什么意思呢？那不是她需要的，也不是她想看到的。她现在更需要的是，宁静生活，给孩子一个安宁生活的氛围和环境。现在他愿意以一笔钱作为与她那段关系的买断费和结束语，从情感的初衷来讲，她觉得受辱，但她没有勇气把那张储存着100万现金的卡给他摔回去。她现在不是一个人，是两个人。孩子是无辜的，颠沛流离居无定所，没有钱，拿什么养活孩子？如何给孩子提供良好的成长环境与教育平台？

那是距今七年多前，100万人民币对那时的她来说，无疑是一笔天文数字。那时房价还不离谱，可以让她在不繁华但也绝不偏僻的市区地段买套小房子，从此安居。但她没有买房，而是辞掉公职，将养母留下的那间平房卖掉，所卖资金与这笔钱加起来，作为启动资金，开了一间贸易公司。创业之初，一个女人独当一面风里来雨里去，所历艰辛不堪回首。所幸陈蔓莉头脑灵活，左右逢源，又勤奋刻苦，作为一名美貌女人又特别善于把握各种机会，这使她在生意场上比一般商人更具优势。公司得以顺利发展，财运也频频青睐于她。似乎上帝有意在这方面补偿这个命运多舛的女人，生意上即使遇到挫折，每每能够有惊无险，逢凶化吉。几个大单子连续做下来，财富滚雪球般迅速膨胀，两三年工夫便完成原始积累。

女儿上幼儿园时，陈蔓莉已悄悄将孩子改姓陈，她曾有过短暂婚姻这事，渐渐被熟人所知。但仍然没有人得知她结婚和离婚的真实背景及前因后果。有钱后的陈蔓莉买了房，买了车。再以后换了大房，换了豪车，从物质形式上真正实现了咸鱼翻身，晋级为这个城市的新贵阶层。情感问题上，陈蔓莉信守自己曾经的承诺，她主动切断与赵宏武的一切联系，从此再没打扰过他的生活。她先后与几位对她表示过好感的男人有过若即若离的交往，尽管能够让她产生交往意愿的男人各方面条件都属上乘，但始终没有哪一个男人能够真正走进内心，那个能够让她产生共度一生念头的男人也始终没能出现。

在这个世界上，与女儿的情感，占据了陈蔓莉情感世界的全部位置。随着日子越过越好与女儿日渐长大，陈蔓莉对婚姻越发不再产生任何幻想。女儿成了她生活的重心，成了她情感的唯一和全部。她感谢上苍赐予她这样聪明美丽的女儿。女儿带给她的欢乐和慰藉，与生命同重，不可复制和替代。对于赵宏武的“无情”与“冷酷”，陈蔓莉也渐渐释怀。他不相信她，不愿认这个女儿，或许他有他的苦衷和无奈。她不再有任何怨恨，尽管当初那份激情早已淡去，但另一种从心底滋生的亲情，就像当初的爱情一样，成为她植根于内心的一朵隐秘之花。他是她孩子的父亲，这是任何时候都不能改变的事实存在。尽管生活中不曾有任何联系，但她从未停止过对他的关注。这时候网络成了关注他的主要途径，凡她能看到的任何与他相关的图片或文字资料，她都会身不由己地下载于电脑或手机，悄悄保存。年复一年，这已成了生活习惯的一部分。陈蔓莉一直对女儿谎称父亲很爱她，早晚会回来，也千方百计让女儿相信了她的谎言。事实上她并不认为这是谎言。内心里她一直坚信，当有一天女儿长大，谎言不得不被揭破的时候，当事实真相摆在赵宏武面前，当他不再有苦衷和无奈，他一定会惊喜交加，会拿出千万倍的爱补偿给他的女儿。对于孩子的事，他是无辜的，因为他什么都不知道。她始终坚信他不是一个坏人，不是那种没责任心的男人，他是自己一生唯一爱过的男人，她对自己的判断深信不疑。

对了，陈蔓莉在日记中详细记录了三年前换房的前因后果。这些年，因为关注赵宏武，凡与赵宏武相关的一切自然都成为她悄悄关注的对象，包括赵宏武的家人。但陈蔓莉能查阅到的媒体相关报道里，极少见到关于赵家私生活的只言片语，赵宏武不曾涉足微博这类公众平台，至于微信，陈蔓莉并不在他的朋友圈。但她还是通过种种蛛丝马迹找到了赵宏武女儿赵雅祺的微博，加以悄悄关注。

四年前，当她从赵雅祺微博发现，赵雅祺从国外回来，买房独居，并从其发在微博的图片中，判断其住宅是位于沿海景区豪宅扎堆处的静轩小区时，当时正有换房计划的陈蔓莉，毫不犹豫地选择了静轩。之所以不惜代价选择价格高昂的静轩，她只有一个信念，让女儿和她的姐姐靠近一些，再近一些。尽管赵雅祺对这一切一无所知，但陈蔓莉坚信，在这钢筋水泥林立的坚硬城市，这苍凉人世间，赵雅祺，那个有着一脸阳光的姑娘，有着那样一双比珠宝还美丽璀璨的清澈大眼睛的姑娘，她是女儿的另一个亲人。

尽管陈蔓莉从来没有惊动和打扰过那位可爱的姑娘，但在她的潜意识里，女儿与姐姐成为邻居，她觉得自己和女儿都多了一位亲人。至少，在这世上，女儿有这个姐姐在附近，她不会像自己小时候那么孤单。

|第二十三章|

52

掌握别人的秘密，不是什么好事。阅读过陈蔓莉的心灵隐私，有那么几分钟，王豫整个人如同被点了穴道，处于石化状态。他无法相信，在当下这个金钱当道利益至上的世上，还会有这样一个痴傻女人，还会有这样一厢情愿无怨无悔的纯粹情感存在，这真的是那个被业主无数次痛骂诅咒的奸商陈蔓莉吗？看别的那些女人，做二奶的，当小三的，要死要活的上位战争，为了抢夺某种利益，为了跟能够带来利益的男人扯上关系，没事都要编出花儿，万一有点什么事，恨不能造出原子弹闹个惊天动地。陈蔓莉这是图什么？干吗不说出事实真相？这么含辛茹苦默默忍受究竟是为了什么？爱情？有那么一刻，王豫内心里某种柔软的东西，彻底被触动。大脑里之前那个陈蔓莉形象，也彻底被颠覆。还有，陈蔓莉在世的最后一晚，为取回丢失的手机而不惜代价，究竟是为保护手机里那位什么局长对她的生意庇护，还是保护自己对一个男人的暗恋不被曝光，不得而知。或许，二者兼有？但，这都已不重要了。王豫不由苦笑，一个生意上叱咤风云精明无比的女人，在某些问题上竟也犯傻。

陈蔓莉对那个男人虽然曾有过怨恨，但那份怨恨很快随着孩子的到来与快乐成长而全部冰释。在她心里，存在更多的是爱和感恩。她牢记着那个男人曾经对自己助学之恩，牢记自己绝不给他添麻烦的承诺，独自一人带着孩子走到今天。但对她来说，那个男人，从来都没有离开过。只是，始终隐身而已，以幻影的状态存在着。也因此，在陈雨菲早熟而敏感的心灵里，她以为妈妈是有男友的，因为从没有公开过，她视之为秘密男友，从不揭破。当陈蔓莉失踪多日，王豫突然现身，内心里急迫渴望亲人呵护的女孩，在幻觉作用下，一度误以为那个秘密男人终于出现……这是一场多么荒诞的误会和巧合。王豫哑然失笑，心里又忽然发酸。现在，真相就在眼前，孩子是有爸爸的，有亲人的，继续隐瞒真相，让孩子继续飘零，这对孩子不公。

王豫整夜未眠。

这时还在春节期间，包子铺歇业，公司那边也因假期不用去签到。次日一早，王豫起床后去往早市，买了两条活鲑鱼，一块卤水豆腐，2斤新鲜百合，几根沾着泥巴的胡萝卜，还有绿色蔬菜若干，大袋小袋装在车上，赶往静轩。径自摁开门密码，一进门，就听到赵雅祺与陈雨菲不可开交的嬉闹声。

陈雨菲想赖床，赵雅祺正在把陈雨菲从热被窝里拎出来。

“我不是保姆，一会儿出去见一客户，”赵雅祺说，“你也不是公主，长点眼力见，快起来干活！”

“不行不行，我还没睡够！我欠着行不行？让我再睡一会儿！”陈雨菲磨磨蹭蹭不想起，找各种理由替自己赖床开脱。

“我知道你早醒了，别装了，”赵雅祺从被窝里将一只苹果平板掏出来，“你赖在床上就为玩这个，还撒谎说睡觉，你是不是皮子发痒，想挨揍啦？”

赵雅祺将陈雨菲摁在床上，冲着屁股蛋子拍了几巴掌，陈雨菲夸张地大呼小叫。这时王豫开门进来。陈雨菲听到客厅有动静，跳下床，冲出来，看到王豫像抓到救星，躲在王豫身后，呼喊道：“王叔叔，快救我，老大像个恶霸地主，天天欺压小孩，你要帮小孩主持公道！”

赵雅祺从卧室追出来，看到王豫，立即道：“你来得正好，我要见客户，得马上出门，你正好陪她吃早饭，粥已经好了，你给她炒个鸡蛋。”

“你吃过了吗？”王豫目光里全是关切。

“按时吃饭是我的纪律。”赵雅祺莞尔一笑。

王豫走到餐厅，将手里的东西放下，看到粥已在餐桌摆好。赵雅祺看看时间，不能再磨蹭，换了衣服，与王豫行了拥抱礼，拎起包欲匆匆离开。

“等一下！”王豫说。

他忽然抓着她的双臂，不让她脱身。赵雅祺嗔怪地望着他。

他对着她的脸，左看右看。不仅看她，他还叫陈雨菲站过来，与赵雅祺并排而立。一大一小两位秀色可餐的美女，并肩而立，王豫望望这个，瞅瞅那个，试图从两张漂亮的脸蛋上找出雷同的生命基因。她俩都奇怪地望着王豫，那眼神，那明媚的笑脸，那可爱的神情，这一刻在王豫眼里，还真有那么几分神似！

“被人下药啦？中了武林奇毒？”赵雅祺望着王豫脸上奇怪的神情，问。

“你这是神经的节奏吧？”陈雨菲顽皮地吐吐舌头。

“你俩玩吧，我得走了，下午回来再奉陪！”赵雅祺拎起包，丢开王豫与陈雨菲，匆匆出门了。

王豫便令陈雨菲马上洗脸刷牙吃早饭。几分钟后，两人坐到餐桌边。王豫心里很激动，恨不得马上把找到她爸爸的消息告诉女孩。饭桌上，王豫忍不住和女孩谈到她的父亲，这是两人首次谈到这个话题。

“你有没有见过爸爸？”

“谁爸？”

“你爸。”

“没有，”女孩答得干净利落，又反问，“你干吗突然问起这个？”

“跟你认识这么久了，从来没听你说到过爸爸，觉得奇怪，难道你是石缝里蹦出来的小孩？”王豫说。

“你才石缝里蹦出来的呢。”

“肯定不是，我可以肯定，你有爸爸，”王豫说，“你从来没有见过他？小时候也没有？一次都没有？”

“从来没有。”女孩摇摇头。

“你对你爸爸有一点了解吗？做什么工作？在什么地方？有点了解吗？哪怕一点点？”

“妈妈说，在我还没出生的时候，爸爸就出去了，一直在国外，”陈雨菲打开话匣子，娓娓道来，“因为他做的工作比较特殊，不，是非常特殊，而且需要严格保密，所以，他很少跟家人联系。但他在妈妈手里放了一笔钱，让妈妈给我买衣服和玩具，供我读书。可是，后来，在我渐渐长大的时候，有一天妈妈告诉我，不知道发生了什么事，爸爸突然和她失去联系了，但她相信爸爸早晚会回来，因为她说，爸爸是爱我的，他不来看我，是有迫不得已的原因，等有一天他的工作做完了，一定会回来找我的。”

“那你见过他照片吗？知道他长什么样吗？”

“没有，”女孩继续摇头，一脸茫然道，“不知道。”

“叫什么名字知道吗？”

“不知道。”

“联系方式知道吗？”

“刚刚不说了嘛，那个人不能随便和外面的人联系，家人也不行。他平常在哪儿，在干什么，都不能随意泄露的。”

“那个人？”王豫望着女孩的眼睛，“你称他为那个人？”

“他就是那个人。”

“想见他吗？”

“以前想，现在不想了。”

“为什么不想了？”

“他早把我们忘了，我干吗还要想他？”

“如果能找到他，你愿意见他吗？”

“怎么找？谁能找到他？”女孩黯淡的眼神忽又亮了。

“想办法呗。”

“想什么办法呢？”女孩转转眼珠，笑一笑，笑得黯然神伤，她说，“你是不是想把我从这儿撵出去？怕我成你们的负担，是吗？”

王豫心里忽然一疼。这么久了，女孩表面开朗乐观，一天到晚跟赵雅祺打闹嬉笑，快乐生活，骨子里，其实还是敏感、脆弱、很玻璃心的。他伸手拧拧女孩的耳朵，道：“太受伤啦！咱俩相处这么久，在你眼里，你王叔叔还那么不靠谱？再说，这又不是我家，这是老大家，你跟老大关系这么铁，都老二的位置了，我充其量不过老三，老三撵老二？开玩笑吧？”

陈雨菲转嗔为喜，嘴一咧，一缕顽皮的神情出现在脸上。她说：“我说着玩的，你别当真噢，那你还是帮我找爸爸吧，如果有可能的话。”

“我试试吧。”

“我觉得这事挺不靠谱的，”女孩又道，“你忽然编出一个帮我找爸爸的故事，是为了逗我开心吗？”

“编故事？逗你开心非得用这种方式？”

“反正你闲着也是闲着呗，逗我玩呗。”

“逗你玩？你以为你谁啊？我还想别人逗我玩呢，”王豫说，“如果真的有可能找到你爸爸，你会不会特开心啊？”

“我就权当你说的是真的，相信你一次吧，不过，我还是有点没信心，以前听我妈妈说，那个人工作性质特殊，一般人根本联系不上的。”

“你王叔叔不是一般人呐，”王豫呵呵笑道，“一个人只要在这世上存在着，不管多么特殊，总会留下蛛丝马迹的，就目前掌握的情报来讲，应该问题不大。”

"随你吧，我真心无所谓。"女孩满不在乎道，"反正那个人不主动找我，我也不会想他的。"

53

当晚从赵雅祺家里离开，回到住处后，王豫没有立即睡去，而是打开电脑，再次从百度搜索赵宏武相关信息。王豫浏览了数十篇专访类文章，一位头戴数顶桂冠、璀璨夺目的明星式企业家跃然纸上。从网络所了解到的赵宏武的形象，与陈蔓莉日记里记录的那个暗恋对象基本吻合。这样一个浑身镶钻头顶光环的男人，让女人怦然心动坠入情网一往情深，一点都不难理解。

如果陈蔓莉讲述的是事实，那么七年前，赵宏武的企业正逢上市之初，一个女人抱一个婴儿找他认爹，因担心麻烦被无情回绝，这也不难理解。七年过去，如果陈蔓莉对他的判断没错，坚信他不是没有人性的坏人，是一个好人，坚信他是无辜的，因为他什么也不知道，那么，是时候让他了解真相了。当他听说有亲骨肉遗落尘世间时，会是什么态度？如果他真的是女孩的父亲，即女孩现如今世间唯一的亲人，那么，当母亲故去，养母重症在身，未成年孩子的父亲没有理由继续隐身——至少要担负起父亲的责任。这不仅是女孩的生存需求，也是人伦及法律所要求的。

第二天，王豫飞了一趟北京，来到顾红女士的出租房。出租房在肿瘤医院附近，房间不大，一室一厅，锅碗瓢盆一应俱全，收拾得干净利落。照料顾红的是她前夫何先生，一位相貌周正气质儒雅的中年男子。看到房间里温馨清爽，可以判断，没有一定的耐心与爱，不可能做到数月如一日照料病人而无怨言。王豫到的时候，顾红坐在客厅窗前看一本厚厚的中医书，那男人坐在旁边削一只苹果，手边的小桌上摞着几本中医类书籍。从男人削苹果时那份细心与温柔，与其说这是已经离婚的前夫，不如说更像相濡以沫多年的恩爱老公。王豫纵有千般想象力，也想不出来这样一对夫妻当年何故闹出离婚。

较上次见面，顾红气色好了许多。顾红说最近状态有所好转，化疗暂时停止，全心全意补充营养，调理气血。王豫将带来的营养品放下，坐下来，还将上次陈雨菲交给他的那只装钱的信封，原封没动从提包里取出来，交给顾红。

顾红打开信封看看，发现正是自己给的那叠钱，便道："这是给菲菲留的生活费，你这退回来，是瞧不起我吗？"

“顾姐，按我们那儿的风俗，探望生病的朋友通常是要给红包的，”王豫说，“这个，就算顶替红包了，按我们那儿的说法，这个红包表示吉祥祝福，你不能往外推，推了不好。”

王豫拿话这么一顶，顾红就不再推辞，眼睛霎时就含了泪。寒暄几句，顾红道：“你昨晚发来的邮件和附件，我都看了。”

“她看完后哭了大半天。”何先生插话。

“对不起，我太鲁莽了，没想到给您带来情绪波动。”王豫歉意道。他这才意识到自己昨晚因为激动发邮件有些失当，她毕竟是病人啊。之所以发邮件给顾红，是因为他觉得这事必须要让她知情。毕竟，从法律上讲，她现在是陈雨菲的监护人。

“知道孩子还有父亲，她是又惊又喜，替孩子高兴！”何先生补充道。

“是，这个事你应该告诉我，我知道后，特别高兴！”顾红说。

“顾姐，我特意赶过来，就是想征求您的意见，”王豫说，“当面听听您的想法。”

“这是天大的好事，是惊喜，”顾红眼睛里闪着泪花儿，“自从我生病倒下，心里最放不下的，就是这个孩子，当初是我主动把孩子领到家，现在又让孩子无家可归，我做梦都会担心，以后万一我……这孩子可怎么办！”

“又瞎说！整天哪来那么多胡思乱想？”何先生打断顾红，“孩子遇到你是她的福分，咱这不一天比一天好吗？过阵子彻底好了，咱就回去了，就跟孩子在一起了。”

顾红瞥一眼前夫，目光里有着一种欲语还休的爱与感激。她抹抹泪，笑一下，向王豫道：“小王，我看你确实是个厚道人，你这么实心实意为孩子着想，我也不能太自私了，我的态度是，任何人都无权阻止孩子与亲生父亲相认，这是对生命的基本尊重。”

“您决定了？”

“如果陈雨菲能够回到她父亲身边，多一个人疼爱，这是最好的归宿，如果万一有什么意外，她不能回去，只要我仍然有能力照顾她，她仍然是我的孩子。”顾红道，“这是我的真实想法，小王，你尽管去办这个事吧，就算我委托你，我想为孩子做点什么事，但现在无能为力，我委托你帮孩子找到她爸爸，让她回到爸爸身边，如果她爸爸也愿意的话！”

“我知道了，顾姐您也放心，我对那个人还不太了解，但以目前掌握的信息看，那个人应该不是无情之人，相信这个事不会有什么麻烦，”王豫微微一笑道，“你安心养病，有什么好消息，我随时和您联系。”

回到鹭城，从陈蔓莉的电脑里，王豫很容易找到赵宏武的手机号。为谨慎起见，晚上吃过饭，王豫借口帮赵雅祺下载一个好玩的游戏软件，拿起她的手机，从通信录调出标注为“老爸”号码，与陈蔓莉储存于电脑的号码完全一致：一个十几年未变过的移动号码，开头为“138”，尾数为“127”。是否有“我爱妻”的含义，暂无从考证。

陈雨菲在沙发上看电视，王豫在书房教赵雅祺玩了一会儿手机游戏。玩着玩着，赵雅祺不知被什么触动，忽然跟王豫讲起自己小时候的事情。讲到小时候，自然少不了讲到妈妈周蕙莲。听了一会儿，王豫不经意道：“平常听你讲母亲的故事比较多，很少听你谈到父亲，你父亲，他老人家是一个什么样的人呢？”

“对我爸爸好奇？”

“要不是因为他女儿，让我对一个人产生好奇也不容易。”王豫一语双关。

“想了解我爸这样的人，找百度是条有效途径，狗仔队挖得比我仔细。”

“狗仔队哪能靠谱？从你这儿可以得到狗仔队拿不到的信息吧？”

“那你就是另类狗仔队啦？哪家报纸给出多高的价？才请的到你这位大神当狗仔？”

“这种报纸还没诞生呢，”王豫笑笑，身子稍稍前倾，望着赵雅祺低声道，“原因在这儿，有句话说，想要娶人家姑娘，先把老丈人搞定，知己知彼嘛。”

赵雅祺脸颊微微红了，转瞬又恢复常态，笑道：“那我就悄悄透露一点吧，我爸这个人，如果不带个人偏见，客观地评论，四个字，商界精英。”

“这是毫无疑问的，事业有成嘛，外界都是这么看的，”王豫说，“你等于没说。”

“哈哈哈，”赵雅祺不忍继续捉弄王豫，进一步道，“高智商，高情商，心软，手狠。”

“前两词明白，后两词怎讲？”

“心软是对亲人、好人；手狠是对坏人、敌人。”谈到父亲，赵雅祺眼睛里闪烁着崇拜的光，她说，“他看人很准，不同的人用不同的方式对待，好人在他这里会得到厚待，坏人在他这里一定会受到严惩。”

“这是客观地，”王豫说，“我听出话外之意，你个人还另有对父亲的看法？”

“表面上是商界精英，骨子里就是一老农民，非常纯朴的老农民，他有农民的狡猾，更多的是农民的厚道和善良，”赵雅祺莞尔一笑，声音温暖，“从我的角度讲，他是一个好父亲，天底下最好的父亲，没有之一。”

“你很幸福。”

“他还是一位好前夫，离婚这么多年，他对妈妈一直很照顾，在我妈眼里，他是天底下最好的男人吧，没有之一。”

“那为什么还要离婚？”

“这是个秘密，没有解。”赵雅祺笑着摇摇头。

|第二十四章|

54

这时春节公休假已经结束，生活回归正常上下班轨道。选择一个周五下午，王豫试着拨出赵宏武的手机号码。以他推测，作为企业之主、上市公司董事局主席，周一少不了大会小会，会非常忙；周末私人生活时间，不便打扰；周二、三、四王豫又有工作任务；周五下午算是他能推算出来的最恰当接洽时间。拨通了，但空响几声，无人接听。领导，富豪，繁忙又矜持，拒接陌生来电，这在意料之中。于是王豫按计划发出短信：赵先生您好，冒昧打扰，见谅！我是陈蔓莉女儿陈雨菲的朋友，有重要事情需要找您谈谈，恳请百忙之中安排见面时间。落款：小王。

王豫的态度是相当敬重的，拿出了百分之百的诚意与友好。发出后静候回音。一下午没有动静。周五晚上，赵雅祺想安排一次周末旅行，比如飞一趟景德镇，找两块大师级的瓷版画，来回两天时间，要王豫作陪。王豫说，瓷版画很美，我喜欢，只是现在去不适合，太远了，我们找个近的地方休闲？以后有机会再去景德镇。

这么说时，心里想，瓷版画，还大师级，随便一块几十万上百万的东西，是我这等收入扛得起的吗？我去，也是自找尴尬。再说，心里装着事，就算出去玩，也不能专心。赵雅祺很快洞悉到王豫拒绝的真实原因，也突然意识到自己的大意，或许无意的言语或行为，都有可能对身边的男人造成自尊的伤害。于是立即改口道，其实我也就随便说说，那东西只是有客户喜欢，我是没什么感觉的。

景德镇的计划取消后，为补偿赵雅祺，王豫主动提出，周末带她和陈雨菲去泡温泉。于是第二天，三人驱车到厦门岛外东孚镇的日月谷温泉。即使泡温泉，王豫也有些心不在焉，找到机会就看手机，担心自己错过了那个人的回复。

这让赵雅祺不由心生疑惑：有什么状况吗？身在曹营心在汉，难道是惦着住在他房子里那个大肚子前女友？人家当初为奔钱程，毫不留情抛弃他，现在怀着别人的孩子回来，他不计前嫌收留不说，怎么，心底儿还有余烬未燃尽？还想弄出点浪漫火花吗？

周六晚上，三个人在宾馆房间玩扑克，王豫不时地拿起手机看一眼。赵雅祺忍不住醋意大发。她故意声讨他，让他老实坦白，这两天心里到底在琢磨什么事，肯定有什么奇怪的事瞒着她。难道还在想念胡蝶？她半天玩笑地问他。

在这件事上，赵雅祺获得陈雨菲大力支援。连陈雨菲都看不过去，批评王豫道："老王同学，你别忘了，在你被胡蝶抛弃的时候，最困难时期是谁陪你走过的，你要是忘恩负义，我都不原谅你！"

"你小屁孩还懂什么恩？什么义？你不原谅我？万一我不小心做错了事，这世上人都可以不原谅我，唯有你最不该不原谅我，懂吗？小屁孩！"

"你对我有恩，我记着，但你要是真的做了不可原谅的事，请你谅解我只能站在正义的一边，"陈雨菲口齿伶俐，毫不示弱，"诚实和正直是人类最高贵的品格，做一个诚实的人，正直的人，这是你教我的！"

赵雅祺心下大悦，抱着陈雨菲亲了又亲，表扬她："小乖宝，你真是我的亲妹妹啊，姐姐真没白疼你！"

被一大一小两个美女左右夹击逼得没办法，王豫只好承认道："我坦白，我最近做的这件事，不是别的，就是帮小屁孩找爸爸。"

"你上次说的帮我找爸爸，真的不是编故事？"陈雨菲清澈的大眼睛重新亮光闪烁。

"上次已经说了，干吗要编故事？你王叔叔是闲得无聊的吗？"王豫说，"现在已经开始行动了，之所以神秘，被你姐姐误解，就是因为事情刚开始，还没理出个头绪，暂时不宜公开而已。"

"到底怎么回事？"赵雅祺也瞪大双眼，"王豫，你玩什么游戏？她爸在哪儿？你怎么知道的？前两天小屁孩忽然和我说你发现她爸爸的线索，我还以为她说梦话！这是真的？"

"这是个秘密，请不要迫使我破坏秘密的神秘感。"

赵雅祺立即挽住王豫的胳膊，撒娇道："可不可以把这个小秘密悄悄透给我？"

"这可不是小秘密，透露给你，现在还不是时候。"

"那什么时候是时候？"

"是时候的时候我自然会让你一清二楚的。"

“不说拉倒，出牌！”赵雅祺打出四张牌，“炸弹一枚！”

是的，这个事绝对不能让赵雅祺知道，至少眼下不能。如果让她知道自己的父亲在外有私生女，是不是太毁三观？从一开始，王豫就打定主意，不向赵雅祺说出她父亲的事。不管赵宏武在大女儿心中是不是有着完美的形象，无论如何，作为父亲，需要在女儿面前保持长辈的体面，这个基本准则，王豫不能主动去破坏。至于最终会不会让她知道，这还要尊重赵宏武的意见。因此，在与赵宏武会面之前，王豫什么也不能向赵雅祺透露。

周六、周日两天过去，王豫发出的信息，如同泥牛入海。难道号码有误？王豫暗中再次从赵雅祺手机得以确认，号码没错。周一早晨，王豫从单位签到出来，试着将发过的短信重复发送一遍。心想如果仍无回音，那就只能再想别的法子。不料当日下午，王豫正送完一拨包子开着车往回赶时，突然接到一个陌生来电：“你是谁？”

声音是陌生的，语调不高，语速不疾不缓，干净利落，沉着冷静，每个字搁在秤盘上仿佛都有斤有两有分量一般。王豫立即意识到对方是谁。他清清嗓子，说：“您是赵先生吧？我是小王。”

“你想干什么？”声音不冷不热，从声音里听不出对方的表情。

“是这样的，陈蔓莉您知道吧？她出事后，迫于种种无奈原因，我在照料着她女儿的日常生活，有些事需要跟您谈谈。”

对方沉默少许，冷静道：“小王，你一定弄错了，对不起，我很忙，不希望以后再接到类似打扰。”

声音里没有丝毫温度。

啪！电话挂了。王豫愣了几秒钟，向前行驶几十米，将车子停到一个僻静小道，拿起手机看了一下来电号码，不是自己记录与发短信的那个，而是一个固定电话，于是快速回拨过去。确认接听者为赵后，将在肚子里滚了几天的话说出来：“赵先生，陈蔓莉虽然不在了，但她留下一些文字资料，这些资料或许对您非常珍贵，因为这些资料中提到了您……我找您，不是要给您添麻烦，只是想解决一些关于孩子的现实问题，我是有诚意的，也希望您能拿出诚意。”

对方沉默足足半分钟，挤出几个字：“最近忙，你等电话。”

足足等了一个星期，王豫等来赵宏武的电话，约定了见面时间和地点。

在这一周的等待中，赵雅祺好奇地问过王豫事情的进展。赵雅祺问他的时候，陈雨菲就支棱着耳朵在旁边，眼巴巴瞅着王豫，希望听到好消息。然而王豫只能表示，正在进行中，但拒绝透露进展程度与具体细节。赵雅祺就取笑他，我和陈雨菲只当欣赏一幕皮影戏罢了，这戏开演了，你就得好好演下去，不可以半途而废哦，我们还要等着看结局呢。这时候，王豫就看到陈雨菲眼睛里闪出的亮光又黯下去，这眼神刺激着王豫的某根神经，不由得在心里暗暗道，小丫头，这事我既然管了，就定要管到底，早晚给你一个交代。

55

与赵宏武见面是个下午，王豫换了身体面行头。怎么说是一人物，不可草率，更不可大意。再说，基本礼仪要有。身家数十亿意味着什么，王豫没有概念。或许，对方买艘千万元的游艇用来周末海上休闲，相当于王豫买辆山地自行车郊游锻炼？

在一家五星会所的休闲茶室，王豫见到了这位商界传奇人物。草根青年平生第一次与这等身家的富豪单独相对，心下难免忐忑。坐下来，王豫悄悄观察，发现对方真实容貌比登在网络上的照片要和蔼不少，一张很男人的脸，棱角分明又线条流畅，额头虽已刻上岁月沧桑，眼神与唇边仍然透出挡不住的英武之气。眉目神情间，也没有电话里听到的声音那么威势慑人，相反更平易近人一些。想到此人既是赵雅祺的父亲，又是陈雨菲的父亲，而自己当下既是赵雅祺的男友（虽然未被双方家人认可，但至少两人对恋爱关系已经默认），又是陈雨菲最为信赖的忘年交朋友，王豫心底里忽然生出几分莫名亲近，渐渐放松下来。

“赵先生，我是小王，”王豫主动开口，并递上一张名片，自我介绍道，“是陈雨菲的朋友，找您，主要想谈谈陈雨菲的事情。”

“你在短信提到过陈雨菲这个名字，但我到现在不明白这是什么人，”赵宏武礼节性地接过名片，抬腕看看手表，“年轻人，你想说什么，不妨直说，不要绕弯子，我时间不多。”

“陈雨菲是陈蔓莉的女儿。”

王豫停顿了一下，看着赵宏武。

赵宏武平静地看着他，等着他继续。

王豫继续说：“陈蔓莉，您应该认识吧？”

“认识。”赵宏武只回答两个字，然后不再言语。

“我不确定陈蔓莉和您什么关系，但陈女士留下的文字资料上说，陈雨菲跟您有一定的关系。”王豫小心谨慎地选择着措辞。

“哦？”赵宏武用眼神质疑着，吐出一个字，又不再说话。

这真叫无招胜有招。对方不多言语，稳若泰山，不慌不忙，一呼一吸间都透出特别的劲道强力。这时候，王豫才感觉自己面对的仿佛一只棘手的老狐狸，意识到自己事先把问题想得简单化了，如何应对这样的局面，需要重新定位。

“陈蔓莉日记里说，陈雨菲是您的女儿。”稍一思忖，王豫抛出了这句话，像郭靖面对劲敌时推出的降龙十八掌。心里道，与这样的老江湖交手，越简单越好，不直接出狠招，怕是无法达到效果。抛出这句话，王豫就不吱声了，用眼神瞅着赵宏武。

“哦？”赵宏武又吐出一个字，仍然平静地看着王豫，不再说话。

从对方的神情间，王豫找不出任何破绽，不觉心里一个趔趄。打出去的硬拳，仿佛击在棉花上，自己以为是重招，对方连个皮毛也没伤到。王豫再次认识到，面对这样的人，自己功力着实太浅。心里又不由暗暗叫苦，将来此人若真做了岳父，自己将面对怎样的压力。

沉默了一会儿，王豫决定返璞归真，直述真相。

王豫不紧不慢，从随身携带的手提包里，取出陈蔓莉那台小巧的苹果手提，小心推至赵宏武面前，郑重道：“确切讲，陈蔓莉留下的是一份日记，我也是无意中看了这里面的记述，才了解到某些事情的。她对您很崇拜，写得很诚恳，我希望您百忙之中安排时间看一下，看完您就明白了。”

赵宏武脸上仍然一副泰山崩于前而不改色的神情，沉默少许，他唇边露出一缕微微笑意，道：“一个女人记的什么日记，那是她个人的事情，也是她的隐私，我没有兴趣了解别人的私生活，永远不会有这样的兴趣，你现在只要告诉我，你找我，到底想要干什么？”

“赵先生如此坦率，我也不愿多费口舌，”王豫恳切道，“陈女士因为意外已经不在了，您承不承认和她的关系这已经不重要了，重要的是，眼下她的女儿成了孤儿，无亲无故，无依无靠，以后该怎么办，需要您拿个主意。”

“小王，我今天之所以出来，就一个事，跟你澄清这个误会，目前看来，你对这个事情的认知存在非常严重的误判和臆断，”赵宏武眼神忽然变得犀利，神情严肃，声音不高但言辞间斩钉截铁，充满威慑力，“不过，你或许受到了错误的引导，不知者不为过，我可以原谅你，但原谅机会只有一次。”

“赵先生，这不是误会，这对您来说，或许太突然，短时间内不能接受，这我可以理解，但这是事实，那孩子的情况，都记在这台电脑里，”王豫再次将电脑往赵宏武面前推了推，“有一个做了特别记号的文件夹，我放在电脑桌面上，您一定要看看，我想您看过以后，肯定会改变态度的，我保证这个事情在没有您允许的情况下，不会有第三人知道。”担心把对方激怒，王豫暂时隐瞒了顾红知道这一事情的事实。

“不管陈女士留下什么文字材料，我不想也毫无兴趣知道，”赵宏武神色依然平静，但言辞语气比刚才更为坚决，“如果你一定把陈女士和我扯上什么关系的话，我只能告诉你，她不过是我曾经资助过的一个贫困学生，仅此而已，不存在你想的那种关系。你一个年轻人，会有很好的未来，应该有正确的三观和成熟的判断力，仅仅凭一个已经去世的女人杜撰的故事，就轻率地把一顶帽子扣到别人头上，这不是聪明人做的事。莫非，你以为能从中拿得什么好处？”

“不是什么人都是为了拿好处去做事的，”王豫有些受辱，心里克制着自己，毕竟对方是长辈，又是赵雅祺的父亲，于是仍然不改敬重的语气，“我主要是为那个孩子，这是真的，您还是看看陈女士留下的文字材料，然后再下结论。”

“孩子？”赵宏武唇边掠过一缕不屑，“陈女士的孩子跟我有什么关系？我再重复一遍，她孩子的事情没有必要跟我谈，我不喜欢背后谈论别人的事，既然你心存误会找到我，我有必要出面澄清，同时有必要提醒你，年轻人，在对事实缺乏全面了解的情况下，不要轻信任何单方面的说辞，这不是什么明智之举。”

王豫遭遇这番杀人不见血的训斥，一时语塞。

“我得走了，希望这是最后一次见面，不希望第二次看到你。”赵宏武看看手表，站起来，抻抻衣襟，坚定的走向门口，忽又停下，回过头，又道，“借用一句你们年轻人的话，不作死就不会死，如果不搅入别人的麻烦，自己就不会多惹麻烦，这句话，你可以理解为我善意的提醒，明白？”

王豫心里忽然一哆嗦，之前从电话里感受过的那种威慑力，又重新感受了一遍。如果对方暴怒，暴跳如雷，或许也可以说明些问题。可是没有。对方始终是平静的，那种平静里蕴含的力量，让王豫不得不承认，对方俨然是一只老鹰，在老鹰面前，自己更像一只雏鸡。

赵宏武走出电梯，大步走出一尘不染的大堂，走向自己的座驾，一辆已候在门口的黑色高排量奥迪 A8，由司机驾驶着。服务生见他出来，已帮他打开后座车门。赵宏武行至车前，正欲钻入后排车门，只听身后有声音传来：“等一下，赵先生，您有东西落下了。”

赵宏武侧过身，只见王豫从身后阔步奔来。王豫大步流星奔至赵宏武面前，彬彬有礼地站直身体，伸出一只手，指头间捏着一把钥匙，举到赵宏武脸前，恭敬道：“赵先生，这是不是您落下的？在您刚才坐过的地方捡到的。”

赵宏武心头闪过一缕轻微厌恶，但他没有表现出来，只瞥一眼那枚陌生的钥匙，脸色平静道：“不是！”

赵宏武转身欲钻车门，王豫眼疾手快，一步上前，抢在服务生之前，比专业司机还要称职地，伸出右手高举挡在车门框顶端，以防碰头。服务生用复杂的眼神瞅了王豫一眼，王豫视而不见。

赵宏武弯身钻进车内，王豫的手从赵宏武头顶轻轻滑过。

对这名青年表现出来的殷勤，赵宏武没有表达任何感谢，车门被关上之前，他又拿眼神瞥一下王豫，意味深长道：“年轻人，要学会走正道，这比什么都重要！”

“当然，谢谢！”王豫道，“如果事实是您说的那样，我以人格保证您不会因这件事受到第二次打扰。”

车门被服务生关上了。

一分钟后，目视冒着尾气的汽车从停车场彻底消失，王豫摊开右手，手心里平躺着几根毛发——赵宏武的头发。王豫钻进自己的汽车，从纸盒里抽出一张干净雪白的纸巾，将几根头发放上去，仔细瞧了瞧，毛发末端可以看到清晰的白色物质——毛囊。在空气里干燥大约两分钟，他将它们小心地包好，从车抽屉里找出一只干净的信封，装进去，然后在手机备忘录里记下采集的日期和时间。松过一口气，这才又从屁股兜里掏出钥匙链，将刚才做过道具的那枚钥匙，重新串回去。

|第二十五章|

56

傍晚，赵宏武坐在办公桌后的皮椅上，头靠着高高的椅背，双目微闭，陷入回忆。冬日午后的斜阳从茶室宽大的落地窗照进来，在这张已然不年轻但依然英俊的脸上涂上一层金色。此时此刻，这张脸，毫不掩饰地写满了孤独和疲倦。

那个女孩子……对了，N年前的陈蔓莉，还是个女孩子。有一张清纯可人的脸蛋，一双清澈动人的眼眸。她聪明，好学，上进，不怕吃苦，骨子里有着数不完的优异品质。他见过不少漂亮姑娘，但很少有哪个年轻漂亮的女孩能够像她那样，在吃过那么多苦之后仍然保持着对未来的乐观与对生活的热忱。对了，乐观与热忱，这是那双眼睛里传递给他的最清晰信息。在他和前妻周蕙莲的共同生活中，先后资助过的贫寒学子几百名是有的，印象最深刻的无疑是陈蔓莉。是的，在那个群体中，不知是先天原因还是环境因素，好多苦命的孩子是扶不起来的，都是走着走着就散了，失联了，或是在社会的泥沼之中，自甘沉沦了……陈蔓莉无疑是一个异类。在常人无法想象的艰难环境下，她凭着一股韧劲，超越无数家庭条件千百倍优越于她的同龄人，考进名牌大学，又在入校第二年主动终止接受捐助。仅这一点，足以令赵宏武刮目相看。

然而，曾经属于人生里值得回味的美好一笔，仍然被生活无情地改写了。陈蔓莉毕业几年后，忽然跳槽到他的公司，当他发现她时，当时的心情是惊讶的，也是喜悦的。惊讶的是，之前靠资助生活的穷苦孩子，已经长大成材，不仅自力更生，还可以效力于社会；喜悦的是，这孩子懂得感恩，主动通过应聘到公司来，他愿意相信她的说法，她效力他的公司其中一个因素是出于感恩。他一生行善无数，尽管每次实施资助的时候从未想过对方报恩，但当有一天，受助者真的有能力以行动付出回报时，他怎能不喜悦和欣慰呢？

一向以严谨著称且自控力超强的赵宏武，对于那一晚发生的事情，必须得承认，那是一生中最糟糕的一次失控。尽管那时他与周蕙莲已经离婚近两年，离婚后一直单身，从法律上具备选择情爱及女人的自由，但毕竟一直以来，这个不论是事业格局、生意要事还是男女关系上，习惯了主动操控局势的男人，关键时候没能抵挡住诱惑，没能控制好事态局势，将一个被人操控的夜晚，留进自己的人生轨迹，对他来说，无疑是失败的、羞耻的一个事件。

事后他后悔不已。为此他找她有过一次谈话，主要是谈清楚今后的关系：不希望彼此有太多牵扯。她红口白牙地说，您放心吧，这也正是她心里所想的。他问她需要什么补偿，否则他难以心安。她淡淡一笑说，您有这种想法就是太瞧不起我了，我没您想的那么复杂，我什么也不要，我祝您幸福，再见！后来，陈蔓莉将他留下的银行卡快递给他，收到快递的时候，他产生过“小人之心”的自责和内疚，一度相信了女孩子的纯真。

或许，那份崇拜是真的，他想。

不久后，无意中听同事提到，她嫁了人。虽觉得嫁得匆忙了些，但他判断以她的聪颖和才智，她对婚姻的选择应该经过深思熟虑而非一时冲动。当时他又想，一个曾经的资助者与被资助者，当资助关系终止后，自己与她的生活将不再有什么交集，自己也没有资格左右人家的未来。他能做的，只有在心底给予默默祝福。

令赵宏武惊疑的是，陈蔓莉的婚姻生活维持了不足一年，便宣告结束。当有一天，消失了一年之久的她突然现身，并且告诉他“她为他诞下一女儿”这一消息时，如同一枚突然丢来的炸弹让他震惊不已。也就在那一刻，当她恳请他去看一眼孩子，照一张什么全家福的那一刻，他基本可以确定，那个他后来认为荒唐的并因此自责和内疚的晚上，必定是一个经过事先谋划的阴谋，一个精心算计好的圈套。而自己，只不过做了一只不小心掉进陷阱的猎物。

那时候，正逢公司上市之初，于公于私都不能有任何负面的东西出现，悄悄消化掉自己的愤怒，毕竟年龄差了 20 岁，毕竟你占了人家的便宜，怎么着别让人家背后诅咒你一辈子。为求心安，也为花钱消灾，他以一百万现金了结了这一孽债。她没有再推让，接受了那笔钱。也是从那一天开始，赵宏武认定，这个原本纯洁的女孩子，走进社会这个大染缸后，失去了单纯与美好，学坏了！

陈蔓莉倒是守规矩，拿钱走人，没有纠缠不休，从此再也没有打扰过他。这就愈加证实了自己的判断：她闹那么一出，无非求财。一段时间过去，那种被小女子当作猎物猎杀的恼恨，渐渐释然。一个女子在城市里混，遭遇婚姻不幸，走投无路，拿孩子当借口去要点好处，抓一根救命稻草般想抓住他，给自己和孩子找个依靠……被他训斥之后，她也没寻死觅活，没有撒泼打滚，也算懂得适可而止，懂分寸，知进退，遵守承诺再没给他添过堵。年轻人，成长过程中，谁没过一时糊涂呢，谁没犯过错呢。所做之事固然可恨，倒也不是罪不可赦。再者，他也不是没有错，最终他选择了宽恕。

算起来，陈蔓莉消失七八年了，这期间不再有任何联系，没有听到过也不想听到她任何消息。这些年一直忙忙碌碌，一个资助对象或者一个女人从他生活里的消失，犹如一滴水在自然界的蒸发。那是时光的作用，一切是那么自然而然，了无痕迹。

再后来，就是几个月前，突然闻知陈蔓莉出事了。这次出的是大事，遭遇不测，这个人没了。噩耗是警方带来的。因为侦破过程中，警察从陈蔓莉手机上发现有赵宏武的相关资料。于是在一个毫无征兆的下午，赵宏武被警方请去“喝茶”。警方倒是善解人意，考虑到他的身份，一切都是悄悄进行的。“一顿茶”后，他长舒一口气。那些所谓资料，全是从网络下载的，全是他不知情的，纯属她个人行为，也可称为私人癖好，警方没有再来骚扰过。不久后，听说案子破了，凶手抓了。在某个夜深人静的不眠夜，他不由扼腕悲叹，暗自感伤，悄悄抹过一把泪。再以后，事情就过去了。因为忙，很快抛于脑后，和许多往事一起，被流逝的时光掩埋。至于陈蔓莉的身后事，他并不了解，也无意了解。因为他始终认为，那个女人，与自己早就不再有任何关系存在。

一个人离开这个世界，一段往事也随之消失，赵宏武一直是这么认为的。让他做梦也没想到的是，那个姓王的无赖横空出世，将本以为埋于地下的也是他最不愿回忆的往事重新刨出。无赖，他对这一判断深信不疑。一个以掌握他人隐私为本钱，拿未成年孩子为工具，来要挟他人，欲达到某种不可见人目的的家伙，必定不是什么好鸟。他和陈蔓莉什么关系？熟人？朋友？同居情人？他怎么得知陈蔓莉情感隐私的？他们早就认识吗？陈蔓莉学坏，和他有没有因果关系？他有没有责任？

陈蔓莉出事后，赵宏武没有想到过她留在世上的那个孩子。他从来没有见过那个孩子，对一个孩子的存在与否没有感知。那个孩子和他有什么关系？什么也没有！现在，姓王的无赖突然把那个孩子推到他面前，这是什么意思？客观讲，孩子是无辜的，遭遇不幸也着实是可怜的，但他不能为一丝怜惜认一个孩子当女儿。如果对方不采取这种下三烂手段，请他以慈善捐助者的身份出面给予帮助，那是完全可行的，但眼下这种方式，绝对不可以。

太荒唐了，也太可恶了，是可忍孰不可忍！一个小无赖，究竟想达到什么目的？除了求财，还有别的可能吗？把生意做到今天，赵宏武经历过的大风大浪太多了。这样的事情，就仿佛漂亮女人在公交车上遭遇一只咸猪手。在他伸出来之时，必须一巴掌扇过去，扇得还要狠准稳。任何退步、妥协、服软、息事宁人的态度，都是将自己推入地狱的节奏。

让他轻易得逞？简直是笑话。

距正常下班时间还有十分钟，赵宏武拿起手机，摁一个直拨键。接通，他低沉着声音道："小朋，你来一下。"

两分钟后，办公室门被敲响，一名身材健硕的青年男子悄无声息出现在赵宏武办公桌前。

"这个人，"赵宏武将一张名片丢在青年面前，"给我查一下，越详细越好。"

周朋拿起名片，犀利的目光很专业地扫过一眼，小心收起，恭敬道："立即落实！"

三天后，一份来自专业调查的资料，出现在赵宏武的办公桌上。

王豫其个人履历、家庭背景、成长经历、个人资产、恋爱经历、现职、现状，等等，一一清晰呈现。赵宏武目光定格于"殴打旅客被公司处罚并停飞"这一条文字时，一抹冷笑浮上脸庞。他的判断没错。在商近三十年，大风大浪经历太多，什么土匪强盗、流氓无赖、恶棍毒虫、巧取豪夺没见识过？

这只是一个小无赖，事业受挫而自暴自弃的小无赖，仅此而已。

然而，这个小无赖，最近竟然常常出入女儿的房子里。得知这一信息，一向沉稳有加的赵宏武简直要拍案而起！虽然平日他与女儿并不住在一起，但女儿永远是他手心里的宝。这个无赖，他是怎么一步步靠近女儿，并骗取女儿信任的呢？女儿是怎样受到他的愚弄进而与这样的下三烂搅在一起的？是可忍孰不可忍！

57

鉴定结果出来了。

"检材 1 与检材 2 具备生物学亲子关系的概率高达 99%"。

这是权威机构 DNA 鉴定报告的最终结论。检材 1 是从赵宏武头上采集的毛发样本，检材 2 是陈雨菲的毛发样本。走这一步，是那天王豫与赵宏武分别时，大脑里临时跳出的念头。

那天面对赵宏武的一脸无辜，有那么一刻，王豫希望是自己搞错了。难道冤枉了这个人？不管是陈蔓莉心中痴爱的高大上男人，还是赵雅祺眼里“天下没有之一”的好父亲，包括媒体曾经正面宣传过的慈善企业家，各方途径汇聚的信息，在王豫脑袋里印下一个标记：这是一个重情义、有担当的男人。王豫情愿是自己弄错了，他情愿相信赵宏武是无辜的，即他对孩子的存在一无所知，不知者不为错。他甚至想，陈蔓莉不会有臆想症吧？会不会记忆失误？有没有和别的什么男人发生荒唐一夜情又忘掉了？毕竟陈蔓莉在日记里，始终没有提到有过亲子鉴定这一最具说服力的证明，一切都是她自己的推断。或者，有没有另外一种可能，被人迷晕强奸，而她自己忘却了……这种可能虽然不大，但并不是没有可能。这不是一件小事，关系到一个男人的身家名誉，凭一个女人在日记里的情感记录及自我推断，将这么大一顶帽子扣到一个男人脑袋上，未免鲁莽。

当鉴定结果摆在面前，王豫心底那点冤枉对方的幻想，就这样被无情击碎。这时候的王豫，不由自主想到赵雅祺。此人毕竟是赵雅祺的父亲，雅祺与自己……这一步棋，是不是有失妥当？走得很愚蠢？超低智商兼低情商？理智告诉他，以这种方式与赵雅祺的父亲相识，用赵宏武提醒过他的一句话，那就是“不是明智之举”。

然而开弓没有回头箭。之前对顾女士与陈雨菲都有过承诺，再者，这个事情既然遇到自己，半途而废，知难而退，有始无终，撒手不管，也不是王豫的做事风格。接下来怎么管？下一步怎么走？王豫感觉到自己的人生遭遇空前挑战，从思维上陷入有生以来最棘手的混乱。

晚上回到三人之家，晚饭后，王豫坐在沙发看电视，赵雅祺窝在旁边另一只沙发里，手捧小说，脸贴煞白的面膜，光看脸像个吓人的女鬼。陈雨菲从房间跑出来，围着王豫像小鸟一样叽叽喳喳，冲淡了女鬼制造的白色恐怖氛围。自从陈雨菲住进赵雅祺家，王豫发现，这女孩恢复了孩童本能的活泼天性。较之当初相识时那个眼睛里充满警惕、敏感和忧伤的小女孩，眼前的“泼皮”陈雨菲，几乎脱骨换胎，仿佛换了一个人。

“王叔叔，有个问题我想问你，”陈雨菲手持一张贺卡，趴在王豫身边，调皮地说，“人要有感恩之心，对不对？”

“当然啦，这是做人最基本的素质。”

“雅祺老大总是送我礼物，我写了一张贺卡，表示对她的感恩之心，你帮我把把关？”

“没问题，拿来我看。”

王豫接过贺卡，只见上面画着一只太阳，太阳下一朵小花，旁边写着：“亲爱的老大，感谢您让我住在您家里，让我过上温暖快乐的生活；感谢您经常给我劳动报酬的机会，使我能够得到很多喜欢的礼物；感谢您经常给我劳动锻炼的机会，让我身体越长越茁壮；感谢您经常给我受折磨的机会，让我变得越来越皮实、坚强……最后，真心感谢，非常非常感谢！”

王豫看得哈哈大笑，建议把最后一条感谢删掉。

“这是事实，不能删，我确实经常受折磨。”陈雨菲说。

王豫扭头看看赵雅祺，问：“我不在的时候，你有虐待小孩子的不良行为？”

“虐待？这，发生在我们家？可能吗？”赵雅祺嫣然笑着，柔声反问，“陈雨菲，你什么时候受虐待啦？我怎么不知道？”

陈雨菲笑着回答：“说虐待倒谈不上，不过，我受折磨的时候，你当然感觉不到了，我不怪你，我能理解。”

“美丽的感恩贺卡，”赵雅祺从王豫手中拿过贺卡，扫一眼，道，“姐姐笑纳，谢谢宝贝！”

“不客气，”陈雨菲道，“王叔叔教我，诚实是高贵的品质，所以我从小就要做一个诚实的小孩，有一说一，有二说二，实事求是。”

“我相信菲菲，”王豫说，“赵雅祺，以后你得注意，不能影响了你在某人心中的爱心女神形象，这个，很关键。”

赵雅祺一手捧着贺卡，一手揭掉面膜，起身去洗手间洗过手，转身出来，一脸懊悔状，道：“我好悔啊！”

“终于后悔啦？我原谅你，以后改正就是了。”陈雨菲说。

“我悔！好悔！”赵雅祺咬牙切齿道，“智者千虑，必有一疏，小东西你听着，约法N章从现在起还要加上一条，万一你认为自己受了委屈，不准以任何方式向大叔告状……”

“霸王条款！”陈雨菲嘟着嘴道，“你不能强行改变我的意志，小孩也有尊严！”

“哟，小屁孩还跟我讲尊严？”赵雅祺丢开手里的贺卡，一把抓住陈雨菲，一手拧住陈雨菲一只耳朵，“疼不？”

“疼，疼！”

“疼和尊严，要哪样？”

“王叔叔，你看到了吧？”陈雨菲大喊，“她在你面前总是装淑女，在我面前就是个巫婆、女魔头……王叔叔快来帮我！”

王豫坐山观虎斗，哈哈大笑道："陈雨菲，很抱歉，我很同情你，但帮不了你！这祸是你自己惹出来的，需要自己解决啦！"

"听到了吧？"赵雅祺得意道，"该怎么选择听懂了吧？"

"王叔叔你不够意思啊！"陈雨菲大叫。

王豫大声道："和喜欢暴力的女魔头在一起，弱小者要想胜出，必须多动脑子，用智慧！陈雨菲你好好想想！"

"好啦，我认输，我不要疼，我同意霸王条款……"

"什么？霸王条款？"赵雅祺道，"谁霸王？"

"我同意那个温柔条款！老大不霸王，爱心女神！"

赵雅祺哈哈笑着放开陈雨菲。陈雨菲一溜烟窜回卧室，不一会又出来，手里抱着那只牛皮笔记本，脸上带着诡异的笑，再次来到王豫身边，道："王叔叔，还有一个问题需要探讨，你说，做一个好人，是不是要讲诚信啊？"

"当然啦，做事先做人，人无信则不立，一个人诚信度高低，可靠不可靠，和个人品质直接挂钩，你又要耍什么阴谋诡计？"

"哈哈……"陈雨菲得意地笑起来，笑罢，将本子翻至一页，给王豫看，"你看，这是个清单，这都是最近以来老大承诺送我的礼物，绿色的是已经兑现了的，红色的是没有兑现的，按照王叔叔的说法，大人更要讲诚信，和个人品质直接挂钩，无信就等于品质有问题，是不是？"

"哇塞，"赵雅祺抓抓头发，大呼道，"我又掉坑里啦！这鬼丫头，你心眼怎么这么多？天天给我挖坑呐？"

王豫拿起看看，好家伙，清单礼物从上到下足有三十几件。已兑现的绿色一栏里有运动衣、运动鞋、书包、文具、时尚外套、内衣、睡衣共二十几件，属于实用类已全部兑现。尚未兑现的红色里一栏则剩下芭比娃娃、电动牙刷以及其他时尚电子产品若干，均为可有可无非实用类。

王豫心下不由道，赵雅祺貌似大大咧咧，事实上头脑非常清醒，从这点看，颇具她那商人父亲的精明风范，但不同于她爹的理性的是，她太感性，太容易冲动，一高兴就承诺送人礼物，没几天就欠下陈雨菲一屁股债……而这个古灵精怪的陈雨菲，则比她姐姐更具她爹的那份财商，小小年纪就有如此敛财头脑，未来不可限量……

王豫拿眼神瞅瞅赵雅祺，道："对，大人更要讲诚信，否则就做不了小孩的榜样。"

"你们俩合伙欺负我！"赵雅祺发出一声哀叹，"行行行，生命诚可贵，诚信价更高，明天我早点下班带你去商场选宝，让你一次买个够，行了吗？”

“谢谢老大！”陈雨菲做一个胜利的手势，甜甜道谢。

“谢个鬼！”赵雅祺道，“告诉你一个不幸的消息，明天你就要开学啦，哪有时间逛商场？”

“啊！”陈雨菲一脸痛苦状。

赵雅祺胜利般大笑。

寒假正式结束，学校开学了。看到陈雨菲头发又有些长了，赵雅祺公司事多，抽不开身，叮嘱王豫带她去把头发修剪一下。王豫带陈雨菲去自己常去的理发店，要求理发师将陈雨菲的头发剪短，最好越短越好，省得频繁剪发太麻烦。陈雨菲一听剪短，不太高兴，强烈表示自己不喜欢很短的发型。王豫严肃地告诉她，你现在是小学生，没有能力打理复杂的发型，女学生头发长梳洗打扮费时费力很影响学习……陈雨菲很无奈地屈从了。

从理发店出来，王豫笑呵呵地说，这个发型很精神，还有个更大的好处，至少三个月不用进理发店。陈雨菲反诘道，你不就是为了省理发费吗？王豫说，你说对啦，省下来的钱咱俩吃大餐多好？两个人并排在街边走着，女孩穿着运动装，竟被路人误会为一对父女。王豫闻听这一说法，不觉哈哈大笑。陈雨菲却噘着嘴，一路上从头到尾没搭理他。

送女孩回校，王豫像个正经八百的家长，在校园里转了转。看到这家私立学校绿化如美丽园林，保安措施严格且规范，又陪女孩在学校食堂吃了顿饭，确认安全和卫生都不成问题，不觉感叹，昂贵的学费还算物有所值，小孩在这里读书，不亏，心也放下大半。从学校出来，王豫跟顾红女士通了个电话，通报了陈雨菲的近况，叫她尽管放心，并承诺在她回来之前，每个周末他都会接她回来一起度过，叮嘱她安心养病。顾红再三谢过，又关切地问道与陈雨菲生父的联系情况，事情进展如何。王豫说，刚联系上，对方接受这个事情可能需要时间。顾红轻轻哦了一声，不再问什么。

58

赵雅祺被父亲召回家。

平常日子，如果没什么特别事，赵宏武从来不会像周蕙莲那样，动不动莫名其妙神经质似的打电话叫她回去。今天主动打电话要她回一趟家，理由是吃山野菜。一种产自武夷山深山里的山野苦菜，清热解毒，健胃润肠，赵宏武自幼爱吃，赵雅祺小时候跟父亲常吃，后来随着山里逐渐被开发，这类野生的菜就越来越少，吃的频率也越来越低。小时候吃惯了，长时间吃不到，还会想念它的味道。这是山间春天的第一茬苦菜，刚冒出小芽尖，绿绿的，嫩嫩的，初入口有一点微苦，但余味回甘，每次吃到，赵雅祺都能回到小时候的时光。

餐桌上，摆着几种苦菜的做法。蒸苦菜，凉拌苦菜，清炒苦菜，每样一小碟，另有炖雪蛤，燕窝粥，还有一只巨大的澳洲产龙虾，早晨空运过来，个头很是壮观，清水煮了，装在龙舟般的水晶盘子里，摆在餐桌几个苦菜中间。父女俩面对面坐在宽大的餐桌两边。

赵宏武用公筷夹出一块雪白肥厚的龙虾肉，送至女儿面前的碟子里。这动作，赵雅祺无比熟悉。18 岁之前，但凡与父亲同桌吃饭，只要没有外人在场，她都能享受到父亲亲手布菜的温暖。她知道，今天，不会只是吃顿山野菜这么简单。

“爸，有事？”赵雅祺主动打破餐厅里的静。

“有事。”赵宏武不否认。

“您说吧。”

“谈恋爱了？”赵宏武开门见山。

“恋爱？是。”赵雅祺爽快承认。

“你爱他？”

“是，我爱他胜过爱自己。”

“他爱你？”

“是，他爱我胜过这世界。”

“确定？”

“确定！”

“现在，在一起，是吗？”

“爸，”赵雅祺抬起头，望着父亲的眼睛，“您跟踪我？”

“你老爸能做这样无聊的事？无意中碰见的。”

“这么巧？”

“就这么巧。”

“您今天叫我回来，就这个事？”

“就这个事。”

“爸，不是您想的那样，”赵雅祺举重若轻，轻轻一笑道，“我们现在其实什么事都没有，也就每天一起吃个晚饭，有时候，更像哥们儿。”

她隐瞒了自己与王豫的亲密关系。

“他是什么时候开始靠近你的？”

“爸爸，事实上不是他靠近我，是我主动靠近他。”

“你为什么主动靠近他？”

“当初，自然是喜欢。”

“你了解他吗？”

“不了解能做哥们儿吗？他有很多优秀品质，”赵雅祺冲爸爸笑一下，“我最看重的是他的善良，还有正派。”

“善良，正派？你确定？”

“我确定！”赵雅祺放下筷子，坐端正了，郑重望着父亲的眼睛，语气干净利落。

“找对象谈恋爱，我和你妈早就说过，我们不是非得要求门当户对，但人品是重中之重，然后是个人素质，”赵宏武道，“这两点缺一不可。”

“这我当然知道，”赵雅祺说，“如果有机会，您安排个时间，我带他来做客，您阅人无数，只要看一看他那双眼睛，随便聊两句，您就会知道他是什么样的人。”

是的，从看到王豫的第一眼，赵雅祺就坚信，一个人品不端、素质一般的人，绝对不会有他那样的眼睛和眼神。

“如果真的是值得我女儿爱的男人，时机成熟，我自然会安排会面。”赵宏武一语双关道。

在确认是女儿先喜欢上对方，并且主动建立关系这一事实之后，赵宏武不再说什么。他没有刨根问底让女儿难堪，也没有说半句王豫的不是。他不会当着女儿的面，打击她心里爱到疼的男人。对了，爱到疼，这从女儿的眼神里可以得到确认。他不想女儿受到任何伤害，尤其来自父亲的不理解带来的伤害。她爱上一个人，一定有她的理由，尽管她爱上的，未必是对的人。赵宏武了解女儿，她脾气倔，认准了的事情，就一门心思全心全意地认真做，撞了南墙也不回头。在女儿的情感问题上，赵宏武不是专制的家长，他绝不会为了某种体面，或所谓门当户对，把自己的意志强加给女儿。女儿在情感上走过一次弯路，遭遇过一次创伤，他不想她经历第二次。女儿的恋爱或者婚姻，其终极目的是为她幸福，当爹的所能做的，也必须要做的，是以过来人的经验，帮她把关，帮她验证真伪，预防她再受伤害，别无他求，仅此而已。

|第二十六章|

59

王豫向老头发出以“谈事”为由的邀约短信。

对了，老头，姓赵的老头，56周岁，在王豫眼里，俨然老头了。他做好这则短信发出后泥牛入海的心理准备，得不到回复，然后再做别的打算，打电话或者登门“拜访”。

让他意外的是，老头很爽快，即刻回复，并主动安排了见面的时间与地点。

这让王豫顿时又升腾起全新希望：老头觉悟了？他已回忆起自己曾经犯下的错误？并已意识到自己的大意疏忽致使亲骨肉流落在外，对自己的冷漠开始忏悔？他是否已经在思念未曾见面的小女儿？是否已经对这个失去母爱的孩子产生了抵挡不住的疼惜之情？王豫相信，只要是正常人，人性未泯，在获悉真相后，不可能做到无动于衷。如果他了解到孩子这半年的遭遇与处境，他一定会为自己作为父亲的失职而痛恨自己，甚至狠狠地责骂自己……

在一家隐蔽的青山绿水间的会所茶室，王豫与赵宏武第二次见面了。

“赵先生，我们又见面了。”相对而坐，王豫耐不住令人窒息的沉默，主动开口。

“客套的话就不说了，直奔主题吧。”赵宏武面无表情，话语如子弹般直接痛快。

“爽快！”

“你开个条件吧！”

王豫一愣，道：“我没什么条件，我只想把你女儿交还给您，让她回到您身边，您愿意怎样待她，她以后的生活怎么安排，都是您的事了。”

“我的意思是，你离开我女儿！”赵宏武直视着王豫的眼睛，道，“从今天开始，不希望你跟我女儿再有任何关系和联系！”

王豫犹豫一下，以后不再见陈雨菲？不见就不见，只要他认下孩子，只要对孩子有利，自己见不见又怎样呢。便道："那也好，我可以做到！"

"我相信你一次，年轻人，不要辜负我的信任，"赵宏武说，"那今天就到此为止吧！"

"我什么时候把您女儿交给您？是不是办个交接手续？"王豫问。

"她那么大人了，需要什么交接手续？"赵宏武皱皱眉头。

"她还不到8岁，未成年人，怎么不需要交接一下？她养母重病在身，起码得和养母打个招呼。"

"我这辈子只有一个女儿！她叫赵雅祺，没听明白我的意思吗？和赵雅祺分手，离开赵雅祺，这是为你好，你们不合适！听我的不会有错！"赵宏武道。

望着老头神情坚毅的脸，王豫霎时听到内心某种希望轰然碎裂的声音。什么希望，不过是一厢情愿的幻想而已。这时候才明白，一个能把家业做那么大的人，不是你随便给出几拳就被你牵着鼻子走的。

"我给您看一份东西，这个，足以说明问题。"王豫耐着性子，尽可能保持着平静，从随身携带的包里取出那份亲子鉴定报告，翻到主内容那页，递给老头。他相信眼前这个人，大脑就如同精密高能仪器，双目如同X射线，你大脑转一圈的功夫，他大脑或许已转过十圈二十圈；你心里琢磨什么，他能够一目了然无不洞悉。所以与这种智商的人过招，越简单越好，绕弯没意思。任何一种迂回，都是时间和情绪的双重浪费。

"什么东西？"

"您看一下就明白了。"

赵宏武略略扫过一眼，显然没有看第二眼的耐心和兴趣。他唇边飘起一缕不屑与轻蔑的笑意，目光如剑直直刺向王豫，问："哪儿来的？"

"上次见面，临走时，我在帮您扶车门时，冒昧取了您的头发，"王豫说，"迫不得已，请原谅！"

"荒唐！"转瞬之间，赵宏武双手如同碎纸机般突然绞起，以迅雷不及掩耳之速度，将报告一撕为二，手一拍，砰的一声拍在桌面上。如同坚信那个孩子与自己没有半毛钱关系，赵宏武坚信这份所谓的鉴定报告系无赖伪造。

王豫没有料到遭遇此劫。他抬起头，目光同样直直地刺着对方。这时候他悲哀地意识到，自己面对的是一名商人！什么是商人？利润和利益最大化，是他们做事的基本准则与人生追求。任何有损到利益的事情，都会成为他的劲敌，因而给予无情铲除。

认一个私生女，是那么简单的事？别以为他现在仍是单身，没有婚姻羁绊，但个人声誉、社会形象岂能轻易被折损？你期望他有人情味儿？期待他人性未泯？你是不是有点多情了？

两双男人的眼睛对峙良久，彼此都不肯先行软下。

赵宏武仔细审视眼前这张脸。以过来人的经验，这是一张英俊端正得无可挑剔的脸，一双貌似无辜又正气凛然的眼睛……绝对是那种容易令年轻女性全面沦陷的男人的脸，陷阱一样让女孩一不小心失足落入不能自拔。这张脸不仅仅迷惑女人，还能迷惑男人，不管企业用人，还是交友处事，赵宏武一向相信相由心生，如果没有眼前的事——陈雨菲的事，他或许也会被这张无辜的脸所迷惑。但更多时候，他更相信自己的眼睛和判断，比如此时此刻，他完全相信，赵雅祺正是被这张脸所诱发的所谓爱情迷了双眼，失去了正常的心智与判断力。女儿认为这个男人既善良又正派，他相信那纯粹是女儿的善良和单纯所产生的幻觉在起作用。

“她真的是您的女儿，”王豫再次打破僵局，“您可以不信我，但不能不相信科学，您刚才撕毁的，白纸黑字清清楚楚写着您和孩子的关系，您为什么不敢多看一眼？心虚是吗？害怕是吗？怕什么？怕真相吗？您如果信不过，您可以亲自带孩子去做鉴定……”

“我不会做这么无聊的事情，我知道什么是科学，”赵宏武斩钉截铁，双目闪着剑刃似的寒光，毫不掩饰声音里的蔑视，“你拿什么证明这份鉴定跟我有关？就凭什么检材 1 和检材 2？检材 1 是什么，检材 2 又是什么？别说我不信，谁信？你一个年轻人，本来有大好的前途，你应该去做一些阳光积极的事情，做一些正能量的事情，你这叫干什么？你煞费苦心设计这个圈套，到底想要达到什么目的？你在干什么你清楚吗？你在犯罪！”

“我没有向您提出任何要求，只希望把与您具备血缘关系的女儿还给您，这与您担心的某种邪恶事件性质完全不同，”王豫耐着性子解释，“我不是敌人，以您久经沙场饱经风霜的眼睛，应该看得出来啊。”

“什么血缘？血口喷人！”赵宏武忍着怒气，冷笑，“你靠近我女儿赵雅祺，背着她弄出这桩荒诞之事，到底想干什么？用不着废话，直接说出来吧！”

“那就直说吧，”王豫道，“就是想做点让良心安稳的事，也帮别人找回良心的事，我丝毫没有逼您的意思，如果您有难处，有苦衷，我会理解，所以只是想和您商量，我们可以共同想办法找一个稳妥的方法，解决这个问题……”

“良心？一个拿未成年孩子说事的人，还知道什么叫良心？今天我出来不为别的，就为了我女儿赵雅祺，不管你当初出于什么目的使了什么手段靠近她的，从现在开始，终止你的邪恶行为！”赵宏武道，“至于其他乱七八糟的事，我一个字都不想听，不管你提不提要求，我都不可能和你谈什么条件，尽管不明白你为什么非得跟我过不去，但我得让你明白，你现在的行为是糊涂的，年轻人都会犯错误，我可以原谅一次两次，但不能有第三次，否则你会吃亏的！”

“这是威胁我吗？”

“是教你做人的道理，”赵宏武冷冷道，“无缘无故的，请不要跟人过不去，要不然就是跟自己过不去。”

丢下这句话，赵宏武起身拂袖离去。

60

王豫忽然感到忧伤，之前从未有过的忧伤。这种忧伤来自强敌的劲力，他品尝着严重受挫的滋味。这种滋味不太好，这让他心情有些坏。尽管老头没有说出口，但那眼神，无疑视他为无赖、流氓和敲诈犯。事实上，自己这回是遭遇流氓了。王豫想，而且是大流氓。

他有些后悔了。

不是后悔打开了潘多拉魔盒，不是胆怯，也不是想退却。悔意是碰触到女孩眼神时生出的。那眼神有时如花朵，让他心尖上生生地疼；有时又如刀子，在心尖上剐来剐去，生出另一番疼。那眼神让他自省，不该过早地、轻易地对她透露出发现她亲爹这个信息，更不该贸然地承诺帮她找爹，在没有任何把握的情况下。

事到如今才发现，有善心有想法是一回事，有没有能力去实施善心和想法是另外一回事。这两码事不能画等号，也就是说美好愿望未必都有美好结果。因为很多事情，光凭信心、热情、愿望以及自己的臆想，是不能完成的。

周五晚上，王豫从学校接了陈雨菲，与赵雅祺一起外出吃饭。三人坐在临海餐馆靠窗的桌边，赵雅祺与陈雨菲并坐一排，王豫坐于对面。他仔细看看赵雅祺的脸，又望望陈雨菲的脸，这时候又突然发现，这两张脸其实有很大的差异。赵雅祺是标准的鸭蛋脸，一双灿若珠宝的丹凤眼；陈雨菲则是瓜子脸，杏仁眼；除了她们没心没肺地笑起来时那种明媚与纯真可爱有些相似，单从两张脸蛋看，还真不能断定就是姐妹俩。

一时间，王豫大脑又稍现恍惚，她们真的是亲姐妹吗？

“你又中武林奇毒了吗？”赵雅祺望着王豫，笑问。

“生命不可承受之重，”王豫嘿嘿一笑，“跟美女坐在一起吃饭，压力有点大。”

“老王同学，”陈雨菲道，“你那个事情办得怎么样啦？”

“哪个事儿呢？”

“你忘啦？好好想想，你自己说的那个事儿。”

“我说的什么事？”王豫装糊涂。

“你说能和我爸爸联系上，到底联系怎样啦？”

望着那张纯真又布满期待的脸，王豫琢磨着措辞。当初是自己一时冲动，想让她高兴，才忍不住提前通报消息的。这下子好了，女孩有了心事和牵挂，也让他自己进入死胡同，没有回旋余地。和她说明真相？爹找到了，但不认她，自做打算？不可，万万不可。这和杀死一个人有什么区别。

“是啊，王豫，你说你找到了菲菲爸爸，”赵雅祺边给陈雨菲布菜，边笑道，“不会是说着玩玩吧？”

“你俩别逼这么紧啊，这让我压力更大了，”王豫说，一会儿又向女孩道，“陈雨菲同学，你当初根本不相信能找到你爸，怀疑我是编故事哄你玩呢。”

“可是我很快又相信你喽！”陈雨菲歪歪脑袋，调皮地笑笑，道，“我相信王豫叔叔是不会骗我的呀！”

“如果现在我告诉你，这确实是一个编的故事，目的就是为了逗你开心，那么现在，我们还有必要继续一个虚构的故事吗？”

陈雨菲一双大眼睛吃惊地望着王豫，仿佛一时没听明白。转瞬，大颗泪珠顺着脸颊往下滑。

“有病啊王豫！东一出西一出的，一天到晚没正经，”赵雅祺刚刚还微笑的脸，先是一愣，继而将筷子拍到桌上，“到底怎么回事？玩什么把戏呢？王豫，你这回形象彻底倒塌啦，以后谁还再信你？”

赵雅祺伸出长臂将女孩往怀里一搂，另手抽一张纸巾替女孩拭泪，笑道：“这还算个事儿？还哭鼻子？让人笑话！明儿王豫改名叫忽悠哥好了，咱不和他一般见识。”

少顷，陈雨菲平静下来，她看一眼王豫，说：“算啦，你没有能力找人就算了，我又没逼你。”

“既然你这么想得开，那就别惦着那个人了，浪费时间和情绪。”

“我惦着我爸怎么叫浪费时间和情绪啦？”

“你惦他干吗？他都不惦你！”赵雅祺道，“换了我，早把他忘得远远的，让他哪儿凉快哪儿待着去！”

“老大说得对，”陈雨菲垂垂眼皮，说，“我听老大的。”

“老大并不了解情况，”王豫道，“我痛定思痛，决定还是跟你讲实话。”

女孩和赵雅祺同时仰起脑袋望着王豫。

“那就是说，以前没跟我讲实话？”

“别抓着以前了，从现在开始。”

“那好吧，给你一次机会，讲！”女孩说。

“事实上，我和你爸联系上了，”王豫说，“当然，遇到一些小障碍，到现在还不是很通畅，但总算有联系了。”

“又来忽悠人，我知道你想干什么。”女孩说。

“我想干什么？”王豫问。

“安慰我呗，其实用不着。”女孩说。

“真用不着？”王豫问。

“用不着，我心理素质好。”女孩说。

王豫嘿嘿一笑，说：“那好吧，关于你爸的消息我就不必通报了。”

“你还是简单说说吧，我听着呢。”女孩擦掉眼角的泪，调皮地笑一下，“你和他说到我了？”

“当然，主要内容就是说你。”

“他什么意思？”

“他让我转达对你的思念，他很爱你，每天、每时、每刻，都惦着你。你妈妈说得没错，因为工作性质原因，他和外界联系非常不方便，但他说，他早晚会回来的，他请我转达对你的嘱咐，要你好好吃饭，好好学习，好好长大，等他回来了。”

女孩的眼睛在灯光下闪出荧光，是泪珠儿闪烁的光。

“你有办法让我和他通个话吗？”她问。

“我也这么想过，但还没找到办法，”王豫摇摇头说，“我也是通过朋友递话给他，他又请别人传话过来，通信不方便。”

“不能直接对话？”

“对。”王豫在空中摊摊双手。

“他不会在坐牢吧？”一直倾听的赵雅祺忽然发问。

“为什么这样想？”

“坐牢的人，才没办法和外界联系。”

“这怎么可能？你爸是一人物，做着很大的事业，怎么可能坐牢？”王豫说。

“谁爸？”赵雅祺问。

“错了，她爸。”王豫纠正。

“好吧，我再信你一次。”女孩说。

“你要相信，总有一天他会突然出现。”王豫说。

“万一不出现，也没什么大不了。”赵雅祺说。

“他会出现的，”女孩说，“我信。”

这晚王豫送赵雅祺和陈雨菲回去，陈雨菲回房睡去，赵雅祺洗漱后也回到卧室。王豫像往常那样坐到钢琴前，欲为赵雅祺催眠，赵雅祺却从卧室走出来，在他身边坐下。

“到底怎么回事？”她问他。

“想知道？”

“觉得这孩子可怜。”

“可怜孩子，就对她好点。”

“你是怎么发现的，她爸爸？”

“还记得我们当初在小区门口的重逢吗？”王豫心里忽然想到这个问题。

为什么当初和赵雅祺会在这里遇到？没错，两人重逢是在静轩小区。在地库门口，隔着车玻璃看到对方的一幕幕，王豫清晰如昨。因为他要找欠债者陈蔓莉，因为陈蔓莉和赵雅祺同住一小区。为什么？因为她女儿是她妹妹。她母女俩活得太孤单了，她想让姐妹俩住得近一些，想让女儿离亲人近一些……是的，答案就在这里。王豫忍了忍，这些话终于没有说出口。他怕吓到她。

“为什么忽然问这个？你还没回答我的问题。”

“以后会和你讲，但现在还不行，”王豫说，神情间意味深长，又叮嘱，“对菲菲好些，最近有时间的话你带她出去玩玩。”

“这没问题，只当帮你的忙。”赵雅祺说。心里想，没有陈雨菲，就不会有她和他在一起的这些美好时光。对她好些，必须的。

“行，”王豫说，“我记你情儿。”

这晚赵雅祺半夜醒来，到客厅里往水杯里续热水，路过女孩卧室门口，听到里面传来细微响动，以为女孩睡梦蹬了被子，便要进去帮她掖被。门推开一条缝，惊讶地看到女孩并没有入睡。女孩披着被子，坐在宽大的飘窗上，望着窗外痴痴发呆。小小背影沐浴在月光中，在静夜里格外落寞、孤零。

赵雅祺心头倏地一酸，觉得难过。

她冲着女孩侧影轻轻咳了一声。

女孩转过身来，脸上像是一副什么事也没有的样子，相反还给她一个调皮的笑。

“有事吗？老大。”

赵雅祺明显看到女孩脸上未干的泪迹。

“还没睡觉？半夜三更的，瞎琢磨什么呢？”

“睡了，又醒了，坐一会儿。”女孩怏怏道。

“快上床躺着去，着凉了我不负责药费的。”赵雅祺走上前，不由分说将女孩抱起来，走到床边，放下去，将被子盖好，“有什么事明天再想，闭眼，睡觉！别给我增添额外负担！”

女孩乖乖闭上眼睛。

赵雅祺坐在床边，轻轻拍女孩的背。大约五分钟，女孩的呼吸声匀了，赵雅祺起身，轻轻带上门出来。第二天一早，早餐桌上，赵雅祺向陈雨菲提议：“最近天天忙工作，累死累活的，好久没有好好爱一回自己了，今天想找个地方痛痛快快玩一场，希望有人陪着去，你愿意当我的拐杖吗？”

“老大，我好忙的，恐怕没有时间陪你去玩。”

“小屁孩忙什么呀？”

“忙做功课呀，”陈雨菲说，“不要以为只有大人才会忙，事实上，小孩比大人忙多啦！”

“你这聪明的孩子，一天不做功课怕什么啦？我上学时候可没你这么用功，照样考重点，你比我差很多吗？”

陈雨菲翻起眼皮瞪着赵雅祺瞅了瞅，嘿嘿笑了，说：“强将手下无弱兵，我今天功课不做了，陪你玩，不过我有条件！”

“请讲！”

“明天早上多做两个菜，做好吃点。”

“成交！”

周六这天，王豫继续送包子，赵雅祺驱车近百公里，带陈雨菲去了省内最大的儿童乐园。这天陈雨菲玩得忘乎所以，眼神里那一抹伤感被欢呼雀跃的笑容抹消。看着孩子脸上久违的童真与欢快，赵雅祺获得了久违的快乐与欣慰。这孩子是谁，将来要走向何方，这不重要，重要的是，这是一条生命，一条等爱的生命。她给了她施爱的机会，这种施爱的快乐，已经很久没有体验了。

这种感觉，真好。

|第二十七章|

61

连续多日，在微信朋友圈，周蕙莲没看到赵宏武的任何相关消息。

赵宏武的微信风格和她不同。他很少发东西，偶尔发，也是转发，从无原创。你从他的朋友圈根本看不到他任何关于生活或工作的状态。转发的，不是历史类，就是军事类，要么科学类，要么管理类，要么“全球让你尖叫的N多种顶级思维”这类，与周蕙莲“田园厨房”式的微信风格截然不同。但周蕙莲知道，通常情况下，赵宏武每天都会抽空浏览微信，就像以前每天抽空阅读报纸一样，已属生活习惯一部分。自从两年前开通微信，彼此加好友有了互动，他虽然不发，但她经常可以看到他对她的各种点赞和点评。她也是通过这些点赞和点评，每天触摸到他的足迹，包括他的心情。他哪天点评语说得多一些，话长一些，溢美之词多一些，她知道他一定心情晴朗。哪天他点评只有短短几个字，或只有一个图标，她估摸着，他可能情绪不高，当然情绪波动与她没关系，男人在社会上混，操心那么大的公司运转，每天碰上各种棘手麻烦不愉快，没什么不正常。

也正因为周蕙莲知道，有这个每天定时潜水的忠实关注者，两年来，微信朋友圈对她来说并不单纯是休闲娱乐的后花园，而升级为一个主要生活场地。每天吃喝拉撒、养鱼弄草、旅游逛街，大大小小，桩桩件件，她都愿意乐此不疲在里面晒。每次她发一条原创信息，她第一个考虑的就是他看到时的心情和反应。别的朋友怎么看，她不在意，他是她唯一在意的读者和观众。周蕙莲通过微信判断前夫赵宏武的心情或状态，堪称神准。比如一年多前，连续一周多时间，她没看到他对自己半个字评论，也没见一个赞，也就是说对方突然消失一周多的时间，后来打电话一问，才知武夷山的婆婆因病住院，他在全程追踪陪伴。再比如，大半年前，他又一周多没“露面”，后来一问，原来红木工厂某个车间的工人由于操作不当引发火灾，烧伤两名年轻员工外加烧毁一批家具，他在追踪各种善后处理，没精力顾及微信圈。

最近差不多一周时间，赵宏武又一次在圈里“失踪”。点评没有，点赞不见，他的朋友圈更新，停留在一周前的时间上。这两天周蕙莲心里又敲起了小鼓。他怎么啦？她几乎有一种预感，他一定遇到了什么事。前天赵雅祺回来吃饭时，她问她最近与老头子见过没有。赵雅祺说见过，回去吃了一次山野菜。周蕙莲一开口，赵雅祺就知道她想问什么。她告诉母亲：“爸爸没事，气色好得很。”

周蕙莲不多问了。问多了，赵雅祺就会说，你想了解他的情况通个电话不就得了？简单的事到你这儿干吗总弄得这么复杂？听女儿这么说，周蕙莲稍稍放下一颗心。但两天后仍然不见他“露面”，周蕙莲就隐隐觉得，这不正常啊，好像有什么事要发生，或者已经发生？终于挺不住，她发去短信询问：“最近没消息，你还好吗？”

回复紧跟着就过来。他说：“下午在家吗？我过来一趟，有事和你谈。”

这就更加证实了她的预感，果然有事。但具体什么事，需要当面谈？她第一预感，可能与女儿有关。离婚十年，也只有每每面对女儿的问题时，他才会主动找她见面。要不然，能电话解决就电话解决，能委托人解决就委托人解决，平常供菜，过年过节送年货礼品，都是由专人代办。他一旦亲自出马，十有八九与女儿有关。

发信息时，周蕙莲正在吃午饭，午饭过后就没再出门。在赵宏武到来之前，她重新梳洗一番，化了淡妆，换了身得体又不失时尚的衣服，反复描眉涂唇，直到穿衣镜中出现一位相貌端庄、浓淡相宜、气质雅致的美妇人，这才满意地离开镜子。下午两时整，赵宏武准时敲响周蕙莲的房门。从认识他的第一天起，她就知道他是天下第一守时人，时间常常按分钟计，说几点到，误差一般不会超出五秒。赵宏武进来后，周蕙莲已摆好茶道，用的是上等岩茶“肉桂”，产自宏莲万亩茶山之巅。赵宏武进来时，袅袅茶香在空气中弥漫。

坐下来，没有寒暄。赵宏武直奔主题，道：“雅祺在恋爱，你知道吗？”

“恋爱？”周蕙莲没有表示出惊讶，坦率道，“前阵她透露过，但关系似乎还不确定，我叫她带回来看看，她说还不到见家长的时候，我觉得她还是挺慎重的，慎重一点好，我平常对她管得严，咱家家教好，孩子懂事，不让人操心。”

“不让人操心？”

“是啊，我觉得吧，他们现在应该还处于那种彼此有意，尚未说出那个阶段。”周蕙莲自以为聪明地分析。

“男方什么情况你了解吗？”

“她没明说，但试探过我，可能是个穷小子，我告诉她，我们不在意对方是不是有钱，我们只在意人，你当初不也是穷小子吗？”

赵宏武沉着脸，不说话。

“脸色这么难看是什么意思呢？”周蕙莲也收起笑容，不赔笑了，累，她说，“八百年不到这儿来一趟，来了就摆这脸色，我欠你什么吗？”

赵宏武暗自叹口气，道，“你整天都在忙些什么？孩子的事一点不上心？”

“我忙什么？过日子啊，家务啊，天天都一大堆事，那你呢？你忙什么？我怎么不上心？为她这个感情的事我都快急死了，你看看，我头发白了多少，”周蕙莲说着，把脑袋往前一俯，“你看清楚，看根部，这些白发去年还没有，今年一下子来这么多，你上过心吗？”

“我不是来跟你吵架的。”

“我也不想吵架啊，有话好好说嘛，”周蕙莲说，“你从哪听到雅祺恋爱的事？她跟你说的？你对男方了解吗？”

“有朋友无意中看到雅祺和一男的在一起，就那个空警，叫王豫，在飞机上帮雅祺抓过小偷那个，可能就那时候联系上的？”赵宏武若有所思，“婚姻大事，草率不得，我就悄悄派人暗地里了解了一下。”

“你做得对，了解是必须的，对方什么样的家庭，什么样的人品，打听清楚了吗？”

“小王每天晚上到她那儿，待到很晚才走。”赵宏武说。

“什么？每天晚上在一起？”周蕙莲瞪大双眼，“都发展到这种程度了，这死丫头从没跟我透过口风，还说什么关系不确定？不确定就在一起啦？”

“你别这么冲动，把话听完再发表结论，”赵宏武说，“这只是了解到的表面情况，到底两个人发展到什么田地，也只有他们俩自己知道，我们也不能乱猜，毕竟没有亲眼看到。”

“你到我这儿来什么意思？”

“我了解的情况是，雅祺和这小子不合适，小王因为殴打旅客被航空公司停职了，现在一家包子铺卖包子，这倒也没什么，不是什么大事，”赵宏武沉吟着说，“我说过，我们不要求姑娘嫁什么富二代官二代，但人品，素质，这个是重中之重，对吧？”

“这是当然！”周蕙莲道，“小王有人品方面的问题？”

“据了解到的情况，这个年轻人，曾经有抓住别人把柄威胁他人的行为。”

“妈呀！天哪，这不是敲诈吗？这怎么可能？这不是捉贼英雄吗？空警？知法犯法？”周蕙莲眼睛瞪得更大，仿佛听到女儿谈的对象是个网上一级通缉犯，“敲诈成功没？后果呢？没被抓？进去过？”

“我没说敲诈，你别乱用词汇，只是有过那种倾向，目前看，还没出事，以后会不会出事这不好说，归根结底一句话，这个人存在品行方面的问题。”

赵宏武一句话，将王豫贴上“坏蛋”标签。

“我信你的判断和结论，”周蕙莲道，“我知道你不是那种乱讲话的人。”

“所以说，社会很复杂，你天天待在家里，雅祺天天待在设计室，你们一点也不了解这个社会有多么鱼龙混杂，恋爱的事是大事，糊涂不得，一念之差毁终生。”

“那是，那是！”周蕙莲说，“小王那个不良行为，向什么人实施的呢？什么时候的事？”

“这个你就没有必要知道了，你只管记着，如果没有依据，我绝不会无缘无故说别人半个不字，这个小王，有过劣迹，他接近雅祺，一定有着不可告人的目的，雅祺和他不合适，绝对不能让雅祺掉在这泥潭里，”赵宏武郑重道，“雅祺太单纯，她现在蒙在鼓里，什么都不知道，只是掉进恋爱的陷阱，被所谓爱情迷惑了眼睛，继而失去了基本判断力。”

“这太可怕啦！你为什么不直接对雅祺讲？你是她爸，你直接告诉她不就得了？还绕我这一弯干吗？”

“我和她说有用吗？搞不好适得其反，再说女孩子情感方面的事，有些话我不方便说，你是她妈，娘俩在一起好说话。”

“我知道了，你放心，这个任务就交给我了，我绝不允许她和一个有劣迹的人谈恋爱！”

每每涉及女儿的前程与幸福，两个业已离婚十年的人，就恢复了亲人关系，无可替代的亲人。这时候周蕙莲会觉得两颗心靠得很近，一条战壕的战友，为了共同的目标，她和他总会不约而同、齐心协力、不厌其烦去面对共同的敌人和障碍。不管他对她怎样，但对女儿，他有着一颗与她一样的无私之心，这一点毫无疑问。

62

晚上六七点钟，周蕙莲来了个突然袭击。她有门卡，静轩的保安都熟悉她。径直上楼来到女儿家门口，不敲门，直接摁密码进来。

这时赵雅祺和王豫正在吃晚饭。非周末，陈雨菲在学校，三人之家变成两人世界。晚饭很简单，小米粥，混合煮的有七八种豆类，两个水煮时蔬。自然是王豫做的饭，王豫做饭的时候，赵雅祺就像尾巴似地跟在他身后，剥葱剥蒜打下手，说说笑笑。做好了，两个人摘下围裙，洗净手，坐下来。王豫还在讲笑话，赵雅祺被逗得前仰后合，合不拢嘴。

周蕙莲忽然从天而降，王豫吓了一跳。赵雅祺望着母亲，也吃了一惊。

“妈，你怎么来啦？”

“我走错门了？这是我姑娘家吗？”周蕙莲扫一眼餐厅情形，竭力压住怒火。她本来不想给他们难堪，但他们这事干的，太让她震惊了，太目中无人了，她为她的事操碎了心，可是她……都在一起过日子了，居然把她这个当娘的蒙在鼓里？一时间，周蕙莲委屈、不解、愤忿，简直要疯掉！

“妈，说话别这么阴阳怪气的好吗？”赵雅祺道，“来得早不如来得巧，正好，一起吃饭，正要开席呢。”

周蕙莲黑着脸，没理她。她两只眼睛如同X光，在王豫脸上、身上，上上下下扫射一番。王豫冲周蕙莲礼貌地微笑着，周蕙莲嘴角拉一拉，但没拉出笑容，她道：“我不是虚伪的人，笑不出来！”

赵雅祺无奈地朝王豫递个眼神，意思是不要和妈妈计较。王豫看到，回她一个会意的眼神。周蕙莲道：“这当我的面儿，你俩就这么眉来眼去的？”

“妈，你说什么哪，”赵雅祺走过去，挽住周蕙莲的胳膊，“来，一块儿吃饭。”

“你们这是怎么回事？”周蕙莲甩开女儿，目光四处扫着，忍着怒气道，“住在一起啦？”

王豫尴尬地摊摊两手，面对长辈，一时不知说什么好。他缺乏与这一年龄层的陌生妇女打交道的经验。平常与罗爱芳的说话方式习惯于调侃，各类玩笑，罗爱芳从不生气。但对雅祺妈，又见这等阵势，这脸色，调侃是万万不可行的。

“没住一起，”赵雅祺说，“只是在一块吃晚饭而已。”

“对，只是吃个饭。”王豫附和。

“没你说话的份！”周蕙莲瞪一眼王豫，两只眼睛瞪得如铜铃，像看一个流氓无赖兼骗子，充满不信任，向女儿道，“都在一块吃晚饭了，还没住一起？”

“吃个晚饭为什么要住一起？这什么逻辑？”赵雅祺嗔笑着，再次挽住母亲的胳膊，将她拖到餐桌边。

周蕙莲再次甩开女儿的手，说："我绕不过你，我不跟你绕了，一会又把我绕沟里了，说正事，来，小王，别吃了，我都气得吃不下晚饭，你们还有心情吃？轮到你说话了，我跟你谈谈！"

赵雅祺拉开一张椅子，周蕙莲坐了，胸脯一起一伏。赵雅祺一手揽住母亲的肩，一手在她胸前上下抚动，边道："干吗生这么大的气？谁又惹着你老人家啦？"

王豫这是第一次见雅祺妈。觉得这老太太好不讲道理。你气得吃不下晚饭，我们不知道你气啊，我们怎么就不能有心情吃饭？难不成您老人家自己在家里生闷气时，还要全世界都陪您闹心？你谁啊？主宰天宫的王母娘娘？想到这儿王豫就想笑，当然，他不能笑，心理活动一丝一毫也不能流露。

王豫一脸严肃，正襟危坐，一脸诚恳地望着周蕙莲。

"你就是王豫？"周蕙莲严肃地问。

"是。"

"你卖包子的？"

王豫心里差点没忍住笑喷出来了，我就送送包子，怎么就变成卖包子的了？那包子铺要是我的那倒是好事，年收入顶十来个空警呢。他忍着，解释道："您可能弄错了，我不是卖包子的。"

"不卖包子你整天在包子铺进进出出？"

"帮忙性质，帮朋友的忙，也就送送包子，临时的。"

"包子铺临时工？"周蕙莲十分肯定道，"送包子到客户手里然后接了钱回去结账，这跟卖包子有区别吗？"

周蕙莲忽然伤心，声泪俱下。

"妈！妈！"赵雅祺慌忙安抚，"这是误会！误会！他真不是卖包子的！"

"这还不是卖包子？这种时候你还跟我撒谎！我不要求门当户对家世相当，但你也不能找一个卖包子的啊，"周蕙莲伤心欲绝，嘴巴如机关枪般扫射，"这不是打我脸吗？让我怎么做人？对我那帮老姐们怎么交代？那么多眼睛盯着我呢，都知道我有个绝顶漂亮白富美姑娘，我的女儿怎么就这么不争气不上道啊。"

一向自诩为通情达理、优雅高贵、不同于别的母亲的周蕙莲，这时候完全情绪失控，像泼妇一样吵闹，像孩子一样失声哭喊。

"阿姨，您先消消气好吗？冷静一下，听我跟您解释……"王豫说。

“你别在这儿狡辩啊，你狡辩没用，我不会相信你的，”周蕙莲捂着自己胸口，气得语无伦次，“我跟你说啊，我有高血压、胆囊炎，我这个病不能随意生气的，一生气就发作，一发作会要半条命的，你也不想想这般配吗？这不般配啊！这是要我的命啊！”

“阿姨……”

王豫还欲说什么，赵雅祺走过来推着他往外走。

“你先回去，她现在冷静不下来，回头我跟她解释。”赵雅祺一直把王豫推到门口。

“不会有事吧？”王豫望望餐厅那边满腔怒气的妇人。

“不会的，有事我电你。”赵雅祺把他推到门外。

赵雅祺了解母亲，她无法控制母亲的嘴。如果王豫继续待下去，还不定听到周蕙莲嘴里继续发射什么伤人的话来。王豫也觉得无奈，只得转身离去。

“你干吗让他走？我跟他话还没说完呢！他跑什么？理亏？心虚？不敢面对我？”

“妈，有什么话跟我说是一样的，我要不及时让人家走，就你这说话艺术，我怕以后你没有回旋余地啊！”

“没有以后，”周蕙莲摆摆手，“他为什么卖包子？好好地工作为什么被公司辞退了？这个问题很严重，你知道吗？”

“被辞退？你听谁说的？他只是短暂停飞，暂时不飞而已。”

“停飞？停飞不就是停职吗？职都停了跟辞退有什么区别吗？”

“停飞和停职是两个概念，他每天还要到公司签到呢。”

“他为什么被停飞？停飞背后隐藏着什么？他殴打旅客！殴打旅客你明白吗？这也太可怕了吧？以前他是抓过贼没错，但什么事你不能只看到风光一面，更要看到背后一面，殴打旅客这是合格空警的素质吗？这足以说明他性格不稳定，人格不健全，这种人能在一起生活吗？你看他人高马大的样子，以后结了婚万一小两口有个磕绊什么的，一拳头把你打昏过去半条命不就没了？”周蕙莲声泪俱下，忽然手捂胸口，似乎心脏突发剧烈不适。

赵雅祺吓了一跳。赶紧扶住母亲，道：“妈，我扶你回床上平躺一会儿吧。”

周蕙莲做出制止的动作，坐着纹丝不动。少许，她稍稍恢复平静，恨铁不成钢地望着女儿。

“你侦查够仔细的，”赵雅祺想缓和一下气氛，“可以赞你为女福尔摩斯啦！”

“少在这说风凉话儿，”周蕙莲话题一转，“我问你，你说实话，你们俩现在发展到什么程度？”

“就是哥们儿，一起吃晚饭，别的没什么。”赵雅祺两只大眼睛里，是一眼见底的河水样的诚实与坦率。

“真没什么？没发生别的什么？”周蕙莲再次追问。

“真没别的，真的。”

周蕙莲仔细盯着女儿的眼睛。她了解自己的孩子，这孩子从小不会撒谎，在她的记忆里，在重要事件上，她没有过欺骗父母的记录。

周蕙莲情绪有所缓和，她抹抹泪，斩钉截铁道：“没别的就好，你今天给我听清楚，马上和这个王豫分手，一刀两断，断绝一切来往，听明白了吗？”

“妈，这里面有误会，”赵雅祺皱皱眉道，“他这个人很好，我们相处得好好的，干吗逼我们分手呢？这没道理！”

“我不是那种棒打鸳鸯的暴力家长，我说的话你别不当回事，我现在严肃地郑重地痛心地告诉你，这个人人品有问题，有污点，有过严重劣迹，他接近你是有目的的，这不是个小问题，就像我们盖大厦，根基有问题，水泥标号不对，建材质量有严重瑕疵，到时候就是豆腐渣工程，早晚出大事！”

周蕙莲冷静下来，与女儿谈了很久，她把赵宏武找她的过程，和女儿如实讲了一遍。

“你要相信你父亲，他不会无缘无故说人半个不字的，我与你父亲从认识到现在三十多年了，在看人的问题上，他从来没有错过！”

|第二十八章|

63

清晨7时，赵宏武准时坐在餐桌边，用30分钟时间，细嚼慢咽一顿简约又营养丰富的早餐。8时半，他的身影准时出现在宏莲大厦第8层的董事长办公室。

在鹭城海滨寸土寸金的地段，宏莲大酒店与宏莲大厦，面朝大海，比肩而立。宏莲大酒店为四星标准，共11层，用于住宿餐饮对外经营，与宏莲大酒店并排而立的宏莲大厦，也是11层，主要用于宏莲集团的办公之用，两栋楼由一条廊桥相连，如同一对夫妻档，在钢铁水泥的城市里，互为独立、各具特色又相依相牵。

这两栋楼的设计者为赵宏武前妻周蕙莲，出资者与督工者为赵宏武，工期先后历时三年，于十年前竣工落成。数字11意味着一生一世，可以说，两栋楼的每一楼层每一处细节，都凝聚了赵宏武与前妻共同的心血与智慧。这是宏莲集团的标志性建筑物，也是赵宏武事业的重要组成部分。对于一个男人的人生，拥有一栋或两栋亲手建造的大楼，如同拥有男人身上强劲阳刚的物件，在这个世俗和势利的世界上，它充满力量和优越感，让他因此而拥有做男人的自豪与骄傲。对赵宏武来说，这份自豪与骄傲，它当然不是终点，而是一个驿站。因为，他还在前行。

8时40分，赵宏武坐在宽大落地窗边的办公桌后，披着海滨的旖旎霞光，一边品茶，一边慢条斯理地登录公司网站，进入工作平台，同时打开电子邮箱。这是他批阅邮件的时间，来件十有八九，为内部工作邮件，凡需要赵宏武批示与决策的来件，都会在每天上午11时之前得到批复。

就在赵宏武打开邮箱的刹那，目光忽然被某种邪物灼烫一下。在一列熟悉的邮件之间，夹杂着一封陌生邮件。打开邮件，赵宏武的预感得到证实：果然是那阴魂不散的无赖发来的。附件里，长达十几页的文档，是陈蔓莉的日记体文字。

骤然间，赵宏武浑身的热血往脑门奔涌。他终于克制不住，咬牙切齿骂一声："浑蛋！"

从心理学上讲，犯罪分子发现犯罪阻力强大，犯罪成本超出预期，或者有可能支付较高成本时，通常会因为胆怯或顾虑，而终止不法行为。赵宏武原以为，一个小无赖，在遭遇他严词呵斥之后，明确告知对方不良企图不可能达到之后，会受到威慑而知难而退。然而现在看来，事情并没有按他的预期止步，而是朝着他无法控制的方向狂奔。

那个无赖，他能把邮件发到他邮箱，下一步会干出什么？或者做出什么疯狂之举？公司公众平台？或是，其他热门网站？

赵宏武眼前忽然幻化出一幅景象：把那浑蛋叫出来，一通老拳伺候打个半死，给他一个终生难忘的教训，让他懂得邪路走不得，让他疼过之后从此不敢再冒邪念……但这念头只不过在脑里转转，便迅速灭掉了。不说别的，就以他的身份，怎么可以？冲动，鲁莽，这样的词汇不该出现在他的人生词典中。一个光脚的，一个穿鞋的，换名还是换命，都不值。赵宏武克制了胸内怒火，调整情绪，将那封邮件直接删除，然后不动声色继续工作。以不动应万变，他决定不再回应，静观其变。

中午在公司吃的午饭，原计划午饭后还要到周蕙莲那儿去一趟，她上午在微信中告诉他，昨晚已去过女儿那儿，刚刚又去找过那小子的父母家，需要就这个事情与他交换一下看法，他叫她等他安排时间。没料午饭吃到一半时，一个电话打过来，赵宏武不得不临时改变计划。饭后在办公室的休息间，休息十分钟左右，他亲自驾车赶往郊外。

湖，从远处看，如一块晶莹透亮的蓝色宝石，镶嵌在翠色欲滴的青山中。天然的湖，由人工管理，常年开放垂钓业务，散客一天几百元人民币，VIP 以年收费，来与不来，每天 24 小时给你留着固定垂钓位置。

赵宏武在这里享有自己的专用位置。一块小小的绿色山包，如同天然屏障，挡住了其他散客及游客的脚步。安静，安全，天然氧吧，周边景色之美，第一次来的人每每都要情不自禁发声赞叹。赵宏武对钓鱼不感兴趣，他有兴趣的是，在这风景如画的 VIP 专位，招待朋友。现下不是流行分享吗？与朋友分享一份天然氧气与得天独厚的生态之美。

商场滚打三十多年，人脉资源与账户资产一样越滚越多。当然，不同来路的资金入账后呈相同的形态，朋友却各有不同。不同的层次，不同的群体，不同的人，需要不同的保养与维护方式，如同汽车，保养宝来与保养宝马，意味着不同的投入，也意味着不同的回报与产出。有的朋友聚在餐馆喝顿酒或茶室喝壶茶，即可掏心换肺；有的朋友，需要打高尔夫才能彼此愉快；另一些朋友，则可以请到家里，亲自下厨做菜给他品尝；还有的呢，不仅愿意亲自做菜吃，更愿意餐后养生，比如驱车百多公里到湖边吸氧。现如今空气污染无孔不入，毒食品无处不在，招待朋友怎样才算最具诚意？赵宏武的理念是，送健康给对方。

在这“此景只应天上有”的湖边，享有赵宏武这一待遇的尊贵朋友，在这个城市范围内，也只有一位——范志强。范志强年长赵宏武半岁，赵宏武武夷山老乡、发小，光屁股一块玩泥巴长大的兄弟，现位尊鹭城这个副省级城市主管基建的副市长。三十多年前，赵宏武开始做小买卖时，范志强还是一名普通小公务员，岁月流逝，赵宏武一手操持的公司，由当初的一叶扁舟成长为万吨巨轮，身家以亿计数时，范志强战斗的阵地也几番更换，局长，书记，从区到市，从本地做到外省，再从外省做回本市，多数时候是说话掷地有声的一支笔、一把手。副市长，这是范志强职业生涯里，在副职位置上停留的最长一次——八年有余。

这世间的生物链，总是一物降一物。每次面对范志强，赵宏武的傲气与锋芒就会自动敛起，就像眼镜蛇遇到鹰。因年龄相差半岁，赵宏武一直称范志强为大哥。这一称呼里，除了年龄之差，更多来自一份由衷的敬重。这份敬重，并非对权贵的盲目崇拜，而是由来已久。自打念小学起，赵宏武就承认，不论学习成绩还是社交能力，自己都甘拜下风。考大学，范志强一举考进复旦，赵宏武虽也考进大学，但学校却是名不见经传。后来范志强在仕途摸爬滚打，一路绿灯，升迁速度之快一度令人眼花缭乱，堪称飞黄腾达，在外界眼里，似有神助，但赵宏武知道，若没有过人的头脑与智慧，根本没办法在枪林弹雨荆棘丛生的官场玩得转。因此，赵宏武敬重范志强，这份敬佩与尊重发自内心。范志强不仅情商一流、智慧过人，在文化艺术方面也颇有造诣，琴棋书画样样精通，长久以来对红木经济的发展，也有着惊人的直觉与判断。三十多年来，范志强仕途每进阶一个台阶，赵宏武都会拎着好酒为他庆贺，而赵宏武的红木事业每上升一个楼层，都少不了范志强点睛般的智慧奉献。换句话说，如果没有赵宏武，今天的范志强还是范志强，而如果没有范志强，今天赵宏武未必会是今天的赵宏武。因此在赵宏武眼里，范志强天生就属于鹰类的物种，处于食物链的顶级。让赵宏武欣慰的是，如今两人在各自领域，虽然都有了会当凌绝顶的气势，兄弟情义仍然一如既往。

范志强热爱自然，喜欢思考，喜爱宁静，喜爱无人打扰。于是，便有了赵宏武特意为其打造的休闲环境。闲暇时，两个人摆脱都市喧嚣，拎两瓶好酒，带几碟小菜，坐在这纯天然的大自然中，聊聊天，发发牢骚，这是两个人公认的最放松时光。平常，范志强日理万机，公务繁忙，多数时候，出来休闲，都是赵宏武主动邀约。今天，稍有些反常。范志强在午饭时间打来电话，电话来得突然，让赵宏武有些措手不及。赵宏武预感到可能会有什么事情发生，于是过往事情过电影般在眼前回放，一时想不起哪件事上出了漏洞。因为几乎每一件过往之事，赵宏武都会有周全考虑，做两全安排。

赵宏武到达一刻钟后，范志强的汽车出现在青山之下绿水之畔的山间公路。这时赵宏武已支好小桌，备好茶点、水果与两套专用渔具，看那车子渐驶渐近，便起身离开湖岸相迎。范志强也是自己开车来的，这越发证实了赵宏武的猜想：有事。

车子泊好，两个男人各自落座。今天的氛围从一开始就反常。范志强一直沉着脸，似心事重重，对赵宏武的笑脸几乎没什么反应。赵宏武于是保持着得体的沉默，不卑不亢，寒暄与闲话半句都多余，与大哥安静地坐在湖边。

范志强靠在折叠椅的靠背上，头戴运动款的遮阳帽，眯着双眼，两条腿长长地伸着，这一坐姿无比放松和休闲。山坳里很静，一条鱼咬了钩，范志强眼疾手快，将鱼线拉起来。一条不小的鱼，看样子足有三四斤重。赵宏武刚要说句吉祥的话，但不过几秒钟，还没及开口，范志强一扬手，将鱼放了生。

受到惊吓的鱼死里逃生，惊慌失措遁于水深处。

“大哥，今天不吃鱼吗？”赵宏武问。

“只是为了吃，有必要费这个劲吗，大老远跑这儿。”

“极是，”赵宏武会意一笑，“我们钓的是时光、心情和修行。”

范志强没有重新下钩，而是双手在鱼竿上摩挲良久，神情忽然变得伤感。

这是一副特制鱼竿，特殊之处并不在鱼钩或其他，鱼线也非金丝制成。这副鱼竿的尊贵之处，主要在手柄处一段深褐色实木制品。这段木头通体滚圆，长约一米，直径超过4厘米，木身有着行云流水的绚丽花纹，以及婴儿肌肤般的细腻质地。由于长期以来的皮肤摩擦，一段圆木竟如绸缎般光滑，宛若美玉般莹润，闪着动人的荧光。

懂行的一看便知，这材质与品相，除了珍贵的海南黄花梨，没有第二种木头可以具备。这是一块千年难遇的野生老油料，即使对做了几十年红木生意的赵宏武来说，也十分罕见，因为他深知，这种老料，又这般直径，大约在300年前就已被砍光，市场上早已绝迹了，就算在原产地海南，到野生树林里要能找到半公斤，都是奇迹。这块料子，是十几年前赵宏武从海南当地居民的老房子里扒出来的，看到它的第一眼，就知道，他要定了——作为一件独一无二的稀有礼品，给大哥专用。

在赵宏武眼里，海黄是木中之王，所以装配了顶级海黄手柄的渔具，顺理成章被称为渔具中的王者。范志强不缺钱，不缺智慧，生活里一应俱全什么也不缺，但他有一缺陷——钟爱一切天然的物品。他拥有它的时候，对它的喜爱非言语可以形容。有回逢到阴雨天，受潮后木头散发长长的幽香，赵宏武亲眼所见，范志强将它送到鼻下闻了又闻，反复摩挲。

令赵宏武略感遗憾的是，范志强喜欢却并不占有，他以没工夫打理为由，这副渔具从未往家里带过，而是一直由赵宏武保存。来湖边，赵宏武带过来。从湖边离开，赵宏武带回去，鱼竿就一直放在越野车的后备厢里。说到底，范志强保持使用者的身份，所有权者仍然是赵宏武。因为范志强的喜爱，赵宏武对它也无比珍爱。有回有个藏家去他那儿做客，无意中看到，出价 50 万要当场带走，被赵宏武一口回绝。藏家说，嫌少？可以加。赵宏武说，加个零也没用，不是钱的事。

“大哥，碰到什么事了吗？”赵宏武小心地问。

“希望这样的时光常有，”范志强答非所问，“但万一发生什么意外，恐怕随时修行就不那么方便了。”

“此话何讲？”赵宏武看看范志强的脸色，心下一凛。

“这木头为什么招人喜欢？”范志强抚摸着一截海黄木柄，反问。

“大哥懂的。”

“你比我专业。”

“有三点。其一，美丽花纹令人着迷，一缕幽香让人陶醉，纯天然，无须涂漆打蜡涂脂抹粉，这是其他任何木材都无法媲美的，这说的是相貌；其二，也是最重要，品性好，密度大，质地坚，风侵雨蚀不留痕，越老越值钱，岁月也奈何不了它；其三，最最重要的，是稀有，60 年长筷子粗，600 年成材，太难得了。”

“木中王者，这么好的宝贝，如果万一遭遇火灾，或者遇到硫酸这类东西，会是什么结果？”

“怎么可能呢？”

“怎么就没有可能？万一呢？”

“大哥何时变得悲观了呢？”

“日当正中，无法持久，不久就会偏斜；花盛开，是多么得意的事，可是得意和尽情之后，面临的是凋零，”范志强声音沉沉，意味深长，“日有升降，月有盈亏，人有旦夕祸福，谁敢说，一辈子可以保证自己顺风顺水？”

“发生什么事了？”赵宏武听出，范志强说的是易经智慧，但尚未听说对方突然发出感慨是为哪般。

“事情还没发生，但人在江湖，不能不未雨绸缪，”范志强若有所思，“在我们享有世间利益和福报的时候，最忌讳的就是贪执，所有的名誉、地位、财富、权势，无一不美妙至极，拥有它们的时候，如果一味沉溺，不能保持自心清静，忘记了自己从哪儿来，又迷失于自己到哪儿去，它们也很有可能如彩虹一样，随时消失。因为它们本来就是空的，不可靠的，本来就是彩虹，都是无常的。”

范志强将鱼线一圈圈收起来，然后站起来，赵宏武也站了起来。

两个男人近距离面对面直立，赵宏武知道对方有话要说，便以静默的姿态倾听。

范志强将鱼竿交还到赵宏武手里，郑重道：“暂时先不要频繁见面了。”

赵宏武点点头，嗯了一声。

范志强从衣兜里掏出一把镶着奔驰标志的汽车钥匙，毫不犹豫，坚决果断，往赵宏武怀里一扔。

“被人拍了照，发到我手机上，”范志强犀利的眼神盯着赵宏武的双眼，“小锋还是个孩子，还没有任何防御能力，你这种宠法，是害他，也是害我。”

赵宏武如醍醐灌顶。也在这顷刻之间，明白了范志强刚才那些饶舌话的含义。

范雪锋是范志强的儿子。在范雪锋还很小不懂事的时候，酷爱名种玩具枪，那时候范志强薪水有限，赵宏武做生意手头活泛，先后买过几十把“枪”给雪锋玩。如今范雪锋已是一名大四学生，在京读书。前不久被朋友带入一个朋友圈子，圈里的主儿非富即贵。一群富二代和官二代聚在一堆儿，周末出去玩，一辆辆奇形怪状的跑车，保时捷和法拉利在里面都不算拉风。恰在这时范雪锋正与电影学院一校花谈恋爱，校花身后追求者众多，为了把校花彻底镇住，范雪锋特意从北京回来，瞒着父母跑到赵宏武家里借车。因为“枪”的关系，范雪锋自幼与赵叔叔关系亲密，特别告诉赵宏武，这事不能让父母知道，要不然好容易追了俩月才到手的校花即有可能泡汤。赵宏武意识到提供豪车纵容晚辈追女友不是妥当的事，但经不住范雪锋软磨硬泡，拿出两把车钥匙由其选择。一把兰博基尼，一把奔驰小跑。范雪锋觉得兰博基尼过于张扬，审时度势选择了奔驰。他承诺，玩一个月，就把车子送回来……赵宏武没想太多。别说借，就是开走一辆不还回来，和小时候送把玩具手枪没太大区别。奔驰算什么？他公司里的高层管理人员，干得好的，年底奖金都是奔驰、宝马、玛莎拉蒂。

赵宏武没想到，仅仅一辆车，会被人拍了照。

“什么人干的？”

“现在还不清楚。”

“要不要找人查一下？”

“这事跟你无关，画蛇添足的事不能干，我相信身正不怕影子斜，你现在要做的是，管理好自己的事。”范志强道。

赵宏武点点头。

范志强又道：“现在大环境敏感，就算你心里坦荡荡，也怕癞蛤蟆爬脚面，不咬人，它膈应人！”

赵宏武再次点点头。

64

王豫被停飞的事，终于给老王和罗爱芳知道了。

周蕙莲来了一趟老王家。上午九点钟，周蕙莲先在老王家所在小区附近转了转，了解下周围环境；然后又在小区里转了转，对老王家周围的生活状态有了一个基本了解。就是那种很老的小区，很老的居民房，挨家挨户的阳台都被封起来当室内面积使，封阳台的铁栅栏全都锈迹斑斑的，小区内外，充斥着浓郁的底层市井生活气息。敲开老王家的门，老王和罗爱芳都在，老王过来开的门，看到一个身材和面容保养得都相当好、衣着又十分得体有品位的陌生妇女出现在门口，老王还以为是罗爱芳的某位朋友，心里一时一愣，对罗爱芳啥时交了这么高大上的朋友感到惊讶，于是回头叫罗爱芳快出来迎客。

罗爱芳已经脱了拐，听到有客上门，急忙从屋里出来。看到陌生妇女，罗爱芳也吃了一惊。找谁呢？

“我是周蕙莲，雅祺妈，”周蕙莲轻启朱唇，微微笑着自我介绍，“特意过来拜访二位，有个事情需要和二位协调一下。”

“雅祺？”罗爱芳与老王面面相觑。

“你儿子和我女儿的事，你们还不知道啊？”周蕙莲也一愣，道，“这么说，事情就更严重了。”

老王与罗爱芳听出意思来了。老王第一反应就是，儿子招惹人家女孩子，弄出娄子了，让人家长找上门了。什么叫事情更严重了呢？把人家女孩肚子弄大了吗？脑中闪过这念头后，老王一下子紧张起来，他与罗爱芳对望一眼，罗爱芳也看出老伴这层意思，她显得比较镇定，心里想，没什么了，这种事在医院每天都有发生，大不了，做个手术就是了。这种事，一个巴掌拍不响，也不能把责任全都赖在男方头上。

老两口估摸人家是上门兴师问罪，为化解矛盾，首先不能怠慢了，于是不约而同在脸上堆起热情的笑，将周蕙莲迎进门，招待贵宾般让了座。

老王叫罗爱芳陪客人坐下，转身去烧水洗杯泡茶。看对方笑脸笑迎，周蕙莲为表示自己的平易近人，在那张旧沙发上客气地坐了。热腾腾的茶沏好了，周蕙莲也把自己的来意说清楚了。老王与罗爱芳也听明白了，原来不是刚才担心的那回事。原来是儿子和人家女儿谈恋爱，人家家长瞧不上自己儿子，不同意这个事，为阻止两个孩子的交往，才不得不登门……这应叫釜底抽薪。

王豫停飞的事，事先老王两口子一点不知情，听到这里，老王仿佛听别人的故事，无法相信。老王道："周女士，您可能弄错了吧？我儿子是叫王豫没错，但他不是卖包子的啊！他是中国民航总局空警总队下属分支机构第九支队拥有正式编制的现在 JE 航空就职的空中警察，您说那个卖包子的小伙，是跟我儿子同名同姓吧？"

"我说的就是这个人，在航空公司当过空警，前阵子把旅客打昏打住院了，被公司停职的空警王豫。"周蕙莲口齿清晰，"他现在就在一家包子铺卖包子，我不是瞧不上卖包子的，我就是觉得，两个孩子这事不合适，现在他们是冲动，忽略卖包子这些现实问题，我们都是过来人，这生长环境，教育背景，修养学识，等等，各方面条件差异太大，将来在一起不可能有好日子过，你们不觉得吗？"

老王差点晕倒了。罗爱芳头脑一直保持清醒，听到这里，她脸上的笑容也挂不住了。这位"贵客"一席话，仿佛噼噼啪啪甩着老王家的耳光，老王家的脸，老王家的尊严，都被踩到烂泥地上，践踏得稀烂。罗爱芳不再为客人的杯子里续茶。她站起身，一声不响一头扎进王豫曾经住过的小房间，不一会儿，从里面抱出来几摞东西。

"啪"的一声闷响，罗爱芳将一摞散发着岁月气息的小手绢小毛巾，摔到周蕙莲脚边地板上。周蕙莲吓了一跳，赶忙将双脚往旁边躲躲。罗爱芳道："看到没？这是我儿子上初中时有位小姑娘追他的见证，那小姑娘父母是开毛巾厂的，她每天都要送小手绢小毛巾给王豫，王豫不收，她送我家来讨好我，给我当抹布使，这十多年我从来没花钱买过一块抹布，到现还没用完！"

"这是什么意思呢？"周蕙莲不解，望着神经病般望一眼罗爱芳，"这跟我有什么关系？"

罗爱芳不理她，“啪”地又一响，厚厚一摞信封摔到周蕙莲脚边，周蕙莲又一躲，不解地望着罗爱芳。罗爱芳道：“看到没？每只信封里都有含情脉脉的信，情书！这是我儿子上高中时收到的情书，各种各样的女孩写来的情书！我不说瞎话，你看封皮上的字迹，全是女孩字迹，字迹各不相同，这只是一部分，还有大部分都被我烧掉了！”

“您跟我说这些干什么？”周蕙莲更不解了，脸色变得更不好看，“您儿子的辉煌情史您自己悄悄享受得了，我没兴趣了解！”

“我的意思就是，周女士您一定弄错了！”罗爱芳道，“我敢肯定，你女儿和我儿子的事，是你女儿主动追我儿子的！我自己的儿子我太了解了，我儿子打小就没主动追过女孩子，他不会去追女孩的，为啥？不是不会追，是因为不需要！不需要你懂吗？他从小到大，喜欢他的小姑娘都成排成队的，从上中学开始，坐公交车都有女同学帮他占座位的！你不信的话可以登录我儿子同学群里打听打听！至少目前为止，我知道的他谈过的几场恋爱里，都是女方主动的！都是女孩先爱上他，然后死乞白赖追他的！我儿子漂亮姑娘见多了去了，多漂亮的女孩他都轻易不会动心的，反而是那些小姑娘见了他走不动道！所以我肯定，是您女儿主动追我儿子的！您不同意他们的事，不用费心费力找我们，您回家管好您家姑娘就成了！”

说完这番话，罗爱芳获得报复的快感，气哼哼地望一眼周蕙莲，眼神里全是痛快和解气。

周蕙莲属于那种只在自己家里、在自己女儿面前胡搅蛮缠的女人。一旦出得门来，在外人面前，她一向很注意自身端庄形象，一向自诩为最具“淑女范儿”“名媛气质”的。本来今天过来没打算吵闹，只是来谈事。没想竟遭遇这种长得跟母夜叉似的、说话声大气粗的泼妇式对手。周蕙莲一下子来了气，或者说本来一直忍在胸内的气霎时腾腾地往喉头冲，怎么也摁不住，索性不顾形象，撕破脸皮，反诘道：“您说这么大一堆，我听出一个意思来，就是说您儿子从小就是一花心大萝卜，从上初中就开始谈恋爱玩弄女孩子的小流氓？谈一大把了到现在还没谈出眉目？”

“哎你怎么说话？”罗爱芳不再用“您”。

“你的意思不就这样吗？”

“这叫少女杀手，情圣！情圣你懂吗？”罗爱芳啪地又甩出一叠女孩照片，“你看看这些姑娘，都是别人追着给我儿子介绍的对象，你看看这些照片上的姑娘，哪个不是绝顶好气质哪个不国色天香？可我儿子压根不去相亲，因为他一个都瞧不上！”

“女孩子呢不能光看相貌，相貌是一方面，素质也很重要，”周蕙莲回击道，“你之所以讲话这么没见识，那是因你没见过我女儿，你要是看一眼我女儿，我敢保证你会为刚才说这番不知天高地厚的话羞耻得找地缝钻进去！”

两个妇女说得脸红脖子粗，越吵越激动，只差动手打起来。

最后老王厉声呵斥罗爱芳，争吵这才停下来。老王反复向周蕙莲道歉，说自己老伴脾气急，不懂事理，气头上的话望她不要当真，海涵，等等。最后再三保证会管好自己儿子，叫她尽管放心，周蕙莲这才气咻咻地走了。客人一出门，老王就指着罗爱芳道：“说你修养不够你还不承认，你瞎吵什么？还搬出那堆情书什么的示什么威？有意思吗？这种事，不管哪方主动追谁，闹到要分手，最终吃亏的总是人家女方，女方妈找过来发泄发泄再正常不过，你就为了那点不值钱的面子，非得把你儿子包装成谈过无数次恋爱的小流氓才过瘾啊？”

冲动过后的罗爱芳想想，觉得老王说的在理。便憋气不吭，一头钻进厨房做午饭。不管发生天大的事，吃饭都不能受影响，健康第一，吃为大，这是罗爱芳的人生信条。罗爱芳做饭时，老王坐在沙发，生着闷气，心里忽然难过。回想自己这一辈子，如果把职业生涯分为两段，前半段当教师，后半段仍当教师，只不过前半段是普通教师，后半段晋职为高级教师。但不管普通教师还是高级教师，不变的是，两袖清风，清贫一生。在王豫就业之前，家里经济上从来没有宽裕的时候……虽然儿子一直以来很优秀，是老两口的人生希望和骄傲，但人家仍然找上门来，红口白牙告诉你，瞧不上你儿子，瞧不起你，用杀人不见血的刀子一刀刀剐你，就因为你家穷，因为你儿子生在你这里，一出生就注定了穷二代身份。

吃饭时，罗爱芳看出老王心思，便温言软语，百般安慰，自己的老伴自己不心疼，能指望谁？午饭过后，老王与罗爱芳兵分两路，老王去包子铺，罗爱芳去刘国辉的律师所。罗爱芳堵住正要出门的刘国辉，要他交代王豫近况。看罗爱芳来者不善、不达目的誓不罢休的架势，刘国辉为不影响工作，尽快打发老太太走，便选择性将王豫被迫停飞、停飞期间去姑父家包子铺挣外快，以及与妮美涵赵雅祺谈恋爱的事情，简略说了一下。

话说王豫送完一拨包子，在包子铺门外停了车，正要往包子铺走，突然后脑勺被人猛拍一巴掌。几乎出于本能，他下意识一个擒拿，对方哎哟一声惨叫被拿住，王豫定睛一瞅，手里抓的竟然是老爸。刚才停车时，明明没看见周围有人影儿，闹不明白这老家伙是从什么地方冒出来的。王豫忙松了手，帮老王揉手腕。老王甩开儿子的手，张嘴开骂：“你个混账小子，有本事不用到正地方，拿你老爹练手呢？老爹现在年龄大了，要是时光倒回几年，你小子是我对手？”

“爸，中午还没吃饭？想吃包子啦？”王豫嬉皮笑脸地问。

“吃你个头！”老王踮起脚一把拧住儿子的耳朵，揪拽着，喝令道，“车门打开，上车！”

“干吗呀？爸，这边还没交差呢！”

“聋了是吗？老子说话听不懂吗？回家说去！”

王豫被老爸拎进了门，罗爱芳前后脚也回来了。先是针对王豫被停飞这事，老两口痛心疾首好一顿训斥、数落。王豫就反复解释，公司站在情感与正义的立场，对他当时教育无赖旅客的行为是给予肯定的。之所以停飞，那不过是为了安抚旅客，做做样子给旅客看罢了，事实上公司是以停飞的名义给他休长假而已。之后又再三澄清，暂时停飞与终身停飞是两码事，与停职、辞退更是十万八千里，叫他们不必徒劳地担心忧虑。

罗爱芳痛心道，那也不能眼睁睁停下去啊，这一停飞一月少拿不少钱呢，为啥不去找找领导？送送礼什么的？赶紧想办法复飞啊。王豫笑了。航空公司的领导哪位家里缺礼？尤其飞行队领导，送什么也没有稀罕的。罗爱芳说，要不咱送点钱吧，商场购物卡什么的。王豫又笑了，无法沟通的无奈的笑，飞行队那些大神，哪个不都百多万年薪的主儿，他们的薪水足够使他们保持清廉，谁在乎你送那点钱？行了，我工作的事你们就别操心了，飞行那么累，我为什么不能借机休息一阵呢？

听儿子这么说，罗爱芳不吭声了。是啊，天天在氧气稀薄的万米高空飞，干那个活容易吗？那种密闭机舱里，平常人坐几个小时飞机都难受，他却是一坐一整天！停一阵不是什么坏事，休息休息，养养身体，也好！老王却道，你要休息就休息吧，干吗到包子铺送包子呢？咱不至于沦落到卖包子的田地吧？王豫嘿嘿一笑，反驳，卖包子怎么啦？别说是临时的，就算长期的那又怎么啦？我就奇怪了，你们都底层出身现在仍在底层，为什么还瞧不起底层人民的事业呢？人家包子铺事业大着呢，一天流水好几万，你们工资加起来一月有多少啊？再说，我卖包子不体面，难道回去啃老就体面？

老王一听就急了，大嗓门吼道，人活着不能两只眼睛只盯着钱，除了钱生活里还有比钱更重要的！王豫一脸不屑，说，爸，不就是面子吗？面子有那么重要？人天天为面子活着，一天到晚只在乎别人怎么看，那活着得有多累？担心父子俩吵起来，罗爱芳赶紧息事宁人说，王豫啊，你爸不是瞧不起卖包子，好面子是他最大缺陷这你是知道的，他昨天晚上刚刚答应老刘头，让你从美国给带一箱加利福尼亚的红酒呢，今天突然听到你这一停飞，红酒怕是泡汤了，他失信于人这面子上挂不住啊……王豫道，你整天不是答应这个带腰带，就是答应那个带手机，我都被你绑架成走私犯了！行了行了，老刘头的红酒也泡不了汤，我叫同事带就是了，一个电话的事，您老就别担心失信于人了。

本来老王是教训臭小子，说着说着竟然变得老王没理了。见工作方面的事情自己无能为力，口才方面也不是臭小子对手，于是老王调转话题，质问起那个赵雅祺是怎么回事。王豫抱着手机，往沙发上一靠，很平静地表示，你们既然消息灵通什么都知道了，还问我干什么。

于是围绕赵雅祺这一话题，老两口又长篇大论地展开谈话。大意是，他们已经了解到了，赵雅祺那种家庭出来的姑娘，咱们家不合适娶，咱不高攀，她是什么样的人，咱先不说，就冲她那个盛气凌人、趾高气扬的妈，咱就不能和这种家庭结亲戚！拿罗爱芳的话说，你从小到大一直是我伺候你吃喝穿戴给你当保姆，你要娶了这种家庭的姑娘，那就是娶回 祖宗、奶奶，到时候，你衣食住行伺候人家给人家当保姆？

王豫说，妈，你又没见过赵雅祺，你怎么就随便下定义呢？

这么说着，觉得老两口的想法很幼稚很可笑很荒诞。叫他与赵雅祺分手？就如同要他把心脏从胸腔里挖出来一样，不具备任何可行性。

罗爱芳说，我没见过那姑娘，跟她妈打个照面我就能推断出那样的妈养出来的姑娘是什么德行！最后，老王与罗爱芳一致得出结论，别说周蕙莲闹上门来，当面羞辱我们小门小户没有梧桐枝，就算她看得上我们，追着求我们，我们也不会娶她家姑娘做儿媳妇！老王家需要那种本分过日子的邻家女孩样的姑娘，能够实实在在照顾王豫生活的姑娘做儿媳妇，周蕙莲的女儿根本做不到，配不上！所以呢，臭小子你给听清楚了，分手！不管你跟赵雅祺发展到什么程度，马上分手没二话！

老王在训话时，王豫一直低头玩手机。老王气得要砸他手机，当然这只是老头子的臆想，要从儿子手里实施砸手机这一想法那是根本不可能的，老王头不具备这个能力。听他们发泄得差不多了，王豫表示与朋友约好一小时后见面，不顾罗爱芳的阻拦，收起手机跳起脚往外蹿。气得老王操起一只拖鞋向儿子扔去，王豫一躲，拖鞋砸到门框上，老王的声音追出来，臭小子，人活一口气，人家瞧不上你，你还上赶着，你怎么啦？娶不着媳妇啦？人活一口气，咱不能让人鄙视了啊！

王豫的确有应酬。就在老王与罗爱芳轮番对他进行各种教训时，他收到赵宏武邀约见面的短信。这是两个人过招以来，赵宏武首次主动约他见面。王豫没有扭捏，立即同意，时间和地点仍然对方选定。

第二十九章

65

赵宏武是个善于思考的人。尤其善于从别人的言行举止中，捕捉到背后的更深用意。从郊外回程途中，与范志强见面的过程，反复在眼前回放。把车钥匙还给他，并要求“暂时先不要频繁来往”，那就是说，或许会有麻烦，彼此需要谨慎。他的事，跟他没关系，不要他画蛇添足，那就是说，他可千万别插手，免得帮倒忙，因为大哥的麻烦他解决不了，叫他只要管好自己的事，潜台词是，在他这儿，必须确保不能有任何意外发生……范志强属于鹰类，鹰虽然属于顶级食物链，但也不是说没有天敌。

鹰也有鹰的烦恼。

鹰的天敌，是生态环境。当下的大环境……还是谨慎一些为好。

赵宏武了解自己这哥们儿，范志强的人生目标，绝不是去掉“副”这么短浅。在眼下这位置已八年，八年是个不小的积累，他还有更大的抱负和追求。另外，56 岁这个年纪，还有最后一搏，以便不久的将来，在更优越的平台上安全着陆。这也是范志强仕途的最后一程，如果不慎在这里失足倒下，那么输掉的可能就是整个人生。作为兄弟、战友，赵宏武能做的，就是确保自己这里，不能有任何负能量的东西出现，确保不给对方添乱。任何一丁点意外，都有可能如同打开潘多拉魔盒，引发不堪设想的连锁反应。

眼下，因为陈蔓莉遗患的横空出世，使赵宏武仿佛头顶悬了一柄剑。原本这类芝麻烂事，单对他个人来讲，根本算不上什么事，通常给予冷处理最好。就像后背长颗粉刺，你理不理它，它自己都有一个发脓的过程，发过之后就会自己销声匿迹。就算长在脸上，他一个商人，不是演员，一颗发脓的粉刺，要不了命。但现在看来，这个事情还不能轻视了。他不怕一颗粉刺，但他最亲密的兄弟、战友范志强，常年在如履薄冰的仕途周旋，任何哪怕小小的瑕疵，稍不注意都有可能恶化成致命的毒害，任何有可能引发连锁反应的瑕疵都必须杜绝。

因此，赵宏武突然做出决定，陈蔓莉的后患，必须尽快、彻底地解决，坚决地斩断。这不仅仅只为消除自己心头之患，更主要是对兄弟的责任。人在江湖，得讲规则。规则不守，何以立足？尽管他坚信那个孩子与自己毫无关系，但陈蔓莉与自己确有过关系，就此来说，自己并非白玉无瑕，这也是那个小混混之所以选中自己、抓到自己、折腾自己的一个原因。范志强之言没错，癞蛤蟆爬脚面，不咬人，但膈应人，不能因一颗小小棋子，输了大局。

于是赵宏武在回程途中，发送约见信息给那个小混混。对了，在他眼里，王豫就是不折不扣的街头混混。若非陈蔓莉这个“中介”，他这辈子绝无可能与这种人在同一空间现身，更不可能在同一平台上对话。他也费解，印象中陈蔓莉不该是那种私生活混乱的女人，那样一个聪明灵秀的女人，何故生前与这种人混在一块？

王豫的车子从老王家的小区出来后大约十五分钟，一辆九成新的宝蓝色 MINI 轿车，从一个岔口驶过来，不远不近地咬住了他。

在上次见面的那间茶室，赵宏武沏好一壶茶，服务员退下。

王豫在会所大院内的停车场，停好车。当王豫的身影走进会所大厅时，后面的 MINI 汽车也驶进大院，在院内绕了几个圈，在不起眼的角落地带，泊下车。

王豫与赵宏武又见面了。坐在赵宏武面前，王豫再一次抱着天真的愿望，眼睛里含了几许期待。在得知孩子生母去世，养母重症，孩子成为孤儿，作为孩子的父亲，孩子唯一的亲人，怎么可能做到无动于衷？怎么可以不问问成为孤儿的孩子生活得怎样？面临怎样的疾苦困难，难道他一点都不关心吗？还是个人吗？如果这样，跟动物有什么区别？陈蔓莉死心塌地爱慕他，为他保守秘密，凭什么？他希望眼前的男人，主动找他是因为良心突然发现。

王豫愿意再尽一次努力。

会所大院，MINI 车门打开，赵雅祺从里面走出来。今天出来她有意经过“化装”处理，戴了顶黄色假发，鼻梁上架着墨镜，穿着打扮与平常完全两种风格，开的是周欣的车子。昨晚母亲去过之后，她临时动起这个心思。她不认为周蕙莲是纯粹的胡搅蛮缠，尤其当周蕙莲严肃地向她叙述了父亲的“了解”，她心里忽然画起了问号？联想到最近王豫的某些反常之举，她在一夜未眠之后，决心弄个水落石出。于是在今天一早向周欣讨教一个对她来说的“新技术”，以前从未使用过的，以微信方式向王豫手机发送一个温情小链接，伴随着王豫打开链接，一个隐形的定位跟踪软件，不知不觉种植在王豫的手机上。

五星级会所。走廊上静悄悄地，看不到一个服务员的身影。赵雅祺静静地立于一间茶室门外，里面的对话声音从门缝里隐约传出。

“我今天出来，不是跟你谈交换条件的，”赵宏武开门见山道，“是想了解一下，年轻人，你遇到了什么困难？需要我帮你解决？”

这个声音对赵雅祺来说再熟悉不过。突然在这里听到父亲的声音，发现王豫“神秘”行动的一端，竟是父亲，赵雅祺突然控制不住地全身打了个哆嗦。

老头这一开口，王豫就意识到，自己刚刚产生的热切愿望，是再一次地自作多情了。

“您误会了，赵先生，”王豫说，“我说过我不是为了自己，您为什么不肯相信呢？”

“不为自己，为了谁呢？你活雷锋吗？”赵宏武唇边挂出一抹冷笑，“你发那封邮件是什么意思？”

“没别的意思，就是想让您了解事情真相。”

“小伙子，你把简单的事情复杂化了，你以为掌握一份什么资料，就可以主宰别人的命运？”

“我从未想过主宰谁的命运。”

“你要真有诚意解决问题，今天既然坐这儿了，”赵宏武道，“那就好好谈谈吧，谈一个解决之道。”

“我也是这么想的，”王豫说，“这几天我也反省了，可能是我做事方式不妥，向您传递了错误的信息，但请您相信，我的初衷没有恶意。”

“我是带着诚意来的，”赵宏武说，“谈谈你的要求吧，到底怎么样才能让事情结束？”

“我在邮件里写得很清楚，就是请您认可这个事实，然后，怎样解决还是由您决定。”

“子虚乌有的事，我绝不可能承认它，这是原则，没有讨价还价余地，”赵宏武斩钉截铁，“除了这个，你可以提别的要求。”

“我就这个，没别的要求，”王豫说，“我特别理解你的心情，如果您怕难堪，或有其他难处，没关系，我们可以商量一个尽可能减少负面影响的方案。”

“出来混，归根结底，不就求一财吗？年轻人创业需要资金支持，我理解，”赵宏武沉默少许，盯着王豫的眼睛道，“你看这样行不行，那些资料全部销毁，你的好处，得到一笔钱。”

王豫沉默着。

“一个整数。”赵宏武说。

“可以理解为100万吗？”

“没错。”

“你可真够精明的。”

“你如果嫌少，两倍。”

门外的赵雅祺仿佛受了重击，忽然一种虚脱感袭来，胃部一阵绞痛，伴随着心慌，气短，短短几秒钟内，面色发黄，胸前大汗淋漓，浑身愈加抖得厉害。正心烦意乱、大脑发蒙之际，手里的包不小心脱落，砰地落在地上。里面传出一声“谁”的质疑，正是父亲的声音。赵雅祺慌乱之中捡起手包，小跑着撤离，逃向最近的电梯口，装作等电梯的样子，待电梯上来，急忙逃了进去。

赵宏武黑着脸，起身走到门口，拉开门向外看看，没看见一个人影，又重新坐回去。

王豫默默坐着，半天不语，心里好一阵难过。面前这老头，今天他主动找自己，不是为了解决孩子的事，而是为了买断自己的麻烦。他坐不住了，终于情绪爆发了。要不然，干吗要出这大价钱呢？因为心虚，所以地震。因为地震，所以慌乱。原来之前的镇定自若，之前的一脸无辜，都是演的。想想前两次见面，演技真是蛮高明，弄得自己一度担心冤假错案杀错了人。

“您真慷慨，”王豫说，“200万，可以供刚需族买一套小户型住房了。”

“怎么用是你自己的事，”赵宏武沉默稍许，盯着王豫的眼睛道，“我做生意三十几年，信誉如命，我只要求事情尽快结束，结束后，我保证你会没事。”

“我不想重复说过的话，但不得不再说一遍，这事跟钱没关系，我只有一个诉求，让孩子认祖归宗。”

“这太荒唐，”赵宏武道，“不要挑战我的底线，年轻人，脚下的路还长，你再冷静考虑一下，不要做让自己后悔的蠢事！”

“那我只能告诉您，很抱歉，这个事情，钱解决不了。”

不欢而散。从会所出来后，王豫心情很糟。想找个地方喝两杯，无奈罗爱芳反复发短信打电话勒令他回家吃晚饭，说炖了一大锅羊脊骨汤等他回去，于是便开车往老王家去。

快到家门口时，赵宏武又打来电话。

“你完全可以拿这笔钱去安顿那个孩子的未来。”他说。

“赵先生，您真的误解我了，”王豫说，“我只是希望孩子以后有人照顾，有人疼，别让有爸的孩子真的变成孤儿。”

赵宏武在电话里沉默一会儿，又道：“我现在怀疑你这个人是不是存在某种神经方面的问题需要医疗。”

“这个你不用担心，”王豫说，“我前不久刚做过非常严格的体检，从头到脚每个细胞都正常得很。”

那头又沉默一下，电话挂了。

至此，王豫已经可以断定，这貌似一本正经的老头，是打死也不愿认下孩子。

66

与老头分手后已是晚饭时分，走进老王家门之前，王豫给赵雅祺打了两次电话，都没接通。想到这两天发生的事，周蕙莲昨晚跟到赵雅祺那儿闹一场，今早又跑到老王家闹一场，而这事都因自己而起，王豫担心赵雅祺扛不住，不与她碰个面，他心里放不下。只要她一声呼唤，他会立即掉转车头，飞奔到她身边。遗憾的是，当终于接通她的电话，赵雅祺却告诉他，今晚不用到她那儿了，她要加班。王豫愣了一下。

与她交往这些时日，她几乎没加过班。她说过，除非客户方追得太急，万不得已，或个人心情特别难过，她绝不会为业绩什么的，做工作上的拼命三郎。突然加班，是客户方面的原因？还是心情因素？听声音，情绪倒是平稳，没听出什么异样。既然如此，王豫叮嘱她注意身体，自己回老王家吃饭。

晚饭罗爱芳做得丰盛。荤荤素素汤汤水水弄了七八道菜，但王豫吃也吃不出滋味，喝也喝不出味道。饭后被迫陪老王与罗爱芳坐在沙发听训，老两口依然就他的工作与恋爱两件事，讨论不休，王豫仍然是一句听不进去。心里惦着雅祺，惦着她晚上在公司加班，吃的什么？加班到几点？回去后能否顺利入眠？是否又要靠药物协助？王豫脑袋里乱糟糟的，不管老王与罗爱芳说什么，批评也好，建议也罢，王豫只是不时点点头，自己从头至尾，手里没丢开过手机。一直挂在微信上，几分钟刷屏一次，渴望见到她的身影，然而几个小时过去，妮美涵整个晚上没有露面。看来她真的很忙，他想。

夜里十一时半，老两口终于说累了，熬不住了，打水泡脚要休息了，王豫起身要走。老王与罗爱芳都吃惊，这么晚了你走什么走？这是你从小长大的家，你就不能在以前住过的房间里对付一宿？王豫说，还要跟刘国辉谈事，帮老两口倒完洗脚水，查看好门窗，不由分说起身离开。从老王家驱车往刘国辉那里去，环岛路是必经之路。

这是条临海景观公路，双向八车道，道两旁植物茂盛，绿化如园林。午夜时分，道路上见不到人影，行车寥寥。高密度的绿化带如乌压压的森林，静寂中透出阴森之气。公路一边，苍茫海面下暗流汹涌，风动潮起，如怪兽般刺耳惊心。一般人不会想到，白天风景宜人的景观大道，暗夜里却显露出另一番狰狞面貌。这条路夜间限速 80 迈，王豫以 120 迈速度前行。

车子行驶过五缘大桥不多久，倏忽间一辆大越野从一条岔道拐了上来。起初王豫没太在意。几分钟后大车直追王豫。隔着后视镜，王豫看清是一辆大路虎，紧贴着自己的车，醉汉似的左右摇摆，随时都会追尾。醉鬼酒驾？王豫一踩油门，变道行驶，拉开距离。

路虎却紧追不舍。在王豫右边道上，猛地加速行驶，两车相距一尺左右，大车擦着王豫的车头骤然左挤，超至车前。王豫心下一惊，一个急刹车，才没撞上。这孙子怎么开车？胸内一股火腾地上蹿，王豫正欲路骂，前车又突然一个急刹，好在王豫眼疾手快，下意识里又一紧急刹车，这才避免了两车高速相撞。王豫快速变换车道，向前追出，摁下车窗，想瞅一眼那孙子长什么德行。那车却加大油门，嗡嗡号着向前窜远。

见那车滚远，王豫强行按捺住心头之火，刚要缓口气，突然又一辆大越野从后面追来。由于刚才全力对付前车，压根没注意到这辆车从哪冒出。待发现它时，这车已从左边挤来，擦着王豫的车头，骤然右挤，超至车前。接下来的动作，几乎重复前辆的恶行。所幸王豫车技超高，反应又快，几番腾挪躲闪，有惊无险。几分钟后这车像前辆那样扬长而去，王豫的心已被提到嗓子眼。这回真被惊着了。滚在嘴里的国骂一句没骂出来。看来事情没有那么简单，不是简单的酒驾撒疯，更像有预谋的恶意狙击。

这一推断几分钟后得到证实。为避免意外，王豫不敢超速，拿出前所未有的小心和警觉，匀速向前。果不其然，又有两辆大型越野车从后面呼啸而来。一左一右，紧咬王豫车子，以虎狼之势实施夹击。看那两辆车子高头大马的身架，若稍有不慎擦火，王豫的车子即面临被夹成肉饼的危险。王豫不得不全神贯注，手脚并用，左闪右躲，使出吃奶的劲，试图摆脱夹击。十几公里后，王豫终于从两车夹击中窜了出去，两车并不愿放手，而是改变攻击方式，紧贴王豫左边，一前一后开始将王豫向右边挤去。

恰逢行至一桥，右边桥栏之外便是深不见底的茫茫大海，有几次车子险些冲破桥栏。王豫浑身惊出一层层冷汗，后脊背嗖嗖发凉。脚底下踩着油门，就像踩在悬崖边上。车子一旦跌落大海，后果不堪设想。对方来势凶猛，意图险恶，难道这条小命要报销在这月黑风高之夜？有一瞬，王豫满脑子里涌堵着愤怒与悲凉。如果出事，这算什么？蓄意谋杀？交通意外？险情却不容他有分秒的思想走神。王豫浑身上下千万细胞统统集中在方向盘、油门与刹车上。几次险要关头，得益于敏捷身手，得以化险为夷。

这次马路高速阻击，先后持续了 20 分钟之久，行到环岛路中段，为避免坠海危险，王豫有意向马路中间行驶。然后就在变道过程中，任凭他车技超高，仍然没躲过袭击者的邪恶，后面那辆越野突然加速，在他的车尾部挤了一下，王豫的车子不受控制地撞向马路中央的隔离栏杆。

由于速度过快，车子撞栏后，王豫下意识地做出基本安全防卫动作，埋下脑袋，抬起左臂环绕头部护住头脸，手搭向肩后。这一瞬间他有一种本能意识，哪里受伤，都不能让手指受伤。手指对他多么重要，每晚的琴声离不开它们……在王豫车子撞栏，仍然聚精会神以应对后面有可能而来的意外袭击时，两辆大越野已幽灵般闪离，闪电般从一岔道消失掉。

所幸，这一击并不致命，也无重伤。待一切安静下来，王豫先检查了自己，除了左臂被玻璃刺破，受到皮肉之伤，全身其他并无大碍。然后下车检查车子，车头被撞凹陷，前挡风玻璃碎掉大块，其他也无大碍。确定袭击者已撤离后，王豫坐回驾座，仰靠在座椅上，刚刚经历的险情，过电影似的飞速快闪。谁干的？谁指使的？什么意思？先是高价收买资料，收买未果，杀人灭口？

说灭口也不确切，如果对方欲下重手，估计在十几分钟之前，自己即有可能已随车坠入大海。没有车毁也没有人亡，事故维持在眼前状态，很显然，对方似乎在发出某种警告。

王豫没有报警。

凌晨近一时，王豫回到刘国辉住处，找出小药箱，然后钻进卫生间，对着镜子，在没有麻药的情况下，一声不响，对扎进无数玻璃碎屑的创口进行清理消炎包扎。平常情况下，刘国辉一旦进入酣眠状态，通常睡得跟注射了镇静剂的猪一样，房顶盖掉下来都影响不到他的美梦。今晚又是奇了，王豫正拿着小镊子，聚精会神从伤口里一根一根取出玻璃碎屑，在最后阶段，刘国辉披着睡衣，幽灵一般出现在卫生间门口。

“什么情况啊，这是？”他问。

王豫没理他。刘国辉转身在客厅转了一圈，发现王豫脱下来的外衣，拎起来，一只胳膊袖子被什么撕破一块，染着刺目血迹，血色已变暗。

“用不用我拉你上医院？”刘国辉变得紧张，又冲到卫生间，凑近王豫对着伤口仔细瞧。

“用不着小题大做，”王豫说，“小伤。”

“这还小伤？肉都要翻出来了，”刘国辉后退一步，上下打量王豫，看他镇定自若的样子，又道，“看你还能给自己疗伤，看来这笔医药费可以省掉，哪个孙子干的？能把你给弄成这样，那得多大场面？对方倒下几个？弄出人命没？”

王豫正思考着下一步该怎么应对，懒得理，皱皱眉道：“少叨叨两句行不？烦！”

“你最近行动诡秘，执行什么秘密任务？”刘国辉自语道，“又不是国安，还被停飞了，不是心里郁闷跟人打架吧？”

“狗嘴……”

“偶尔也吐象牙，”刘国辉嘿嘿一笑，“需要提供法律援助吗？我帮你拿起法律武器……”

“哥们儿现在又停飞又寄宿的，没有油水可榨！”

“这次我不榨原告，我榨被告，”刘国辉睁着大眼一本正经道，“哥们儿鲜血不能白流啊，通过这场官司把你这段时间的寄宿费挣出来也算贡献啊。”

“滚！”王豫皱着眉，恨不得给他一拳。

第二天一早，王豫出门前给刘国辉留了句话，叫他帮自己和他姑父打个招呼，把包子铺的工作辞掉，跟人家说声对不起。

“不干了？”刘国辉没觉得意外，“不干也好，出去旅行吧！”

|第三十章|

67

上午九时，赵宏武如往常那样坐在办公室，边品茶边处理文件。几泡茶后，起身去卫生间倒茶叶的工夫，室门被推开一条缝，一条身影闪进来。

王豫在门口定神片刻，打量四周。董事长办公室比他想象中朴素得多。空间倒是宽敞，约一百平方米，但对一位上市公司的集团董事长来说，算不上“高大上”，王豫所在的航空公司，就算一个副总，办公环境也可能比这气派许多。书柜倒是不少，差不多立满两面墙，书也不少，排山倒海般挤满书柜。

赵宏武端着茶壶从卫生间出来，霎时愣住。

王豫阴着一张脸，像美剧里那位著名的绿剑侠，端立在门前，一脸疾恶如仇，眼神汹涌着狠劲，死死盯住赵宏武。少许，王豫向前走了几步，顺手将身后的门给带上。

这栋楼的保卫措施是一流的，非办公员工，没有门卡进不了电梯。一般会客，至少要经过保安登记有效身份证件后，通知受访方下楼来接，才能上楼。而要到赵宏武办公室来，没有秘书提前预约是不可能的。

“你是怎么进来的？”这是赵宏武此时堵在心头的最大疑问。他一点也不怀疑保安与秘书的忠诚度，他相信这小子一定使了诈术。

“两条腿走进来的，”王豫不卑不亢，神情冰冷，“又不是中央情报局，到你这儿来根本没有难度，不需要技术含量！”

“想明白了是吗？考虑好了？”赵宏武面对不请自来的客人，不慌不忙，压低声音，问。

“我的做事原则，尽可能不到这种藏污纳垢的地方来，但没办法，你逼我来我不得不来。”

“藏污纳垢？你的依据是什么？”

“你这儿污垢的东西满得装不下，跑到马路上去了，”王豫冷笑道，“港台片里流氓撞车情节，你拿来就用，可惜技术还不够炉火纯青，有待提高啊。”

“不明白你在说什么，”赵宏武道，“但我可以让你明白，你以怎样的方式待我，我就以怎样的方式对你。你也别怪我，我可以忍你，但我有原则，你不能践踏我底线。”

“触痛你的神经了？害怕了？”王豫道，“没做亏心事，你怕什么？因为是什么政协委员，什么会长，这些光环让你丧失基本人性，亲生骨肉不肯相认，这都罢了，我一忍再忍，情愿相信你什么都不知道是无辜的，但现在还要让我怎么相信下去？你知道自己麻烦有多大吗？在这件事上你很被动知道吗？想当明星吗？24小时之内你可以成为网络红人，新闻焦点，全民关注！想过吗？”

“如果怕威胁，我是走不到今天的，”赵宏武黑着脸，从容不迫道，“你这样的混混我见多了，比你无赖N次方的大无赖大流氓，交过手的也多了去了，但我从来没惧过什么人，也没有怕过什么事，知道为什么不怕吗？因为我上不违天，下不欺民，没有做过对不起良心的事，之所以给你一点小教训，那是因为你不懂规矩，自不量力，胡作非为！”

“终于承认了是吗？今天我来就是想让你明白，之所以你现在安然无恙，那是因为我不想让你出事，”王豫道，“我之所以不会那么做，因为你是她们的父亲，更因为我是我！”

“我不想和一混混对话！从这儿给我滚出去！”赵宏武脖子上突然青筋暴起，伸出指尖猛地指向王豫，“滚出去！”

赵宏武抓起办公桌电话筒，拨打电话叫保安。王豫上前一步一把摁断，夺了话筒，冷笑道：“不用劳驾别人，我自己会走，我今天来，就一个事，提醒你，你不认女儿罢了，我不会逼你的，但是别再搞那些小动作了，我怕最终伤到你自己！”

王豫扔了话筒，转身离去。

望着王豫的背影，赵宏武气得胸脯一起一伏，十多分钟后才平静下来。他打电话叫来秘书，责骂为何没经允许进来生人？下面那些保安是干什么吃的？责令撤换公司保安队长，马上落实！秘书不明就里，还是点头领命。

王豫开着车头凹陷的车子，送往4S店。从4S店出来已是中午，在路边小餐馆打发了午餐，等上菜时打电话给赵雅祺，问她晚上是否回家吃饭。风波发生这两天，一直没碰面，她情绪怎么样，心里惦念。她说回。他说，我过去等你？她说好。听到她一个肯定的回答，哪怕只有一个字，两天来所发生的所有不愉快，那些堵在心头的烦躁，顷刻烟消云散。午饭后，王豫打车去了一趟农贸市场，又去了一趟进口超市，买了些食材，最后打车到静轩。这时才下午两点多，王豫摁开密码锁，进门换了鞋就一头扎进厨房，然后手脚并用忙起来。

赵雅祺进门时，晚餐已摆上桌。四道菜：清炒西兰花，莴笋炒丝，红烧鳜鱼，乳鸽天麻汤；主食为榛子紫米粥。两个饭后甜品：一朵蒸鲜百合；一盘山药糕。几个菜摆在桌上看上去很简单，却没人知道，王豫一个人在厨房整整忙了四个小时。乳鸽天麻汤是从《本草纲目》上查到的土方，天麻是专门托同事从云南原产地带回来的纯天然产品，乳鸽是农贸市场现杀的，这道汤，主要是用来调节脑神经、安神助眠；山药糕做起来复杂一些，先要将山药去皮，碾成山药泥，用擀面杖擀成一方形的山药饼，然后将新鲜的山楂糕切出一小条放上去，由山药饼卷成筒包住山楂糕，最后切成小段，这个甜品主要作用是健胃消食、益精补气的；百合也是纯天然鲜食材，蒸好后，吃到口里香糯甜软，它的作用，赵雅祺很清楚，宁神安眠……再就是榛子紫米粥，榛子先要浸水去皮，磨碎过滤取其浆汁，再加入紫米与红枣煮粥，榛子调中开胃，山药补气健脾，红枣和胃安神。

她不知道天底下还会有哪个男人，可以如此细致入微地为女友做美食。她不知道，如果没有爱，没有爱到一定程度，男人是不是也能够如此细致入微地为女友做美食。她，对男人，缺乏经验。也是忽然之间，她迷茫了，他这么做，到底为了什么？他是谁？

她没有像往常那样，一进门看到美食就欢呼，也没有和王豫行拥抱礼，相反情绪有些低落。她到洗手间洗了手，换了衣，然后默默坐到餐桌边，与王豫连个眼神的交流都没有。看她脸色不对，王豫问：“不舒服吗？”

“压力大。”她轻轻吐出三个字。

她动动嘴唇，似乎还要说什么，他说：“先吃饭，吃完再说。”

看着她眉眼间一反常态的隐隐忧伤，他心里涌出说不出的心疼来。

她点点头，吃完再说，这么好的菜，不管发生多大的事，都不能懈怠了那颗受过伤的娇弱的胃。赵雅祺一道道品尝着。真是美味，这厨艺，一点都不逊于练了几十年的周蕙莲，与周蕙莲又俨然两种风格。她每次吃他的菜，都暗自奇怪，这手艺是怎么练就的？没用一颗饱含着爱的心，怎么可能做出这般美味？单不说做它们时的时间和用心，单就做它们前的各种精心选材，没有爱，怎么会有耐心做得到？不好好地吃，对它们简直是亵渎。

赵雅祺吃着这些美味，忽然间泪流满面。

这眼泪，让王豫一瞬间生出某种预感。当然，不是什么好的预感，是那种风雨欲来的感觉。但他依然，保持着平静。

“不管什么事，吃饭的时候都不能掉眼泪，会伤到胃。”他说。

赵雅祺擦擦泪，继续吃。

晚饭后，还有一道柚子蜂蜜茶。这是王豫做完几个菜后，最后一道工序，将柚子薄薄地剥下，去掉白瓤，切成细丝，柚子肉用搅拌机粉碎，加入清水和冰糖熬成黏稠状，待凉后加入蜂蜜，搅拌均匀，它的作用是润肠、健肺。

温热的柚子茶入喉而下，整个五脏六腑都感觉滑润舒爽。赵雅祺在沙发上品茶的时候，王豫坐在旁边，握住她闲出来的一只手，在距手腕两寸处找到一个穴位：内关穴。这是研究《黄帝内经》发现的，每天定时揉按此穴道，主治失眠……

“你为什么还不开口问？”赵雅祺问。

“问什么？你不开心的原因？”

“你不想知道吗？”

“如果想说的话，不妨说出来，压抑对身体没好处。”

“你为什么喜欢我？为什么对我这么好？”赵雅祺望着王豫的眼睛，问。

王豫愣了一下。为什么喜欢她？为什么对她这么好？这问题让他一时发蒙。为什么？这得好好想一想。其实一开始他真没怎么注意她，即空中的那第一次相遇。那次无意中对她的帮忙，只不过履行工作而已。再后来……后来的后来，从什么时候开始关注她，开始让一个人住进心里，搁在怀里天天想着念着，那种见了面腻在一起，就有着说不出的幸福感甜蜜感，不见面不在一起，就失落难受浑身不舒服，那种一日不见如隔三秋，每天不通几个电话这一天都过不去，那种感觉具体从什么时候开始的，他还真是没记太清楚。

如果一定要说出理由，那么，他对她着迷应该是有N多种理由，比方说，爱她笑靥如花，赏心悦目，一天到晚给人带来明媚感觉；爱她的率性，简单诚实，大方开朗不藏着掖着，跟她在一起会觉得身心放松，不累；是的，还有种种，理由很多，很多，但他真说不清楚究竟是哪种理由在起主要作用。他只清楚的是，他越来越着迷跟她在一起的感觉，越来越愿意对她好，疼她，爱她，愿意把自己的一切都给她。

自己有什么呢？钱不多，有时间就全拿出来，能做什么就做什么，只要能为她好，只要对她有好处，他都愿意做，不管要他付出什么，都不会皱眉头，都会做得开心而幸福，不计回报地做一切，那种傻傻的幸福……因为满心里装着一个人，别的就什么都进不去，别人说什么一根头发丝也听不进去，这是爱吗？爱一个人，爱到肉丝里，爱到骨髓里，爱到愿意化成一道菜一罐汤，被她一口一口吃下去、喝下去。

“为什么突然问这个问题？”王豫问。

刚才他那种不祥的预感，仅限于，她可能因为两个人关系受到家庭的辖制和阻力，从而伤心落泪。此时此刻，王豫忽然意识到，自己可能一厢情愿地把问题简单化了。因而某种不祥预感的性质，忽然有所变化。想到这里，他的心不由沉了一下。

“能把你的手机给我看一下吗？”赵雅祺脸上没什么表情，说，“如果我没猜错的话，答案可能会在你的手机里。”

王豫再次愣了一下，他怎么也没想到，她会突然提出看他的手机。也好，当面看，总比背后查要磊落得多。

王豫将手机递给她。

赵雅祺手指头很随意地点着屏幕，在百度搜索一栏里，随便一点，前十条全是“赵宏武”相关信息；打开手机相册，赫然看到十几张赵宏武各种场合的网络下载照。在最近通话一栏里，赫然陈列着父亲的手机号码。

如果说昨天早上，偷偷往王豫手上输送软件的时候，她心里是忐忑，担心自己小人之心，担心伤害了亲爱的人，担心两个人的关系因此而毁于一旦，那么现在，当她不愿相信的某种判断，突然被证实，她的心滴血了。内心里那一种最珍贵的东西，轰然坍塌了！许久以来，自己迷恋的那个堪称完美的男人形象，骤然间因为破碎而模糊。

她听得见心脏爆炸碎裂的声音！

“这是怎么回事？”赵雅祺收起小女人的眼泪，转瞬恢复了女强人的姿态，她努力保持平静，把手机丢给王豫，冷着脸问。

王豫语塞了。

“你太了解我了，知道我从来不会也不可能偷偷查看你的手机，所以，这些信息都还没来得及删除，是吗？”

因为王豫对赵宏武有过承诺，为了维护一个父亲的体面，在他认可之前，不会让其他任何无关人员知道，尤其不会让他女儿赵雅祺知道；另外，王豫不想通过自己的口，毁灭掉赵雅祺心中那个“完美父亲”形象，所以，王豫不想解释，也没想要解释。

“你为什么突然要看我的手机？”王豫反问。

“我昨天听到你与我父亲在茶室的一段对话，你和他在做一笔交易？”赵雅祺很坦率，“我不想知道你们做的什么交易，我只知道，相信爱情可能是我犯的最大错误！”

“我和你父亲见面，你是怎么知道的？他通知你去听的？”这一刻，王豫同样也听到心碎的声音。他忍着情绪，问。

“他不可能通知我，他不是那种随意打击女儿恋爱对象的父亲，”赵雅祺说，“我在你手机上装了一个小软件，这是我这辈子所做的让我最鄙视自己的一件事，我发誓，这是第一次，也是最后一次。”

王豫呆住了。

当时收到那个温情链接，心里还幸福了好一阵。没想幸福背后竟拴着一个圈套。她怀疑他是个怀着不可告人目的的坏人？正在行恶做坏事的坏蛋？歹人？

呆了好一会儿，他道：“谢谢你的诚实。”

“你对我这么好，我没有理由骗你。”赵雅祺忍不住又流泪了。

“你为什么要这样做呢？”王豫问。

“就是想要知道，你为什么要对我这么好。”

“现在知道答案了？”

“难道，这些事实不足以说明问题？”赵雅祺望一眼手机，控制不住眼泪汹涌，心碎一地。

“我对你怎么样，你自己没有感知？”王豫望一眼手机，觉得她提出这样的问题很白痴很脑残很不可思议，“仅仅是听到一段对话，看到这些，就把所有一切否定掉，包括自己的感觉，是吗？”

王豫忽然觉得悲凉，就像整个天日都变黑了一样，就像全世界被大水吞没毁灭掉那样。他不想解释，只感到清晰的无法抵挡的疼。昨晚一堆碎玻璃刺破衣服扎进肉里，他没觉得疼。或者说，那些疼都可以扛得住，都可以忽略而去。今早与赵宏武针锋相对时的尖锐，也可以在心里隔离与屏蔽。但此时此刻，疼在心上，这一种无法形容的疼，让他忽然无力抵挡。以前觉得“心疼”只是一个抽象的词汇，是小说家才会使用的修饰词而已。现在终于知道心疼是怎么回事，就像专业拳击手的拳头，猛击在柔软的心脏上，毫无防备的心脏受袭后抽搐成一团，疼到没法呼吸，就像一个人要害处挨了匕首，浑身流血疼得满地打滚，即将窒息很快就要死去那样，他可以清晰地听到心脏发出的阵阵呻吟声。

她流着泪望着他，似乎希望得到他的解释。

偏偏王豫，不愿做任何一种解释，一句话都不想说。当信任坍塌，当两颗心之间不再有爱的默契，当所有出于爱的本能所做的为她好的事，都被当成图谋不轨，被当成不良企图，被当成一个别有用心的欲望阴谋，哪怕一个字，说出来都多余。

这天晚上，王豫破例没有弹琴。

弹琴需要心境。

而这个晚上，因为受伤，所有的一切都是破碎的，包括爱情与往事。

68

刘国辉破天荒做好了早餐。

烤面包，煎鸡蛋，牛奶，两人份。喊王豫起来吃。王豫洗漱过后，坐上餐桌，刘国辉已吃完，但并不离开，看着王豫吃，边道："你住我这儿，整天跟大爷似的，我跟小二似的做早饭伺候你，你呢，天天晚上去给人家当小二做晚饭伺候人家，结果还让人给踹了……"

王豫懒得理他，不想说话。

昨晚王豫进门，黑着脸。刘国辉刚从外面回来，最近成功完结一桩大案，一大笔现金如期进账，跟啃了块肥肉般，满嘴流油很爽很兴奋，就想和哥们儿聊两句，分享胜利的快感。却看王豫脸色不对，于是不得不按捺住自己的成就感，调侃王豫，怎么啦？是不是做晚饭赵雅祺不喜欢吃，马屁拍在马腿上了？下次记得别扔了给我带回来，我不嫌弃，省得我天天叫外卖。

王豫说，你怎么这么无聊？天天就缠着这些话题。刘国辉说，这不是你最感兴趣的话题吗？今天怎么我拍马屁拍马腿上了？王豫说，别再提这事，结束了，相信爱情是一件超级傻的事，哥们儿保证这是最后一次。

然后一头倒在床上。

刘国辉一开始以为他在开玩笑，很快发现一向睡眠超级好的王豫在床上辗转，便追过去问怎么回事。但不管他怎么询问、调侃，王豫始终不回应，不理睬，脸上还隐现毫不掩饰的痛苦、沮丧与愤怒。

这是刘国辉从来没有见过的事。他太了解这哥们儿了，流血受伤也没见这个怂样子，以前和胡蝶分手也没见过这个鬼样子。刘国辉意识到问题严重，联想到近两日王豫的种种反常，愈加纳闷，猜测可能真的失恋了。平常两个人很少在家里吃早餐，两人都晚睡晚起，没时间做也懒得做，起床后各自到外面解决。今早刘国辉破例起了个早，弄了早餐，权做安抚哥们儿的失恋。

“到底为什么呢？赵雅祺对你，就那个眼神，我一打眼就瞧得出，那是绝对没有免疫力的，多好的姑娘啊，我早劝你好好抓住机会，这翻脸怎么比翻书快呢？”刘国辉夸张地盯着王豫的脸。

“你今天不用出庭吗？”王豫停下筷子，黑着脸瞅着刘国辉。

“终于开口了？哈哈，出庭没有哥们儿精神问题重要，你要再不开口，我就打算请教神经科专家了，”刘国辉咧嘴哈哈一笑，“叫我说，男人一生不经历几次失恋，那也太没劲了，那什么作家们早说了嘛，失恋也是成长必需的营养和肥料……”

“这些年你营养和肥料没少攒，也没见你长成参天大树，”王豫说，“别聒噪了，赶紧消失，我需要安静。”

“我不与你一般见识！”刘国辉夹着包离开了。

早饭后王豫又躺下，昨晚没睡好，这时困得不行，一觉睡到下午四点。醒来后，发现手机一条短信，陈雨菲发来的：“王叔叔，今天你和老大谁来接我呀？”这才蓦地记起今天是周五，接陈雨菲回家过周末的日子。这种时候，他从来没有别的家长那种喜悦，不过也没有觉得陈雨菲像绳索一样捆住手脚而不爽。只是茫然，不知道这种日子还要继续到何时，何时是尽头？

去接陈雨菲的路上，王豫不由又想到顾红，便打电话给顾红前夫，询问顾姐情况怎样。顾红前夫说，昨天刚做完一期化疗，反应比较剧烈，身体虚弱得很，他正在设法给她进行营养调理。王豫哦了一声。顾红前夫沉默了一下，说顾红一直惦念陈雨菲的情况。王豫告知对方，陈雨菲一切都好，叫顾姐尽管放心，好好调理身体。

这天在学校门口遇到一位男家长。这位男家长似乎第一次来接孩子，所以第一次见到王豫。陈雨菲与这位家长的孩子说再见的工夫，这位家长瞅瞅王豫的脸，再瞅瞅陈雨菲，脱口问：“你是她爸？”

王豫看一眼那人的脸，未置可否。

“太年轻啦，太年轻啦。”那人口气怪怪的，眼神闪烁着疑问，仿佛在疑惑，私生女吧？

倒是陈雨菲一本正经地向那人解释：“我爸的代理人，代表我爸。”

对方眼神里的疑惑立即转为好奇，若有所思地说：“哦，爸爸还可以找人代理？雇的？”

王豫觉得这位家长要么心肠不善，要么修养欠缺，要么脑残弱智。即使对陈雨菲的情况毫无了解，但当孩子的面反复揪着让人尴尬的话题，真的十分欠扁。便凑近那个耳边，低声道：“这世上有一号人特别令人厌恶，见识太少，话又太多，你知道是哪种人吗？”

对方脸色一变，闭了嘴。回家途中，王豫开着车，没什么话。陈雨菲突然问：“老王同学，实话实说，在我的学生生涯中，我爸爸有可能来接我一次吗？”

“我不是你爸，”王豫说，“我不好说。”

“你不是神通广大和他有联系吗？”

王豫无语了，心底里那种悲凉感，转瞬间扩展到无限大。昨天从赵宏武的大楼里走出来，他就已经确定，碰到了奇葩、怪物。有那么一瞬，他甚至怀疑自己的眼睛和大脑。他眼睛所看到的，大脑所判断的赵宏武，与陈蔓莉痴爱和崇拜的那个男人，截然不同。要么，只能说明女人太容易骗，要么，对方在女人面前的演技太高。

现在基本可以确定，赵宏武既然主动提出支付一笔巨款来收买那些资料，仅凭这点，足以表明他认可陈蔓莉所说事实的存在。既然知道自己的女儿沦落为孤儿，无依无靠，前路难料，却仍然对孩子不闻不问，置之不理，这等铁石心肠，与禽兽何异？说禽兽是否有辱禽兽？禽类兽类对待自己骨血有这样的吗？

这一刻，王豫很想骂人，翻出这世上最难听最恶毒的语言，将那个人骂个狗血喷头；甚至想揍人，最好把那个人抓到手里，摁在地上，稀里哗啦揍成个肉饼。当然，只是想想罢了。冷静下来想想，认亲这个事，棘手程度如此之高，难度如此之大，完全出乎他最初的想象。之前单纯站在情感的角度，怀揣美好愿望，把一切想得太简单了，从而忽略了其他种种复杂因素。

当然，那个人的复杂生活，王豫是毫不知情的，究竟有什么苦衷，王豫也不得而知。退一步讲，这种事，必须出于自愿是不是？你逼他？打官司？极端情况下以极端行为胁迫他？就算他被迫认了，对孩子有什么好处？鱼死网破，玉石俱焚，两败俱伤，不是王豫想要的。

“菲菲，叔叔和你商量一个事，”王豫说，“你做好思想准备。”

“听你这口气，不是什么好事吧？”陈雨菲嘻嘻一笑，“你以前说过，我是个坚强的小孩，你说吧，我扛得住。”

“那个人，可能回不来了。”他说。

“死了吗？”

“没死，”王豫说，“我说的只是暂时，暂时回不来。”

“我妈妈当初一直这么说，”陈雨菲满不在乎道，“多少个暂时都过来了，不在乎这一个暂时。”

“真的不在乎？”

“他不在乎我，我干吗在乎他？”陈雨菲伸出一只小手，欠起身，捏捏王豫的大手，嘻嘻一笑，“王叔叔，我有你呢，那个人有没有，我真不在乎。”

王豫心里一热，伸手在女孩头上摸两下。

“这个事，叔叔没办好，让你失望了，叔叔给你道歉。”

“王叔叔你也别当回事，以后我不会再想到那个人了，无所谓啦。”

说完这话，陈雨菲垂下头，不再言语。

王豫也不再说什么。看得出孩子心里是有些难过和失望的，但这孩子太聪明了，她或许已经发现，王豫今天情绪与往日有所不同，不想让王豫尴尬难过。王豫重新把陈雨菲带回刘国辉的家。陈雨菲感到奇怪，为什么不到老大那儿去呢？王豫说，老大最近工作特别忙，暂时就不去打扰她了。陈雨菲欲语还休，没多问什么。

次日周六，王豫回老王家干活。老王家住的房子是老小区，房子老旧，每逢雨天，窗户渗漏严重，前几天下场小春雨，窗里面半面墙面就潮乎乎的，换新房困难，只能换新窗户。除了换窗，还有一个事，距小区五百米附近刚好有架电视塔，电视塔的历史比小区长，二十年前老王搬到这小区时没在意，后来一直没在意，直到最近一年，不知从哪儿听说，电视塔对人体有辐射，辐射久了有致癌可能，这小区近两年先后有两位老人得了怪病，小区里不少人家开始进行防辐射措施，无非就是自己花钱，将房屋外墙做一层防辐射保护膜。

老王和罗爱芳吵吵很久，也要做，必须做，为了一家人的健康。王豫觉得，真要有那种致癌强辐射，做层外墙保护膜就可以避免吗？再说那什么保护膜真有作用吗？别说这小区，全市，全国，全世界，哪里没得癌症和怪病的人？但既然老王和罗爱芳一定要做，他俩又光是吵吵并不行动，实施这事自然是王豫的责任，王豫只有遂了老爹心愿，具体起不起作用，起码做后老人心理负担卸下，没心事了，不用整天提心吊胆担心这担心那了。

新塑钢窗和防辐射外墙保护层，王豫已提前联系好商家，商家上周已上门测量过，前期准备做好了，约定这个周末上门施工。想到工人上门，施工过程中一家人少不了手忙脚乱，又确认刘国辉周末没什么应酬，王豫便将陈雨菲托付给刘国辉，叮嘱他管好陈雨菲吃饭，别饿着孩子就行。刘国辉满口答应。

周六当晚老王与罗爱芳要王豫在家里对付一宿，因为周日还要接着干一天。王豫惦着陈雨菲，晚上九点钟，家里的活收了个尾，还是坚持回到刘国辉住处。哪知进门后，前后不见陈雨菲的影儿，刘国辉也不在家。还以为他带女孩外出吃饭没回来，打电话给陈雨菲，一问，这才知道她没有和胖叔叔在一起，她在老大那儿。

王豫愣了一下，问是刘国辉送你去的？陈雨菲说，是胖叔叔开车送我来的，不过是我想老大了，自己想来，要求胖叔叔送我的。电话里王豫不便说什么，只是叮嘱她听话，乖乖地，照顾好自己，云云，挂了。晚上十点多钟，刘国辉从外面回来，嘴里还带着酒气。王豫一声不吭，一把揪住刘国辉衣领，拎面袋子一样拎起来，往墙上一顶。

刘国辉酒醒大半，立即意识到什么，解释道："是为陈雨菲的事吧？确实是她自己要去的！"

"饭桶你太不仗义！如果不是你鼓捣，她怎么能自己要去？你干这件事还不如一刀杀了我！"王豫气得对着他肥肚子捅两拳。

刘国辉嗷嗷叫着，疯狂地反击王豫两拳，骂道："你个不识好歹的混账东西，我怎么不仗义啦？看你失恋都成神经了，派个使者过去帮你穿针引线，我还不是为你好？"

两个人喘着粗气坐在地板上。

喘了一会儿，王豫起身回房，砰的关上门。刘国辉琢磨半天琢磨不明白，觉得这两拳挨得冤屈，咽不下这口气，追到王豫房间，追问为什么打自己，不说明白今晚谁也别想安生睡觉。好半天，王豫掀开头上的被子，说："赵雅祺怀疑我接近她有目的，冲着她爹的钱或别的什么，在她眼里爱情成了一场阴谋。"

"什么原因导致这个被动局面？"刘国辉霎时忘了两拳之苦，"你到底有阴谋吗？"

"从你嘴里问出这样的话，我白跟你兄弟一场！出去！"王豫挥挥手，顺手灭了床头灯，不再理会。

"这么说，我送陈雨菲去老大那儿，我这是办好事办砸了？"刘国辉嗫嚅着，还要说什么，见王豫脸色难看，便收了话，转身回自己卧室。

|第三十一章|

69

刘国辉送陈雨菲到赵雅祺那儿去，不是完全没有私心，但说纯粹为私心也不对。中午带陈雨菲外出吃西餐，午饭后接到一位女网友电话，约他下午喝咖啡。带着陈雨菲去见女网友当然不妥，把她送回家让她一个人待家里也不妥，刘国辉灵机一动，问陈雨菲，你有没有觉得王叔叔情绪不对劲？陈雨菲如实答道，昨天下午他接我时我就发现了，一直皱着眉，脸色好吓人，我都不敢跟他开玩笑了，以前从来没见过他这样子。刘国辉问，你想知道这是为什么吗？陈雨菲自然想知道。刘国辉说，他和老大正闹别扭，你希望他们和好吗？陈雨菲说那还用问嘛！刘国辉说，现在交给你一项光荣任务，派你到老大那儿当卧底，先弄清楚他们为什么闹别扭，然后，再由你充当和平使者，为促使他俩化解矛盾重新牵手做点贡献，你愿意吗？

毫无疑问，陈雨菲欣然领命。

陈雨菲到了楼下，给赵雅祺发短信：老大，我想你了，我来看你，你在家吗？

半天，赵雅祺回复问：你在哪儿？

陈雨菲说：我到楼下了。

赵雅祺叫她直接上去。

陈雨菲按门铃，没人开。赵雅祺在里面发短信叫她自己按密码进来。陈雨菲进来，大白天的，房子里见不着人影儿，一点人气都没有，餐桌摆着没洗的饭碗，茶桌上茶杯茶壶都反常地散落着。这光景让她有些害怕，站在客厅喊一声“老大”，好一会儿，赵雅祺卧室传来回声：“我在这儿。”

陈雨菲慌忙走进去，只见赵雅祺披散着头发，脸色憔悴，有气无力地躺在床上，床头柜上有一只水杯，里面半滴水都没有。陈雨菲吓坏了，眼泪唰地落下，立在床边，手足无措，她从未见过老大这个颓丧的样子，这还是以前那个光彩照人发号施令的女魔头吗？女孩不由嗫嚅道："老大，你这是怎么啦？病了是吗？我找王叔叔来送你上医院……"

"不准打电话给他，"赵雅祺严厉制止。

"为什么不能打电话给他？"陈雨菲吓了一跳。

"因为我说不能，"赵雅祺道，"忘了我这儿的纪律？"

陈雨菲不吭声了。赵雅祺又道："我没事儿，只是疲劳，躺着而已。"

为了表示自己真的没什么要紧，赵雅祺掀开被子下了床，身着一身花睡衣，从卧室出来，在客厅踱步，从左踱到右，从北踱到南。她这么踱的时候，陈雨菲就坐在沙发上，眼珠跟着她的身子转。陈雨菲发现，几天没见，赵雅祺不仅脸色苍白，还瘦了一圈。

"谁叫你来的？"赵雅祺问她。

"我自己想来。"

"说实话，不准撒谎。"

"是胖叔叔，"陈雨菲看看老大严厉的眼神，不由坦白道，"他说王叔叔和你闹别扭了，叫我来看看怎么回事，我们都希望你们能和好。"

这时候，赵雅祺内心里既希望是王豫派她来的，又害怕是王豫派她来。心情就这样被矛盾撕扯着。那天晚上，其实她多么希望得到王豫的解释，多么希望听到他说他没有错，关于他和她父亲之间存在一场误会，多么希望自己能够被他说服……可是他拒绝解释，一个字都没有。

他掉头离去后，她仿佛中了子弹般，灵魂被击穿，心碎掉，整个人软下了……第二天她破例没去公司，而是一大早起来，奔赴父亲家，想从父亲那里得到答案。望着女儿一脸重创的样子，很显然赵宏武很难过。但他沉着脸告诉她，这是一件非常负能量的事，她没有必要知道事情经过，只要记着结果，不能和这样的人谈恋爱，否则，万劫不复。

说这话的时候，赵宏武的眼神，仿佛要结出一张金属防护墙，试图将所有负能量的事情与女儿坚决隔开，以免女儿受到外面各种坏细菌的感染与毒害。见父亲什么也不肯透露，赵雅祺又奔赴周蕙莲家，想从她这儿了解到相关情况。周蕙莲却说，在这个问题上，我的看法和你父亲的看法高度一致，你父亲的意见就是我的意见，你听他的没错，百分之百是为你好。

从母亲那儿回来，赵雅祺就躺倒了。昨晚周蕙莲打电话要到她这儿来，原因是白天女儿到她那儿去的时候，她发现女儿情绪异常，有些担心。赵雅祺正闹心，害怕继续听母亲唠叨，在电话里坚决阻止母亲过来，表示自己一切都好，晚上还有事外出。周蕙莲也便罢了。早上又打来电话，赵雅祺强打精神说自己很忙，都是业务上的事，叫周蕙莲不必惦念。直到陈雨菲进门，赵雅祺已在床上躺了两天。除了白开水与速食芝麻糊以维持生命，两天来没正经吃过一顿饭。

傍晚五六点钟，理智告诉赵雅祺，不能这样子下去。这种状态持续下去，除了对身体带来不可逆转的摧残和伤害，无任何好处。另外还有陈雨菲，不管最初她是出于什么原因被送到自己这里来，但她只是个无辜的孩子，对大人之间的恩怨毫不知情，不能让孩子在自己这里受虐待是吧？

赵雅祺强打精神下了厨。打开冰箱，看到里面塞满了肉、鱼、菜，又忽然想起最近一两个月，除了武夷山那一人份的特供，其他一应吃喝，几乎全都由王豫采购而来。蔬菜都是绿色有机类菜品，鱼都是深海鱼，牛肉清一色产自澳洲，猪肉都是农庄养的香草猪……扶着冰箱门，赵雅祺不由心如刀绞，百感交集，也愈加困惑：既然用心如此之深，他只需要牢牢将自己抓到手里，难道还有什么比跟自己恋爱、结婚更好的结局？何至于冒着风险与父亲做什么交易？按住心头困惑，赵雅祺取出一盒雪花牛肉片，给陈雨菲涮小火锅，自己煮了粥，一份水煮时蔬。晚饭后，陈雨菲抢着去洗碗，赵雅祺由于两晚没睡好，此时感觉脑袋昏沉，双腿发软，身体疲惫不堪，简单洗漱后，叮嘱陈雨菲早些休息，还不到八点，自己又倒在床上。

然而当万籁俱寂，整个世界都沉入梦乡之时，赵雅祺尽管身体已累如烂泥，却仍然反复辗转，无法入眠。柔软的粉红色蚕丝被，裹着优美的身体曲线，宽大的床上，失眠的女人因为辗转越发无助、痛苦、烦躁不安。每逢这种时候，床不再是床，而是一只软烂的泥塘，人，则成了被迫离开水在泥塘里艰难挣扎的鱼。

夜里 12 时，痛苦不堪的赵雅祺像鬼魂一样，披散着头发从卧室摇摇晃晃走出来，走到餐厅酒柜边，破罐子破摔般抽出一瓶红酒，启开瓶盖，连饮三杯，直到脑袋开始发晕。然而当重新倒回床上，有着若干年份的纯葡萄酿造的美酒，仍然没有如期达到助眠效果。赵雅祺发现整个大脑神经已经错乱，完全不听指挥，不论她如何努力屏蔽各种信息，命令自己什么都不要想，可还是控制不住那些纷飞的神思。那晚上王豫掉头离去的身影，以及之前之后两个人每一句对话，每一个细节，甚至每一个眼神，连续两天来神经质般一遍又一遍在大脑中飞闪。联想到他前阵做的那个事，说什么帮陈雨菲找父亲，可这与自己的父亲有什么关系？简直匪夷所思，不应该是一个事，可他与父亲之间又是为何事？父亲说，非常负能量的事，父亲拒绝告诉她，是为了保护她不受伤害，可究竟是什么事？为什么王豫不肯解释？

自己冤枉他了吗？

事实上，在她举刀砍他的时候，首先已经把自己砍伤了。她的伤比他还要重，更难愈合，因为挥刀者是她。他只是受伤，她还要承受伤人的负重感与罪恶感。这时候赵雅祺又反复琢磨一个问题，爱情究竟有什么意义？除了让人在得到一分甜蜜的同时，必须忍受九十九分的痛苦？到头来竟还是一场空？夜深人静，赵雅祺心情烦躁、头痛欲裂之时，卧室外忽然响起一阵美妙的音乐。

一刹那，赵雅祺的心腾地速跳一下，屏息静听，很快又发现，这也是一首催眠曲，但与之前王豫所奏那些曲子又完全不同。这是莫扎特那首著名的摇篮曲，随着旋律，她清晰地记得歌词："我的宝贝快睡觉，小鸟蜜蜂已回巢，花园里静悄悄，小羊蜜蜂都睡了，天上月亮微微笑，银色月光当空照，你生长在蜜罐里，你的未来更美好，睡吧睡吧好宝宝，睡吧睡吧乖宝宝……"

这音乐让赵雅祺心脏忽然一阵狂跳。她轻手轻脚下了床，轻轻把卧室门拉开一条缝，向外张望，那个平日安放钢琴的角落，那张被拉开的琴凳上，端坐的却不再是那个令她刻骨铭心的身影，而是陈雨菲小小的身体。

女孩穿着一件白袍睡衣，静静地端坐在钢琴前，十指滑落在琴键上。她弹得全神贯注，在这深夜里，尽管从旋律听得出演奏者的技术并没有太高水准，甚至尚处于较低水平，但那份认真劲头，那份灵魂与音乐融为一体的用心，令赵雅祺不由为之动容。她悄悄拉上门，轻手轻脚爬回床上，乖乖躺下，静静聆听女孩反复弹奏的摇篮曲。尽管仍然不能进入睡眠状态，但浮躁的心渐渐安宁下来，为了让女孩早些入睡，她像往常传递给王豫信号那样，伸手摁灭了床头灯。

不知过了多久，曲子渐渐停下来。黑暗中，赵雅祺听到蹑手蹑脚的小步子，走向卧室门口。陈雨菲从外面轻轻握住门柄，轻轻将门推开一条缝，借着月光，望一眼床上的赵雅祺，发现赵雅祺双目闭合，呼吸均匀，女孩轻轻抿嘴一笑，月光下，俊俏的小脸蛋上写满了成就感。当女孩轻轻拉上门离去，赵雅祺忽然睁开双眼，不知不觉间，泪水已经横陈双颊。

次日一早，赵雅祺从卧室出来，便闻到一股小米粥的香味。循着香味走到厨房，发现电饭煲里已煲好了粥。左右看看，没见着一个人影。推开陈雨菲房间的门，发现女孩坐在床中心玩手机。看她进来，将手机往旁边一扔，抬头冲她一笑，看到纯净的眼神与笑容，这一刻，赵雅祺觉得整个世界都明媚了。

“你一晚上没睡啊？”她问女孩。

“睡了呀，”陈雨菲调皮地笑笑，“我睡了好几觉。”

十分钟后，两人坐到餐桌边，一人一碗粥，没有菜。

赵雅祺又问：“钢琴什么时候开始练的？”

“四岁半。”

“练了多久？”

“在我妈妈失踪之前，一直有练。”

赵雅祺沉默了一会儿，又问：“钢琴老师的联系方式还有吗？”

“有。”

“给我，下周开始，复练。”

“真的吗？”女孩眼里闪烁出喜悦。

“老大说话，一言九鼎！”

70

王豫一觉醒来，打开手机，看到两条微信信息，都是陈雨菲发来的。看看时间，头一条是昨晚发来的，她说：老王同学，我在老大这儿挺好的，你放心。第二条是刚刚发来的，她说：老大心情不好，我昨晚学着你的样子给她弹了一首催眠曲，没你弹的好，也只会弹一首，我翻来覆去弹，最后她还是睡着了。另外，今早我又学着你的样子煮了粥，现在我们已吃过早饭，看上去她心情也好多了，你放心吧，我会照顾好她的。

两条信息后面都分别缀着一个调皮的鬼脸。王豫心头一热，眼眶一下子就湿了，觉得刘国辉其实干了件好事。这两天只想到自己受委屈，被误解，比窦娥冤，却没想到她在他离开后经历了怎样的心理状态。此时看到这两条信息，心里一下子宁静下来，他这也刚刚发现，这两天的烦躁，易怒，甚至昨晚疯子一样对刘国辉的挥拳相向，其实全都因为来自潜意识里那份放不下。不在一起，思念却如呼吸，没有一秒钟停止过。她一定很难过。白天吃的什么？晚上睡得如何？还有各种担心与牵挂，没有一秒钟放下过……赵雅祺说过，陈雨菲是一根小拐棍。如今姐妹俩在一起，相互有个照应，不是坏事。

起床后王豫想跟刘国辉调侃一下，主要是委婉地表达一下昨晚那拳的歉意，谁知刘国辉已经窜出去了。王豫出去解决了早餐，直接驱车回老王家，继续昨天的换窗及房屋防辐射工程。刘国辉在外面吃过早点，周日没什么事，在外面溜达一会儿便又回来。到家后见王豫已经离开，心想这一天不能虚度，总得做点什么有意义的事。昨天自作主张将陈雨菲送到老大那儿，可能坏了王豫的事，看把那小子气的，是不是需要采取些补救措施？可是如何补救呢？

刘国辉一头扎进王豫房间，两只眼睛乱转，如X光般四处扫射，试图寻找什么秘密。直觉告诉他，王豫最近种种诡异之举与反常情绪，一定事出有因。对他来说，寻找诡异事件的发生原因及幕后真相，就像猎犬寻找猎物、缉毒犬追踪毒品一样，是他的本能。

王豫住的这个房间，没有隐藏秘密的地方。一张桌子，连衣橱都没有，几件换洗衣服，不多，都放在床头地板上的简易收纳箱里，刘国辉对此了如指掌。很快，他的目光锁定在桌子上那两台手提电脑上。一台是王豫平常使用的，一台是陈蔓莉的遗物。这两台电脑没有什么奇异之处，在这里摆放许久，在之前一切正常的状态下，刘国辉对它们连多看一眼的兴趣也没有产生过。但现在不同，稍稍回顾一下，陈蔓莉这台电脑是后进来的，再细心一点，刘国辉记起王豫的反常行为应该是从这台电脑进驻这里开始的。有一晚刘国辉晚归，差不多凌晨三时，进门后还发现王豫房间亮着灯。出于好奇，一把推门进去，王豫正在鼓捣那台电脑，冷不丁看到刘国辉出现在门口，顺手将电脑合上，脸上有一种怪异的表情。当时那状态，仔细回想一下，跟做贼无异。想到这里，刘国辉不假思索关上房门，打开陈蔓莉那台电脑。他不认为自己在侵犯他人的隐私。相反，他对此行为的解释是，作为哥们儿，他认为自己有义务了解哥们儿的情绪反常的真正原因并帮助寻找解决之道。

陈蔓莉那个日记，王豫当初为了给赵宏武看，特意放置在电脑桌面上，没有设密码。结果被赵宏武拒绝，便一直在那放着，没做其他任何处理。在日记的后面，王豫详细记录了与赵宏武交涉的几次经过，以及自己的心理状态。王豫之所以不加密不设防，坦荡荡放在桌子上，是因为在他的概念里，这房子里除了他和刘国辉没有第三个人，而他对刘国辉还是相当了解的，第一他不会轻易去动别人的私物，这点素养他是具备的；第二这唯利是图的家伙，除了对标的额七位数八位数最少也得要六位数的案子感兴趣，轻易不会浪费一分钟时间在没有经济收益的任何事情上。所以电脑放在这个房间里，和放在自己独居的房子里的安全性是一样的。

毫无疑问，几个小时阅读，刘国辉经历了一个难以避免的心理地震过程。当然，他没有傻到在王豫房间读这份资料，而是传到自己电脑上，在自己房间，关上门一个人做贼似地进行。心理地震之后，他突然跟打了鸡血似的莫名兴奋。好家伙，难怪陈雨菲天生一脸的古灵精怪，智商情商在同龄小孩子中皆是超一流，原来有这么好的基因，她爹果然不是一般人，一般人能登上这个城市的金字塔尖？妈呀，又一个塔尖的小继承者呐！

现在，认爹这事卡住了，卡在王豫这小子的仁义上。通过这件事，刘国辉足可以确认，王豫这小子的仁，就算孔老夫子在世恐怕也要礼让三分。如果换了自己，这问题该如何解决呢？当然，他不会进行什么网络实名举报，虽然那是当今最快捷最有效也是最容易获取社会关注度的方法，只要小小地给他那么一个警告，恐怕不等这颗炸弹真的扔出，对方就得屁滚尿流跑过来臣服，跪求饶恕，对方最怕什么？社会负面影响。他不会这么干，在网络里撒泼打滚，那是无赖的做法。法制社会，正当的做法还是以法律手段解决问题，以陈雨菲的名义启动法律程序，通过诉讼获取属于她的权益……

这个办法只是在刘国辉大脑里转了转，迅速被淘汰。

他太了解王豫了，王豫干不出来，因为很暴力。关键问题是，王豫正在与赵雅祺谈恋爱。与未来的岳父反目成仇，这很不妥当，很脑残。关键的关键是，王豫是王豫，不是刘国辉。即使没有与赵雅祺谈恋爱，这么暴力的事他也干不出来，别看他身手很强，遇到事很勇敢也很有勇气，那是另一回事。要不然，但凡灵活一点，都不会陷入眼下僵局。认爹不成倒也罢了，还与赵雅祺的关系搞砸。搞砸就搞砸吧，还放不下。合上电脑，刘国辉仔细琢磨了一下，发现陈雨菲认爹这个事，进展到眼下这个阶段不容易，不能随随便便半途而废了。眼下到了关键期，关键时候还得自己添把火。

上面这个法律的解决途径淘汰了，没关系，解决问题的办法还有第二种。

|第三十二章|

71

赵雅祺在家窝了三天。周一起了个大早，贴个面膜，化个淡妆，做顿营养早餐。饭后先送陈雨菲去学校，然后以一如既往的形象现身公司。不管遭遇了什么，生活总得继续，而且不能把伤痕挂在脸上。在她的人生词典里，被人围观自己伤痕这样的事情不会存在。

周欣出去没多久，又敲门进来，说有人找赵雅祺。问是谁，周欣说，是一位律师，你认识的。潜意识告诉赵雅祺，一定是刘国辉。最近公司没有法律方面的纠葛，即使有，其他任何找自己谈事的律师，应该都会事先约定时间。于是道，没有预约，不见。

“我跟他说了，”周欣说，“他说有一件特别重要的事，不见你会后悔的。”

赵雅祺第一反应就是与王豫有关。所有与王豫有关的人和事，都是她心里最柔软最脆弱的一簇细胞。他派他来是要为他与她父亲之间的事情做出解释吗？

这几天，她每时每刻都在盼他现身，等他的解释，望眼欲穿，度时如年，等得脑汁都要流出来。几乎没有任何挣扎的力量，赵雅祺正欲开口叫人进来，刘国辉却已彬彬有礼地闯了进来。

“见一回赵总还蛮不容易。”刘国辉道，“事发突然，没来得及预约，冒昧了啊。”

赵雅祺想给个礼节性的微笑，看着刘国辉那一脸无厘头的表情，怎么也笑不出来，便正色道，“什么事？”

刘国辉在赵雅祺对面坐下，脸上露出神秘的笑，用神秘的语气道：“这事对你特别重要，要不然我也不能百忙之中拿出宝贵时间耗在你这儿，你时间贵，我时间也不比你便宜，通常情况下按小时计的这你该知道。”

“对你特别重要吧？”

“对你，我是次要的，”刘国辉道，“我来给你提供一个信息，这个信息呢，有好的一面，也有坏的一面，你要做好思想准备。”

“少卖关子，有话直说。”赵雅祺耐着性子望着他。

“在透露这个信息之前，你要首先明白，我是一个善良的凡人。”

“什么意思？”

“因为善良，我必须告诉你这个信息，不能有任何隐瞒和保留，”刘国辉说，“因为凡人，我这么无私的付出，需要有利益回报，这个你懂的。”

“先说事，再说回报。”

“不行，你得先答应回报，否则我说完你不认账了，我找谁去。”

“既然给我这样的差评，还有必要谈事吗？”赵雅祺皱皱眉，做一个送客手势。

“别，两个时间宝贵的人见一面不容易，既然来了，你还是听听吧，要不然你多遗憾呐！”刘国辉微笑着说，“我要的回报其实很简单，对你来说举手之劳，就是你同意我给你公司做法律顾问，不打官司的情况下一年没多少费用的。”

“我公司有法律顾问。”

“你那个顾问下个月十号合约到期，到时候你改和我签。”

“连这个你都知道？”

“你应该看出来了吧？我很敬业的！”刘国辉笑道，“我们圈里有点名头的就那些个人，谁在做什么我一清二楚，你使用的那位很优秀我清楚，但我更清楚我的业务水平绝对在他之上，这在圈里众所周知，你可以通过别的渠道打听一下。”

“成交，说事！”

“老大爽快！”刘国辉竖竖大拇指，“这个信息对你来说，好的一面是，你的生活里将添一位亲人！”

“听不明白。”

“坏的一面是，有人将分享你爸的财产。”

赵雅祺望着刘国辉，半天不语，一双眼睛似要把他的脸望穿。

“听明白了吗？”刘国辉问。

“还是不明白。”赵雅祺摇摇头。

“我话说这么明白了，你不会真笨到这个程度吧？好吧，时间宝贵我不费口舌了，把你邮箱发我手机上，你自己看吧。”刘国辉掏出手机。

两分钟后，陈蔓莉的日记翩然飞入赵雅祺邮箱。

“我是一个俗人，但内心还是有那么一点点善良和高尚，”刘国辉收起脸上的嬉皮笑脸，一本正经道，“如果我不说，你可能永远不会知道，你为什么会在你住的小区门口与王豫重逢？这是个谜，王豫永远不会主动告诉你，因为那小子是21世纪第一正人君子兼天底下第一大傻，所以这份责任就责无旁贷地落在了我肩上，如果连我也不告诉你，这么重要的事情，什么时候能得到解决，那就是个未知数了，也就是说，现在，关键在你这里，解决这个重大问题就指望你了。”

这就是刘国辉能想到的第二个办法。尽管赵雅祺从来都是那么冷静、孤傲，但骨子里的侠义、仗义和正义，刘国辉自认为还是有所了解的。另外她对钱财的淡然，也让他可以得出判断，将陈雨菲的身世秘密透露给她，不会对陈雨菲带来危险或灾难。赵家的事，还是让赵家的人自己来解决，除此之外，刘国辉想不出其他更好的办法。

晚饭后，赵雅祺抱着小平板，靠在床上看陈蔓莉日记，一口气看到最后一页。这时已是夜里十二点，看看时间不早，服了半片药，躺下睡去。第二天睁开双眼，回味那些文字内容，她没有像王豫与刘国辉那样的震惊，相反很平静，出奇的平静。

这时候她忽然想到，有一天晚上她问他在哪里发现陈雨菲爸爸的信息时，王豫却反问她，她和他为什么会在静轩小区门口重逢。他没有对她说出答案，她却清晰地记得当时他意味深长欲语还休的眼神。

这些年来她偶尔会纳闷，父亲离婚那么多年，怎么可能从来没有过别的女人？她不认为当下社会尤其在父亲日常活动的那个圈子，还有柳下惠式的人物存在，更不相信柳下惠式的人物就在自己身边。当然，父亲离婚后的情感问题，并不影响他在她心中的慈父形象。她恰恰这样认为，他首先是个男人，其次才是父亲。是男人就会有男人的需求，没有需求那不正常也不符合人性。即使老到七十、八十，即使生理上已力不从心，心理上也不能避免这一需求。人越老越怕孤独，越需要慰藉，越需要伴儿，尤其需要那种子女无法给予的情感抚慰，即使没有长期陪伴的女人，至少也应短期有过与女人的温存吧？至于何种缘故从未公开过，那是他的隐私。另外，换一个角度讲，父亲这样的男人，即使年过五十仍然被称为老帅哥，重要的是，他有钱，有地位，有光环，又单身，怎么可能没有女人仰慕追随？

因此对于横空里冒出私生女这样的事，赵雅祺一点儿也没觉得奇怪。甚至潜意识里，她觉得这很正常，觉得这事早晚会在某一天像炸弹似的炸开来。令她欣慰的是，这孩子不是别人，而是陈雨菲。一直以来心里还隐隐奇怪呢，与这孩子之间，千丝万缕蛛丝缠身般的缘分，为何怎么都割不断？令她惊讶的是，正是这孩子把王豫带到她身边，仿佛冥冥之中一只上帝的手在指引、安排这一切，谁也躲不开；她还觉得幸运的是，这孩子在人生最灰暗的时候遇到王豫，而不是遇到别的什么无良之徒，这简直是上帝对她的宠爱……当然，这一切，还都只是陈蔓莉的一面之词，赵雅祺觉得，在得到父亲亲口确认之前，这个事的真实程度，还有个问号有待落地。

如果真的是自己冤枉了王豫，那么，好，她会真诚地向他道歉。

72

赵雅祺上午到公司处理部分事务，中午打电话给父亲，告诉他晚上过来吃饭。放下电话，在公司午休一会儿就出发了。到父亲家，在家里楼上楼下转了转，每个房间里都摆着红木家具，有线条简洁的明式，有雍容华贵的清式，与其说这是个家，不如说更像一个红木家具收藏馆。在这个“馆”里，她和母亲的房间原封不动地得以保留，从桌面和窗台的洁净程度看，每天都有人勤劳地做清洁。在她的房间，少女时代阅读的书籍包括高中时的复习课本，都整齐地排列在房间一角的小书柜里，她抽出几本翻翻，感慨万千。

赵雅祺在自己房间发了一会儿呆，随后来到父亲的书房，在书桌前坐了一会儿，悄悄启动书桌上的电脑。打开百度网页，在尚未清除的历史记录里，她看到“赵宏武”“范志强”这两个名字反复出现。父亲书桌上的台式电脑，仅限父亲一人使用。父亲反复从百度搜索自己的名字以及“范志强”的名字，是什么意思？他在检索什么？下午三四点钟，赵雅祺一声不响地走进厨房，给厨师放了假，亲自动手给父亲做晚餐。当然，她能做的也只是煮粥与水煮蔬菜。

赵宏武下班回来，看到女儿在厨房里忙碌，这温馨的场面让他的眼睛霎时多了许多温暖。他站在厨房门口，沉默着，看了许久，直到赵雅祺回过头来。她看到父亲的眼圈有些泛湿，冲爸爸笑了笑，赵宏武扭身咳嗽一声，掩饰了自己的感情。

饭桌摆着赵雅祺的作品：一人一碗粥，两份水煮蔬菜。即便这样，赵宏武吃得比平常任何时候都香。吃得差不多了，赵雅祺抽出两张纸巾，一张递给父亲，一张折叠起来，轻轻擦拭自己的嘴，缓缓启口道：“爸，有个事我想和您坦白。”

“好。”

“那个事情，我已经知道了。”她重点突出“那个”二字。

赵宏武怔了一下，霎时明白了“那个”的意思。

“那小子告诉你的？”赵宏武脸色平静。心里却愈加验证了自己的判断，那小子果然是个无赖，他曾对自己承诺在得到自己允许之前，不会告诉其他任何人包括女儿，现在却悄悄在扩散事端。

“不，”赵雅祺摇摇头，“他打死也不会跟我说这个事，是我自己发现的。”

赵宏武沉默一下，他很想知道她是怎么发现的，但又不愿面对某些细节问题。只是略一沉吟，问：“那么，你是相信你爸，还是相信那个混混？”

“爸爸，他不是混混，他有正当职业，良好的教养，您对他存在误解。”

“这么说，你是相信他？”

“我愿意相信您，爸爸，也愿意相信他，”赵雅祺神情挂着忧伤，“你们俩，我谁都不愿怀疑。”

“但现在，发生了这样的事情，你只能相信一个人。”赵宏武望着女儿的眼睛。

“陈蔓莉写的那些文字，字字泣血，看的时候我落泪了，我也是女人，从女人的角度，我看，不像杜撰。”

“你潜意识里，不愿意相信你爸爸，你希望他是对的。”赵宏武说。

“是！”赵雅祺忽然克制不住落泪。她的心事瞒不过父亲的双眼，内心里她希望之前几天所经历的，只是一个噩梦而已。希望自己与王豫之间的确有一场很大的误会存在。现在，能够帮她解开心结的人就在眼前。

“在这个世上，我比任何一个人都更希望你好，不愿意你受到哪怕一根头发丝的伤害，可是雅祺，在这个事情上，爸爸不能说谎，爸爸以人格向你保证，那个孩子跟爸爸没有关系。”赵宏武郑重道，“本来爸爸不想让你知道，因为对你来说这很残酷，但既然你绕不过去，那我不妨告诉你，尽管我不愿说出‘阴谋’这样的词，可事实就是这样，这是个阴谋，所以，离那小子远点，你要坚强。”

“那么，爸爸，请您解释为什么要出巨资购买他手中的资料呢？”赵雅祺泪流满面。

“上周你范叔叔约我见面，他告诉我，现在身边环境非常微妙，不希望他周围任何人包括我有任何负能量事情发生，”赵宏武叹口气，“那小子整出来的事情，尽管不是事实，可一旦发酵，极有可能带来负面风波，这不是我们愿意看到的结果。我当时想，多一事不如少一事，他折腾这个事无非求个财，那就花钱免灾。”

这时候，赵雅祺想到几个小时前，在父亲书房电脑里看到的百度记录里，反复搜索的“赵宏武”及“范志强”这两个名字。看来父亲最近一直是神经紧绷的，他担心负面消息像炸弹一样突然在网络或别的什么地方炸开。事实上截至目前，他最担心的事情还没有出现，生活一直是平静的。

“他接受了吗？”赵雅祺问。

“他拒绝了。”赵宏武沉吟着说。

“他不要钱，那就不是您想的那样了？”

“他不要钱，不表示他是无辜的，可能他有比要钱更阴险的欲望和诉求，”赵宏武目光坚定道，“不排除老范的政敌在老范那儿找不到缝隙，试图从我这边下手。”

“爸，你是不是想得太远了吧？有那么复杂吗？我认为这只是个情感事件，何必与范叔叔的政敌挂钩？”

“事情就是这么复杂，这小子心很野，胃口很大，到现在还没露出底牌。”

“其实，我认为事情很简单，您只要和那孩子做个鉴定，他是不是范叔叔政敌那边的人，就一目了然。”

“鉴定？荒唐！”赵宏武斩钉截铁，“我做过什么，没做过什么，我比任何人清楚，让我和一个跟自己毫无关系的孩子做什么鉴定，这太扯了！”

“爸爸，我不知道您有没浏览一下陈蔓莉写的东西，我看得很仔细，我凭直觉，那些文字不像伪造的，那个女人很傻，她在静轩买了房子，勉力而为，把自己弄得很累，之所以这样，就是为了让孩子跟姐姐住得近些，离亲人近些，爸爸，我们现在要做的是面对事实，不是逃避！”

“跟姐姐做邻居？她与你为邻多久了？这期间她找过你吗？”

“这就是她傻的地方，为邻三年，她从来没有找过我，哪怕悄悄告诉我，可是她没有，我压根就不知道她们的存在，直到后来她出事。”

“这就对了，她不过是一个普通的邻居，是别有用心的人在利用一个已经不能开口说话的人伪造文字资料，其目的是什么，还不清楚，”赵宏武望着女儿皱皱眉，痛心道，“我希望你明辨是非，不要被人利用了！”

“爸爸，您从小教我与人为善，教我正直的为人和高尚的品格，难道这就是您的善良、正直与高尚品格？我不明白您为什么拒绝了解真相？只要做一个鉴定，所有疑问都会水落石出大白于天下，这么简单的事情您为什么拒绝呢？当污水泼向您的时候，你口口声声称自己清白，但为什么拒绝用科学手段证明这份清白？”

“你今天回来就是为了羞辱你的父亲吗？”赵宏武恼了，猛地摔下手里的筷子，黑着脸从饭桌前站起来，冷冷地瞅女儿一眼，转身离开餐厅，上楼去了。

望着餐桌上打转的筷子，赵雅祺呆了。记忆中父亲是那种脾气和克制力都非常好的人，冲女儿摔筷子，这是她有生第一次见到。

当晚，赵雅祺回到自己住处，考虑再三，还是给父亲发出一条长信息。

“爸爸，从小您就教我，逃避问题是弱者习惯采用的态度。我还是希望您慎重考虑我的建议，这是最有效也是最简单的能够证明您清白的办法。我希望您是清白的，如果事实证明她不是我妹妹，我承诺不会再和那个您认为品行不端的人保持一秒钟的联系；但如果万一上帝让我们生活里多了一位亲人，我愿意把这视为老天爷恩赐我的福分，这些年我太孤独了，我非常乐意甚至渴望接受一个妹妹的到来……事情发生在您和我母亲离婚以后，我相信妈妈也会理解的，但如果您在意我妈妈的感受，怕伤害到她不愿意让她知道，我可以替您保守一辈子秘密。”

信息发出一个小时，不见任何回复。赵雅祺又发出一条：“爸爸，您这么沉默下去，对您是完全没必要的煎熬，对每一个事中人也都会带来伤害，让煎熬尽快终止，好吗？”

没有回复。赵雅祺锲而不舍发出自己的想法：“好吧，您不做，我去做！如果她真的是我妹妹，您不认，我认！我会好好地爱她，疼她，抚养她，陪伴她长大！”

直到半夜 12 时，仍然没有得到父亲一个字的回复。赵雅祺服药睡去。第二天一早，赵宏武来了一个电话，他似乎没有休息好，声音有些疲倦。他只说了一句话，他说：“雅祺，如果你还叫我爸爸，就不要怀疑自己的爸爸，爸爸不希望你被不良居心的人利用了。”

赵雅祺握着手机，还没及应答，那边已挂了电话。

“我要做的事，谁也挡不住。”赵雅祺对着镜子刷牙，望着镜子里的自己说，“你不做，我做。”

几分钟后，赵雅祺坐在沙发上，握着手机查到本省生物研究所亲子鉴定中心的电话，并很快接通。

“您好，我们是 ×× 省生物研究所 DNA 亲子鉴定中心，请问有什么可以帮到您？”

“我想咨询几个问题，”赵雅祺道，“做亲子鉴定除了血液检测，通过双方毛发可以做到准确结果吗？”

“通过双方毛发做 DNA 检测的准确性是完全没有问题的，请问您做鉴定主要用于什么用途呢？”

“为了证明双方是否具备亲缘关系，第二个问题，如果父亲不肯做，姐姐和妹妹可以做吗？”

“这属于疑难亲缘鉴定，可以做的，只是收费较高一些。”

“准确率达到多少？”

“我们 DNA 检测准确率在 99.99%。”

“最快多长时间可以取到结果？”

“你办加急的话需要 24 小时，不过要另加一千块钱。”

“取毛发有什么要求吗？”

“把双方毛发拔下来，用干净的纸巾包好，最好外面再用硬一点的纸比如 A4 纸包一下，两份毛发备注好名字，双方不要弄混了。”

“拔下来需要马上送过去吗？多久有效？”

“两三天都没问题。”

当天上午，赵雅祺买了一堆零食，赶到陈雨菲学校去看望陈雨菲，亲手取到女孩头发。随后，她带着自己与陈雨菲的两份头发样本，送往 ×× 生物研究所亲子鉴定中心。确认这是本市内正规权威的检测单位，才走进去。

24 小时后，检测结果出来，报告书上很明确注明：排除检材 1 与检材 2 存在亲缘关系。下面列有详细的数据注解，对这些专业数据赵雅祺看不明白，但那个最终结论十分清晰，即通过从 DNA 生物学检测，她与陈雨菲，并不具备同一家族的血亲关系。

或许，某个环节弄错了？或者，这家检测机构存在问题？赵雅祺无论如何不愿相信这一检测结果，对这样的结论她在内心里是坚决抗拒和排斥的。换句话说，从潜意识里，她渴望通过科学检测的方法来验证王豫是对的，来证明自己的情感和判断都是没有问题的……由于学校管理严格，周一到周五上课期间，赵雅祺没办法把陈雨菲从学校带出来，于是咬牙挨到周末，她打电话给陈雨菲，说接她来她这里过周末，叫她和王叔叔打个招呼不用让他去接。

陈雨菲很开心，欣然应允。周五接了女孩过来，赵雅祺尽量掩饰着自己种种内心波动，周六一早，谎称带女孩做个体检，将陈雨菲带到本市内另一家 DNA 权威检测机构。这次不再以毛发方式，而是进行血液检测。分别为女孩和自己抽血，整个抽血过程，赵雅祺两只眼睛紧紧盯着针管与装血的玻璃管，对上面贴的名字进行严格核对。待结果出来，赵雅祺迫不及待赶过去，发现两次不同方式的检测，竟是相同的结论：排除二者生物学血缘关系。

赵雅祺瞪大两只眼睛，仔细瞅了瞅检测报告，没看错，也没发生错觉。上面写得很明白，从血脉基因角度，她和陈雨菲不存在姐妹关系。

一瞬间的理智告诉她，父亲是对的！

如果父亲是对的，那么，父亲对王豫的看法，即为成立。

她不愿相信这是真的，拒绝做出这样的判断，可眼前这一切该怎么解释？拿到这个结果，赵雅祺仿佛后脑勺挨了重重一击，活了近三十年最悲惨的事情莫过于此。从检测机构的大院里出来，走向自己的汽车时，突然眼前一黑，天旋地转，差点一头栽倒在地。待终于踉踉跄跄地回到车里，一下子瘫在车座上，半晌回不过神。

|第三十三章|

73

王豫参加了一轮考试。

竞聘一个副队长职位。职位不在鹭城，远在河南郑州。近年来JE航空集团发展迅猛，整个集团大型飞机超过一百架，国内及国际航线三百多条，每周四千多架次航班往来于全国七十多个大中城市及世界各地。旗下近十家分公司及二十几家航空基地分布在全国重要城市，其中郑州分公司是其中之一。作为中原地区重要交通枢纽，近几年发展蓬勃，规模扩张迅速，最近郑州分公司新进四架飞机，为适应飞行需要，最新招进一批队员，急需培训，上面给了两个副队长名额，但公司内可胜任这一职位的优秀工作者约有四五十名，一轮竞聘考试就此开始。

王豫还在停飞期内，按规定不能参与竞聘考试，但他不想放弃这次机会。副队长算不上什么领导干部，可毕竟上升半格，怎么说也是往上走。除了职务上的变动，还有不少实惠，到那边做副队长，主要工作放在对新队员的培训上，每月高空飞行时间就可以减掉不少，以前月飞一百个小时甚至更多，以后可能减至三四十小时或者更少，但飞行小时费这块收入不会减少。副队长拿的是平均小时费。什么叫平均小时费？整个空警队伍中，每个月飞行时间最长的前十名空警，飞行时间总和再除以十，就等于平均小时费，能够享受这一待遇的，通常都是飞行队伍中的领导干部、管理人员。另外每月还有一块副队长绩效可以拿，再者，作为培训教员，每讲一堂课另有课时费。换句话说，到达这个小平台，收入相应有所提高，工作量相对轻松不少。缺陷就是离家远些，这有什么关系？驻外员工还有一块驻外补贴作为补偿，每月有几天探亲假，往返可以享受免票。那些条件好的不稀罕挣这个钱，拖家带口的不愿远离亲人而惧怕驻外，王豫怕什么？他有什么？有资格面对机会眼睁睁看着它被别人抢走吗？没有。

飞来飞去怕什么？即便不驻外，工作时间内每天不都要穿梭于各城市上空？较之普通员工他还有优势，往来可以加机组，免票都省了，所以说这是个机会。其实从内心里，除了升职加薪这一世俗因素，还有一个主要因素，他突然不想继续在鹭城这个鬼地方待下去。连自己也弄不明白究竟出于什么心理，他忽然憎恶这个城市，需要换个新环境，去哪里都成，只要离开这里。

河南是父亲故乡所在地，是自己的祖籍所在地，但这么多年来，除了七岁时父亲带他回过一趟老家，之后再没有回去过。这些年来来回回空中飞，无数次在新郑机场落地，也只是在停机坪短暂停留。所以当从公司主页上看到这次竞聘职位在郑州时，王豫几乎没有任何犹豫，一定要报名。这时还在受处分期内，距预定复飞时间还有三十多天，王豫主动找到上司，推心置腹地谈话，把自己的想法坦诚相告。中队长很够哥们儿，当即写报告向上面反映相关情况，提出恢复王豫的工作。两天后中队长便将王豫召进办公室，一脸喜色道："这段时间兄弟受委屈了，领导们心里也都清楚，上次那个事你是代公司受过，经过这段时间的沉寂，风波已经平息了，你也该恢复工作了，上级领导采纳了我的建议，同意你参加竞聘考试，也算是对你前段所受委屈的补偿吧，现在我把考试机会给哥们儿争取来了，剩下的事就看你自己的了，到时候成不成，靠成绩说话，成绩不好，我说什么都起不到作用了。"

王豫自然明白这个理儿，内心感激不已。连续一周，拿出头悬梁锥刺股的精神，通宵达旦，昼夜不分，看业务书，钻习业务题，一举以笔试第二名的成绩进入二轮面试。笔试成绩夺人眼球，接下来两轮面试皆出乎意料地顺利，最终以笔试、面试总分第一的成绩获得副队长一职。得到这个结果当天，王豫怀着感恩之心到中队长办公室坐了坐。中队长笑呵呵地说，机会永远是留给有准备的人的，所以你不用感谢我，你要感谢你自己。中队长沏了一壶茶，两个人像哥们儿似的品茶聊天，聊到最后，中队长忽然话题一转，带着好奇的笑意问："听说哥们儿前阵傍了个富婆，后来让一个卖包子的给打散了？"

王豫愣怔一下，差点没把喝下去的茶给喷出来。心想这谣言的力量真是不可低估，这个事经过别人的口传来传去，怎么扭曲成这个样子？什么被卖包子的打散？是被人当成卖包子的打散才对。

"谣言止于智者，"王豫笑笑，不解释，只道，"我澄清两个事实，第一兄弟我从未傍过什么人；第二她不是什么婆，比我还小一岁。"

这天王豫从公司回来，当晚回老王家吃饭，在饭桌上装作不经意的样子和老两口说到竞职这事。之前一直没说，万一考不中，让他们瞎惦记。现在板上钉钉，不说不行。但他没有如实汇报，只是说，眼下有这么个机会，得到这么个机会也不容易，去还是不去，自己拿不定主意，需要和二老商量一下。老王和罗爱芳一听儿子升职，两对眼睛同时亮起，仿佛儿子的灿烂前程就此铺展。罗爱芳很激动，道："赶紧去啊！怎么能不去！这么好的事，有什么犹豫的？"

王豫说："怎么说都跨省了，不征求一下二老意见，我哪敢私下决定。真要去了，回趟家哪有现在这么方便？"

老王沉稳一些，他沉吟着说："从个人发展和待遇上，都有比较好的提高是不？这叫更上一层楼，既然能上楼，干吗要退缩？别人哭着喊着想上楼，也得有楼是不是？机会让咱给遇上，咱不能拱手送人是不是？年轻人，当以事业为重，不要怕折腾，趁年轻多走几个地方，只有好处，没有坏处，家里的事你不用担心，我和你妈还没到七老八十那地步。"

罗爱芳说："跨省怕什么？坐飞机加机组又不用花钱，再说，河南是你爹的故乡，如今你回去工作，这是多大的缘分啊？等你过去了，往后我陪老王每半年衣锦还乡一次！"

罗爱芳说着，边操起一只计算器，啪啪啪地算起来："副队长绩效两千多块，教员课时费又两千多块，驻外补贴又是两三千，平均小时费我不懂就先不说了，也就是说，到那边去，光这三项加起来，每个月至少比以前多出八九千块？这是什么概念？我和你老爸两份退休金加起来也没这么多，光每月多出来这块，够我和你爸一月进行一次小型旅游了！"

"掉钱眼里了？"老王乐呵呵笑着呵斥老伴，"除了钱你就不能说点别的？"

"做人诚实一点好不好？"罗爱芳说，"如果不多挣这么些钱，你以为我真舍得儿子离家那么远？你真以为我稀罕陪你还乡回农村？"

"既然您二老都没意见，这事就暂时这么定了，"王豫道，"你们这边我是放心了，但还有一个事放不下。"

"别暂时啊，直接定下来！"罗爱芳说。

"还有顾虑？说！"老王说。

"顾姐还在治疗期，恐怕还要在北京驻扎几个月，我这要去了郑州，逢周末陈雨菲待学校也不合适吧？"

老两口相互看了一眼，明白了王豫的潜在意思。老王不屑地瞅一眼儿子，嘿嘿一笑，旋即又训道：“这么点事还要吞吞吐吐给老爹老妈绕圈儿？既然事情已经走到这一步，那就管到底吧，你管不了了，我们老两口接着管，摊上这么个二货儿子，有什么法子？”

罗爱芳点点头道：“儿子，这个事我和你爸包了，以后每周末你爸负责接送，我负责她吃喝，我们会照顾好她的，直到顾女士康复归来的那天，你该干吗干吗，安心工作，别为这事分心。”

“那就这么定了，”王豫说，“我尽可能每周飞回来一趟，尽量减轻二位负担。”

“可别！”罗爱芳抬高嗓门道，“你小子给我听好了，领导给你这个职位那是看重你，你到那儿必须给人家安心工作，别来来回回往回窜，头仨月不能回家，踏踏实实先出点成绩再考虑回家的事。”

“我自己考中的，怎么变成领导给的？”

“你别太相信成绩了，”罗爱芳饱经沧桑，“那领导要是看你不顺眼，想把你名字撸下来总会有办法的。”

“行，我安心工作，回报领导。”王豫偷偷笑了。

偷偷笑的同时，心底里突然如蜘蛛吐丝，迅速抽出密密麻麻的忧伤，网一般罩住了升职带来的喜悦。这张网里，横七竖八全是赵雅祺的身影，怎么挥也挥不散。她在干吗？她还好吗？十来天没见，感觉像过了一个世纪那么久。他发现让自己不去想她，比把别人大脑里的东西复制到自己大脑里还要困难。自从上次从她那儿离开，为什么他一直没有主动联系她？王豫剖析自己心理，主要是因为她对他的不信任，她怀疑他是个有不良图谋的坏人，从而让他觉得受到侮辱和伤害。最不能接受的是，因为怀疑，她竟然偷偷将跟踪软件装在他手机上。所以，他生气了，想逃离这个城市，甩掉那些杀人不见血的猜疑与不信任，越远越好，让彼此永远不要看到对方。

然而当真的决定要离开时，又发现这个城市其实没那么可憎，这里有太多割舍不掉的眷恋。尤其与赵雅祺的那些不愉快，顷刻间又烟消云散。冷静想想，不全是她的错，自己也有责任。事实上他的确在瞒着她和她父亲偷偷“来往”，却拒绝和她说明情况。作为宏莲集团的继承者，她担心自己被人当猎物捕杀，提高一点警惕心，有多大错？这世上，除却生死无大事，对于自己所爱的人，有什么错不可以原谅？

关键是，此时此刻，王豫发现自己想要见到她的那种心情压过一切，无法遏制。并不是想要和她解释什么。对他和她父亲的事，他仍然什么都不想解释，把一切留给时间，时间自然会给她答案。现在想见她，是想把自己的情况，把心底某种喜悦，尽管是微不足道的，也要和她分享一下。就像别人有什么高兴的事，吃了什么好吃的，玩了什么好玩的，立即发送到微信朋友圈让几百个朋友看到那样，他只想把心情向她发送一下，只和她一个人分享。

晚饭后从老王家出来，王豫启动车子，琢磨着是不是过去一趟？最近几天她的微信朋友圈停止更新，很忙吗？在忙什么？现在他每天打开微信都只为看她的信息，这几天她的沉默，是因为那晚上的不愉快吗？她和他一样在期待对方的消息吗？想到这里，他一手把方向盘，一手拿起手机，拨出她的号码。

然而空响几声，直到自动断掉，无人接听。又拨一次，仍然无人接听。王豫愈加觉得奇怪，接电话是一种礼貌，她不是不具备这一礼貌的人啊。干脆把车子停在道边，发出短信："雅祺，你还好吗？"

几分钟后，短信回复过来："我很好，谢谢。"

语气忽然变得客气起来，王豫明显感受到她有意拉开的距离。

"在家吗？"他又问。

"在家，很忙。"这语气，很明显是在往外推挡什么。

然而此时此刻，因为他想看到她，想看到那双纯净如宝石的眼睛，因为他的"想"，毫无疑问把他在两个人的关系中迅速推到下风位置。他不仅不再计较因她的固执和任性带给他的别扭和不舒服，而且心里有一种柔软的东西无法阻挡地蔓延。

恋爱关系中总有一人犯贱。现在，他正在扮演犯贱的一方，就像脑癫痫患者那样，对自己的某种行为无法理性控制。

"我过来看看你，可以吗？"

"不要再联系了，让这一切尽快结束吧。谢谢！"她说。

很显然，断掉的情感就像打碎的瓷器，不是你犯犯贱就能够实现无缝对接的。王豫望着手机，好一阵发呆。这是她说的话吗？手机是握在她手里而没有被人操控吗？他不相信自己的眼睛，两分钟后将电话打过去，这次通了。她在那头沉默着，他打破沉默，问："刚才信息是你发的？"

"是。"她的声音。

"发给我的？确定？"

"是。"她说。

"能重复一遍吗？"

"不要再联系了，王豫，尽快结束这一切吧，对不起。"

“见个面，好吗？”王豫还在坚持。

“没有这个必要了，”她说，语气恢复了女继承者的精明与干练，不含丝毫温情与温度，过了几秒钟，又道，“我警告你，不要找我爸的麻烦，否则我不会客气的。”

王豫霎时蒙了，傻掉了！她口齿也清晰，王豫也确信自己耳朵没出问题。听这话，完全是对待敌人的口气。这是那位他痴心爱着的姑娘吗？是那位有着宝石般纯净目光的姑娘吗？

“你放心，你爸爸只要没做亏心事，他就不会有任何麻烦。”他说。

几分钟前那种海浪席卷般的想念，迅速退了潮。那种心脏被刀刺近乎窒息的疼痛感，再次袭击了王豫。这种感觉很不好，必须尽快甩脱它。

74

通过短信和电话向王豫发出“结束”通告后，赵雅祺坐在家里的沙发上，整理自己混乱的思绪。这是一个设计趋于完美的阴谋，她一遍遍告诉自己，所幸的是，在它酿出某种恶果之前被她发现，并果决阻断。

或许从一开始就应该看到今天。群众的眼睛是雪亮的，都是说两个人不合适，尤其自己的父母。过来人的经验，是被多少次失败的教训印证过的，为什么自己非要到从悬崖上摔下来的最后一刻，才肯明白和醒悟？

由此又不由得联想到一年内与情感有关的几个事件：当初那个刘策同学，貌似痴心的背后给自己留有备胎；还有那个海归精英，那场类似商业谈判的相亲；还有那个，花十万元买联谊会门票只为找商业项目的CEO；还有还有，周欣那卷款而逃的男友……这个社会是怎么啦？这些男人都怎么啦？

我这辈子可能找不到真正的爱情了！

让一切都结束吧，说到做到。没什么大不了，失去的不是恋爱的人，所谓恋爱，原本彻头彻尾就是一场骗局，一个骗子被第一时间阻击掉，这是明智的也是必须的，生活要重新开始。

睡不着，就不必赖在床上浪费宝贵时间，赵雅祺打开电视点播台，点出《最佳出价》这部影片。前段时间朋友推荐的，因为时间都花在“恋爱”上，一直没能静下来看，也因为知道这是一个讲述“爱情与阴谋”的片子，当时处于恋爱中的她，不想看这类负能量的东西，就有意不看。现在不用谈恋爱了，有了大把的时间，想补看一场电影，首先就想到这个片子。

故事讲的是一家顶级艺术品拍卖行的老板，因为身怀鉴赏艺术品的绝技，性情古怪，为人孤傲，这世间艺术门类里但凡赝品，只要经过他手，百分之百逃脱不过他的火眼金睛。就这样一个人，不知不觉掉进一个被人设计的骗局。骗子花费心思，专门根据此人古怪性情与爱好，为他度身定做一位“姑娘”。这姑娘的来历与出身，都经过层层设计，就像有导演有编剧在精心做一个剧本一样，每一层设计，都严丝合缝地契合了男主人公的怪僻喜好。毫无疑问，这姑娘一露面，不费吹灰之力，勾起了男主人公的强烈兴趣，并叩动他之前一直紧锁的情感大门，男主人公迅速掉入梦幻般的情网。接下来，为了取悦姑娘，仿佛中了魔咒，他身不由己地一次次去找她，偷窥，欣赏，送花，反复追逐，自己有条不紊的生活彻底被打乱。当他最终投入了全部真情，并以真情“俘获”了姑娘的芳心，毫不设防地将姑娘带到自己的住处，毫无保留地将收藏着巨额艺术珍品的密室打开与姑娘共享，并做出人生最重大一项决定，决定后半生与姑娘共度时，姑娘一夜之间离他而去，同时卷走了男主人公耗费一生心血收藏的全部珍稀艺术品。失去一切的男主人公终于明白，那打动他灵魂让他爱到昏头的美丽姑娘，从认识一开始就处于一种“表演”状态，而且演技高超，高超到不露痕迹，瞒得过他能够识别任何艺术赝品并终生引以为傲的老辣眼睛。姑娘装傻卖痴，呕心沥血费尽心机，都只为最后可以自由出入他密室的那一刻。最终她成功了，而他为这场爱情支付了最昂贵的代价。男主人公最后疯了，以住进疯人院为结局。

看完这部电影，赵雅祺哭得稀里哗啦，客厅里地板上白花花地铺满了一层纸巾团，用掉了整整一盒面巾纸。她想起和王豫的第一次相遇。在飞机上，难道那是一场经过设计和编排的表演？这么一想赵雅祺迅速拿起手机，百度搜索当时的媒体报道。如果说媒体有可能被设局蒙骗，那么机场公安局抓捕并最终侦破的盗窃团伙是怎么回事？就算这是一个巧合性事实，那么自己欲向他表示谢意，不过吃顿饭而已，按常理正常人都会接受，可他却再三以忙为借口拒绝邀约，这叫不叫欲擒故纵？

待自己心灰意冷将要偃旗息鼓时，他又不紧不慢设计一个静轩门口的“重逢”，进而重新建立联系？如果静轩门口的重逢为有意设计之局，那么陈蔓莉的死亡是怎么回事？尽管她没有见到尸体，但她参与了葬礼，事关生死，做不得假，关于他与陈蔓莉的关系，皆由他一人口述，陈雨菲曾说他与她母亲有男女朋友关系，被他坚决否认，两个人中必定有一人说谎，谁在说谎的可能性更大？说谎的目的是什么？如果说陈蔓莉的死亡是一场意外，那么他有没有可能借助这一场上帝安排的意外，进一步巩固加深和自己的关系?

难道不是吗?仔细想想,在两个人关系发展过程中,他似乎从来没有主动过。这和正常的男人不一样。但凡正常的男人,都有本能的进攻欲与占有欲,他却没有。或者说从不明显地表现出来,这严重违反人性的表现,难道不是在刻意回避某种嫌疑?但当每一次两人关系接近断裂的关键时候,都会有一个人物及时出现,他那个律师朋友刘国辉,每次都会因为这样或那样的事由,天衣无缝地帮两人修补裂隙,重新连接……

回头再看王豫,颜值就不用说了,那是最基础的,此人气质爆表,身怀功夫;做得一手好菜,又弹得一手好钢琴;心肠无比善良,对一个萍水相逢的小孩子永无止境地奉献无私爱心;爱干净,自律,不近女色,有责任心……还有种种优点与长处,她无法一一描述。如果不是经过严酷培训与锻造,世上真有如此完美的男人?如果有,那一定如大自然中珍奇异宝般罕见和稀有,如彩票般的命中率,真的让自己给遇到?自己无非一老农民的女儿,凭什么给遇上?

做梦是吗?现在是醒来的时候了。赵雅祺经过逻辑严密的推理,一步步推断出自己遭遇了骗子这一事实。理智上做出这一结论,情感上仍然不肯接受这一残酷现实。两个人相处的细枝末节,桩桩件件,在脑袋里反复重现。她努力寻找他表演的痕迹,却是徒劳,翻遍所有细节,她找不到哪个情节与表演接近。这一夜,赵雅祺胡思乱想,翻来覆去地琢磨,思绪一秒钟都不肯闲下,折腾得自己神经抽筋,肝肠寸断。她没想到,与他的相遇,自己的生活会发生如此大的改变。至少从见到他的那一眼起,内心的宁静和闲适被打破了;至少从靠近他的那一刻起,自己再也回不到过去了。

赵雅祺控制不住满脑子胡思乱想,简直要疯掉!

她最终没有疯,病了。

次日一早,赵雅祺给自己做了简单的早餐,吃罢,不过十分钟,胃里突然一阵翻滚,冲进卫生间哗哗地吐。刚喝进去的粥,吃进去的菜,一点不留给吐了出来,直吐到呕吐物泛绿,苦胆水都出来,才罢休。吐完吐净了,胃里像卸下负担似地,感觉舒服了不少,她以为是昨夜没休息好的缘故,没当回事,照常到公司。

中午在公司,本来是没有食欲的,早上吃的全给吐出去了,现在却一丁点饥饿感也没有。因为担心能量供应不上有伤器官,便叫周欣去打了工作餐,强迫自己进些食物。两个人坐在宽大的办公室里,边吃边谈一项工作,谁知吃到一半时,连赵雅祺自己都没有防备,突然胸内一阵作呕,嘴巴失控地一张,哇地一下,一柱尚没经消化的食物，混合着胃液，从嘴巴里喷射出来。是的，喷射。喷射状呕吐，赵雅祺也是第一次经历。

但她很镇定，望着呕吐物，放下筷子，一声不响。

周欣吓呆了。呕吐物刚好喷到周欣脖子上，一股怪味同时涌进周欣鼻孔。她措手不及，一边手忙脚乱抽纸巾擦拭呕吐物，慌不择言地问："你怎么搞的？这也太失优雅了吧？"

"可能，病了。"赵雅祺很淡定。

"好好的怎么突然病了呢？"

"人食五谷杂粮，谁能不病？谁没病过？"赵雅祺冷着脸，声调里充满悲壮。

因为付出了全部的真，所以不能承受失去的空。在此之前她高估了自己对失恋的承受力，现在看来，这一事件对她的打击，已远远超出她的心理承受范围。尽管嘴里不肯承认，但身体已在不可阻挡地强烈反应。

周欣身上的呕吐物擦拭个半片子，因为她发现赵雅祺脸色不对，于是忘记了继续擦拭自己。她眼神有些惊恐地望着老大，一把握起赵雅祺的手，她的手，和她的脸色一样，惨白如纸，一点血色都没有。

"雅祺，你怎么啦？"周欣声音里透出了哭腔，将一杯温水递过来，"快喝口水漱漱嘴。"

赵雅祺坐着，大脑一阵晕眩，但她努力睁着眼睛，不允许自己晕倒。胃里没有痛感，没有饥饿感，没有任何感觉。本能地接过水杯，喝了两口温开水，不过一分钟，哇的一声，又喷射出来。

她悲情地发现，自己一夜之间成了空心人。真空那种，什么都塞不进去了，包括食物和水。吃什么吐什么，即使一口清水，胃都不再接受。

理智告诉她，胃不能再出任何问题。再出问题，后果会很严重。会不会挂了也不好说。死倒是不怕，怕的是，这么死掉是不是太过轻于鸿毛？她死了，父母怎么办？公司怎么办？这些员工怎么办？周欣怎么办？自己保险柜里收藏的那些美丽的珠宝怎么办？

不能死，必须活着，好好活着，她对自己下令。

"雅祺！"周欣哭了。

"别抹泪，"赵雅祺冷静命令道，"送我上医院！"

|第三十四章|

75

赵雅祺被送到医院的这个中午，王豫正接受同事组织的送别宴。一桌坐了十几个人，全是空警队与飞行队平日里要好、隔三岔五要喝顿酒的哥们儿。轮番敬酒的过程中，王豫右眼皮突然跳动不止。左眼跳财，右眼跳灾，以前这不过是耳边听过的一句俗话，发生自己身上，这还是第一次。有什么事要发生吗？谁？亲人？朋友？记得还有句老话说，眼皮的跳动与神经有关，往往是生活中那个最让你牵肠挂肚揪心扯肺的人，发生什么事时，神经会不由自主地跟着受牵挂，反映到生理上，就变成眼皮跳动。

看王豫有些走神，同事们和他开玩笑，有人问，小子，是不是想你那个富婆呢？王豫心烦意乱，考虑到这是为自己送别，脸上仍然要保持着笑容，调侃道："早让卖包子的给打散了，你们懂的。"

饭桌上爆发出一阵笑声。这些笑声，王豫近在咫尺，却又觉得距自己的世界好远。饭后从餐馆出来，鬼使神差般，王豫开着车一路奔往静轩。到小区大门外，没有驶入地库，停下来想拨打电话，问问她在哪儿。又一想这会儿是正常上班时间，她十有八九在公司，何必多余去问？上次自取其辱的经历犹在眼前，还要再体验一次吗？

电话最终没有拨出，他埋头在手机百度搜索"右眼皮跳怎么回事"。说法有很多，但科学的说法否定了"跳财跳灾"这类俗说。医学角度认为，眼皮跳的学名是"眼睑震颤"，通常因为休息、睡眠不足、精神紧张或烟酒过度引发；另外一种疾病因素，如近视、远视、结膜炎等也会引起此类症状。疾病因素可以排除，昨晚没睡好、情绪有波动这倒是事实。得到这一解释，王豫扳开后视镜，拿手指对着自己的眼皮揪了揪，冲自己笑笑，自语道，就算意味着将有什么不好的事发生，为什么一定要往赵雅祺身上联想呢？她不会有什么事，她天生是那种特别有福运的人，你看她出生那个家庭，从小到大过着公主般的生活，别人殚精竭虑花几十年心血和时间为之奋斗和追求的一切，她从一生下来就全部拥有。最主要的，她还特别自强独立，对身边人又特别有责任感，因此又特别懂得照料自己。就算有什么事，她完全可以自己解决。自己解决不了的，还有她万能的父亲母亲，哪轮得着你在这里牵肠挂肚闲吃萝卜淡操心？让这一切结束，她说的，已经说得很明白，如果他仍然揪着不放，继续纠缠不休，那不就果真应验了她老农民父亲对他的定义——无赖哥？

不要把自己关在一扇门里，得走出来。他告诉自己。

周五放学时间，王豫从学校将陈雨菲接回来，带她往老王家里去。

“和你说个事。”他说。

“洗耳恭听。”小女孩一只手支起下巴，调皮地笑了笑。

王豫郑重地和女孩说了自己被派驻外一事。

“又要驻外？”女孩撇撇嘴，“多久呢？”

又？王豫想到上次送女孩去孤儿院时对她撒的谎。

“具体多久不好说，这要看公司的意思，不过我会常回来，”他说，“在顾妈妈回来之前，我不在的时候，周末就由我父母接送你。”

“那就是说，以后每个周末都要和你父母在一起？”

“你觉得怎样？”

“我觉得怎么样有用吗？我接受安排。”女孩处变不惊，一脸平静。

“这只是暂时的。”王豫知道这是欺骗性地安慰，也是自欺。具体这样的日子要挨到什么时候，他大脑里仍是一片白雾茫茫。

“我希望这是暂时的。”女孩说。

回到老王家，在上次罗爱芳收拾出来的小房间，罗爱芳重新在那张单人床上铺好了被褥。这张单人床，是王豫还很小的时候，老王买了木料亲自动手打的，床板还算硬朗，二十几年岁月磨砺，除了床头油漆被磨得看不出原色，其他一切还好。女孩适应性超强，她爬到床上，用小手将枕头摁了一会儿，摁成适合自己睡眠的扁平形状，将被子卷成一个筒，脚头一截折叠起来，将书包放在床头桌上，掏出作业本，摆放在窗边的小书桌上，三下五除二，女孩将自己安顿好。然后，坐在床边，抬头望着王豫，提出一个问题。

“如果哪天老大一高兴要接我去她那儿，就像上周末似的，我可以去吗？”

“可以，前提是必须和老人打招呼，别让他们担心，”王豫说，“但如果老大没有主动找你，你最好不要主动麻烦人家。”

“那我要是想老大怎么办？”

“想也不准联系，忍着。”

“我忍耐力没你那么强，”女孩吐吐舌头，“你们俩发生什么事了？在她那儿时她不让我联系你，到你这儿你又不让我联系她，分手了是吗？为什么分手？”

“大人的事小屁孩少掺和。”

“别这么暴力好不好？”陈雨菲撇撇嘴，“没准有的人心里面比我还想老大呢，就是比我虚伪罢了。”

“说谁呢？”

“谁耳朵发热就说谁呀，”陈雨菲轻轻叹口气，“好久没收到礼物了，这么久了你也没送我一件像样的礼物，还不准我想老大。”

王豫扫一眼陈雨菲，没错，她脑袋上扎的可爱的“鹿角”发卡，身上穿的衣服，包括睡衣，脚上穿的时尚鞋子，用的书包……从头到脚、从里到外，皆为赵雅祺所赠。连她手里拿的iPhone6，玩的次新款苹果平板，都是赵雅祺淘汰下来的九成新品。浑身上下都是老大的印迹，叫她不想念，也难。

王豫却不说破这些，道：“你这小奴才相，受虐还成习惯了是吧？一天不受虐想得慌？”

“我只是比较诚实罢了，”陈雨菲道，“大叔，如果你们闹什么别扭了，你就不能服下软吗？跟老大在一起，日子多好啊，好吃好喝还天天开心。”

“你再提这茬我揍你信不？换个话题行不？”

“行吧，这小屋虽然不能和老大那儿比，”陈雨菲吐吐舌头，环顾四周，善解人意道，“也蛮温馨的，我喜欢。”

“小变色龙啊？见风使舵能力够强的啊。”

“识时务者为俊杰嘛，重压之下，不当变色龙没好日子过啊。”陈雨菲扮个鬼脸。

“关键是老王和老罗做的饭菜都是超级好吃的，至少都在我之上。”

“那我就更享福喽，”女孩儿望望王豫，又道，“有个事儿我要告诉你，上周的上周，老大说要送我练钢琴的，到现在还没有动静。”

王豫沉默了一下，说：“从现在开始，你要学会适应一种交往方式，别人承诺给你什么东西，不要太放在心上。人家给你，是情分，要感恩；人家答应了但最终没有兑现，一定是有什么不便和其他原因，你不应惦着，更不能记恨，因为人家不欠你什么，你也没给过人家什么。”

“我知道了。”女孩若有所思，点点头。过一会儿，又道：“王叔叔，还有个事我觉着不该瞒着你。”

“你说。”

女孩将上周末赵雅祺带她抽血体检的事说了一遍。

“在哪家医院？”王豫问。

“我不知道医院名字，车直接开进去的。”

“当时体检的人多吗？抽血有排队吗？”

“不多，大厅里空空的，抽血时就我和老大两个人。”

“除了抽血还做了别的什么项目？”

“别的什么也没做。”

“老大关心你的健康，”王豫道，“让她费心了。”

“嗯，”陈雨菲点点头，“我谢过她了，只是不知道结果怎么样，她一直没告诉我。”

“她没告诉你，那就是说你很健康，如果有问题，她会和我说的。”

“那我就放心了。”陈雨菲莞尔一笑。

当晚安顿好陈雨菲，王豫照例回到刘国辉住处。进房间第一件事便是查看陈蔓莉那台电脑，果然，发现被人动过的痕迹。这晚刘国辉在外应酬，回来较晚，进门时半醉半醒的样子，王豫什么也没说，各自睡去。

第二天周六，刘国辉像往常那样睡到太阳高照，中午11时了还不起床，王豫推门进去掀开被子，像拖一头肥猪般把刘国辉从床上拖出来。刘国辉抗议，王豫说，哥们儿请你喝酒吃大餐，有要事相谈，赶紧的，过会儿等我后悔了这顿大餐就没了。一小时后，两人来到小区附近一家餐馆，装修还算有特色，但门面不大。刘国辉大呼上当，坦克，你请我到这里吃大餐？这家餐馆我天天来吃早吃腻味了，能不能换一家？王豫笑道，就这家餐馆敢在门框上贴告示宣称“坚决拒绝地沟油”，别的餐馆十有八九用毒油，你别是活腻味了吧？

坐定了，点了几个菜，王豫随身带来一只袋子，从中拎出两瓶白酒。那种四两装的杯子，满上两杯。酒是79度的金门高粱，台湾原产那种。刘国辉诧异道，坦克，白酒能这么喝吗？换小杯！说着就要叫服务员。王豫制止道：“就这么喝，这么喝才有感觉。”

菜上来了。王豫端起酒杯，脸上是友好的笑，眼神却是别有意味，向刘国辉道：

“饭桶，今天叫你坐这儿，就该知道是怎么回事，你自己坦白吧？”

“我坦白什么？”

“坦白你干的事啊。”

“我干什么啦？”

“少装！”王豫将满杯酒一口干下去了，“你装，我先干一杯。”

刘国辉来个愣怔，端着酒杯，先闻闻那辣香味儿，然后往唇边凑凑，道：“你小子这是请我吃饭呢，还是鸿门宴？”

“你不说，我再干一杯！”王豫又满上一杯，一口干掉。

“你这都喝了八两了，你疯了吗？”刘国辉将自己酒杯放下，瞅着王豫，像瞅着精神病。

“还不说是吧？我喝第三杯！”王豫满上第三杯，道，“三杯，一斤二两，79 度，喝掉一斤二两的后果你不会不清楚吧饭桶？”

“死不了！坦克，我清楚你。”刘国辉继续瞅着王豫，嘿嘿笑起来。

“死不了，也醉不倒，”王豫说，“但情绪和行为通常会失控，失控的最终后果，你清楚吧？”

“靠武力解决问题那是武夫的做法，那会令人鄙视的。”刘国辉一脸无辜。

“鄙视就鄙视呗，好像你不鄙视我就能提升我的人生似的，”王豫把杯子送到唇边，“我看还是喝第三杯吧。”

“爷，我说，我坦白，我交代，”刘国辉赶忙伸过一只手，从王豫手上将酒杯拿下，“你可千万不能失去控制，咱君子动口不动手，崇尚文明，好不？”

这天两人都喝多了。刘国辉坦承了自己偷窥电脑又自作主张将资料交给赵雅祺的心理及过程。事到如今已退不回去，再说他也是本着帮王豫解决棘手问题的初衷，初衷向好，王豫最终没有责难他。夜里躺在床上，睡眠被零碎的梦境割裂着，不间断地醒来，怎么着也睡不踏实。半夜下起了雨，这是春天的第一场雨，一扇窗户没有关严，睡前有意留的一道透空气的缝隙，此时雨水被风裹着从窗口飘进来，打到王豫脑袋上。王豫从似是而非的梦境中突然醒过来，胸口湿漉漉的出了一层汗，脸上似乎被雨弄湿，刹那间觉得凄风苦雨这个词仿佛就为今夜准备，而现在分明已是春天。

看看时间才凌晨四时，以往正是睡得最香之时，王豫却翻来覆去无法再入眠，索性从床上坐起。掐指算算，根据几件事的时间顺序，基本可以推出一个结论，即赵雅祺带陈雨非以体检名义抽血，实质则为检测两者是否具备血亲关系。从时间上看，她向自己正式声明“分手通告”时，应该已经拿到检测结果。对陈蔓莉日记中记载的内容，以及自己亲手拔取赵宏武头发与陈雨菲所做鉴定，王豫对陈雨菲是赵宏武女儿这一事实深信不疑。那么也就是说，如果没有其他意外，赵雅祺拿到的检测结果，即她与陈雨菲为亲姐妹无疑。

当赵雅祺得知陈雨菲为自己的亲妹妹后，把自己的亲妹妹拒之门外，并坚决果断地向自己提出分手，那么这个赵雅祺，还是那个让自己掉入情网不能自拔的赵雅祺吗？是那个微信以“妮美涵”冠名、释义为“美丽有内涵”的姑娘吗？以自己了解的赵雅祺，和自己爱着的赵雅祺，无论如何不该以这样的态度来面对陈雨菲这个事件。或者是，自己以前并不了解真正的赵雅祺？或者对她的了解只停留在一个很小的局部？或者自己被爱情蒙昏了头脑，一度丧失了正常的智商？

王豫又一次迷茫了。

76

赵雅祺躺在医院病床上输液。

水、盐、糖、脂肪乳营养液，还有治疗类药物。三天水米没进，于是三天输液。输液有不少副作用，但不输液死路一条。做了各项检查，没查出什么问题，对她的症状，医生诊断为“神经功能性失调所致的胃动力失常”。只要没有遭遇那种可怕的怪病，就是上帝的恩赐。她这么想。

赵雅祺自己没当回事，周蕙莲却给惊吓到了。

女儿突然病倒，对周蕙莲来说仿佛天塌下来。由于每天输液时间长，办了三天住院手续。周蕙莲每天早晨五时起床，精心煲了营养汤用保温罐盛着，上午八时准点到医院，给赵雅祺试吃、试喝。赵雅祺每吃进一口，周蕙莲都感到欣慰；赵雅祺每呕吐一下，周蕙莲便心惊胆战。当年周蕙莲亲眼见证女儿的胃部手术，噩梦般的经历刻骨铭心，那时候她就发誓，手术噩梦绝不能让女儿此生经历第二次。做过手术的胃，恢复得再好也与健康人不同，它怎么可以承受一而再再而三、反反复复地呕吐损伤？每吐一次，胃黏膜、食道黏膜、口腔黏膜，哪样不深受其害呢？这些薄弱地方反反复复地受害，修复，受害，修复，时间久了，那必是有百害而无一利啊……每次周蕙莲提心吊胆眼神复杂地望着女儿苍白的小脸时，赵雅祺都一脸的满不在乎，哈哈笑着撅她，老妈，你干吗用这种眼神看我？好像你闺女快进入倒计时似的，有什么大不了啊？一点小病，不至于吓成这样吧？

在周蕙莲看来，这世上没有无缘无故的爱与恨，也没有无缘无故的病。生病总是有原因的。在她眼里，女儿虽然在物质优越的家庭里长大，绝不是那种娇气脆弱、经不得风雨一碰就碎的玻璃花式女孩。相反与别的女孩比起来，赵雅祺自小见多识广，行事泼辣，个性开朗，抗击打力还是超强的。她了解自己的女儿。在她所有身体器官里，胃是情绪的最直接反应。胃突然出了问题，而且是神经功能失调所致，周蕙莲初步判断，女儿一定遭受了重大事件的刺激与挫伤。

究竟什么样的事，导致了这么严重的负面后果？和姓王那小子的分手？不至于吧？在她印象里，两个人好像来往没多久，交往并没多深，至于到这个痛心欲绝、要死要活的地步？尤其让周蕙莲郁闷的是，不管她怎么问，正问反问，变着花样问，赵雅祺都不说。只说，疾病是自然规律，和生、老一样。于是周蕙莲追着周欣问。在医院的三天，周欣与周蕙莲轮换着陪床陪伴，每次周欣来，周蕙莲都不肯及时离开，不放过任何机会千方百计想从周欣这儿打探点什么。

周欣被问烦了，终于不小心透露出一句："她说她掉入了一个完美的圈套。"至于什么圈套，谁设的圈套，周欣则表示一无所知了。种种迹象表明，女儿这场病，不仅仅是一个失恋分手这么简单的事件弄出来的，这里面应该还隐藏着更深层次的背景和原因。而且以周蕙莲对女儿的了解，她与王豫分手，也绝不会仅仅因为自己反对她与卖包子的交往，女儿是孝顺的女儿，但不是唯母命是从的没主见的女儿，如果仅仅因为这个和相爱的人分手导致大病，那一定不是自己的女儿。一定还有别的原因，而那个刻意对父母隐瞒的深藏不露的原因，才是真正导致她爱情迅速奔至终点的致命因素。

这天周蕙莲在病房卫生间洗碗洗毛巾，赵宏武敲门进来。他在女儿床边坐了一会儿，忽然开口问："你带那孩子做过检测了？"

这时周蕙莲已干完活，正要从卫生间出来，闻听此言，下意识止了步。卫生间门是关着的，只留着一条缝，外面的人看不到里面，里面的人刚好可以听到外面的对话。

"做过了。"赵雅祺说。

"老爸说的信了？"

"您是对的，爸爸，"赵雅祺正在打吊瓶，半躺着，"我这辈子所犯最大的错，就是相信了爱情；最不可原谅的是，宁愿相信骗子也不相信亲人。现在我知错了，对不起，爸爸。"

尽管赵雅祺脸上是什么也不在乎的表情，但眼睛里深深的伤痛瞒不过父亲的眼睛。

赵宏武疼惜地望着女儿，道：“认识到错就好，不晚，失恋这事，就像一场病，或者一场手术，痛是不可避免的，但早晚会过去。”

父女俩话说得差不多了，周蕙莲轻轻推开卫生间门，闪身出来。赵宏武不知道前妻在，毫无心理准备，眼见她冷不丁冒出来，吓了一跳，顿时皱皱眉，似乎对她隐身于咫尺之遥的卫生间里偷听人说话表示不悦。

“干吗呀，一见我就皱起老眉头，瞧这表情，”周蕙莲望一眼前夫的脸，“我是恶鬼吗？”

“我来看女儿，你躲卫生间干吗？”

“我在卫生间洗东西，干吗躲你啊？”周蕙莲抽出纸巾擦擦湿漉漉的手，“这不，刚洗完。”

赵宏武不再说什么，站起身，叮嘱女儿多保重，告诉她下午还会再来，拔脚离开。

“我一来他就走，是我躲他呢还是他躲我？”周蕙莲望着前夫的背影，一会儿又向女儿道，“你有没有发现他耳边白发又多了几根？”

“我没你观察那么仔细，”赵雅祺笑了，“多几根白发怕什么？他又不打算新找对象。”

赵宏武与赵雅祺那段简短、隐晦又诡异的对话，在周蕙莲心里掀起波澜。直觉告诉她，一定有什么事。这件事并非是赵雅祺瞒着父亲，而是父女俩共同拥有，只是把她这个当娘的蒙在鼓里。而这件事，便是那个直接导致赵雅祺与男友分手的导火索，也是击溃女儿的罪魁祸首。如果一定要从这世上找出两个最信任的人，那么，这两个人非前夫与女儿莫属，因此，周蕙莲完全相信，他们之所以瞒着自己，一定有什么苦衷。愈是这样，周蕙莲愈是想了解真相。不是因为窥探与好奇，只是想分担一些，尤其女儿这个样子。

帮人疗伤，仅仅在伤口表面涂些药水，是解决不了根本问题的，想要根治，必须了解深层次的发病原因。但她清楚女儿的脾气，怕惹女儿烦，所以没敢再追问女儿。而是待赵雅祺情况稳定下来，基本恢复了正常饮食，出院了，周蕙莲一不做二不休，直接跑到赵宏武那儿，大清早将赵宏武堵在家里。

“一定有什么事，你必须得告诉我，我是她母亲，我有知情权。”周蕙莲说。

“你过好自己的日子就行了，打听那些乱七八糟的事有什么意义？”一开始赵宏武什么都不愿说。

“怎么叫乱七八糟的事？关系到雅祺的人生幸福，平白无故地她不会突然病成这个样子，”周蕙莲说，“你若继续瞒我，我会日夜不宁，我过不安宁，你也别想安宁，信不信我天天来找你？”

一向以清高形象示人的周蕙莲，突然要起无赖。赵宏武并未吃惊。这才是他的前妻。两人曾经有过二十多年的婚姻，他了解她犹如了解自己掌心的指纹。赵宏武坐下来，望着面前的女人，长长叹了一口气。一来那个事发生在自己与她离婚之后，二来秘密在心里埋久了，已经成了重负。那个秘密，如果连眼前这个女人都不能说，那么这个世界上，真找不到第二个可以分担的人了。看前妻一脸深入骨髓的忧心、煎熬与焦虑，赵宏武沏了一壶茶，打开记忆闸门。他决定，将那个发生在九年前不堪回首的夜晚讲出来。想到那个事情，又不能不提到当初他与周蕙莲的婚姻状态。

一份诊断书穿越时空浮现在眼前。

来自某大型医院男性生殖科，患者名为赵宏武。诊断结果为“无精子症”。病因未明。诊断时间为 30 年前，那一年赵宏武 26 岁，周蕙莲也是 26 岁。两人自 23 岁结婚，婚后三年没有采取任何措施却不能自然怀孕。赵宏武的父母急着抱孙子，两人到一家权威医院做检查，却得到这样的结果。赵宏武无法相信这样的诊断，到另一家医院做复检，得出同样的结论。周蕙莲曾陪他问诊过相关专家，有人认为是环境因素导致的基因突变，有人认为是先天性缺陷所致，始终没有人能够讲清楚具体病因所在。周蕙莲一度寄希望于治疗，但医生表示这种情况治愈的可能几乎为零，即使通过各种药物手段勉强生成精子，精子畸形率也高达 90%。短暂的阵痛之后，赵宏武平静地接受了现实。他不认为传宗接代为生活的全部意义，也不认为婚姻的主要内容一定要用来繁衍后代，他能够坦然直面上天丢给自己的残酷命运。但他是赵家的大儿子，这一噩耗对他做农民的父母如同晴天霹雳，为此他专程回武夷山农村，先后花费一周时间安抚老人，游说他们改变固执的观念。

老人还有其他几个儿子，见儿子尚能坦然接受现实，很快安宁下来，回过头来，赵宏武考虑再三，他觉得不能自私地让妻子的人生留下遗憾，为此，数次提出离婚。但周蕙莲坚决不肯。她表示，虽然不能拥有两人共同的血脉会有遗憾，但她爱的是他这个人，愿意跟他过一辈子，只要能跟他朝夕厮守，有没有孩子她不在乎。她不只是口头说说而已，而是言出必行，彻底放弃了生育这件人生大事。妻子的不离不弃，在赵宏武心上铭刻下一份除爱情之外的另一份情义，这份情义远远超越了爱情的存在。从那时开始，用自己的努力给所爱的女人创造幸福生活，成为主导他奋不顾身打拼商场的最原始动力。

出于男人本能的自尊，这件事除了自己的父母，赵宏武始终守口如瓶，周蕙莲深谙丈夫的心思，也没有向任何第三人透露。也就是说，除了夫妻二人及赵家父母，双方任何亲戚、朋友，对此事毫不知情。第二年，周蕙莲以身体生病为由，向单位请了长达八个月的病休假，住在武夷山赵家老宅休养。在那里周蕙莲大门不出二门不迈，理由是那儿空气好，以利于养病。之后再现身时，她怀里多了一个女婴，这女婴便是赵雅祺。由于从一开始就小心而有意掩盖，也因此，除了他们夫妻俩及赵家父母，这世上没有人知道，赵雅祺是通过远房亲戚，从偏远农村抱回来的弃婴。

赵雅祺亲生父母是什么人，什么状况，由于哪种难言苦衷，在深更半夜将出生不过10天的孩子，丢弃于某镇某乡某村的村委会窗外，这是个谜。赵宏武与周蕙莲没有刻意打听过，也不想知道。他们只知道，他们从此有了女儿。这个孩子在被人狠心丢弃，生命在寒冷的冬夜危在旦夕的时候，恰好遇到了他们。尤其神奇的是，赵宏武是O型血，赵雅祺竟也是O型血，每每看着孩子粉嘟嘟的笑脸，他们都觉得这是上帝为补偿他们的缺失，有意赐予的缘分。没有血缘，但并不影响夫妻俩对女儿的疼爱，他们视她为生命中最珍贵的部分，自幼捧在手掌心里，小心翼翼地呵护她长大。当然，赵雅祺至今对身世一无所知，不让孩子知道自己来源于何处，从某种意义上讲对孩子不公平，但赵宏武与周蕙莲二人清楚，瞒着孩子并非有意剥夺孩子对身世的知情权，而是一直以来的宁静生活里，没有必要因为节外生枝的往事，让孩子受到不必要的伤害和冲击。

一家三口曾经相亲相爱。对赵宏武来说，这辈子除了周蕙莲，他没有真正信任过其他任何外姓女人，因为这世上找不到第二个值得信任的女人。那些年他钱包里永远装着周蕙莲与女儿的合影照片，走到哪儿带到哪儿，每每出差去外地，不管到哪儿，工作之余都不忘买了当地的物产给家里一大一小两个女人带回来。让家里的女人过幸福的、富裕的、有光彩的生活，是那时候他工作的全部动力。那时候的周蕙莲，不论赵宏武多么繁忙，应酬到多晚，每晚都要等他进了家门她才能安然入睡，每次男人出差去外地，在火车抵站或飞机落地之前，不论时间多晚她都不会独自睡去，只有他打电话报来平安，她一颗心才能放下。因此在赵宏武的记忆里，在与周蕙莲离婚之前，他与周蕙莲的夫妻感情一度属于天底下夫妻间一流的感情。他曾经拥有过千真万确的幸福家庭与温暖生活，他记忆中的幸福与温暖全都与这个女人有关。

赵宏武认识周蕙莲的时候，他还是一名来自农村的大学生，一穷二白，除了一颗脑袋两只手，什么都没有。周蕙莲是土生土长的鹭城人，父亲是担任市委领导的副厅级干部，两位哥哥一边上班，一边乘着改革开放的春风，打着擦边球做生意。两人邂逅于大学校园，彼此被对方的笑容与性格吸引，经历了一场死去活来的恋爱。毕业后，赵宏武追随着爱情的脚步，来到鹭城，周蕙莲的父母提出种种理由，坚决反对这门亲事，周蕙莲以死相逼，最终裸婚。婚后为了资助赵宏武脱贫，周蕙莲使出浑身解数，通过父亲的各路朋友，以银行贷款的方式，筹到20万启动资金，鼓励赵宏武辞去造船厂月薪几十元的公职，走上经商之路。那还是八十年代，改革开放初始，商界各类英雄草莽大展拳脚的大好时代，赵宏武凭着天生的聪明才智与厚道为人，在周蕙莲两位哥哥的鼎力支持下，很快在商场如鱼得水，在赚取人生第一桶金的同时，也赢得了岳父的刮目相看与信任。

赵宏武好学上进，日夜钻研经商之道，又具有现代化管理与科学经营理念，短短几年，生意规模就超过了传统保守的两位舅哥。若干年过去，有一年南方发洪灾，周蕙莲的父亲到山区视察灾情时不幸殉职，之后几年，周蕙莲的母亲抑郁成疾患病离世。再后来，两位舅哥的企业，先后并入赵宏武的企业，皆成为宏莲集团旗下有着独立运营权的分公司。所有熟悉的朋友，无一不认为赵宏武是一个商业奇才，但赵宏武自己清楚，如果没有周蕙莲，怎么可能有他的今天？蛟龙能耐再大，没有当初的小池塘，还不定早死在哪儿了，不管走到哪里，不能忘本是做人的本分。

所以赵宏武一直认为，周蕙莲不仅仅是他生命中的恋人、爱人，更是恩人、贵人。但令他始终想不明白的是，在当初举步维艰的创业期，她一心一意陪伴左右，无怨无悔地支持他；当生意一次次陷入困境，她一次次回娘家向哥嫂借钱、找朋友借人搬救兵，一次次帮他度过危机；当他的企业越做越大，事业日渐辉煌，社会地位水涨船高后，她反而不再像婚姻之初那般依恋他。不知是随着事业规模的愈渐庞大，他越来越忙，对家庭的照顾越来越少，还是这个过程中，事业在他心中的地位逐渐挤去了女人的地位，闹不清究竟是什么原因，不知不觉间，她离他越来越远，两人之间的距离也越来越大，等他满怀愧疚地意识到这个问题时，她已向他提出离婚。她的离婚决定是决然的，毫无回旋余地，不容他解释与拒绝，到现在想起离婚这个事，他仍然一头雾水，不能理解。他不认为他们之间的问题不可解决，不认为婚姻非要走到分手决裂的地步，但不论他怎么试图挽回、自省、自救，都没有留住她离去的脚步。

离婚后的赵宏武，成了不折不扣的钻石王老五。本来就风度翩翩、智商一流的他，作为上市公司的老总，如同高纯度的钻石熠熠生辉，在众多女性眼里，自然有着难以抵抗的男性魅力。尽管遭遇过难以计数的诱惑，但除了与陈蔓莉那个他不愿回首的夜晚，他没有真正走近过任何女性，也没有让任何女人走近过自己。在层层光环的笼罩下，女人们的献媚与讨好都仿佛戴着虚假的面纱，他甚至从来没有弄明白过，那些或明或暗向他示好的女人，究竟是爱他的钱，还是爱他的人。但有一个事实他很明白，那也是无数次事实验证过的一个经验，几乎所有走近他的女人，不管她们起初顶着多么美丽的爱情的外衣，最终都被认证是通过各种理由，想要从他这里榨取金钱与利益。换句话说，自从拥有了公司、事业和令人艳羡嫉妒的财富，他就再也没有遇到过如当初周蕙莲那般纯粹的两情相悦的爱情。

因此，赵宏武离异十年，至今没有遇到过一个令自己怦然心动并愿意与她共度下半生的女人。可以说，这十年，赵宏武过着与周蕙莲一样的孤独生活，不论表面多么繁花似锦，情感世界仍然荒芜与冷清。几年前，陈蔓莉以婴儿的名义找他时，他曾数次向有关医生咨询过，他这种病症在没有经过任何治疗的情况下有没有痊愈的可能？不同医生的回答都是近似的——这种可能性比晚期癌症不治自愈的概率还低，如果有的话，一定是奇迹发生。始终靠实业与实干打拼天下的男人，不愿意也不会随便相信奇迹。因此赵宏武始终执念在心：这辈子，赵雅祺是唯一的女儿。这世上，他不可能也不会再有其他任何子女存在。

所以当王豫找到他的时候，第一时间，他就认定那是个无赖、骗子，他在进行一场无法预知的阴谋。工作中口才一流的赵宏武，在讲这段往事尤其讲到陈蔓莉那个片段时，讲的是磕磕绊绊，断断续续。他讲述的过程中，周蕙莲从头到尾安静倾听。事件的背景与发生，他的心理，他的负疚，他的困惑与种种不解……她听明白了每一处细节。

时光仿佛回到N多年前的婚姻状态，一切还是那么熟悉。这对中年男女似乎从来就没有分开过，就像过去共同面对生活的重大挫折，面对企业发展过程里的疾风骤雨之时，在过去那种困难时期，在那些焦虑不安的难眠夜晚，总是这个女人，陪伴在侧，不声不响地同自己分担。

当终于把埋在心里的秘密释放出来，赵宏武如同毒瘤被做过切割手术，忽然间放松了。沉默许久，他总结性地发出一个结论，语气悲凉而肯定。他说：“那孩子，与我没有关系，这是毫无疑问的。”

他知道，这个世界只有面前这个女人，才听得懂这句话的含义，才不会怀疑这句话的真伪。也只有她，才是唯一能够理解他骨子里的悲凉、相信他清白的女人。

但与以往任何一次共同经历困难时不同的是，周蕙莲没有像往常那样急于同男人分担并出谋划策，她整个人受到电击或遭点穴一般，一言不发，一动不动，表情里纠结着一种他从未见过的痛苦之色。

她痛苦的沉默，异样的神情，令气氛忽然变得尴尬。在赵宏武的概念里，周蕙莲与赵雅祺一样，是至亲的代名词，此时此刻她忽然变得无比陌生，他从未如此尴尬地面对过至亲，想点根烟缓解气氛，摸出一包烟，一眼又瞥到周蕙莲怪异的眼神，不由自主把一支烟拧碎，丢进桌上的烟缸。

周蕙莲发呆好一会儿，在赵宏武期待她发表些自己的看法时，她突然站起来，只表示自己听明白了，然后一言不发像个木偶人似的，在前夫诧异的目光中告辞而去。

看着她木雕泥塑般的身影消失，赵宏武开始后悔自己的老实坦白。同时也搞不明白她脑子中想些什么，别是神经了吧？

|第三十五章|

77

早饭后赵雅祺像往常一样驱车前往公司。这时候的她，精神抖擞，一脸明媚，浑身上下看不出一丝刚住过院的痕迹。主治医生兰大夫是位三十来岁的女子，从赵雅祺走进病房的第一天，兰大夫就喜欢上了这个给阴沉病房里带来一片阳光的姑娘，两人很快加了微信，成了微友。出院时赵雅祺和兰大夫调侃，我不希望再在这里见到你，希望下次见面是在咖啡馆或别的地方。兰大夫笑着交代她，胃是一个特别容易受到情绪影响又非常遵守时间规律的器官，你只要保持情绪平稳，按规律吃饭，做到充分休息，又能适量运动，我保证我们不会在医院这种地方重逢；但如果你做不到这些，下次见面的地方会在哪里我就不能保证了……

好吧，赵雅祺告诉自己，按规律吃饭，充分休息，适量运动，我都可以做到，至于情绪嘛，就不那么好把握了，要不然真成神仙了。不过既然医生有交代，那么为了胃，为了健康，我也只能尽量做到这些。也就是说，以后我得要求自己不喜不悲，心静如水，最好是六根清净，断掉七情六欲，做一个出离世俗之人。想到这些，突然又冒出一个念头，这不是出家的节奏吗？做得到吗？做不到。舍不了太多，舍不下父母，舍不下公司，舍不下身边这群人，舍不下周围这一切。这阳光，蓝天，白云；这枝杈间啾鸣的小鸟，四季的花儿。她什么也割舍不下，包括一根细细的头发丝儿。既然这样，那就好好地活着吧。为了好好地活着，那就从今天起，做一个心静如水的人，安安静静地爱亲人，爱父母，爱闺密，爱身边这一切，就是不要，爱爱情。

走进公司，周欣递来一个温馨的眼神："看这精神劲儿，什么事没有了？"

"没事了，干活去。"赵雅祺昂首阔步往自己办公室走。

"有人在等你。"周欣又递来一个暧昧的眼神。

“谁啊？”赵雅祺心脏腾地跳了一下。平静！平静！她警告自己。

“你进去就知道了。”周欣笑笑，回到自己的工作室。

推开门，一眼见到周蕙莲坐在沙发上，霎时间赵雅祺的心脏回归原位，无比平静。不过也稍有些奇怪，这么早老太太来这里干什么？这么疑惑着，眼神里便流露出来，嘴上也问了出来。

“妈，有什么事不能电话里说？”

“电话里怕说不清楚，再说，我这不想过来看看你嘛！”

“喝点什么呢？白水？茶？”赵雅祺脱了外套，挂进门边的衣柜里。

“什么也不想喝，”周蕙莲转身上前几步将房门关上，咔嗒还给反锁住，回过身来，走近女儿，脸上带着诡异的表情，“确实还有个事儿，就是前阵在你那住的那个小女孩儿，了解一下她的情况。”

“妈，你昨晚没休息好？”赵雅祺答非所问。

“没有啊，睡了七八个小时睡得挺好的。”

“真睡了七八个小时脸色不会这个样子，”赵雅祺说，“那小女孩跟咱家什么关系都没有，你为什么突然问这个？”

“我都知道了，”周蕙莲说，“你不用瞒我了。”

“就算你知道了，但事情已经过去了，你纠缠这些干吗？”

“虽然跟咱家没什么关系，但既然人家找到门上，总还是有点关系的，我们不能坐视不管。”

“奇怪！”赵雅祺望着周蕙莲的脸，像看外星人，好一会儿，道，“那女孩的事据我所知好像跟你没关系吧？”

“跟你爸有关系那是一样的。”周蕙莲皱着眉头，一脸尴尬地强词夺理。

“我就更奇怪了，别说那女孩跟我爸没关系，就算有关系，怎么着也扯不到你身上吧？你跟我爸……”

“我跟你爸是离了，但他还是你爸我还是你妈是不是？这就是关系。”

“就算这样，你现在根本不用费这个心，我已经弄清楚了，那女孩跟我爸没有关系。”

“没关系就没关系吧，那女孩现在哪儿？在哪上学？我要去看看她。”

“都说了，她跟我爸，跟咱们家没关系，你干吗还上赶着去看她？我真是醉了。”

“那孩子没妈，爹……也找不着，怪可怜见的是不？我怎么就不能去看看？”

“哎，妈，我提醒你，做慈善也没这个做法的，没你这样子往自己身上揽麻烦的。”

“你还说我，你前阵不是……听说那女孩经常住你那儿吗？”

“那不是我不明就里吗？”赵雅祺脸一板，“现在弄清楚了，绝对不可能了。”

“哪个学校？告诉我，我自己去看，不关你事。”

“学校管理很严格，你去了也进不去，看不了。”

“那你手上有照片吗？有视频没？给我看下。”

“没有！”

“不可能，手机给我看看……”周蕙莲不由分说，起身走到桌边，一把拿起赵雅祺的提包，从里面掏出手机。

这还讲不讲道理啊？还什么高级知识分子？这不侵犯人隐私吗？赵雅祺欲拿回手机，周蕙莲抬手一挡，以训斥的口吻叫她注意对待长辈的态度。赵雅祺无奈，走到办公桌后，忙自己的事了，放任周蕙莲翻看自己手机。周蕙边娴熟地打开相册，凭着直觉很快找出一批陈雨菲的照片，通过微信一一发送到自己手机上。

母亲的行为令赵雅祺百思不得其解。难道因为嫉妒？吃醋？才要去了解那个女人的女儿？这也不应该啊，别说陈蔓莉的故事发生在她与父亲离婚之后，退一万步讲，与一个已经不在人世的女人较什么劲？

当天傍晚，周蕙莲的身影再次出现在赵宏武的房子里。赵宏武从公司回来，前脚走进院门，周蕙莲后脚就闪了进来。赵宏武没有觉得奇怪，心想她一定是要对昨天的事情发表一下看法与见解，于是叫厨师多做了一个人的晚饭。果然，吃到中途，周蕙莲主动开口，提到昨天他的谈话内容。

“那个纠缠你的人，他肯定那个孩子是你的孩子？”她问。此时的周蕙莲，从精神到神情，已经神奇地恢复到N多年前那种与他共患难的状态。

“我昨天已经告诉你了，你也该清楚，那是不可能的，一个人看一篇什么日记硬往别人身上栽赃，这很荒谬。”

“那他到底想要什么？”

“现在还不明确。”

“你认为他会终止吗？”

“那小子最近几天没动静了，他究竟为什么要这么干，现在还没有弄明白，但不管他到底想要干什么，我不会主动联系他，随时观察，以静制动。”赵宏武说。

是的，他不相信事情会就此结束，他总觉得有什么事要发生，就像平静的海面底下往往蕴藏某种阴谋与波澜。但直到现在，什么事也没有发生。就在早晨，他起床第一件事是上网搜索相关信息，不停地搜索，什么也没有搜到，没有自己担心的任何一种情况出现。然而愈是这样，他愈是有一种预感，惊涛骇浪或许还在后面。

“一开始我只是想弄明白，雅祺为什么会突然生病，现在又发现，原来你面临这么大的麻烦，”周蕙莲望着男人的脸，认真道，“现在有一个办法，可以解决这个麻烦。”

赵宏武略有意外，也不乏期待，莫非女人会有意想不到的智慧？像N多年前每次遭遇生意危机时她挺身而出助他解围？别忘了，那些年，她一直都是他的贵人。他抬起头，迎住周蕙莲的目光，道：“说说看。”

“把孩子认下。”

“你说什么？”赵宏武吓了一跳。

她的提议着实把他给惊着了。昨晚他失眠半夜，想过她面对此事的种种态度，唯独没想到这一种。离婚前她是个聪明女人，离婚这些年，脑子让岁月给腐蚀坏了吗？他无法相信他最信任的这个女人，竟对他提供如此匪夷所思的“办法”。

“我是说，你可以领养这个孩子。”周蕙莲却一本正经，语气郑重。

他认真观察她的神情，不似诳语玩笑。

“疯了吗？你怎么会有这种想法？”他悲哀地发现，十年分离，她对他的脾气禀性，已经不再了解了。或者说，眼前的女人，已不再是N多年前那个可以为他分忧解愁的女人了。

“这是我能想到的最有效的也是唯一能帮你解决眼前困境的办法。”周蕙莲分析道，“我觉得那小子不会轻易停止，一旦他狗急跳墙弄出什么大的动静，一夜之间把你变成网络红人什么的，你想过没有，得不偿失啊。”

“荒唐！”赵宏武道，“那小子抓住别人一点小把柄，就幻想把人控制于股掌之中，他错了，因为他并不知道，我不可能和这世上任何孩子存在血缘关系，他对此一无所知，所以他犯了习惯性思维错误。”

“你坚持下去，赌的成分很大，是赌，就有输赢。”

“这绝不可能！”赵宏武斩钉截铁，“如果没有前面那些纠缠，单纯只是一个社会孤儿，被遗弃没人管，出于同情，领养，没有问题。但现在这种情况，性质不一样！那小子造谣生事给我栽赃，如果出于爱心领养这孩子，不会有人相信我的善良和爱心，而且毫无疑问等于向那小子默认他无中生有的杜撰，到时候跳进黄河也洗不清，它会变成无底洞、深渊、十八层地狱！”

道不同不相为谋，在向她明确自己的态度后，赵宏武就不愿再说什么了。

78

离开鹭城前，王豫飞了一趟北京，去看望顾女士，顺便将自己的工作变动及陈雨菲的现状与顾女士进行沟通。顾女士尽管身体虚弱不堪，但心里面对孩子的惦念却令王豫动容。在她的小屋里，床边一只纸箱里，整整齐齐码放着买给陈雨菲的衣物以及学生用品，每一样都精挑细选，清一色进口货色，她委托王豫将它们带回去交给陈雨菲，并要王豫传话给孩子，这都是她在“国外”帮她选的。除了这些，她已经没办法找到其他表达爱的方式。最后，顾女士很自然地问到王豫与“那个人”的接洽有什么进展。

“那个人”，自然指的是陈雨菲父亲。

“对方不想认，先放一放吧。”王豫如实相告，这也是他此次北京之行的主要内容，对他自己一手发起的陈雨菲认爹一事，对顾女士有个交代，“我觉得这事来不得勉强，只能顺其自然了，我想过了，如果用别的方法逼他相认，对孩子没什么好处。”

“不认，也好，”顾女士半是失落，半是安慰，道，“如果他真认下了，我还真是舍不得呢，再有两三个月，我就可以结束化疗了，到时候我回家去，就可以和孩子在一起了。”

从北京回来，王豫回到自己原来居住的房子收拾行李。这房子自从被胡蝶霸占，这还是第一次回来。几个月来两个人不再有什么交集，微信里，为了眼不见心为烦，他早将这个女人进行了“不看她的朋友圈”设置。她现在怎么样了？孩子生下了吗？不得而知。

走到门口，王豫习惯性地掏出钥匙，但钥匙在插进锁孔之时，又忽然止住了。他将钥匙拔出来，像客人似地摁门铃。门很快被打开，令他意外的是，从里面露出来一张陌生面孔，雄性——一个穿着新潮剪着怪异发型的小帅哥。

那发型，乍一看像是从美发工作室跑出来的最新潮美发师。

“找谁？”小帅哥瞪着两只眼睛问王豫。

“你谁？”有那么一瞬，王豫误以为自己是否走错了楼层摁错了门铃，回头瞅瞅电梯口的楼层号，没有错，于是上下打量眼前的小伙子，二十出头年纪，一张典型的小鲜肉面孔，浑身上下名牌服装，他把目光停留在小帅哥脸上，沉着脸道，“这是我家。”

“这也是我家！”小伙子盯着王豫的脸瞅了半天，突然拍拍脑门，恍然大悟道，“哦，我知道了，你就是那个傻冒？”

“说谁呢？傻冒！”王豫眉头一皱，这不是欠抽吗？

“哦对不起对不起，罚一个！”小伙子又拍拍自己的嘴，换上笑脸道，“平常说习惯了不好意思秃噜嘴了，对不起，您不是傻冒，大哥您是房主，您是个大好人！”

去你的大好人！

大好人就是用来被你们这些浑蛋欺负嘲弄的吗？王豫胸内忽然涌来一股气团，心塞得找不到言辞形容，恨不能一掌抡过去，将这家伙从窗口抡出去摔肉饼。当然，也只是想想。心里是忿忿地，胡蝶啊胡蝶，房子给你白住，愿交什么样的男朋友是你的人身自由没人管得着，但你怎么着也不能在背后傻冒长傻冒短地嘲弄哥啊？王豫就奇怪了，这就是当初自己曾经热恋的女人？爱情是鲁莽的，是没智商的，难道说的就是自己和胡蝶的那段过往？

王豫一抬胳膊，将青年往旁边一推，一步跨进门里。在室内转了转，发现原来的沙发、家具等摆设几乎全部脱离原位，一律按着非常傻气的习惯重新摆放，弄得整个房子都冒傻气。在房子里找了半天，才发现自己的物品全部被封存在小北屋的贮藏柜里，有几件衣服都长绿毛了。王豫找出两只大号旅行箱，将需要带往郑州的东西搜罗出来，一一放进去。

“胡蝶呢？”整完行李，王豫在沙发坐了，冷着脸问。

“胡蝶姐外出工作去了呀，这个家总得有人养活吧？”小伙子殷勤地走过来，“大哥您想喝点什么？”

“你怎么不出去工作？”

“我这不刚从国外学成归来嘛，我学的专业在国内尤其鹭城这种小城市，不好找对口工作，胡蝶姐说，去给那些不着调的小企业打工，对我这种人才太浪费了，所以我就在家一边休息，一边寻找工作机会……”

“我不稀罕了解你这些破事，”王豫皱着眉头打断他，“她孩子呢？”

“谁孩子？”

“三个月前她不是怀着孕吗？”

“哦，那个呀，她不小心摔一跤……引产了，我就是那阵在医院认识她的，我看她不容易，就一直照顾她，然后她就爱上我了……”

“行了行了，”王豫厌烦地制止了男孩子往下说，“她现在做什么工作？”

“她和原来那家航空公司解约了，又找了家航空公司，昨天飞呼和浩特，天气原因在那滞留一夜，今儿一大早返回，刚才在机场打电话说飞机已经落地了，估计一会儿就到家了。”小伙子抬头望一眼墙上的挂钟，“我炖好了羊肉汤，特别鲜美，等她到家了，大哥您一块喝碗吧。”

王豫一声不吭，没有说话兴趣。

“哎呀大哥，”小伙子却兴趣浓郁，试图寻找话题，“我女朋友说你不着调才与你分手的，我看你不像不着调的人哪，这派头，这气质，跟明星似的，好酷啊！”

“你是一点智商没有呢，还是太缺乏自信担心女朋友被人抢走，千方百计实施离间计呢？”王豫没好气地回一句。

小伙子仿佛被点了穴道，笑容僵住。正尴尬着，只听门锁一转，门从外面被打开，胡蝶将手里的箱子往门口一扔，甩掉脚上的工作鞋，一身疲惫地进了屋。小鲜肉立即迎上去，当王豫的面搂住胡蝶，嘘寒问暖。

王豫黑着脸，故意咳了一声，胡蝶这才看到这位“不速之客”。

“王豫你来得正好，”胡蝶一点生疏感都没有，一把甩开小鲜肉，像一只快乐的小鸟儿，飞奔到王豫身边，一屁股坐到他身边，亲热地拍拍他的肩，笑嘻嘻道，“最近我正想找你呢！”

“先不说你找我的事，我跟你商量个事，”王豫向旁边移移身子，有意拉开距离，“你尽快找个房子，从这儿搬出去，一个星期时间，够了吧？”

“王豫，你要去郑州了，房子空着也不好，你知不知道这房子跟人似的，也需要保养的，得有人常住着种花种草有人气，才能对它有好处，我在这儿住着就是帮你养房子，你干吗往外撵我呀？”

王豫瞥一眼飘窗上的花草。他在时，几盆花草，花红草绿，争奇斗艳，此时，还敢说那是几盆花草吗？只不过几只装着枯土的脏花盆而已，花草连尸体都不知道哪儿去了。

胡蝶顺着王豫的眼光瞅瞅那几只花盆，一点歉意也没有，落落大方介绍说：“你走后不久，这些花儿草儿什么的，都长虫子了，让我给拔了，回头等我手头宽绰了，再买几盆回来。”

“花儿不用买，你们搬走。”王豫不为所动。

“你去郑州上班，难不成每天半夜飞回来住？你让我搬哪儿？”

“租房。”王豫扫一眼两个人，两具鲜肉都是浑身名牌。他就看不懂了，怎么就不能少穿件名牌租个房子有尊严地活着呢?

“你这房子租我行了，租金先欠着，刚才说正要找你，就是最近手头紧，想找你借点钱用，要不然你先借租金给我，我租你的房子。”胡蝶脸一翻，俊秀的小脸不青不红，向王豫伸出一只白皙的手，一副泼皮无赖的模样。

“你搬哪我不管，这房子不租，钱也不可能借你，一个星期，搬走!”王豫站起来，下最后通牒。

“你是认真的吗?”胡蝶问。

“当然。”王豫点点头。

胡蝶突然站起来，飞身冲向窗边，拉开窗户一条长腿伸出窗外，大声道:“王豫，我没钱租房子，你这是逼我死吗?我简直无法相信跟你这样的人谈了几个月恋爱，有你这样做人的吗?”

小鲜肉连忙飞奔过去，一把拽住女友，附和女友谴责王豫:“你这样的前男友，真是够奇葩的了，我第一次见这么没有人性的人，你这么对待前女友，良心上过得去吗?如果我女友有个三长两短，我也没心思活下去了……”

小两口好不委屈伤心，相拥在窗边眼泪鼻涕一起飞，一副相濡以沫生死相依的样子。这场面，不知情的人若看了，一定会把王豫当成逼死杨白劳、逼疯白毛女的万恶的土豪地主黄世仁。

结果可想而知，王豫没办法继续待下去。就胡蝶这个作死法，招来110警察也是分分钟的事，到最后恐怕她没死，王豫得先疯掉。

王豫拎着行李箱离开自己的家，这个曾经属于自己的温馨小窝，似乎已与他不再有任何关系。

|第三十六章|

79

距新郑机场十分钟车程的地方，有 JE 航空集团郑州分公司的工业园区。园区内高高低低坐落着几栋楼，飞行大楼的第九层和第十层，是空警公寓，王豫的宿舍是个一室一厅，四星酒店标准设施，拎包入住。有个露天的小阳台，阳台外是一块巴掌大的人工湖，站在阳台上呼吸着郑州市郊的空气，王豫很满意，离市区远，但有优点，安静，算不上优雅，但至少这空气，不像市区那么黏稠，这是最实惠的好处。

一个人的时候，就会不由自主想到赵雅祺。事实上不在一起后，几乎每天都会想。早晨起床后会想，夜晚入睡前会想。每次想她的时候，那种心脏缺血似的窒息般的疼痛，都会清晰再现。想念是一种酷刑，现在他信了。

来郑州后，王豫将手机换成了 iPhone6 plus，乔布斯在世时毫不掩饰地歧视中国人，每一代新产品首发从来不考虑中国市场，从理性上王豫对此是有抵触的，但没办法它的手机就是好用，自从几年前误入歧途用过一次，再以后每次升级，考虑到转存资料这些实际问题，只能将错就错在歧途越走越远。赵雅祺用的也是这一款。周围同事除了个别极有个性的，或者比较会过日子深知节流相当于开源的，眼下大部分都换上了这款。所以说在这样的生活小节上，就连王豫这种特立独行的人，也容易随波逐流不由自主。手机号没换，原来的号本来办的是商务通，全国各地随意使用无须另外支付漫游费，换下来的旧手机锁进抽屉里了，似乎有意告诉自己，与过去告别，开始新生活。

正式报到的第二天，王豫便投入紧张的工作中。工作内容除了飞行就是带学员训练。既然带学员，就少不了备课。当然，对王豫来说，即使每天课时不重样连续三个月，都不是难事。虽不是难事，但因为面对的是什么都不懂的新学员，让他们从无知到有知，从完全不了解空警生活变为训练有素、具备专业技能与素质的优秀空中工作者，就要手把手一个一个带出来，那是一个相当枯燥又相当呕心沥血的漫长过程。当然，混日子的除外。但这个队伍里，毫无责任心的混日子者，根本容不下身，尤其身为教员。在这个位置上靠吹、靠忽悠是没办法立足的，那些没有实力或实力不够的，几天就露馅，早晚腾位子，王豫不是没目睹过。所以说，每月多挣那份钱，不容易。

这天飞行回来，拎着箱子往住处走，忽然看到一个身影在楼下徘徊。

是一张熟悉的脸——周蕙莲，赵雅祺那位母亲大人。不是说他对这张脸有多么熟悉，而是自从在赵雅祺家里有过一面之交后，这张脸便刻进大脑里，想抹都抹不掉。十几层的楼座映衬下，女人的身影显得很渺小，王豫几乎有一种直觉，那女人在等自己。

赵雅祺出了什么事？脑袋中第一个跳出的便是这个念头！

王豫紧奔两步，周蕙莲也远远地看到他，相距一百米左右时，她叫道："小王！"

"周阿姨，您怎么来啦？出差吗？"

"早就从单位退下来了，出什么差啊，"周蕙莲笑得很亲和，上次见面时那种撕破脸皮视之为仇敌的劲头，丝毫不见踪影儿。她说，"我找你，有事商量。"

"雅祺，她，还好吗？"王豫忍了几下没忍住，恨不能立即获知她的现状。

"她好好的，我找你是另外一件事。"周蕙莲说。

王豫一颗心落了地，同时也有些失落。正是傍晚，到了晚饭时间，便指指宿舍楼道："周阿姨您在楼下等我一下，我把箱子送上去，一块吃个饭。"

周蕙莲点点头。

王豫往楼上去的时候，心里不由嘀咕，另一件事？什么事值得千里迢迢找到郑州？电话里不能说吗？她一直瞧不上自己这个"卖包子"的，怎么忽然如此慈爱了呢？慈爱的背后隐藏着什么玄机呢？20分钟后，两人坐到JE酒店的中餐厅，四星级酒店，这与周蕙莲经历过的那些大场面肯定没法比，但王豫还是花心思点了几道郑州本地菜，之前听赵雅祺说过，周蕙莲皈依佛门，茹素，于是点的都是素菜。不论曾经发生过什么，客人远道而来，礼节不能失，这既是对客人的尊重，也是自己不能丢下的体面。

"我就是想了解一下陈雨菲的事。"

周蕙莲一开口，王豫惊讶了。

他仔细看看女人的脸，脸色平静，眼神里含着丝丝关切与期待。他沉默少许，判断这女人千里迢迢来此的动机。

是要对赵宏武秋后算账吗？不至于吧，离婚那么多年了，这孩子出生在两人离婚之后，算这个账是不是不太讲道理？不过，看这眼神，王豫还没有看到算账的意思。

“您知道了？”

“知道了，包括你和雅祺爸的纠葛，”周蕙莲说，“上周五我悄悄去看过那孩子，你放心我没惊动孩子，但我看清楚了，五官眉眼还真跟雅祺爸有几分神似，我觉得，这是缘分。”

“周阿姨，我不太明白，您这是什么意思？”王豫糊涂了。赵宏武像躲瘟神似的躲着那孩子，听到陈雨菲这个名字都皱眉头，前妻却偷偷去看陈雨菲，还满怀关切亲自追到郑州来了解情况。这一家人，不，赵雅祺的这对奇葩父母，葫芦里究竟装的什么药啊。

“过去我对你有误会，现在我发现可能是自己判断有误，你是个好人，不是他们想的那样，都是误会，过去的不愉快希望你不要计较啊。”周蕙莲有些语无伦次。

“我越听越不明白，我怎么一下子变成好人了？”王豫云里雾里，摸不着头脑。

“你本来就是个好人，是我们对你有误会。”

“你是来解释这误会的？”

“我来跟你商量个事，”周蕙莲清清嗓子，“陈雨菲的事情我基本上了解了，就是想跟你确认一下，如果这孩子的养母确实没有能力继续抚养下去了，我想收养这孩子，这事还需要你从中牵个线，所以……”

“收养？您？收养陈雨菲？我没听错？”王豫仿佛听天书，无法相信自己的耳朵。

“你没听错，我也咨询了相关律师，律师说，考虑到顾女士的实际情况，只要她与陈雨菲办个解除收养的法律手续，我就可以正式收养陈雨菲，我完全具备收养孩子的条件，我可以给陈雨菲提供更好更优质的学习环境和生活环境。”

“为什么呢？您为什么要收养陈雨菲？”王豫彻底晕了。

“这孩子，怪可怜见的，想让孩子有个家，有人疼。”

“献爱心？”

“当然，这是个因素，也不全是，”周蕙莲头脑清醒，道，“我收养了孩子，像爱雅祺那样爱她，抚养她长大，你和雅祺爸的纠葛，从此画上句号。”

“我听明白了，您是为雅祺爸解决麻烦过来的？如果这样的话，您尽管可以放心，我和雅祺爸之间，确实有过不愉快，但已经过去了，我也放下了，我保证雅祺爸不会有任何麻烦，所以您不必勉强自己做这样重大的决定，毕竟收养一个孩子，对您、对孩子，都不是个小事。”

“我是有诚意的，没有勉强，我需要你帮着和顾女士沟通一下，如果你最终帮不了，我只能自己去找顾女士。”

“您这个想法雅祺和她爸知道吗？”

“我和他们沟通过，不过，我要做的事不一定非得取得他们的同意，我自己做主就可以了。”

“这个事我做不了主，需要和顾女士商量，取得她的同意，她现在是陈雨非合法监护人。”王豫找借口推脱一下，心里却纳闷至极。

是赵宏武心里有鬼，为给自己找台阶，特意出此下策，派这个女人前来解决问题？如果不是，该如何解释这女人的行为动机？

“我等你回信儿。”

第二天一早周蕙莲离开郑州，王豫送她上的飞机，就像送任何一位关系不错的朋友，借用工作之便一直送到飞机上。临走，她叮嘱王豫，此次郑州之行，赵雅祺不知道，她暂时也不想让女儿知道。王豫郑重承诺，叫她放心，他不是多事的人。

晚上王豫仰躺在床上，回忆与周蕙莲见面的情形，分析周蕙莲的言语行为，越琢磨，越觉得这事诡异。主动出面解决丈夫私生女问题的女人或许有，但解决前夫私生女问题的女人，就罕见了，而且以收养的方式，着实令人费解。真的是善良驱动？真的得知前夫遇到麻烦，自作主张帮前夫分忧解难？这样的话不能不令人感动。或者人面兽心，另有图谋？这女人神经病吗？变态吗？她得知前夫有私生女，担心私生女分掉自己女儿的巨额财富，因为嫉妒和敌意要把孩子抓到手里，掌握了主动权然后进行摧残折磨？这种可能有吗？要不然，社会上孤儿那么多，干吗非要找前夫的私生女献爱心呢？还有，自己在她眼里突然由坏蛋变成好人，是获取他信任的伎俩吗？

不管怎么说，周蕙莲的想法与行为，在王豫看来完全有悖于世俗常理。不是王豫小人之心，是她的理由王豫根本不能信服，所以，不能接受。他很难想象，当得知女儿的恋爱对象是个“卖包子”的，她怒火中烧、气急败坏、又哭又闹，恨不能把王豫生吞活剥了，这样一个世俗气浸染到骨头里的女人，在得知前夫有一个私生女时，突然变成一个虚怀若谷、爱心无限、顾全大局、主动帮前夫解决棘手麻烦的女人，这可能吗？谁信？

不管你信不信，王豫是不信。

所以，这个事压根不必和顾红说。以王豫对顾红的了解，她绝不会为了甩掉麻烦而不负责地同意将孩子交给来意不明的人手里。

三天后，周蕙莲发来短信，询问王豫是否已与顾女士沟通。王豫撒了个小谎，说已经沟通过了。顾女士身体状况已在好转，她目前改变了想法，而且与女孩建立了深厚的感情，目前没有与陈雨菲解除收养关系的打算。

不料周蕙莲又打来电话，她表示，她是真心要收养这个可怜的孩子，如果王豫肯帮她的忙，她愿意支持王豫与赵雅祺的恋爱继续发展下去。

王豫吓了一跳。与赵雅祺的恋爱，周蕙莲支持与否，不是关键，关键人物是赵雅祺本人。赵雅祺已明确提出与自己分手，周蕙莲为了收养陈雨菲，而不惜改变初衷，同意女儿与她根本看不上的人谈恋爱，这究竟是怎么啦？太阳从西边出来了吗？

因为看不明白，王豫也愈加警惕。

于是打电话给陈雨菲，叮嘱她平常多注意安全，不要轻易和陌生人接触，尤其不能跟陌生人去任何地方。陈雨菲嘻嘻笑着说："这些话我都听过一千遍了，平常除了学校和您父母家，我也没有和陌生人接触的机会啊。"

80

周六一早，赵雅祺被周蕙莲召了回去。看到妈妈的状况，她大吃一惊，只见周蕙莲独自坐在沙发上，头发蓬散，表情痴呆，容颜憔悴，平日那种优雅仪态完全失却，仿佛遭受了什么酷刑摧残。上下打量，看她全身体肤完好，酷刑应来自精神方面。

周蕙莲有气无力地叫女儿下厨给自己煮饭，告诉女儿，自己连续几天没好好吃过一顿饭，每晚只能睡一个多小时，再这么下去恐怕得出事，所以才不得不打电话把她叫来。赵雅祺不知发生了什么事，二话不说一头扎进厨房，三下五除二做了一碗西红柿蛋花汤，用姜片和葱花爆锅，这个最快，送到周蕙莲手上，叫她先暖暖胃。

前阵她在"苦海"挣扎的时候，周蕙莲不离左右，体贴入微地照料。照料女儿那阵，周蕙莲心细如发，反应机敏，压根没想到，世事轮转，转眼之间，情况颠倒过来。很多时候，赵雅祺不觉得两人是母女，反倒更像一对若即若离风雨同舟的落难姐妹。多少年了，每每她伤心难过时，都是母亲陪在身边，她有事的时候，都是母亲冲在前面。在她的记忆里，周蕙莲除了去年那次手术，其他大多数时候，都以强者的面孔与身份在生活里存在，独来独往，独立自信，从容不迫，万事不求人，轻易不低头……几乎眨眼之间，赵雅祺发现母亲老了。她也有无助的时候，也有脆弱的时候，两鬓白发又冒出不少。

周蕙莲喝完一碗汤，脸上恢复些人气儿，赵雅祺想问问发生了什么事。其实她的情绪并没有完全调整过来，只是那些有关伤痛的、不愉快的，有意去忽略、埋葬，不愿再提起，表面上似乎一切都已经过去的样子。谁知她还没开口，周蕙莲忽然道：“妮妮，妈求你一件事。”

别说一件，就是一百件，只要她做得到，都不会有二话。

“那个小女孩，你跟她熟，把她带回来，让我看一看，好吗？”周蕙莲说。

赵雅祺心里咯噔一下。难道，对周蕙莲形成精神摧残的，竟是这件事？这是为什么呀？百思不得其解。

“你总得给一个说服我的理由，为什么？”赵雅祺望着母亲。

“自从听说了那孩子的故事，我就想看看那孩子，觉得那孩子好可怜。”周蕙莲说。

单纯是因为可怜，很显然没有说服力。这世上可怜人多了，可怜人的故事也听过不少，怎么没去可怜别人。自从上次周蕙莲追到公司去询问陈雨菲的事情，赵雅祺就生出一种怪怪的感觉。但周蕙莲不肯说出真实原因，她懒得刨根问底。

“妈，别的什么事我都能答应你，唯独这件事。”这个事上，赵雅祺不愿撒谎，“我和王豫已经分手了，当初和他接触，是因为这个女孩，现在所有与他有关系的事，我不愿再有任何联系。”

说出这番话时，赵雅祺表情的是平静的，心里却小刀削肉似地，血淋淋地疼。那个小东西，怎么能忘记？那张太阳似的调皮的笑脸，每天都会想到。也没忘记自己对她的承诺——送她去练钢琴，还有其他的种种承诺，可是眼下，她没办法让自己去兑现。辜负别人是一种伤害，也是对自己的伤害，但这一次的伤害，注定躲不掉。想到这里，赵雅祺在心里说了一声对不起。女孩是纯真无邪的，无辜的，她不该被卷入大人的恩怨与丑陋。

“你真的不肯帮妈的忙？”周蕙莲眼巴巴瞅着女儿。

这眼神，让赵雅祺心都要碎掉。母亲很少求到自己，至少目前为止，作为女儿，生活上自己能帮到她的还真不多，但她不能骗她，也不想为难自己，于是硬着心肠道：“这个忙真帮不了。”

赵雅祺陪了周蕙莲一整天，晚上她打算住下来，尽管并没有什么需要连夜相谈的共同话题，考虑到老人心情不好，需要有人陪着疏通，即使什么也不说，让她看到眼前有个人影，对孤独者也是一份安慰不是？即使听那些琐碎的絮叨，她也心甘情愿，娘的唠叨做闺女的不听谁听？反正周末没什么事。

谁知周蕙莲反常地不再唠叨，一句多余的话也没有，要么瞅瞅女儿的脸，发一阵呆，叹一口气，在赵雅祺眼里，发呆和叹气完全没来由啊，有来由的话为什么不能对亲闺女讲出来？她想留下来陪她过夜吧，周蕙莲并不领情，她不需要。晚饭后，她就催女儿赶紧回去，回自己住处，理由是她需要一个人静静。

周蕙莲还不是老人，没有老年痴呆，但全天的表现完全跟神经病似的，更年期综合征突然发作吗？赵雅祺怎么也想不明白。伺候了一天，她也觉得累，于是就回去了。

既然所有人都不肯帮自己，周蕙莲决定自己行动。周日上午，她起床后冲了个澡，换身得体的衣服，化个淡妆，再次出现在王豫父母家的小区，敲开老王家的门。老王与罗爱芳看到这位贵妇再度现身，吃了一惊，据他们所知，儿子已与她那高大上的女儿分手，这女人又找上门来，为的是哪般？

但见周蕙莲笑容谦和，手里还左一袋右一袋沉甸甸地拎了不少礼物，与上次登门问罪的态度截然相反，老王和罗爱芳也不好将人往外推，于是让进门来。不过老两口也没有多少热情，只是请客人坐了，等着客人道明来意。

"我今天来，是想看看那个小女孩。"

周蕙莲一开口，老王和罗爱芳吓了一跳。这哪儿跟哪儿呀，一点心理准备都没有，她为什么要看那小女孩？她和陈雨菲什么关系？老两口不明就里，面面相觑。

"是这样的，我听说了小姑娘的事儿，这孩子太可怜了，她养母患了那么严重的病，在北京治疗这么久，还不见回来，长期这么下去，对孩子也没好处是吧？"周蕙莲也不绕弯，开门见山，"我呢，这么多年一直致力于慈善事业，听说这个事以后，心里就没有平静过，我现在有个想法，想收养这个孩子，所以需要和她养母取得联系，今天到你们这儿来，就是希望你们能帮个忙，帮我和她养母联系上，或者，把顾女士的联系方式告诉我，我自己和她联系也成。"

此时陈雨菲正在小房间，关着门，埋头做功课。忽然听到外面来了客人，又听到客人提到自己，还提到养母，不由放下作业本，支棱起耳朵听起来。

听周蕙莲一股脑说完这番话，老王和罗爱芳彻底被惊到了。老两口相互递个眼神，由老王开口，告诉周蕙莲，她的意思他们听明白了，但这个事实在太突然了，他一时反应不过来，他和罗爱芳呢，只是代儿子在周末照料一下孩子的生活而已，在这个事上一点发言权也没有，儿子也没有，儿子其实就是做善事，至于能否把顾女士的联系方式提供给她，还要征得顾女士的同意，再说，他们手里根本没有顾女士的联系方式。

最后，老王反复说了几个“不好意思”“对不住”……

“那这样吧，孩子呢？孩子今天不上学，在家吧？能不能让我看看她？”周蕙莲叹口气，提出这个要求。

“这个，这个……”罗爱芳犹豫着，不知对方有什么企图。对方带来那些礼物，会不会是糖衣炮弹？

“我在这儿！”陈雨菲突然打开门，从房间里走出来。

周蕙莲一双眼睛落在陈雨菲脸上，眼神里是满里疼惜和柔情。看着看着，她突然起身，上前一步，在陈雨菲面前蹲下身子，伸出两手，失态地欲将陈雨菲往怀里揽。

陈雨菲十分机警，她迅速躲开陌生女人的怀抱。

周蕙莲并不介意，她眼不错珠，如同看到久别重逢的亲人一般，许久，忽然眼泪奔涌。

老王和罗爱芳惊呆了。

“您是谁？”陈雨菲盯着周蕙莲，问。

“我……我……”周蕙莲突然张口结舌，不知说什么好。

“您刚才说，顾妈妈生了很严重的病？在北京治病？”

“是啊，是啊！”

“您骗人！”

老王和罗爱芳欲制止周蕙莲说出来，却没来得及阻止，周蕙莲已脱口而出道：“我这么一把岁数了，怎么能骗人呢？你顾妈妈病了，很严重，这个大家都知道的，我特别想见到你顾妈妈，告诉她我的心情，我没别的意思，就是想给你提供最好的学习环境和生活环境……”

陈雨菲一双大眼睛，两行泪珠吧嗒吧嗒滚落下来。罗爱芳走过来，一把推开周蕙莲，将女孩搂进怀里，埋怨道：“你这人怎么回事？神经病吗？谁叫你突然跑过来对孩子瞎胡讲什么？没看到吓着孩子了？”

又对陈雨菲道：“别信她的，她什么也不知道，她乱说的。”

“对不起啊，周女士，我看您还是……”老王脸色也不好看，起身冲周蕙莲下了逐客令。

周蕙莲尴尬地站起身，老王将她拎来的礼物一股脑全送到门外，叫她拎走。周蕙莲说这是给孩子买的礼物，老王冷着脸说孩子不缺这些。

|第三十七章|

81

周一下午，陈雨菲从学校离开，不知所踪。

老师发现女孩不见了，打电话给老王问怎么回事。老王觉得奇怪，转身问罗爱芳，罗爱芳也一头雾水，老两口一下子慌了神。

昨天周蕙莲登门的事，为了不影响儿子工作，老两口就没有打电话和王豫说。现在女孩不见了，怕王豫分心，更不敢说了。怀疑会不会和周蕙莲有关系，于是照着周蕙莲昨天留下的名片，打去电话。

听到女孩失踪的消息，周蕙莲一下子跳起来，她的反应完全出乎老王和罗爱芳的意料，她在电话里几乎声嘶力竭地哭起来：“孩子怎么会失踪呢？为什么失踪了呢？你们对孩子做了什么？你们是不是对孩子不好啊？我告诉你们，这孩子不能有任何意外，不能有半点闪失，如果她出什么事我和你们没完！”

周蕙莲的反应，令老王震惊。他冷静地告诉她，孩子是在学校走掉的。周蕙莲跟疯了似的在电话里喊：“老师是谁？把班主任电话告诉我，学校是不是有虐待儿童的行为？为什么孩子突然不声不响走掉了呢？”

到这时，老王实在无奈，只好打电话给王豫，看女孩有没有发送什么信息给儿子。遗憾的是，王豫正在飞行中，拨了几次，手机无法接通。

接下来，周蕙莲与赵雅祺，老王与罗爱芳，几拨人兵分几路，开始心急火燎地寻找。按规定失踪不到24小时不予立案，周蕙莲动用一些关系，派出所的朋友答应帮忙。这天天气也不作美，天空阴沉着，从早上就开始下雨，断断续续下了几个小时也没停止的迹象。寻找陈雨菲的过程中，周蕙莲有些失魂落魄，她比任何人都更焦虑、更担心，她反复叨念，孩子不能有意外，一定要不惜代价找回孩子，要是孩子有什么事，她也没心思活下去了……她的过激反应让所有人觉得奇怪，包括赵雅祺。老王和罗爱芳这么理解，她可能因为昨天惊扰到陈雨菲才导致孩子离家出走，为此而内疚吧？

所幸的是，几个小时后，民警发来消息，在火车站发现一名相似特征的无人陪伴女孩，因为淋了雨，又挨了饿，孩子已经病倒，通知他们赶快过去认领。几个人急忙奔过去，果然是陈雨菲。

陈雨菲正发着烧，脸蛋烧得通红，背上扛着一只硕大的书包，有气无力地歪倒在火车站工作间的休息椅上，有个工作人员在弄水给她喝，罗爱芳一摸额头，着火似的，赶紧送医院。看到女孩这个样子，周蕙莲当场落泪。

这段时间，陈雨菲太压抑了。王叔叔走时交代，不要主动和老大联系，好吧，她听他的，不联系就不联系，在见不到老大的时候，她期待老大主动和她联系，可是，时间一天天过去，老大似乎已经将她彻底忘了，老大答应送她练钢琴的事，她不再寄任何希望。自从王豫去了郑州，罗爱芳奶奶就交代她，没事不要频繁打王叔叔电话，不要什么事都去分他的心，他刚到新岗位，工作少不了很忙、很累，飞行工作又特殊，作为家里人，爱他，就不要动不动就打扰他。好吧，女孩听从教诲，也不主动与王豫联系了。而王豫，走时说的好好的，会常回来看她，她扳着指头数，走了两周了，也没见他回来。女孩就想不明白了，这些大人，为什么说话不算话呢？为什么说谎话呢？他们把她抛弃了是吗？都觉得她是拖累，是麻烦，不要她了是吗？

顾妈妈与自己的联系也少了，有时候她发信息问候她，总是迟迟得不到答复……陈雨菲一度觉得，自己仿佛与世隔绝了，她委屈，难过，伤心，负面情绪积蓄很久了，但不敢表现出来，如果连王爷爷和罗爱芳奶奶也烦了，周末去哪儿她都不知道啊。昨天忽然听说，顾妈妈生病了，很严重的病，在北京治疗，女孩连夜捂在被子里，痛痛快快哭了一场。顾妈妈，是她现在的妈妈啊，她相信顾妈妈是疼她的，她之所以不联系自己，是因为生病了……她要去找她，去看望她……陈雨菲再也坐不住了。周一下午，课间休息时，她乘人不备，偷偷溜出校园。她不打算告诉别人，包括王爷爷与罗爱芳奶奶，他们一定会阻止她的，于是就自己出发了。从学校出来的时候，雨已经停了，出来没多久，又开始下雨，在路边等出租车的时候，淋了雨，好容易到了火车站，却不知道怎么买票，于是就一个人在车站晃，晃得越久，越不想回学校，也不敢回老王家，怕挨训……后来不知怎么的就晕倒了，被旅客发现，交给周围值班民警……

所幸，没碰到坏人，要不然，后果不堪设想。老王和罗爱芳暗自庆幸的同时，也不由深深检讨，对这孩子，他们只想到每周末按时接她回来，管她吃饭，穿暖，至于孩子心里想什么，思想上有什么波动，情感上有什么需求，却一概不知，也没有特意关注过。周蕙莲则是喜极而泣，陈雨菲高烧不退，连夜在医院输液、输氧，周蕙莲衣不解带，眼睛不眨，在床前守了一整夜。这一晚，赵雅祺一直陪着妈妈，同时也陪着陈雨菲。当女孩睁开眼睛，看到赵雅祺在身边时，像看到亲人一样，一张小脸霎时绽开亲昵的笑容，亲亲地喊一声“老大”，眼神里充满喜悦与感恩。

当晚王豫打来电话，询问发生了什么事。既然是虚惊一场，陈雨菲情况已稳定下来，就不必让儿子分心，罗爱芳与老王统一口径，说没什么事，一位朋友外出旅游想咨询一下航班情况，没打通电话就找别人问了。王豫哦了一声，挂了电话。次日，陈雨菲烧退，在老王和罗爱芳的要求下，赵雅祺开车将女孩送回老王家，这一过程，周蕙莲始终一言不发地陪着。从老王家小区出来，赵雅祺驱车送周蕙莲回家。

一进家门，周蕙莲浑身上下这才放松下来，昨天神经一直紧绷，又整夜未睡，这时候脑袋快要掉了似的，甩掉衣服和鞋子，一头扎到床上，瘫软下去。赵雅祺跟到卧室，在床头坐下，望着母亲那张由于紧张劳累而憔悴不堪的脸，忍了几下没忍住，问她：“妈，到底怎么回事？”

“什么怎么回事？”周蕙莲回避女儿的注视，反问。

“陈雨菲的事。”

“这孩子怪可怜见的……”

“别再用可怜这个词儿了，我听都听腻味了，”赵雅祺一针见血道，“你觉得你的行为正常吗？你瞒得过别人瞒不过我，这里面肯定有事！”

“你先让我睡觉，等我缓过劲来再说别的。”周蕙莲玩起鸵鸟战，拉起被子将脑袋蒙上。

“好吧，明天我再来。”赵雅祺离开了。

第二天一早，周蕙莲一觉醒来，走进浴室冲澡，用特制的人工香皂，有条不紊地净身，净手，从浴室出来，换身干净的素色衣服，整个人清爽干净地直立在家里的佛龛前，面对那尊石玉观音，双手合十，眼睛微闭，神情虔诚，口里念念有词说些什么。

多少年来，敬拜观音菩萨，是她每天早晨必行的一个重要仪式。以往每次站在观音像前，她默默祈祷的主题只有一个，即自己与亲人的平安、健康。她最重要的亲人，在今天之前只有两个：女儿与前夫。那么今天之后，又多了一个，即陈雨菲。今天，除了亲人的平安，她默祷的内容又多了一项，忏悔罪恶。

时光还要回到30年前。当年周蕙莲迟迟未能如愿怀孕，赵宏武并不十分介意，那时候生意刚刚起步，他认为两个人还年轻，过几年待生活稳定些再要孩子不迟。但周蕙莲有些坐不住，按闽南人的习俗，女人通常结了婚就要孩子，孩子早晚要生，晚生不如早生，有了孩子生活才更圆满，同时赵宏武的父母也保持同样看法，他们疑惑是不是问题出在儿媳身上。赵宏武生意忙，抽不出时间去医院，周蕙莲经不住公婆的催促，先一个人去医院做检查。检查结果让周蕙莲目瞪口呆，由于她先天性子宫缺陷，被专家判定终身无法受孕。随后她悄悄跑了几家医院，得到同样的结论。

年轻时的周蕙莲，对自己的容貌相当缺乏自信，事实上那时候她确实算不上漂亮姑娘。而赵宏武却是不折不扣的英俊小生，在大学校园里，喜欢他的女生不止周蕙莲一个人。周蕙莲不光是迷恋他的英俊，更爱他的智商。有一回做一个测试智商的试题，那些题目特别稀奇古怪，周蕙莲做了几遍，每遍都被测为低智商，班上几十个同学怀着好奇的心理一一测过，大部分被测为低智商，少部分测为中，极个别被测为高，后来拿去给赵宏武做，他拿到手只做一遍，被测为天才。当时周蕙莲就惊到了，崇拜至极。在婚后赵宏武走上生意轨道后，无数次成功的决策与拍板，证实了赵宏武过人的智商与天赋，当时的赵宏武，不仅在周蕙莲眼里，在他周围其他女性眼里，是一个优秀的充满魅力的男人，因此在与赵宏武的恋爱及婚姻之初，周蕙莲是时常有危机感的。因为爱，因为想要牢牢把男人拴在身边，当周蕙莲得知自己不孕的生理缺陷时，她对赵宏武进行了隐瞒。当然，这隐瞒，也考虑到赵宏武农村的父母，老人观念陈旧，视传宗接代为大事，若得知实情，一定难以接受，会不会鼓捣儿子与儿媳妇离婚也没准。在这种心理下，周蕙莲耗尽脑汁，终于想出一个万全之策。

因为关心这方面的事，她很快了解到，她一位高中时关系比较要好的女同学，大学毕业后在一家生殖专科医院当医生。她事先与女同学联系好，向女同学哭诉了自己的痛苦与不幸，取得女同学的理解与同情。女同学父亲正患病，住院做手术正需用钱，周蕙莲抓住机会，探望女同学父亲时，悄悄塞给对方一笔钱。随后不久，周蕙莲以公婆催促为借口，拉着赵宏武到女同学所在的医院做检查，女同学悄悄告诉她，赵宏武一切正常，但最终在女同学的配合下，得到手的是一份赵宏武终生不育的检测单。头一次看到这结果时赵宏武无法相信，周蕙莲也表示无法相信，她又陪赵宏武到另一家医院做复检，在约定取结果那天，周蕙莲通过事先安排，让一位客户突然找赵宏武谈生意，将赵宏武拴住，由她一个人去取结果，这次没有医生帮她作假，但她已事先准备好一份花钱伪造的假化验单。当晚看到“复检”结果，赵宏武丝毫没有疑惑，完全死了心。为了不让妻子的人生有遗憾，他甚至多次提出离婚，但都被周蕙莲拒绝。不久之后，养女赵雅祺的到来，弥补了夫妻俩的人生缺憾。

在后来的婚姻中，因为心内愧疚，周蕙莲相夫教女，越发贤惠，对丈夫体贴温存，掏心掏肺，那时候，如果赵宏武有需要，叫她割下一块肝脏做药引子，她也会眼睛不眨地奉上。妻子的倾心付出，使赵宏武越发爱妻恋家，疼惜女儿，夫妻俩可谓同心同德，心心相印。随着岁月递增，周蕙莲年岁增长，夫妻感情逐渐血浓于水，两个人由年少夫妻渐渐变成生活中至亲至近的人，眼看着赵宏武一生心血打拼，家业越来越大，却由于自己年轻时的自私，使赵宏武此生不能延续自己的血脉，周蕙莲渐渐意识到自己的罪孽，却不曾有勇气向他坦白。

她曾经一度怀着矛盾的心理，希望他出轨，像别的成功男人那样，在外包养小三,万一在外有了孩子，让事实真相自己浮出水面，到时候，让他的背叛与过错抵消她的罪，或许她心里的负担就此可以减轻。可是他非常自律，从不在外拈花惹草，婚姻二十余年，她不曾发现他有任何越轨之举，甚至连点绯闻都没听到过。他愈是自律自洁，她愈是羞愧难安，愈加感觉到罪孽深重，不可饶恕。那么多年，只要有机会，只要条件允许，她从未间断过做慈善，每做一次慈善，每捐出一笔善款，每帮助了一位有需求的弱者、病者、残者，她都能稍稍感受到心里的罪孽减轻一分。直到小妮子赵雅祺上了大学，周蕙莲也已人到中年，目睹过太多别人的得得失失，也享过了人世间荣华富贵，在经过深思熟虑后，她毅然向赵宏武提出离婚。尽管在那之前她为离婚做了些前期准备，找了几个在她看来算得上冠冕堂皇的理由，但由于提得突然，赵宏武和赵雅祺都感到意外和震惊。但由于她坚持要离，没有商量余地，一家人就这样散了。这也是至今在赵雅祺眼里诡异离婚的前因后果。

在她原来的计划里，离婚既是为自己求得心灵解脱，从此再不被所犯罪孽煎熬，也是还赵宏武一条生路，归还原本属于他的权益。你想啊，他这样拥有财富和地位的男人，离婚后怎么可能没有女人爱他？就算他不去主动招惹女人，也会有女人追着赶着招惹他。她想如果他有了别的女人，有了新的婚姻生活，然后，再有了自己的孩子……到那时候，不管他怎么看待自己，恨她也好，骂她也罢，都是他的事了，她至少再不用过那种被愧疚时刻折磨良心的日子了。然而她没想到的是，离婚十年，赵宏武始终没有再找，和她一样，孤魂野鬼般过着独自一人的生活。对此她的心情一直是矛盾而复杂，半是欣慰，半是遗憾，那份罪孽感，也因此伴随左右，不曾减缓。当有一天突然听说，有个孩子被疑为他的骨血被人找上门来，她觉得这是上天有眼，还他公道！当那天她偷偷去看了孩子，看到孩子的第一眼，她就呆住了，孩子五官与赵宏武并不十分相似，但眉眼神情，尤其孩子走路时的背影，她一眼就可以认定，那就是赵宏武的骨血。因为她太熟悉赵宏武了，那孩子与他太神似了。除了喜极而泣，几乎没有任何嫉妒之心，尤其听说那孩子的母亲已不在人世，她刹那间做出决定，把孩子领回来，抚养成人！做出这一决定后，也是一夜之间，她心头压了三十年的重负，仿佛一下子搬开了。

当天下午，赵雅祺如期来到母亲这里。望着女儿眼睛里的疑问，以及脸上那副不解疑问誓不休的劲头，周蕙莲再也扛不住了。她一股脑儿将这段往事和盘托出，忏悔的同时，向女儿坦白了女儿的身世，坦白了前夫至今蒙在鼓里的冤屈，坦白了自己执意离婚的真实原因。赵雅祺就像听外星人来到地球并与地球人谈恋爱结婚生子的故事那样，听得瞠目结舌，到最后她再三确认母亲头脑清醒、所述并非癔症虚构，她有生第一次用愤怒的表情与训斥的口吻，冲母亲喊出一句话："妈，你做得太过分了！"

周蕙莲垂着头，一副任杀任剐的表情。

她怎么那么狠？怎么能干得出来？赵雅祺无法相信，这是一直爱着自己的母亲所干的事吗？

"我也惩罚自己了，整整十年，你不知道我一个人过得有多苦，"周蕙莲如同做错事的孩子面对严厉的家长，嗫嚅道，"如果不是为了多看你们一眼，我可能早就随着你姥姥姥爷他们去了。"

说着，周蕙莲像孩子似的哇哇大哭。

赵雅祺也不由得吧嗒吧嗒掉泪。

"你可以和王豫谈恋爱。"周蕙莲哭着说。

"你说什么我没听明白。"

"你可以和王豫谈恋爱。"

"一个卖包子的当你女婿你不怕丢脸？"

"他是个好小伙，善良，有责任心，品性好，素质高，长得帅，他很完美，他完全符合我选择女婿的标准。"

这一瞬间赵雅祺想到与王豫在飞机上的第一次见面；想到他一招制敌的果断与勇敢；想到自己为看他一眼特意赶乘航班遭遇的委屈和尴尬；想到在静轩大门外的惊喜重

逢；想到第一次相拥时他的柔情；想到他埋进厨房系着围裙用心打造美食时欢乐的笑脸；想到他曾反复叮嘱自己待陈雨菲好些，当时她还纳闷，难道我待她不够好吗？为什么要你反复叮咛？他却不再说什么，从不解释。想到他遭受猜疑和误解，被她当成怀有不可告人目的的坏人时愤而离去却不肯解释一个字的背影，想到……种种，赵雅祺眼泪滔滔，无法自控。

泪流得差不多了，周蕙莲又怀着复杂的心情，嗫嚅提出，希望女儿能帮她一个忙，既然这个事已经瞒到现在，为了避免给她父亲造成不必要的伤害，请求女儿帮她继续保守这个秘密，不要刻意去告诉她的父亲，也希望女儿暗中配合她，想办法办妥对陈雨菲的领养手续。

毫无疑问，她这个请求，遭到赵雅祺的严厉拒绝。

“这个事情很大，你必须向我爸爸坦白罪过，求得他的宽恕和原谅，如果一直隐瞒下去，对爸爸不公平，对妹妹也不公平，让我帮你隐瞒，我做不到，除非你杀了我！”

“我一直以大善人的形象为人立世的，突然转变成恶人，别说我自己接受不了，你爸爸受得了吗？我没法面对他啊，如果他不肯宽恕和原谅呢？”周蕙莲泣不成声。

“那就接受他的惩罚！自己埋下的苦果必须由自己来承受！”

“我怕自己承受不了哇……”

“这么多年你吃斋念佛都是为了什么？事到如今仍然执迷不悟，你还要在自我摧残中过下半辈子吗？你就不想敞敞亮亮没有负担地过日子？你以为偷偷收养了孩子就能够真正卸下罪孽？你这是自欺欺人！爸爸宽不宽恕你，那是他的事，你必须亲自向他忏悔，才能够真正救赎自己，才能获得真正的解脱！”

82

赵雅祺连夜写了两封邮件，第一封写给父亲，一五一十地向父亲讲述了发生在家里的不堪往事，先是感激父亲的养育之恩，然后流着泪替母亲向父亲致歉，跪求父亲对母亲的宽恕；第二封邮件写给王豫，坦陈了这段家丑，并发自内心向王豫致歉，请求他原谅自己的武断和粗暴……发出邮件，又连夜订了飞郑州的机票。第二天一早，她没去公司，而是打电话叫周欣开车过来送自己去机场。一小时后，周欣的车子载着赵雅祺，行驶在通往机场的快速路上。周欣诧异地问她，说走就走的旅行？去郑州？俩人和好了吗？赵雅祺道：“你只管执行任务，不该问的不要多嘴。”

周欣通过后视镜望一眼老板，看到小妮子脸上和眼神里，春光般的明媚取代了前不久的忧伤。

这时候的王豫，正在“神灵赛”欣赏清晨美景。

神灵赛是老王家乡洛宁县的一个景点。洛宁县城，是老王自幼生长的地方，位于九朝古都洛阳市西南 90 公里处，神灵赛则位于县城东南 26 公里的山里面。王豫早就听说这里山清水秀、地杰人灵，却一直未曾涉足，前阵连续紧张工作，刚好获得三天假，于是怀着一颗好奇之心，趁着宝贵假日，赶来呼吸神灵赛的干净空气，吸氧洗肺。

昨天下午从郑州乘四个小时长途大巴抵达洛宁县城，在县城的烩面馆吃完一碗纯正的洛宁烩面，然后花 100 元雇一辆小面包车，在乡间公路上行驶 40 分钟到达神灵赛。在旅馆办好入住手续时已经天黑，夜色里看不到什么景色，只能在旅馆院外的山道上散散步，回房睡去。一觉醒来，山里的阳光金灿灿地铺陈开来，王豫吃过早点，穿着登山鞋，背着旅行包与单反相机，从旅馆出来，贪婪地呼吸着清新的空气，徒步登山。

旅游淡季，游人不多，这里的山水，迷人之处主要在其天然、奇特，人工雕琢的成分不多，人行于其中，如同行走于画中，虽没有喀纳斯的壮美，也没有九寨沟的神韵，却是优雅玲珑，别有一番小家碧玉的美貌与风情。正值豫西春天，花开正艳，数不尽叫不出名的山间野花，红的白的蓝的紫的，漫山遍野，花香烂漫。王豫一路行来，走栈道，踏石阶，登云梯，极目远眺，心旷神怡，其乐无穷。一个小时后，在一个小山包顶端的一块平坦的巨石上，王豫无比惬意地躺下来，任春日阳光洒在身上，然后从口袋里掏出手机，打开 QQ 邮箱。

邮箱里躺着两封邮件。

一封是胡蝶发来的，一封是赵雅祺发来的，时间不约而同都在昨日深夜。

胡蝶的信是这样写的：亲爱的王豫，我们搬走了，他找到了工作，同时找了个大点的房子……其实早就想搬走了，因为房租太贵，也因为囊中羞涩……好了，最困难的时候已经过去，一切都好起来了！谢谢你一直以来对我的爱护与包容，谢谢你的宽容和善良让我得以在人生最灰暗的时候不至于流落街头……在我心里，你一直是最好的朋友，是除妈妈之外最亲的亲人，所以才总是不讲道理，胡搅蛮缠，你不会和我一般见识的对吧……房子里的家具已经按原来的格局全部复原，我买了几盆花，搬家那天，它们都盛放了……

赵雅祺的信很长很长……王豫看了整整一个小时，才看到结尾，落款是妮美涵。

王豫看邮件的时候，赵雅祺一路追随王豫的足迹，正在郑州开往洛宁县城的长途大巴上。她穿着白色休闲服，平跟鞋，一脸素颜，背着大大的旅行包，一副邻家女孩的打扮。

大巴摇摇晃晃行驶了两个多小时，大约由于旅途奔波，赵雅祺不知不觉靠在座椅上，睡着了。这是不可思议的事，她做梦也没想到，大白天的，自己竟然可以在没有任何辅助手段的作用下自然入眠。

车子行着行着，不知是路况原因，还是司机疲劳驾驶原因，遇到一段下坡路，车子突然失控地冲向路边护栏，朝着护栏外的深沟翻了过去。几分钟后，车子横卧在深沟里，车体扭曲，车内几十名乘客，呻吟声响成一片。赵雅祺从迷迷糊糊的睡意中睁开双眼，车内行李架和座位全部变形，看到有人正在翻窗而逃，有人被挤压在座位下血流不止，她试图翻身爬起，却被什么东西死死地压住双腿，一动也动不了。

这样下去不行啊，想办法自救，她痛苦地喊着，我不能死，我还没见到王豫，我要亲口告诉他，他是我此生最美的遇见、最美的缘分……我还答应亲爱的妹妹送她去练琴，已经联系好了这个城市最有名的钢琴老师，我不能说话不算话呀……还有我亲爱的父母，不知道爸爸会不会原谅妈妈，无论如何我得想办法让爸爸宽恕妈妈，她错得很离谱，可她已经知错了，这些年她为了惩罚自己没少受煎熬……这么想着，赵雅祺已是泪流满面，突然又一阵剧疼袭来，脑袋一歪，再次昏了过去。

不知过了多久，一阵奇异的音乐如泉水一般，缓缓送入耳膜，伴随着悠扬的琴声和熟悉的旋律，一个熟悉的声音在耳畔轻轻呼唤她的名字，赵雅祺缓缓睁开双眼，看到那张熟悉的面孔，她又一次热泪滚滚，挣扎着伸出一只手，抚摸这张令她疼爱又无限眷恋的脸，口里喃喃道，不要走，不要走……她紧紧地抓着他的手，不肯撒手，生怕一不留神他又走掉。他那么深情地注视她，用手指温柔地擦拭着她脸边的泪……在他的爱抚下，她又昏睡过去。

突然一个剧烈颠簸，赵雅祺再一次睁开双眼，仿佛发生奇迹，大巴起死回生，好好地行驶在高速路上。赵雅祺吓了一跳，诧异道："怎么回事？刚才不是翻车了吗？"

"呸呸！姑娘！车子开的好好的，一会就要到站安，恁不吉利的话可不能乱讲！"邻座是一位中年妇女，一口地道的洛宁腔，此时她正扭头注视着赵雅祺，"姑娘你刚才睡着了，你是不是做噩梦啊？"

是梦吗？赵雅祺发现自己鼓囊囊、沉甸甸的旅行包，正结结实实压在双腿上，扭头望望车窗外，春光正好，大片的麦田里，麦苗正焕发着盎然生机，大巴车正匀速向前，无比稳当地行驶在高速路上。她又扭头看一眼身边妇女，五十来岁的年纪，胖胖的，一脸福相，笑容和穿着打扮一样朴实，让人一眼望去，第一感觉是温暖，第二感觉是安全。

“我睡着了？怎么可能？我白天是不可能睡觉的呀。”赵雅祺无法相信这是真的。

“咋不可能睡觉？是人，都会睡觉，你真睡着了，睡得好香哩！”

“大婶，我是个不会睡觉的人，”赵雅祺还是觉得不可思议，“我真不会睡觉啊，平常睡觉需要吃点助眠类的食物或者药物什么的，我怎么可能好好地就睡着了呢？”

“可你刚刚就是睡着了，我眼睁睁瞅着你睡着了，还说梦话嘞！”妇女笑呵呵地上下打量，“姑娘，你是外地人吧？到洛宁来旅游？去神灵赛吧？那可是我们县里最著名的景点，景色可漂亮嘞！”

为了不被欺生，赵雅祺忙道：“我男朋友祖籍是这儿的。”

“噢，那你就是我们洛宁媳妇儿？”大婶的语气愈加亲切。

赵雅祺倏地红了脸，羞涩地低低头，低声说：“还没结婚呢。”

“结婚还不是早晚的事嘛，我们洛宁小伙娶到恁漂亮的媳妇，那小伙子一定是人中拔尖的！”

“是，他是那种出类拔萃的男人。”赵雅祺点头，大方地说。

“看得出你们感情好得很嘞，你男朋友叫王豫对吧？”

“您怎么知道他叫王豫？”

“你刚才做梦，在梦中喊这个名字，喊了好多遍，”大婶好奇道，“去洛宁找他吗？”

赵雅祺又红了脸。少许，忽然有泪珠儿从眼睛滑出来。

“是，我去找他，”她说，“因为我做错了事，错怪了他，不小心把他弄丢了，我去向他赔罪，不知道他能不能原谅我。”

“小情侣闹点别扭太正常了，船头吵架船尾和嘛，”大婶笑呵呵地说，“他早就原谅你了，他在那里等着你哪！”

“你怎么知道他原谅我了？”

“男人爱一个女人，是不会和她计较的，没有什么大不了的错，再大能大过天？天大的事也不会计较的，因为他爱你嘛！”

“你怎么知道他爱我？”

“你这么可爱的姑娘，哪个男人能不爱呢？我是女人我都动心！哈哈哈……”大婶爽朗地大笑起来。

“谢谢您！大婶，我再也不会把他弄丢了……”她抹抹泪，望着大婶，幸福地笑了。

午饭时分，太阳高照，山里气温逐渐升起来，在怡人景色中，王豫已登上另一个山包的顶部，坐在一块大石头，脱了外套，从旅行包里掏出干粮与水，解决了午餐。吃饱喝足，呼吸着山间清新甘洌的空气，从背包里掏出手提电脑，在膝盖上打开，他决定从今天开始，正式地、认真地、严肃地把自己刚刚经历过的这段关于陈雨菲的故事记录下来。

“这世上有些事情，你眼睛看到的并不真实。你用心去揣摩、用大脑去判断的，也未必是事实。很多时候，真相以意想不到的方式存在，最终给你正确答案的，是时间……”他敲出这一行字，抬抬头，正欲继续敲下去，却在一瞥之间，目光忽然被什么灼痛了。

从这里往下俯视，山脚下，沿着一条山间小路，蜿蜒的绿水之畔，一个窈窕美丽的身影，正迈着矫健的步子，一路小跑着往山上奔。身影是那么熟悉，那么令人日思夜想，看那急切、任性样子，恨不能一秒钟之后就登顶似的……王豫再也坐不住，他放下电脑，迈开长腿，大步朝那个方向奔去。从山脚到这里还有一段不短的距离，山里树多，人少，他不能让她一个人独自行走，万一哪个岔道里蹿出来狼虫虎豹什么的，他在旁边也好及时有个援手。不为别的，这小妮子，全世界范围内仅此一枚，不能有任何闪失是不是？

这一刻，海浪般滚滚的思念，仿佛要把美丽的神灵赛给淹没。

尾声

三个月后，王豫与赵雅祺婚礼，在美丽的鹭城海畔如期举行。

婚礼上，老王、罗爱芳与周蕙莲，目睹儿女的生活终于有了崭新的开始，忍不住喜极而泣。赵宏武没那么外露，他安静地坐着，望着一对新人，脸上露出尽释前嫌的欣慰的笑容。

顾红的治疗已经结束，各项身体指标恢复良好，医生说，以后好好爱惜、保养着，基本上就没事了。她决心彻底改变以前的生活方式，眼下正在办理欧洲某国移民，考虑避免孩子跟着自己颠沛流离，在周蕙莲的强烈要求下，顾红尽管割肉般不舍，但还是通过相关部门办理了解除领养手续。之后不久，由周蕙莲出面申请，办理了收养陈雨菲的相关手续。为了不让孩子受到冲击，真相仍然瞒着陈雨菲。

赵雅祺婚后第一次在王豫陪同下回娘家，看望母亲又去看望父亲，赵宏武告诉她，为了不让女儿以后每次回娘家都这样两头奔波，他已决定和周蕙莲复婚。

对了，有必要交代一下刘国辉，除了与华祺珠宝签订关于法律顾问的合约，他最近连续接了三个大单，一边着手办理案子，一边频频往华祺工作室跑。自从见过一次周欣，随后又打了几次交道，他便对她念念不忘了。他计划，花费三个月时间，拿出自己高大上的人品与才华，将姑娘追到手……

不妨把故事讲到极致（代后记）

每一部小说开始之前，我都要提醒自己两件事：第一，不重复自己；第二，讲好每一个故事。这是作为写作者的我，要求自己必须恪守的原则和底线。

不重复自己，每一个对自己有要求的作家，都具备这一职业素养与职业尊严；作家讲故事，讲好一个故事，讲一个好看的故事，就像一位有想法的珠宝设计师，通过飞扬的想象力与创造力，创意、设计、打造一枚独一无二、璀璨夺目的首饰。对设计师来讲，这枚首饰仅仅是漂亮、夺目还远远不够，关键价值在于其唯一性，绝版，找不到第二枚。所以作为一个职业讲故事的人，我始终认为讲一个具备独特性、不可复制性的故事，是创作一部优秀长篇小说不可或缺的要素之一。

而小说故事与珠宝还有不同。珠宝的漂亮与否就摆在那儿，一目了然；而长篇故事的漂亮，却在于其层峦叠嶂、千折百回之中。我想讲这样一个故事：读者不仅仅从来没有看过或听过，而主要在阅读的过程中，即使最有经验的读者，也根本猜不到下一个情节会是什么。每一处转折，或山穷水尽处，或柳暗花明时，都要在阅读者意料之外。让人不停地意外，又欲罢不能，只好不停地看下去，而每一处的意外转折，或飞流直下，或峰回路转，又都合情合理，不悖生命的本能与生活的常态，让人心悦诚服的同时，不觉感慨，哦，就该如此！

每一部小说都是从一粒种子开始的。

在《如果相遇是天意》这部小说里，我首先种下一粒叫“权益”的种子。

从法律上讲，权益指的是公民受法律保护的种种权利与利益。平常我们不会把权益挂在嘴边，但权益的确与我们的日常生活息息相关。当个人权益受侵害时，我们会感到委屈、不平，甚至愤怒，进而会本能地寻求公平，追讨权益。

小说男主人公王豫，是一名出身于城市平民家庭的空警。空警在多数人眼里可能是个陌生的职业，即就职于航空公司、从事空中安全工作的警察。故事从王豫帮母亲追讨一笔被拖欠的欠款开始。欠债人陈蔓莉离奇失联，为了寻找欠债人，王豫多日辗转、历尽周折，遭遇了无良商人的相互推诿、谎言与无期限拖延。无奈之际，王豫找到奸商陈蔓莉家里，不料没能堵住陈蔓莉，却发现陈蔓莉相依为命的七岁的女儿陈雨菲被“遗弃”在家。王豫谎称自己是陈蔓莉的朋友，目的是为了获得陈雨菲的信任，继而得到陈蔓莉的下落。却不料一个小小的谎言，给自己招来天大麻烦：不仅没能如愿探知到陈蔓莉的下落，七岁女孩先天性心脏病突然发作，“砸”在王豫手里。在生命与生死面前，债务问题迅速退居其次，王豫做不到见死不救，不得不送女孩上医院治疗。随着女孩的康复，王豫想方设法想要摆脱女孩，却每次都在关键时刻有意外发生，最终没能实现摆脱，在这个过程中，两个人不知不觉建立起深厚的友谊。随后又一连串的意外接踵而至，先是震惊地获悉女孩母亲陈蔓莉已经意外身亡，女孩彻底沦落为无依无靠的“孤儿”，后又意外地发现女孩其实并非真正的孤儿，因为她的生物学父亲就生活在这个城市，而且是一位富豪级人物。王豫认为只有把女孩交回到生父手里才是孩子最好的归宿，然而女孩的父亲拒不相认，使女孩的认爹之路历尽挫折。为了帮女孩讨回属于自己的权益，也为了保护女孩稚嫩的心灵不受伤害，王豫煞费苦心，遭受了一般人无法忍受的种种误解。

无论之前帮母亲追债，还是之后帮女孩寻找父亲，在这个锲而不舍的追讨权益的过程中，王豫遭受了种种误解，同时目睹了人性中的自私、冷漠，经历了焦虑、沮丧、忧伤、失望，但他始终没有绝望过，面对女孩那双天使般纯净无邪的眼睛，面对女孩的无限信任和依赖，他对这个世界的真和善从来没有怀疑过。在钢铁丛林组成的城市里，他始终保持着内心的柔软、仁慈与温暖；在雪雨风霜的季节里，他从未丢下过内心的火热与勇气。

通过王豫，我写了一种信仰，即对真理的执着与坚持；写了一种精神——锲而不舍的做事；写了一种力量——不畏强权与强势；写了一种寄托——心灵向善向美向纯粹的依托。

王豫追讨权益的过程中，遇见了让他愿意倾其一生去付出的爱情。

赵雅祺是书中的女主人公。她是个强势、傲气、率性、爱笑、胸无城府、敢爱敢恨的女孩，个性单纯但很聪明，出身优越又心地善良，她是女孩陈雨菲的邻居，因为陈雨菲的缘故，王豫误打误撞与曾经有过一面之交的赵雅祺再度重逢，一段剪不断、理还乱、揪心揪肺、奋不顾身、荡气回肠的爱情在这里诞生。

爱情，是这部小说中，我种下的另一颗种子。

这些年写情感小说，经常会遇到读者询问：爱情究竟是什么？

这一问题，道尽身陷情感中人无尽的困惑与迷茫。

抛开生物学理论，单从情感角度说，我认为爱情就是那样一种东西：可以给人极致的欢乐，也给人极致的疼痛。

所谓极致，就是欢乐的时候，它可以带你步入天堂，它给你的甜蜜感和幸福感，让你觉得为此粉身碎骨也在所不惜、心甘情愿；痛苦通常发生在嫉妒、猜疑或者被迫终止恋爱的时候，这时候，甜蜜、幸福和欢乐的感觉全部被剥夺，它成了枷锁，成了毒药，让你彻夜不眠，让你觉得活在地狱中，仿佛下一秒钟就会死掉。

好的爱情，不仅让你欢乐、幸福，更助你成长，它能开掘你生命中全新的能量，使你的人生焕发崭新的光彩；坏的爱情，除了损耗你的时间、情绪，浪费你的生命，一无所长。当你身陷其中的时候，爱情就是一切，是整个世界，和呼吸一样重要，分分钟控制你的喜怒哀乐；当你拔身出来的时候，爱情又成了世界最没用的东西，比白开水还要淡而无味。

这些关于爱情的生命体验，在这部小说里，都有刻骨铭心的描写。

但这部小说，爱情只是其中一条脉络。

亲情，让人休养生息、补充能量、流血时帮你止痛、流泪时为你疗伤、当然也会给你带来N种烦恼的亲情，是一片宽阔、磅礴、深沉、厚重、温暖的土壤，小说里每一位主人公，都活动在这块土地中。

每一部长篇小说里，在一个大的故事里面，都要种植着许多小故事，每一个人物背后都有一个故事，或悲或喜，或酸或辣，或麻或痛，每一个故事都要讲好，讲好看，讲精彩，不光是讲好男女主人公的故事，哪怕只是一个不起眼的小角色的故事，小到一个细节，都要讲好。

于是在小说里还可以看到这些身影：生活底层辛苦求生的大学毕业生；生意场上左冲右突苦苦挣扎的单身妈妈；被千夫所指、万人诅咒的房地产商……他们都不是单纯的坏人或者好人，比如勤奋孝顺的上进青年，在一个邪念突发时，一夜之间沦为罪犯；一个追债者眼里的万恶奸商，却是孩子眼里的完美母亲……

写作过程中，我每天要拿出时间，站在小说之外，用安静的眼神去打量他们，审视他们，然后又融入情节里面，与他们交流，听他们诉说，与他们共同经历奋斗与无奈，欢乐与艰辛，挫折与成长。这种时候，作为写作者，我发现自己的视觉、嗅觉、味觉等，身上所有的感官知觉，都变得异常灵敏，也因此，在各色人物面临人生重大变故时，人性的美、人性的丑、人性的善、人性的恶，人的复杂性，人的患得患失心理，人类本性里各种弱点与缺陷，都在小说中，一一得以清晰还原。

不同的人，不同的生活背景，不同的世界观与不同的利益角度，带来主人公之间的各种冲突与误解，造成不同的人性撞击，每个人都认为自己是对的，对方是错的，事实上每个人都不完美，都有薄弱之处。我力求把他们和故事写得真实、自然，就像无声无息流淌在每一个读者身边的生活。

刘国辉是我在小说中特意塑造的一个喜剧人物。他的定位是：一个善良的凡人。善良，即在重大事件上，他有着主流的价值观，能够坚守做人底线；凡人，是他做什么事，都要求利益回报，没回报的事情，他从不肯为之支付丝毫时间成本与情绪成本。他是一个调节气氛的家伙，只要有他出场的地方，十有八九会有让你忍俊不禁的笑点。

沉醉在故事情节的时候，就像沉醉在春天里，也像行走于四季中，春雨夏花秋实冬雪，酸甜苦辣全部咀嚼一遍。在咀嚼它们的同时，享受着方寸之间纵横千里、思绪飞扬的快感。

在寂静和沉默的时光里，我沉默无言地写着，有些情节让自己情不自禁泪流满面，有些情节让自己忍不住捧腹大笑。

2014 年底最后一天，小说完成了二稿创作。自省之前每部小说刚出稿就急急匆匆拿出去最后留下小遗憾，我安静地把它雪藏下来，没有告诉任何人。2015 年 1 月中旬，拿出来看了一遍，修改了几处细节，暂时没发现需大改的地方，于是又放置下来。2 月份，正值春节前后，杂事较多之余，除了看些佛学类的书，换脑子与休养身体，以及对过去几年的创作进行反省与总结外，几乎什么也没干。其间有影视公司的朋友和图书公司的老师询问小说进展，我只说还不成熟，过一阵再说。

前面的《婚刺》与《非常家庭》，出版后都被称赞故事非常好，这从那些热爱好故事的影视公司们对它们的热情和喜爱可以得到认证。但我自己知道它们的缺陷，我先生也曾毫不留情地对我提出，《婚刺》女主人公遭车祸，男主人公白血病，《非常家庭》没有这两个诟病，但女主人公最后头部长了良性肿瘤住院手术……在去掉这些元素的前提下，你有没有能力把一个故事讲到比前面的故事更加委婉动人、引人入胜、令人欲罢不能？

当初创作的时候，为故事好看，没注意到这个问题。回头自省，发现这是一个问题。我知道自己的创作一般不会受任何外界说法的影响，但更知道，这是必须直面且需要解决的问题。待过完春节，生活与心境双双安静下来，3 月 1 日至 11 日，我重新拿出小说，用十天时间，又看了一遍，这一次除修正了一些错别字与笔误，没进行其他任何修改。看完后，我默默地告诉自己，我践行了对自己的承诺：没重复自己，又讲了一个好看的独一无二的故事，并且完全化解了先生曾经提出的珍贵意见。

没有车祸、白血病、家斗，故事却更为曲折，满满的正能量，个人觉得这部小说对之前的创作有所超越，可以定位为迄今为止我讲的最有特色的故事，塑造了最有特点、最有趣儿、最可爱的人物，也成为目前为止我个人最喜欢的一部小说。当然，自己的一孔之见并不能够代表什么，但这时候，我觉得可以把它拿出手了，3月 12 号，我把它发送给《小说月报》的韩新枝主编，她成为除我之外第一个看到这部小说的人。同时，在晚上散步的时候，我和先生大致讲了这个故事的脉络梗概。先生听后沉默许久，我以为他又会找理由打击我，结果他给了这么一句话：我现在才明白，为什么人家都称你为故事高手。

我愿意把它当褒义来听。

当然，一本书只是具备让人一口气读到底的阅读吸引力是远远不够的。我希望它是一道有营养的汤，一桌菜品丰富、色香味俱全的美味，让人“吃”过后有思考，有想法，有回味，而不是一把挂面或一个汉堡。

瑛子

厦门五缘湾